아메리카의 비극 Ⅱ

드라이저

일신서적출판사

차 례

제 2 부(계속)

43

　호수에 대한 그러한 생각은 자기가 직면한 운명과 직결되어 있는 만큼 가급적이면 피하고 싶었으나 생각같이 쉽게 떨쳐버릴 수가 없었다. 그 생각은 확고하지 못한 그의 마음을 뒤흔들고 있는 개인적인 문제와 관련되어 생겨난 것이며 파스 호에서 두 사람이 생명을 잃은 사건은 무서운 일이기는 하지만 범죄 같지는 않아서 더욱 그의 관심을 끌었다. 그 여자의 사체 —— 지금은 머릿속에 어떤 힘이 작용하여 무리하게 생각케 했으나 —— 는 발견되었으나 남자의 시체는 발견되지 않았다. 그 흥미 깊은 사실 속에 —— 더욱이 이것은 자기의 의도와는 달리 —— 아무래도 마음을 파고드는 듯한 암시가 깃들어 있었다. 즉 그 사나이의 사체는 호수에 없는 것이 아닌가 하는 점이었다. 악의에 찬 사나이가 타인을 해치는 일은 흔히 있는 일이니까. 그 사나이는 그 여자를 없애기 위하여 그곳으로 갔다고 해도 이상할 것이 없다. 물론 교활하게 꾸며낸 악마적인 속임수이겠지만 적어도 이 경우에는 순조롭게 성공했다고 볼 수 있다.

　그러나 자기 자신이 그토록 사악한 행동을 받아들이고 그것을 실행으로 옮긴다면……그것은 있을 수 없는 일이다. 그를 둘러싼 위기는 각각으로 절망적인 양상을 띠게 되었다. 매일 적어도 하루 건너씩 로버타의 편지나 손드라의 짤막한 편지가 날아오고 있었기 때문이었다. 그 편지들은 안락과 비참, 명랑함과 음산한 패배나 불안이 대조를 보이고 있었다.

　로버타에게는 편지를 쓸 마음이 내키지 않아 간단히 전화로 끝마치고 또 가급적 원망을 듣지 않을 정도로 처신했다.

괜찮아? 여러 가지 소식 보내주어 고마워. 고향에 가 있으니 공장에서 일할 때보다는 한결 편할 거야. 나야 물론 별일 없지. 지난 이틀 동안은 주문이 폭주해서 좀 힘들었지만 그 외에는 전이나 다른 것이 없어. 당신이 알고 있는 어떤 계획을 실행하기 위해서 일정액을 저축하려고 좀 힘이 들다 뿐이지 그 외에는 별일이 없어. 그러니 당신도 이쪽 걱정은 하지 말라구. 일 때문에 답장은 쓰지 못했는데 편지 쓸 여가가 통 나지 않아. 해야 할 일이 산더미 같이 쌓여 있으니까. 하지만 있어야 할 장소에 당신이 없으니 쓸쓸해. 당신의 모습을 다시 볼 수 있게 되기를 기다리겠어. 당신이 편지에 썼듯이 라이카거스 근처까지 올 일이 있어서 나를 만날 필요가 있다면 만나도 좋아. 하지만 지금 바로가 아니라도 좋지 않을까? 요즘은 무척 바쁘니 만나는 것은 좀더 뒤로 미루자고.

그러나 손드라에게는 편지를 쓰고, 18일에는 확실하게 또 가급적이면 주말에 그곳에 가서 당신과 함께 지내겠다고 했다.

이렇듯 손드라에 대한 애정과 로버타와의 약속 사이에서 갈등하던 끝에 그는 주말에는 아직은 한 번도 가본 적이 없는 멋진 환경 속에서 다시 손드라를 만나게 되는 특권을 손에 넣게 되었다.

클라이드가 트웰프스 호 입구의 여관 베란다 옆에 있는 샤론 선착장으로 가자 버틴과 그녀의 오빠가 손드라와 함께 마중나와 있었다. 그들은 클라이드를 태우고 가기 위해 그랜트의 증기선을 타고 체인 호를 가로질러 왔던 것이다. 인디언 체인이 반짝이는 파란 물, 양 기슭에 보초처럼 서서 수면에 검은 그림자를 던지면서 거울처럼 그 모습을 비추고 있는 높고, 검고 창(槍) 같은 잎을 가진 소나무. 어느 쪽에나 각양각색의 흰색이나 핑크나 갈색의 보트장이 딸린 별장이 있었다. 또 호숫가에는 천막도 여러 개가 쳐져 있었다. 크란스톤 가나 핀칠리 가 같은 널찍하고 당당한 피서용 별장에서는 좋은 잔교(棧橋)가 튀어나와 있었다. 녹색이나 청색 카누와 증기선. 남보다 일찍 온 사람들이 화사한 모습을 보이고 있는 파인 곶의 화려한 호텔이나 천막! 그 가운데로 크란스톤의 별장이나 잔교나 보트장이 보이고 최근 버틴이 입수한 러시아의 울프하운드 두 마리가 호숫가 풀밭에 누워 주인이 돌아오기를 기다리고 있는 모양이었으며 이곳에 데리고 온 여섯 명에 하인 중의 한 사람인 존이 대기하고 있다가 테니스 라켓과 골프 클럽을 넣은 가방 하나를 받아들었다. 그러나 무엇보다도 그가 큰 감명을 받은 것은 엄청나게 크고 멋지게 설계된 집, 선명한 제라늄으로 단장된 산책로, 아름다운 호수의 풍경을 살필 수 있는 갈색 등의자가 여기저기 놓여 있는 베란다 그리고 골프, 테니스 또는 산책용 복장 차림으로 여기저기서 서성거리고 있는 훌륭한 피서객들과 그들의 차였다.

버틴의 명령으로 하인은 곧 호수가 내다보이는 넓은 방으로 그를 안내했는데 그 방을 자유롭게 사용해도 좋다는 말을 들었으므로 그는 목욕 후, 옷을 갈아입고 손드라, 버틴, 그랜트와 함께 테니스를 치기로 했다. 마침 버틴의 집에 와 있던 손드라의 설명에 의하면 저녁 식사 후 버틴이나 그랜트와 함께 클럽 하우스로 가서 거기에서 친구들을 다 소개하기로 했다는 것이었다. 이튿날에는 사정이 괜찮다면 아침 식사를 하기 전에 손드라나 버틴이나 스튜워트와 함께 숲속의 좁은 길을 빠져나가 멀리까지 전망할 수 있는 인스피레이션 곳까지 가기로 되었다. 그가 들은 바에 의하면 아까 말했던 것과 같은 좁은 길이 몇 개 있을 뿐이며 그 다음에 40마일까지 걸쳐 전혀 길이 없다는 것이었다. 그래서 자석(磁石)이나 안내인이 없으면 길을 잘못 들어 죽는 수도 있다. 그 정도로 이 지역에 대해서 생소한 사람에게는 방향을 분간하기 어렵다는 이야기였다. 또 아침 식사를 하고 수영을 한 후 손드라와 버틴과 니나 템플은 손드라의 수상 스키를 사용하여 새로운 묘기를 선보일 예정이었다. 점심 식사 후에는 테니스 또는 골프를 하고 클럽 하우스에서 차를 마시고 호수 건너쪽에 있는 블룩쇼 가의 별장에서 저녁 식사를 하고 춤을 출 예정이었다.

클라이드는 도착한 지 한 시간도 안 되어 주말 예정은 이미 다 짜여져 있다는 것을 알게 되었다. 그리고 손드라와는 몇 분만이 아니라 몇 시간을 함께 지낼 수 있다는 것도 충분히 짐작할 수 있었다. 또한 그녀의 분방한 성격으로 보아 새로운 환희, 멋진 일이 벌어지리라는 것도 알고 있었다. 로버타라는 무거운 짐을 지고 있다 하더라도 적어도 이번 주말만은 그런 생각을 하지 않겠다고 생각하니 천국에라도 와 있는 듯한 느낌이었다.

크란스톤의 테니스 코트에서 새하얀 테니스용 스커트에 블라우스를 입고 노란색과 녹색의 물방울 무늬가 새겨진 손수건으로 머리를 묶고 있는 손드라는 전에 없이 명랑했으며 우아하고 행복해 보였다. 입술에 번지고 있는 미소! 그가 있는 쪽으로 시선을 돌렸을 때 그녀의 눈에 보인 화려하면서도 무언가 약속하는 듯한 반짝임이 보였다. 그녀가 가끔 그에게 서브를 보내려고 몸을 구부릴 때는 마치 막 날아오르려는 작은 새와 같았다. 라켓을 들고 있는 한쪽 팔을 높이 쳐들고 한쪽 발끝을 땅에 닿을 듯 말 듯하게 대고 머리는 뒤로 젖혔는데, 입술은 약간 벌리고 항상 미소를 잃지 않고 있었다. 투웬티 러브, 서티 러브, 포티 러브라 말할 때는 언제나 러브라는 말에 웃음이 섞인 듯한 악센트를 붙였는데 그것은 클라이드의 가슴을 두근거리게 하기도 하고 슬프게 하기도 했다. 보기에 따라서 손드라는 자기의 것이며 언제 자기를 가져도 좋다는 듯 즐기고 있는 것같이도 보였다. 그러나 그는 자기의 손으로 검은 장벽을 만들어버렸다.

그러나 주위의 정경은 멋졌다. 반짝이는 태양이 키가 큰 솔밭에서 호수의 잔물결이 일렁이는 곳까지 깔려 있는 잔디에 수정 같은 광선을 퍼붓고 있었다. 호숫가를 떠난 흰 돛을 단 작은 보트들은 제각기 방향을 잡아 미끄러져가고 있었다. 연인들이 뜨거운 햇볕을 쬐면서 카누를 젓고 있는 주위는 흰색, 녹색, 노란색 그림 물감을 뿌려놓은 것 같았다. 여름의 계절 —— 레저, 온난, 안락, 아름다운 사랑 —— 모든 것이 그가 격렬한 고독으로 시달려온 지난날의 여름에 꿈꾸어온 그대로였다.

커다란 욕망의 실현이 거의 손에 잡힐 것 같아 눈앞이 아찔거렸다. 지금 자기에게는 아름다움이나 사랑이나 행복으로부터 위협하는 로버타의 문제만큼 슬프고 무서운 일은 달리 없을 것 같았다. 호수와 거기에서 익사한 두 사람에 대한 무서운 기사! 이런 유쾌한 생활도 고작 1주일, 길어야 2, 3주만 지나면 영원히 결별해야 할 것이다. 그런 생각을 하다 보니 볼을 잘못 받거나 실수를 연발하게 되었고 그때 버틴이나 손드라나 그랜트의 목소리가 들렸다.

“어머 클라이드, 무슨 생각을 하고 있어요?”

그때 만약 말할 수만 있었다면 그는 로버타 생각을 하고 있었다고 가장 깊숙한 어둠 속에서 대답했을 것이다.

그날 밤 블룩쇼의 집에서는 손드라와 버틴의 친구들과 그 밖의 사람들의 모임이 있었다. 그가 댄스 플로어에서 손드라와 재회하자 그녀는 방그레 미소를 지었다. 왜냐하면 그녀는 그곳에 있던 다른 사람들에게는 —— 특히 부모에게는 —— 클라이드와 처음 만난 것처럼, 여기에 와 있는 줄 몰랐다는 듯한 표정을 보이고 싶어서였다.

"여기 오셨군요, 멋지죠? 크란스톤의 집에 있나요? 잘 되었어요. 우리 별장은 바로 옆이니까요. 그럼 자주 만날 수 있겠군요. 내일 아침 일곱시에 우리 함께 말을 타지 않겠어요? 저는 버틴과 거의 매일처럼 말을 타고 나가죠. 내일 특별한 약속이 없으면 피크닉을 나가서 카누와 모터 보트를 타요. 말 타기가 서툴더라도 염려할 건 없어요. 버틴에게 말해서 당신에게는 제리를 주라고 하겠어요. 제리는 양처럼 순한 말이니까요. 승마복 같은 것은 걱정하지 않아도 돼요. 그랜트는 그런 것이라면 많이 갖고 있으니까. 다음 두 곡은 다른 사람과 추기로 되어 있으니 세 번째 곡이 시작되면 저와 같이 밖에서 만나요. 바깥 발코니에 멋진 장소가 있어요."

손드라는 곁에서 떠났으나 그 눈에는 '서로 마음이 통하는 사람끼리'라는 표정이 떠올라 있었다. 나중에 아무도 보지 않는 그늘 속으로 들어가자 손드라는 탐욕스런 키스를 그에게 퍼붓고 그날 밤의 파티가 끝나기도 전에 호숫가로 가는 길을 산책하면서 달빛 속에서 서로를 포옹했다.

"클라이드가 와주어서 저는 얼마나 기쁜지 모르겠어요. 당신이 없어서 얼마나 쓸쓸했는지 아세요?"

그녀는 키스를 하고 있는 그의 머리를 애무했다. 클라이드는 두 사람 사이에 가로놓여 있는 어두운 그림자를 생각하자 절망적인 마음을 담아 뜨겁게 포옹했다.

"나의 귀여운 아기."라고 그녀가 소근거렸다.

"나의 아름답고 사랑스런 손드라! 내가 당신을 얼마나 사랑하고 있는지 당신이 알아줄 수 있다면. 당신에게 무슨 얘기라도 다 할 수만 있다면 얼마나 좋을까."

하지만 지금은 어쩌면 영원히 말하지 못할 것만 같았다. 지금 두 사람 사이에 가로놓인 장벽의 한 면이라도 털어놓을 용기가 없었다. 그녀가 받은 교육이나 지금까지 생각해온 연애나 결혼이란 규율에서 보자면 아무리 사랑하고 있다 하더라도 연애 때문에 그토록 큰 희생을 치룰 수 있다고는 여겨지지 않았다. 또 그가 로버타와의 문제를 고백한 순간 나를 버리고 멀리 도망쳐버릴 것이다. 공포의 빛을 감추지 못한 채!

하지만 그가 창백하고 긴장한 얼굴로 하얀 전기 불꽃을 흩뿌리고 있듯이 중천에 떠 있는 달빛을 보고 있으려니까 손드라가 그의 팔에 안긴 채 이렇게 속삭였다.

"그토록 손드라를 사랑하고 있어요? 라고 귀여운 나의 아기! 손드라도 당신을 무지무지 사랑하고 있어요." 그녀는 두 손으로 클라이드의 얼굴을 감싸고 몇 번이나 뜨거운 키스를 퍼부었다. "그리고 이 손드라는 클라이드를 단념하지 않겠어요. 앞으로 지켜보면 알 거예요. 어떤 일이 있더라도 그것만은 확실해요. 무슨 난관이 있더라도 결코 당신을 단념하지 않을 거예요." 그러자 흔히 있는 일이지만 갑자기 현실로 돌아온 그녀는 분명하게 말했다. "하지만 지금은 돌아가야 해요. 이제 키스는 안 돼요, 안 돼. 모두 우리가 없어진 것을 눈치채고 있을 거예요."

그녀가 몸을 빼고 별장으로 급히 가려는 순간에 손드라를 찾고 있던 파머 서스톤을 만났다.

이튿날 아침, 약속 대로 아직 일곱시도 안 되었는데 인스피레이션 곶을 향해 말을 달렸다. 버틴과 손드라는 산뜻한 빨간색 승마복과 흰 바지에 검정색 장화를 신고 있었으며 머리는 묶지 않아 바람에 흩날리고 있었다. 대개는 그보다 앞서 달렸는데 갑자기 그가 있는 곳까지 되돌아오기도 했다. 또 어떤 때는 손드라가 빨리 따라오라고 소리치거나 그가 볼 수 없는 숲속에 몸을 감추고 두 여자는 무언가 얘기를 나누기도 했다. 손드라가 그에게 남다른 관심을 보이자 버틴은 가족들의 반대가 없는 이상 그들은 결혼할 것이라고 생각했다. 그런 사정이 있어서인지 버틴은 무척 상냥하고 친절을 다했으며 여름 동안은 언제나 이곳에 와도 좋다고 했을 뿐 아니라 아무한테서도 쓸데없는 말이 나오지 않도록 두 사람의 후원자가 되어주겠다고도 했다. 클라이드는 가슴이 두근거리거나 수심에 잠기거나 —— 그것은 종종 교차되고 있었다 —— 또 무의식중에 신문 기사 쪽으로 마음이 기울어져 그 유혹과 싸우고 그런 유혹을 완전히 자기의 마음속에서 털어내려고 했다.

이윽고 어느 지점에 이르자 손드라는 검은 나무들로 에워싸인 좁은 길로 꺾어져서 조약돌이 많고 이끼로 덮여 있는 샘가로 가서 클라이드에게 소리쳤다.

"내리세요. 이 길은 제리가 잘 알고 있으니까 그 말이라면 미끄러지지는 않아요. 말에서 내려 물을 마시세요. 이 물을 마시면 곧 다시 이곳에 오게 된다는 전설도 있어요.”

그가 물을 마시기 위해 말에서 내리려 할 때 손드라가 다시 말했다.

“당신에게 할 얘기가 있어요. 어젯밤 당신이 이곳에 왔느냐고 물으시던 어머니의 얼굴을 당신에게 보여주고 싶군요. 물론 저와 당신의 관계를 확실히 알고 계시지는 않아요. 버틴도 당신을 좋아하는 모양이라고 생각하세요. 어머니가 그렇게 생각하시도록 제가 분위기를 끌어갔어요. 하지만 저도 당신에게 관심을 갖고 있다고 생각하고 있는 것만은 확실해요. 어머니는 그 일로 굉장히 신경을 쓰시는 것 같아요. 하지만 더 이상 아무 말도 없으셨어요. 조금 전 버틴과 이 문제를 상의했더니 힘이 되어주겠다고 했어요. 아무튼 우리는 행동에 여간 조심하지 않으면 안 돼요. 어머니가 우리 사이를 의심하게 되면 무슨 일을 하실지 모르니까요. 당신과 만나지 못하게 하기 위하여 곧 이곳에서 돌아가버리자고 말하실지도 몰라요. 어머니는 자기의 마음에 드는 남자가 아니면 누구에게도 관심을 갖지 않으시니까요. 어머니는 스튜워트에 대해서도 그래요. 하지만 여러 사람과 함께 있는 자리에서 특히 저에게만 관심을 갖고 있는 듯한 태도만 보이지 않는다면 어머니는 별로 뭐라고 하지는 않으실 거예요. 아무튼 지금은 안 돼요. 그러나 가을이 되어 라이카거스로 돌아가면 사정은 달라질 거예요. 그 무렵이면 저도 성년이 될 것이고 어떻게 할 것인지 진지하게 생각해보겠어요. 저는 아직껏 아무도 사랑한 적은 없었지만 당신을 사랑하고 있어요. 또 절대로 단념하거나 하지는 않겠어요. 그것만은 확실해요. 부모님들이라 해도 저의 결심을 돌이킬 수는 없을 테니까.”

손드라는 한쪽 발로 땅을 차서 발 자세를 바로잡았다. 그때 두 마리의 말은 멍청하게 주위를 두리번거리고 있었다. 클라이드는 그녀의 분명한 사랑의 고백을 듣자 너무나 감동하고 놀라서 머리 위로 떨어지는 칼날 같은 위협을 떨쳐버리기 위해서도 지금이야말로 둘이 도망쳐서 결혼할 좋은 기회라고 생각했다.

그러나 손드라를 바라보고 있는 그의 시선에는 불안한 희망과 공포가 뒤섞여 있었다. 왜냐하면 그가 느닷없이 그런 소리를 하면 손드라는 너무나 당황해서 자기의 제의를 거절할지도 모르며 또 마음이 바뀔지도 몰랐다. 또 자기의 제의를 받아들인다 하더라도 돈도 없었을 뿐더러 그들이 마음 놓고 갈만한 곳도 없었다. 그러나 돈은 손드라가 갖고 있을 것이고 마련할 수도 있을 것이다. 또 일단 승낙해주기만 한다면 그의 부모들도 도와주지 않을까? 그렇게 해줄 것이 틀림없다. 어쨌든 행, 불행은 하늘에 맡기고 여기서 얘기하지 않으면 안 되겠다고 생각했다.

그는 입을 열었다.

"손드라, 그렇다면 지금 당장 우리가 어디론가 달아나버리면 어떨까? 가을까지는 아직도 한참 있어야 하고 나는 한시라도 당신과 함께 지내고 싶어. 사랑의 도피를 하는 것도 좋지 않겠어? 아무래도 가을까지 나와 당신은 결혼시키지 않으려는 어머니의 마음을 돌려놓을 수는 없을 테니까. 우리가 지금 달아나버리면 어머니도 우리 관계를 승낙하게 되실 거야. 그리고 이삼 개월 후 사정을 편지로 알리면 어머니도 어쩌지 못할 거야. 손드라, 그렇게 하는 것이 어떻겠어?"

그의 목소리는 호소하는 듯했으며 눈은 거절당했을 때를 생각하여 무서운 공포로 넘치고 있었다. 그것은 그 누구의 비호도 받을 수 없는 미래에 대한 불안이었다.

긴장된 상태로 떨고 있는 그의 기분에 감염되어 그녀는 할 말을 잊었다. 그의 제안에 충격을 받아서가 아니라 클라이드가 이처럼 열렬하고 무모한 정열에 들떠 있는 것을 보자 그가 대견하게 느껴졌을 뿐 아니라 굉장한 감동을 받았다. 이 사람은 이처럼 막무가내다. 자기가 지른 불길에 이처럼 타고 있다는 것은 알았지만 자기는 그렇게 심하게 마음이 불타고 있지 않다는 것도 알고 있었다. 그러나 이러한 정열은 또 다른 사람에게서 아직 본 적이 없다. 그리고 지금 이 사람과 사랑의 도피 행각을 벌일 수 있다면 멋지지 않을까? —— 아무도 모르게 —— 캐나다나 뉴욕이나 보스턴으로. 그녀가 도피 행각을 했다면 여기서 뿐만 아니라 라이카거스나 올바니나 유티카에서는 큰 화제가 될 것이다! 자기의 집에서나 다른 사람의 집에서도 화제에 오를 것이다! 그리고 길버트는 자기가 그토록 싫어하지만 친척이 된다. 그리고 아버지와 어머니가 존경하고 있는 그리피스 부처와도

그 순간 클라이드가 말한 대로 하고 싶다는 욕망과 결의가 손드라의 눈에 역력히 떠오르는 것을 읽을 수 있었다. 그녀는 도망쳐서 열렬하고 진실한 사랑을 멋지게 이뤄야겠다는 생각을 했다. 일단 그와 결혼해버리면 부모들은

간섭할 수 없게 될 것이니까. 또 클라이드는 자기나 부모로서도 결코 부끄럽지 않은 인간이 아닌가? 물론 사교계의 대부분의 친구들처럼 클라이드가 돈을 갖고 있지 못하기 때문에 이상적인 인물이라 할 수 없을지도 모르지만. 그러나 이 사람도 일단 결혼해버리고 아버지의 회사에 근무하게 되면 길버트와 같은 위치에 오를 수도 있을 것이다.

그러나 이런 식으로 도망쳐버렸을 때 이 고장에서의 자기 생활이나 부모에게 미칠 영향이 머리에 떠올랐다. 여름 시즌은 이제 막 시작된 단계이며 자기가 세우고 있던 계획들도 무너져버릴 것이며 부모님들은 화가 나서 아직 성년이 되지 않았다는 것을 근거로 해서 결혼 취소를 서두를지도 모른다고 생각하자 그녀는 주춤거리지 않을 수 없었다. 모험에 얽혀 있던 화려한 꿈이 언제나 변함없고 실제적이고 즉흥적인 특징으로 일변해버렸다. 몇 달의 차이는 큰 문제가 아니었다. 도피라는 수단을 취하면 두 사람 사이는 확실히 깨어 질지도 모른다. 조금만 더 참고 기다리면 영원히 헤어지지 않고 일을 원만하게 풀어나갈 수 있을 것이다.

그래서 손드라는 확신을 가지고 또 애정을 가지고 이 제안을 거절했고 클라이드는 자기의 제안이 확실하게 패배로 끝났음을 알게 되었다. 그녀와 교제하는 가운데 아직까지 한 번도 맛보지 못한, 고통에 찬 돌이킬 수 없는 패배였다. 함께 도피하지는 않을 것이다! 그러면 끝장이다 —— 끝장이다 —— 이제 영원히 손을 쓸 수 없게 될 것이다. 그녀는 여느때는 한 번도 보인 적이 없는, 가장 마음이 그에게 쏠리고 있을 때라도 보인 적이 없는 다정한 웃음을 얼굴에 떠올리면서 이렇게 말했다.

"저도 그렇게 했으면 좋겠으나 그것이 현재로서는 최선의 방법이라고는 생각지 않아요. 시기가 너무 빨라요. 어머니가 지금 당장 어떻게 하려는 것도 아니고. 그것은 누구보다도 제가 잘 알고 있으니까요. 게다가 어머니는 이번 여름에 여기서 여러 가지로 즐거운 일을 계획하고 계세요. 그것도 다른 사람이 아닌 저를 위해서. 그것이 우리에게 방해가 될 것은 아무것도 없어요. 어머니를 깜짝 놀라게 하는 일만 하지 않는다면. "당신은 이곳에 언제라도 와도 좋아요. 어머니나 다른 사람들도 그것은 이상하게 생각하지 않아요. 당신은 우리 가족이 초청한 손님이 아니니까요. 그 문제에 대해서는 이미 버틴과 얘기가 다 되어 있어요. 그러니까 우리는 여름 내내 만나고 싶으면 언제라도 자유롭게 만날 수 있어요. 그러다가 가을이 되어 우리가 라이카거스로 돌아간 다음에도 어머니의 생각이 바뀌지 않아 그때까지도 우리들의 약혼을 생각하지 않고 있다고 하신다면 그때는 당신과 떠나겠어요. 정말이라니까요. 꼭 그렇게 할 거예요.”

당신! 가을에는!

그녀는 말을 마쳤다. 그녀의 눈에는 두 사람 앞에 현실적으로 부딪치게 될 여러 가지 곤란을 훤히 내다보고 있는 것 같았다. 그 사이에도 그녀는 두 손을 꼭 잡고 그의 얼굴을 지그시 쳐다보고 있었다. 그러자 충동적으로 결심한 듯이 두 팔로 그의 목을 감고 얼굴을 가까이 대고 키스했다.

“아시겠지요? 그런 슬픈 얼굴은 그만하세요. 이 손드라는 클라이드를 진심으로 사랑하고 있으니까. 우리의 앞날을 위한 것이라면 어떤 일이라도 하겠어요. 이건 정말이에요. 또 우리는 틀림없이 잘 해낼 수 있을 거예요. 그러니까 제가 어떻게 하는지 지켜보기만 하면 돼요. 절대로 당신을 단념하지 않을 거예요. 언제까지나 —— 언제까지나.”

그러나 클라이드는 그녀의 마음을 움직일 수 있는 이론 —— 자신의 심각한 걱정거리가 의심받거나 의혹을 느끼게 하지 않도록 하는 이론 —— 이 자기에게는 전혀 없다는 것을 알게 되었으며 게다가 로버타가 자기를 해방시켜주지 않는 이상 자기는 패배의 운명을 피할 수 없다는 것도 느끼게 되었다. 그러다가 침울하고 절망적인 눈으로 그녀의 얼굴을 쳐다보았다. 이 아름다운 얼굴! 이 세계 특유의 완벽함! 그런데도 이 여자를 자기의 것으로 하거나 그 세계를 자기의 수중에 넣을 수 없는 것이다. 자기의 등뒤에는 로버타가 있으며 요구를 강요하고 약속을 재촉하고 있다! 그러니 도망칠 수밖에 없다! 아아, 하느님이시여!

그 순간 그의 얼굴에는 신경질적으로 거의 미칠 듯한 표정이 떠올랐다. 그것은 그의 생애 중 처음 보는 강렬한 것이었으며 또한 이성과 반이성의 경계에 있는 표정 바로 그것이었다. 그것은 너무나 뚜렷해서 손드라도 알 수 있었다. 그는 기분이 나빠지고 낙담하여 거의 절망적인 표정을 보였다. 그러자 손드라는 느닷없이 이렇게 소리쳤다.

“어머 클라이드, 왜 그러지요? 뭐라고 해야 좋을지 모르겠어요. 고독하다고 해야 할지. 저를 그토록 사랑하세요? 서너 달도 기다리지 못하겠다는 거예요? 그것쯤은 기다릴 수 있지 않을까요. 당신이 생각하듯 그렇게 어려운 것은 아니에요. 거의 언제나 함께 있을 것이고, 연인 사이로 지낼 수 있고 또 당신이 곁에 없을 때는 매일 편지를 쓰겠어요, 매일.”

“하지만 손드라, 손드라! 당신에게 나의 급박한 사정을 말할 수만 있다면. 나에게 어떤 의미가 있는지 말할 수만 있다면…….”

여기서 그는 말을 끊었다. 여기까지 왔을 때 어찌하여 이처럼 허겁지겁 사랑의 도피를 하지 않으면 안 되는지 묻고 싶은 표정이 손드라의 얼굴에 떠올랐기 때문이었다. 그리고 클라이드 역시 상류 사회가 그녀를 에워싸고 있는 것과 이 단계에서 너무 고집하는 것은 그의 정열을 의심받게 되고 그녀의 마음을 바꿔놓게 할지도 모른다고 생각했기 때문이었다. 또 어쩌면 정열이 식어서 가을에 거는 꿈조차 소멸시켜버릴지도 모른다고 생각했기 때문이었다.

그래서 그녀의 결심을 굳히게 하는 이유를 더 이상 설명하는 대신 이런 식으로 말해두는 것으로 그치기로 했다.

“지금 당장 당신을 원하기 때문이오. 그것은 언제나 그러했지만. 또 단 일분이라도 당신 곁에서 떨어져 있지 못할 것만 같아. 아아, 나는 정말로 당신에게 굶주리고 있소.”

손드라는 그의 굶주림이란 말에 기분이 좋아져서, 거기에 보답할 기분이 되기도 했으나 한 말을 되풀이할 뿐이었다. 기다릴 수밖에 없어요. 가을이 되면 모든 것은 잘 풀릴 거예요. 그리고 클라이드는 패배감으로 마음까지 마비되어버렸지만 지금 그녀의 곁에 있을 수 있다는 기쁨을 되찾으려 했다. 그리고 이것저것 생각했다. 어떻게든 해야 한다. 예의 그 보트 계획이든 다른 방법을 써서라도!

하지만 그 밖에 어떤 방법이 있지?

아니 안 된다, 안 돼—— 그런 짓을 하지 않는 것은 좋지 않다. 나는 살인자가 아니며, 살인자가 될 수는 없다. 나는 살인자가 아니다—— 절대로—— 절대로—— 절대로.

하지만 이처럼 큰 손실. 이처럼 눈앞에 임박한 재앙. 눈앞에 임박한 재앙을 어떻게 피할 수 있으며 어떻게 하면 최종적으로는 손드라를 쟁취할 수 있을까?

어떻게, 어떻게 하면.

44

월요일 아침 일찍 라이카거스에 돌아가보니 이런 편지가 와 있었다.

클라이드님께

'나쁜 일은 겹쳐진다'는 말은 들었지만 지금까지는 그 뜻을 실감하지 못했습니다. 오늘 아침 최초로 만난 사람은 이웃에 사시는 월콕 씨였는데 안스 부인이 빌츠의 딘위드 부인의 일을 하게 되었으므로 오늘은 외출할 수 없다고 말하러 왔던 것입니다. 어제 안스 부인이 돌아갔을 때는 그 사람에게 맡길 일은 다 갖추어져 있어서 제가 재봉하는 일을 돕기만 하면 할 수 있게 되어 있었습니다. 그래서 그 사람은 내일까지는 오지 않게 되었습니다. 다음에는 어머니의 백모 되시는 니콜즈 부인의 병이 위독하다는 전갈이 와서 어머니는 베이커즈 폰드의 백모 댁에 가셔야 했는데 그 집은 여기서 동쪽으로 12마일쯤 떨어진 곳에 있습니다. 톰은 이곳에서 농장 일이 산더미 같은 아버지의 일을 돕기로 되었는데 그가 어머니께 마차를 보냈습니다. 어머니가 일요일까지 돌아오실지 어떨지는 잘 모르겠습니다. 제가 건강하고 시간이 허락했더라면 저도 가야했을 거예요. 어머니는 저까지 갈 필요는 없다 하셨지만.

그 다음에는 제가 틀림없이 기뻐할 것이라고 생각해서 에밀리와 톰이 남자애와 여자애를 네 명씩 초대하여 오늘 밤 유월의 달맞이 파티 같은 것을 여는데 에밀리와 어머니와 저는 아이스크림과 케이크를 만들어놓기로 되었습니다. 하지만 불쌍하게도 에밀리는 우리도 같이 쓰고 있는 월콕 씨의 전화로 만약 파티가 열리더라도 다음 주까지 연기할 수밖에 없다고 여기저기 전화를 걸지 않을 수 없게 되었습니다. 그래서 그 애가 낙담하여 기운을 잃고 있습니다.

저는 문자 그대로 이를 악물고 참고 있습니다. 하지만 너무나 고통스럽습니다. 당신과 전화로 세 번 통화했을 뿐이며 7월 5일까지는 필요한 돈을 마련할 수 없다고 했습니다. 그보다 더욱 나쁜 것은, 오늘에 와서야 안 일이지만 어머니와 아버지가 해밀턴의 찰리 숙부 댁에 가려고 정해놓고 계시고 —— 4일부터 15일까지 —— 라이카거스로 돌아가지 않으면 저도 함께 데리고 가고 톰과 에밀리는 그 동안 호머의 동생 집에 가 있게 하실 모양입니다. 그러나 저는 갈 수가 없어요. 구토증이 나고, 걱정거리가 있어서 어젯밤에는 구역질이 심했으며 오늘은 일어나 있어도 하루 종일 죽은 송장처럼 있어야 해요. 오늘 밤도 기분이 좋지 않아요.

우리는 어찌해야 좋지요? 7월 3일까지 가족들이 떠나기 전에 이리 오실 수 없을까요? 아무래도 같이 갈 수 없어요. 여기서 50마일 떨어진 곳이에요. 출발 전에 당신이 꼭 와주신다면 함께 갈 수 있겠지만. 틀림없이 와주시지 않으면 곤란해요 —— 정말로.

클라이드, 저는 집에 와서 울음으로 나날을 보내고 있어요. 당신이 함께 있어준다면 이런 비참한 기분은 들지 않았을 텐데. 용기를 내려 하지만, 제가 이곳에 온 이래 편지는 단 한 통도 받지 못했으며 전화로만 세 번 얘기한 것을 생각하면 당신은 거의 올 생각이 없는 분이라는 생각을 지워버릴 수가 없습니다. 당신은 그런 비열한 인간은 아니다, 특히 그토록 굳은 약속을 했으니까라고 자위해봅니다. 당신은 꼭 와주시겠지요? 이곳에서는 어쩐지 마음의 안정을 찾을 수 없고 두려움에 떨고 있을 뿐입니다. 작년 여름의 일, 금년 여름의 일 그리고 갖가지 꿈이 마음에 떠오릅니다. 예정보다 2, 3일 빨리 오셔도 좋지 않을까요? 가령 생활비를 절약할 수도 있을 것이고 저는 저축을 잘하며 변통도 잘 하는 편이에요. 이곳에 오시기 전까지는 옷을 다 만들어놓아야 할 텐데. 만약 그때까지 안 되면 있는 것으로 어떻게든 해보기로 하고 나중에 마무리하겠습니다. 그러니 용기를 내어 이곳에 오신다 해도 폐는 끼치지 않도록 하겠습니다. 이제 다른 방법은 생각할 수도 없습니다. 지금으로서는 당신을 위한 다른 방법이 있으면 좋겠다고 생각하고 있습니다.

제발 부탁이에요. 약속 기간이 끝날 때까지 꼭 와주시겠다고 편지해주세요. 저는 너무 걱정이 되고 외톨이로 있고 보니 외롭고 슬퍼집니다. 당신이 약속 시간까지 오지 못하신다면 제가 그리로 곧 가겠습니다. 제가 이런 말을 하면 당신이 싫어할 것이라는 것은 알고 있지만 아무래도 이곳에 눌러앉아 있을 수 없을 것 같습니다. 어머니나 아버지와 같이 떠날 수 없다면 집에 남는 것은 저 혼자예요. 오늘 밤은 당신도 좀처럼 잠이 올 것 같지 않으니, 제발 편지를 써서 데리러 갈 테니 걱정하지 말라고 몇 번이고 몇 번이고 써주세요. 오늘이라도, 이번 주말에라도 와주신다면 이처럼 기분이 어두워지지는 않을 거예요. 하지만 앞으로 2주 가까이나 남아 있군요. 모두 잠들어 집안은 조용하기만 합니다. 편지는 이것으로 줄이겠습니다.

　곧 답장을 써주셔야 해요. 만약 답장을 쓰지 않으려면 내일 꼭 전화해주세요. 당신한테서 아무런 연락이 없으면 한시도 편안한 기분으로 있을 수 없으니까요.

당신의 비참한 로버타로부터

추신 : 불쾌한 편지겠지요. 하지만 더 이상 좋은 편지는 쓸 수 없었어요. 기분이 우울해서요.

　이 편지가 라이카거스에 도착한 날, 클라이드는 거기에 있지 않았으므로 곧 답장을 쓸 수 없었다. 그래서 로버타는 무척 어둡고 히스테릭한 기분이 되어 토요일 오후에는 그가 말도 없이 자취를 감춘 것으로 생각하고 다음과 같은 편지를 썼다.

빌츠, 6월 14일, 토요일

나의 소중한 클라이드에게

　제가 라이카거스로 돌아갈 결심을 했다는 것을 알려드리겠습니다. 저는 더 이상 이곳에 있을 수 없습니다. 어머니는 제가 왜 우는지 몰라 걱정하실 것이고 의아하게 여기실 테니까요. 이제 저는 병이 난 것과 마찬가지입니다. 25일이나 26일까지 있겠다고 약속한 것을 알고 있지만 당신은 편지를 쓰겠다 해놓고 편지를 쓰지 않았습니다. 이따금 초조해서 미칠 지경일 때 전화를 걸어줄 뿐이었습니다. 오늘 아침에는 눈을 뜬 순간부터 울음을 터뜨리지 않을 수 없었으며 오늘 오후에는 심한 두통까지 나고 있습니다.

　당신이 오지 않으면 어쩌나 하고 걱정에 쌓여 있습니다. 제발 어서 와서 저를 어디론가 데려가주세요. 아무 데라도 좋아요. 지금과 같은 형편이라면 아버지나 어머니께 모든 것을 털어놓아야 할 것인지 걱정이 됩니다. 부모님들이 내가 말하기 전에 눈치채실까 조마조마하고 있습니다.

　클라이드, 당신은 몰라요. 당신은 와주겠다 했으므로 틀림없이 와줄 것이라고 믿기도 합니다. 하지만 다른 일을 이것저것 생각해서 특히 편지도 전화도 오지 않는 걸 보면 당신은 이제 오지 않을 것이라고 생각할 때도 있습니다. 이 편지가 도착한 이후 제가 이곳에 더 머물러 있게 하기 위해서라도 오겠다는 연락을 해주세요 —— 7월 1일 전에. 그 이후까지는 도저히 기다리지 못할 것 같아요. 클라이드, 온 세계를 털어놓고 보더라도 저처럼 비참한 여자는 없을 거예요. 그것은 모두 다 당신 때문이에요. 전에는 저에게 다정했으며, 지금도 저를 데리러 오겠다고 했으니 감사할 뿐이에요. 제가 두서없는 말을 했다고 해서 화는 내지 말아주세요. 걱정과 슬픔으로 정신이 돌아 어쩔 바를 모르는 것이라고 생각해주세요. 꼭 답장주세요, 클라이드. 당신의 말 한 마디를 제가 얼마나 필요로 하고 있다는 것을 알았으면 말입니다.

로버타로부터

이 편지는 라이카거스로 당장 달려가겠다는 위협이 내포되어 있었던 만큼 클라이드를 초조하게 만들기에 충분한 것이었다. 적절한 구실은 물론이고 최종적인 요구를 연기시킬 구실도 없었다. 그는 머리를 짜냈다. 자기가 책임져야겠다는 편지를 쓰면 안 된다. 결혼하지 않겠다고 결심했으면서 그런 편지를 보내는 것은 너무 어리석은 짓이다. 더구나 손드라의 따뜻한 포옹과 키스를 받은 직후이니 더욱 편지를 쓸 마음은 들지 않았다. 쓰려고 해도 쓸 수 없었다.

하지만 절망에 빠져 있는 그녀의 기분을 누그러뜨리기 위해서는 어떤 수단을 강구할 필요가 있다. 이 편지의 끝부분을 읽고 나서 클라이드는 전화를 걸어 로버타와 얘기하기로 했다. 골치 아프고 초조한 30분이 지나자 처음에는 작고 가시 돋친 목소리가 들려왔으나 사실은 접속이 잘 되지 않았다는 것을 알았다.

"여보세요, 클라이드? 전화해주셔서 고마워요. 저는 무척 신경이 날카로워져 있어요. 제가 보낸 두 통의 편지는 받으셨겠지요? 오늘 오전까지 아무 연락이 없으면 떠나려던 참이었어요. 아무 소식도 없어서 참을 수가 없었어요. 어디 갔다 오셨나요? 저의 부모님이 가셨다는 것은 읽으셨나요? 정말이에요. 클라이드, 어찌하여 편지를 쓰거나 전화를 걸지 않았지요?

편지에 3일쯤 오시지 않겠느냐고 썼는데 어떻겠어요? 그때 꼭 오실 수 있겠지요? 아니면 다른 곳에서 만날까요? 지난 삼사 일 동안은 무척 초조하게 지냈는데 당신의 목소리를 들으니까 좀 안심이 되는군요. 하지만 이삼 일 간격으로 편지를 주셔도 좋다고 생각해요. 그런데 어째서 편지는 하지 않는 것이지요, 클라이드? 제가 이곳에 온 이래로 당신은 단 한 통의 편지도 보내지 않았어요. 제가 어떻게 지내고 있으며 안정을 유지하는 것이 얼마나 어려우냐고 한 마디쯤 해주어도 좋았을 텐데.”

이렇게 전화로 얘기할 때의 로버타는 무척 신경질적이고 불안에 떨고 있는 것 같았다. 전화를 거는 동안 집에는 아무도 없었겠지만 너무 경솔하게 말하고 있다고 클라이드는 생각했다. 자기는 지금 아무도 없는 곳에서 전화를 걸고 있으니 듣는 사람은 아무도 없다고 그녀는 설명했으나 클라이드는 그렇게 판단하지 않았다. 클라이드는 자기의 이름을 들먹거리거나 편지 운운하는 것이 꺼림칙했다.

분명한 말은 피하고 지금은 무척 바빠서 당신이 원하는 편지를 쓸 수 없다. 가능하다면 28일이나 28일을 전후해서 가게 될 것이다. 가급적이면 그렇게 하겠지만 현재로서는 1주일쯤, 즉 7월 7일이나 8일까지 늦출 수밖에 없다. 그렇게 되면 나머지 50달러를 마련할 수 있으며 그 정도의 돈은 갖고 가지 않으면 안 될 것이다. 이렇게 말해두면 다음 주말에 손드라에게 다시 한 번 찾아갈 수 있다는 속셈이 있어서였다. 결국 그의 말에 따를 수밖에 없다! 부모님과 1주쯤 어디든 가 있다가 내가 데리러 가거나 아니면 당신이 이쪽으로 오면 어떨까? 그러면 시간적으로도 여유가 있고.

그러나 로버타는 이 말을 듣자 히스테릭하게 거절하면서 그렇게 될 바엔 길핀 씨 네 방이 아직 그대로 비어 있다면 그곳으로 돌아가겠으며 올 생각도 없는 당신을 기다리면서 무료한 시간을 보낼 수는 없다고 말했다. 그래서 그도 3일에 가든지 적어도 그때까지는 데리러 갈 준비를 마치겠다고 말하는 것이 좋겠다는 쪽으로 갑자기 생각을 바꾸었다. 왜냐하면 아직까지도 어떻게 해야 할 것인지 결단을 내리지 못하고 있었기 때문이었다. 좀더 생각할 시간 여유를 만들어놓지 않으면 —— 좀더 생각할 시간 여유를.

그래서 그는 목소리를 다정하게 바꾸어 이렇게 말했다.

“로버타, 내가 하는 말을 잘 들어봐. 화는 그만 내고. 당신은 이번 일에 대해서 내가 전혀 고민하고 있지 않다는 식으로 말하는군. 이번 일을 마무리지을 때까지 내가 얼마나 큰 고통을 겪고 있다는 것을 모르는 것 같아. 당신이 걱정하고 있다는 것은 잘 알지만, 나는 어떤지 알아? 나도 골치 아픈 일들로 머리가 꽉 차 있으며, 그래도 최선을 다하고 있어. 그러니 3일까지 꾹 참고 기다려줄 수 없겠어? 제발 부탁이야. 그렇게 해줘. 나는 당신에게 편지를 쓰겠고 그것이 어려울 때는 하루 걸러씩 전화를 걸겠어. 알겠지? 하지만 조금 전에 당신이 했듯이 내 이름을 들먹거리거나 하지 말아주면 좋겠어. 그러면 틀림없이 골치 아픈 문제가 일어나고 말 거야. 제발 부탁이야. 다음에 전화를 걸 때는 베이커라고 말할 테니 다음에는 당신이 적당하게 설명해주기 바래. 특별한 사정상 3일에 출발하지 못하거나 할 때는 오고 싶거든 이쪽으로 와도 좋아. 아니면 가까운 곳에서라도. 그런 다음 바로 떠나면 될 테니까."

클라이드의 어조는 애원하는 듯하고 다독거리는 듯한 것이 뒤섞였는데 그것은 이전에 완전히 로버타를 매혹시킨 적이 있는 그가 가진 특유의 다정함과 막연함이었다. 그것은 이번에도 막연하고 근거없는 만족을 줄 수 있었다. 그래서 그녀는 따뜻하고 감동이 담긴 목소리로 이렇게 대답했다.

"천만의 말씀을. 저는 그런 짓을 하려는 것이 아니에요. 다만 현재 저는 무척 고통스런 입장에 놓여 있다 보니 어쩔 바를 몰랐을 뿐이에요. 당신도 그런 제 마음을 이해해줄 거예요. 클라이드, 당신을 사랑하고 있어요. 언제나 그래요. 그리고 당신에게 상처를 입히거나 하는 일은 하지 않아요. 정말이에요. 가능하다면 하고 싶지 않아요."

클라이드는 사랑의 속삭임을 직접 듣고 전에 그가 갖고 있던 지배력이 회복되었음을 의식하자 너무 심한 소리를 하지 않도록 다시 한 번 연인처럼 해주어도 좋다고 생각했다. 당분간 그녀가 좋아지지는 않을 것이며 결혼도 하지 않겠지만 그가 품고 있는 하나의 꿈을 생각한다면 친절하게 해줄 수도 있다. 그 정도는 할 수 있지 않을까? 겉으로라도 그렇게 하는 것이 좋겠다고 자신을 타일렀다. 그리고 그렇게 해서 이 통화는 이러한 타협에 바탕을 두고 새로운 화해로 끝났다.

그 전날 —— 그가 그때까지 머물고 있던 호숫가 피서지에서는 별로 놀러

다니지 않은 하루였으므로 —— 클라이드, 손드라, 스튜워트, 버틴은 니나 템플이나 서스톤 가에 묵고 있던 해리 버곳이란 청년과 함께 차를 타고 약25마일쯤 북쪽에 있는 작은 호수의 3마일 후미로 가서 거기에서 성벽처럼 높은 소나무들이 서 있는 사이를 뚫고 나가 빅 비턴 호나 그 밖의 작은 호수를 둘러보았다. 그리로 가는 도중 황량하고 쓸쓸한 풍경에 강한 인상을 받았던 것을 생각해보았다. 키가 크고 말없이 서 있는 거무스레한 나무 사이로 나 있는, 좁고 비에 씻긴 차바퀴가 나 있는 비포장 도로와 —— 그 말이 최대한으로 의미하고 있는 삼림 —— 삼림은 사방으로 몇 마일씩 뻗어 있었다. 포장되지 않은 길 양쪽에 있는 무덤 같은 늪이나 못에는 독사처럼 뻗어 있는 덩굴이 꿈틀거리고 물이 잘 빠지지 않는 늪지대에 고여 있는 푸른 진흙 위에는 인기척없는 싸움터처럼 물을 먹고 썩어가는 산더미 같은 나무 등걸이며 십자형으로 —— 장소에 따라서는 네 겹으로 —— 쌓여 있는 통나무가 흩어져 있었다. 이 유월의 따뜻한 날씨에 이끼 덮인 나무 그루터기나 썩은 나무 위에서 마음 놓고 숨바꼭질하고 있는 하루살이떼. 자동차가 갑자기 다가가자 허겁지겁 진흙이나 독초나 무성한 수초 사이로 도망치는 뱀들.

그러한 풍경을 바라보고 있는 사이에 어찌된 셈인지 파스 호에서의 익사 사건이 머리에 떠올랐다. 자기는 생각하고 있지 않았는데도 잠재의식처럼 이처럼 고독한 장소의 쓸쓸함이나 유리함이 필요하다는 것을 생각하고 있었다. 또 어떤 지점에서는 물새의 일종이 요정이나 요괴 같은 소리를 내면서 어둠침침한 숲속으로 날아가고 있었다. 그 소리를 듣자 클라이드는 불안한 듯이 몸을 움직여 차 안에서 몸을 일으켰다. 그것은 지금까지 한 번도 들어본 적이 없는 새의 울음소리였다.

"저것은 무슨 새지요?"

클라이드는 옆에 앉았던 해리 버곳에게 물어보았다.

"저것?"

"조금 전에 날아간 새 말입니다."

"새소리 같은 것은 듣지 못했는데?"

"그 새의 울음소리는 아주 기분 나빴어요. 등골이 오싹하는 그런 소리였어요."

무엇보다도 클라이드의 흥미를 끌게 한 것은 거의 아무도 살지 않는 이 지방에 이름도 들어보지 못한 한적한 호수가 많이 있다는 점이었다. 포장되지 않는 길을 빠른 속력으로 달리자 깊은 송림 속에 그런 호수들이 점줄이 보였던 것이다. 그리고 그 근처를 지날 때면 캠프나 오두막집을 나타내는 표지가 있었으나 사람이 다닌 흔적이 있는 좁은 길이나 차바퀴 자국이 있거나 했으나 어두운 나무 그늘에 묻혀 더 이상 보이지 않기도 했다. 더 한적한 곳에 있는 호수 옆을 지나며 보니 거의 사람은 살고 있지 않은 것 같았으며, 또 살고 있다 하더라도 소나무에 둘러싸인 보석처럼 맑은 수면 저쪽에 오두막집이 보이면 그들의 관심은 그곳으로 쏠리곤 했다.

나는 어찌하여 호수를 보면 매사추세츠 주의 그 호수를 연상하게 될까! 그 보트! 발견된 여자의 사체 —— 그러나 같이 있던 남자는 발견되지 않았었다! 정말 끔찍한 일이다!

나중에 —— 마지막으로 로버타와 전화를 한 다음 자기의 방으로 돌아왔을 때 —— 생각났던 일이지만, 차가 몇 마일 더 달려 길쭉한 호수의 북쪽 끝에 있는 공지로 꺾어들었을 때 그 호수의 남쪽은 곶이나 섬으로 가려져 있었으나 차가 서 있을 때 볼 수 있는 것보다 훨씬 크고 긴 만곡(湾曲)과 곡선을 보이고 있는 것 같았다. 그리고 작은 오두막이나 보트장이 있을 뿐 무척 쓸쓸해 보였다. 그들 일행이 도착했을 때는 증기선도 카누도 눈에 뜨이지 않았다. 그날 보았던 다른 호수와 마찬가지로 호숫가까지 푸른 소나무가 —— 키가 크고 창(槍) 모양의 나무가 —— 라이카거스의 창 밖에 있는 나무와 같이 팔을 벌리고 보초처럼 서 있었다. 그 맞은쪽에는 혹이 달린 짙푸른 아디른닥 산맥의 한쪽이 보이고 있다. 그리고 눈앞에 보이는 수면은 미풍에 잔물결을 일렁이며 오후의 햇빛을 받아 반짝이고 있으며 거의 검은 색깔을 띤 감청색이었다. 나중에 작은 숙사의 베란다 위에서 서성거리고 있던 안내인이 보증해주었듯이 무척 깊었다.

“저 보트장에서 백 피트만 앞으로 나가면 깊이가 칠십 피트는 될 겁니다.”

그때 해리 버곳이 이 지방에 2, 3일 와보려는 아버지를 위하여 이 호수에서 낚시를 할 수 있는지 알아보려고 자동차 안에서 안내인에게 물었다.

“이 호수는 길이가 얼마나 되지요?”

“네, 칠 마일 정도입니다.”

“물고기는?”

"낚싯줄을 드리워보면 곧 알 수 있겠지만 검은 농어가 많으며, 어느 지점에서나 잘 물립니다. 저쪽에 보이는 섬 언저리나 섬의 남쪽에는 조그맣게 후미진 곳이 있는데 이 호수에서는 가장 잘 잡히는 낚시터라 합니다. 두 사람이 두 시간만에 일흔다섯 마리나 잡아오는 것을 본 적이 있었으니까요. 그러니 낚시를 하는 사람은 누구나 다 만족하지요."

그 안내인은 깡마르고 키가 큰 사나이로 긴 머리에 작고 날카로운, 깨끗한 눈을 가진 사나이였는데 그는 그들을 보면서 시골 사람다운 소박한 웃음을 보였다.

"여러분들도 오늘 한 번 해보시겠습니까?"

"아니, 아버님을 위해서 물어보았을 뿐입니다. 아버님이 내주쯤 이곳에 오실 예정이라 숙박 시설을 알아보려고 하던 참이었소."

"그야 물론 라켓 호만은 못하겠지만 그쪽 물고기와는 비교도 안 됩니다."

그는 이렇게 말하고 기분 나쁜 교활한 웃음을 지어 보였다.

클라이드는 이런 사나이를 보는 것은 처음이었다. 그 당시 그가 휘말려 있던 크란스톤 가나 다른 별장에서 분명히 이국적이고 물질적인 생활이나 설비뿐만 아니라 지금까지 거의 그런 속에서만 살아온 도시와는 대조적인, 이 쓸쓸하고 이상한 세계와의 대조에 흥미를 느꼈다. 이 고장 특유의 이상하리만큼 인적이 드문 자연은 라이카거스의 활기찬 생활과는 대조적이며 이런 곳이 라이카거스에서 남쪽으로 100마일 이내의 거리에 있었다.

"이 근방의 경치에는 놀라지 않을 수 없군."라고 스튜워트 핀칠리가 말했다. "체인 호는 별로 먼 거리도 아닌데 여기는 전혀 다르군. 사람이 전혀 살고 있지 않은 것 같아."

"그래요, 여름 캠프나 가을에 사슴 사냥을 하러 오는 사람을 빼놓으면 9월 1일 이후에는 아무도 없으니까요."라고 안내인은 말했다. "저는 이곳에서 십칠 년 동안이나 안내를 하거나 덫을 놓아 짐승을 잡고 있어요. 이 아래 있는 체인 호는 점점 사람이 늘어나지만 다른 호수는 전이나 달라진 것이 없어요. 이 도로를 조금만 벗어나도 이 일대는 거의 알려져 있지 않아요. 서쪽으로 오 마일만 가면 철도가 나오는데도 말입니다. 역 이름은 간 롯지라 해요. 여름에는 거기에서 버스가 다니고 있습니다. 거기서 남쪽으로 나가는 길이 있는데 그레이스 호나 3마일 후미로 갈 수 있지요. 지금으로는 그 길밖에 없으니까 젊은 양반들도 그 길로 왔을 겁니다. 롱 호로 가는 지름길을 만들 것이라는 소문도 있지만 그것은 아직 말뿐이랍니다. 자동차가 지날 수 있는 길은 이 길밖에는 없습니다. 차가 못 다니는 소로가 있을 뿐이며 캠프 장소가 아직 없는 곳도 있습니다. 그래서 그곳에 가 있으려면 자기가 쓸 수 있는 캠프 용품을 다 갖고 가야 합니다. 지난 여름에는 엘리스라는 사람과 둘이서 간 호까지 간 적이 있지요. 여기서 삼십 마일쯤 서쪽으로 가야 했는데 짐은 모두 지고 갈 수밖에 없었어요. 하지만 고기도 많이 잡혔고 사슴도 물을 마시기 위해 호숫가로 내려왔습니다."

클라이드는 고독과 매력이란 점에서는 —— 적어도 신비함에 있어서는 —— 다른 어느 고장보다도 강한 인상을 받고 돌아왔었다. 이런 곳이 라이카거스와 그리 멀지 않은 곳에 있다니. 도로로는 100마일, 철도로는 70마일이라는 것도 알게 되었다.

그러나 라이카거스로 돌아가서 로버타에게 전화를 건 다음 자기의 방으로 가자 그는 다시 책상에 마주앉아, 파스 호에서 발생한 비극을 보도한 같은 기사를 읽게 되었다. 그리고 무의식중에 불안한 마음으로, 암시적이고 도발적인 기사를 끝까지 다시 읽었다. 행방불명이 된 두 사람이 처음에 보트장에 도착했을 때의 단순하고 간단하게 보이는 행동. 두 사람이 보트를 빌려 노를 저어갔을 때의 평범하고 의심할 여지가 없는 방법. 호수의 북쪽으로 모습을 감추었을 때의 상황. 그 후 돌아오지 않은 보트와 수면에 떠 있는 노와 모자. 클라이드는 눈부신 햇빛 속에 서서 그 기사를 읽고 있었다. 창 밖에는 검은 전나무 가지가 드리워져 있었는데 그것을 보자 빅 비턴 호숫가에 있던 전나무와 소나무가 생각났다.

하지만 이게 무슨 일이람. 도대체 나는 무엇을 생각하고 있다는 말인가! 이 클라이드 그리피스라는 사나이는! 새뮤얼 그리피스의 조카라는 사나이가! 무언가가 내 속으로 '들어오려' 하고 있다. 살인! 그렇다. 이 무서운 기사! 악마 같은 사고 아니면 어떤 음모가 내 곁에서 떨어지려 하지 않는다! 가장 무서운 범죄 중의 하나, 걸려들면 전기의자에 앉을 수밖에 없는 범죄. 과연 내가 살인을 할 수 있을까. 무슨 일이 있어도 로버타는 죽일 수 없다. 생각지도 못할 일이다. 어림도 없는 소리다. 그토록 사랑하는 사이였는데 하지만 또 하나의 세계! —— 손드라 —— 어떻게 손을 쓰지 않으면 잃고 만다——.

클라이드는 두 손이 떨리고 눈꺼풀이 당겨졌다. 그리고 머리끝이 쭈뼛거리고 온몸에 오한을 느꼈다. 살인! 물 위에서 보트를 전복시킨다. 그것은 어디서나 일어날 수 있는 일이며 파스 호에서처럼 얼마든지 일어날 수 있는 일이다. 로버타는 헤엄을 치지 못한다. 나는 그것을 알고 있다. 그러나 빠지더라도 구조될지도 모른다. 비명을 지른다거나 보트에 매달리거나—— 그리고 누군가 그것을 듣는다면 그리고 나중에 그러한 사실을 말한다면! 식은땀이 이마에 돋아나고 입술이 떨리고 갑자기 목이 탔다. 그렇게 되는 것을 방지하기 위하여—— 아무래도—— 아니 다르다—— 나는 그런 인간이 아니다. 나는 그런 짓은 할 수 없다. 남을 때린다니. 그것도 여자를. 더구나 물에 빠져 허우적거리고 있다는데. 아아, 안 돼. 그런 일은 할 수 없다! 도저히 불가능한 일이다.

클라이드는 밀짚모자를 깊숙이 눌러쓰고 마치 자기가 생각하고 있는 것을 다른 사람이 알까봐 겁내고 있는 것처럼 밖으로 나갔다. 더 이상 앞으로는 그런 생각은 하지 않기로 했다. 나는 그런 악랄한 인간은 아니니까. 하지만—— 하지만—— 그 생각은. 해결책이 만약 필요하다면. 여기에 머물지 말아야 한다. 헤어지지 않고 손드라와 결혼해서 로버타에게서 벗어나려면 무엇이고—— 무엇이고 해야 한다. 약간의 용기만 있으면 된다. 하지만 그런 짓을 해서는 안 된다.

클라이드는 계속 걸어갔다. 라이카거스를 떠나 동남 방향으로 가서, 빈곤하기 그지없고 거의 인적이 없는 시골로 뻗은 길을 걸으며 혼자서 골똘히 생각에 잠겼다. 그는 자기의 생각을 다른 사람이 눈치채는 것이 싫었다.

날씨는 잔뜩 흐려 컴컴했다. 여기저기 농가에서 불이 켜졌다. 밭 가운데와 길가에 서 있는 나무들은 어둠 속에 차츰 모습을 감추기 시작하고 있었다. 날씨는 무더웠으며 대기는 생기없이 잠들어 있는 것 같았으나 그런 가운데서도 생각에 잠긴 채 땀을 흘리고 있었다. 골똘하게 생각하려는 내면의 자기를, 걸음으로써 또 무엇을 생각함으로써 주의를 딴 데로 돌려보려 하는 것 같았다.

거기에서 본 음산하고 쓸쓸한 호수!

남쪽에 있던 그 섬!

아무도 볼 이가 없다.

아무도 듣지 못할 것이다.

여름철이면 버스가 다닌다는 간 롯지라는 역 —— 아아, 너는 그런 것까지도 기억하고 있는가? 이 악마! —— 이런 생각과 연관해서 그런 것까지 생각해내다니 참 무서운 일이다. 그러나 골똘하게 생각해보는 것이 좋다 —— 그런 정도라면 자기도 알고 있다. 자신이 없으면 지금 당장 단념하는 것이 좋다 —— 깨끗하게, 영원히. 그러나 손드라의 일이! 로버타의 일이! 만약 붙잡히기라도 한다면 전기 의자에 올라앉게 된다! 하지만 현재의 나는 얼마나 비참한가. 이 곤란! 손드라를 잃게 된다는 불안. 그래도 사람을 죽인다니 —— .

클라이드는 땀에 젖은 얼굴을 닦고 밭 건너 숲을 바라보았다. 그 숲의 나무. 그는 이 길이 마음에 들지 않았다. 이 근방은 너무 캄캄했다. 돌아가는 것이 좋겠다. 그러한 남쪽에 있는 3마일 후미나 그레이스 호로 가는 그 길 —— 만약 그 길을 택한다면 —— 은 샤론이나 크란스톤의 오두막으로도 갈 수 있을 것이다. 그 길로 가면 그곳으로 갈 수 있다. 그렇다! 빅 비턴 호. 그곳에 있는 나무도 날이 어두워지면 뿌옇고 음산한 느낌이 들 것이다. 물론 저녁때겠지만. 그래, 너무 밝아서 오전 중에는 무언가 음모를 꾸밀 사람은 없을 것이다. 그런 짓은 바보나 할 것이다. 그러나 밤이라면, 지금처럼 저녁때라든가 이보다 조금 더 늦은 시각이라면 빌어먹을, 이런 생각을 하다니. 다시는 그런 생각은 하지 말자. 하지만 그곳이라면 나나 로버타를 알아볼 사람은 없다 —— —— 그래 —— 그곳이라면? 빅 비턴 호 같은 곳이라면 가기도 쉽다. 신혼여행이란 명목으로 —— 그러면 된다. 가령 독립기념일인 4일이거나 —— 4일이나 5일이라면 사람들은 더욱 적을 것이다. 그리고 숙박부에는 가명을 사용한다. 그렇게만 해두면 발각될 염려가 없다.

그렇게 해두면 샤론이나 크란스톤의 집에 한밤중이거나, 아침이나 이튿날 돌아가는 것은 손쉬운 일이며 일단 그곳에 가면 열시경에 도착하는 아침 열차로 이곳에 왔다고 꾸며낼 수도 있다. 그래서…….

이 무슨 망발인가 —— 내 마음속에서는 어찌하여 그런 생각만 하고 있을까? 나는 정말 그런 것을 계획하고 있다는 말인가? 그렇지 않다! 그런 일은 절대로 할 수 없다! 이 클라이드 그리피스가 그런 것을 진지하게 생각할

까닭이 없다. 그것은 있을 수 없는 일이다. 그럴 수가 없다. 클라이드 그리피스가 그런 것을 생각하고 있다는 자체도 있을 수 없는 일이다. 그것은 사악한 짓이다. 하지만…….

그래서 곧 그런 끔찍한 범죄는 저지를 수 없다는 비참함이나 무기력함이 집요하게 눈앞에 나타났다. 클라이드는 다시 라이카거스로 돌아가기로 했다. 그곳에 있으면 적어도 사람들 틈에 섞일 수 있다.

45

상처 입기 쉬울 정도로 상상력이 뛰어나고 병적일 정도로 시대착오적인 생각을 갖고 있을 경우 원래 강인하지 못한 지성은 흔들리기 쉽다. 당면한 문제가 충분한 압력과 복잡성을 띠고 있어서 —— 실제로 이성이 주도권을 갖고 있긴 하지만 비틀거리고 굴곡되고 흔들려 정신적으로 상당히 혼란스러워져 있을 때는 이성을 잃은 무질서하고 그릇된 조언이 다른 모든 것을 억압하고 있는 것처럼 생각될 때가 있다. 그럴 경우 의지나 용기는 정복하는 것도 인내하는 것도 불가능한 곤란에 직면해서 허겁지겁 퇴각하고 나중에는 두려움과 불합리만 남길 뿐이다.

그리고 이런 경우, 클라이드의 마음은 대군 앞에서 무참하게 참패한 소수의 군대가 총퇴각하면서도 이따금 발걸음을 멈추고 전멸을 모면할 방법은 없을까 생각하다가 탈출할 길이 없는 운명을 피하기 위하여 기괴하고 엉뚱한 계획에 의지하려 하는 것과 비슷했다. 그의 눈에는 이따금 광란스러운 표정이 떠올라 있었다. 시시각각 흘러가는 시간 속에서 빈약한 행동이나 사고를 검토하여 어디에서도 탈출구를 찾아내지 못하는 것과 비슷했다. 하지만 또 어떤 순간에는 〈타임즈 유니온〉 신문이 암시하는 해결책이 자기 자신의 필사적인 암중모색 속에서 생겨나는 심리작용에 의해서 눈앞에 나타나기도 했다. 그럴 정도로 집요하게 마음에서 떠나지 않았다.

자기의 위에 있는 세계이든, 아래에 있는 세계이든 추측한 일도 재어본 일도 없는 깊은 부분에서……생이나 죽음과는 다른 영역이며, 자기 자신과는 별개의 생물이 있는 영역에서 —— 알라딘의 램프를 우연히 문질렀을 때 나타난 마신(魔神)처럼, 어부의 그물에 걸린 신비로운 항아리에서 연기처럼 퍼진 악귀처럼 —— 그 자신의 본성 속에 잠재해 있는 악마처럼 고약한 바람이나 지혜가 모습을 나타냈다. 그것은 얄밉고 흉한 것이었으나 압도적인 힘을 가졌으며 심술이 고약했으나 흥미를 자아내듯이 친근했다. 그것은 잔혹한 자세로 클라이드를 멸망시키려는 —— 자기 자신도 마음속으로는 반대하고 있는 —— 악과 아무리 혐오나 양심의 마비나 공포감을 갖게 하더라도 해방과 성공과 연애를 안겨줄 또 하나의 악 중 어느 하나를 택하라고 강요하고 있는 것 같았다.

실제로 그때 두뇌의 중심부 즉 정신 작용을 관장하는 부분은 침묵을 지키는 방과 같아서 오직 혼자서 누구의 방해도 받지 않고 그 안에서 신비 또는 악과 무서운 소망 또는 암흑 속에서 자기 자신의 내면에 있는 원시적인 죄많은 조언에 대해서 생각하면서 앉아 있는 것과 같은 상태였다. 그러나 그것을 헤치고 탈출할 힘도 없으며 그렇다고 해서 무언가 행동을 취할 만한 용기도 없었다.

왜냐하면 현재 그가 가장 어둡고 자신없다고 생각되는 쪽의 마신(魔神)이 말을 걸어왔기 때문이었다. 마신은 이렇게 속삭이고 있었다.

'아직까지도 도저히 도망치지 못할 것이라고 생각하고 있던 로버타의 요구에서 도망치고 싶겠지? 보라! 나는 너에게 하나의 방법을 찾아주었다. 그것은 그 호수 —— 파스 호의 방법이다. 네가 읽었던 그 기사가 아무런 의미도 없이 너의 손에 넘어갔다고 생각하는가? 빅 비턴 호를, 그 깊은 검푸른 물, 남쪽에 있는 섬의 3마일 후미에 이어진 쓸쓸한 길을 생각해보는 것이 좋다. 그것은 너의 요구에 잘 들어맞지 않은가! 그러한 호수에서 보트나 카누가 전복되면 로버타는 너의 생활에서 영원히 모습을 감추게 된다. 그 여자는 헤엄을 치지 못한다! 그 호수 —— 네가 보았던, 내가 보여주었던 그 호수는 너의 목적에 잘 들어맞지 않은가? 그처럼 외진 곳이고 거의 찾는 사람이 없는데도 비교적 가까이 있다 —— 여기서부터 100마일밖에는 떨어져 있지 않다. 그리고 너와 로버타라면 그곳에 가기란 손쉬울 것이다 —— 직행하지 말고 멀리 돌아가는 것이 좋을 것이다 —— 너희들이 이미 정해놓고 있듯이 가공의 신혼여행이라도 하는 것이 좋다. 너에게 필요한 것은 이름을 바꾸는 일이다. 그리고 그 여자는 본명으로 해두고 너만 가명을 쓰면 좋다. 너에 대한 것이나 너와의 관계에 대해서는 절대로 말해서는 안 된다. 너는 그 여자에게 편지를 썼으나 극히 짧은 편지밖에는 쓰지 않았다. 전에 약속한 대로 어디론가 가서 누구의 눈에도 뜨이지 않게 전에 폰다에 갔을 때처럼 빅 비턴으로 갈 수 있다 —— 아니면 그곳에서 가까운 곳으로.'

그러나 빅 비턴에는 호텔이 없다고 클라이드는 곧 정정했다. 겨우 몇 사람이 잘 수 있는 작은 오두막집이 있을 뿐이다.

'그런 편이 더 좋을 것이다. 투숙객이 적을수록 좋다.'

하지만 기차를 타면 사람의 눈에 뜨일지도 모른다. 그 여자와 함께 있던 사나이라고 신원이 밝혀질지도 모른다.

'폰다나 글로버스빌이나 리틀 폴즈에 갔을 때 남의 눈에 뜨이지 않았던가 ? 지금까지도 다른 차량이 좌석에 앉았으니 이번에도 그러는 것이 좋다. 비밀 결혼을 한다고 했지 ? 그렇다면 비밀 신혼여행을 하면 된다.'

그래, 과연 —— 과연 그대로다.

'그렇게 타협을 끝내놓고 빅 비턴 호나 그와 비슷한 호수로 가면 된다 —— 호수라면 그곳에는 얼마든지 있다. 그런 호수에서 보트를 타는 것은 손쉬운 일이다. 문제는 없다. 너의 이름도 그 여자의 이름도 써놓을 필요는 없다. 한 시간이나 반나절이나 하루쯤 보트를 빌리면 된다. 너는 호수의 남쪽 끝에 있는 섬을 보았을 것이다. 아름다운 섬이었지 ? 보러 갈 만한 가치가 있다. 결혼 전의 즐거운 여행이니 가보는 것이 좋다. 그 여자도 틀림없이 기뻐할 것이다. 요즘은 우울한 날들의 연속이었으니까 멀리 떠나는 거다. 새로운 생활의 시련을 앞에 둔 휴식인 셈이다. 사리에 맞는 훌륭한 일일 것이다. 그리하여 너희들은 두 사람 모두 물에 빠지는 것이다. 누가 보겠는가 ? 안내인이 한두 사람 그리고 너희들에게 보트를 빌려준 사람, 숙소의 주인이 나갈 때 보았을 뿐이다. 하지만 네가 누구인지 그 여자가 누구인지 알 까닭이 없다. 게다가 너는 그 호수의 수심을 들어서 알고 있을 것이다.'

하지만 나는 그 여자를 살해하고 싶지 않다. 어떤 일이 있더라도 그 여자에게 상처를 입히기는 싫다. 다만 나를 해방시켜주고 자기의 길을 걷겠다면 기꺼이 두 번 다시 만나지 않기로 하겠다.

'하지만 그 여자는 너를 해방시켜줄 생각이 없으며 네가 같이하지 않는 한 자기의 길을 걸어갈 생각은 전혀 없다. 그리고 너는 자기의 길을 걷는다 하더라도 여기서의 즐거운 생활은 물론 손드라나 손드라가 가지고 있는 모든 것을 잃게 된다 —— 백부와의 관계에 따른 지위, 친구, 승용차, 댄스, 호수의 별장. 그리고 어떻게 되지? 시시한 일! 쥐꼬리만한 임금! 캔자스 시 이후의 방랑 생활. 어디로 가든 금년 같은 기회는 없다. 그렇게 사는 것이 좋겠다는 건가?'

그러나 여기서 무슨 사고라도 생겨서 나의 꿈은 산산히 부서질지도 모른다. 나의 장래도. 저 캔자스 시에서처럼.

'확실히 사고임엔 틀림이 없다. 그러나 똑같은 사고는 아니다. 이번에는 네가 계획을 세우는 것이다. 전부, 네 마음에 들도록 하면 된다. 더욱이 그것은 손쉬운 일이다. 매년 여름이 되면 보트 전복 사건은 흔히 있는 일이다. 보트를 타고 있는 사람은 물에 빠지겠지만 헤엄을 치지 못한다. 빅 비턴 호의 경우라도 로버타 올덴과 같이 탄 사나이가 헤엄을 칠 수 있는지 어떤지 누가 알겠는가. 또 여러 가지 죽는 방법 중에서 익사가 가장 편하다. 아무 소리도 나지 않고 소리도 지르지 않는다. 우연히 노가 곁에 있거나 보트의 뱃전에 부딪친다. 갑자기 정적이 찾아온다! 해방 —— 사체는 아무에게도 발견되지 않을지도 모른다. 또 만약 발견되어 신원이 밝혀지더라도 계획을 세워놓고, 다른 장소, 트웰프스 호로 가기 전에 어딘가 다른 호수를 찾아간 것처럼 알리바이를 만들어두면 된다. 어디에 허점이 있는가! 어디에 결점이 있는가?'

하지만 내가 보트를 뒤집었을 때 그 여자가 익사하지 않는다면 그때는 어떻게 하지? 보트에 매달려 소리를 지르고 구조되어 그때 일을 폭로하면 안 된다. 나는 그런 일은 할 수 없다. 그런 짓을 하기 싫다. 나는 그 여자를 죽이고 싶지 않다. 그것은 너무하다……너무 악랄하다.

'약간 구타하는 것 —— 그런 상황에서라면 조금만 손을 써도 혼란시키고 파멸시킬 수 있다. 확실히 슬픈 일임에는 틀림없으나 그 여자에게는 자기의 길을 걸어가도록 기회를 주지 않았는가? 뒤에 손드라가 있다는 것을 잊지 말아주기 바란다. 저 아름다운 여자 —— 라이카거스에 있는 여자와 가정, 부(富), 높은 지위, 그런 것은 아무데서나 손에 넣을 수 있는 것은 아니다. —— 결코 —— 결코 ——. 사랑과 행복 —— 이 고장의 누구에게도 결코 뒤지지 않을 정도로 —— 사촌형 길버트보다도 신분이 높은.'

그 소리는 그림자 속으로 꼬리를 끌고 사라져버린 채 일단 끊어져버렸다 —— —— 정적, 꿈.

　그래서 클라이드는 지금까지 한 말을 지그시 생각하면서 아직도 결단을 내리지 못하고 있었다. 어두운 불안감 또는 양심적인 충동이 넓다란 방 안에서 들려오는 목소리의 권고로 바뀌었다. 그러나 곧 손드라에 대한 것, 그녀가 가지고 있는 모든 것, 다음에는 로버타에 대해서 생각하자 어두운 그림자 같은 인물이 갑자기 모습을 나타내어 전보다도 더 다정하게 미소를 지으면서 속삭였다.

　'하, 아직 그 문제를 생각하고 있군. 너는 아직 탈출법을 찾아내지 못했으니 앞으로도 찾아내지 못할 것이다. 나는 너에게 정직하게 가르쳐주었으며 너를 위해 단 하나의 길을 가르쳐주었다 —— 단 하나의 길 —— 그것은 길쭉한 호수다. 보트를 저어가면서 외딴 장소를 찾기는 쉬울 것이다. 남쪽 가에 있는 깊고 사람의 눈에 잘 뜨이지 않는 한쪽 구석을 찾으면 된다. 거기서 걸어서 숲을 빠져나가, 3마일 후미나 어퍼 그레이스 호로 가는 것은 쉬운 일이다. 그리고 거기에서 크란스톤의 집에 가면 어떻겠는가? 참 바보 같군. 어쩌면 그렇게 겁이 많을까. 그토록 네 자신이 바라고 있으면서 —— 아름다움, 부(富), 지위, 물질적, 정신적인 모든 욕망은 해결된다. 그것이 곤란하다면 빈곤, 단조, 괴롭고 가난한 생활밖에 없을 텐데도.'

　'너는 그 중 어느 하나를 택하지 않으면 안 된다 —— 택해야 한다! 즉각 행동으로 옮겨야 한다. 그렇게 하지 않으면 안 된다. 그렇게 하지 않으면. 그렇게 하지 않으면.'

　그런 식으로 널따란 방의 한구석에서 메아리치듯이 목소리가 울렸다.

　처음에는 무척 겁에 질려 있던 클라이드는 이윽고 자기가 생각하고 있는 것이나 하고 있는 것과는 무관한 제3자 같은 입장에서 귀를 기울이고 자기의 해방을 위하여 그 어떤 터무니없는 정말적인 제안에도 귀를 기울이게 되었다. 결국 아무리 해도 단념할 수 없는 꿈이나 쾌락에 대해서는 정신적인 또는 육체적인 약점도 있어서 그런 일도 가능할지도 모른다는 심리 상태로 빠져들고 있었다. 그렇게 해도 무방하지 않겠는가. 그 목소리가 말하고 있는 대로가 아닌가 —— 실행 가능한 어쩔 수 없는 방법이 아닌가 —— 이 한 가지 악을 해치움으로써 나의 욕망과 모든 꿈이 실현될 수 있다. 그러나 그의 경우 원래가 불안정하고 변화하기 쉬운 의지 탓으로 그렇게 생각하는 것만으로는 해결되지 않았다. 그리고 그 후 10일밖엔 여유가 없었으나 해결할 길이 없었다.

클라이드는 그러한 문제를 혼자의 힘으로는 실현할 수 없었으며 또 그럴 생각도 없었다. 이러한 사태에 직면하자 그런 터무니없는 무서운 생각을 실행하느냐 포기하느냐는, 상황에 따라서 외부로부터의 강제를 기다릴 수밖에 없었다. 그러나 그 사이에도 로버타한테서는 7통, 손드라한테서는 5통이 왔는데 그 중 로버타의 것은 암담한 색조로, 손드라의 편지는 화려하고 풍부한 색채로 장식되어 있었다. 그것은 눈앞에 놓인 흑백 무늬처럼 선명한 대립을 보이고 있었다. 로버타로부터의 설득과 애원의 말을 듣자 전화로도 잘 대답하지 못했다. 왜냐하면 잘못 대답하면 로버타를 자신의 운명으로 끌어들이게 된다. 그러니 이 어려움을 해결하려면 파스 호의 비극이 보여주는 방법을 택하는 수밖에 없다.

동시에 손드라에게 보낸 몇 통의 편지에서 클라이드는 자신의 열렬한 애정을 토로했다. 사랑하는 사람, 멋진 연인이여. 될 수 있는 한 7월 4일 아침까지 트웰프스 호로 가고 싶은 기분으로 가득 차 있으며, 거기서 다시 만날 생각을 하니 가슴이 울렁거린다. 그러나 꼭 그렇게 될지 어떨지는 잘 모르겠다. 회사 형편상 하루, 이틀 늦어질지도 모른다. 아직 확실한 말은 할 수 없다. 그러나 늦어도 2일에는 답장을 쓰겠으며 그때는 사정이 보다 확실해질 것이다. 아직 구체적인 것은 알 수 없다. 하지만 만약 진상이 손드라에게 알려진다면 —— 만약 알려진다면 —— 하고 자기 자신에게 말해보았다. 그러나 이런 것을 쓰면서 로버타에게서 최근에 받은 편지에는 아직 답장을 쓰지 않았으므로 그는 자기 자신에게 이렇게 중얼거렸다. 나는 로버타를 데리러 갈 생각은 추호도 없으며 또 데리러 갔다 해도 그녀를 죽이려 하는 것은 아니다. 정직하게 말해서 더 정확하게 말하자면 그런 무서운 범죄를 저지른다는 생각에 솔직하게 용기를 가지고 냉정하게 직면해본 적이 없다. 그러나 이 문제에 대한 최종적인 결의 또는 결의가 필요한 시기가 임박함에 따라 그러한 생각은 점점 추악하고 무서운 것으로 보이게 되었다 —— 추악하고 곤란하기 때문에 자기가 그러한 범죄를 저지른다는 것은 있을 수 없는 일로 생각되었다. 매순간을 끊임없이 이것저것 검토하고, 정신적인 의미에서 땀을 흘리고 윤리적 또는 사회적인 공포를 피하기 위해 머릿속의 나쁜 요구나 협박을 완화시키고 그렇게 함으로써 —— 이 또한 회피이며 자기에 대한 구실이겠지만 —— 자기에게 있어서 무엇이 진실한 길인지를 판단할 수 있는 시간 여유를 갖기 위하여 빅 비턴 호에 가도 좋다고 생각했다.

그 호수라는 방법.

그 호수라는 방법.

그러나 일단 그곳에 가면 그렇게 하는 것이 현명한지 어떨지 아무도 모른다. 로버타의 생각을 바꿀 수 있을지도 모른다. 왜냐하면 이번 사건에 관한한 확실히 그녀는 불공평하고 멋대로 행동하고 있으니까. 손드라에 대하여 자기가 갖고 있는 소중한 꿈에 비한다면, 그 여자는 자기의 처지를 과장해서 말하고 — — 무척 두려운 것이라는 듯 —— 할 말을 다하고 하고 싶은 일을 다하고 있다. 그러나 그녀의 사정은 누나 에스터의 경우와 별로 다르지 않다. 에스터는 아무에게도 결혼을 강요하지 않았다. 그리고 올덴의 가정은 우리 부모보다도 훨씬 더 나은 생활을 하고 있다. 가난한 농부와 가난한 설교사의 차이는 별도로 하고라도, 그리고 에스터는 자기의 부모의 기분을 생각해보려 하지 않았는데 어찌하여 나만이 로버타의 양친의 기분까지 생각해야 할 필요가 있을까.

로버타는 죄라는 말을 입버릇처럼 말하고 있는데 그 여자에게는 아무 죄도 없단 말인가? 세간적인 견지에서 보자면 확실히 그 여자를 유혹하려 한 것은 자기였지만 그렇다 하더라도 그 여자는 결백하다고 말할 수 있을까? 자기가 그처럼 굳게 정조를 지킬 마음만 있었다면 나의 제의를 거절할 수도 있지 않았을까? 그러나 그 여자는 거절하지 않았다. 그리고 이번 일에 대해서는 잘못했을지도 모르겠으나 자기는 사태를 수습하려 애쓰지 않았던가? 또 내게는 거의 돈이 없었다. 게다가 이런 까다로운 지위에 놓여 있다. 로버타도 나와 마찬가지로 책임이 있다. 그런데도 이런 식으로 나를 괴롭히고 있다. 그녀는 결혼하자고 하지만 만약 그녀가 자기의 길을 걸어가기만 한다면 내가 생활은 도와줄 것이므로 그런 궁지에서 벗어날 수도 있을 것이다.

그런데도 그 여자는 그렇게 하려 하지 않았으며 나는 결혼할 의사가 없다. 그 여자는 나를 지배할 수 있다고 생각하고 있지만 그것은 어림도 없다! 그런 생각을 할 때는 무슨 일이라도 할 것만 같다 —— 그녀를 익사시켜도 그 책임은 로버타가 지게 될 것이다.

또 만약 세간이 이 일을 알게 되고 그 후 어떠한 반응을 보일 것인가를 생각하면 용기를 잃게 되고 나중에는 자책감에 빠질 것만 같아 지금 상태로 만족해왔으며 자기는 어떤 행동을 취할 수 있는 인간이 아니므로 도망칠 수밖에 없다는 결론에 달했었다.

월요일에 로버타로부터 편지가 왔는데 벌써 화요일, 수요일, 목요일이 지났다. 그리고 목요일 밤에, 그도 로버타도 고문을 받은 듯한 날을 보낸 끝에 또 이런 편지를 받았다.

6월 30일, 수요일, 빌츠에서

클라이드님께

이 편지는 금요일 정오까지, 전화로든 편지로든 당신의 답장이 없을 때, 그날 밤에는 라이카거스로 돌아가서 나에 대한 당신의 처사를 세간에 알리겠다는 것을 알리기 위해 쓰는 것입니다. 저는 이제 단 한 시간이라도 기다리며 고통을 받기 싫습니다. 이런 수단을 취할 수밖에 없게 된 것은 유감스런 일이지만 요즘 당신한테서는 아무런 소식도 없었으며 토요일이 3일인데도 아직 아무런 계획도 없습니다. 저의 생애는 완전히 망치게 되었으며, 그것은 당신도 마찬가지일 것입니다. 그러나 그 책임이 전적으로 저에게 있다고만은 생각지 않습니다. 저는 당신의 부담을 덜어드리기 위하여 최선을 다했으며 당신의 부모나 친구나 당신이 알고 있는 분이나 당신이 소중하게 여기는 분들에게 이런 비참한 고백을 하게 되어 미안하게 생각합니다. 하지만 이제는 한 시간이라도 더 기다리면서 괴로워할 생각은 없습니다.

로버타

이 편지를 받아 읽었을 때 그는 이제는 무언가 확실한 행동을 취하지 않으면 안 되겠다고 생각하니 온몸이 마비되어버리는 것만 같았다. 그 여자가 오겠단다! 어떤 방법을 써서라도 그것을 말리지 않으면, 내일이나 2일에는 여기 와 있을 것이다. 2일이나 3일에는 —— 독립기념일인 4일이 지나기 전까지는 로버타와 떠날 수 없다. 휴일이면 사람들 야외로 많이 나갈 것이다. 사람의 눈이 너무 많다. 그러니 누구의 눈에 뜨일지도 모른다. 어디까지나 비밀을 지켜야 한다. 적어도 준비할 시간만이라도 있어야 한다. 서둘러 준비하고 신속하게 행동할 필요가 있다. 자 서두르자! 준비다. 전화를 걸어서 그 동안 아팠다든가 돈을 구하려 다녔다거나 무슨 이유를 붙여 편지를 쓰지 못했다고 하자. 그리고 7월 4일(독립기념일)을 전후해서 백부께서 그린우드로 오라는 편지를 보냈다고 하면 어떨까? 백부! 백부! 아니 그래서는 안 된다. 백부의 이름은 너무 많이 써먹었다. 다시 한 번 백부를 만나든 안 만나든 나나 로버타에게는 별 중요한 문제가 아니지 않은가? 나는 두 번 다시 돌아오지 않을 마음으로 이곳을 떠난다. 로버타에게도 그렇게 말해두지 않았던가? 그래서 1년 후나 아니면 영영 돌아오지 않을지도 모르니까 떠나게 된 사정을 설명하기 위하여 백부께 간다고 하는 편이 좋다. 그렇게 말하면 로버타도 믿어줄지 모른다. 어떻든 독립기념일이 지날 때까지 조용히 있도록 해놓지 않으면 안 된다. 적어도 어떤 계획이 세워질 때까지 그곳에 눌러 있게 하기 위하여. 어떤 행동을 할 수 있는 마음의 준비가 될 때까지는 무슨 일이 있더라도

그는 더 이상 생각하지 않고 가장 가까이 있는, 누가 들을 염려가 없는 전화로 로버타에게 장황하게 사정을 털어놓았다. 이번에는 다급해서 거의 애원조였다. 병이 났었다. 열이 심해 방 안에 누워 있었으므로 전화를 걸 형편이 아니었다 등으로. 앞으로 다시 찾아오더라도 받아달라고 백부께 내 입장을 설명해야겠다고 생각한 나머지 그는 그녀에 대한 애정은 없었으나 호소하려는 듯이 자기가 처해 있는 사정도 좀 이해해달라고 말하면서 자기가 아무런 연락도 취하지 못했던 사정을 말했다. 그리고 자기가 마음속에 세우고 있던 계획까지도 털어놓았다. 6일까지만 기다려주면 이번에는 확실하게 당신이 지정하는 장소로 데리러 가겠다 —— 호모에서도 라이카거스에서도 리틀폴즈에서도. 다만 서로가 모든 것을 비밀로 하고 싶어했으므로 6일 오전 중 폰다로 와서 유티카행 정오 열차를 타라고 말했다. 지금 전화로 충분히 얘기하여 결정할 수 없으니 유티카에서 일박을 하면서 상의해보고 그때 결정한 대로 하면 된다. 그리고 그렇게 해야 좀더 구체적으로 상의할 수 있을 것이다. 내게도 생각한 것은 있지만 잠시 어디론가 여행을 해도 좋다 —— 즐거운 여행을. 클라이드는 목이 타서 말도 잘 나오지 않았으며 무릎과 손이 떨렸다. 그러나 로버타는 클라이드의 마음속에 일어난 갑작스런 동요를 알 수 없었다.

"지금은 묻지 말아줘. 전화로는 말할 수 없으니까. 그러니까 6일 정오에는 확실하게 폰다의 플랫폼에 있겠어. 당신이 나를 발견하거든 유티카까지 차표를 사서 타기만 하면 돼. 내 차표는 내가 사서 다른 칸에 탈 테니까. 당신이

탄 차의 앞칸이나 뒷칸에 타겠어. 만약 역에서 나를 찾지 못하거든 내가 탄 것을 알 수 있도록 물을 마시러 열차칸을 왔다갔다 하겠어. 그렇게 하면 돼. 그때 나한테 말을 걸어서는 안 돼. 일단 유티카에 도착하면 가방을 들고 어디든 조용한 곳으로 가 있으면 내가 당신 뒤를 따라가겠어. 그때 나는 당신의 가방을 받아들고 함께 작은 호텔에라도 가면 그때부턴 내가 다 할게. 하지만 지금 내가 말한 대로 하지 않으면 곤란해. 내 말 믿어주겠지? 믿어주겠다면 3일, 다시 전화하겠어 —— 아니 내일이라도. 또 6일 아침에도. 그래야 서로 준비 상황도 확인할 수 있을 테니까. 당신이 출발하는 것과 내가 가는 것을 확인하기 위해서. 그런데 어때? 당신의 트렁크는? 그 작은 거야? 좋아. 필요하다면 갖고 와도 좋아. 하지만 내가 당신이라면 그건 무거운 것은 갖고 다니지 않겠어. 어디든지 정착하면 꼭 필요한 것들은 부쳐달라고 하면 되잖아."

클라이드가 외딴 잡화점의 작은 공중전화 박스에서 전화를 걸고 있을 때 가게 주인은 구석에 진열해놓은 갖가지 병 앞에서 대중 소설을 읽는 데 열중하고 있었다 —— 전날 그의 두뇌 속의 큰 방에 모습을 나타냈던 악마의 신이 마치 그의 옆에 서 있는 것 같았다 —— 그는 온몸이 싸늘해지고 경직되고 공포에 질려 있었으며 마신이 클라이드의 입을 빌려 말하고 있는 것 같았다.

'네가 손드라와 같이 갔던 그 호수로 가라! 이곳 라이카거스 하우스 역에서 안내자를 구하라. 호수의 남단으로 가서 거기서 남쪽으로 걸어가라. 뒤집히기 쉬운 보트를 택하라 —— 크람 호나 그 일대의 호수에서 본 적이 있는 밑이 둥근 것이 좋다. 새로 모자를 사서 그것을 물 위에 띄워두는 것이 좋다 —— 너의 모자라는 것이 밝혀지지 않도록. 너의 소지품은 전부 트렁크에 넣어 여기에 두고 가라, 그러면 혹시 실수가 생기더라도 바로 갖고 도망칠 수 있다. 트웰프스 호에 가는 것처럼 —— 먼 곳이 아니라 —— 소지품은 가급적 적게 가지고 가라. 트웰프스 호에까지 수사가 미치더라도 그저 트웰프스 호에 놀러왔을 뿐, 다른 곳에 간 것이 아니라는 것을 느낄 수 있도록. 그 여자에게는 결혼할 생각이라고 말하는 것이 좋다. 그러나 결혼은 여행을 끝내고 하자고 하라.

그리고 경우에 따라서 필요하다면 현기증을 느낄 정도로 세게 후려갈겨라 —— 그것으로 충분하다 —— 그렇게 하면 익사하기 쉬울 것이다.

겁낼 필요는 없다! 약한 마음을 먹어서는 안 된다!

낮이 아니라 밤에 숲을 빠져나가라. 사람의 눈에 뜨일 때는 3마일 후미나 샤론에 있어라. 그렇게 하면 남쪽에 라켓 호나 롱 호나 북쪽의 라이카거스에서 왔다고 말할 수 있다. 가명을 쓰고 필적은 가능한 한 바꾸는 것이 좋다.

틀림없이 성공한다는 확실을 갖고 있어야 한다. 그리고 작은 목소리로 소근거리듯이 말해야 한다 —— 말은 다정하고, 사랑을 담아서. 그 여자가 너의 말에 순순히 따르게 하려면 그렇게 해야 한다.'

그의 어두운 한구석에 숨어 있던 마신은 그렇게 말했다.

<h2 style="text-align:center">46</h2>

이윽고 7월 6일 정오 로버타는 빌츠에서 출발한 남행열차를 타고 와서 폰다의 플랫폼에 내려 클라이드를 기다리고 있었다. 두 사람이 타고 갈 유티카행 열차가 오려면 30분은 더 있어야 했다. 15분 후, 클라이드는 열차에서 내려 남쪽에서 역으로 다가왔는데 거기서는 로버타의 눈에 뜨지 않았다. 그러나 역의 서쪽 모퉁이를 지나 산더미처럼 쌓여 있는 화물 틈으로 로버타가 서 있는 것을 볼 수 있었다. 그녀는 수척하고 창백한 얼굴이었다. 이번 결혼을 위해 맞춰입은 듯한 파란색 여행용 수츠에 작은 갈색 모자를 쓰고 있었다. 손드라에 비하면 얼마나 초라한 복장인가. 손드라가 제공해주는 것과는 대조적으로 괴로운 미래를 보여주는 듯했다. 그런데도 그 여자는 자기와의 결혼을 위해 내가 손드라를 단념하기를 바라고 있다. 일단 그녀와 결혼했다가 그녀에게서 해방될 무렵에는 손드라나 그녀가 가지고 있는 모든 것들은 한낱 추억이 되어버릴 것이다. 이들 두 아가씨가 갖고 있는 태도에도 차이가 있다. 손드라는 무엇이고 해주면서도 아무것도 요구하지 않는다. 그러나 로버타는 아무것도 갖고 있지 않지만 모든 것을 요구하고 있다.

어둡고 괴로운 그의 분노가 그의 전신을 에워싸고 파스 호의 미지의 사나이에게 공감을 느끼지 않을 수 없으며 그의 성공을 빌고 싶었다. 아마 그 사나이도 그런 입장이었을 것이다. 그리고 역시 그렇게 하지 않을 수 없었을 것이며, 그러니까 발각되지 않고 끝낼 수 있었을 것이다. 신경이 곤두섰다. 눈은 분노로 이글거렸으며 불안한 표정이 떠올랐다. 하지만 이번에도 잘 끝낼 수 있을까?

로버타의 집요하고 비윤리적인 요구를 거절할 수 없어서 그는 지금 그녀가 있는 플랫폼에 와 있으며 나흘 동안에 걸쳐서 불쾌한 전화를 건 이래, 막연한 형태로 열흘 동안이나 머리를 짜낸 계획을 어떤 식으로 대담하게 실천에 옮길 것인지 생각해보지 않으면 안 된다. 일단 세운 계획을 변경할 수는 없다. 행동으로 옮길 수밖에 없다! 주춤거리지 말고 예정대로 단행하는 것이다.

그러나 로버타의 눈앞에서는 표면적으로는 친절을 다하여, '음, 나 여기 있어.'라고 알리는 듯한 표정을 지어보였다. 그러나 그 표정의 이면에 있는 것은! 만약 로버타가 그의 마음속까지 훤하게 들여다보고 그의 속마음을 꿰뚫어보았더라면 당장 달아나버렸을 것이다. 그러나 그가 서 있는 것을 보자 그녀의 눈가에 서린 무거운 그늘도 사라지고 약간 아래로 처져 있던 입술도 위로 치켜올려졌으며 그를 보고 아는 체하지는 않았으나 표정이 밝아지고 클라이드가 전화로 말한 대로 자기 몫의 유티카행 차표를 샀다.

드디어 그 사람이 와주었구나! 하고 로버타는 생각하고 있었다. 그리고 나를 데려가 준다. 그래서 감사하고 싶은 마음이 솟아올랐다. 왜냐하면 앞으로 적어도 7, 8개월은 같이 있을 수 있을 테니까. 두 사람 사이가 원만해지도록 꾹 참고 최선을 다해야 하겠지만 어떻게든 잘 해나갈 수 있을 것이다. 앞으로는 신중하게 처신하지 않으면 안 된다. 이번 일로 그는 무척 기분이 상해 있을 테니까, 그의 비위를 거슬리게 해서는 안 될 것이다. 그래도 그 사람은 전보다 좀 달라진 것 같다. 전보다는 애정 어린 눈으로 자기를 보아줄지도 모른다. 우아하고 관대한 태도로 피할 수 없는 운명에 결국 몸을 내맡기는 것을 보면 나를 동정하고 있음이 분명하다. 그는 밝은 회색 양복에 새로운 맥고모자, 반들반들하게 닦은 구두, 암갈색 옷가방 그리고 —— 이번 경우에는 전혀 어울리지 않는 것이었지만 —— 최근에 산 듯한 카메라의 세 다리가 망사 케이스에 들어 있는 테니스 라켓과 함께 여행 가방 옆에 끈으로 묶여 있었다. 그것은 무엇보다도 우선 C. G. 라는 머리글자를 감추기 위한 것이었지만 그 것을 보자 그의 표정이나 기질에 대해서 이전에 갖고 있던 기분이나 욕망이 되살아났다. 이 사람은 자기에 대해서 무관심한 체하지만 역시 나의 클라 이드라고 생각했다.

로버타가 차표를 손에 들고 있는 것을 보자, 그도 자기의 차표를 사러 가서 이것으로 만사는 뜻대로 되어간다는 듯이 다시 한 번 그녀 쪽으로 얼굴을 돌리더니 플랫폼 동쪽 끝으로 돌아갔으며 로버타는 본래 서 있던 앞쪽 끝으로 돌아갔다.

'저 영감은 낡아빠진 갈색의 겨울 양복에 모자를 쓰고 갈색 하도롱지에 싼 새장을 들고 나를 보고 있지 않은가? 무언가 낌새를 챘단 말인가? 나를 알고 있다는 말인가? 라이카거스에서 일한 적이 있거나 아니면 전에 만난 적이 있다는 말인가?'

그날 그는 유티카에서 또 하나의 맥고모자를 살 작정이었다 —— 그것을 기억해두자 —— 유티카의 상표가 붙어 있는 맥고모자, 그것을 지금 쓰고 있는 것 대신 쓰면 된다. 그리고 로버타가 보지 않는 틈에 쓰고 있던 모자는 뱃속에 넣었다. 그러기 위해서는 유티카에 도착하면 로버타에게서 잠시 떨어져 있을 필요가 있다 —— 정거장이나, 도서관이나, 어디선가에서. 아마도 최초의 예정대로 어느 작은 호텔이라도 투숙하여 칼 그레엄 부처라든가 클리포드 골든 부처라든가, 게링 부처라고 —— 공장에는 그런 이름의 여공이 있었다 —— 숙박부에 쓰면 된다. 그렇게 해놓으면 수사를 받는 일이 생기더라도 로버타는 그런 이름을 가진 사나이와 달아난 것이 된다.

'멀리서 울리는 기적 소리. 어김없이 오는구나. 시계는 12시 27분을 가리키고 있었다.'

그리고 유티카에서는 그녀에게 어떠한 태도로 임해야 할지 정하지 않으면 안 된다 —— 아주 정중하게 할 것인지 아니면 그 반대로 할 것인지를. 전화로 말할 때는 그렇게 할 수밖에 없었으며 아주 다정한 목소리로 말했었다. 아마도 계속 그렇게 대해주는 것이 좋을 것이다. 그렇게 하지 않으면 화를 내거나 의심을 갖거나 고집스러워져서 문제가 복잡해질지도 모른다.

'저 기차는 이쪽으로는 오지 않나?'

하지만 이토록 나를 궁지에 몰아넣은 여자를 다정하게 대해준다는 것은 괴로운 일이다. 자기가 요구한 것을 다 받아내려는 여자에게 다정하게 대해주어야 하다니. 만약 다정하게 대해주지 않는다면? 이번 일로 해서 나의 본심을 조금이라도 눈치챘다면 —— 지금처럼 순수히 따라오지도 않고 계획을 망쳐놓는다면.

'손과 무릎이 이처럼 떨리지 않았으면 좋겠는데.'

하지만 그럴 리가 없다. 나 자신도 과연 계획대로 할 수 있을지 결심이 잘 서지 않는데 그 여자가 눈치챌 리가 없다. 내가 알고 있는 것은 그 여자와는 사랑의 도피행각을 벌이지 않겠다는 오직 그것뿐이다. 어제 생각했던 것처럼 보트를 뒤집거나 하지는 않겠지만, 그 여자와 달아나다니.

그러나 이미 기차는 왔다. 그러자 로버타는 백을 들었다. 지금의 몸으로는 너무 무거운 것은 아닐까? 아마 그럴 것이다. 그래, 안 됐어. 게다가 오늘은 너무 덥다 아무도 보지 않는 곳에 가면 내가 들려줘야겠다. 틀림없이 차에 타는 것을 확인하려고 내가 있는 쪽을 보고 있군. 그녀답게 철두철미하다. 요즘의 그녀는 나를 믿지 않고 있으니까. 차의 뒤쪽에 그늘에 가린 자리가 있다. 거기라면 그리 나쁘지 않다. 느긋하게 앉아서 밖을 살피기로 하자. 폰다에서 1, 2마일 떨어진 곳에는 라이카거스를 지나 공장 옆을 흐르는 모호크 강이 있다. 작년 여름 이맘 때는 로버타와 함께 그 강가를 산책했었다. 그러나 그 기억도 이제는 전혀 즐겁지 않다. 사갖고 온 신문에 눈을 옮기며 될 수만 있으면 그 신문으로 자기의 모습을 감추려 했는데 그러면서도 마음속에 펼쳐지는 정경에 열중해 있었다. 빅 비턴 호 주변, 호수 지대의 풍경이, 로버타와 마지막 통화를 한 이래 계속, 이 세상의 어떤 다른 장소보다도 강하게 그의 관심을 끌었다.

왜냐하면 금요일 그 전화가 있은 다음 라이카거스 하우스에 가서 빅 비턴 호나 롱 호보다 더 안쪽에 있는 호텔, 오두막집 캠프가 소개된 지도를 세 가지나 입수했다. 빅 비턴 호에서 안내인이 말했던 거의 인적없는 호수 중의 하나로 갈 수만 있다면. 그러나 그런 호수에는 보트 같은 것은 한 척도 없을지도 모른다. 그리고 토요일에도 또 네 권의 팜플렛을 정거장의 선반에서 갖고 왔다(지금 그것들은 주머니 속에 들어 있다). 북쪽의 빅 비턴 호를 통하는 철도 연변에 호수나 숙소가 얼마나 있는지는 이미 확인해두었으므로 로버타가 같이 가겠다고만 하면 하루, 이틀 놀러가면 된다. 어쨌든 빅 비턴 호나 그라스 호로 가기 전에 1박하는 것이다. 그런 것은 이미 다 알아두었다. 깨끗한 호수라고 씌어 있었다. 역 근처에는 멋진 오두막집이 시골풍의 숙소가 세 집이 있으며 그곳은 두 사람이 1주 동안 묵는다 하더라도 숙박비는 20달러밖에는 하지 않을 것이다. 둘이서 1박하더라도 5달러밖에는 들지 않을 것이다. 미지의 장소로 가기 전에 잠시 휴식을 취할 필요가 있다. 그래서 그녀에게 그렇게 말해볼 생각이다. 비용은 별로 많이 들지 않을 것이다. 교통비도 15달러 정도라고 팜플렛에 씌어 있었다. 1박 예정으로 그라스 호에 가게 된다면 —— 유티카에 도착한 바로 그날 밤이든가 늦으면 그 이튿날이 될 것이다. 그녀에게는 밀월 여행 같은 것이라고 설명해보자. 즐거운 나들이. 결혼 전에 그런 여행을 하려는 것이라고 말해두자. 그러나 여행을 떠나기 전에 결혼하려는 로버타의 계획에 말려들어서는 안 된다. 그것은 서툰 짓이다.

'다섯 마리의 새가 저쪽 숲으로 날아간다 —— 저쪽 언덕 아래로.'

보트를 타기 위해 유티카에서 빅 비턴 호로 직행하는 것은 확실히 서툰 짓이다 —— 단 하루에 —— 70마일이나 떨어진 곳이니까. 로버타는 의아하게 생각할 것이며 누구나 다 그렇게 생각할 것이다. 유티카에서는 모자를 사기 위에 그녀와 잠시 떨어질 필요가 있으므로 어딘가 허름한 호텔에서 첫날 밤을 보내고 거기에서 그라스 호로 가는 문제를 꺼내보기로 하자. 그라스 호까지 가면 거기에서 오전 중에 빅 비턴 호에 갈 수 있다. 빅 비턴 호가 더 멋지다고 말해주자. 아니면 3마일 후미로 간다 —— 그곳이 작은 마을이라는 것은 잘 알고 있다. 그곳에서 결혼하기로 하고. 그러나 도중에서 쉴 겸 빅 비턴 호에 한 번 들러보자. 그 호수를 당신에게 보여주고 싶으며 두 사람이 거기서 사진도 찍자고 말해보자. 그러기 위해서 또 나중에 손드라를 찍어주기 위해 카메라를 갖고 왔었다.
이 얼마나 속이 검은 생각을 하고 있는가!

'저 푸른 산허리에 검은 점과 흰 점으로 얼룩진 소가 아홉 마리 있군.'

그러나 카메라의 세 다리를 테니스 라켓과 함께 가방 옆에 묶어두면 두 사람은 어느 먼 곳에서 온 것이라고 사람들은 생각할 것이고, 이 근방 사람은 아니라고 생각할 것이다. 그 안내인도 호수의 깊이가 75피트나 된다고 말하지 않았던가? 그렇다면 파스 호와 깊이도 비슷하다. 그리고 로버타의 여행 가방은 —— 아아 그렇다. 그것은 어떻게 할까? 그 문제는 아직 생각해보지 않았었다.

'저 세 대의 자동차는 이 열차와 거의 같은 속도로 달리고 있군.'

그래, 그라스 호에서 1박하고 내려올 때 그레이스 호 북쪽 3마일 후미에 아는 목사가 있으니 거기서 결혼식을 올리자고 하면 된다. 로버타를 설득해서 간 로지 역에 그녀의 가방을 보관시키고 내 가방만 들고 가면 된다. 보트 대여업자나 운전사에게 카메라를 가지고 왔는데 이 근처에서 어디가 가장 경치가 좋으냐고 물어보는 것이 좋다. 도시락을 장만하는 것도 좋다. 그것은 좋은 생각이다. 도시락을 갖고 가면 로버타도 속아넘어 갈 것이다. 또 운전사도 속일 수 있다. 호수로 갈 때 카메라를 가방 속에 넣고 가는 것은 흔히 있는 일이다. 이 때 가방을 갖고 가는 것을 잊어서는 안 된다. 그렇지 않으면 남쪽의 그 섬에 가서, 거기에서 숲을 빠져나갈 계획은 수포로 돌아가버린다.

'아아 이 얼마나 소름 끼치는 무서운 계획인가! 내가 과연 그런 일을 할 수 있을까?'

그러나 빅 비턴 호에서 들었던 그 기묘한 새의 울음소리. 그 소리는 기분 나쁜 소리였으며, 그곳에 있던 안내인은 자기의 얼굴을 알아볼지도 모른다. 나는 그 사나이와 말을 하지 않았었다. 차에서 내리지도 않았으며 차창 밖으로 보았을 뿐이었다. 게다가 나의 기억으로는 그 안내인은 우리 쪽으로 눈을 돌리려 하지도 않았다. 그 사람과 이야기를 한 것은 차에서 내려 무언가 물으러 간 그랜트 크란스톤과 해리 바고트뿐이었다. 그러나 그 안내인이 나를 기억하고 있다면? 하지만 실제로 만나지 않았는데 그런 일이 일어날 리가 없다. 아마도 그 안내인은 나를 전혀 기억하지 못할 것이다. 또 그곳에 있지

않을지도 모른다. 그런데 어찌하여 얼굴이나 손에 이처럼 땀이 날까? 땀으로
축축하게 젖어 있다. 그리고 무릎까지 덜덜 떨린다.

'이 기차는 강과 같은 곡선을 그리면서 달리고 있다. 그리고 작년 여름에는
로버타와 함께 —— 그러나 그런 것은 더 이상 생각하지 말자……'

유티카에 도착하면 곧 이렇게 하기로 하자 —— 그것을 충분히 기억해두고
마음이 흔들려서는 안 된다. 그렇게 하지 않으면 안 된다 —— 아무래도.
로버타를 앞세우고 가령 100피트 정도의 간격을 두고 걸어야 한다. 물론
그렇게 하면 아무도 내가 그녀의 뒤를 쫓고 있다고는 생각하지 않을 것이다.
그리고 어디선가 단둘이 있게 되면 가까이 가서 설명하자 —— 지금도 그녀에
대한 애정은 조금도 달라지지 않았다는 식으로. 그렇게 할 수밖에 없다.
그리고 —— 그런 다음 —— 아아 그렇다, 로버타를 잠시 기다리라 해놓고 새
맥고모자를 사러 간다. 그리고 그 모자를 물 위에 남겨놓기로 하자. 물론
노도 그 옆에 놔두고. 또 그 여자의 모자 그리고 —— 그래 —— .

'이 기차는 길고 슬픈 기적을 울리는구나. 쳇, 나는 벌써부터 겁에 질려
있군.'

그러나 호텔로 가기 전에 정거장으로 돌아가서 새로 산 모자는 가방 속에
넣어두어야 한다. 아니 그보다는 호텔을 찾는 동안 가방을 갖고 있다가 모자를
그 속에 넣으면 된다. 그런 다음 로버타를 찾아내어 호텔 현관에 기다리고
있게 한 후 가방을 갖고 오자. 그리고 물론 주위에 사람이 없는지, 있더라도
두세 사람이라면 같이 안으로 들어가서 부인 전용 로비에서 기다리게 해놓고
프론트에 가서 찰스 골든이라고 숙박부에 적도록 하자. 또 그녀가 동의하기만
하면 아침 일찍 아니면 떠나는 기차만 있다면 오늘 밤에라도 —— 그 점에
대해서도 확실하게 해둘 필요가 있다 —— 그라스 호에 가면 된다. 아무튼
트웰프스 호나 샤론을 지날 때까지는 다른 칸에 타기로 하자.

'그곳에는 멋진 크란스톤의 롯지가 있다. 손드라도 있다.'

그리고 —— 그런 다음 —— .

'저 빨갛게 칠한 창고와 그 곁의 흰색으로 칠한 작은 집. 그리고 저 물레방아. 일리노이주나 미주리주에 있던 것과 비슷했다. 시카고에서도 있었다.'

한편 로버타는 앞칸에서, 클라이드는 별로 냉담해 보이지는 않는다고 생각하고 있었다. 자기가 바라고 있었듯이 즐거운 생활을 보낼 수 있을지도 모를 때 이런 식으로 라이카거스를 떠나야 했으니 가슴 아파할 것이 분명하다. 하지만 그 점은 나도 마찬가지다. 다른 방법은 없다고 하니 가능한 한 다정하게 대해주자. 그래도 사양하거나 주눅이 들 필요는 없다. 나를 이런 궁지에 빠뜨린 것은 클라이드니까. 이래야 공평해지는 것이다. 그래도 저 사람은 희생이 적은 셈이다. 앞으로 나는 아기를 키우지 않으면 안 되며 또 많은 고통을 감수하지 않으면 안 된다. 또 어느 땐가는 부모님께도 이런 이해하기 어려운 행동을 취하게 된 것은 일단 모습을 감추고 결혼하기 위해서였다고 설명하지 않으면 안 된다. 그것도 클라이드가 자기와 정말로 결혼해주었을 때 말이지만. 결혼만은 끈질기게 물고 늘어지지 않으면 안 된다 —— 그것도 바로. 유티카에서나 그 다음에 갈 장소에서 무슨 일이 있더라도 말해야 한다. 그래서 결혼 증명서를 얻어서 자기와 태어날 아기를 위해 그것을 잘 보관해두자. 그 후 그 사람은 자기가 원할 때 이혼하면 된다. 그래도 그리피스 부인이라 말할 수는 있다. 그리고 클라이드와의 사이에서 태어난 아이에게도 그리피스란 이름을 붙일 수 있다. 그것만으로도 다행이다.

'얼마나 아름다운 시냇물인가. 모호크 강이나, 작년 여름 처음 만났을 때 거닐던 생각이 떠오른다. 작년 여름! 그런데 지금은!'

결국 어디엔가 정착하게 된다. 그렇게 먼 곳은 아닐 것이다 —— 라이카거스나 빌츠에서는 얼마나 떨어졌을까? —— 부모님과는 가능한 한 빨리 만나고 싶지만 빌츠에서는 될수록 멀리 떨어진 곳이 좋다 —— 아무런 걱정 없이 만날 수 있게 되었을 때 만나뵈러 가도록 하자. 하지만 두 사람이 이런 식으로 도망쳐 나와 결혼해야 하는 몸이니 그런 것은 아무래도 좋다.

그 사람은 내가 입은 파란 셔츠와 작은 갈색 모자를 보았을까? 그리고 그 사람이 함께 놀러 다니는 돈 많은 여자에 비해서 조금이라도 더 예쁘게 보일 수 있을까? 나는 그의 기분을 언짢게 해서는 안 된다. 조금이라도 불쾌하게 하지 않도록 해주어야 한다. 하지만 조금이라도 그가 나를 사랑해준다면 얼마나 즐거운 생활을 할 수 있을까 —— 손톱만큼이라도 나를 사랑해주기만 한다면.

이윽고 유티카에 도착하여, 한적한 길에서 클라이드가 로버타를 바짝 따라붙자 클라이드는 천진스런 명랑함과 선의가 뒤섞인 표정을 지었지만 그것은 실제로는 자기가 생각하고 있는 행동을 실행할 힘이 있느냐 하는 것과 실패했을 때의 결과에 대한 두려움을 감추기 위한 가면에 지나지 않았다.

47

그날 밤 두 사람은 상의한 대로 각각 다른 칸에 탄 채 그라스 호를 향해 떠났다. 그곳에 가보니 예상했던 것보다 훨씬 혼잡스러웠다. 이 고장의 활기찬 움직임에 그는 놀라고 겁이 났다. 빅 비턴 호나 마찬가지로 이곳도 인적이 드물 것이라고 생각한 것이 빗나갔던 것이다. 그런데 이곳은 지금 어느 종교 조직인지 단체의 —— 펜실바니아의 와인브렌너파('하나님의 교회'라는 종파로, 펜실바니아 출신의 지도자 존 와인브렌너의 이름을 따서 와인브렌너파라 불린다.)라는 것을 알게 되었지만 —— 여름 별장이나 집회소로 되어 있어서, 역 쪽에서 보니 호수의 맞은쪽에 방갈로나 작은 오두막집이 많이 있었다. 로버타는 곧 이렇게 소리쳤다.

"어머, 멋져요. 저 교회 목사님의 주례로 우리는 결혼할 수 있을지도 몰라요."

예기치 못한 사태에 놀란 클라이드는 나중에 알아보자고 말은 했으나 마음속으로는 그녀를 앞지른 생각을 하고 있었다. 숙소를 정한 다음 보트 놀이를 하면서 시간을 보내는 것도 좋다. 아니면 멀리 떨어진 사람의 눈에 뜨이지 않는 장소를 찾아낼 수 있다면……. 지금은 곤란하다. 이곳은 사람이 너무 많다. 이 호수는 별로 넓지도 않고 또 별로 깊지도 않을 것이다. 타르처럼 검고 어둡고 동쪽과 북쪽은 키가 큰 검푸른 소나무가 보초처럼 늘어서 있어

마치 무장하고 창을 들고 있는 거인이라 하기보다는 귀신의 무리 같았다. 어디를 보아도 그렇게 마음이 움직일 만큼 음산하고 환상적으로 되어 있었다. 그러나 그렇다 하더라도 사람이 너무 많다. 호수 안에서만 해도 열 사람이나 있었다.

그로 인한 음산함. 곤란함.

그러나 속삭이는 소리가 들린다. 여기서 숲을 빠져나가 3마일 후미까지는 걸어갈 수 없다. 그것은 안 된다. 여기서 남쪽으로 30마일은 충분히 될 거야. 그리고 이 호수는 그처럼 쓸쓸하지 않아 보인다. 아마도 저 종교 단체의 눈이 끊임없이 감시하고 있을 것이다. 아아, 틀렸다 —— 역시 틀렸어. 그러면 뭐 라고 말해야 좋을까? 그런 것을 물어보았더니 여기서는 결혼증명서는 내줄 수 없다 하더라도 말해보자. 아니면 목사가 외출하고 부재 중이라거나 신 분증명을 제시해보라고 했으나 갖고 오지 않았다고 말할까? 아니면 —— 그래 —— 내일 이맘때까지 로버타가 입을 다물고 있도록 무슨 수를 써야 한다. 여기서는 빅 비턴 호나 샤론으로 가는 기차가 있는데 거기까지 가면 결혼식을 올릴 수 있다고 해보자.

어찌하여 이 여자는 이처럼 완고할까? 이 여자가 나와 결혼하려는 어 리석은 결의를 굳히지만 않았더라면 두 사람이 이런 데를 방황하지 않았을 것이며 한 시간 한 시간이 —— 일분 일분이 —— 고문 같지는 않았을 것이다. 마치 끝없는 십자가를 매고 있는 것 같았다. 이 여자에게서 도망칠 수만 있다면! 아아, 손드라, 손드라 만약 당신이 그 높은 신분에서 구원의 손을 뻗쳐주기만 한다면 더 이상 거짓말을 하지 않아도 될 텐데! 모든 고난도 사라질 수 있을 텐데! 모든 비참함과 작별할 수 있을 텐데!

그러나 이와는 반대로 다시 거짓말을 하게 되었다. 지루하게 수련(睡蓮)을 찾아다니고 그의 침착하지 못한 기분 탓으로 자신만이 아니라 로버타도 우울해지기만 했다. 로버타는 보트를 타면서도 이런 생각을 하고 있었다. 어찌하여 결혼식에 대해서는 저처럼 무관심할 수 있을까? 이곳으로 오기 전에 이미 수속은 다 해놓았을 것이고 그렇다면 이번 여행은 거기에 어울리는 꿈 같은 기분을 맛보아야 할 것이 아닌가. 그녀 자신도 그렇게 생각했지만 유티카에서 결혼식을 마쳤더라면 얼마나 좋았을까. 그런데 여기까지 끌고 와서 도망치려 하다니 클라이드는 전이나 다름없이 동요하기만 하고 확실하지 않은 불안한 태도로 일관하고 있다. 그의 본심이 다시 의심스러워졌다. 이 사람은 약속대로 결혼할 것인가? 내일, 아니 내일모래에는 꼭 할 것이다. 지금은 더 참고 기다려볼 수밖에 없다.

그래서 이튿날 정오에 목적지인 빅 비턴으로 가기 전에 우선 간 롯지로 갔다. 클라이드는 간 롯지에 가자 기차에서 내려 대기하고 있는 버스로 로 버타와 함께 가면서 호수에 갔다가 다시 이곳으로 돌아올 테니 그녀의 짐은 여기다 두고 가는 것이 좋겠다. 자기의 가방에는 카메라도 들어 있고 호수에 가서 먹을 도시락도 들어 있으니 갖고 가야 한다고 했다. 그러나 버스에 올라타보니 운전사가 빅 비턴 호의 안내인임을 알자 깜짝 놀랐다. 만약 이 안내인이 그의 얼굴을 기억하고 있다면! 어쩌면 핀칠리의 훌륭한 차를 기억해내지는 않을까 —— 버틴과 스튜워트가 앞좌석에 있었고 —— 자기와 손드라는 뒷좌석에 있었으며 그랜트와 해리 바고트는 차 밖으로 나가서 그 안내인과 얘기했었다.

지난 몇 주 동안 신경이 날카로워질 때는 늘 그러했듯이 이번에도 식은땀이 그의 얼굴과 손에 고였다. 도대체 나는 무엇을 생각하고 있는 것일까? 무엇을 계획하고 있는 것일까? 이런 비정한 것밖에는 생각할 수 없단 말인가? 어떻게 이런 일을 해치울 수 있다는 말인가? 라이카거스에서 유티카까지는 전에 쓰던 모자를 쓰고 있었으나 맥고모자를 쓰기 전에 가방에서 꺼내놓지 않았다는 것은 실책이었던 것 같다. 유티카에 닿기 전에 맥고모자를 샀다고는 생각하지 않을 것이다.

그러나 다행스럽게도 안내인은 클라이드를 기억하지 못했다! 그는 처음 보는 사람이란 듯이 이렇게 물었다.

"빅 비턴 호의 롯지로 가려 하십니까? 이곳은 처음인가요?"

그래서 클라이드는 무척 안심이 되면서도 약간 떨리는 목소리로 대답했다.

"그렇습니다. 그런데 오늘 그곳으로 간 사람은 많이 있습니까?"

그는 흥분된 목소리로 물었으나 곧 자기가 큰 실수를 한 것이라고 후회했다. 그런 쓸데없는 것을 물어볼 필요가 있을까? 아아 어찌하여 나는 그처럼 어리석은, 신세를 망칠지도 모를 질문을 했던 것일까?

그는 너무 당황해서 안내인이 뭐라고 대답하는지 거의 알아들을 수 없 었으며 들었다 하더라도 아주 먼 데서 들려오는 소리 같았다.

"별로 많진 않아요. 일곱여덟 명쯤 될까. 지난 사일 독립기념일 때는 삼십 명쯤 왔었는데 거의 어제 돌아가버렸지요."

그들이 지나가는 축축하고 누런 도로를 따라 늘어선 소나무의 조용함. 싸늘함과 정적. 한낮인데도 거기에는 음침한 그늘이나 보라빛이나 잿빛 웅덩이가 보인다. 밤이고 낮이고 일단 그 속에 숨어들면 아무도 만나지 못할 것 같았다. 어딘가 안쪽에서 어치 한 마리가 날카로운 금속성의 소리를 질렀다. 한 마리의 검은방울새가 나뭇가지 위에서 목청을 돋구어 은빛 그늘을 멋진 노래로 가득 채웠다. 로버타는 튼튼한 지붕이 달린 이 버스가 시냇물을 지나고 나무 다리를 건너갈 때, 맑은 물을 보면서 탄성을 질렀다.

"클라이드, 저 냇물 좀 봐요. 그리고 이 신선한 공기!"

그녀는 머지않아 죽을 텐데도! 이 무슨 낭만인가!

하지만 빅 비턴 호에 —— 저 롯지나 보트장에 —— 사람들이 많이 있다면. 아니 호수 위에서 사람이 점점이 보트를 타고 있을지도 모르고 모두 낚시에 열중해서 여기저기 흩어져 있을지도 모른다. 사람의 눈에 뜨이지 않는 장소라든가 인적이 없는 장소란 어디에도 없다. 누구나 다 알 수 있는 그런 사실을 어찌하여 생각해보지 않았을까. 이 호수는 생각했던 만큼 조용하지는 않을 것이며 아니면 그라스 호와 같으며, 오늘은 사람이 많을지도 모른다. 그렇다면 어떻게 한다지?

그래, 그때는 도망치자. 도망쳐서 모든 것을 깨끗하게 잊어버리는 것이다. 이러한 긴장은 견디기 어렵다. 이런 긴장이 계속된다면 차라리 죽어버리는 것이 낫다. 이런 야만스런 계획으로 어떻게 운명을 타개해 나가려 하는가? 죽이고 달아나려 하다니. 아니 죽여놓고 두 사람이 다 물에 빠진 것처럼 보이려 하다니. 진짜 살인자가 행복한 생활로 도주하려 하다니 이 얼마나 무서운 계획인가! 하지만 그 밖에 어떤 방법이? 어떻게 하면? 그 일을 결행하기 위하여 이곳까지 오지 않았는가? 이제 와서 포기할 수 있을까?

그리고 그 사이에 로버타는 클라이드의 옆자리에 앉아서 자기의 결혼만을 생각하고 있었다. 내일 아침에는 틀림없이 결혼하게 될 것이다. 그리고 지금은 그가 전에 말하던 그 호수를 지나가는 길에 잠시 보는 것뿐이라고 생각하고 있었다.

그때 안내인이 간 롯지 쪽을 턱으로 가리키며 물었다.

"젊은 양반께서는 묵고 가시는 건 아니지요? 부인의 짐을 역에 맡기는 것을 보면?"

"네, 오늘 밤 남쪽으로 갈 작정이지요. 여덟시 십분 차로. 그 기차를 탈 수 있도록 데려다 주겠어요?

"그야 물론이죠."

"나도 그라스 호에서 그런 소리를 듣기는 했지만."

그러나 어째서 그라스 호 얘기를 해야 했을까. 이곳으로 오기 전에 로버타와 그라스 호에 있었다는 것이 알려질 텐데도. 그러나 이 바보는 '동행하는 부인의 짐!'이라 말했다. 그리고 간 롯지에서 맡겨둔 것도 알고 있다! 빌어먹을, 제 일이나 알아서 할 일이지, 어째서 로버타와 내가 결혼한 사이가 아니라고 말하는 거지? 우리는 두 개의 가방을 갖고 있으며, 나는 그 중 하나를 들고 있는데 어재 그런 것은 물어본단 말인가? 참 이상하다! 넉살 좋은 녀석이다! 녀석이 낌새를 채거나 상상하거나 하는 일은 없을 것이다. 아무래도 좋다 —— 결혼이든, 미혼이든. 만약 로버타가 발견되지만 않는다면 어떻게 생각하든 문제없지 않을까? 발견되어 결혼하지 않았다는 것을 알았다 하더라도 누구와 바람을 피운 것이라 여길 것이다. 물론 지금 그런 걱정을 할 필요는 없다.

그때 로버타가 물었다.

"우리가 가는 곳엔 호텔이나 여관 같은 것은 있나요?"

"한 곳도 없어요. 지금 우리가 가는 숙사 외에는. 어제는 호수의 동쪽 기슭에 있는 숙사에서 일 마일쯤 떨어진 곳에 젊은 남자와 여자가 캠프를 치더군요. 지금까지 있는지는 모르겠군요."

젊은 남녀! 그 무슨 소린가! 지금도 그 사람들은 호수에 나와 있을지도 모른다. 모두가 보트를 젓거나 요트를 타거나 아니면 그냥 놀고 있을 지도 모른다. 더욱이 나는 로버타와 함께 있다! 아마도 트웰프스 호에 있는 사람도 몇 사람쯤 와 있을지도 모른다. 그나 손드라나 하리에트나 스튜워트나 버틴이 2주 전 이곳에 왔듯이 크란스톤 가나 하리에트 가나 핀칠리 가의 누군가가 이곳에 놀러 와 있다면 물론 그를 기억할 것이다. 또 이 호수의 동쪽에는 도로가 나 있음에 틀림없다. 그런 것까지 다 알고 이곳에 온다면 이번 계획은 실패로 끝나버릴 것이다. 이 얼마나 엉성한 계획인가! 이렇게 엉성하게 계획을 세우다니. 적어도 좀더 시간을 두고 계획을 짜야 했었다. 더 안쪽에 있는 호수를 택했어야 했다. 요즘 며칠이나 고심해온 그는 더 이상 좋은 생각이 떠오르지 않았다. 아무튼 지금 그가 할 수 있는 일이라면 현지에 가보는 것이었다. 사람이 많으면 더 조용한 장소를 찾아보거나 아니면 다시 그라스 호를 돌아갈 수밖에 없을 것이다. 아니면 어디로 돌아가야 한단 말인가? 아아, 나는 어찌해야 좋단 말인가. 사람들이 많이 와 있다면.

그러나 푸른 잎으로 덮힌 긴 길이 끝나고 앞이 확 트인, 클라이드의 기억에 있는 네모진 잔디밭과 호수와 기둥 위에 베란다가 있는 숙사가 빅 비턴 호의 짙푸른 수면에 맞닿아 있었다. 전번에 왔을 때 본, 그 작은 빨간 지붕의 보트장이 오른쪽 물 위에 보였다.

로버타는 경치를 보자, 너무 아름답다고 소리쳤다. 그리고 클라이드는 호수의 남쪽 멀리 아른거리는 어둡고 낮은 섬을 보고 호수에 아무도 없는 것을 확인하자 자못 감탄한 듯이 과연 멋진 경치라고 소리쳤다. 그러나 그 목소리는 약간 떨리고 있었다.

그때 숙사의 주인이 다가왔다. 빨간 얼굴과 어깨가 널찍한 중간 키의 사나이었는데 빙그레 웃으면서 물었다.

"여기서 이삼 일 묵으시겠지요?"

그러나 클라이드는 이 새로운 사태에 당황해 하면서 안내인에게 1달러를 건네주면서 퉁명스럽게 말했다.

"아니, 오후까지만 있을 거요. 밤차로 남쪽으로 가야 하니까."

"그러면 저녁 식사 때까지는 계시겠습니까? 열차는 여덟시 십오분에 떠나니까요."

"아아 그렇군요. 그럼 그 차시간에 맞추어 가겠소."

물론 밀월 여행에 나선 로버타는 결혼식 전날, 더욱이 이런 여행을 떠나는 것이니 저녁을 먹으려 할 것이다. 아무튼 이 땅딸막한 얼굴이 빨간 바보는 이렇게 말했다.

"그러면 짐은 제가 갖고 가겠으니 숙박부에 적으시지요. 그리고 부인께서는 방에서 잠시 쉬는 것일 좋을 것입니다."

클라이드는 자기의 가방을 빼앗고 싶었으나 집 주인은 가방을 들고 벌써 앞서가고 있었다. 그는 여기서 숙박부에 이름을 쓰거나 짐을 맡겨야 한다는 것은 전혀 예상도 하지 못했었다. 그는 숙박부에 사인할 생각이 없었다. 그는 가방을 도로 찾아 보트를 빌릴까 생각해보았다. 그러나 그러는 사이에 보니페스(영국의 극작가 조지 파커가 쓴 풍속 희곡 《난봉꾼의 계략》에 등장하는 여관집 주인)도 말했듯이 '클리포드 골든 부처'라고 가명으로 서명한 다음 가방을 되찾았다.

이런 사태로 인한 불안과 초조에 더하여, 최종 단계로 들어가기 전에 사정이 어떻게 전개되고 누구를 만나게 될지도 모르는데 로버타는 날씨가 더운데다가 저녁 식사를 하러 어차피 돌아올 것이니 모자와 상의를 두고 가겠다고 했다. 그 모자에는 라이카거스의 브라운스타인 가게의 상표가 붙어 있다는 것을 그도 알고 있었다. 그리고 그때 벗고 갈 것인지 입고 가는 것이 좋을지 생각해보았다. 그러나 나중에 —— 나중 일이었지만 —— 그녀를 해치우기만 하면 옷을 입고 가든 입지 않든 마찬가지라고 생각했다. 발견된다 하더라도 신원은 밝혀지지 않을 것이며 발견되지 않으면 누군지 알 턱이 없다.

정신적으로 혼란하여 동요하고 있어서, 지금 자기가 무엇을 생각하고 무슨 일을 하는지도 모르는 체 가방을 들고 보트장의 승강장 쪽으로 걸어갔다. 그는 가방을 보트 바닥에 놓고는 사진 찍기에 가장 경치가 좋은 곳은 어디냐고 보트장의 주인에게 물어보았다. 이 일을 해치우면 —— 그녀와의 승강이도 일단 끝나버리면 —— 그때는 그녀의 모습은 관념적인 호수에 떠 있는 실체없는 보트에 발을 들여놓으려 하는 막연한 사람의 그림자처럼 생각되었다. 클라이드는 로버타를 보트에 앉히고 자기도 올라타고는 보트의 한가운데 걸터앉아 노를 잡았다.

유리알처럼 반짝이는 잔잔한 호수의 수면은 물이라기보다는 기름 같았으며 엄청난 분량과 무게를 가진 유리 용액 같았다. 호수의 표면에는 거의 잔물결도 일지 않았으며 이따금 불어오는 미풍 속에 경쾌하고 신선하게 일렁일 뿐이었다. 그리고 호수를 둘러싸고 있는 아름다운 솔밭. 그 소나무들은 큰 키에 창(槍) 같은 모양을 하고 있다. 호수 건너로는 검고 멀리 보이는 아디론닥 산맥의 꼬리가 보인다. 보트를 젓는 사람도 보이지 않았다. 한 채의 집도, 통나무집도 눈에 뜨이지 않는다. 그는 안내인이 말했던 캠프를 찾아보려고 두리번거렸다. 그러나 아무것도 보이지 않았다. 또 그 근처에 와 있을 사람들의 떠드는 소리를 들어보려고 귀를 기울였다. 그러나 삐걱거리며 보트를 젓는 소리와 200피트, 300피트, 500피트, 1000피트로 점점 멀어지는 보트장 주인과 안내인이 떠드는 소리 외에는 아무 소리도 들리지 않았다.

"참 조용하고 잔잔한 호수군요."라고 말한 것은 로버타였다. "여기에 있으니 기분이 가라앉는 것 같아요. 오전에 갔던 호수보다는 훨씬 더 아름다워요. 나무도 훨씬 크고. 그리고 저 산 또 역에서 여기까지 오는 길은 시원하고 조용했어요. 길은 좋지 않았지만."

"아까 숙사에서 누구와 얘기했지?"

"아무 하고도 얘기 않했어요. 그런데 왜 그런 것을 묻지요?"

"음, 혹시 누구를 만난 것은 아닌가 해서. 이곳에는 별로 사람이 와 있는 것 같지는 않았지만."

"그래요, 호수에는 통 사람이 보이지 않더군요. 숙사의 당구실에 두 사람, 화장실에 젊은 여자가 한 사람 있었을 뿐이었어요. 이곳 물은 굉장히 차군요."

로버타는 손을 뻗어 노가 일으키는 검푸른 물결에 손을 담갔다.

"그래? 나는 아직 손을 담가보지 않아서 잘 몰랐어."

클라이드는 노 젓던 손을 멈추고 물 속에 손을 넣어보았다. 그리고 다시 젓기 시작했다. 그러나 남쪽 섬을 향해 곧장 저어가지는 않았다. 그곳은 매우 먼 곳이지만 서둘러 노를 저으면 로버타는 이상하게 생각할 것이다. 천천히 젓는 것이 좋을 것이다. 생각할 여유가 필요하다. 정찰할 시간이 필요하다. 로버타는 점심을 먹었으면 할 것이다 —— 점심 식사라니! 1마일쯤 서쪽에 멋진 곳이 있다. 그곳에 가서 식사를 하자. 둘이서 같이 하든가 로버타 혼자 식사를 해도 좋다. 오늘, 나는 먹고 싶은 생각이 전혀 없으니까. 그리고 —— 그리고 ——.

로버타도 클라이드가 보고 있는 곳을 보았다 —— 남쪽으로 둥그스름하게 휘어 있는 이 곳은 호수 속에 불쑥 튀어나와 있었고 키가 큰 소나무가 빗살처럼 늘어서 있었다. 이때 로버타가 말했다.

"어딘가 마음에 든 장소라도 생각해둔 곳이 있어요? 좀 배가 고픈데, 당신은 어때요?"

북쪽에 있는 작은 숙소와 보트장은 점점 멀어져갔다. 그것을 보고 있으려니까 처음으로 크람 호에 갔을 때 본 보트장이나 숙사가 생각이 났다. 그때는 이 아디론탁 산맥 같은 곳에 와보면 얼마나 멋질까 하고 생각했었다. 그리고 로버타 같은 여성과 사귈 수만 있다면 얼마나 좋을까 하고 생각했었다. 그때 그 운명의 날에 크람 호 위에 떠 있던 것과 같은 양털 같은 구름이 떠 있었다.

이 정경이 만들어내는 공포!

오늘 여기서 적당한 기회를 기다리는 동안 수련이라도 찾아보기로 하자 ─ ─ 그 시간을 죽이는 셈인데……죽이다니 그것은 무서운 말투다 ── 적어도 그런 짓을 하더라도 죽인다는 생각은 하지 않기로 하자. 어쨌든 지금 그런 생각을 할 필요는 없다.

로버타가 마음에 들어하는 곳에서 작고 완만한 곡선을 이룬, 꿀 같은 색깔을 한 모래 언덕으로 둘러싸인 작은 만으로 보트를 저어가자 북쪽과 동쪽은 노출될 염려가 없었다. 그리고는 로버타와 둘이서 보트에서 내렸다. 로버타는 가방 속에서 도시락을 꺼내고 로버타가 호숫가에 깔아놓은 신문 위에 도시락을 펴놓은 동안, 그는 여기저기로 서성거리며 긴장을 감추지 못했으나 그래도 너무나 아름다운 경치에 감탄을 금치 못했다. 소나무며, 이 작은 후미의 곡선에 감탄사를 연발하면서도 그가 생각하고 있는 것은 맞은쪽에 있는 섬이었으며 섬 저편 어딘가에 있을 똑같은 후미였다. 용기는 자꾸 줄어들었으나 눈앞에 임박할 끔찍한 일을 해치워야 했다. 여기까지 조심스레 계획한 기회를 헛되이 할 수는 없다. 정말로 이 고장을 빠져나가 자기가 바라고 있던 모든 것을 포기하지 않으려면.

하지만 막상 눈앞에 임박하고 보니 이러한 행위가 갖는 공포나 위험 ── 어쩌면 실패할지도 모른다는 위험 ── 이 그를 짓눌렀다. 만약 보트를 제대로 전복시키지 못한다면 ── 하지 못한다면 ── 아아, 어떻게 하나! 결국은 그런 일을 하려 했다는 증거가 남아 나는 살인자가 된다. 체포! 그런 것은 견딜 수 없는 일이다. 안 된다, 안 돼, 안 돼.

로버타는 모래 위에 그와 함께 앉아서 잠자코 있는 클라이드를 바라보았다. 그리고 낮게 콧노래를 흥얼거리며 앞으로 두 사람의 모험에 찬 생활에 도움이 될 의견을 꺼내기도 했다. 앞으로의 물질적 또는 경제적인 상황, 앞으로 어떤 식으로 어디로 향해 갈 것인가. 시라퀴스가 가장 좋다. 클라이드도 이의가 없는 것 같았으므로. 일단 그곳에 가면 어떤 일을 할 것인지 생각해보자. 왜냐하면 동생의 남편 프레드 갸벨이, 막 시작한 칼라와 와이셔츠 공장에 대해서 들은 말이 있어서였다. 그 공장에서는 클라이드를 채용해주지 않을까? 그러면서 최악의 사태만 극복하면 같은 회사나 다른 회사에서 자기도 일할 수 있지 않을까? 당분간은 한 푼이 아쉬울 테니 작은 방을 빌리거나 아니면 당신이 싫어한다면, 이제는 전처럼 기분상으로 잘 맞지 않으므로 가까이 있는 작은 방을 두 개 빌려도 좋을 것이다. 현재의 겉치레식 예의 바름이나 배려의 이면에 숨길 수 없는 반감이 있다는 것을 느꼈기 때문이었다.

그러나 클라이드는 지금 이런 말을 해보았자 아무런 소용이 없을 것이라고 생각하고 있었다. 이쪽이 찬성하든 어떻든 그것은 아무래도 좋다. 그런 식으로 할 생각은 전혀 없으니까. 로버타도 그랬다. 이 무슨 일인가. 이 여자는 내일에도 이곳에 있을 듯한 투로 말하지 않는가. 내일은 있을 턱이 없는데도 말이다. 무릎이 이런 식으로 떨리지만 않으면 된다. 손도, 얼굴도 몸도 축축하게 젖어 있군.

식사 후에 호수의 서쪽 호숫가를 따라서 그 섬을 향해서 노를 저어갈 때도 클라이드는 지친 몸으로 사방을 둘러보면서 아무도 없는 것을 확인했다. ── ─ 아무도 ── 호숫가에도 물 위에도 어디에도 아무도 없음을 ── 아무도. 다행스럽게도 주변은 조용하고 인기척이 없었다. 그러면 여기서도 이 근방의 어디에서도 해치울 수 있다 ── 지금 실제로는 없었지만, 할 용기만 있다면 ── ── 아직 용기가 나지 않는다. 로버타는 물에 손을 담그면서 호숫가에서 수련이나 들꽃이라도 찾을 수 있을지 물었다. 수련! 들꽃! 키가 큰 빽빽하게 들어선 솔밭에는 길도, 통나무 오두막집도, 텐트도, 좁은 길도, 전혀 인간이 살고 있다는 흔적이 없다는 확신을 갖게 했다. 이처럼 좋은 날씨에 아름다운 호수의 수면에는 작은 보트의 그림자 하나도 보이지 않았다. 그러나 숲속이나 호숫가에는 사냥꾼이나 안내인이나 낚시꾼이 혼자서 걷고 있을지도 모른다. 누가 보고 있다면? 더구나 이쪽을 눈여겨보고 있다면?

운명! 파멸! 죽음!

그러나 아무런 소리도 들리지 않았으며 연기도 보이지 않았다. 다만 ── ── 다만 ── 키가 큰 검푸른 소나무가 창 같은 모양을 하고 조용히 서 있었으며 여기저기 말라붙은 나무가 뒤섞여 있었다. 강한 오후의 햇볕을 받아 창백하고 말라 비틀어진 그 나무는 잿빛 팔을 위협하듯이 벌리고 있었다.

죽음!

그리고 서둘러 숲속을 날아가는 어치의 날카로운 울음소리. 고독한 딱따구리가 내는 쓸쓸한 나무 쪼는 소리. 입술에 노란 빛을 띠고 있는 검은 색깔의 새.

"켄터키 옛 집에 햇빛 비치어 여름날 검둥이 시절."

그것은 로버타가 깊고 푸른 물에 한 손을 담그고 명랑하게 부르는 노랫소리였다.

그것은 곧 '일요일엔 가겠어요'라는 그 무렵 유행하던 댄스 음악으로 바뀌고 있었다.

이윽고 배를 저으면서 골똘히 생각에 잠기거나, 노래를 부르거나, 아름다운 곳의 경치를 감상하려고 배를 멈추거나, 수련이 있을 만한 구석진 후미를 더듬거리거나 하면서 한 시간쯤 보냈을 무렵, 로버타는 시간에 너무 구애받지 말자고 했다. 섬의 남쪽에 있는 후미에 —— 깨끗한 무덤 같은 소나무로 에워싸여 있으며 육지로 구분된 수면 —— 작은 호수 같으며 수로나 통로 비슷한 것으로 연결된 작은 호수, 그것 자체가 독립된 수면을 가졌으며 넓이는 20에이커 정도로 거의 원형에 가까웠다. 북쪽 섬과 육지 사이에 있는 수로를 제외하면 동쪽도, 북쪽도, 남쪽도, 서쪽도 이 작은 호수는 나무로 에워싸여 있었다! 그리고 여기저기에 부들이나 수련이 있었다. 그 중 몇 개는 둑 가에 피어 있었다. 그리하여 인생이나 걱정거리에 지친 사람이 찾아가는 장소 같은 기분이 들었다. 마치 시끄러운 세상을 떠나고 싶은 사람들이 현명한 그러나 암담한 판단을 안고 가고 싶다고 생각하는 장소 같았다.

두 사람이 그 속으로 보트를 몰았을 때 고요하기만 하던 검푸른 물이 클라이드의 마음을 사로잡아 그의 기분까지 바꾸어놓은 것만 같았다. 일단 그러한 기분에 빨려들자 온몸이 둥둥 떠 있는 것 같았다. 줄거리도 계획도 해결해야 할 사실상의 문제도 아무것도 없는 끝없는 무한공간 속에 떠 있었다. 여기는 밑도 끝도 없는 아름다움이 있다! 그것은 클라이드를 비웃고 있는 것만 같았다. 이 이상함. 그 멋지고 부드러운 깃털 같은, 나무로 둘러싸인 어두운 수면. 그리고 그 물은 장난을 치는지, 화를 내는지, 거대한 손으로 암록색 비로드 같은 골짜기 구석에 내던진 검은 진주 같았다. 그리고 들여다보니 밑이 없는 것 같았다.

그러면서도 모든 것이 강력하게 호소하는 것은 무엇일까? 죽음! 죽음! 이제까지 보아온 무엇보다도 확실하게 죽음을 암시하고 있다! 이성적인 선택이나 최면이나, 말로는 표현할 수 없는 권태로 기뻐하며 감사하는 마음으로 가라앉을 것 같은 온화하고 아무런 저항 없이 들어갈 수 있는 죽음이었다. 그것은 나무 그늘에 덮여 무척이나 온화했다. 로버타도 감탄의 소리를 연발했다. 클라이드는, 이때 처음으로 동정이 담긴 손으로 어깨를 잡힌 기분이 들었다. 그 편안함, 그 따뜻함! 힘참! 그 손은 그를 침착하게 해주는 것만 같아 마음에 들었다. 그 손이 갖고 있는 신뢰감. 그 손이 자기 곁을 떠나지 말았으면! 언제까지나 남아서 곁에 있어준다면. 이 친구의 손이! 이제까지 살아오는 동안 이처럼 평안을 주고 이처럼 포근한 느낌을 맛본 것은 이것이 처음이 아닐까? 다른 데서는 이러한 기분을 맛본 적이 없다. 그것은 그의 마음을 안정시키고, 모든 현실감이 멀어져가는 것만 같았다.

로버타는 확실히 눈앞에 있었으나 지금은 그림자라거나 관념 같은 것으로 퇴색해버려 현실보다도 훨씬 실체가 없는 공기 같은 환영으로 흐려져 있었다. 그녀의 주위에는 현실을 암시하고 있는 색채나 형체는 있었지만 실체는 없었다. 그래서 그는 다시 기묘한 고독에 빠졌다. 꼭 잡고 있던 친구의 손이 사라져버렸기 때문이었다. 클라이드는 외톨이가 되었다. 이 음산하고 아름다운 세계에 끌려와서 버림받아 외톨이가 된 것이다. 그는 야릇한 한기(寒氣)를 느꼈다.

나는 무엇 때문에 이곳에 와 있는 것일까? 나는 무엇을 해야 하는가? 로버타를 살해해? 어림도 없다!

그래서 클라이드는 다시 몸을 구부려 빨려들 것만 같은 짙푸른 수면을 바라보았다. 그 물을 지그시 응시하자 그것이 만화경같이 큰 수정 구슬로 바뀌는 것을 알 수 있었다. 그런데 그 수정 안에서 움직이고 있는 것은 무엇일까? 누군가 인간의 모습이다! 그것은 다가오고 있었다. 그 모습이 점점 확실해지자 그것이 바로 로버타가 허우적거리면서 가는 팔을 물 밖으로 내놓고 클라이드를 잡으려 하는 것을 알았다! 아아! 이 얼마나 무서운! 그 표정! 도대체 나는 무엇을 생각하고 있었던가? 죽음! 살인!

방금 전까지만 해도 자기를 받쳐주고 있다고 생각했던 용기가 갑자기 빠져나가는 것을 알 수 있었다. 다시 한 번 그것을 잡으려고 자기 존재의 구석을 찾고 있는 것이다.

끼룩, 끼룩, 까악!

끼룩, 끼룩, 까악 !
끼룩, 끼룩, 까악 !

아아, 이 세상 것이라고는 생각할 수 없는 음산하고 잊을 수 없는 그 외침 소리. 싸늘하고, 갈라진 목소리 ! 새는 또 내 앞에 나타나서 나의 영혼을 밑뿌리부터 뒤흔들고 눈앞에 있는 현실적이기도 한 절박한 문제를 자각케 했다.’
나는 이 문제에 직면하지 않으면 안 된다 ! 직면하지 않으면 !

끼룩, 끼룩, 까악 !
끼룩, 끼룩, 까악 !

저것은 무슨 소리일까 —— 경고인가, 항의인가 아니면 죄를 선고하는 것일까 ? 이 비참한 계획이 머리에 떠올랐을 때도 저 새소리를 들었다. 저 새는 지금 고목 나무에 앉아 있다. 저 사악한 새는 이번에는 다른 나무로 날아갔다. 그 나무 역시 고목 나무였다. 조금 더 안쪽으로 울면서 날아갔다. 아아 ! 그러더니 다시 둑가로. 클라이드는 가방을 갖고 온 것을 정당화하기 위해서라도 이 장면을 촬영하지 않으면 안 된다 —— 로버타를 그리고 자기 자신을 —— 둑 위에서 그리고 물 위에서. 왜냐하면 그렇게 해두면 둑에 놔두는 것이 젖지도 않고 안전하다면서 가방을 둑에 갖다놓고 로버타를 보트에 다시 태울 수 있을 테니까. 일단 둑에 닿자 이곳저곳 특별한 장소를 찾는 체하며 이곳을 떠날 때를 대비해서 가방을 두고 갈 나무 밑을 어디로 할 것인지 생각해보았다 —— 이제 바로다 —— 이제 바로. 두 사람은 두 번 다시 둑으로 나오는 일은 없을 것이다. 결코 ! 그때 로버타는 피곤하다면서 벌써 다섯시가 지났으니 돌아가야 한다고 했다. 그러자 클라이드는 곧 저 멋진 나무 근처에서 저 섬이나 호수를 배경으로 몇 장 더 찍고 가자면서 그녀를 안심시켰다.

축축하게 땀에 젖은 손 !
로버타의 시선을 피하고 있는 어둡고 침착성을 잃은 신경질적인 눈.

이윽고 다시 호수 위로 나갔다. 둑에서 500피트쯤 떨어진 곳에 이르자, 손에 들고 있던 딱딱하고 무거운, 작은 카메라를 만지작거리고 있는 사이에 보트는 거의 후미의 중심 근처에 떠 있었다. 그 순간 주위를 둘러보았다. 지금 —— 지금 —— 자기는 어떻게 생각하든 오랫동안 피해왔지만 그래도 압도할 듯한 힘으로 육박해오던 그 순간이 찾아왔다. 그 순간 겁먹은 표정으로 주위를 둘러보았다. 둑가에는 사람의 목소리도 사람의 그림자도 아무 소리도 들리지 않았다. 길도 오두막집도 연기도! 그가 어쩌면 무언가가 계획해준 운명을 결정할 순간은 바로 곁에 있었다! 위기의 순간이. 지금 하지 않으면 안 될 것은 신속하고 거칠게 어느 한쪽으로 몸을 쓰러뜨리는 것이다. 벌떡 일어서서 보트의 좌우 한쪽에 서서 보트를 전복시키기만 하면 된다. 또 그것이 잘 되지 않으면 격렬하게 흔들고 만약 로버타가 잔소리를 하면 들고 있던 카메라나 오른쪽 노로 내려치면 된다. 능히 해낼 수 있다. 능히 해낼수 있을 것이다. 신속하고 단순하게 지금 그렇게 할 마음과 감정을 갖기만 하면 그 다음에는 자유를 향하여 재빨리 헤엄쳐가는 것이다. 성공을 향하여, 그가 지금까지 알고 있는 어느 생활보다도 새롭고 크고 달콤한 생활을 향하여.

그런데 어찌하여 나는 꾸물거리고 있는 건가? 도대체 나는 어찌하려는 건가? 어찌하여 꾸물거리는 건가?

이 후퇴를 용납하지 않는 순간에 그리고 행동이 필요한 극한까지 가장 절박해 있다는데 의지의 —— 용기의 —— 거기에 어울리는 증오와 분노의 갑작스런 마비. 로버타는 배 끝 쪽에 앉아 클라이드의 곤혹스럽고 갑작스레 일그러진 얼굴을 쳐다보았다. 갑자기 달라진 얼굴, 화를 내는 듯한, 사나운 악마적인 것이 아니라 공포 —— 죽음이나 죽음을 가져올 살의가 담긴 폭력에 대한 육체적 혐오감 —— 와 살인에 대한 괴롭고 침착성을 잃은, 억제된 욕망과 살인을 해서는 안 된다는 격렬한 상극 사이에서 생겨난 혼란하고 거의 무표정한 얼굴이었다.

그리고 그의 눈은 곧 동공이 확대되어 이글거렸다. 얼굴과 몸과 손이 경직되었다. 그 자신이 놓여 있는 내심의 평형 상태는 점점 불길한 것으로 되어갔고 실제 그는 야만스럽고 용기있는 파괴력이 아니라 착란에 의한 경련이라도 일으킬 것만 같았다.

그리고 로버타는 이상스럽게 —— 이 장면과는 기묘하게 괴로울 정도로 대조적인 —— 음산한 광기 또는 육체적 정신적이 결단을 내리지 못하는 어떤 기운을 눈치채자 소리쳤다.

"이봐요, 클라이드! 클라이드! 왜 그래요? 왜 그러는 거예요? 당신은 참 이상하군요. 당신이 그런 얼굴을 하고 있는 것은 본 적이 없어요. 도대체 왜 그러죠?"

그녀는 갑자기 일어선다기보다는 앞쪽으로 몸을 구부려 배 바닥을 기어서 클라이드에게로 다가오려 했다. 클라이드가 앞쪽으로 쓰러지거나 한쪽으로 기울어져 물 속으로 빠질 것 같아서였다. 클라이드는 곧 자기가 실패했음을 느끼자 이런 경우에 직면했을 때 겁에 질려 어찌할 바를 모르는 자기의 무능함을 의식하는 동시에 자기 자신만이 아니라 로버타에 대한 잠재적인 증오가 —— 이런 식으로 자기를 구속하고 있는 그녀의 힘 또는 세간의 힘에 대한 증오가 —— 솟아오름을 느꼈다. 그러나 어떠한 행동을 취하는 것이 무서웠으며 —— 무엇을 할 마음도 없이 —— 그저 너와는 절대로 결혼하지 않겠다고 말하고 싶었을 뿐이었다. 두 사람의 관계를 폭로하겠다고 위협한다 하더라도 너와 결혼하기 위하여 도망치거나 하지는 않겠다, 나는 손드라를 사랑하고 있으며 그녀에게 매달릴 뿐이다. 그러나 그 말은 입에서 나오지 않았다. 다만 화가 나서 혼란한 눈으로 흘겨볼 뿐이었다. 로버타가 그에게 다가가서 그의 손에 들린 카메라를 받아서 보트 위에 올려놓으려 하자 그는 로버타를 향해 손을 흔들었는데 그때도 그녀에게서 자기의 몸을 떨어지게 하려는 의도 외에는 아무것도 없었다. 그녀의 접촉, 그녀의 애원, 위안, 그녀의 존재로부터 도망치고 싶다고 생각했을 뿐이었다.

하지만 —— 무의식 중에 카메라를 단단히 잡고 있었으므로 —— 너무 세게 흔들어 그녀의 코와 턱을 치게 되었으며 그녀의 몸이 쓰러지고 보트의 왼쪽 뱃전이 수면에 닿을 정도로 기울게 했다. 그 순간 그는 그녀의 날카로운 비명 —— 그것은 보트가 기울어져서가 아니라 코나 입술이 카메라에 맞은 때문인데 —— 에 동요하고 그녀를 일으키고 어떤 의도가 있어서 때린 것이 아니라는 사과하고 싶은 생각에서 그녀에게로 다가가려 했다. 그러나 그렇게 함으로써 보트는 완전히 전복되어 그도 로버타도 순식간에 물 속에 빠지고 말았다. 이렇게 해서 보트가 홱 뒤집혔을 때 로버타는 왼쪽 뱃전에 머리를 얻어맞아 물 속으로 잠겼다가 물 위로 다시 떠오르자 미친 듯이 일그러진 얼굴을 클라이드에게 돌렸다. 그녀는 고통과 공포에 정신이 혼미해졌다.
　“살려줘요！　살려줘요！”
　“아아, 사람 살려요. 제발 살려줘요.”
　“클라이드, 클라이드！”

그러자 예의 그 목소리가 귓전에서 소곤거렸다.

‘하지만 이렇게 되기를 —— 이렇게 되기를 너도 전부터 생각하고 바랐지
않았는가？ 그런데 그 꼴은 또 뭔가！ 너의 공포에도 불구하고 이런 식으로 —
— 이런 식으로 너의 뜻대로 되지 않았느냐. 우연한 사고 —— 사크 —— 네가
의도하지 않은 일격이, 네가 하려고 한 것을 대신해주었다！ 이제 와서, 이것은
우연한 사고이므로 그녀로 구출해줄 필요가 없는데도 그처럼 너를 괴롭히고
가까스로 빠져나가게 된 세계로 다시 또 뛰어들려 하는가？ 그 여자의 생명을
너는 구출할 수 있을지도 모른다. 그러나 구해주지 못할지도 모른다！ 저
바둥거리고 있는 것을 보라. 그녀는 자기 힘으로 살아나올 수 없다. 네가
지금 그 여자의 곁으로 가면 너까지 죽게 된다. 그러나 너는 살고자 한다！
이 여자가 구출된다면 너의 앞으로의 생활은 고난의 연속일 뿐이다. 잠깐 —
— 일분의 몇분의 일만 잠자코 있으라. 가만히 기다려라 —— 기다려. 살려
달라고 아우성치는 비참한 소리에 귀기울일 것 없다. 그렇게 하면 —— 그렇게
하면 —— 그러나 자 보라구！ 다 끝났잖아. 이제는 물 밑으로 가라앉을 뿐
이다. 너는 두 번 다시 살아 있는 그 여자를 만나는 일은 결코 없을 것이다 —
— 결코. 그리고 너의 모자는 물 위에 떠 있다. 네가 바랐던 대로 그리고 보트의
노걸이에는 그 여자의 베일이 감겨 있다. 그대로 나두는 것이 좋다. 그러면
이것이 사고였다는 것을 말해주게 될 것이다.’
　이제는 아무것도 없다 —— 살랑거리는 잔물결 —— 호숫가의 멋진 경치가
갖고 있는 평화와 엄숙함. 또 음산하고 경멸하는 듯한 고독한 새의 울음소리가
들렸다.

　끼룩, 끼룩, 까악！
　끼룩, 끼룩, 까악！

끼룩, 끼룩, 까악!

고목 나무 위에 앉아 있는 악마 같은 새의 울음소리.

클라이드는 아직도 귓전에서 떠나지 않는 로버타가 외치던 소리, 그녀의 눈에 비쳤던 그 최후의 광기 어린, 창백하고 호소하는 듯한 표정에 시달리면서 답답하고 음산한 기분으로 호숫가로 헤엄쳐갔다. 누가 뭐라고 해도 그녀는 내가 죽인 것이 아니다. 아니다, 아니야. 하지만(둑 가로 올라가서 물에 젖은 옷을 짜면서) 내가 한 것으로 되지는 않을까? 도와주려 하지 않았으니까. 도와줄 마음만 있었다면 구출할 수도 있었을 텐데, 그 여자가 물에 빠진 것은 나의 과실이 아닐까? 하지만 —— 하지만 ——.

이윽고 하루가 저물려는 석양과 정적. 그는 사람의 눈에 뜨이지 않는 그 장소에서 젖은 옷을 짜 널고 옷이 다 마를 때까지 가방 곁에 우두커니 서 있었다. 그러나 그러는 사이에 가방 옆에 붙들어맨 쓰지 않았던 카메라의 세 다리를 풀어내어 숲속 고목 나무 그늘에 감추었다. 아무도 보지 않았을 것이다. 혹시 본 사람은 없을까? 다시 제자리로 돌아왔으나 방향을 분간하기 어려웠다! 서쪽으로 갔다가 다음에는 남쪽으로 가야 한다. 공연히 빙빙 돌아 원위치로 되돌아오면 큰일이다. 그런데 그 새는 또다시 똑같은 소리를 내며 음산하게 울고 있다 —— 귀에 거슬리는 신경을 건드리는 소리. 곧 사방은 어두워졌다. 청년은 아무도 살지 않는 어두운 숲을 머리에 바짝 마른 맥고 모자를 쓰고 가방을 든 채 성큼성큼 조심스레 걸어갔다 —— 남쪽으로 —— 남쪽으로.

제 3 부

1

　카탈라키 군의 남쪽은 3마일 후미라는 마을의 최북단에서 북쪽으로 50마일 떨어진 곳에 있는 캐나다 국경 가까이 위치해 있었다. 그리고 동쪽에 있는 세나체트나 인디언 호에서는 서쪽으로 로크 강이나 스카프 강에 걸친 폭이 30마일이다. 군내 대부분의 땅은 인가가 없는 삼림이나 호수가 차지하고 있었으며 그래도 쿤츠, 그라스 호, 노스 워레스, 브라운 호에는 작은 마을이 띄엄띄엄 있으며 군청 소재지가 있는 브리지버그는 군 전체의 인구 1만5천 명 중 2천 명이 살고 있었다. 그리고 이곳 중앙 광장에는 낡았지만 우아한 군 청사가 있으며 시계탑이 있는 둥근 지붕에는 비둘기가 날아다니고 있었다. 그 광장을 중심으로 네 갈래로 길이 뻗어 있었다.

　7월 9일 금요일 이 건물의 북동쪽 한 구석에 있는 검시관실(檢屍官室)에서는 프레드 하이트라는 검시관이 일에 열중하고 있었다. 키가 크고 어깨가 넓은 그는 모르몬 교도의 장로가 기르고 있는 듯한 희끗희끗한 갈색 수염을 기르고 있었다. 그 사나이는 얼굴이 크고 손발도 큼직했으며 허리도 굵었다.

　이 장면의 막이 열렸을 때 즉 오후 두시경, 그 검시관은 아내가 준 통신판매 카탈로그를 훑어보고 있었다. 카탈로그에서 장난꾸러기 다섯 살 난 아들의 구두, 상의, 모자, 운동모의 값을 살피던 중 깃이 높고 폭이 널찍한 벨트, 크고 멋진 단추가 달려 있는 오버코트의 사진이 눈에 들어오자 잠시 생각 해보았으나 연간 3천 달러의 자기 집 예산으로는, 특히 아내 에러가 적어도 앞으로 삼 년 안에는 모피 코트를 사입고 싶어하니 아들의 오버코트는 사줄 수 없을 것 같아 마음이 아팠다.

이 경우 그러한 생각이 어떠한 결말이 되느냐는 별 문제로 하더라도 마침 전화벨이 울려서 그의 생각은 중단되고 말았다.

"네, 하이트입니다. 빅 비턴 호의 월레스 아밤이라 했지요? 네 말씀해 보세요. 젊은 부부의 익사? 알았어요. 잠시 기다리십시오."

그는 정치를 좋아하며 '검시관 비서'라는 명목으로 군 당국이 급료를 주는 청년을 돌아보았다. "얼, 요점을 받아쓰게."라고 말하고는 다시 수화기에 대고 말했다. "월레스 군, 사건 전모를 말해보게 —— 음, 부인의 시체는 발견되 었으나 남편의 시체는 발견되지 않았다고? 알았어. 보트는 남쪽 둑가에 전복되어 있다구? —— 음 —— 안감을 대지 않은 맥고모자 —— 음 —— 입 과 눈 언저리에 상처가 있고 —— 상의와 모자는 숙사에 —— 상의 주머니에 한 통의 편지 —— 수취인의 이름은 —— 미코 군 빌츠의 타이터 올덴 부인 — — 알았네. 남자의 사체는 아직도 수색 중이라고? 알았네. 음 —— 아직 찾지 못했다는 말이군 —— 알았네. 월레스 군, —— 그럼 이렇게 하기로 하세. 상 의와 모자는 원 위치에 놓아두게. 잠깐 기다리게 —— 지금이 두시 반이군. 네시까지 내가 그리 가겠네. 숙사에서 버스로 나오면 그렇게 걸릴 거야. 그러면 그 버스로 가겠네. 그리고 월레스 군, 사체를 인양했을 때 그곳에 있던 사 람들의 이름을 한 사람도 빼놓지 않도록 적어두게. 뭐라고? —— 수심이 적어도 18피트? —— 음 —— 한쪽 노 걸이에 베일이 감겨 있다구? 알았네. 갈색 베일 —— 음 —— 됐네. 현장을 그대로 잘 보관해두게, 월레스 군, 내가 곧 갈 테니까. 수고했네."

하이트 씨는 천천히 수화기를 올려놓고 앉아 있던 호도빛 의자에서 몸을 일으키며 수염을 쓰다듬었다. 그리고 타이피스트, 사무원 그 밖의 일을 겸하고 있는 얼 니컴에게로 시선을 돌렸다.

"다 적었나, 얼?"

"네, 다 적었습니다."

"그러면 자네도 모자와 상의를 들고 나를 따라오게. 세시 십분에 떠나는 기차를 타야 하니까. 열차 안에서는 두세 장의 소환장을 써주게, 열다섯 통이나 스무 통 쯤 소환장을 더 갖고 가는 것이 좋을 거야. 현장에서 찾아낼 수 있는 목격자의 이름을 빠짐없이 적어야 하니까. 그리고 우리집 식구한테 전화를 걸어서 오늘 밤에는 저녁 식사 때까지 돌아가지 못할 거라고 전해 주게. 어쩌면 내일까지 현장에 있어야 할지도 몰라. 이런 사건은 결과가 어떻게 될지 예측할 수 없으니까."

하이트는 곰팡이가 슨 낡은 방 구석에 있는 옷걸이로 가서 크고 차양이 부드러운 맥고모자를 집어들었다. 누굴누굴한 모자 차양 때문에 실제로는 부드러웠지만 툭 튀어나온 눈과 텁수룩한 수염 때문에 악귀처럼 보이는 그의 얼굴은 더욱 험상궂어 보였다. 외출 준비를 하고 나자 그는 이렇게 말했다.

"나는 지금 보안관 방으로 가네. 자네는 〈리프블리컨〉과 〈데모크라트〉의 두 신문사에 전화해서 사고 소식을 알려주는 것이 좋아. 신문을 경시하지 않는다는 것을 보여주기 위해서라도. 그럼 있다가 역에서 만나세."

그러고는 뚜벅뚜벅 걸어나갔다.

그러자 열아홉 살 정도로 생각되는 얼 니컴은 키가 크고 호리호리한 몸매에 텁수룩한 머리를 가진 청년으로 때로는 덜렁댈 때도 없지는 않았으나 고지식한 데가 있었다. 그는 곧 소환장 묶음을 주머니에 넣자 하이트의 부인에게 전화를 걸었다. 다음에는 신문사에 전화를 걸어 빅 비턴 호에 두 사람의 익사 사고가 났다는 보고가 있었다고 알린 다음 자기의 머리 사이즈보다 큰 푸른 띠를 두른 헐렁한 맥고모자 들고 복도로 나가자 지방 검사실의 활짝 열어놓은 사무실 문 앞에서 지라 손더스를 만났다. 지라는 이 지방에서 잘 알려진 민완 지방 검사 오빌 W. 메이슨의 유일한 비서로 아직 미혼이었다. 그녀는 회계 검사관의 방으로 가는 중이었는데 매사에 신중한 얼 니컴이 무언가 허둥대는 것을 보자 그녀가 말했다.

"얼, 무슨 일이라도 생겼어요? 어디로 그렇게 급히 가는 거지요?"

"빅 비턴 호에서 두 사람이 익사했다고 합니다. 하이트 씨와 곧 그곳으로 가야 합니다. 세시 십분 차를 타야 하니까요."

"누가 알려왔지요? 이 고장 사람?"

"자세한 것은 아직 모르겠지만 그렇지 않은 모양입니다. 미미코 군 빌츠에 사는 올덴 부인이란 사람에게 보낼 편지가 여자의 주머니에 있었다는군요. 갔다와서 말해드리지요. 아니면 전화로라도.

"어머 저런. 범죄 사건이라면 메이슨 씨도 관심을 갖겠군요."

"물론 제가 전화를 걸겠어요. 아니면 하이트 씨가 걸지도 모르겠지만 버드

파커나 카렐 버드넬을 만나거든 나는 출장을 갔다고 알려주십시오. 그리고 지라 양, 제 대신 우리 어머니께 전화를 걸어주시겠습니까. 전화를 걸 시간 여유가 없군요."

"알았어요. 걸어드리죠."

"고마워요."

그리고 보통은 따분한 검시관 생활 중에 일어난 이 사건에 잔뜩 흥미를 느끼면서 카탈라키 군청 계단을 부지런히 내려갔는데 손더스 양은 자기의 상사인 검사가 머지않아 열릴 공화당의 군지부 대회에 관한 일로 출타 중이었으며 검사실에는 말해줄 상대가 없었으므로 회계 검사관실 쪽으로 갔다. 그곳이라면 방금 들은 중대 사건일 것만 같은 호수의 비극을 사람들에게 말해줄 수 있을 것이라는 생각이 들어서였다.

2

하이트 검시관과 그 조수가 들은 정보는 색다르고 쉽지 않은 성질을 띠고 있었다. 우선 관광하기를 좋아하는 행복해 보이는 젊은 부부가 보트를 타고 나간 채 돌아오지 않자 이곳 숙사의 주인은 아침 일찍 수색을 나가보니 문 코브라라는 곳에서 뒤집힌 카누와 모자와 베일을 발견했다. 그래서 즉각 숙사의 안내인이나 관광하러 온 사람이며 동원할 수 있는 사용인을 데리고 가서 물 속에 들어가거나 갈고리가 달린 장대를 휘저어 두 사람의 사체를 건져내려 했다. 숙사의 주인이나 보트장 주인과 안내인 심 슈브의 이야기로는 행방불명이 된 젊은 여자는 매우 아름다웠고 함께 있던 청년은 매우 유복해 보였으며 초부나 숙사의 사용인들은 물론이고 호수에 있던 사람들은 그들에게 적지않은 관심을 갖고 있었다. 게다가 그처럼 날씨도 화창했고 바람도 없는 날에 어째서 그런 사건이 일어났을까 하고 잔뜩 호기심에 들떠 있었다.

그러나 그보다도 더 큰 흥분을 자아내게 한 것은 정오에 물 밑을 휘젓던 한 사나이가 —— 존 폴이라는 초부였는데 —— 갈고리에 치맛자락이 걸린 로버타의 시체를 인양하는 데 성공했다. 입술과 코와 오른쪽 눈이 부어 있었기 때문에 시체 인양을 거들던 사람들도 이상하다고 생각했던 모양이다. 조레이너와 함께 보트를 저어 로버타를 인양하는 데 성공한 존 폴은 그녀를 보자 이렇게 외쳤다.

"아유, 불쌍해라! 이렇게 가벼운 몸이 가라앉았다니 이상한 일이군."

그가 튼튼한 두 팔로 물이 뚝뚝 떨어지는 생명이 없는 사체를 보트에 끌어올리는 동안 같이 보트를 타고 온 사나이가 수색자들에게 소리치자 모두 모여들었다. 물이 일렁이는 바람에 그녀의 얼굴을 가린 갈색 머리를 젖혀 이렇게 소리쳤다.

"조, 틀림없어. 여기를 보라구! 이 여자는 무언가로 얻어맞은 것 같아, 여기를 보라구, 조!"

그래서 곧 함께 갔던 초부나 숙사의 손님들은 로버타의 얼굴에 생긴 갈색으로 변색된 푸르둥둥한 상처를 보았다.

로버타의 사체는 북쪽 보트장으로 옮겨지고 행방불명된 사나이의 사체 탐색이 계속되고 있는 사이에도 다음과 같은 의문의 말이 튀어나왔다.

"음, 아무래도 이것은 이상해 —— 이 흔적 —— 아무튼 이상해, 어제같이 좋은 날에 보트가 뒤집히다니."

"남자의 시체도 가라앉았을까? 그것을 확인하면 알 수 있을 거야."

남자의 시체는 몇 시간을 수색해도 찾지 못하자 물 속에는 절대로 시체가 없다는 결론을 내리게 되었다. 모두가 불안을 감출 수 없었다.

그 결과, 클라이드와 로버타를 간 롯지에서 안내해온 안내인은 빅 비턴과 그라스 호 숙사의 주인들과 상의해 본 결과 다음과 같은 사실만은 확실해졌다.

ㄱ. 익사한 여인은 가방을 간 롯지에 맡겼으나 클리포드 골든은 자기의 가방을 들고 있었다.

ㄴ. 그라스 호의 숙박부에 적은 것과 빅 비턴의 숙박부에 적힌 이름은 딴 이름이었으나 두 주인은 칼 그레엄과 클리포드 골든이란 인물을 주의 깊게 검토해본 결과 동일인일 것이라는 생각이 들었다.

ㄷ. 전기한 클리포드 골든 또는 칼 그레엄이라는 인물은 빅 비턴까지 버스를 태워준 안내인에게 그날 호수에 사람이 많이 왔느냐고 물었다.

의혹이 이렇게 높아지자 어떤 범죄가 저질러진 것이 아닐까 하는 확신이 더욱 높아지게 되었다. 그 점에 대해서는 의심할 여지가 없었다. 하이트 검시관이 현장에 도착하자 그곳 북부 삼림지대에 사는 사람들은 완전히 동요되어 있었으며 범죄에 대한 확신을 갖고 있다는 것을 느낄 수 있었다.

그들은 클리포드 골든 또는 칼 그레엄의 사체는 호수의 밑바닥에 가라앉아 있다고도 생각하지 않았다. 하이트가 본 결과, 보트장의 간이 침대에 안치된 신원미상의 여성 사체는 젊고 매력적인 여성이었다. 그 용모만이 아니라 그 주위에 떠 있는 의혹에도 기묘한 영향을 받게 되었다. 더욱 나쁜 것은 숙소의 지배인실로 가서 로버타의 상의 주머니에 들어 있던 편지를 읽고 나자 그의 마음은 음침하고 확고부동한 방향으로 기울어지고 있었다. 왜냐하면 편지에는 이렇게 씌어 있었기 때문이었다.

뉴욕 주 그라스 호, 7월 8일

사랑하는 어머님께

저희들은 결혼하기 위하여 이곳에 와 있는데 이 편지는 어머님만 보시고 아무한테도 말하지 마세요. 아직 알려지면 좋지 않을 것 같으니 아버지나 그 누구에게도 보이지 말아주세요. 그 이유는 크리스마스 때 말씀드린 것과 같습니다. 그러니 걱정하시거나 더 이상 알아보려 하지 마세요. 저한테서 편지를 받았으며 있는 곳은 알고 있다는 외에는 아무한테도 말하지 말아주세요. 저는 착실하게 살아갈 작정이니 걱정하지 마세요. 어머님의 볼에 저의 키스를 보냅니다. 아버님께는 사정을 말씀드리지 마시고 잘 납득할 수 있으시도록 말씀드려주세요. 에밀리나 톰과 기포드에게도요. 제발 부탁이에요. 어머님께 뜨거운 키스를 보냅니다.

버트가

추신 : 이것은 어머니와 저만의 비밀로 해주세요. 얼마 후 다른 편지를 쓸 때까지는.

그리고 봉투뿐만 아니라 편지의 위쪽 구석에 이런 글귀가 인쇄되어 있었다. '뉴욕 주 그라스 호 여관. 경영자 자크 에반스.'

그렇다면 이 편지는 두 사람이 칼 그레엄 부처라는 이름으로 그라스 호에 묵던 이튿날 아침에 쓴 것이 확실했다.

젊은 여성이 저지른 불장난!

이 편지가 말해주고 있듯이 두 사람은 결혼하지 않았는데 부부로 가장하고 함께 여관에 투숙한 것이 분명했다. 그는 무척 귀여워하는 딸이 있었던 터라 그는 편지를 읽으면서 어쩔 바를 몰랐다. 그는 그러나 이때 다른 생각이 떠올랐다. 4년마다 군의 지방 선거가 있으며 십일월에는 투표가 있으며 군 전체의 임원이 앞으로 삼 년 동안 재임될 것인지의 여부를 결정하게 되어 있었다. 그의 직책도 다시 정해질 것이고 임기 6년의 군 판사도 정해질 것이다. 6주 후인 팔월에는 공화당과 민주당 군 대회가 열리고 각각 관직에 대한 당의 정식 후보자가 지명될 예정이었다. 하지만 현재 지방 검사 자리에 있는 사람은 군 판사 이외에는 지명될 가망이 없었다. 왜냐하면 벌써 지방 검사직을 두 번씩이나 연임했기 때문이었다. 그렇게 오랜 기간 그 지위에 있을 수 있었던 것은 시골 사람으로서는 상당히 정치 성향이 강한 웅변가였을 뿐 아니라 군의 사법 관계의 중요한 임원으로서 많은 친구들에게 적지않은 은혜를 베풀었기 때문이었다. 그러나 이번에는 재수 좋게 군 판사 후보로 지명되어 당선되지 않는 한 전도의 패배와 정계 은퇴를 할 수밖에 없었다. 그러나 이제까지의 임기 동안에는 자기의 존재를 돋보이게 하고 당연히 민중의 지지를 받을 만한 중요한 사건은 무엇 하나 일어나지 않았었다. 그러나 이번 사건은…….

그러나 검시관이 예상했듯이 이번 사건은 한 인물에게 즉 현직 지방 검사에게 —— 이제까지는 친구였으며 자기에게 이익을 도모해준 사나이에게 —— 그 지방의 환심과 주의를 집중시키기에는 다시없이 좋은 사건일지도 몰랐다. 그래서 그의 신용이나 힘이 커질 뿐 아니라 그의 힘으로 당으로부터의 신용이 높아지고, 이번 선거에서는 전원 당선이란 결과를 가져올지도 모른다. 또 지금까지 승리를 계속해온 지방 검사가 임기 6년의 판사로 지명될 뿐만 아니라 당선될지도 모른다. 지금까지만 해도 정계에서는 매우 기묘한 일들도 자주 일어났으니까.

그는 곧 이 편지에 대해서는 어떠한 질문에도 대답하지 않기로 했다. 왜냐하면 범죄가 있다고 한다면 범죄자의 의문을 신속하게 풀 수 있을지 몰라서였다. 더구나 현재의 정치 상황이라면 누구라도 세간의 특별한 신뢰를 얻기에 도움이 될 것 같았다. 그래서 로버타와 클라이드를 빅 비턴으로 데리고 간 안내인뿐만 아니라 얼 뉴컴도 그 두 사람이 내린 간 롯지역으로 보내어 검시관이나 지방 검사의 대리인 외에는 어떤 상황이 있더라도 보관하고 있는 여행용 가방을 내줘서는 안 된다고 전해두도록 했다. 다음은 빌츠로 전화를 걸어서 올덴이란 이름의 가족이 살고 있으며 버트, 정식으로 말하면 앨버트일지도 모르겠지만 그런 이름을 가진 처녀가 있는지 확인해볼 작정이었으나 하늘의 도움인지 어른 두 사람과 한 아이 등 세 사람에 의해서 그것은 중단되었다. 그들은 이 지방에서 덫이나 총으로 사냥을 하며 사는 사냥꾼들이었는데 이 비극적인 사건의 수색에 나섰던 사람들 틈에 섞여 그의 앞에 모습을 나타냈던 것이다. 그 사냥꾼들은 뉴스를 갖고 있었다 —— 특히 중요한 뉴스를! 그들의 말에 따르자면 로버타가 익사한 그날 오후 다섯시경, 그 호수나 또는 그 근처에서 사냥을 하려고 빅 비턴 남쪽 약 12마일 지점에 있는 3마일 후미를 떠났다. 세 사람의 증언은 거기에서 일치했는데 사건이 있었던 날 밤 아홉시경 빅 비턴의 남쪽 기슭에 도착했을 때 아마 호숫가에서 3마일쯤 떨어진 곳이라 생각하는데 빅 비턴 숙사에서 3마일 후미로 가는 것으로 보이는 한 청년을 만났다. 그들의 말에 의하면 그 청년은 이 지방 사람치고는 분명히 화려한 옷을 입고 있었으며 맥고모자를 쓰고 가방을 들고 있었다. 내일 아침쯤이면 이른 아침부터 한 시간마다 3마일 후미로 가는 기차도 있는데 어찌하여 이런 시간에 걸어갈까 하고 이상하게 생각했었다. 그리고 두 사람은 그 사람을 만났을 때 무척 놀랐다고 했다.

그들의 설명에 의하면 숲속에서 그 청년을 만났을 때 그는 깜짝 놀란 듯이 뒤로 물러섰으며 잔뜩 겁을 집어먹고 달아날 태세였었다. 그때는 달이 밝았기 때문에 그들 중 한 사람이 들고 있던 칸델라도 아주 희미했으나 그들은 들짐승의 움직임에 잔뜩 귀를 기울이면서 조용히 걷고 있었다. 또 이 지방은 더없이 안전하며 걸어다닌다 하더라도 거의가 그들처럼 정직한 사람뿐이었으므로 숲속에서 사람을 마나더라도 그다지 겁먹을 필요는 없다. 그래서 등불을 들고 있던 버드 부르닉이라는 청년이 칸델라의 불을 돋우자 그 낯선 사나이는 안심했다는 듯이, "안녕하십니까?"라는 그들의 물음에 답하여 "안녕하세요? 3마일 후미까지는 얼마나 남았습니까?"라고 물었다. 그들이 "7마일 정도는 가야합니다."라고 대답했더니 그 청년은 급히 걸어갔으며, 그들도 밤중에 느닷없이 그런 사람을 만난 것이 이상하다면서 산 속으로 서둘러 갔다는 것이다.

이 청년에 대한 설명은 빅 비턴이나 그라스 호의 여관 주인뿐만 아니라

간 롯지에서 빅 비턴으로 클라이드로 안내한 안내인의 설명과도 정확하게 일치했으므로 죽은 여자와 보트에 타고 있던 그 청년에 틀림없다는 것은 명백한 사실처럼 생각되었다.

그래서 곧 얼 뉴컴의 제안으로 한 집밖에 없는 3마일 후미의 여관에 전화를 걸어 그 의문의 청년을 보지 않았는지 그리고 투숙하지 않았는지 확인하기로 했다. 그러나 그런 사실이 없다고 했다. 그 시점에서는 그 세 사나이 외에는 아무도 본 사람이 없는 것 같았다. 그렇다면 그는 공기 속으로 사라진 것이 되겠지만 그날 밤 다음과 같은 사실이 밝혀지게 되었다. 세 사람의 사냥꾼이 우연히 낯선 청년을 만난 이튿날 아침 거의 인상이 같은 청년이 가방을 들고 그러나 스포츠모자 —— 맥고모자가 아니라 —— 를 쓰고 샤론과 3마일 후미를 오가는 작은 호상 기선 '시그너스' 호를 타고 샤론으로 떠났다는 것이었다. 그러나 여기서도 그 이상의 것은 밝혀지지 않았다. 적어도 그 시점까지 그러한 인물이 샤론에 도착하거나 거기에서 떠났을 것이라고 생각하는 사람은 아무도 없었다. 선장 자신도 나중에 증언하고 있듯이 특히 그런 인물을 태웠다는 기억은 없었다 —— 그날은 그 외에도 열네 명 정도의 승객이 있었는데 승객 한 사람 한 사람은 다 기억하지 못하겠다는 대답이었다.

그러나 빅 비턴에 있던 사람들은 그 인물이 어떤 사람이든 용납할 수 없는 악인이며 결국 비열한 악당이란 결론을 내리게 되었다. 그리고 어떻게 해서든지 그 사나이가 체포되었으면 하는 생각을 갖게 되었다. 악당! 살인자! 그들은 곧 구두나 전화나 전보로 올바니의 〈아거스〉나 〈타임즈 유니온〉, 라이카거스의 〈스타〉 지에 알렸고 흉악한 범죄가 게재되었을지도 모를 이 사건은 널리 알려지게 되었다.

3

공식적인 업무를 마치자 하이트 검시관은 호반 열차를 타고 남쪽으로 가는 도중 앞으로 이 사건을 어떤 식으로 전개하는 것이 좋을까 생각해보았다. 이 끔찍한 비극을 어떤 식으로 처리해야 할 것인가? 이 검시관은 현장을 떠나기 전 로버타의 시체를 보았을 때 큰 충격을 받았던 것이다. 그녀는 매우 젊었으며 천진스럽고 사랑스럽다고 생각했었다. 몸에 찰싹 달라붙는 푸른색

서지 드레스, 작은 손, 24시간이나 물에 잠겨 있어서 아직도 젖어 있는 따뜻한 온기가 가시지 않았을 것 같은 갈색 머리는 그래도 생전의 그녀가 갖고 있던 활기와 정열을 나타내고 있었다. 모든 것이 범죄와는 아무런 관계도 없는 감미로움을 나타내고 있는 것처럼 느껴졌다.

그러나 이 사건은 한심스럽기 짝이 없었으며 이번 사건에는 그 자신과도 본질적으로 관련이 있는 다른 면이 있었다. 자기가 직접 빌츠로 가서 이 편지의 수취인인 올덴 부인을 만나 딸이 익사했다는 무서운 사실도 알려주고 또 그녀와 동행한 청년이 어떤 사람이며 그 청년의 주소를 물어보는 것이 어떨지, 아니면 우선 브리지버그의 메이슨 지방 검사 사무실로 가서 사건을 알리고 훌륭한 가정을 쑥대밭으로 만들게 될 일을 검사에게 맡겨버리는 것이 좋을지 생각해보았다. 그것은 정치적인 상황을 고려해볼 필요가 있었기 때문이었다. 그리고 자기가 직접 나서서 개인적인 신뢰를 쌓는 것도 나쁘지는 않았으나 당 전체의 정세를 고려해볼 필요가 있었다. 강력한 한 인물을 전면에 내세워 이번 가을, 당의 신뢰를 강화한다면 자기에게도 이롭지 않을까. 그는 후자의 경우가 더 현명한 방법이라 생각되었다. 이것은 자기의 친구이기도 한 지방 검사에게도 절호의 기회를 제공해주게 된다. 이런 기분으로 브리지버그에 도착하자 오빌 W. 메이슨의 사무실로 가서 검시관의 태도에 무언가 중요한 것을 느껴 완전히 긴장해서 몸을 꼿꼿하게 세웠다.

메이슨 검사는 키는 작았으나 가슴이 딱 벌어지고 단단한 체구였으며 청년 시절에 코가 부러져 지금은 좀 보기 흉한 얼굴이었다. 그러나 흉악한 인상을 줄 정도는 아니었다. 그는 무척 낭만적이었으며 인정 또한 많은 인물이었다. 그의 소년 시절은 무척 가난해서 아무도 거들떠보지 않았었다. 그래서인지 성공하자 자기보다 유복한 사람에 대해서는 별로 좋은 감정을 갖고 있지 않았었다. 그는 가난한 농부의 과부의 아들로 자랐는데 어머니가 어려운 가계를 꾸려가는 것을 언제나 마음 아파했다. 열두 살이 되었을 때는 어머니를 돕기 위해 청춘의 즐거움을 모두 희생했었다. 그는 열네 살 때 스케이트를 타다가 넘어져서 영원히 추남이 될 정도로 코를 다치게 되었다. 그 후 청춘기의 선택 경쟁 때도 자기의 그런 결점을 의식하여 그토록 동경했던 여성과의 교제도 다른 젊은이에게 양보하고 자기의 용모에 대한 결점을 극단적으로 생각하게 되었다. 그 결과 프로이트파 학자들의 심리적 의미에서의 성적

상흔을 갖게 되었다.

그러나 십칠 세 때 브리지버그의 〈리퍼블리컨〉의 발행인 겸 편집인의 관심을 끌게 되어 정식 기자가 되어 이 고장의 뉴스를 수집하는 일을 하게 되었다. 그 후 올바니의 〈타임 유니온〉이나 〈유티카 스타〉라는 신문의 카탈라키 군 통신원이 되었으며 최종적으로는 브리지버그의 전 판사 데이비스 리초퍼의 사무실에서 열아홉 살 때 법률을 공부할 기회를 얻었다. 그런 몇 년 후 변호사 자격을 취했으며 군내 몇몇 정치가나 상인의 인정을 받아 주 하원에 당선되어 6년 동안 계속해서 의원 생활을 했다. 그 사이에 겸허함과 야심적인 적극성을 발휘하여 주도(州都)의 인물들만 아니라 향리 후원자들의 적극적인 지지를 얻게 되었다. 그 후 브리지버그로 돌아온 그는 다소 변설에도 재능이 있어서 처음에는 임기 4년의 지방 검사보의 지위를 얻었으며 이어서 회계 검사관 다시 2기 연속으로 임기 4년의 지방 검사로 선출되었다. 그는 그 고장에서 높은 지위에 있었으므로 이 지방에서 약국을 경영하는 유복한 사람의 딸과 결혼할 수 있었으며, 지금 그의 슬하에는 두 아이가 있었다.

이번 사건에 관해서는 손더스 양으로부터 그녀가 알고 있는 익사에 대한 모든 얘기를 들어 알고 있었으며, 검시관의 생각이나 마찬가지로 이 사건은 흔들리고 있는 자기의 정치적 명성을 회복할지도 모를 다시없는 기회라 여겨졌으며 장차 자기의 문제도 해결할 수 있을 것 같은 인상을 받았다. 그는 이 사건에 남다른 관심을 갖게 되었다. 그래서 찾아온 하이트를 보자 이 사건에 대해 예리한 관심을 나타내게 되었다.

"그래 어떤가, 하이트 대령^{(검시관(Coroner)와 대령(Colonel)이
철자나 발음 비슷한 데서 나온 유머)}?"

"그런데 검사, 지금 막 빅 비턴에서 돌아오는 길인데 아무래도 검사의 시간을 꽤 오래 잡아먹을 것 같은 사건을 맡아야 할 모양이네."

하이트는 눈을 반짝거리며 자못 의미 심장한 표정을 지어 보였다.

"그 익사 사건 말인가?"라고 지방 검사가 물었다.

"그래, 그 사건이야."

"무언가 석연찮은 점이라도 있단 말인가?"

"이것은 단순한 사건이 아닌 것 같네. 끔찍한 살인사건임에 틀림없어."라고 말하는 하이트의 게슴츠레한 눈이 음산한 빛을 발했다. "물론 안전한 방법을 취하는 것이 좋겠지. 이것은 검사인 자네에게만 말하지만 말일세. 하지만 아직까지는 남자의 시체가 호수 안에 없다고 단정할 수는 없으니까. 아무튼 의문점은 한두 가지가 아닐세, 어제도 오늘도 적어도 열다섯 명이나 보트로 출동하여 호수의 남쪽을 수색했으나 헛일이었네. 나는 이곳저곳 젊은이들을 시켜 수심을 측정해보았는데 어느 지점이나 다 이십오 피트 정도였지. 그러나 남자의 사체는 찾지 못했네. 여자의 사체는 수색한지 두세 시간만에 어제 오후 한시경에 건져냈네. 그 여자는 상당히 예뻤고 젊어 보였네. 열여덟이나 스무 살 정도였네. 이번 사건은 의문점이 많아. 남자의 사체는 찾지 못할 것이 확실해. 이런 악마 같은 범죄는 처음 본다니까."

그렇게 말하면서 리넨 양복 주머니를 뒤지더니 로버타가 쓴 편지를 꺼내어 친구인 검사의 손에 쥐어주고 검사가 그 편지를 읽는 동안 옆에 놓인 의자에 앉았다.

"이건 좀 이상하군."라고 편지를 읽고 나자 검사가 말했다. "아직 날짜는 찾지 못했단 말이지? 그런데 자네는 이 여자에 대해서 연락을 취하거나 조사해본 것이 있나?"

"아니, 아무것도 하지 않았네."라고 하이트는 천천히 무언가 생각하면서 말했다. "그러면 내가 아무 손도 쓰지 않은 이유를 말하겠네. 우선 검사와 상의하는 것이 좋겠다고 나는 판단했네. 이 지방의 정치 정세가 지금 어떻게 돌아가고 있다는 것은 자네도 잘 알고 있을 테니까. 그리고 이런 사건을 잘만 다룬다면 이 가을의 여론에 어떤 영향을 줄 것인가도 생각해보았네. 정치와 범죄를 혼동해도 좋다는 것은 아니지만 우리에게 유리한 방향으로 사건을 처리할 수 있지 않을까 해서 우선 자네를 만나는걸세. 물론 자네가 원한다면 내가 그 편지의 수취인을 만나고 올 수도 있지. 또 나보다는 검사인 자네가 직접 가서 그 작자의 신원을 조사하는 것이 더 나을 거야. 우리가 이 사건을 깨끗하게 처리하게 되면 이 사건의 정치적인 관점에서 어떤 의미를 갖게 될 것인지는 뻔한 일이며 자네야말로 그것을 해낼 인물이라고 생각했던걸세."

"고맙네, 프레드. 고마워."라며 메이슨은 접은 편지로 테이블을 두들기더니 옆눈으로 친구를 보면서 엄숙한 어조로 말했다. "자네의 의견에는 감사하고 있네. 그리고 자네는 이 사건의 최선의 처리 방법을 가르쳐주었다고 생각하네. 자네 이외에 이 편지를 본 사람은 없었겠지?"

"봉투뿐이었네. 그것도 그곳에서 여관을 경영하고 있는 핫버드라는 인물

뿐이네. 그 사나이의 말인즉, 여자의 상의 주머니에 그것이 있는 것을 찾아냈는데 내가 도착하기 전에 분실하거나 누가 펴보지 않도록 보관해두었다고 했네. 익사 이야기를 들은 순간 이상한 느낌이 든다고 했네. 그 청년은 무엇 때문에 굉장히 조마조마하고 있었던 모양이야."

"아무튼 좋아, 프레드. 그러면 편지에 대해서는 더 이상 아무에게도 말하지 않겠지? 물론 나는 곧 그리로 가겠네. 그러나 그 밖에 뭐 알아본 것은 없나?"

메이슨 씨는 완전히 생기를 잃고 심문하는 듯한 어조로 되었으며 옛날부터의 친구에 대해서 약간 독재적인 태도까지 보였다.

"아직도 많이 있네."라고 검시관은 말했다. "그 여자의 오른쪽 눈 아래나 왼쪽 관자놀이 위, 그리고 입술과 코에도 의심스런 절상(切傷)이나 멍이 들어 있었네. 막대라든가 현장에 떠 있던 노라든가 그런 것에 그 불쌍한 희생자가 얻어맞은 것 같았네. 그 여자는 외견도, 체구도 어린애 같았네. 귀여운 여자였지. 그러나 이것은 나중에 설명하겠지만 생각했던 만큼 품행은 좋지 않았던 모양이네."

검시관은 여기까지 얘기하자 일단 말을 끊고 큰 손수건을 꺼내어 코를 풀더니 곰살스럽게 수염을 쓰다듬었다.

"현장으로 의사를 불러올 여가가 없었으며 월요일, 이곳에서 검시 심문을 할 작정이네. 루츠에게 그곳에 가서 사체를 운반해오라고 했네. 그러나 지금까지 분명해진 증거 중에서 가장 의심스런 것은 3마일 후미에 살고 있는 어른 두 사람과 한 소년의 증언이었는데, 세 사람은 목요일 밤, 사냥을 하기 위해 빅 비턴으로 걸어갔었다는군. 나는 얼에게 그들의 이름의 적어두게 했으며 월요일의 심문 때 그들을 소환할 작정이네."

그리고 검시관은 세 사람을 우연히 만난 점에 대한 증언을 상세하게 말했다.

"흐음!" 지방 검사는 바짝 흥미가 당겨 감탄의 소리를 질렀다.

"그리고 또 하나 있네."라고 검시관은 말을 계속했다. "얼에게 3마일 후미로 전화를 걸게 해보았네. 우체국장이나 그곳 경찰관은 물론, 여관집 주인에게 걸었는데 그 청년을 본 것 같다는 사람은 3마일 후미에서 샤론으로 가는 호선 기선의 선장밖에 없었네. 검사도 알겠지만 그 사람은 무니 선장이란 사람이었는데. 그 선장도 소환하도록 얼에게 지시해 두었네. 선장의 말에 의하면 지난 금요일 아침 여덟시 반에, 즉 샤론행 제1편이 출발하기 직전에 같은 청년으로 생각되는 사나이가 옷가방을 들고 운동모자를 쓰고 —— 세 사냥꾼이 만났을 때는 맥고모자였으나 —— 배에 오르더니 샤론까지의 배삯을 지불하고 샤론에서 내렸다고 했네. 얼굴이 잘 생긴 젊은이였다고 선장은 말했네. 옷차림이 좋은 것으로 보아 사교계의 청년 같았다고 했네."

"음, 음." 하고 메이슨은 맞장구를 쳤다.

"나는 얼에게 말해서 샤론에도 전화를 걸게 했네. 연락을 취할 수 있는 사람이면 누구에게라도 그 청년이 배에서 내리는 것을 본 사람이 있는지 확인시켰으나 어제 내가 떠날 때까지 그런 사람을 본 사람은 아무도 없는 것 같았네. 그러나 그 일대의 피서용 호텔이나 정거장에 전보로 인상착의를 알려두고, 그 사람이 나타날지도 모르니 주의자라고 일러두었네. 검사도 그렇게 지시할 것으로 생각했으니까. 그런데 간 롯지역에 있는 예의 가방인데, 나에게 집행 영장은 주었으면 좋겠네. 그 가방 안에는 단서가 될 만한 것이 들어 있을지도 모르네. 내가 직접 가서 가져오겠네. 다음에는 그라스 호나 3마일 후미에도 가급적이면 오늘 중으로 가서 무언가 찾아낼 수 있는지 알아보고 싶네. 이것은 분명한 살인 사건이야. 그자는 그라스 호의 여관으로 그 여자를 데리고 가서 빅 비턴에서는 숙박부에 다른 이름으로 적은 것이 틀림없네. 여자의 가방은 간 롯지에 맡겨놓고 자기 가방만 갖고 간 것을 보면! 검사, 그런 것으로 미루어볼 때 그것은 정직한 청년이 취할 태도는 아니라고 보네. 특히 내가 납득할 수 없는 것은 어찌하여 여자의 부모가 그런 알지도 못하는 청년과 여행을 떠나는 것을 허락했을까 하는 점일세."

"정말 그렇군." 하고 메이슨은 대답하고는 그 여자가 행실이 좋지 못하다는 것이 더욱 확실해지자 더욱 흥미를 느끼게 되었다.

불륜이 저질러진 것이다! 더욱이 그 상대는 남부 어느 대도시의 상당한 자산가일 것이다. 그는 더 이상 앉아 있을 수 없어서 자리에서 벌떡 일어났다. 그런 비열한 범죄자를 당장 체포할 수만 있다면 팔월의 당 대회와 후보자 지명, 가을의 선거에서는 유리한 위치에 서게 될 것이다.

"이건 심상치 않은 이야기군." 하고 그는 소리쳤다. 종교심이 돈독한 보수적 인물인 하이트가 눈앞에 있어서 더 이상 심한 말을 할 수 없었다. "프레드, 이 사건을 수사해보면 무언가 중대한 일이 걸려들 것만 같네. 정말 그래. 너무나 잔인한 폭력이야. 우선 해야 할 일은 저쪽으로 전화를 걸어서, 올덴이란 가족이 살고 있는지 어떤지 확인하고 정확한 주소를 확인해두는걸세. 그곳이라면 차로 고작 오십 마일 정도일걸세. 길은 좀 험하지만. 그리고 그 여인은 불쌍한 여자야. 그러한 일에는 선뜻 마음이 내키질 않는군. 상당히 복잡한 사건이라는 것은 분명해."

메이슨 검사는 즉시 지라를 불러 빌츠 근처에 타이터스 올덴이란 인물이 살고 있는지 확인해보라고 지시했다. 또 그곳으로 가려면 어느 길을 이용하는 것이 가장 좋을지도 알아보게 했다. 그리고 나서 또 이렇게 말했다.

"우선 버튼에게 말해서 이곳으로 오라고 해주게."라고 말했다. 버튼은 그의 보좌인 버튼 버레이인데 지금 그는 주말 휴가 중이었다. "내가 그 불쌍한 여자를 만나러 간 사이에 영장이나 그 밖에 자네가 수사에 필요한 것을 구비시켜주겠네. 그러니 자네는 얼른 얼을 현장에 보내서 가방을 갖고 오게 해주면 고맙겠네. 나는 그 여자의 아버지를 데리고 가서 사체를 확인시키겠네. 하지만 이 편지에 대해서나 내가 그리로 간 것은 나중에 자네를 만날 때까지는 아무한테도 말하지 말아주게." 그는 친구의 손을 잡았다. "아무튼 고맙네, 프레드." 큰 사건이 눈앞에 닥쳐왔음을 실감하면서 그는 말을 계속했다. "진심으로 이 일은 잊지 않겠네." 그는 오랜 친구의 눈을 응시했다. "이 사건은 내가 생각했던 이상으로 좋은 결과가 될지도 모르네. 나의 임기 중 가장 크고 중대한 사건이 될지도 모르고. 만약 이번 가을의 행사가 시작되기 전에 해결할 수만 있다면 우리 모두의 이익이 될걸세."

"그야 물론이지."라고 프레드 하이트도 맞장구를 쳤다. "아까도 말했지만 정치와 이러한 문제를 연관시키는 것은 좋지 않겠지만 결국 이런 결과가 되었으니까……."

"사체의 발견 장소는 물론 보트나 노나 모자를 발견한 장소의 정확한 견취도(見取図)를 얼에게 작성하도록 하고 가능한 한 많은 증인을 소환할 수 있도록 수속을 해주게. 거기에 필요한 비용은 회계 감사관의 승인을 얻어내도록 조처하겠네. 그리고 내일이나 월요일부터는 나도 활동을 개시하겠네."

검사는 하이트의 오른손을 잡고 어깨를 가볍게 두들겼다. 하이트는 자기가 지금까지 취해온 행동에 무척 만족해서 —— 또 그 결과가 가져다줄 미래에도 희망을 가지고 —— 구겨진 맥고모자를 들고 상의의 단추를 잠그더니 자기의 사무실로 돌아갔다. 그리고 장거리 전화로 충실한 얼을 불러 자기도 다시 범죄 현장으로 가겠다고 전했다.

4

오빌 메이슨은 자기 자신이나 마찬가지로 인생의 멸시나 모욕을 견디어온 것으로 보이는 로버타의 가족을 보자 동정심이 끓어올랐다. 토요일 오후 네시경 관용차로 빌츠까지 가자 타이타스 올덴은 와이셔츠에 작업복 차림으로 언덕 기슭에 있는 돼지우리에서 나왔는데, 그 얼굴도 몸도 가난에 쪼들려온 인간 그대로였다. 메이슨은 브리지버그를 출발할 때 전화를 걸어놓지 않은 것을 후회했다. 딸의 죽음은 이 사나이에게 큰 충격을 줄 것이 분명했기 때문이었다. 타이타스는 그가 다가가자, 길을 물으려온 사람인줄 알고 공손히 다가왔다.

"타이타스 올덴 씨입니까?"

"네, 제가 타이타스 올덴인데요."

"저는 메이슨이란 사람인데, 브리지버그에서 온 카타라키 군 지방 검사입니다."

"아, 그러십니까?"

타이타스는 그렇게 대답하면서 그런 먼 곳에 있는 지방 검사가 어째서 자기 같은 사람을 찾아왔을까 하고 의아하게 생각했다. 한편 메이슨도 무슨 말부터 해야 좋을지 잘 몰라 타이타스를 처다보고만 있었다. 알리지 않으면 안 될 가슴 아픈 소식을 생각하니 이런 순진한 사람에게는 결정적인 타격이 될 것만 같았다. 두 사람은 집의 정면에 있는 크고 검푸른 전나무 아래 서 있었다. 바람은 그 바늘 같은 잎 속에서 전이나 다름없이 속삭이고 있었다.

"올덴 씨."라고 메이슨은 보통때보다도 엄숙하고 다정한 목소리로 말을 꺼냈다. "당신에게는 버트라는, 아니 정식으로는 앨버트라는 이름의 따님이 있습니까? 그 이름이 맞는지 안 맞는지는 잘 모르겠습니다만은."

"딸 애의 이름은 로버타입니다."

타이타스 올덴은 그렇게 정정했는데, 그렇게 말했을 때 무언가 골치 아픈 일이 일어난 것만 같아 그 목소리는 무척 불안했다.

메이슨은 자기가 알고 싶은 것을 이 인물을 통해 차근차근 물어본다는 것이 거의 불가능할 것이라고 생각하면서 질문을 계속했다.

"그런데 이 근처에 클리포드 골든이란 이름의 청년이 살고 있는지요 ? "

"그런 이름은 들어본 적이 없습니다."

"그렇다면 칼 그레엄은 ? "

"모르겠군요. 그런 이름을 가진 사람은 처음 듣는데요."

"그렇군요."라며 메이슨은 타이타스에게 말한다기보다는 자기 자신을 향해 흥분된 목소리로 말했다. "그런데 당신의 따님은 지금 어디 있지요 ? " 이번에는 거의 명령조로 말했다.

"그야 지금 라이카거스에 가 있지요. 그 애는 그곳에서 일하고 있으니까요. 그런데 왜 그런 것을 물으시지요 ? 무슨 좋지 않은 일이라도 생겼답니까 ? 그 애가 무슨 일로 검사님을 찾아가기라도 했다는 말입니까 ? "

그는 억지로 얼굴에 웃음을 지어 보였는데 그의 푸른 눈은 영문을 몰라 어리둥절한 표정이었다.

"잠깐 기다리십시오, 올덴 씨."라고 메이슨은 온화한 목소리지만 단호하게 말을 계속했다. "곧 모든 것을 설명하겠습니다. 그 전에 우선 두어 가지 물어볼 것이 있으니까요." 그리고 열심히 동정 어린 눈으로 타이타스의 표정을 살폈다. "따님을 만난 지 얼마나 되었습니까 ? "

"지난 화요일 아침 라이카거스로 간다면서 집을 떠났습니다. 그 애는 그곳에 있는 그리피스 칼라 와이셔츠 제조회사에 다니고 있지요. 그런데……"

"잠시만 기다려주십이오. 지금 곧 모든 것을 설명할 테니까. 따님은 주말을 이용하여 집에 왔던가요 ? "

"그 아이는 한 달쯤 휴가를 얻어 와 있었습니다. 건강이 좋지 않아 휴양차 와 있었지요. 그러나 그 애가 다시 갈 때는 원기를 회복했습니다. 메이슨 씨. 그 애한테 무슨 나쁜 일이라도 생겨 그 얘기를 하러 오셨지요 ? "

그는 궁금증을 풀려는 듯 신경질적으로 긴 갈색 속을 턱이나 볼에 댔다. 또 희끗희끗한 머리를 긁적거리기도 했다.

"이번에 집을 떠난 다음 무슨 소식이라도 들은 것이 있습니까 ? "라고 메이슨은 큰 충격을 주기 전에 가급적이면 도움이 될 정보를 더 얻기 위해 다시 조용히 말을 계속했다. "라이카거스로 간 것이 아니라 어딘가 다른 곳으로 간다는 말이라도 ? "

"아니, 아무 말도 듣지 못했습니다. 그 아이가 무슨 골치 아픈 일이라도 저지른 것은 아니겠지요? 그 애는 그럴 아이가 아닙니다. 그런데 당신은 그런 식으로 묻고 있군요!"

그는 떨고 있었으며 그의 손은 핏기없는 입술 쪽으로 갔다. 그리고 입가에서 그 손을 움직이고 있었다. 지방 검사는 대답을 하는 대신 주머니에서 로버타가 어머니 앞으로 쓴 편지를 꺼내어 봉투의 필적만 보여주면서 다시 물었다.

"이것은 따님의 필적입니까?"

"네, 그 아이의 필적이 맞습니다."

"그런데 이것은 어찌된 일인가요, 어째서 그 편지가 당신의 손에 가 있나요? 편지엔 뭐라 씌어 있던가요?"라며 그는 신경질적으로 두 손을 움켜잡았다. 그는 메이슨의 눈 속에서 무언가 비극이 있다는 것을 눈치챌 수 있었던 것이다. "이것이 무엇입니까 —— 이것은 —— 그 편지에 그 아이는 뭐라고 썼던가요? 제발 말씀해주십시오. 만약 그 아이에게 무슨 일이 일어났다면!"

그는 너무나 겁이 나서 집에라도 돌아가려는 듯 두리번거렸다 —— 이 닥쳐오는 공포를 아내에게라도 말하려 하는 것 같았다 —— 메이슨은 그를 고통으로 몰아넣은 것을 알게 되자 친절하게 그의 팔을 잡으면서 말하기 시작했다.

"올덴 씨. 인생은 암흑에 가려질 때가 흔히 있는데 그럴 때야말로 용기를 내야 합니다. 저는 당신에게 말하기를 주저하고 있으나 다소나마 인생에 대한 경험이 있어서 당신이 얼마나 괴로워하고 있다는 것을 잘 알고 있습니다."

"그 아이는 몹시 다쳤거나, 죽은 것은 아닌가요?"

타이타스는 눈을 동그랗게 뜨고 소리쳤다.

오빌 메이슨은 고개를 끄덕거렸다.

"로버타! 나의 첫 아이! 이 무슨 일이람! 하늘에 계신 아버지시여!"라고 말하며 그의 몸은 쓰러질 듯이 비틀거렸으며 곁에 있는 나무에 몸을 기댔다. "하지만 어째서? 어디서? 공장에서 기계에라도? 아아, 이 무슨 날벼락이람!"

그는 아내에게로 가려는 듯이 방향을 바꾸려 했으나 코에 상처가 있는 건장한 체구의 지방 검사는 어떻게든 그를 만류했다.

"잠깐만 기다리시지요, 올덴 씨. 아직은 부인한테 가면 안 됩니다. 저로서도 무척 가슴 아프고 쓰라린 일이지만 설명해드리겠습니다. 그것은 라이카거스에서 일어난 일어난 일도 아니고 기계에 다친 것도 아닙니다. 익사했습니다! 빅 비턴 호에서요. 당신의 따님은 지난 목요일 그곳으로 놀러 갔습니다. 아시겠습니까? 목요일. 지난 목요일 빅 비턴 호에서 보트를 탔다가 익사했습니다. 보트가 전복됐습니다."

여기까지 얘기했을 때 타이타스의 흥분한 동작과 말에 지방 검사는 너무나 당황해서 우연한 사고로 인한 익사라 하더라도 편안한 마음으로 설명할 수는 없었다. 로버타의 문제에 대해서 죽음이란 말로 메이슨이 설명하자 올덴의 정신 상태는 거의 백치 상태가 되고 말았다. 처음에는 이것저것 질문도 해보았으나 그 후에는 숨이 끊어질 듯이 동물 같은 신음 소리를 낼 뿐이었다. 동시에 고통을 이기지 못해 몸을 구부린 채 두 손을 관자놀이에 댔다.

"우리 로버타가 죽다니! 내 딸이! 아아, 로버타가 죽다니 말도 안 돼! 물에 빠졌을 턱이 없소. 바로 한 시간 전에도 아내와 그 애 얘기를 했건만. 나도 죽어버리겠어. 나의 귀여운 딸이 죽다니! 지방 검사님, 저는 살 수 없습니다."

그는 메이슨의 팔에 매달렸다. 메이슨은 그를 부축했다. 그는 곧 무언가 물으려는 듯 정면을 응시하더니 혼란스런 눈으로 현관을 쳐다보았다.

"그 애 에미에게는 누가 그 얘기를 하지요? 어떻게 말해야 좋지요?"

"그러나 올덴 씨."라고 메이슨은 그를 위로했다. "당신을 위해서나 부인을 위해서도 진정하시고 이 문제를 풀어가는 데 협력해주셔야 합니다. 이번 사건은 너무도 끔찍한 일이라서 제가 묻는 말에 자세히 설명해주셔야 합니다. 아무튼 진심으로 동정합니다. 당신이 얼마나 애통해 할 것이라는 것은 저도 충분히 알고 있습니다. 그러니 제가 하는 말을 잘 들어주십시오."

그는 타이타스의 팔을 잡은 채 로버타의 죽음과 관련된 보충적인 일이나 의혹을 가급적 신속하고 자세하게 설명하고 편지를 보여주면서 다음과 같이 얘기를 끝맺었다.

"그것은 범죄입니다! 범죄 사건입니다! 올덴 씨! 우리는 적어도 그럴 것이라 믿고 있습니다. 명백한 범죄 사건. 올덴 씨, 이번 사건에 대해서는 이렇게 냉혹한 말을 사용하지 않을 수가 없습니다."

그는 여기서 일단 말을 끊었으며 올덴은 범죄라는 말에 눈이 동그레져서 잘 납득이 가지 않는 모양이었다. 그가 망연자실해 있는 동안에도 메이슨은 말을 계속했다.

"당신의 기분은 충분히 이해할 수 있겠지만 여기까지 와서 당신이나, 당신의 부인이나 가족들이 클리포드 골든이나 칼 그레엄이라는 사나이를 알고 있는지 알아보는 것이, 우리 군의 사법을 관장하는 주요한 대표자로서의 의무라고 생각해서……. 올덴 씨, 당신은 지금 크나큰 슬픔에 빠져 있다는 것은 알고도 남음이 있지만 이번 사건을 해결하는데 적극 협조해주시는 것이 당신의 의무이며 희망이라는 것 또한 말씀드리지 않을 수 없습니다. 이 편지에 의하면 당신의 부인께서는 이 인물에 대해서 무언가, 이름이나 그 밖에 무언가 짚이는 데가 있을 것으로 생각됩니다."

그는 그 편지를 흔들어 보이면서 말했다.

자기의 딸에게 폭력과 범죄 행위가 가해졌다는 암시가 딸을 잃은 슬픔에 더해진 순간, 타이타스는 천성적으로 갖고 있는 동물적인 본능이나 분노가 뒤섞여서 지방 검사의 말에 엄숙하게 귀를 기울일 정도로 마음의 평정을 되찾게 되었다. 그의 딸은 단순한 익사가 아니라 살해된 것이다. 더구나 이 편지를 보면 결혼하려고 한 청년의 손에 의해서! 그리고 아버지인 자기는 그런 사나이의 존재조차 모르고 있었다! 아내는 알고 있는데 자기가 모르고 있다는 것도 이상한 일이었다. 로버타가 그런 말을 하지 않았다는 것도 이상한 일이다.

그의 머리에는 종교나 관습, 또 시골에 사는 사람이면 누구나 갖고 있는 신비나 신을 무시하는 도시 생활이나, 사람을 유혹해놓고는 곧 배신하는 도시 사람들이 떠올랐다. 필시 로버타가 라이카거스에 가서 만난 돈 많은 청년이 마음에도 없는 결혼 약속을 하면서 유혹했을 것이 틀림없다. 그러자 곧 자기의 딸에게 이런 무서운 범죄를 저지른 놈에게 복수해야겠다는 강렬한 복수심에 불타올랐다. 악당! 강간! 살인자!

이 고장에 살고 있는 타이타스나 그의 아내는 로버타가 라이카거스에서 조용히, 열심히, 행복하게 비록 고되더라도 정직하게 살아가고 있을 것이라고 믿고 있었다. 그런데 목요일 오후부터 금요일까지 그 아이의 몸은 호수의 밑바닥에 가라앉아 있었다고 하지 않는가. 그런데도 자기들은 딸이 그런 끔직한 상태에 빠졌다는 것도 모르고 편안하게 자거나 걸어다니고 있었다. 그리고 지금도 그 아이의 몸은 사랑하는 가족과는 멀리 떨어져 어느 낯선 방이거나 시체실에 놓여 있다. 그리고 내일에는 냉정한 관리의 손에 의해 브리저버그로 옮겨진다고 한다.

"만약 하느님이 정말 계신다면 그런 악인에게는 천벌을 내릴 것이다!" 하고 그는 흥분된 목소리로 소리쳤다. "틀림없이 천벌을 받을 것이다! '정직한 사람의 아들은 버림을 받고 그 후에는 밥을 구걸하러 다니리라'는 것을 알게 될 것이다. 나는 지금 이 사실을 아내에게 알려주어야 합니다. 그러니 당신은 여기서 좀 기다려주십시오. 우선 나 혼자 아내에게 말해줘야 합니다. 아내라면 그자가 어떤 작자인지 알고 있을 것이며 그러면 멀리 도망치기 전에 그놈을 붙잡을 수 있을지도 모르니까요. 아아 하지만 불쌍한 내 딸! 나의 가엾은, 사랑스런 로버타. 그처럼 선량하고 친절하고 효성이 지극한 딸이었는데!"

그의 눈과 얼굴은 거의 제 정신이 아닌 듯 상기되어 있었으며 헛소리를 하면서 홱 돌아서자 기계인형 같은 동작으로 별채로 걸어갔다. 내일은 일요일이어서 아내가 별식을 만들고 있다는 것은 그도 알고 있었기 때문이었다. 그러나 일단 그곳으로 가자 더 이상 다가갈 용기를 잃고 문간에서 걸음을 멈추고는 뭐라고 설명할 수 없는 무기력한 상태로 서 있었다!

아내는 긴장해 있는 남편의 눈이 무언가 심상치 않은 말을 하고 있다는 것을 알자 가슴이 철렁해서 두 손을 떨구었다.

"타이타스! 왜 그러세요?" 그녀는 입을 벌린 채 잔뜩 긴장하더니 갑자기 "혹시 로버타에게?"라고 말했다. "그 애가 어찌 되었나요? 그 애가? 타이타스! 그 애한테 무슨 일이 생겼어요?"

침묵. 그의 입과 눈과 손이 부들부들 떨렸다.

"죽었어! 그 애가……. 물에 빠져 죽었어!"라고 말하더니 그는 문 옆에 놓여 있던 벤치에 푹 쓰러졌다.

처음에 아내는 그 소리를 듣고도 영문을 몰라 망연히 서 있었으나 사정을 알게 되자 털썩 주저앉아버렸다. 타이타스는 아내에게 고개를 끄덕여 보였는데 그것은 이렇게 말하고 있는 것 같았다. '그래. 그것이 당연하지. 이런 무서운 사건이 일어날 줄이야 누가 생각이나 했겠어. 좀더 후에 알려야 할 것을.'

그는 천천히 아내에게 다가가 몸을 구부려 아내의 손을 잡아 일으켰다. 그리고 천천히 집 앞으로 돌아나왔다. 그곳에는 오빌 메이슨이 갈라진 계단에 앉아 서산으로 넘어가는 오후의 태양을 바라보면서 외롭고 무능한 농부가 아내에게 사건을 알리는 말을 듣고 있었다. 그는 이런 일이 일어나지 않았더라면 얼마나 좋았을까 하고 생각했다. 이번 사건이 자기에게는 유리할지 모르겠으나, 이런 사건은 일어나지 않은 것이 좋다고 생각하는 것 같았다.

그러나 지금 밖으로 나온 타이타스 올덴을 보자 벌떡 일어나서 그 해골 같은 모습을 뒤따라 별채로 들어갔다. 그리고 딸처럼 키고 작고 꼼짝도 하지 않는 올덴 부인을 우람한 팔로 잡아 일으켜 거실로 데리고 가 허름한 소파에 기대앉게 했다. 부인의 맥박을 재어보더니 서둘러 물을 뜨러 가면서 거기에 누가 없는지 —— 아들이든, 딸이든, 이웃 사람이라도 없을까 두리번거렸다. 메이슨은 아무도 보이지 않자 물을 떠다 그녀의 얼굴에 조금 뿌렸다.

"이 근처에 의사가 있을까요?"

메이슨은 아내 옆에 무릎을 꿇고 있는 타이타스에게 말했다.

"빌츠에 있습니다 —— 네 —— 크렌 선생이."

"이 근처에 전화를 갖고 있는 분이 있습니까?"

"윌콕스 씨 댁에."

타이타스는 로버타가 최근까지 전화를 빌려쓰던 윌콕스 씨 댁을 가리켰다.

"부인을 보살피고 계세요. 곧 돌아올테니."

그는 집 밖으로 나와 크렌 선생이나 의사를 부르러 갔다가 윌콕스 씨와 그 딸을 데리고 돌아왔다. 최초의 이웃 사람이 오고 크렌 선생이 도착할 때까지 기다렸다. 오늘 이곳까지 오게 된 방치해둘 수 없는 의문의 사건에 대해서 올덴 부인과 얘기를 나누는 것이 괜찮을지 어떨지 의사와 상의했다. 크렌 의사는 메이슨 씨의 엄숙하고 법률가다운 태도에 깊은 감명을 받아 그것이 최선의 방법일지도 모르겠다고 인정해주었다.

올덴 부인은 헤로인 주사를 맞거나 곁에 와 있는 사람들의 위로와 동정의 말에 격려를 받아 약간 기운을 차릴 수 있게 되었다. 다음에는 로버타가 편지에서 언급한 의문의 인물에 대한 질문을 받았다. 올덴 부인은 지난 크리스마스 때 로버타가 자기에게 관심을 보이고 있다고 말한 적이 있는 그 사람은 클라이드 그리피스라는 사람으로 라이카거스에 있는 부자의 조카이며 로버타가 일하고 있는 부서의 주임이라고 대답했다.

이때 메이슨도 올덴 부처도 곧 느낀 사실이지만 그런 훌륭한 인물이 로버타를 살해한 사람이라도 고발할 수는 없었다. 그만한 재산! 그만한 지위! 실제로 그러한 고발에 직면하면 메이슨은 심각하게 생각하지 않을 수 없었다. 메이슨의 입장에서 보자면 그 인물과 이 아가씨의 사회적 격차는 너무 큰 것 같았다. 하지만 그럴 가능성이 전혀 없는 것은 아니다. 하이트가 말했듯이 그 청년이 매력적인 인물이라 한다면 그런 안정된 지위를 가진 청년이야말로 은밀한 관심을 로버타 같은 처녀에게 보이는 것은 있을 법한 일이 아닐까! 로버타는 그 청년의 백부의 공장에서 일했다고 하지 않는가? 그리고 가난하지 않은가? 프레드 하이트가 설명했듯이 이 아가씨가 익사할 때 함께 있던 사나이가 누구든 간에 결혼 전에 그 사나이와 동거 생활을 하는 데 주저하지 않았을 것이다. 그런 짓을 하는 것은 유복하고 세련된 청년이 가난한 처녀를 대하는 본질적인 부분이 아닐까? 메이슨 자신도 안정된 지위를 가진 자산가들의 방탕한 생활에 타격을 받은 적이 있어서 그런 생각에 마음이 이끌렸다. 그 돈 많은 녀석들이란! 냉담한 부자 녀석들! 그리고 그녀의 어머니와 아버지는 지금도 그녀의 천진함과 지조를 믿고 있다.

올덴 부인에게 더 질문해보았으나 그녀는 그 청년을 본 적이 없으며 또 그 청년 이외에는 사귄 남자가 없다는 것을 알아냈을 뿐이었다. 어머니와 아버지가 제공해줄 수 있는 유일한 추가 자료라면 지난 한 달 동안 집에 와 있는 동안, 로버타는 늘 침울해 있었다는 것이다. 집 안에 처박혀 누워 있거나 했다고 했다. 또 편지를 자주 써서 우체부에게 주거나 네 거리에 있는 우체통에 편지를 부치러 갔다는 것. 그 편지의 수취인이 누구였는지 올덴 부처는 몰랐지만 우체부라면 알 수 있을 것이라고 메이슨은 생각했다. 그리고 이번에 집에 왔을 때는 허겁지겁 드레스를 맞추었으며 적어도 네 벌은 맞추었다고 했다. 또 귀향 중의 후반에는 몇 번 전화를 받았었다. 타이타스가 윌콕스 씨에게 듣기로는 베이커 씨라는 분한테서 전화가 걸려왔다고 했다. 또 로버타가 이번에 집에서 떠날 때는 집에 올 때처럼 짐도 별로 갖고 가지 않았다고 했다. 작은 트렁크와 백이 하나. 트렁크는 역에서 수하물로 부쳤는데 라이카거스가 아니라면 어디로 부쳤는지 타이타스는 알 수가 없다.

베이커스라는 인물에 중시하면서 곰곰이 생각하던 중 메이슨은 한 생각이 떠올랐다. '클리포드 골든! 칼 그레이엄! 클라이드 그리피스!' 그래서 그 이름과 관련이 있는 말뿐만 아니라 그 머리 글자가 일치한다는 것을 알게 되었다. 클라이드 그리피스라는 인물이 이 범죄와 어떤 관련이 없다 하더라도 실로 놀라운 일치였다! 그는 곧 우체국에 가서 물어보고 싶어졌다.

그러나 타이타스 올덴은 로버타의 사체에 대한 신원 확인이나 간 롯지역에 보관된 여행 가방의 내용물을 확인시키는 중요한 증인일 뿐만 아니라 우체부에게 자유롭게 말할 수 있도록, 타이타스에게 옷을 갈아입고 동행하자고 했으며 내일이면 집으로 돌려보낼 수 있다고 말해주었다.

어머니에게는 이 일을 아무에게도 말하지 말라고 주의시키고 우체부에게 물어보기 위하여 타이타스와 함께 우체국으로 갔다. 우체부를 보자 타이타스는 지방 검사의 곁에서 전류에 감전된 사체처럼 서 있는 타이타스 앞에서 물어보니 기억을 더듬으며 말해주었다.

"몇 통의 편지를 —— 적어도 열두 통이나 열다섯 통 정도 —— 그 전부가 라이카거스에 있는 어떤 인물 —— 기다려주십시오 —— 클라이드 그리피스라는 이름으로 —— 틀림없습니다 —— 그곳 우체국에서 찾도록 된 편지였습니다."

지방 검사는 곧 그 사나이를 그 지방의 공증인한테 데리고 가서 진술서를 작성케 하고, 다음에 사무실로 전화를 걸어 로버타의 유해가 브리지버그로 운반된 것을 확인하고는 얼른 브리지버그로 돌아갔다. 일단 돌아가자 타이타스, 버튼 버레이, 하이트 그리고 얼 뉴컴과 함께 사체를 살피고 타이타스가 정신이 돈 사람처럼 자기의 딸을 보고 있는 동안에도 메이슨은 우선 그 자사가 로버타 올덴이 확실한지, 다음에는 그라스 호에서 숙박부에 이름을 적은 것이 말해주듯이 바람기가 있어서 몸을 맡기는 그런 여성인지 자기 나름으로 판단할 수 있었다. 이것은 살인 사건일 뿐 아니라 교활하고 악랄한 유괴 사건이었다. 이 얼마나 악질적인 인간인가! 유유히 그런 짓을 자행하고 있다. 돈 많은 사람들 전체에 대한 사회적 의분으로, 이 사건 전체가 지니고 있는 정치상의 가치도 흐려지는 것 같았다.

이 사체와의 대면은 밤 열시에 루츠 브라더즈라는 장의사의 영안실에서 이루어졌다. 타이타스 올덴이 딸의 싸늘해진 작은 손을 자기의 입술에 대고, 호소하는 듯한 뜨거운 시선으로 다갈색 머리에 가린 백랍 같은 딸의 얼굴을 바라보는 것을 보고 메이슨은 감정이 격해졌다. 그 자리에 입회했던 사람들은 모두 눈물을 흘렸다.

이번에는 타이타스 올덴이 이 정황에 새롭고 드라마틱한 어조로 주위를 환기시켰다. 루츠 장의사 사람들 외에 그 옆집에서 자동차 수리 공장을 경영하고 있는 세 친구나 브리지버그의 〈리퍼블리컨〉 지의 현 사장 에버레트 비커나 〈데모크라트〉 지의 편집 겸 발행인인 샘 택산 등이 루츠의 차고와 통해 있는 옆문으로 고개를 길게 빼고 보고 있을 때 타이타스는 갑자기 벌떡 일어나서 메이슨에게로 거칠게 다가서자 이렇게 소리쳤던 것이다.

"지방 검사님, 이런 끔직한 일을 저지른 못된 놈을 꼭 잡아주십시오. 저는 그놈에게 청순하고 선량한 제 딸이 당한 것과 똑같은 고통을 맛보게 하겠습니다. 이 아이는 살해되었습니다. 틀림없습니다. 젊은 여자를 호수로 유인하여 이토록 구타하다니, 그놈은 살인마이며 악마입니다. 그런 악인은 마땅히 고소해야 합니다. 저는 제 농원을 팔아서라도 고소하겠습니다."

그의 목소리가 끊기고 다시 한 번 로버타 쪽을 보았을 때 그의 몸은 당장 쓰러질 것만 같았다. 그러자 이번에는 아버지의 복수심에 휘말려서 오빌 메이슨이 앞으로 나서서 소리쳤다.

"이쪽으로 오십시오, 올덴 씨. 이 시체가 당신의 따님이라는 것은 충분히 확인했습니다. 저는 여기에 와 계신 모든 분을 증인으로 해서 신원이 확인되었음을 단정합니다. 그리고 만약 당신의 귀여운 따님이 지금 보는 바와 같이 피살되었다는 것이 실증되면, 올덴 씨, 나는 이 군의 지방 검사로서 성의와 책임을 가지고 그 악당은 끝까지 추적하여 체포하는 데 저의 시간과 금전과 노력을 아끼지 않겠다는 것을 약속하겠습니다! 그리고 만약 카탈라키 군의 정의가 내가 생각하는 것과 같은 것이라면 이 지방의 법정이 소환할 배심원이라면 누구에도 범인을 맡겨도 좋습니다. 그러나 당신의 농장은 팔 필요는 없습니다."

메이슨 씨는 좀 감정적이기는 했으나 흥분한 청중 앞에 서 있을 뿐만 아니라 자기 자신의 깊은 감동으로 해서 가장 멋지고 훌륭한 웅변을 힘차게 털어놓고 싶었다.

또 루츠 형제 중의 한 사람은 —— 에도라는 이름이었는데 —— 군의 검시관 관계의 장례를 전부 담당하고 있는 사나이였는데 그는 너무 감동한 나머지 이렇게 소리쳤다.

"옳소, 오빌. 당신이야말로 우리가 존경하는 지방 검사요."

그러자 에버레트 비커가 소리쳤다.

"꼭 그렇게 해주시오, 메이슨 씨. 우리는 모두 당신 편입니다."

프레드 하이트나 그 조수는 메이슨의 극적인 포즈가 그 순간 그림 같고 영웅적으로 보인 것에 감동하자 메이슨에게 다가가서 악수를 했으며, 얼른 큰소리로 말했다.

"메이슨 씨, 성공을 빌겠습니다. 우리도 할 수 있는 일이라면 최선을 다 하겠습니다. 그 아가씨가 간 롯지에 맡겨놓은 가방을 당신의 사무실에 갖다 놓았다는 것을 잊지 말아주십시오. 두 시간 전 버튼에게 넘겨주었으니까요."

"아아 그랬었군. 깜박 잊을 뻔했군요."라고 메이슨은 소리쳤다. 그때는 다시 평정을 되찾아 사무적이었으며 방금 전까지의 웅변이나 격정은 지금까지 그가 관계해온 사건 중에서는 한 번도 경험한 적이 없는 찬성의 폭풍우 속에 차츰 가라앉았다.

5

올덴이나 이 사건의 담당자들과 자기의 사무실로 돌아가면서 메이슨은 이 흉악한 범죄의 그 동기에 대해서 생각하고 있었다. 그는 자기의 청춘 시절이 성적으로 매우 비참했던 탓으로 더욱 이 문제에 집중해 있었다. 도덕적으로나 종교적으로도 엄격하게 자라왔으며, 빈곤과는 대조적인 로버타의 미모나 매력에 대해서 생각해보니, 상대가 어떤 사람이든 그 남자나 청년은 그녀를 유혹하고 나중에 싫증을 느끼게 되자 이런 방법으로 도망쳐버렸던 것이다 —— 이 거짓된 호수로의 약혼 여행이란 수단으로. 그러자 그 사나이에 대해서 개인적인 증오를 품지 않을 수 없었다. 증오스러운 부자놈들! 불량배이며 사악한 부자놈들. 클라이드 그리피스라는 젊은이는 그러한 패들의 대표적 표본이다. 무슨 수를 써서라도 그놈을 잡아야 한다.

동시에 이 사건에는 특수한 정황 —— 이런 식으로 이 처녀가 사나이와 동숙한 사실 —— 이 있었던 관계로 이 처녀는 어쩌면 임신했을지도 모른다는 의심이 갑자기 머리에 떠올랐다. 그리고 이 의혹은 이런 사태를 가져온 사생활이나 성적인 의미에서 관심을 가졌을 뿐 아니라 자기가 품게 된 이 의혹이 들어맞는지 확인하고 싶어졌다. 그는 곧 사체를 해부할 의사는 없을까 —— 여기서는 안 된다면 유티카나 올바니에서라도 —— 또 이 문제에 대한 의혹을 하이트에게도 말해서, 안면에 가해진 타박상만이 아니라 임신 여부도 확인케 하자고 생각하기 시작했다.

그런데 문제의 여행 가방과 그 내용물에서 다행히도 중요한 증거품 하나를 발견할 수 있었다. 로버타 자신이 만든 옷이나 모자, 내복류, 라이카거스의 브라운스타인 상회에서 산 것으로, 아직 그대로 상자 속에 들어 있는 비단으로 만든 빨간 비단 거들, 지난 크리스마스 때 클라이드가 사준 화장품 세트가 있었다. 그리고 작은 장식없는 흰 카드가 있었는데 거기에는 클라이드가 '클라이드가 버트에게 —— 메리 크리스마스.'라고 씌어 있었다. 그러나 성은 씌어 있지 않았다. 그리고 그 필적은 클라이드가 로버타를 멀리하고 다른 사람에게로 쏠렸던 때에 씌어졌던 만큼 급히 갈겨쓴 것이었다.

메이슨의 머리에는 곧 다음과 같은 것이 떠올랐다 —— 가방 속에 카드까지 부착한 화장품 세트가 있는 것을 살인범이 몰랐다는 것은 이상한 일이다. 그러나 보았다 하더라도 치우지 않은 것으로 보아 클라이드는 범인이 아닐지도 모른다. 살인을 계획한 사나이가 자기의 필적이 있는 이런 카드를 그대로 놔둔단 말인가? 이자는 도대체 어떤 살해 계획자일까? 그러나 또 이렇게 생각했다. 이 카드를 재판 당일까지 감춰두고 범인이 그 처녀와 조금도 친하지 않았다든가 화장품 세트를 보낸 사실을 부정할 때 이것을 꺼내 보이면 어떨까? 그는 카드를 빼내어 자기의 주머니에 집어넣었는데 이미 그 전에 카드를 주의 깊게 관찰한 얼 뉴컴이, "메이슨 씨, 확신이 있는 것은 아니지만 빅 비턴 숙사의 숙박부에 적힌 필적과 비슷한 것 같습니다."라고 말했다. 그러자 메이슨도 "사실을 증명하는 데는 별로 시간이 걸리지는 않을 것이다." 라고 대답했다.

그는 화이트에게 옆방으로 따라오라고 눈짓을 했다. 누가 보거나 듣는 사람이 없다는 것을 확인하자 그는 입을 열었다.

"이보게 프레드, 자네가 생각했던 그대로야. 어머니는 딸이 누구와 나갔는지 알고 있었네."라고 빌츠에서 전화로 어머니가 범인에 대한 확실한 정보를 제공해주었다고 그가 알려준 것에 대한 이야기였다. "그러나 내가 말하지 않으면 몇천 년을 생각해도 자네는 상상하지도 못했을 거야."

그는 몸을 굽혀 하이트를 쳐다보았다.

"확실히 그렇겠군요. 하지만 잘 이해가 가지 않네요."

"그런데 라이카거스에 있다는 그리피스 회사에 대해서 아는 것이 있나?"

"칼라를 만드는 자들이 아닌가?"

"칼라를 만드는 녀석일세."

"아들은 아니겠지?"라며 프레드 하이트는 전에 없이 눈이 둥그레졌다. 그리고 큼직한 갈색 손이 수염 끝을 잡았다.

"아들이 아니라 조카였네."

"조카라구? 새뮤얼 그리피스의? 설마!"

도의심도, 신앙심도 두텁고 정치적 책략을 좋아하는 노검시관은 다시 수염을 쓰다듬으며 눈을 두리번거렸다.

"사실이 그 방향을 가리키고 있는 것 같네, 적어도 현재로서는. 지금 당장 라이카거스로 가보세. 내일 더 많은 것을 알아냈으면 좋으련만. 그런데 이 로버타 올덴이란 아가씨 말인데, 가족은 최하층의 농부이고 그 처녀는 라이카거스에 있는 그리피스 회사에서 일했었네. 조카인 클라이드 그리피스는 로버타가 일하던 부서의 책임자였네."

"쯧쯧쯧!" 하고 검시관은 혀를 찼다.

"그 처녀는 한 달 전에 집으로 돌아와 있었네. 병이 나서 이번 여행을 떠나기 직전인 화요일에 돌아왔던걸세. 그리고 돌아와 있는 동안 적어도 열 통 아니면 그 이상으로 편지를 썼네. 그 정보는 그 지방 우체부한테서 얻었네. 그 우체부의 진술서도 받아왔네."라며 그는 상의 주머니를 손으로 두들겨 보였다. "그 편지는 모두 라이카거스에 있는 클라이드 그리피스에게 보낸 것이었네. 그 집의 번지도 알아냈지. 그리고 그 처녀가 하숙했던 집 가족의 이름도. 빌츠에서 그곳으로 전화를 걸어두었네. 무언가 단서를 찾아낼 수 있을지도 모르고 하니 그 아비를 데려가겠네."

"음, 알았네. 그러나 그리피스의 집안 사람이라니!"

그는 다시 한 번 혀를 찼다.

"그런데 자네에게 얘기해두고 싶은 것은 검시심문(檢屍審問) 일일세."라고 메이슨이 신속하고 분명하게 말했다. "그저 결혼하고 싶지 않다는 이유만으로 이렇게는 되지 않을 것이라고 생각하고 있었네. 도저히 납득이 안 가.”

메이슨은 여러 모로 생각해본 결과 로버타는 임신한 것이 확실하다는 결론에 도달했다. 화이트도 그의 의견에 찬성이었다.

“그렇다면 해부해야 해.”라고 메이슨은 말을 계속했다. “얼굴에 난 상처에 대해서도 의학적인 견해를 알아야겠네. 그 처녀가 보트에서 물로 빠지기 전에 피살되었는지, 아니면 깜짝 놀란 상태에 있는 것을 떠밀었는지, 아니면 보트가 전복된 것인지, 그 사체가 옮겨지기 전에 그런 의문점을 확인해두지 않으면 안 되네. 자네도 알고 있겠지만 이것은 사건의 성질상 매우 중요한 문제네. 그러한 사항을 확실하게 조사해두지 않고서는 아무 일도 할 수 없네. 그런데 이 고장 의사는 어떨까? 법정에 세워도 손색이 없는 의사가 있겠나?”

메이슨은 그 점에 대해서는 통 자신이 없었다. 그는 이미 자기의 주장을 거의 다 짜맞추고 있었다.

“그래, 그 점에 대해서는…….”라고 하이트가 천천히 대답했다. “정확하게 어떻다고 말할 수 없군. 나보다는 당신의 판단이 더 정확할 테니까. 미첼 박사를 내일 이곳에 와서 보아달라고 부탁은 했네만은. 그러나 자네가 부르고 싶은 의사가 있으면 부르지그래. 콜드워터의 베이보와 링컨이라도. 베이보는 어떨까?”

“내 생각 같아서는 유티카의 웹스터가 좋을 것 같네.”라고 메이슨이 말했다. “아니면 비미스, 아니 두 사람을 다 부르지. 이러한 사건이라면 네다섯 명의 의견을 물어도 많다고는 할 수 없으니까.”

자기에게도 큰 책임이 있다는 것을 느끼자, 하이트는 이렇게 덧붙여 말했다. “그럼 자네 말대로 하세. 한두 사람보다는 넷이나 다섯이 더 좋을걸세. 그 의사들이 도착할 때까지 하루 이틀쯤 검시심문은 연기할 수밖에 없겠지만.”

“그래, 그렇게 하세. 그런데 오늘 밤에는 어떤 수확이 있을지도 모르겠으나 라이카거스로 가려 하네.”라고 메이슨은 잠시 말을 멈추었다가 다시 계속했다. “범인을 잡을지도 몰라. 그렇게 되기를 바라지만 그렇게 되지 않더라도 이 사건에 무언가 결정적인 단서를 찾아낼지도 모르거든. 이번 일은 대사건이 될걸세, 프레드. 나는 그것을 알아. 나나 자네에게나 다 그렇지만 지금까지 취급한 사건 중에서는 최대로 어려운 사건이 될걸세. 이제부터는 정신을 바짝 차려 치밀하게 처리해야 하네. 그녀석은 부자일 테니 그쪽도 가만히 있지는 않을 거야. 게다가 그자에게는 뒤를 봐줄 가족도 있을 것이고.” 그는 신경질적으로 머리를 긁적거리더니 이렇게 덧붙였다. “음, 그것도 좋겠군. 다음에 해야 할 것은 유티카의 비미스와 웹스터를 잡아야 해. 오늘 밤 중에 전보를 치든가 아니면 전화를 걸어두지. 그리고 올바니의 스푸롤에게도. 그리고 이 지방의 의사들에게 분규가 일어나지 않도록 링컨이나 베츠도 이쪽으로 부르는 것이 좋겠군. 그리고 베이보도 부르세.” 그는 웃는 얼굴을 그에게 보였다. “그럼 나는 떠나네. 의사들은 내일이 아니라 월요일이나 화요일에 이곳으로 오도록 수배해주게. 나도 그때까지는 돌아올 수 있을 것이고 그때는 나도 같이 하겠네. 가능하다면 월요일에 의사들이 왔으면 좋겠군 —— 빠를수록 좋으니까. 아마도 그때까지는 여러 가지 것들이 확실해질 테니까.”

그는 몇 통의 영장을 더 준비하기 위하여 책상으로 갔다. 다음에는 옆방으로 가서 이제부터 자기와 함께 떠날 것을 올덴에게 설명했다. 그리고 버레이에게 아내를 불러 일의 성질이나 급한 용무를 설명하고 월요일까지는 돌아오지 못할지도 모른다고 말했다.

유티카로 가는 데는 세 시간이 걸렸을 뿐 아니라 라이카거스행 열차를 기다리는 데 한 시간 그리고 그 열차로 한 시간 이십분이 걸려서 일곱시에 라이카거스에 도착했는데, 오빌 메이슨은 그동안 상심과 피로로 완전히 기운을 잃고 있는 타이타스로부터 로버타의 가난했던 과거뿐만 아니라 타이타스 자신의 과거를 어떻게든 이끌어내려고 모든 노력을 다했다. 그녀의 서글서글함, 성실함, 바른 품행, 온순한 마음, 이전의 근무처나 그곳에서의 대우 그리고 그녀가 받았던 임금, 그 돈을 어떻게 썼는지. 메이슨도 너무나 잘 알 수 있는 가난한 이야기였다.

타이타스와 함께 라이카거스에 도착하자 우선 라이카거스 하우스로 가서 타이타스가 쉴 수 있도록 방 하나를 빌려주었다. 그러고는 이 지방 검사의 사무실로 갔는데, 그것은 이 지방에서 행동하기 위한 권한을 손에 넣거나 자기의 뜻대로 움직여줄 경관을 구하기 위해서였다. 그는 건장한 사복 형사를 배정받아 —— 클라이드가 있을지도 모른다는 희망을 갖고 있었으므로 —— 테일러 거리에 있는 클라이드의 하숙방으로 갔다. 그러나 페이톤 부인이 나와서 클라이드는 살고 있지만 지금은 부재 중이라고 했다. 그녀는 클라이드가 화요일에 트웰프스 호의 친구한테 간 것으로 알고 있었다. 메이슨은 좀 말하기 거북했지만, 첫째로 자기는 카탈라키 군의 지방 검사임을 밝히고, 또 빅 비턴에서 클라이드가 동반한 것으로 생각되는 젊은 여성이 익사한 사건과 관련해서 의심나는 점이 있어서 방을 조사해야 하겠다고 말하자 페이톤 부인은 너무나 놀라 경악과 공포와 불신이 뒤섞인 표정을 얼굴 가득히 띠운 채 뒷걸음질쳤다.

"설마 클라이드 그리피스 씨가! 그런 바보 같은 짓을! 그분은 새뮤얼 그리피스 씨의 조카님이며 여기서는 유명한 분이에요. 알아보실 일이 있다면 그분 댁에 가서 물어보는 것이 좋겠습니다. 하지만 그런 일은 있을 수 없을 거예요!"

그녀는 메이슨과 공용 배지를 달고 있는 이 지방의 형사를 모두 가짜가 아닌지 의심이라도 하려는 듯이 지그시 그들을 바라보고 있었다.

형사는 그러한 사태에 완전히 익숙해 있었으므로 부인이 그런 말을 하는 사이에 페이톤 부인의 등뒤에 있는 이층으로 올라가는 계단 아래까지 가 있었다. 메이슨은 주머니 안에 들어 있는 수색 영장을 꺼냈다.

"부인, 유감스럽지만 우리를 그의 방으로 안내해주십시오. 이것은 수색 영장이며, 이 경관은 나의 지휘하에 있습니다."

페이톤 부인은 법을 어겨도 소용없다는 것을 알자, 어떤 불공평하고 비난받아야 할 오해에서 기인된 것일 거라고 생각하면서도 불안스럽게 클라이드의 방을 알려주었다.

두 사람은 클라이드의 방으로 들어가 방 안을 살폈다. 그들은 방 한 구석에 놓여 있는 트렁크를 보았다. 형사 폰스는 곧 무게가 나가는 그 트렁크를 들어보았고 메이슨은 방 안에 있는 것을 하나하나 조사하기 시작했다. 서랍 속이나 상자뿐만 아니라 옷주머니도 일일이 뒤져보았다. 옷장 서랍 속에 팽개쳐진 내의나 셔츠, 트럼블 가, 스타크 가, 그리피스 가, 하리에트 가에서 보낸 초대장에 섞여서 회사의 책상 위에서 갖고 온 메모 용지가 발견되었는데 거기에는 이렇게 씌어 있었다.

'2월 20일 수요일, 스타크 가에서 만찬회.' 그리고 그 밑에 '22일 금요일, 트럼블 가.'

메이슨은 곧 그 필적과 주머니 속에 있던 카드의 필적을 비교해보고 필적이 비슷함을 확인하자 이곳은 문제의 사나이의 방이 확실하다는 판단을 내렸다. 초대장을 챙긴 다음 형사가 조사하고 있는 트렁크 쪽을 보았다.

"이것을 어떻게 할까요, 검사님? 갖고 가시겠습니까, 아니면 여기서 열어볼까요?"

"지금 여기서 열어보도록 하게, 폰스 군."라고 메이슨은 엄숙한 어조로 말했다. "나중에 가져가겠지만, 우선 무엇이 들어 있는지 알아두어야겠네."

그러자 형사는 곧 묵직한 끌을 꺼내 망치가 없나 하고 두리번거렸다.

"별로 튼튼해 보이지 않으니 부서져도 괜찮다면 발로 걸어차면 열릴 것 같은데요."

그 순간 페이톤 부인은 깜짝 놀라면서 그런 난폭한 행동은 하지 말라고 큰소리로 말했다.

"만약 필요하시다면 망치를 빌려드릴 수 있어요. 열쇠장이를 부를 동안도 기다릴 수 없단 말인가요? 이런 일은 난생 처음 보겠군요."

형사가 망치를 들고 가방을 열어젖히자 클라이드의 옷가지가 아무렇게나 쑤셔넣어진 채로 있는 것을 볼 수 있었다. 양말, 칼라, 넥타이, 머플러, 바지걸이, 헌 스웨터, 별로 좋지 않은 겨울용 털실로 짠 실내화, 담배 물뿌리, 빨간 라카를 칠한 재털이 그리고 한 쌍의 스케이트 등. 또 방 한구석에는 단단히 묶어놓은 다발이 하나 있었다. 그것은 작년에 클라이드에게 보낸 작은 사진과 함께 빌츠에서 로버타가 최근에 쓴 열다섯 통의 편지, 또 그 밖에 파인 곳으로 떠나기 전에 손드라가 쓴 편지나 초대장을 모아둔 작은 뭉치도 있었다. 파인 곳에서 온 편지는 클라이드가 소중하게 생각하여 갖고 갔기 때문이었다. 가장 범행의 뒷받침이 될 만한 것으로 생각된 것은 어머니가 보낸 열한 통의 편지를 묶어둔 세 번째 뭉치로 최초의 두 통은 시카고로 보낸 것으로 수취인의 이름은 해리 테네트로 되어 있었다. 그것은 대충 훑어보아도 의혹을 자아내는 것이었다. 같은 다발 속에 들어있는 다른 편지는 클라이드 그리피스로 되어 있었으며 주소는 시카고의 유니온 리그나 라이카거스로 되어 있었다.

지방 검사는 트렁크 속에 있는 것은 더 이상 보려 하지 않고 그 편지를 읽기 시작했다. 로버타가 쓴 최초의 세 통을 읽으니 로버타가 빌츠로 간 이유를 알 수 있었다. 그리고 어머니가 보낸 최초의 세 통의 편지를 읽었는데 그가 캔자스 시에서 도망쳐야 했던 방탕한 생활이나 교통 사고에 대해서도 언급한 다음 장차 나아가야 할 올바른 길에 대해서 깊은 위로와 애정을 담아 씌어 있었는데 전체에서 받아들일 수 있는 느낌은 메이슨처럼 억압된 감정과 한정된 사회적 경험의 소유주의 눈으로 보자면 이 청년은 처음부터 칠칠치 못하고 그릇된 성격의 소유자라는 인상을 받았다.

무엇보다 놀란 것은 여기서는 굉장한 부자인 백부가 원조해주었을지는 모르겠으나 그것을 별도로 한다면 클라이드는 그리피스 일족 중에서도 가난하고 신앙심이 돈독한 가정 출신이라는 것을 알았다. 그래서 이 사건만 없었더라면 메이슨에게 유리한 인상을 주었을지도 모르겠으나, 이번 경우에는 손드라의 편지만이 아니라 로버타의 비극적인 편지나 어머니가 캔자스 시 이전의 어떤 범죄에 대해서 언급한 것을 아울러 생각해보면 클라이드는 이러한 범죄를 계획할 수 있을 뿐 아니라 그 계획을 태연하게 해치우는 성격의 사나이에 틀림없다는 확신을 가지게 되었다. 캔자스 시에서의 그 범죄. 그 문제에 대하여 더 자세한 것을 알아내려면 그쪽 지방 검사에게 편지를 써야 한다.

그런 것을 염두에 두고 그는 손드라가 보내온 여러 편지나 초대장이나 연애 편지를 이번에는 한눈에, 그러나 여전히 날카롭고 비판적으로 훑어보자 어느 것이나 향수를 듬뿍 뿌려 짜맞춘 머리 글자를 사용한 편지가 오고감에 따라서 둘 사이는 더욱 가까워졌으며 끝무렵의 편지에는 빼놓지 않고 '내가 좋아하는 클라이드'라거나 '사랑스런 검은 눈'이라거나 '나의 귀여운 아기' 같은 문구로 시작하여 '손다'라든가 '당신의 손드라'라는 서명으로 끝맺고 있었다. 개중에는 5월 10일, 5월 15일, 5월 26일 등 아주 최근의 편지도 있으며 로버타의 더없이 슬픈 편지가 오기 시작한 시기임을 알게 되었다.

이것으로 모든 것은 확실해졌다. 이 사나이는 비천한 젊은 여자를 몰래 배신하고 다른 여자를 이번에는 이 고장에서 사회적 지위가 훨씬 위인 여자를 다시 자기의 수중에 넣으려 했던 것이다.

그는 이처럼 흥미있는 사태에 마음을 빼앗겨서 한참 동안 머리가 어지러웠으나 멍청하게 앉아서 생각하거나 할 때가 아니라는 것을 알았다. 그뿐이 아니다. 이 트렁크는 곧 호텔로 옮기지 않으면 안 된다. 그런 다음 그 사나이가 있는 곳을 정확하게 알아내어 체포하지 않으면 안 된다. 그는 형사를 시켜 경찰서로 전화를 걸어 이 트렁크를 라이카거스 시청의 자기 방으로 갖다놓게 하고 서둘러서 새뮤얼 그리피스의 집으로 갔으나 가족이 아무도 없다는 것을 알게 되었다. 가족들은 모두 그린우드 호로 가고 없었다. 그러나 그곳으로 전화를 걸어보니 그들이 알고 있기로는 그들의 조카인 클라이드 그리피스는 샤론 근처의 트웰프스 호에 있는 핀칠리 가의 별장과 이웃한 크란스톤의 별장에 있을 것이라는 정보를 입수했다. 핀칠리라는 이름은 샤론이란 고장과 함께 메이슨의 마음속에서 확고하게 묶여져 있었으므로 클라이드가 아직도 이 고장의 어딘가에 있다면 그곳이 틀림없을 것이라고 판단했다 —— 조금 전에 읽은 갖가지 편지나 초대장을 쓴 그 아가씨의 —— 저 손드라 핀칠리의 여름 별장이 틀림없다. '시그너스 호'의 선장도 3마일 후미에서 온 청년이 그곳에서 내렸다고 말했다 하지 않았던가? 알았다! 녀석은 이미 체포한 것이나 다름이 없다!

그는 자기의 방침에 대해서 신중하게 생각해본 끝에 자기 자신이 직접 샤론이나 파인 곳으로 가야겠다고 결심했다. 그는 클라이드의 정확한 인상을 알아야 했으므로 살인 용의자로 수배된 사실을 첨부하여 라이카거스의 지방 검사나 경찰서장뿐만 아니라 브리지버그의 보안관 뉴톤 슬라크나 하이트 그리고 그 조수 등 세 사람을 샤론으로 보내어 그곳에서 합류하기로 했다.

그리고 페이톤 부인의 대리자라 하면서 파인 곳에 있는 크란스톤 가의 별장에 전화를 걸어 집사를 전화로 불러내 클라이드 그리피스 씨가 그쪽에 가 있지 않으냐고 물어보았다.

"네, 와 계십니다만은 지금은 안 계십니다. 이 호수의 상류 쪽에서 캠프를 하고 계십니다. 무슨 전할 말씀이라도?"

그래서 다시 질문하자 질문에 대해서 이렇게 대답해주었다. 정확한 것은 말할 수 없으나 —— 아마도 그분들은 약 30마일 쯤 더 들어가 있는 베어 호로 가신 것 같은데 언제 다시 돌아오실지는 확실치 않다 —— 앞으로 하루, 이틀 안에는 돌아오지 않을 것 같다고 했다. 그러나 클라이드가 이들 일행과 함께 있다는 것만은 확실했다.

메이슨은 브리지버그의 보안관에게 다시 한 번 전화를 걸어, 샤론에서 수사대를 나누어 범인이 어디에 있든 체포할 수 있도록 보안관 대리를 4, 5명 더 데리고 가도록 지시했다. 그리고 범인을 브리지버그의 구치소에 처넣은 다음 정당한 법적 수속을 밟아 로버타 올덴의 살해자로밖에는 생각할 수 없는 놀라운 사정을 설명할 수 있을 것이라고 말했다.

6

호수가 로버타를 집어삼킨 후, 클라이드는 호숫가로 저어나와 옷을 갈아입고 샤론으로, 다시 크란스톤 가의 호반 롯지에 도착했다. 그때부터 클라이드의 정신 상태는 공포와 혼란으로 거의 착란 상태에 빠지고 말았다. 일견 사고로 보이는 사건을 보고하기 위하여 빅 비턴으로 가지 않고 몰래 남쪽으로 향했었다. 이런 것을 누군가 호반에서 보았다면 살인 혐의를 받게 될 것이라 생각하니 마음이 아팠다. 이제 와서 알게 된 사실이지만 자기에게는 실제로 죄가 없지 않은가 하는 생각도 들었 —— 최후의 순간에 그의 기분은 완전히 돌다시피 했으니까.

그러나 누가 그런 것을 믿어주겠는가? 그렇다고 이제 다시 돌아가서 사고를 설명할 수는 없다. 자기가 여공과 함께 이 호수에 와서 숙박부에 부부라고 적은 것을 손드라가 알게 된다면 끝장이다.

또 나중에 숙부에게 아니면 냉혹한 사촌형에게 아니면 라이카거스의 사람들에게 알려지기라도 한다면! 안 된다! 안 돼! 여기까지 온 이상 몰라라고 버티는 수밖에 없다. 반대 방향으로 되돌아가면 재앙이 있을 뿐이다 —— 죽기까지는 하지 않더라도. 이 무서운 상황을 어떻게든 교묘하게 뚫고 나가야 한다. 결국은 기묘하게도 변명 같은 결과로 된 계획을 어떻게든 이용할 수밖에 없다.

그리고 만약 이 숲! 다가오는 밤. 이런 모든 것이 가져다주는 음산한 고독감과 위험! 만약 누구를 만난다면 어떻게 행동하고 뭐라고 말해야 좋을까. 그는 완전히 혼란스러워져버렸다. 지적으로나 정신적으로 병적이 되어 있었다. 작은 나뭇가지가 부러지는 소리를 듣고서도 토끼처럼 껑충 뛰었다.

그러한 정신 상태에서 가방을 찾아냈으며, 옷을 갈아입고, 물에 젖은 양복을 짜서 말리려고 소나무 가지에 널어놓고 카메라의 세 다리는 소나무 밑에 파묻었다. 밤이 되자 그는 숲속에 몸을 숨겼다. 그는 자기가 처해 있는 기묘하고 위험한 입장에 대해서 곰곰이 생각해보았다. 그럴 마음은 없었으나 로버타를 구타하고 두 사람 모두 물에 빠졌으며 로버타는 비명을 질렀었다. 그때 만약 호숫가에 누가 있었다면 —— 누가 보고 있었더라면 —— 낮에 호숫가를 배회하던 것을 그 건장한 사나이 중의 어느 한 사람이 경보를 울려, 오늘 밤 나를 잡기 위하여 스무 명쯤 사람을 모았다면! 그야말로 사람 사냥이지! 그들이 나를 잡아 끌고 갔다면 내가 고의로 그 여자를 때린 것이 아니라고 말해도 믿어줄 사람은 아무도 없을 것이다! 아직 재판도 받지 않았는데도 나에게 폭행을 가할지도 모른다. 그것은 충분히 있을 법한 일이다. 실제로 그런 일이 있었으니까. 목에 올가미를 씌울 것이다. 아니면 숲속에서 총살당할지도 모른다. 어쩌다가 이렇게 되었을까. 얼마나 긴 시간을 로버타에게 시달림을 받았는지 설명할 기회도 주지 않고 그들은 그런 것을 이해해주지 않을 것이다.

그는 그런 것을 생각하면서 걸음을 재촉했다. 빽빽하게 들어찬 가시나무 같은 어린 전나무며, 이따금 불길한 소리를 내면서 꺾어지는 마른 나뭇가지를 타넘으면서 힘껏 달렸다. 3마일 후미는 오른쪽에 있음이 틀림없다, 달이 떠오른다면 달은 왼쪽으로 보일 것이라고 생각하면서.

하지만 저것은 무엇일까?

아아, 얼마나 무서운 소리인가! 어둠 속에서 귀신이 울고, 비명을 지르고 있는 것 같다!

아니! 저것은 무엇일까?

그는 가방을 떨어뜨리고 식은땀을 흘렸다. 그리고 높고 굵은 나무 그늘에 몸을 숨긴 채 꼼짝도 하지 않았다.

저 소리! 부엉이 소리! 몇 주 전, 크란스톤의 롯지에서 들은 소리! 그 소리를 이런 곳에서! 이런 숲속에서! 너무나 캄캄하군! 빨리 이곳을 빠져나가야 한다. 그런 무서운 생각을 해서는 안 된다.

하지만 로버타의 눈에 떠오른 그 처절한 표정은! 마지막으로 본 그 애원하는 듯한 얼굴! 아아! 그 눈이 계속 내 곁을 떠나지 않는다! 그 슬프고 무서운 비명! 그 소리는 내 귀에서 사라지려 하지 않는다. 이 숲에서 벗어날 때까지.

내가 때렸을 때 그것이 고의가 아니라는 것을 그녀도 알았을까? 화가 난 것이나 항의의 몸짓이라는 것을. 지금 그것을 알아줄까? 어디에 있든 간에 —— 호수의 밑바닥이든가 아니면 지금 숲속에 있는 내 곁에 있을지도 모르지만. 유령! 로버타의 유령! 어쨌든 여기에서 빠져나가지 않으면 —— 여기서! 그렇게 하지 않으면 —— 그러나 숲속은 안전하다. 도로를 찾아 나서려는 성급한 행동을 해서는 안 된다! 통행인! 나를 찾고 있는 녀석이 있을지도 모른다. 그런데 인간이란 사후(死後)에도 살아 있단 말인가? 실제로 유령은 있는 것일까? 그리고 유령들은 알고 있을까? 그렇다면 로버타도, 알고 있을 것이 분명하다. 또한 사건이 있기 전에 그가 품고 있던 것도. 그리고 그것을 어떻게 생각할까! 오해한 채로, 비난하듯이 또 음산하게 여기까지 나를 쫓아온 것은 아닐까? 처음으로 그 여자를 죽이려 한 것은 확실하지만. 그렇다! 틀림없다! 그리고 물론 그것은 큰 죄이다. 실제로 죽인 것은 아니라도, 나 대신 무언가가 그 일을 했다! 그것은 진실이다!

그러나 유령이 —— 아아 —— 유령이, 죽은 다음에도 너의 죄를 폭로하고, 벌하려고 뒤쫓아다닐지도 모른다. 또 사람들에게 나를 뒤쫓게 할지도 모른다! 아무도 모른다. 어머니는 자기나 프랑크나 에스터나 줄리아에게 유령을 믿고 있다고 고백한 적이 있었다.

이런 생각을 하면서 비틀거리거나 귀를 기울이거나, 걸음을 멈추거나, 식은 땀을 흘리거나, 떨거나 하면서 세 시간이 지났을 때, 달이 떠올랐다. 다행히 아무 데도 사람의 모습은 보이지 않았다. 그리고 머리 위에는 별이 있었다. 손드라가 있는 파인 곳과 마찬가지로 반짝이는 부드러운 빛이었다. 만약 호수 속에 로버타의 사체를 남겨놓은 채, 자기의 모자를 수면에 던져놓은 채 그곳에서 도망치는 자기의 모습을 손드라가 보았다면 만약 손드라가 로버타의 비명을 들었더라면. 손드라의 아름다움, 손드라에 대한 정열, 손드라가 가지고 있는 일체의 것 때문에 이처럼 무서운 일을 —— 이전에 사랑한 적이 있는 여자를 죽이는 일을 —— 저질렀지만 그런 것은 절대로 손드라에게는 절대로 말할 수 없다니 참 이상한 얘기다. 그리고 이번에는 평생 동안 그런 생각을 떨쳐버리지는 못할 것이다 —— 절대로, 절대로, 절대로. 또 나는 그러한 생각을 해본 적이 없었다. 사건이 있기 전에는 그런 것을 미처 생각지 못했다니 무서운 일이 아닌가?

그러나 시계 속에 물이 들어가 시계가 멈추어버렸다. 나중에 짐작해본 것이지만 열한시가 되었을 때, 서쪽 공로(公路)에 도착하니 —— 1, 2마일 쯤 걸어갔을 때 세 사나이가 숲속에서 유령처럼 재빨리 모습을 나타냈다. 처음에 그는 로버타를 때린 순간이나 그 직후에 자기가 한 행동을 목격하고, 자기를 잡으러 온 것이라고 생각했다. 그 순간 식은땀이 나면서 두려움이 그를 엄습했다. 그때 한 소년이 등불을 비춰 그를 보려고 했다. 겁에 질려 낭패한 표정을 보였을 것이 틀림없다. 마침 그때는 일어났던 일들을 하나하나 생각하고 무언가 단서가 될 만한 것을 남겨놓고 오지는 않았을까 하고 그는 겁에 질려 있었기 때문이었다. 이 사나이들이 자기를 체포하러 온 것이라 생각한 클라이드는 뒤로 물러섰다. 그러나 그 순간 앞에 섰던 키가 크고 뼈대가 굵은 사나이는 그가 겁쟁이처럼 떨고 있는 것이 재미있다는 식으로 인사를 건네며 말을 걸었으며, 가장 나이가 젊은 사나이는 마치 아무런 의심도 없다는 듯이 앞으로 나아가서는 등불의 심지를 돋구었다. 그때야 비로소 '이 사나이들은 이 고장 주민이거나 안내인에 지나지 않는다, 자기를 추적하는 수색대의 일원이 아니다, 그러니 태연하고 예의 바르게 응대하면 자기가 사람을 죽인 인간이라고는 믿지 않을 것이다.'라고 그는 자기의 마음속으로 중얼거렸다. '그러나 그들은 나를 기억하고 있을지도 모른다. 이런 밤중에 이런 가방을 들고 인적이 없는 길을 걷고 있었으니까.' 그래서 그는, '나는 서둘러야 한다. 걸음을 재촉하지 않으면 안 된다. 더 이상 사람의 눈에 띄어서는 안 된다.'고 생각했다.

몇 시간 후 달은 서쪽으로 기울었으며, 음산하게 노랗고 창백한 빛이 숲속으로 퍼져 밤을 더욱 비참하고 무서운 것으로 만들었을 무렵, 클라이드는 3마일 후미에 도착했다. 이곳은 인디언 체인 호라는 이름으로 알려진 호수의 북쪽 끝으로 그 고장의 주택과 여름 별장이 몰려 있는 곳이었다. 그 마을로 들어가자 도로의 길모퉁이에서 희미한 등불 두세 개가 깜박거리고 있는 것이 보였다. 상점, 주택, 가로등. 그러나 모든 것은 창백한 빛 속에 싸여 있었다. 한 가지 사실만은 확실했다. 이러한 시간에, 이러한 복장으로 가방을 들고 들어갈 수는 없다. 만약 그 주변이 사람이 있다면 틀림없이 의심스런 눈을 번뜩일 것이다. 또 여기서 일단 샤론으로 갔다가 다시 파인 곳으로 갈 예정인데, 여기서 샤론으로 가는 증기선은 여덟시 반까지는 없을 것이므로 그때까지는 어디에 숨어서 옷차림도 다듬지 않으면 안 된다.

그는 마을 끝까지 뻗쳐 있는 송림 속으로 다시 한 번 들어가서 작은 교회의

탑 측면에 붙어 있는 작은 시계를 보면 배가 떠날 시간을 알 수 있을 것 같아, 아침까지 거기서 기다리기로 했다. 그러나 그 사이에도 이런저런 생각을 하면서 머리가 복잡했다. 그렇게 하는 것은 현명한 짓일까? 선착장에서 누군가가 기다리고 있지는 않을까? 그 세 사나이들 아니면 다른 어떤 장소에서 연락을 받은 관리라도. 그러나 잠시 후 예정을 바꾸지 않는 것이 가장 좋을 것이라고 판단했다.

낮에 그 호수의 서쪽 숲을 걸어가는 것은 —— 낮보다는 밤이 좋다 —— 사람의 눈에 뜨일 염려가 있으며, 배로 가면 한 시간 반이나 두 시간이면 샤론에 있는 크란스톤의 별장에 닿을 수 있는데 도보라면 내일이나 도착할 것이므로 그것은 현명하지 못하며 위험도 크지 않을까? 그리고 손드라나 버틴에게는 화요일에 도착할 것이고 말해두었었다. 그런데 지금은 벌써 금요일이다! 또 내일이면 수사망이 펴질지도 모른다. 자기의 인상착의를 그린 그림이 여기저기 배포될 것이다. 그러나 오늘 아침이라면 로버타의 사체도 아직 발견되지 않았을 것이다. 아니, 그러는 편이 좋다. 여기서는 아직 아무도 나를 모르니까. 즉 아무도 칼 그레엄이나 클리포드 골든이라고 알아보는 사람은 없을 테니까. 그렇게 하는 것이 가장 좋다. 로버타의 일로 다른 어떤 일이 일어나기 전에 신속하게 하는 것이다. 그래, 그것이 좋다. 그러다 보니 시계는 어느새 여덟시 십분을 가리켰으며 그는 심장을 두근거리면서 숲에서 나갔다.

그 길가에는 샤론행 증기선이 멈추어 있었다. 그가 어슬렁어슬렁 걸어가는 사이에 라켓 호에서 버스가 오는 것이 보였다. 그러자 이런 것이 머리에 떠올랐다. 선착장이나 배 위에서 아는 사람을 만나게 된다면 지금 막 라켓 호에서 오는 길이라고 말하면 어떨까. 거기에는 손드라나 버틴의 친구들이 많이 있었으니까. 그러나 실제로 친구를 만난다면 어제까지 그곳에 있었다고는 말할 수 없을 것이다. 누구의 이름이나 별장을 —— 가공적인 것이라도 —— 필요하다면 말해도 관계없을 것이다. 그는 마음을 크게 먹고 배에 올라탔다. 그리고 샤론에서 내렸는데 그가 탈 때나 내릴 때나 특히 어떤 사람의 주의를 끈 것 같지는 않았다. 배에는 열한 사람의 승객이 타고 있었는데 모두 낯모르는 사람들이었으며, 특히 이 근처에서 온 것으로 생각되는 파란 드레스와 흰 맥고모자를 쓴 시골 처녀만이 그에게 시선을 보내고 있는 것 같았다. 그러나 그 처녀의 찬미를 담은 시선도 가능한 한 피하고 싶었으므로 다른 승객들은 뱃머리 쪽 갑판으로 갔음에도 그는 배의 꼬리 쪽으로 갔다. 그리고 일단 샤론에 도착하자 대부분의 사람들은 최초의 하행 열차를 타기 위해 역 쪽으로 간다는 것을 알았으므로 자기도 그 뒤를 따라가서 추적을 따돌리기 위해 가장 가까이 있는 경양식당으로 들어갔다. 그는 빅 비턴 호에서 3마일 후미까지 상당히 먼 길을 걸어왔으며 어제 오후에는 계속 보트를 저었으며 크라스 호에서는 로버타가 갖다준 도시락을 먹는 둥 마는 둥했기 때문이었다. 그런데도 아직 공복감은 없었다. 그러던 중 몇 사람의 승객이 역에서 나오는 것을 보았는데 거기에도 낯익은 사람은 아무도 없었으므로 자기도 막 열차에서 내려 숙소로 향하는 것처럼 그 사람들 사이에 섞였다. 왜냐하면 마침 그때 유티카행 열차는 물론 올바니로 떠나는 남행 열차도 그 시각에 역에 도착했기 때문에 당연히 그 기차로 온 사람이라 여길 것이라는 생각이 떠올랐던 것이다.

그는 우선 역으로 나가는 것처럼 보이게 했다가 도중에 걸음을 멈추고 버턴과 손드라에게 샤론에 도착했다고 전화를 걸었다. 그녀가 차를 가지고 맞으러 오겠다고 했으므로 숙사의 서쪽 베란다에서 기다리겠다고 대답했다. 도중에 신문 판매대로 가서 아직 사건이 보도되지 않은 것을 확인하고는 조간 한 부를 샀다. 그리고 그는 길을 가로질러 숙사의 베란다에 도착하여 막 자리에 앉으려는데 크란스톤 가의 차가 다가왔다.

그리고 그도 잘 알고 있는 크란스톤 가의 전속 운전사가 얼굴에 잔뜩 웃음을 보이며 인사를 했다. 그도 속으로는 공포에 떨고 있었지만 겉으로는 태연하게 웃음을 지어 보였다. 왜냐하면 그가 만났던 세 사나이들이 지금쯤 빅 비턴 호에 도착했음이 틀림없을 것이라고 끊임없이 자문자답하고 있었기 때문이었다. 게다가 지금쯤이면 로버타와 자기가 행방불명이 된 것이 확실해졌을 것이고 어쩌면 전복된 보트와 자기의 모자와 로버타의 베일이 발견되었을지도 모른다! 만약 그렇다면, 자기와 비슷한 청년이 가방을 들고 밤길을 걸어 남쪽으로 갔다고 보고했을지도 모르지 않는가? 그리고 만약 그것이 사실이라면 사체가 발견되었든 되지 않았든 두 사람의 익사 사건이 있지 않았나 하는 의문이 생기지 않을까? 그리고 뜻하지 않은 우연이 작용해서 로버타의 사체가 물 위로 떠올랐다면? 그러면 어찌될 것인가? 그가 휘두른 강한 일격의 상처가 남아 있을지도 모르지 않는가? 만약 그렇다면 모두 살인이 아닐까 하는 생각을 가질지도 모른다. 그런데 그의 사체는 떠오르지 않고 그들이 산 속에서 만난 사나이의 인상을 말하면 클리포드 골든이나 칼 그레엄이 살인 용의자로 떠오르지 않을까?

그러나 클리포드 골든도 칼 그레엄도 결코 클라이드 그리피스는 아니었다. 그리고 아마도 모두 —— 클리포드 골든이든 칼 그레엄이든 —— 그가 클라이드 그리피스라는 것을 알 턱이 없다. 왜냐하면 나는 그토록 세심한 주의를 기울이지 않았던가? 그라스 호에서 아침 식사를 한 다음 점심 식사에 대한 것을 확인시키러 보낸 사이에 로버타의 가방이나 핸드백도 조사해보지 않았던가? 실제로 테리사 파우서라는 여자가 빌츠에 있는 로버타에게 보낸 편지 두 통을 발견했는데 간 롯지로 출발하기 전에 찢어버렸었다. 그러나 아직 상자 속에 그대로 들어 있는 화장품 세트는 아직 '라이카거스의 화이트리'라는 라벨이 붙어 있는 채로여서 그대로 둘 수밖에 없었다. 그러나 누군가가 —— 클리포드 골든 부인이든지 칼 그레엄 부인이든지 —— 화이트리의 가게에서 산 것일지도 모른다고 판단하면 그의 신원이 드러날 염려는 없지 않을까? 물론 그렇다. 그리고 그 의류가 신분을 증명하는 데 도움이 된다고는 하더라도 양친이나 타인도 골든이나 그레엄 같은 모르는 사나이와 여행을 떠난 것을 알게 된다면 창피해서라도 더 이상 소란을 떨지 않고 사건을 무마해버리려 하지 않을까? 어쨌든 잘 처리될 것이라고 생각하기로 하자. 기운을 잃지 말고, 여기서는 건강하고 유쾌하고 명랑하게 행동하기로 하자. 그렇게 하면 그가 죽인 것은 아니므로 누구나 그를 살인자라고 생각하지는 않을 것이다.

여기서 나는 이런 훌륭한 차를 타고 있다. 그리고 버틴뿐만 아니라 손드라가 나를 기다리고 있다. 자기는 올바니에서 왔다고 말할 수밖에 없을 것이다. 백부의 일로 그곳에 갔으며, 화요일부터 지금까지 있었다고 하자. 손드라와 함께 행복감에 젖어도 좋을 텐데 지금 그는 여러 가지 두려운 생각을 떨쳐버릴 수 없다. 자기에게까지도 수사의 손이 뻗칠지도 모를 흔적을 어떤 부주의로 남겨놓았을지도 모른다. 만약 그렇다면! 탄로! 체포! 성급하고 부당한 판결 —— 형벌이라니! 그 우연한 일격을 설명할 수 없는 한 손드라에 대해서 —— 라이카거스에 대해서 걸었던 모든 꿈은 —— 희망을 걸었던 멋진 생활은 끝나버린다. 그러나 그 문제에 대해서 설명할 수 있을까? 가능할까?

이젠 틀렸다!

7

  금요일 아침부터 다음 주 화요일 정오까지, 전 같으면 그토록 마음을 울렁거리게 하는 순간에도 클라이드는 두려움에 떨고 있어야 했다. 크란스톤의 별장 문 앞에서 버틴은 물론 손드라를 만나고 그가 거처할 방을 보여주었는데도 이곳에서의 안락함을 자기의 눈앞에 닥친 위험과 하나하나 대조해보지 않을 수 없었다.

  그가 방 안으로 들어가자 손드라는 버틴이 듣지 못하도록 입을 비죽거리며 소근거렸다.

  "나쁜 사람! 이곳에 오는 데 한 주일이나 걸려요? 손드라는 당신을 위해 이것저것 계획을 세워놓고 있었는데! 엉덩이를 때려줘야겠어요. 당신이 있는 곳을 확인하려고 지금 막 전화를 걸려던 참이었어요."

  그렇게 말하면서도 그녀의 눈은 억제할 수 없는 사모의 정을 전하고 있었다.

  그는 걱정을 감추면서 밝은 웃음을 보였다. 일단 그녀 앞에 서면 로버타가 죽었다는 공포나 자기 자신이 직면하고 있는 위험도 사라지는 것 같았다. 만약 만사가 잘만 처리된다면 거추장스런 것은 사라져버릴 것이다! 방해할 사람이 없는 길! 멋진 미래! 손드라의 아름다움! 사랑! 풍요로움! 하지만 자기가 거처할 방으로 안내되어 가방을 앞어 놓자 곧 양복이 문제였다. 양복은 젖고 구겨져 있었다. 벽장 안의 선반 위에 올려놓지 않으면 안 된다. 그는 방문을 잠그고 젖고 구겨진 채 빅 비턴 호 둑가의 진흙이 묻어 있는 양복을 털다가 중단하는 것이 좋다고 생각했다. 밤까지 가방 속에 넣어둔 채 자물쇠를 채워 어떻게 하는 것이 좋을지 생각해보다가 세탁소에 맡기려고 그날 입었던 옷가지들을 한 곳에 모아두었다. 그런 일을 하려니까 자기 생애의 따분함뿐만 아니라 불가해나 극적 요소가 —— 동부로 온 이래 그가 관계한 모든 것, 젊은 시절의 가난함 등이 —— 무섭도록 되살아났다. 실제로는 지금도 가난하다. 라이카거스에서 살고 있는 방과는 대조적으로 넓고 장려한 이 방. 어제는 끔찍한 일이 있었는데 오늘은 이 훌륭한 방에 있다니 꿈만 같다. 빅 비턴의 어두운 호수와는 대조적인 창 밖으로 보이는 이 호수의 밝고 푸른

물. 넓은 베란다와 호숫가에까지 쳐진 줄무늬 차양이 달린 밝고 튼튼하게
설계된 집. 이 집의 잔디 위에서는 스튜워트 핀칠리와 바이올렛 테일러가
한 조가 되고, 프랑크 하리에트와 와이넷 판트가 한 조가 되어 멋진 스포츠복
차림으로 테니스를 치고 있었으며, 버틴과 해리 버곳은 줄무늬 차양 아래서
노닥거리고 있었다.

클라이드는 목욕을 하고 옷을 갈아입자, 아직도 신경이 날카롭고 걱정스
러웠으나 의식적으로 행동하기로 했다. 그는 곧 손드라와 버처드 테일러와
질 트럼블이 어제 모터 보트를 탔을 때 있었던 우스운 일들을 큰소리로 떠들고
있는 곳으로 갔다. 그를 보자 질 트럼블이 소리쳤다.

"어머 클라이드! 도대체 어디서 꾸물거리고 있었지요? 당신의 얼굴을
잊어버릴 뻔했어요."

그는 전에 없이 손드라의 애정과 동정에 굶주렸던 참이라, 이글거리는
눈으로 손드라를 쳐다보면서 베란다의 난간에 걸터앉아 되도록 부드럽게
대답했다.

"화요일부터 계속 올바니에 출장가 있었습니다. 그곳은 굉장히 덥더군요.
오늘은 이곳에 오게 되어 기분이 좋습니다. 다들 와 있습니까?"

그러자 질 트럼블이 웃으면서 말했다.

"그야 거의 전부지요. 어제는 랜들의 집에서 반다를 만났어요. 그리고
버틴에게 보낸 편지에 의하면 스코트도 내주 화요일에 온다고 했어요. 그
린우드 호 쪽에는 금년에는 별로 가지 않는 것 같아요."

그녀는 그린우드가 어찌하여 옛날과 달라졌는지에 대해서 장황하게 설명을
늘어놓았다. 그러다가 손드라가 큰소리로 말했다.

"깜짝 잊을 뻔했군. 오늘 벨라에게 전화를 걸어야겠어. 다음 주 브리스
톨에서 열리는 말〔馬〕의 공진회(共進会)에 꼭 가겠다고 약속했거든."

그리고 다시 말이나 개 이야기가 계속되었고 클라이드도 이야기에 끼어
들려고 열심히 귀를 기울였으나 그의 신경은 그 사건에 대한 문제에 쏠리고
있었다. 그 세 사나이들, 로버타. 지금쯤은 로버타의 사체가 발견되었을지도
모른다. 앞으로 어떻게 될지 짐작할 수도 없었지만 그래도 자기 자신에게
말했다.

'왜 이렇게 겁내고 있어. 그곳은 굉장히 깊은데 —— 아마 50피트는 넘을

거야 —— 사체가 발견될 수 있을까? 자기가 클리포드 골든이나 칼 그레엄과 동일인이라는 것을 감히 알아낸다니? 그 세 사나이를 제외하면 다른 흔적은 남겨놓지 않았잖은가? 그 세 사나이들!'

그는 자기도 모르게 몸을 부르르 떨었다.

손드라는 그가 우울해 하는 것을 눈치챘다. 그녀는 그가 처음 이곳을 방문했을 때 이곳에서 지내기에는 준비가 부족하다는 것을 느꼈으며 저렇게 기운이 없는 것은 돈이 없어서 그럴 것이라고 생각하여 75달러를 그에게 주기로 했다. 이번 체재 중에 다소 지출이 있더라도 그가 당혹해 하지 않도록 해주고 싶어서였다. 그리고 그녀는 짧은 골프 코스라도 돌게 되면 남이 보지 않게 키스를 하거나 포옹도 할 수 있는 기회도 있을 것이라고 생각했으므로 벌떡 일어나서 이렇게 말했다.

"우리 혼합 포섭을 하자구요. 질도, 클라이드도, 버처드도 다 와요. 클라이드와 내가 한 조가 되면 당신들 두 사람에게는 절대로 지지 않아요!"

"그래, 하자구!"라고 버처드 테일러는 자리에서 일어나 황색과 청색 무늬 스웨터의 주름을 펴면서 말했다. "나는 잠시 잤지만 너는 어때, 질? 지는 쪽에서 점심을 내겠다면 하겠어!"

그러자 곧 클라이드는 가슴이 덜컥 내려앉았다. 왜냐하면 요즘 그가 한 모험 때문에 수중에는 25달러밖에 남아 있지 않다는 것을 알았기 때문이었다. 그런데 여기서 네 사람이 점심을 먹으려면 적어도 8달러나 10달러는 내야 할 것이다! 아니 더 들지도 모른다. 그러나 손드라는 그의 표정을 보자 큰소리로 좋다고 말하고 클라이드에게 다가가서 손가락으로 그를 살짝 찔렀다.

"나는 가서 옷을 갈아입고 와야겠어. 곧 내려올 게요. 클라이드, 그 사이에 당신이 해줘야 할 일이 있어요. 앤드루를 찾아서 골프채를 갖고 오라고 말해주겠어요? 버치, 당신의 보트로 데려다주겠지요?"

클라이드는 자기와 손드라의 조가 졌을 때의 비용을 걱정하면서 갑자기 앤드루를 찾으러 가려 했을 때 손드라가 쫓아와서 그의 팔을 잡았다.

"잠깐 기다려요, 곧 돌아올 테니까."라고 말하더니 빨리 층계를 뛰어올라가 자기의 방으로 가서는 보이지 않게 손에 지폐를 쥐고 내려왔다. "자, 이것을. 어서요!"라고 속삭이며 클라이드의 상의 주머니를 잡더니 그 돈을 넣었다. "쉿! 지금은 아무 말도 하지 말아요! 어서요! 우리가 졌을 때 낼 점심값도 있어야 할 것이고. 상세한 것은 나중에 말할 테니까. 아아, 나는 당신이 좋아요, 귀여운 우리 아기！” 그러더니 깊은 찬미를 담은 따뜻한 갈색 눈으로 그를 보자 다시 힘차게 층계로 올라가면서 소리쳤다. “바보！ 그만한 일로 멍청해하다니. 어서 가서 골프채를 갖고 오세요！” 그러고는 그녀는 모습을 감추었다.

클라이드는 주머니에 손을 넣어보고 꽤 많은 돈이 있음을 알았다. 이곳에 있는 동안의 비용으로나, 필요하다면 도망칠 자금으로 쓸 수도 있다. 그는 마음 속으로 이렇게 외쳤다. ‘나의 사랑！ 귀여운 아가씨！’라고. 나의 아름답고 따뜻하고 시원시원한 손드라！ 그 여자는 나를 이처럼 사랑하고 있다. 정말로 나를 사랑하고 있다. 그러나 만약 내가 저지른 일을 알게 된다면！ 아아, 하느님！ 하지만 내가 그런 짓을 한 것은 손드라를 위해서라는 것만 알아준다면. 모두 손드라를 위해서！ 그는 앤드루를 보자 가방을 가져오라고 했다.

손드라는 녹색 모사로 된 멋진 스포츠복을 입고 날듯이 달려왔다. 그리고 질은 경마의 기수처럼 보이는 새 모자에 블라우스를 입고 모터 보트의 핸들을 잡고 있는 버처드에게 웃어보였다. 손드라는 지나갈 때 버틴이나 해리 버곳에게 소리쳤다.

“모두 같이 가지 않겠어요？”

“어디로？”

“카시노 골프 클럽.”

“너무 멀잖아. 하지만 점심 식사 후에 해안에서 만나기로 하지.”

버처드는 요란한 엔진 소리를 내며 호수 위를 달렸다. 클라이드는 환희와 희망과, 배후에 닥쳐올 체포와 죽음의 그림자와 공포에 뒤섞여서 꿈이라도 꾸듯이 먼 수면을 바라보고 있었다. 그는 사전에 계획해두었음에도 불구하고 오늘 아침 거침없이 숲에서 튀어나온 것은 실수였다는 생각이 들었다. 하지만 낮에는 계속 숲속에 숨어 있다가 밤에 나오거나 호숫가를 따라 샤론까지 걸어가는 수밖에 없었으므로 그렇게 하는 것이 최선의 방법이 아니었을까？ 걷는다면 사흘은 걸릴 것이다. 또 손드라가 왜 늦어졌느냐고 이상하게 생각하며 불안해 할 것이고 라이카거스로 전화를 걸거나 나에 대해서 의심을 갖게 될지도 모르지 않는가？

어떻든 지금은 이처럼 맑게 개인 날에 자기가 아무리 어둡고 황량한 상태에 놓여 있더라도 겉보기에는 아무런 걱정도 없이 —— 적어도 다른 사람들에게는 —— 보였을 것이다. 손드라는 클라이드의 곁에서 재잘거렸고 벌떡 일어나 한쪽 손으로 패넌트처럼 스커트 자락을 쳐들고 큰소리로 외쳤다.

"클레오파트라가 보트로 맞으러 가는 중이야 —— 맞으러 —— 그런데 배로 누구를 맞으러 가는 거지?"

"찰리 채플린이겠지." 하고 테일러가 빈정거리며 손드라를 쓰러뜨리려고 보트를 난폭하게 지그재그식으로 몰았다.

"왜 그렇게 몰아요!"라고 손드라는 쓰러지지 않도록 두 발을 벌리고 버처드에게 소리쳤다. "안 돼요, 버치. 보트를 그렇게 몰면 안 돼요." 그리고 또 이렇게 덧붙였다. "클레오파트라가 타고 있잖아. 음, 저 수상 스키."

그녀는 머리를 뒤로 젖히고 두 팔을 벌렸다. 그 사이에도 보트는 놀란 말처럼 뛰거나 비틀거렸다.

"자 버치, 나를 쓰러뜨릴 수 있는지 한번 멋대로 몰아봐요."

버처드는 고속으로 보트를 몰면서 좌우로 비틀거리게 했다. 질 트럼블이 겁나서 소리쳤다.

"버치, 정신 나갔어요? 우리들 모두 물에 빠뜨릴 작정이에요?"

그 말에 클라이드는 뒤통수라도 얻어맞은 듯 파랗게 질려버렸다. 그는 속이 메스껍고 기분이 나빠졌다. 이렇게 되리라고는 상상도 못 했다. 이처럼 괴로워하다니. 기분이 홀가분해질 것이라고 생각했는데……. 그런데 지금 여기에서 우연히 아무런 저의도 없이 한 말을 듣고 기분이 나빠지다니! 만약 진짜 시련에 직면한다면! 경관이 불쑥 자기 앞에 나타나서 어제 계속 이곳에 있었는가, 또 로버타의 죽음에 대해서 아는 것이 있는가라고 묻는다면 나는 벌벌 떨면서 아무 말도 하지 못할 것이다! 기운을 차리고 아무 일도 없었다는 듯이 즐거운 표정을 짓지 않으면 안 된다. 적어도 오늘 하루만이라도.

다행히도 그 농담은 스피드와 흥분 속에서 한 것이어서 그 말이 그에게 준 충격은 아무도 눈치채지 못한 것 같았으며 그도 차츰 평정을 되찾게 되었다. 보트가 카시노에 다가가자 손드라는 최후의 화려한 연기를 보이려는 듯 뛰어올라 난간을 잡고 올라섰다. 클라이드는 자기에게 보내는 그녀의 행복한 미소에서 사랑, 동정, 관대함, 용기를 느끼면서 억제할 수 없는 욕망을 느꼈다.

그는 그녀의 미소에 지지 않으려는 듯, 속마음은 공허했으나 외견상으로는 명랑함과 열광적인 미소를 보내면서 벌떡 일어나서는 질에게 손을 내밀어 돌 계단으로 건너게 한 다음 손드라를 뒤따라 계단을 올라갔다.

"놀랐어! 당신은 대단한 운동 선수군요!"

골프 링크로 가자 그는 거의 경험도 없었지만 그녀의 지도와 지시 덕분에 게임을 요령껏 해낼 수 있었다. 손드라는 키스를 하거나 포옹할 수 있는 그늘 속에 단둘이 있게 되자 기분이 좋아져서 캠프 여행 계획을 얘기하기 시작했다.

그들은 손드라 외에 프랑크 하리에트, 와이넷 판트, 버처드 테일러, 그녀의 오빠인 스튜워드, 그랜트 크란스톤과 버틴, 거기에 또 해리 버곳, 패리 헤인즈, 질 트럼블, 바이올렛 테일러도 가담해서 1주일 예정으로 계획했는데, 내일 오후 모터 보트로 호수를 30마일쯤 거슬러올라가서 다시 동쪽으로 40마일 거리에 있는 베어〔곰〕라는 이름으로 알려진 호수까지 가서 텐트나 여러 가지 용구를 준비해 가서 해리와 프랑크만이 알고 있는 호숫가나 경치가 좋은 장소를 카누를 타고 둘러볼 예정이었다. 그날그날 다른 장소에서 캠프를 치고, 남자들은 다람쥐를 잡거나 고기를 낚기도 한다. 또 두 사람의 말에 의하면 달빛 속에서 보트를 타고 숙사가 있는 곳까지 가보는 것도 퍽 운치가 있다고 했다. 시중들 여자 한두 사람, 소사도 두세 사람 데리고 간다. 어쨌든 숲속을 산책한다는 것은 멋진 일이다! 연애를 하기에는 다시없는 좋은 기회다 — — 호수에서 카누를 타다니 —— 적어도 한 주 동안은 누구의 방해도 받지 않고 그녀와 함께 즐길 수 있다!

지금까지 일어난 모든 일이 그를 머뭇거리게 했으나 어떤 일이 있더라도 가는 것이 좋다는 생각을 버릴 수는 없었다. 그런 식으로 연애를 할 수 있다니 얼마나 멋진 일인가! 그리고 캠프를 떠나면 여기서 탈출할 수도 있다. 사고가 났던 장소에서는 멀리 벗어날 수 있을 것이고, 가령 누군가가 자기와 인상이 비슷한 사람을 찾거나 하더라도 누가 보거나 할 위험이 있는 장소에는 없게 된다. 그 세 사나이의 일이 있었으니까.

지금 막 그의 머리에 떠오를 생각이지만 자기를 위심하는 사람이 있는지 어떤지 확인해둘 필요가 있었다. 카시노에 도착하여 신문 판매대에 가보니 올바니도 유티카도 또 이 지방의 신문도 석간은 일곱시나 일곱시 반 전에는 도착하지 않는다 했다. 신문을 보려면 그때까지 기다릴 수밖에 없다.

점심 식사가 끝나면 수영이나 댄스가 있고 다음에는 해리 버곳이나 버틴과 함께 크란스톤 가의 별장으로 돌아갔는데 손드라는 하리에트가에서 저녁 식사를 할 때 만나기로 약속하고 파인 곳으로 갔다. 그의 마음은 기회를 보아 신문을 사는 일에만 마음이 쏠리고 있었다. 그러나 크란스톤 가에서 하리에트 가로 가는 도중 신문을 사지 않는 한 베어 호로 가기 전의 오전 중에 어떻게 해서든지 카시노에 가지 않으면 안 된다. 저 익사한 두 남녀에 대해서 기사가 났는지 알아두지 않으면 안 된다.

그러나 하리에트 가로 가는 도중에는 신문을 입수할 수 없었다. 그가 하리에트 가에 도착했을 때는 아직 아무도 와 있지 않았다. 30분쯤 지나서 또 그 사건에 마음을 빼앗기면서도 베란다에서 여러 사람들과 잡담을 하고 있는데, 손드라가 모습을 나타내면서 이렇게 말했다.

"모두 들어보세요! 큰일이 났어요. 오늘 아침이나 어제, 빅 비턴 호에서 두 사람이나 익사했대요. 조금 전 브랑시 록이 전화로 알려왔어요. 브랑시는 3마일 후미에 있었는데 그 소식을 들었다는 거예요. 여자의 사체는 찾았으나 남자의 사체는 아직 찾지 못했다고 했어요. 그 두 사람은 호수의 남쪽에서 익사했다는 거예요."

그 순간 클라이드는 벌떡 몸을 일으켰다. 혈기없는 입술을 꽉 다문 채 멀리 떨어져 있는 빅 비턴의 풍경을 —— 울창한 큰 소나무, 로버타를 삼켜버린 검푸른 수면을 —— 보고 있는 것 같았다. 그렇다면 로버타의 사체는 발견된 것이 된다. 그렇다면 계획대로 남자의 사체는 호수의 밑바닥에 가라앉았다고 믿고 있는 것일까?

"그것 참 안됐군!"라고 버처드 테일러가 만돌린을 켜던 손을 멈추고 말했다. "우리가 아는 사람은 아니겠지?"

"그 점에 대해서는 아직 모른다고 했어요."

"그 호수는 어쩐지 음침하더군."라고 프랭크 하리에트가 입을 열었다. "그 호수는 너무 쓸쓸해. 나는 아버지와 랜들 씨와 함께 지난 여름 그곳으로 낚시를 간 적이 있었는데, 오래 있지는 않았어. 너무 음침해."

"우리도 삼주 전에 갔었어. 기억나지, 손드라?"라고 해리 버곳이 덧붙였다. "너도 어쩐지 음산해 보인다고 했었지."

"음, 생각나. 소름이 끼칠 정도로 쓸쓸한 곳이었으니까. 그런 곳에 가려는 사람은 도무지 이해할 수 없다니까.”

“우리가 아는 사람이 아니었으면 좋겠는데.”라고 버처드는 사려 깊게 말했다.

클라이드는 무의식중에 혀로 입술을 적시고 바짝 마른 목을 추기려고 침을 삼켰다.

“오늘 신문에는 아직 아무것도 나지 않았나? 누가 신문에서 본 사람 없어?”라고 와이넷 판트가 물었는데, 그녀는 손드라가 아까 한 말을 듣지 못했던 것이다.

“신문엔 아직 나지 않았어. 브랑시 록이 전화를 걸어와서 알았다고 손드라가 아까 말했잖아. 브랑시가 그 근처에 갔었다는군.”

“네, 그래요.”

하지만 샤론의 지방 석간 신문이라면 “〈바너(깃발)〉지에 이 사건에 대한 기사가 실리지 않았을지? 오늘 밤 안에 읽을 수 있었으면 좋겠는데!

그러나 다른 생각도 있다! 제기랄! 이제야 그 생각을 하게 되다니! 나의 발자취! 그 호수의 둑, 진흙 속에 발자국을 남겨놓지 않았을까? 그때 너무 허겁지겁 둑 위로 기어오르다 보니 뒤돌아서 미처 그것을 확인하려 하지도 않았었다. 그렇다면 그 발자국을 보고 추적해올지도 모른다 —— 그 세 사나이가 본 사나이 클리포드 골든을! 오늘 아침에는 배를 타고 호수를 내려갔다. 그리고 차를 타고 크란스톤의 집까지 왔다. 지금 크란스톤 가의 별장에는 젖은 양복이 있다! 그가 없는 사이에 누군가 그의 방으로 들어가서 가방을 풀어보거나 묻거나 내용물을 조사하지는 않았을까? 경관이? 큰 일이다! 그것은 가방에 들어 있지 않은가. 하지만 가방이든 다른 것이든 왜 그대로 갖고 있는가? 그런 일이 있기 전에 왜 감추지 않았는가. 돌이라도 매달아 호수 속에 넣은 것이 좋을 것이다. 그러면 가라앉을 것이다. 이처럼 위기에 처해 있으면서도 도대체 무엇을 생각하고 있다는 말인가? 그 양복이 그렇게도 아까운가!

그는 자리에서 일어났다. 정신적으로나 육체적으로도 얼어붙는 것 같았다. 그 순간 그의 눈은 겁에 질려 반짝이고 있었다. 어서 돌아가야 한다. 돌아가서 그 양복을 없애야 한다. 호수 속에 처넣거나 집 근처 숲속에 감추거나 해야 한다! 하지만 너무 서두를 필요는 없다. 두 사람의 익사 얘기가 나오자 마자 자리를 떠서는 안 된다.

그때 한 가지 생각이 떠올랐다. 안 된다. 침착하게. 어떻게 해서든지 흥분한 마음을 밖으로 드러내서는 안 된다. 태연해야 한다. 될 수만 있으면 하찮은 얘기라도 지껄여야 한다.

그는 있는 용기를 다 내어 손드라에게로 다가가 이렇게 말했다.

"참 끔찍한 이야기군!"

가까스로 태연한 목소리로 말하면서도 그의 무릎과 손은 떨렸다.

"그래요, 너무 끔찍해요."라고 손드라는 클라이드를 보면서 말했다. "그런 얘기는 듣기조차 싫다니까. 그렇지 않아도 어머니는 스튜워트나 내가 이 근처 호수에서 노는 것을 걱정하시는 판인데."

"그야 그럴 테지."

그의 목소리는 굵직하고 무거웠다. 말이 목에 걸려 숨이 답답했다. 그의 입술은 아까보다도 더 핏기 없이 굳게 닫혀 있었고 얼굴도 더욱 창백해졌다.

"아니, 갑자기 왜 그래요, 클라이드?"라고 손드라는 그렇게 말하면서 클라이드를 쳐다보았다. "당신의 얼굴이 새파래졌군요! 무슨 일이 있었어요? 오늘 밤은 무척 기분이 나빠 보이는군요. 아니면 이 전등불 때문인가?"

그녀는 다른 사람의 얼굴과 그의 얼굴을 번갈아 쳐다보다가 다시 그에게로 시선을 옮겼다. 클라이드는 그녀가 말하듯이 그런 표정을 하는 것은 좋지 않을 것 같아 억지로 태연한 체하면서 대답했다.

"내 얼굴이 어떻다고 그러는 거지요? 아마 전깃불 때문일 거요. 어젠 굉장히 힘들게 일했거든. 피로해서 그렇게 보이는 모양이지. 오늘 밤은 이곳에 오지 말고 일찍 쉬었더라면 좋았을 것을."

그러고는 억지로 웃어 보였다.

손드라는 동정 어린 눈길로 지그시 그를 보면서 말했다.

"그렇게 피로하세요? 나의 소중한 아기. 오늘 아침 나한테 그렇게 말했더라면 오늘은 푹 쉬게 했을 텐데. 프랑크에게 말해서 크란스톤의 별장까지 데려다주라고 할까요? 아니면 이층에 올라 가서 좀 누워 있든지. 그래도 상관없어요. 내가 말해줄 게요."

그녀는 프랑크에게 말하려고 고개를 돌렸다. 클라이드는 그 최후의 제안에 너무 당황했다. 그래도 어떻게든 이곳을 빠져나갈 구실을 찾으면서 떨리는 목소리로 소리쳤다.

"제발, 제발 그런 부탁은 하지 말아줘요. 아직은 견딜 만하니까. 조금 더 있다가 이층으로 가든가 숙소로 돌아가든지 하겠어. 기분도 차츰 좋아지고 있으니까."

손드라는 클라이드의 말이, 무엇엔가 잔뜩 긴장해서 응석을 부리는 어린 아이 같아서 그저 이렇게 말해두었다.

"알았어요, 그럼 됐어요. 하지만 계속 기분이 나쁘면 내가 프랑크에게 말해서 집으로 보내드리든가 이층에서 쉬든가 하도록 하겠어요. 프랑크는 그런 것을 언짢게 생각할 사람이 아니에요. 그러다가 열시 반쯤 되면 나도 돌아갈 테니 그때 당신도 함께 돌아가도 되구요. 내가 데려다 드리겠어요. 알았지요, 우리 아기?"

그러자 클라이드는 그러면 이층에 올라가서 위스키를 마셔보겠다면서 하리에트 가의 한 넓은 욕실로 들어가 문을 잠근 후 생각해 보았다. 로버타의 사체가 발견되었다는 것, 타박상이 남아 있을지도 모른다는 것, 진흙 속이나 둑의 모래밭에 발자국이 남아 있을지도 모른다는 것, 크란스톤 가에 처박아놓은 그 양복, 숲속에서 만난 사나이들, 로버타의 가방, 모자와 상의, 수면에 버려진 안감을 대지 않은 모자, 그리고 다음에 어떤 행동을 취해야 할 것인지 생각해보았다. 어떤 손을 써야 할 것인가? 어떻게 말해야 좋을까? 지금 손드라가 있는 곳으로 내려가서 돌아가자고 설득하거나 아니면 여기에 있으면서 고통을 계속할 것인가? 내일 신문에는 얼마나 상세하게 보도될 것인가? 무엇이? 도대체 무엇이? 결국 자기에게까지 추적의 손길이 뻗칠 것이고 또는 어떤 형태로든 이 사건과 관련이 있을 것으로 생각되면 내일로 예정된 캠프 여행을 떠나는 것이 현명한 일일까! 아니면 여기서 도망치는 것이 현명하지 않을까? 지금이라면 돈도 다소 있다. 뉴욕이나 보스턴이나 라타라가 가 있는 뉴올리언스로 간다. 그러나 안 된다. 나를 알고 있는 인간이 있는 곳으로는 갈 수 없다.

아아 하느님! 이번 일을 위해 내가 한 모든 계획은 어리석었고 결함 투성이였다! 나는 처음부터 제대로 계획을 세웠던 것일까? 가령 로버타의 사체가 그 깊은 물 속에서 발견될 것이라고 상상이나 했던가? 그런데 어떤가? 이렇게 빨리 떠올라서 —— 겨우 제 1 일째인데 —— 나에게 불리한 증거로 되어 버렸다! 그리고 그곳에서 숙박부에는 그렇게 적었지만 그 세 사나이들이나 배에서 본 그 처녀 때문에 내가 있는 곳까지 추적해올 염려는 없을까? 곰곰이 생각해보지 않으면 안 된다! 그 양복 때문에 무언가 결정적인 일이 일어나기 전에 가급적 빨리 이곳에서 나가야 한다.

순간마다 힘이 빠지고 떨려서 그는 아래층에 있는 손드라에게로 가서 몸이 낫지 않으니 될 수 있으면 함께 돌아가주지 않겠느냐고 물었다. 그래서 손드라는 버처드에게 열시 반이고 아직 앞으로 몇 시간은 더 계속할 만한 시간이지만 별로 기분이 개운치 않으니 자기와 클라이드와 질을 집까지 태워다주면 내일 아침에는 베어 호로 예정된 시간에 가겠다고 말했다.

그리고 클라이드는 이렇게 자기 멋대로 일찍 돌아가는 것은 이제까지 자기가 해온 절망적이고 강폭한 계획의 비참한 실패 중의 하나가 아닐까 생각했으나 속력이 빠른 증기선을 타고 크란스톤의 별장으로 서둘러 돌아갔다. 일단 돌아가 손드라와 버처드와 헤어져서 급히 자기의 방으로 들어가 양복이 그대로 있는 것을 보았다. 실내의 정적을 뒤흔들어놓은 흔적은 전혀 보이지 않았다. 그래도 걱정스러워서 옷을 밖으로 갖고 나와 끈으로 묶고 이 집에서 누구의 눈에도 띄지 않고 탈출할 수 있는 순간이 오기를 고대하고 있었다. 그러다가 잠시 산책을 나가듯이 밖으로 나갔다. 그리고 호숫가에서 —— 별장에서 4분의 1마일 쯤 떨어진 곳에서 —— 무거운 돌을 찾아내어 옷에 붙들어맸다. 그리고 그것을 힘껏 물 속으로 집어던진 다음 집을 나섰을 때와 마찬가지로 조용하고 침울하게 공포에 질린 상태로 되돌아왔다. 내일 어떤 것이 밝혀질 것인지, 심문을 받으면 어떻게 대답할 것인지 생각해보았다.

8

그는 로버타라든가 체포하러 온 사나이라든가 하이킹에 대한 괴로운 꿈에 시달리면서 거의 잠을 이루지 못하고 하룻밤을 지낸 다음 날이 밝자 골치가 지끈거리고 눈이 아픈 것을 느끼면서 자리에서 일어났다. 그리고 한 시간 뒤에 아래층으로 내려가보니 어제 자기를 차에 태워 보내준 운전사 프레데릭이 차고에서 막 차를 꺼내고 있었다. 그는 프레데릭에게 올바니와 유티카의 신문을 모조리 사다 달라고 부탁했다. 아홉시 반쯤 운전사가 신문을 갖다주자 문을 걸어잠근 채 한 신문을 펼쳐보니 번쩍 뜨이는 제목이 눈에 들어왔다.

'젊은 여성 의문의 죽음
어제 아디론닥 호에서 사체 발견
　　동행한 사나이는 행방불명'

그는 긴장한 채 창가에 놓인 의자에 앉아 신문을 읽기 시작했다.

　뉴욕 주 브리지버그, 7월 9일 밤 —— 어제 정오 직전 빅 비턴 호 남단에서 신원 미상의 젊은 여성의 사체가 인양되었는데, 그녀는 뉴욕 주 그라스 호 그라스 여관에 수요일 아침 칼 그레엄 부처라는 이름으로 투숙했으며, 이튿날인 목요일에는 클리포드 골든이란 이름으로 빅 비턴 호의 빅 비턴장에서 휴식을 취하던 젊은 남자의 부인으로 추정되고 있다. 전복된 보트나 남자의 맥고모자가 문 코브의 수면에서 발견되자 장대나 로프를 사용하여 오전 내내 호수의 밑바닥을 훑었다. 그러나 어제 오후 일곱시까지 남자의 사체는 발견되지 않았으며 두 시경 비극이 일어난 현장에 도착한 하이트 검시관의 말에 의하면 이 사건은 단순한 익사 사고로는 보기 어렵다고 했다. 여자의 사체 머리 부분과 안면에 멍과 찰과상이 있었으며 수색이 속행되는 사이에, 현장에 도착한 세 사나이의 증인에 의하면 어젯밤 호수의 남쪽에서 골든 또는 그레엄의 인상과 일치하는 젊은 사나이를 만났다는 것이다. 그 결과 대부분의 사람들은 이 사건은 살인이며, 범인은 달아났다는 결론을 내리게 되었다.

　젊은 여성의 갈색 여행용 가방 및 모자와 코트는 남아 있다. 가방은 빅 비턴 호의 동쪽 5마일 지점에 있는 간 롯지역 승차권 발매실에 있었으며 모자와 코트는 여관의 휴대품 예치실에 남아 있었다. 이에 반하여 그레엄 또는 골든이라는 남자는 여행 가방을 갖고 보트에 탔다고 한다.

　빅 비턴의 여관 주인 말에 의하면 이들 두 사람은 올바니에 사는 클리포드 골든 부처라고 숙박부에 적었다는 것이다. 여관에는 몇 분밖에 있지 않았으며 곧 보트장으로 가서 보트를 한 척 빌려 그 여성과 함께 여행 가방을 갖고 보트를 탔다. 두 사람은 끝내 돌아오지 않았으며 뒤집힌 보트는 통칭 문 코브라 불리는 호수의 남단에 있는 작은 후미로, 호수의 연장 같은 지점에서 발견되었으며, 그 후 젊은 여성의 사체가 발견되었다. 그 지점은 바위가 없으며 안면의 상처로 보아 그 여성은 폭행을 당한 것이 아닐까 하는 의문이 제기되고 있다. 그 밖에 세 남자의 증언도 있고 부근에서 발견된 맥고모자는 안창이 뜯겼으며, 그 밖에 단서가 될 만한 것을 남겨놓지 않은 것으로 보아 하이트 검시관은 남자의 사체가 발견되지 않는 한 이것은 분명한 살인으로 보인다고 주장하고 있다.

그라스 호나 빅 비턴 호의 여관 주인, 투숙객, 안내인의 설명에 따르자면 골든 또는 그레엄으로 행세한 사나이는 나이가 24, 5세, 마른 체구이며, 머리는 검고 신장은 5피트 8인치, 도착시에는 옅은 회색 양복, 갈색 구두, 맥고모자 차림이었으며 양산과 지팡이 같은 것을 붙들어맨 갈색 옷가방을 갖고 있었다.

젊은 여성이 여관에 남겨두었던 모자와 코트는 각각 진한 갈색과 연한 갈색이며, 복장은 다크 블루였다.

골든 또는 그레엄이 생존해 있으며 도망을 기도하고 있을 것으로 보아 그를 체포하기 위하여 부근 철도의 각 역에 통고해두었다. 익사한 젊은 여성의 사체는 군청 소재지인 브리지버그로 옮겨졌으며 검시가 행해질 예정이다.

얼어붙은 사람처럼 꼼짝도 하지 않고 앉아서 그는 생각했다. 이처럼 비열한 살인이 신문에 보도되고 또 여기서 가까운 곳에서 범행이 저질러졌다면 많은 사람들은 완전히 흥분하여 —— 아마도 전부가 —— 신문에 보도된 것과 같은 인상의 인물을 찾아내려고 통행인들을 눈여겨 볼 것이 아닌가? 그렇다면 추적의 손들이 가까이 임박하고 있으니 빅 비턴이나 이 고장 경찰에 자진 출두하여 지금까지 일어난 모든 것을, 최초의 계획이나, 계획하게 된 동기를 다 털어놓는 것이 좋지 않을까? 그러나 최후의 순간에는 살해된 것이 아니었다 —— 정신이 아찔하여 계획대로 실행하지 못했다고 설명하자. 그러나 그럴 수는 없다. 그렇게 되면 손드라나 그리피스 가의 사람들에게 로버타와의 관계가 알려지게 된다 —— 지금 이곳에서 자기의 지위는 끝장난 것도 아니지 않은가. 하지만 신문에도 났듯이 사체의 얼굴에 상흔도 있는데 자기의 말을 믿어주겠는가? 죽일 생각은 없었다고 아무리 설명해보아도 실제로 죽였다는 쪽으로 심증을 굳힐 것이다.

그를 만난 적이 있던 사람들 중 적어도 몇 사람은 신문에 난 인상이 바로 자기라는 것을 알아차릴지도 모른다. 지금처럼 그가 회색 양복도 맥고모자도 쓰고 있지는 않지만 말이다. 하느님! 경찰은 나를, 아니 나를 빼닮은 클리포드 골든이나 칼 그레엄을, 살인죄로 고발하기 위하여 찾고 있는 것이다! 만약 내가 클리포드 골든을 빼닮았으며 그 세 사나이들이 이곳으로 온다면! 그는 부르르 몸을 떨었다. 그러나 더욱 나쁜 일이 있었다. 새롭고 무서운 생각이, 그것도 하필이면 이제야 그의 마음에 떠오르고 있었다. 그 머리글자는 내 이름과 같지 않은가! 그는 이제까지도 그 이름을 나쁜 생각으로 생각해본 적이 없었으나 그것이 불리하다는 것을 알게 되었다. 어찌하여 그러한 점까지 생각해보지 못했던가? 어째서? 아아, 하나님!

마침 그때 손드라가 전화를 걸어왔다. 그는 그녀가 의아해 하지 않도록 태연한 목소리를 내느라고 무진 애썼다.

"나의 아픈 아기, 오늘 아침은 좀 어때요? 조금 좋아졌다구요? 어젯밤에는 여간 걱정이 되지 않았어요. 정말 괜찮은 거예요? 이번 여행에 갈 수 있겠어요? 그럼 됐어요. 가고 싶은데도 갈 수 없을 정도로 몸이 아프면 어쩌나 하고 어젯밤에는 걱정이 되어 잠도 제대로 자지 못했어요. 갈 수 있다니 마음이 놓여요. 귀여운 사람! 소중한 아기! 우리 아기는 그처럼 나를 사랑하나요? 이번 여행은 틀림없이 건강에도 좋을 거예요. 한낮까지는 준비를 해야 하므로 틈이 없을 것 같아요. 그래도 한시나 한시 반에는 모두 카시노 선창에 모일 거예요. 그러고는 멋진 캠프 생활을 하기 위해 떠나는 거예요! 당신도 버틴이나 그랜트 그리고 그쪽에서 오는 사람들과 함께 오세요. 스튜워트의 증기선을 타고 오세요. 즐거운 일이 산더미처럼 많을 거예요. 그럼 이따 만나요, 안녕."

그러나 클리포드 골든이나 칼 그레엄을 찾고 있을 인물을 피하려면 아직 세 시간이나 기다리지 않으면 안 된다! 그렇다면 그때까지 호숫가를 따라 거슬러올라가서 숲속으로 들어가 있으며 되지 않겠는가? 아니면 가방 속에 소지품을 다 챙겨넣고 아래층에 앉아서 도로에서 이곳으로 나 있는 긴 사잇길이나 또는 증기선을 타고 호수 위로 누가 오는지 망을 보아도 된다. 그러다가 조금치라도 이상한 인물을 발견하면 그때 달아나도 되지 않을까? 그래서 그는 그대로 했다. 처음에는 쫓기는 짐승처럼 힐끔힐끔 뒤를 돌아보면서 숲속으로 들어갔다. 그러다가 다시 집으로 돌아와서 의자에 앉아 있거나 서성거리면서 경계를 게을리하지 않았다. 저것은 누구일까? 저것은 무슨 배일까? 어디로 가는 것일까? 이쪽으로 오고 있는 것은 아닐까? 누가 타고 있을까? 관리일까 —— 형사라면? 그렇다면 물론 도망치면 된다, 시간적으로 여유만 있다면.

한시가 되자 그랜트나 클라이드 외에 버틴이나 해리, 와이넷 등을 태운 크란스톤의 증기선은 선창을 향해 출발했다. 선창에 도착하자 함께 떠나기로 한 사람들 외에 하인도 와 있었다. 그리고 거기에서 30마일 북쪽의 동쪽 기슭에 있는 리틀 피시 후미에서 하리에트나 버곳의 차와 합류해서, 짐과 카누도 차에 싣고 육로를 이용하여 40마일 동쪽에 있는 베어 호로 갔다. 그곳은 빅 비턴 호에 못지않게 조용하고 경치도 아름다웠다.

다른 일만 없었더라면 더없이 즐거웠을 여행. 손드라가 곁에 있어서 애정 어린 눈길을 한시도 떼지 않는 즐거움. 지금 그가 옆에 있자 그녀의 마음도 이글거리고 있었다. 하지만 로버타의 사체가 인양되었다니! 클리포드 골든 또는 칼 그레엄의 수배와 체포. 자기와 일치하는 인상이 보도되었을 뿐 아니라 전화로 알려왔다. 여기 와 있는 보트나 차를 탄 사람들도 누구나 다 그 기사를 읽었을 것이다. 하지만 의심받을 염려는 없다. 그 인상에 대한 신문기사를 염두에 두고 있지는 않을 것이다. 만약 눈치를 챘다면! 추측을 한다면! 공포! 도주! 폭로! 경찰! 맨 먼저 나를 버릴 사람은 이들일 것이다 —— 손드라를 제외한 누구나 다. 그리고 결국에는 손드라까지도. 그래, 물론 그럴 것이다. 손드라의 눈에 떠 있는 저 공포.

이윽고 일몰 때는 이 호수의 서쪽 기슭에, 잘 손질된 잔디처럼 부드러운 널따란 풀밭에, 인디언 부락처럼 모닥불 둘레에 형형색색의 텐트가 쳐지고 조금 떨어진 곳에는 요리사의 텐트가 쳐졌다. 여섯 척의 카누도 색깔이 고운 물고기처럼 수초가 무성한 호숫가에 매어두었다. 모닥불을 둘러싼 즐거운 저녁 식사, 버곳, 하리에트, 스튜워트, 그랜트 등 네 사람은 다른 사람들이 춤을 추고 있는 동안 레코드를 담당했으며 다음에는 환한 가솔린 램프를 켜놓고 포커 놀이를 했다. 또 다른 사람들도 한데 어울려 저속한 캠프 송이나 칼리지 송을 불렀다. 클라이드는 그런 노래는 알지 못했지만 어떻게든 그들과 분위기를 맞추려고 애썼다. 웃음소리가 났다. 그들은 누가 맨 먼저 고기를 잡으며, 누가 맨 먼저 다람쥐나 메추라기를 잡느냐, 누가 경기에서 이기느냐 하는 것을 내기로 걸었다. 끝으로 내일은 아침 식사 후 적어도 10마일 동쪽 밖에 있는 이상적인 호숫가로 캠프를 이동시키는 계획이 진지하게 논의되었다. 그곳이라면 메티식 여관에서 5마일밖에는 떨어지지 않았으므로 마음껏 식사도 하고 댄스도 즐길 수 있을 것이라 했다.

모두 잠자리에 든 것으로 여겨지는 시간, 밤 캠프의 조용함과 아름다움, 별들! 클라이드는 미풍에 자잘한 물결을 일으키는 신비롭고 어두운 수면, 미풍에 흔들리며 속삭이는 듯 신비롭기만 한 어두운 송림, 밤새와 부엉이 우는 소리 등에 귀를 기울이면서도 속에서는 괴로움에 부글거렸다. 지금의 모든 생활이 가진 경이와 화려함이 만약 해골 같은 것에 의해서, 로버타에게 취한 행동의 두려움뿐만이 아니라 자기를 살인범으로 보고 있는 무서운 힘이 등뒤에서 추적해오지만 않는다면! 다른 사람들이 잠자리에 들거나 나무 그늘로 들어가 있을 무렵 별하늘 아래서 다정한 말이나 키스를 하기 위해 손드라가 다가왔다. 이때 그는 자기가 얼마나 행복하며 손드라의 사랑과 신뢰에 얼마나 감사한지 모르겠다고 속삭였고, 이야기를 하는 사이에 자기는 당신이 생각하고 있듯이 훌륭한 인간이 아니더라도 자기를 사랑해줄 수 있는지 물어보고 싶어졌다. 다짜고짜 미워하지는 않을까. 그러나 어젯밤 그처럼 공포 상태를 보인 만큼, 지금 그러한 얘기를 듣는다면 그녀는 그때의 일과 아니면 그의 마음을 차지하고 있는 무섭고 파괴적인 그 비밀과 결부시킬지도 모른다.

그 뒤에 버곳이나 하리에트 그랜트와 4인용 간이 침대가 있는 텐트로 들어가 몇 시간이나 무슨 소리가 나지 않을까 불안해 하면서 귀를 기울이고 있었다. 그 발자국 소리가 어쩌면 —— 어쩌면 —— 여기서도 무언지 모를 —— 당국! 체포! 폭로! 그리고 죽음. 두렵고 파멸적인 꿈 때문에 그는 밤중에 두 번이나 눈을 떴으며 자고 있는 사이에 잠꼬대를 한 것은 아닐까 하고 염려했다.

그러나 다시 찾아온 눈부신 아침 —— 호수 위로 떠오르는 밝고 둥근 태양 —— 호수의 맞은쪽 후미를 헤엄쳐 다니는 물오리들. 잠시 후 버곳, 하리에트, 그랜트 등이 반라의 차림으로 총을 들고 장거리 사격으로 사냥을 하려고 카누를 타고 나갔으나 한 마리도 잡지 못한 채 빈 손으로 돌아와 웃음거리가 되기도 했다. 젊은 남녀들은 현란한 색깔의 수영복 차림에 비치 가운을 걸치고 물 속으로 뛰어들거나 떠들거나 물장구를 치기도 했다. 아침 식사 후에는 갖가지 색깔의 카누가 선단을 이루어 남쪽 호숫가의 동쪽으로 벤조나 기타나 만돌린을 치면서 노래를 부르거나 농담을 하거나 웃으며 떠들거나 하면서 노를 저어갔다.

"나의 귀여운 아기는 왜 그러지요? 무척 침울해 보여요. 나나 이런 좋은 친구들과 같이 있는 것이 즐겁지 않나보죠?"

클라이드는 억지로라도 밝은 표정을 보이지 않으면 안 되겠다고 생각했다.

한낮이 되자 해리 버곳과 그랜트와 하리에트는 바로 눈앞에 보이는 저곳이 —— 자기들이 멋진 곳이라고 생각해오던 호숫가 —— 가장 높은 곳에서 호수의 전경을 조망할 수 있는 람선이란 곳이라 했다. 그리고 그 아래쪽에 자기들의 설비를 다 동원하여 설치할 수 있는 널따란 공터가 있다고 했다. 그리고 따뜻하고 기분좋은 일요일 오후에 늘 해오던 놀이가 예정대로 벌어졌다. 점심, 수영, 댄스, 산책, 트럼프, 음악 등. 클라이드와 손드라는 만돌린을 들고 다른 몇 쌍이나 마찬가지로 살짝 빠져나가 캠프의 동쪽에 있는 사람의 눈에 띄지 않는 한적한 바위로 갔다. 그곳에서 그들은 소나무 그늘 아래 몸을 뉘었다. 손드라는 클라이드의 품에 안겨 앞으로 두 사람이 확실하게 해둘 일들에 대해서 말했다. 손드라의 말에 의하면 이번의 특별여행이 기회를 제공해준 것과 같은 친밀한 교제 방법으로 그 사나이와 교제하는 것은 두 번 다시 용납하지 않겠다고 어머니가 말했다고 했다. 그 사나이는 너무 가난하고 그리피스와의 관계도 막연하다는 등의 이유를 들어서 말이다. 손드라는 더욱 애매한 어투로 어머니의 말을 전했다. 하지만 그녀는 다시 이렇게 덧붙였다.

"바보 같아요, 우리 아기! 하지만 신경쓰지 말아요. 나는 어머니께 웃어보이며 알았다고 말했어요. 그것은 어머니를 더 이상 화내지 않게 해드리기 위해서였어요. 하지만 그 사람은 인기가 대단하니 앞으로 어떻게 해야 만나지 않게 될지 물어보았어요. 나의 아기는 아주 미남자니까. 누구나 다 그렇게 생각하고 있어요. 남자들까지도."

　그 무렵 샤론의 실버 여관 베란다에서는 지방 검사 메이슨, 조수인 버튼 버레이, 하이트 검시관, 얼 뉴컴, 거기에 잔뜩 찡그린 얼굴의 그러나 보통때는 무척 친절한 귀신 같은 보안관 슬랙과 세 사람의 조수들 —— 제1, 제2, 제3 보안관 대리인 크라우트, 시셀, 스웽크 —— 이 살인 용의자 클라이드를 체포하기 위하여 최선의 가장 확실한 방법을 협의하고 있었다.

　"녀석은 베어 호로 가 있다. 범인으로 수배되고 있다는 뉴스가 본인의 귀에 들어가기 전에 추적하여 체포하지 않으면 안 돼."

　그래서 그들은 출발했다. 버레이와 얼 뉴컴은 샤론에 남아서 클라이드가 금요일 이곳에 도착하여 베어 호로 떠날 때까지 크란스톤의 별장에 머물렀다는 사실과 수사에 필요한 보충적인 자료를 수집하고 클라이드의 동태에 대해서 알 만한 인물과 이야기를 나누고 소환장의 수속을 밟을 준비를 했다. 하이트 검시관도 같은 사명을 띠고 '시그너스 호'의 선장과 세 사나이를 만나기 위하여 3마일 후미로 향했다. 메이슨은 보안관이나 보안관 대리와 함께 사건에 대비하기 위하여 고속 증기선을 빌려 캠프 여행을 떠난 일행의 코스를 따라 처음에는 리틀 피시 후미로, 그리고 그들의 추적이 옳다면 베어 호로 향했다.

　이렇게 해서 월요일 아침에는 람션 곶에 있던 일행은 이미 캠프를 걷어서 14마일 동쪽에 있는 셀터 비치를 향해 이동 중이었는데 메이슨은 슬랙과 세 사람의 보안관 대리와 함께 전날 아침 일행이 떠난 캠프에 도착해 있었다. 여기서 보안관은 메이슨과 상의하여 두 패로 나누어 그 지방에 사는 주민의 카누를 빌려 메이슨과 제1 보안관 대리인 크라우트는 남쪽 기슭을 따라, 슬랙과 제2 보안관 대리인 시셀은 북쪽 기슭을 따라 나갔고 한편 누군가를 체포하여 수갑을 채우고 싶어하는 젊은 스웽크는 젊은 사냥꾼이나 초부처럼 차리고 호수의 중앙을 동쪽으로 향하여 카누를 저어가면서 이상한 연기나 불이나 텐트나 사람의 그림자가 보이지 않는지 찾아보기로 했다. 그리고 자기의 손으로 살인범을 체포하고 싶다는 꿈을 버리지 않고 있었다. 클라이드 그리피스, 법이 명하는 바에 따라 너를 체포한다！ 하지만 메이슨의 지시도 있고 해서 만약 무언가 증거를 찾아냈다면 범인이 놀라서 도망치거나 하는 일이 없도록 일단 되돌아와서 범인이 들을 수 없는 지점에서 8연발 권총을 한 방 쏘아 신호를 보내기로 되어 있었다. 그렇게 하면 어느 쪽이든 가장 가까운 거리에 있는 조에서 거기에 응답하여 한 방을 쏘고 그 방향으로 신속하게 가기로 되어 있었다. 그러나 어떠한 상황하에서도 범인을 단독으로 체포하려 해서는 안 된다고 했다. 그러나 수배서에 씌어 있는 클라이드와 비슷한 수상한 인물이 보트나 도보로 도망치려 할 때는 단독으로라도 체포하기로 되어 있었다.

그때쯤 클라이드는 해리 버곳, 버틴, 손드라 등과 같은 카누를 타고 다른 카누와 함께 동쪽으로 저어가면서 뒤돌아보거나 이것저것 생각하거나 했다. 경관이나 수사 요원이 이미 샤론에 도착하여 이곳으로 오고 있지 않을까? 그들이 내 이름을 알아냈다면 내가 있는 곳을 알아내는 것은 쉽지 않을까.

그러나 경찰관은 아직 내 이름을 모른다. 신문 기사가 그것을 증명해주고 있지 않은가? 이런 멋진 여행을 하고 있는데 언제까지나 울적하게 있을 수만은 없다. 이제 겨우 손드라와 함께 있게 되었는데. 또 호수 동쪽 기슭의 거의 인적이 없는 숲으로 가고 호수의 반대쪽 숙사로 가서 돌아오지 않는 수도 있다. 그는 태연하게 토요일 오후 해리 버곳이나 다른 친구들에게 호수의 동쪽 끝에서 남쪽이나 동쪽으로 가는 길이 없느냐고 물어보지 않았던가? 그리고 길이 있다는 것을 알아두지 않았던가?

월요일 낮에 이 캠프를 계획한 사람이 경치가 뛰어난 세 번째 야영지로 정한 셀터 비치에 도착하자, 아가씨들이 놀고 있는 동안 클라이드는 텐트 치는 것을 도왔다.

똑같은 시각에 젊은 스웽크는 두 번째 캠프 장소에서 호숫가에 타다 남은 모닥불 재를 사냥개처럼 조사한 후 앞으로 나아갔다. —— 빠른 동작으로. 그런 지 한 시간 후 메이슨과 크라우트는 같은 장소를 뒤졌으나 그들이 찾고 있던 자들은 이미 떠나고 없어 대충 훑어보고 말았다.

더욱 빠르게 카누를 저었던 스웽크는 네시에 셀터 비치에 도착했다. 그리고 조금 떨어진 곳에서 헤엄을 치고 있던 오륙 명을 발견하자 필요한 신호를 보내기 위해 방향을 바꾸어 되돌아갔다. 약 2마일쯤 되돌아가서 권총을 한 발 쏘자 거기에 응답하여 메이슨이나 슬랙 보안관의 신호가 있었다. 신호의 총소리를 듣자 그들은 동쪽을 향해 부지런히 노를 저어갔다.

손드라의 곁에서 헤엄을 치고 있던 클라이드도 이 총소리를 듣자 이상하다고 생각했다. 저 불길한 최초의 총소리! 이어서 두 발의 총성. 훨씬 먼 곳에서였지만 최초의 총성에 대한 응답 같았다. 그 뒤의 불길한 침묵! 도대체 무슨 일일까? 그럴 때 해리 버곳이 농담 삼아 말했다.

"사냥철도 아닌데 총을 쏘다니? 저건 분명히 법률 위반이야."

"어이, 저기 떨어진 오리는 내 거야! 그냥 놔두라구."

그랜트 크란스톤이 소리쳤다.

"그랜티, 그들도 오빠처럼 총 솜씨가 시원치 않나봐요. 그냥 내버려두세요."

버틴이 말했다.

클라이드는 웃으려 하면서도 쫓기는 짐승처럼 총소리가 나는 쪽을 바라보면서 귀를 기울였다.

물에서 내가 옷을 입고 도망을 치라고 자기를 재촉하는 것은 무엇일까? 서둘러라! 서둘러! 너의 텐트로! 숲속으로, 어서! 그는 그렇게 하려고 모두 안 보는 사이에 급히 텐트로 가서 아직 남아 있는 작업용 청색 양복으로 갈아입고 모자를 쓰고는 캠프의 뒤쪽 숲속으로 들어갔다. 아무것도 보이지 않고 아무 소리도 들리지 않는 곳까지 가자 호수가 안 보이는 안전 지대로 걸어갔다. 그 총소리가 무엇을 의미하는지 모른다는 두려운 생각이 들어서였다.

하지만 손드라는! 게다가 토요일, 어제, 오늘 그녀가 한 말. 확실한 영문도 모르는 그 사람을 팽개치고 떠나도 좋단 말인가? 그래도 좋다는 말인가? 그 키스! 나의 장래에 대한 그 사람의 보증! 지금 그냥 도망쳐버린다면 그 사람은 그리고 다른 사람들은 어떻게 생각할까? 샤론이나 그 밖의 신문에서 나의 실종은 다시 화제에 오를 것이다. 그리고 클리포드 골든이나 칼 그레엄이란 가명은 들통이 날 것이다.

또 이렇게도 생각했다. 이러한 공포는 아무런 근거도 없지 않을까. 호수나 숲을 지나던 사냥꾼이 우연히 총을 쏘았을지도 모른다. 그렇게 생각하자 이대로 도망칠 것인지 되돌아갈 것인지 망설여졌다. 하지만 이 높은 둥근 기둥 같은 나무의 편안함을 보자 —— 지상에 융단을 깔아놓은 듯한 갈색 침엽수의 부드러움 —— 밤이 올 때까지 그 아래 숨어 있어도 좋을 것 같은 포근함. 그는 다시 걷기 시작했다. 그러면서도 누가 오지나 않나 하고 다시 캠프 쪽으로 되돌아갔다. 산책을 하다 보니 여기까지 와버렸다고 하면 된다고 생각하면서.

그러나 이 무렵, 적어도 캠프에서 2마일쯤 떨어진 서쪽의 시야를 가린 나무 그늘에서는 메이슨이나 슬랙이나 그 밖의 사람들이 모여 상의하고 있었다. 그 결과 클라이드가 거의 캠프로 다가갔을 때 메이슨은 스웽크에게 카누를 젖게 하여 캠프에 도착하자 호숫가에 올라가 있는 사람들에게 클라이드 그리피스 씨라는 사람이 있으면 만나보고 싶다고 말했다. 그러자 곁에 있던 해리 버곳이 말했다.

"네, 그 사람도 와 있습니다, 이 근방 어딘가에 있을 것입니다."

또 스튜워트 핀칠리는, 그리피스의 이름을 불렀으나 대답이 없었다.

그때 클라이드는 그 소리를 들을 수 있을 만큼 가까운 곳에 있지 않았고 느릿느릿 캠프 쪽으로 돌아오고 있는 중이었다. 메이슨은 필시 범인은 이 근처에 있을 것이고 아직껏 눈치채지 못했을 것이라 생각하여 잠시 기다리기로 했다. 메이슨은 스웽크에게는 숲속으로 들어가서 슬랙이 누군가 만났으면 한 사람은 동쪽 기슭을 따라가게 하고 또 한 사람은 서쪽 기슭을 따라가게 하고 스웽크는 지금과 마찬가지로 보트를 타고 동쪽에 있는 숙사로 가서 이 지방에 살인 용의자가 있을지도 모른다고 모두에게 전하도록 했다.

한편 클라이드는 4분의 3마일쯤 동쪽 지점에서 자기 자신에게 속삭이고 있는 소리에 귀를 기울이고 있었다. '달려라, 달려. 꾸물거리지 말고!' 그런데도 꾸물거리면서 손드라와 멋진 생활에 대해서 생각하고 있었다. 이런 식으로 도망쳐야 한다는 말인가? 또 만약 도망친다 하더라도 실패로 끝나는 것이 아닐까 하고 자기 자신에게 말했다. 저 총소리가 아무것도 아니라면—— 자기의 사건과는 아무런 관계가 없으며 사냥꾼이 짐승이나 날짐승을 향해 쏜 것이라면——그런데도 모든 것을 희생시킨다면? 그러나 지금 당장은 돌아가지 않는 것이 좋다, 적어도 어두워지기 전에는. 캄캄해진 다음에 저 이상한 총소리에 어떤 의미가 있는지 확인하러 가보는 것이 좋다.

그는 이 지방 특유의 작은 새들이 지저귀는 소리에 귀를 기울이면서 걸음을 멈추었다. 그리고 앞쪽을 기웃거리며 사방을 둘러보았다.

그때 갑자기 50피트도 떨어져 있지 않은, 눈앞에 들어찬 키가 큰 나무들 사이로 수염을 기른 사나이가 재빨리 소리없이 다가오고 있었다. 키가 크고 광대뼈가 튀어나왔으며 날카로운 눈에 갈색 펠트모를 썼으며 수척한 몸에 빛바랜 갈색 양복을 입은 사나이였다. 그 사나이는 다가오며 소리쳤다. 클라이드의 피는 얼어붙었다. 그리고 꼼짝도 할 수 없었다.

"이봐, 움직이면 안 돼! 너의 이름은 클라이드 그리피스지?"

클라이드는 이 낯선 사나이의 날카로운 눈매와 권총을 빼들고 이쪽을 겨누고 있는 것을 보자 걸음을 멈추고, 그 사나이의 단호한 자세와 권위에 벌벌 떨었다. 나는 정말로 체포되는 것일까? 이 법의 파수꾼은 나를 잡으러 온 것일까? 아아, 이제는 도망칠 수도 없다. 어찌하여 나는 계속 달아나지 않았던가? 아아, 어째서. 그러자 갑자기 온몸의 힘이 빠지고 몸이 떨렸으나 자기의 죄를 인정할 마음이 없어서 아니라고 대답했다가 약간 정신을 되찾자 이렇게 말했다.

"네, 맞습니다. 제가 클라이드 그리피스입니다."

"저쪽 옆에서 캠프를 하는 사람들과 일행이지?"

"네, 그렇습니다."

"알았다, 그리피스 군. 갑자기 권총을 들이대서 미안하군. 하지만 무슨 일이 있더라도 자네를 체포해야 한다는 지시를 받았으니 어쩔 수가 없었다. 나의 이름은 크라우트, 니콜라스 크라우트다. 카탈라키 군의 보안과 대리다. 자네의 체포 영장을 갖고 있다. 자네를 왜 체포하려는지는 말하지 않아도 잘 알고 있겠지? 순순히 나를 따라와주겠지?"

그는 묵직해 보이는 무기를 꽉 움켜쥔 채 단호한 눈초리로 클라이드를 뚫어지게 보았다.

"그것은 —— 그것은 —— 나는 다만."라고 클라이드는 창백한 얼굴로 힘없이 말했다. "그러나 체포 영장을 갖고 왔다면 물론 따라가겠습니다. 하지만 무슨 일인지 저는 영문을 모르겠습니다." 그렇게 말하는 그의 목소리는 떨리고 있었다. "왜 저를 체포하는 것이지요?"

"모른다고? 지난 수요일인가 목요일, 빅 비턴 호나 그라스 호에 간 적이 없다고 말하려는 건가?"

"네, 간 적이 없습니다."

"그러면 자네는 그곳에서 젊은 여성이 익사한 것도 모른다고 하겠군. 자네와 같이 갔던 뉴욕 주 빌츠에 사는 로버타 올덴이란 여자를 모른다는 말인가?"

"전혀 모르는 소리군요!"라고 클라이드는 신경질적으로 더듬거리며 말했다. 이렇게도 신속하게 로버타의 본명과 주소를 밝혀내다니! 그렇다면 어떤 단서를 잡은 것이 분명했다. 그래서 자기와 그 여자의 본명도 밝혀낼 것이다. "내가 살인이라도 했다는 말입니까?"

그는 이렇게 덧붙였으나 그 목소리는 쥐구멍에라도 기어들듯 작고 힘이 없었다.

"그렇다면 지난 주 목요일, 그 여자가 익사했다는 것을 모른다는 말이군. 그리고 그때 그 여자와 함께 있지 않았다는 말이군."

크라우트는 엄격하고 믿을 수 없다는 듯한 눈으로 그를 쳐다보았다.

"물론 그런 여자와 함께 있지 않았습니다."

클라이드는 이제 한 가지 일만 생각하면서 말했다. 모든 것을 부정하지 않으면 안 된다, 달리 어떤 행동은 취하거나 말하거나 생각할 것인지 확실하게 결심을 하기까지는.

"그렇다면 자네는 지난 주 목요일 밤 열한시경 빅 비턴 호에서 3마일 후미로 걸어가던 중 세 사나이와도 만나지 못했다는 말이군?"

"물론 만난 적이 없지요. 저는 그곳에 없었으니까."

"좋아, 그리피스 군. 더 이상 말할 필요는 없어. 다만 내가 할 수 있는 일은 클라이드 그리피스를 로버타 올덴의 살인범으로 체포하는 일이니까. 나는 자네를 체포한다."

그가 힘과 권위를 보이는 일 외에는 아무런 의미도 없다는 듯이 강철로 만든 수갑을 꺼내자 클라이드는 마치 얻어맞기라도 한 듯이 뒷걸음질치며 벌벌 떨었다.

"그런 것을 저의 손목에 채울 필요는 없습니다. 제발 채우지 말아주십시오. 저는 그런 것을 한 번도 차본 적이 없었으니까요. 또 그런 것을 차지 않더라도 함께 갈 수 있으니까요."

그는 무언가를 동경하듯이 또 슬픈 눈으로 우뚝 선 나무들을 둘러보았다. 조금 전 숲속으로 깊숙하게 들어갔더라면 좋았을 것을. 그는 안전한 숲속으로 아쉬운 듯 눈길을 돌렸다.

크라우트가 엄숙한 목소리로 말했다.

"그럼 좋아. 자네가 얌전하게 따라와 준다면."

그는 거의 마비되어버린 것 같은 클라이드의 한쪽 팔을 잡았다.

"괜찮으시다면 물어볼 말이 있어요. 나를 지금 캠프로 데려가는 것입니까?"

클라이드는 힘없이 겁에 질린 목소리로 물었다. 두 사람이 걷기 시작하자 손드라나 다른 사람들의 일이 눈이 부시도록 그의 눈앞에 떠올랐다. 손드라! 손드라! 체포된 범인으로 그곳으로 돌아간다니! 더구나 손드라나 버틴 앞으로! 아아, 그것은 안 돼!

"그래, 자네를 그 캠프로 데려가고 있어. 그런 명령을 받았으니까. 카탈라키 군의 지방 검사도 보안관도 지금 그곳에 있으니까."

클라이드는 히스테릭하게 호소하듯이 말했다. 클라이드는 이제 제 정신이 아니었다.

"잘 알겠습니다만 제발 그것만은 말아주실 수 없을까요? 얌전하게 따라갈 테니 —— 그곳에 있는 사람들은 모두 저의 친구입니다. 그들 앞에 이 꼴을 보이기 싫습니다. 당신의 말대로 어디든지 따라가겠습니다. 그러나 캠프 가까이는 데려가지 마십시오 —— 즉 —— 나는 —— 나를 아아, 그곳으로만은 데려가지 말아주십시오. 제발 부탁입니다, 크라우트 씨."

크라우트의 눈에는 그 사나이가 무척 어린애 같고 심약해 보였다. 얼굴도 잘 생겼고, 눈은 순진했으며, 행실도 바른 것 같았다. 예상했던 것처럼 야만스럽거나 거친 살인자의 유형은 아닌 것 같았다. 그가 경의를 품고 있던 계급의 인물이었다. 그리고 유력한 친척을 갖고 있을지도 모르지 않은가? 이제까지 그가 들은 바에 따르자면 이 청년은 라이카거스의 최상류 가족의 일원이라는 것은 확실했다. 그리고 약간이나마 정중하게 대해줘야겠다고 생각해서 이렇게 말했다.

"좋아, 나는 자네에게 너무 냉혹한 태도를 취할 생각은 없다. 나는 보안관도 지방 검사도 아닌 체포 명령을 받았을 뿐이니까. 자네를 어떻게 할 것인지 결정할 수 있는 사람은 저기 있는 사람들이다. 그러니 그 사람들한테 가서 부탁하는 것이 좋다. 자네를 그리로 데리고 갈 필요가 없을지도 모른다. 하지만 자네의 옷들은 어떻게 하지? 옷이 캠프에 있을 텐데?"

"네, 그렇습니다만은, 그것은 아무래도 좋습니다."라고 클라이드는 신경질적으로 열심히 말했다. "그것은 언제라도 가지러 갈 수 있습니다. 그러나 지금은 돌아가고 싶지 않습니다."

"그럼 좋아, 가자구."

128

두 사람은 말없이 걸었다. 다가오는 석양 속에서 높이 자란 나무들은 장엄한 통로를 만들었으며, 두 사람은 사원의 안뜰을 지나가는 예배자들처럼 나무 사이를 걸어갔는데, 클라이드의 눈은 서쪽으로 우뚝 선 나무들 사이로 보이는 붉게 물든 하늘을 지켜보고 있었다.

살인죄를 범했다면! 로버타는 죽었다! 그리고 손드라도 죽었다 —— 그에게는 죽은 것이나 다름없다! 그리고 그리피스 가의 사람들도! 백부도! 어머니도! 저 캠프에 있는 사람들도 모두!

아아 이 무슨 비극인가. 그것이 무엇인가는 별도로 하고라도, 무언가가 나를 부채질하여 서두르게 했건만 어찌하여 나는 도망치지 않았던가?

9

클라이드가 없는 사이에 그가 이곳에서 누린 향락적인 생황을 본 메이슨의 인상은 그 동안 생각해왔던 라이카거스나 샤론의 인상을 확실히 보충해줄 수 있었다. 하지만 이것은 동시에 쉽게 유죄 판결을 내릴 수 있겠다고 생각한 것에 찬물을 끼얹기에 충분했다. 왜냐하면 그의 주위를 둘러보니 이러한 추문도 지워버리고 싶은 충동뿐만 아니라 그렇게 하기 위한 수단도 생각날 것 같지 않았다. 풍부한 자산. 틀림없이 변호사를 들이댈 중요한 인물의 이름이나 연고자들. 이러한 유력한 권력을 쥐고 있는 그리피스 가는 조카가 이런 식으로 체포되어, 그 죄가 어떠한 것이든 가문의 명예를 지키기 위해서라도 가능한 한 유능한 변호사를 확보하려 하지 않을까? 그렇다면 유능한 변호사라면 가능한 한 지연 작전을 펼 것이고 유죄로 편결되기 전에 자기가 자동적으로 검사직을 물러나게 되고, 그처럼 바랐던 판사 후보자로 지명되거나 선출되지 못할 것이다.

호수에 면하여 둥그스름하게 배치된 예쁜 텐트 앞에 앉아서 낚싯대와 낚싯줄을 정리하고 있던 해리 버곳은 화사한 색깔의 스웨터에 플란넬 바지를 입고 있었다. 그리고 활짝 문을 열어젖힌 몇 개의 텐트에서는 조금 전 수영을 하던 아가씨들 —— 손드라, 버틴, 와이넷 —— 이 화장을 하고 있었다. 이런 상류 계층의 사람들을 보고 있으려니까 자기가 여기까지 온 용건을 말하는 것이 정치적으로나 사교적으로도 현명한 짓일지 어떨지 몰라서 한동안 주저했다. 자기의 젊은 시절이나 로버타 올덴이 경험한 세계와 너무나 동떨어진 이들의 세계를 비교해보고 있었다. 그리피스의 연고자들이 이처럼 비열하고 잔혹한 방법으로 로버타 같은 하층 계급의 아가씨를 이용하고 책임을 회피하려는 것도 당연하지 않을까 하는 생각도 했다. 하지만 그 어떤 적의에 찬 운명에 처해지는 일이 생기더라도 수사를 진행시켜야겠다는 마음에서 버곳에게 다가가 최대의 사교성을 발휘하여 얘기를 걸어보았다.

"캠프하기에는 아주 쾌적한 장소 같군요?"

"네, 저도 그렇게 생각합니다."

"샤론 근처의 별장이나 호텔에서 오셨겠지요?"

"네, 주로 남쪽과 서쪽 호숫가에서지요."

"클라이드 씨 외에 그리피스 가의 분은 아무도 오시지 않았습니까?"

"그 집 사람들은 아직 그린우드에 있을 것입니다."

"당신도 개인적으로 클라이드 그리피스 씨를 알고 계시지요?"

"그야 물론이지요. 우리 친구 중의 한 사람이니까요."

"이번에는 언제 이곳에 왔는지 아시는지요? 즉 크란스톤의 별장에 온 것은?"

"아마 금요일부터일 겁니다. 금요일 오전에 그를 만났으니까. 하지만 곧 돌아올 테니 클라이드에게 직접 물어보시지 그러세요."

버곳은 이렇게 말을 맺었다. 메이슨 씨가 너무 꼬치꼬치 캐물으려 하는 데다가 자기나 클라이드와는 다른 세계의 인간임을 알게 되었기 때문이었다.

마침 그때 프랑크 하리에트가 겨드랑이에 라켓을 끼고 지나갔다.

"프랑키, 어디 가지?"

"오늘 아침 해리슨이 대충 다듬어둔 코트를 살펴보려구."

"상대는?"

"바이올렛, 나딘 그리고 스튜워트야."

"코트를 하나 더 만들 여유가 없을까?"

"됐어, 두 개야. 버트나 클라이드나 손드라를 데리고 코트로 오면 되잖아?"

"음, 이것을 다 해놓고 그렇게 하지."

그때 메이슨은 곧 클라이드와 손드라의 일을 생각해보았다. 클라이드 그리피스와 손드라 핀칠리. 지금 이 주머니 속에는 그녀의 편지나 카드가 있다. 클라이드뿐만 아니라 여기서 그 여자도 만날 수 있을지 모른다. 나중에 클라이드에 대해서 물어볼 수 있지 않을까?

마침 그때 손드라와 버틴과 와이넷이 각기 텐트에서 나왔다. 그리고 버틴이 소리쳤다.

"해리, 나딘을 보지 못했어요?"

"아니. 하지만 프랑크는 방금 이 앞으로 지나갔어. 나딘, 바이올렛, 그리고 스튜워트와 시합을 한다면서 코트 쪽으로 갔어."

"그래? 그러면 손드라, 너도 가자. 와이넷, 너도. 어느 편이 이기는지 보러 가자구."

버틴은 손드라의 이름을 부르면서 뒤돌아서 그녀의 팔을 잡았으므로 메이슨은 생각지도 않았던 정보와 기회를 잡게 되었다. 비극적으로, 그러나 전혀 의식하지 못했던 로버타에게서 클라이드의 애정을 빼앗은 여성을 눈앞에 보면서 관찰할 기회를 잡았다. 그리고 그 자신도 알게 된 사실이지만 확실히 로버타보다 아름다웠으며 로버타는 감히 생각도 못할 만큼 사치스런 차림을 하고 있었다. 한 사람은 죽어서 브리지버그의 시체실에 있는 것과는 달리 또 한 사람은 버젓이 살아 있었다.

메이슨이 지켜보고 있는 동안 가슴을 가린 채 가벼운 발걸음으로 지나가던 손드라는 해리를 보면서, "클라이드를 보거든 내가 있는 곳으로 와달라고 해주겠어요?"라고 말하자 하리에트는 "그림자처럼 너를 따라다니는 사람인데 그런 말을 해줄 필요가 있을까?" 하고 비아냥거렸다.

메이슨은 이들의 화려한 생활에 감명을 받아 약간 흥분해서 주위를 둘러보았다. 이제 클라이드가 그 아가씨를 제거하고 싶었던 이유나 배후에 있는 동기는 극히 명백했다. 그가 간절히 바랐던 이 사치뿐만 아니라 저 예쁜 아가씨 때문에. 하지만 그 나이에 더구나 좋은 기회가 앞에 놓인 청년이 그런 무서운 범죄를 저지르다니! 도무지 믿어지지 않는다! 가난한 아가씨를 살해한 지 나흘밖에 지나지 않았는데 이처럼 아름다운 아가씨와 놀러 다니고 로버타가 결혼하기를 바랐던 것처럼 손드라와의 결혼을 바라다니. 도저히 믿을 수 없는 악당이다.

클라이드가 좀체로 모습을 나타내지 않아서 자기 신분을 대고 그의 소지품을 수사하거나 압수해야겠다고 결심했을 때 에드 스웽크가 고습을 나타내어 고개짓을 하면서 메이슨에게 따라오라는 신호를 보냈다.

메이슨이 주위를 에워싼 나무 그늘로 들어서자 니콜라스 크라우트도 있었고 바로 그 옆에 말로만 들어오던 클라이드와 같은 나이 또래의 호리호리한 청년이 있었다. 백지장 같은 안색을 하고 있는 것으로 보아 클라이드가 틀림없을 것이라고 그는 생각했다. 그래서 곧 화를 내면서 스웽크에게 어디서 어떻게 체포했느냐고 묻고는 법의 권력과 위엄을 대표하는 인물답게 비판적이고 엄격한 눈으로 클라이드를 바라보았다.

"클라이드 그리피스가 바로 자넨가？"

"그렇습니다."

"그렇다면 그리피스 군, 나의 이름은 오빌 메이슨이야. 빅 비턴이나 그라스 호가 속해 있는 군(郡)의 지방 검사로 있네. 이제 와서 자네도 그 두 곳을 모른다고 하지는 않겠지？"

그는 말을 끊고 자기가 말한 야유조의 효과를 확인하려 했다. 그가 풀이 죽어 낙담한 것을 보려 했으나 클라이드는 메이슨을 똑바로 쳐다보며 불안스런 큰 검은 눈에 긴장을 보일 뿐이었다.

"아니오, 전혀 모르겠는데요？"

왜냐하면 그는 이곳까지 숲을 지나오는 도중 겉보기만의 고발을 당하는 한이 있더라도 자기에 대한 것, 로버타와의 관계, 빅 비턴이나 그라스 호를 방문했던 일에 대해서는 아무 말도 하지 않겠다고 철저하고 확고한 결심을 세우고 있었기 때문이었다. 말해서는 안 된다. 말하게 되면 자기가 실제로 저지르지 않은 사항에 대해서도 죄를 고백하는 것과 마찬가지가 된다. 그리고 누구라도 —— 손드라나, 그리피스 가의 사람들이나, 여기 있는 멋진 친구들은 누구 한 사람 —— 클라이드가 그런 사악한 생각을 머리에 떠올렸을 것이라고는 믿지 않는다. 결코 믿지 않을 것이다. 그런데 그 사람들은 소리만 지르면 다 들릴 수 있는 거리에 있으며 이곳으로 몰려와서 체포의 이유를 알게 될지도 모른다. 그러니 이번의 모든 일에 대해서는 전혀 모른다고 부정할 필요가 있다. 그런 생각을 하자 이 사나이가 무척 무서워졌다. 그런 태도를 취하면 상대방에게 반감과 초조를 불러일으키게 한다. 저 구부러진 코, 크고 엄격한 눈.

그러자 메이슨은 아직 본 적도 없는 지친 동물을 바라보듯이 클라이드를 쳐다보았다. 그가 부인하자 화가 났으나 그의 창백한 표정에서 자기의 죄를 고백할지도 모르며 언젠가는 그렇게 될 것이라 넘겨짚고 이렇게 입을 열었다.

"그리피스 군, 자네는 자신이 무슨 죄로 고발되었는지 물론 알고 있겠지?"

"네, 그것은 이분한테서 들었습니다."

"그렇다면 자네는 그것을 인정하나?"

"천만의 말씀입니다. 저는 인정할 수 없습니다."

클라이드는 이렇게 대답했으나 핏기없는 입술을 꽉 다문 채 눈은 두려움을 감추지 못하고 있었다.

"무슨 바보 같은 소리야! 뻔뻔스런 녀석 같으니라구! 너는 지난 주 수요일과 목요일에 그라스 호와 빅 비턴 호에 가지 않았다는 얘기인가?"

"네, 그렇습니다."

메이슨의 태도는 분노가 섞인 신문조로 바뀌었다.

"그렇다면 너는 로버타 올덴을 알고 있다는 것도 부정할 작정인가? 네가 그라스 호로 데리고 가서 지난 주 목요일에는 보트를 타러 빅 비턴 호에 간 것도, 작년 내내 라이카거스에서 너와 사귀었으며 길핀스 부인의 집에 하숙하면서 그리피스 사에서 네 밑에 있었던 여자, 작년 크리스마스 때 네가 화장품 세트를 선사했던 그 여자 말이다! 네가 말하는 식이라면 너의 이름은 클라이드 그리피스도 아니고 테일러 거리에 있는 페이톤 부인의 집에 하숙한 적도 없으며 이 편지나 카드도, 로버타 올덴이나 손드라 핀칠리가 보낸 이 많은 편지나 카드도 자신의 트렁크에 없었다고 말하겠지?"

메이슨 검사는 그렇게 말하면서 편지와 카드를 꺼내어 클라이드의 코 앞에 대고 흔들어 보였다. 그리고 이런 장광설을 늘어놓는 사이에도 그는 요소 요소에서 펑퍼짐하게 구부러진 코와 약간 공격적인 턱을 가진 넓직한 얼굴을 클라이드의 얼굴 앞에 바짝 들이대고, 무섭고 경멸하는 듯한 눈으로 노려보았다.

클라이드는 얼핏 보아도 알 수 있을 정도로 겁을 먹고 있었으며 등골은 얼음 같은 한기로 오싹해졌다. 심장이나 두뇌도 얼어붙은 듯했다. 그 편지! 자기에 대해서 이처럼 많은 정보를 수집했을 줄이야! 그리고 지금 저 천막

속의 가방 안에는 이번 가을에 어떤 식으로 사랑의 도피를 할 것인가 씌어 있는 가장 최근에 받은 손드라의 편지도 있다. 그 편지를 찢어버렸다면! 그리고 지금 이 사나이는 그 편지도 찾아낼지도 모른다. 틀림없이 찾아낼 것이다. 또 손드라나 다른 사람들에게 물어볼지도 모른다. 그는 풀이 꺾이고 정신적으로 얼어붙어 있었다. 빈약하게 계획되고 실행된 계획이 탄로난 것이 아틀라스(그리스 신화에 나오는 거인으로, 양어깨로 하늘을 떠받쳤다고 한다. 거인족인 티탄족의 한 사람으로 다른 거인과 함께 올림포스의 신들과 싸우다 져서 그 벌로 하늘을 받치고 있게 되었다고 한다)의 어깨 위에 얹힌 지구처럼 어깨를 무겁게 짓눌렀다.

그래도 뭐라고 말을 하지 않으면 안 될 것이다. 그러나 한 가지라도 인정해서는 안 된다. 그는 이렇게 대답했다.

"저의 이름이 클라이드 그리피스임에는 틀림없지만 그 이외에는 사실과 다릅니다. 그 이외에는 전혀 모르는 얘깁니다."

"그리피스 군, 억지를 부려도 소용없어! 나를 속일 수는 없을 테니까. 그런다고 죄를 모면할 수는 없어. 또 난 그런 변명을 들을 여가도 없고. 여기 있는 사람들이 자네가 한 말의 증인이 된다는 것을 잊어서는 안 돼. 나는 지금 라이카거스에서 오는 길이야. 페이톤 부인의 집에 있는 너의 하숙방에서 그리고 자네의 트렁크에서 로버타 올덴이 자네한테 보낸 편지도 갖고 있어. 그것은 의심할 여지없는 증거가 될 거야. 자네가 그 여성을 작년 겨울 결혼하자고 유혹했으며 그러던 중 올 봄에 자네 때문에 임신하자 우선 고향으로 돌아가 있으라고 설득해놓고, 이번에는 편지에 씌어 있듯이 결혼하자고 꾀어 이번에 함께 여행을 떠났었지. 자네는 확실히 그 여자를 결혼시켰지 —— 무덤과. 그것이 자네가 말하는 결혼이었어 —— 빅 비턴 호의 밑바닥에 있는 물과! 그리고 지금 자네는 내 앞에서 이렇게 필요한 증거를 갖고 있는데도 그 여자를 알지도 못한다고 말하고 있어! 그 말이 통할 것 같은가?"

그 목소리가 점점 커져 저쪽 캠프에서도 들리지 않을까 하고 불안해졌다. 또 손드라가 그 소리를 듣고 이리로 달려온다면 어떻게 할까. 메이슨이 언성을 높이는 것을 막는 길은 그렇다고 대답하는 수밖에 없을 것 같았다.

"기막힌 일이군!"라고 메이슨은 말을 되풀이했다. "이렇게 되고 보니 과연 여자를 죽이고 도망칠 만하군 —— 그 여자를 그렇게 물 밑에 처박아 놓고! 그런데 그 여자가 자네에게 썼던 편지에 대해서 지금도 부정하겠다는 건가? 여기에 있는 카드나 편지, 이것도 부정하겠는가? 이 편지는 핀칠리

양이 자네에게 보낸 것이 아니란 말인가？”

그는 그 편지들을 클라이드의 눈앞에 바짝 댔다. 클라이드는 메이슨이 손드라 핀칠리가 부르면 들릴 거리에 있으며 그녀를 불러 확인시킬 것만 같아 이렇게 대답했다.

“그것이 손드라가 보낸 것이라는 것은 부정하지 않습니다.”

“좋아. 그런데 그 방에 있던 트렁크에서 나온 다른 편지는 올덴 양이 자네에게 보낸 편지가 아닌가？”

“그것은 대답하고 싶지 않습니다.”

메이슨이 로버타의 편지를 펴보이자 그는 힘없는 목소리로 그렇게 대답했다.

메이슨은 화를 내면서 혀를 찼다.

“쯧쯧쯧.”“자네는 바보고 철면피야！ 자네가 아무리 부정해도 다 입증될 것이니까. 하지만 내가 증거를 확보하고 있다는 것을 알면서도 또 자네는 어찌하여 태연하게 그것을 부정하려는지 이해할 수 없군！ 자네가 쓴 카드도 있어. 자네는 자기 가방은 갖고 다니면서도 그 여자의 가방은 간 롯지에 맡겨놓고 그것을 찾는 것을 깜박 잊고 있었지！ 칼 그레엄 군！ 클리포드 골든 군！ 클라이드 그리피스 군！ ‘클라이드가 버트에게. 메리 크리스마스’ 라고 자기가 쓴 카드를 기억하고 있나？ 여기 있잖아.”라고 말하면서 주머니에서 화장품 세트에 들어 있던 작은 카드를 꺼내어 클라이드의 코 앞에 대고 흔들었다. “이것도 잊었나？ 자네의 필적이야！ ”이렇게 말했으나 클라이드가 아무런 대답이 없어 검사는 끝으로 이렇게 덧붙였다. “자네는 바보 멍청이야！ 가면을 쓴 기분으로 —— 칼 그레엄 씨라든가 클리포드 골든 씨라든가 —— 가명을 쓸 때 자기의 머리글자를 쓰지 말아야 한다는 생각도 없다니, 정말 딱한 젊은이야！ ”

동시에 자백을 받아야 한다는 중요성과 지금 여기서 어떻게 하면 자백을 받아낼 수 있을까 하고 생각하다가 메이슨은 갑자기 전술을 바꾸었다. 클라이드의 표정, 공포로 얼어붙은 얼굴을 보자 당장 어떻게 입을 열어야 할지 몰랐던 것이다. 그는 목소리를 낮추고, 이마나 입언저리의 험상궂은 주름을 풀었다.

“알겠나, 그리피스？ 이렇게 하는 것이 좋겠어.”지금 자네 같은 입장에 처해 있다면 거짓말을 하거나 터무니없이 부정하면 굉장히 불리해져. 내가 좀 흥분해서 말이 거칠었던 모양인데, 그 점은 미안하네. 이번 사건으로 너무 신경이 예민해졌던 거야. 이번에 체포할 인물이 자네 같은 인물일 줄은 꿈에도 생각지 못했네. 자네를 만나 자네의 기분이 어떨 것이라는 것을 알게 되니 조금 전에 생각한 것이지만 이번 사건은 정상을 참작할 여지가 있을 것도 같고, 자네의 설명을 자세히 들어보면 이번 사건 전체가 전혀 다른 방향으로 풀릴 수 있을지도 모르겠군. 그야 물론 자네 생각에 달렸겠지만 재고해보는 것이 어떠냐고 알려주는걸세. 그리고 내일 3마일 후미에 가면 자네가 빅 비턴 호에서 남쪽으로 걸어갈 때 만난 세 사나이도 만나게 될 것이네. 그들만이 아니라 그라스 호의 여관 주인, 빅 비턴 호의 여관 주인, 그곳에서 보트를 빌려준 사람 또 자네와 로버타 올덴을 간 롯지에서 태우고 간 운전사도 있지. 그들은 자네를 알아보겠지. 자네는 그 사람들이 자네를 모른다고 하고 그 여자와 같이 온 사람이 아니라고 해줄 것 같은가? 또 재판을 받을 때 배심원들이 그들의 증언을 믿어주지 않을 것이라고 생각하나?"

동전을 넣으면 '찰카' 하고 소리를 내는 기계처럼 클라이드는 검사의 말을 머리에 새겨넣었으나 아무 말도 하지 않았다. 다만 긴장된 얼굴로 눈만 둥 그렇게 뜨고 있을 뿐이었다.

"그뿐만이 아닐세." "페이톤 부인도 있지. 이 편지나 카드를 자네의 방에 있던 트렁크나 옷장의 맨 윗서랍에서 꺼내는 것을 그 여자는 보았네. 또 자네나 올덴 양과 함께 일하던 공장의 여공들도 있어. 그들은 로버타가 죽은 것을 알고 있는데 자네는 로버타를 모른다고 할 텐가? 그것은 바보 같은 짓이지. 자네가 무슨 생각을 하고 있는지 모르겠지만 그만한 것은 판단할 수 있지 않은가? 이제 도망칠 수도 없을 테고."

메이슨은 클라이드가 자백할 것으로 생각하고 다시 말을 끊었다. 그러나 클라이드는 로버타나 빅 비턴 호에 대해서 자기가 인정하고 들어가면 파멸할 것이라 믿고 있어서 그저 눈만 꿈벅거렸다. 메이슨은 다시 말을 계속했다.

"알았나, 그리피스? 또 하나 가르쳐주지. 자네가 나의 아들이나 동생이라 하더라도 더 이상의 조언은 해줄 수 없을 거야. 지금 자네에게 다소라도 도움을 줄 수 있는 것은 다 털어놓은 거야. 그렇게 어거지를 쓰면 자기에게 더 불리해진다는 것을 알아야 하네. 로버타를 알고 있으며, 그곳에 같이 같으며 이 편지도 그녀에게서 받았다고 순순히 자백하는 것이 최선의 방법이야. 정상적인 인간이라면 누구나 다, 자네의 어머니라도, 만약 이 자리에 있다면 그렇게 말할걸세. 자네의 태도는 너무 바보스럽기 때문에 자네의 죄를 가중시킬 뿐일세. 이번 사건에서 정상을 참작할 수 있는 기회를 놓치기 전에 분명히 말해주게. 자네가 지금 자백하기만 한다면 나로서는 자네를 돕도록 최선을 다하겠다고 지금 이 자리에서 약속하겠네. 나는 한 인간을 죽음으로 몰고 가거나 하지도 않은 일을 고백하라고 말하는 것이 아니라, 다만 사건의 진실을 알아내기 위하여 여기 온 것이야. 나는 이미 모든 증거를 수집하여 그것을 입증할 수 있는데 끝까지 자네가 부정한다면 그때는……."

지방 검사는 여기까지 말하자 지친 듯이 또 불쾌한 듯이 두 손을 높이 쳐들었다.

그러나 클라이드는 여전히 아무 말도 하지 않고 파랗게 질려 있을 뿐이었다. 메이슨이 그토록 좋은 말로 타이르고 조언해주었음에도 불구하고 로버타를 안다고 인정해버리면 비참해질 것만 같았다. 이처럼 낯선 사람들 앞에서 그러한 고백을 하는 것은 생명을 끊는 것이나 다를 바 없다. 손드라와 이곳 생활에 얽힌 꿈은 끝장이다. 그래서 이런 국면에 직면해 있으면서도 여전히 침묵을 지키고 있었다. 그러자 화가 난 메이슨은 마침내 이렇게 소리쳤다.

"좋아, 말하지 않기로 작정했단 말이군."

클라이드는 파랗게 질려서 이렇게 대답했다.

"저는 그 여자의 죽음과는 아무런 관계도 없습니다. 지금으로서는 그말 밖에는 할 수 없습니다."

이렇게 말하면서도 그런 말은 하지 않는 것이 좋다고 생각했다. 그렇다면 뭐라고 말해야 좋단 말인가? 물론 로버타는 알고 있으며 그녀와 함께 그곳에 갔다, 그러나 죽일 생각은 없었다. 그녀가 익사한 것은 사고였다고. 왜냐하면 자기는 그녀를 때리지 않았다. 다만 우연히 그렇게 된 것이 아닌가? 조금이라도 때렸다고는 고백하지 않는 것이 좋지 않을까? 그러한 상황이라면 우연히 그녀를 때리게 되었다고 누가 믿어주겠는가? 신문에도 자기가 카메라를 갖고 있었다는 기사는 없었으므로 카메라 얘기도 하지 않는 것이 좋겠다.

그가 아직도 망설이고 있을 때, 메이슨은 큰소리로 다시 물었다.

“그렇다면 자네는 그 여자를 알고 있다고 인정하는 거지?”

“아, 아니오.”

그러자 메이슨은 다른 사람에게 말했다.

“그러면 이 사나이를 캠프로 데리고 가서 이 사나이에 대해서 알고 있는 것을 물어보세. 그렇다면 이자도 뭔가 말하겠지. 또 이자의 가방이나 소지품도 천막 안에 있을 거야. 이자를 끌고 가서 그들이 이자에 대해서 무엇을 알고 있는지 물어보세.”

이렇게 말하면서 무서운 눈초리로 돌아보니 완전히 겁에 질린 클라이드는 큰소리로 말했다.

“제발 부탁입니다. 그 일만은 하지 말아주십시오, 제발!”

그때 옆에서 크라우트가 말했다.

“이 사나이는 조금 전 숲속에서 검사님께 부탁해서 캠프에 데려가지 않게 해달라고 했습니다.”

그 소리를 듣자 메이슨이 큰소리로 말했다.

“음, 그랬었나? 트웰프스 호의 신사숙녀 앞에 모습을 나타내기에는 낯가죽이 너무 얇아. 자기 밑에서 일하던 가난한 여공을 안다는 소리는 못하겠다는 말이군, 좋아. 그렇다면 고상한 젊은이, 자네가 지금 알고 있는 것을 다 말해보면 어떻겠는가? 아니면 저기 가서 말할까? 우리는 저들을 오게 하여 사정을 설명해주고 자네가 그것을 부정하는 꼴을 보겠다!”라고 말했으나 클라이드가 주저하는 것을 보자 이번에는 또 이렇게 덧붙였다. “안 되겠어. 이자를 캠프로 끌고 가게.”

크라우트와 스웽크가 클라이드의 두 팔을 잡고 캠프 쪽으로 두세 발짝 걸어가자 클라이드가 큰소리를 질렀다.

“제발 이러지 마세요. 메이슨 씨! 그곳에는 가기 싫습니다. 나는 나쁜 일을 하지는 않았지만, 나의 소지품은 누가 가서 갖고 오면 되지 않겠습니까? 이것은 저의 사생활에 관계되는 문제니까요.”

그는 비오듯이 식은땀을 흘렸으며 온몸은 시체처럼 싸늘해졌다.

메이슨이 소리쳤다. “가고 싶지 않다구? 그들이 알게 되면 자네의 자존심이 상한다는 말이겠지? 그렇다면 내가 묻는 말에 순순히 대답하라구. 그것이 싫다면 갈 수밖에. 이제는 한시도 지체할 수 없다. 대답하겠나, 하지않겠나?"

클라이드는 부들부들 떨면서 힘주어 말했다.

"물론 저는 그 여자를 알고 있습니다. 그 편지를 보면 알 수 있습니다. 그러나 그것이 어떻다는 말이지요? 나는 죽이지 않았습니다. 또 그 여자를 죽이려고 데려간 것도 아닙니다. 절대로 죽인 것이 아닙니다! 그것은 사고였습니다. 그곳으로 데리고 갈 생각도 없었습니다. 가자고 한 것은—— 어디로든 달아나자고 한 것은 그 여자였습니다. 그것은 편지를 보아도 알 수 있습니다. 다만 저는 그 여자를 어디론가 보내어 나를 놓아주기를 바랐을 뿐입니다. 그 여자와 결혼하기 싫었으니까요. 그것뿐입니다. 저는 그곳으로 데리고 가서 죽이려 한 것이 아니라 설득시키려 했을 뿐입니다. 보트를 일부러 전복시킨 것이 아닙니다. 바람에 저의 모자가 날아가서 우리는—— 로버타와 저는—— 무의식중에 벌떡 일어나서 손을 뻗쳤는데 보트가 뒤집히고 말았습니다. 그것뿐입니다. 그때 보트의 뱃전에 그 여자의 얼굴이 부딪쳤습니다. 그 여자가 물 속에서 너무 허우적거려 겁이 나서 가까이 갈 수 없었습니다. 곁으로 다가가면 저까지 물 속에 가라앉아버릴 것 같았으니까요. 그 여자는 곧 물 속으로 가라앉아버렸습니다. 저는 사력을 다하여 호숫가로 헤엄쳐나왔습니다. 이것은 틀림없는 사실입니다."

얘기하는 동안 그의 얼굴은 새빨개졌으며 손까지 빨개졌다. 그러나 그의 눈은 괴로워서 떨고 있는 비참한 연못 같았다. 그는 계속 생각하고 있었다. 그날 오후에는 바람이 전혀 불지 않았을지도 모르며 그것은 곧 확인될 것이다. 또 어쩌면 소나무 아래 숨겨둔 카메라 다리를 찾아낼지도 모른다. 그것을 찾아내면 그것으로 로버타를 구타했다고 생각하지 않을까? 그는 땀에 젖어 떨고 있었다. 메이슨은 심문을 계속했다.

"그렇다면 그 문제에 대해서 좀 생각해보세. 그 여자를 살해할 의도는 전혀 없었는데 그리로 데려갔다고 했지?"

"네, 그렇습니다."

"그렇다면 빅 비턴 호와 그라스 호에서 자네의 이름을 쓰지 않고 가명으로, 그것도 각각 다른 가명을 쓴 것은 어떤 이유지?"

"그 여자와 그곳에 간 것을 아무에게도 알리기 싫어서였습니다."

"음. 그 여자가 그렇게 된 것에 대해서 좋지 못한 소문이 날까봐 두려웠던 모양이지?"

"아니, 그렇지 않습니다."

"아니면 나중에 그 여자의 사체가 발견되었을 때 자네가 개입되었다는 말을 듣기 싫어서였겠지?"

"그녀가 익사하리라는 것은 생각지도 못했습니다."

클라이드는 올가미에 걸려들지 않으려고 빈틈없는 대답을 했다.

"자네는 자기가 살아 돌아갈 것이라는 것은 알고 있었지?"

"아닙니다, 그렇지 않습니다."

메이슨은 마음속으로 엉큼하고 빈틈이 없다고 생각했으나 다만 이렇게 말했다.

"하지만 자네는 돌아가기 쉽도록 자기의 가방을 가져가고 그 여자의 가방은 맡겨놓은 채 갖고 가지 않았네. 그 점에 대해서는 어떻게 생각하나?"

"도망치기 위해서 가방을 갖고 간 것이 아닙니다. 우리는 저의 가방에 도시락을 넣고 가기로 했습니다."

"두 사람의 도시락인가, 아니면 자네의 것뿐인가?"

"두 사람분이었습니다."

"그렇다면 자네는 작은 도시락을 가져가는데 그렇게 큰 가방까지 갖고 가야 했었나? 종이에 싸거나 그 여자의 손가방에 넣고 갈 수는 없었나?"

"그 여자의 가방은 꽉 차 있었으며 저는 종이에 싼 것을 들고 다니기가 싫었습니다."

"음, 그렇겠군. 점잖은 처지에 그렇게 구질구질한 짓은 하기 싫었겠지. 그러나 밤에 3마일 후미까지 십이 마일이나 무거운 가방을 들고 갈 만큼 점잖을 빼지는 않았으며 그런 것을 사람들이 보았더라도 부끄럽지는 않았겠군."

"그것은 로버타가 물에 빠진 뒤였으며 그 여자와 함께 그곳에 간 것을 알리기 싫었으니까요."

그는 말을 끝냈다. 메이슨은 한참이나 멀건히 클라이드를 쳐다보고 있었다. 그에게 물어볼 것은 아직도 많이 있었다. 그리고 해야 할 질문은 얼마든지 있었으며 상대방이 잘 설명할 수 없으리라는 것은 알고도 남았다. 그러나 너무 늦었고 캠프에는 갖고 와야 할 클라이드의 짐이 있었다. 가방이나 빅비턴 호에서 그날 입었던 옷 등이. 들은 바에 의하면 회색 양복으로 지금 입고 있는 옷은 아니었다. 심문을 계속하면 성과는 있을지 모르겠으나 시간이 너무 오래 걸릴 것 같고 돌아가야 한다. 심문은 가면서도 할 수 있을 것이다.

그래서 이렇게 말하면서 일단 심문을 끝냈다.

"그리피스, 그러면 일단 이것으로 심문을 끝내기로 하세. 자네의 말에도 일리가 있을지 모르니까. 자네는 크라우트 군과 먼저 떠나게. 어디로 가는지는 크라우트가 말해줄 테니까."

그는 다시 크라우트와 스웽크에게 큰소리로 말했다.

"이제부터 우리가 할 일을 말하겠는데, 만약 오늘 밤 어디론가 가야 한다면 서둘러야 해. 크라우트 군, 저 두 척의 보트가 있는 곳으로 이 청년을 데리고 가서 기다리게. 도중에 큰소리로 불러도 좋으니까 보안관이나 시셀에게 범인을 체포했다고 말해주게. 그리고 스웽크와 나는 다른 보트로 가능한 한 빨리 합류할 것이라고 말해주게."

크라우트가 범인을 데리고 떠나자 그와 스웽크는 짙어지는 석양을 밟으며 캠프로 향했다. 한편 크라우트는 클라이드를 데리고 보안관이나 보안관 대리의 대답을 들을 때까지 큰소리로 부르면서 서쪽으로 향했다.

10

메이슨은 다시 캠프에 모습을 나타내자 우선 프랑크 하리에트에게, 다음에는 해리 버곳과 그랜트 크란스톤에게 클라이트가 체포되었고 로버타를 살해했다고는 말하지 않았지만 로버타와 빅 비턴 호에 갔었다고 자백했으며 자기는 스웽크와 클라이드의 소지품을 가지러 왔다고 알리자 이 멋진 캠프에 찬물을 끼얹기에 충분한 것이었다. 그들의 입에서는 일제히 놀라움과 당혹함이 새어나왔다. 메이슨은 클라이드의 소지품이 있는 곳을 가르쳐달라고 말했다. 그리고 클라이드를 이곳으로 데려오지 않은 것은 그의 간절한 부탁이 있어서였다고 분명하게 말했다.

이 그룹 중에서 가장 실무적으로 보이는 프랑크 하리에트는 곧 클라이드의 텐트로 안내하고 메이슨이 가방의 내용물을 살피는 동안 버곳뿐만 아니라 그랜트 크랜스톤도 손드라가 클라이드에게 강한 관심을 갖고 있는 것을 눈치채고 있었으므로 우선 스튜워트를 다음에는 버튼을, 끝으로 손드라를 불러 지금 일어난 사태를 알려주기 위하여 다른 친구들과 떨어진 곳으로 갔다. 손드라는 이번 사건을 듣게 되자 파랗게 질려 그랜트의 팔에 쓰러져 텐트로 옮겨졌다가 의식을 회복하자 이렇게 소리쳤다.

"그것은 도저히 믿을 수 없어요! 거짓말이에요! 있을 수 없는 일이에요! 아아 불쌍한 사람! 아아. 클라이드! 어디에 있지? 어디로 끌려갔지?"

그러나 스튜워트와 그랜트는 그녀처럼 감정적으로 정신을 잃지 않았으므로 조용히 있으라고 주의시켰다. 사실일지도 모른다. 만약 사실이라면 다른 사람들도 알게 될 것이다. 사실이 아니라면 사실이 판명되어 석방될 수도 있지 않은가? 지금 소란을 피워도 아무 소용도 없다.

그 말을 듣고 보니 손드라가 생각하기에도 그런 일이 있었을지도 모른다는 생각이 머리에 떠올랐다. 빅 비턴 호에서 클라이드에게 살해된 여자, 이런 비참한 꼴로 체포되어 연행되어가는 클라이드 그리고 모두는 —— 적어도 이 그룹에게는 —— 자기가 클라이드에게 매우 관심이 있다는 것을 알게 될 것이다. 부모도 알게 될 것이고, 세상에도 알려질 것이다. 틀림없다.

하지만 클라이드는 죄가 없을 것이 틀림없다. 무슨 오해에서 빚어진 일일 것이다. 그녀는 하리에트의 집에서 익사한 여자 얘기를 전화로 처음 들었을 때의 일을 생각하고 있었다. 그리고 클라이드의 그 창백한 얼굴 —— 병. 그때 그는 거의 생기를 잃고 있었다. 아, 그것은 있을 수 없는 일이다! 하지만 클라이드는 늦게, 지난 주 금요일에야 왔었다. 그런데도 그곳에서는 편지도 하지 않았다. 그녀는 다시 겁에 질려 자리에 눕고 말았다. 한편 그랜트나 다른 친구들은 지금 당장이나 아니면 내일 아침 일찍 캠프를 철수하여 샤론으로 돌아가기로 의견의 일치를 보았다.

잠시 후 의식을 되찾은 손드라는 지금 당장 이곳을 떠나야 한다, 더 이상 이곳에는 못 있겠다.고 울면서 말했고, 버틴이나 다른 친구들에게 곁에 있어 달라고 했으며, 아직은 확실한 것도 아니니까 자기가 정신을 잃었거나 울었다는 얘기를 아무한테고 하지 말아달라고 부탁했다. 또 그러면서도 만약 이번 일이 사실이라면 지금까지 그에게 쓴 편지를 어떻게 해야 되찾을 수 있을지 생각해보았다! 아아, 큰일이다! 그 편지가 지금쯤 경찰이나 신문사에 가 있을지도 모른다. 그 편지가 공개되면 어쩌나! 그래도 클라이드에 대한 사랑에 마음이 움직여 그녀의 젊은 생애 중 처음으로 밝고 공허한 인생에 가혹한 현실이 내팽겨쳐진 것만 같았다.

그래서 결국 스튜워트, 버턴 그랜트와 함께 호수의 동쪽 끝에 있는 메티식 여관으로 철수하기로 했다. 버곳의 말에 의하면 그렇게 해야 날이 밝는 동시에 올바니를 향해 출발할 수 있다는 것이었다. 그렇게 하면 우회해서 샤론으로 돌아갈 수 있다.

메이슨은 클라이드의 소지품을 전부 압수하자 곧 서쪽의 리틀 피시 후미나 3마일 후미를 향해 떠나 첫날 밤에는 농가에서 일박하고 화요일 밤 늦게 3마일 후미에 도착했다. 또 도중에서 예정대로 클라이드를 심문했다. 그러나 캠프의 텐트 속에 있던 클라이드의 소지품을 점검해본 결과 빅 비턴 호에서 입었다는 회색 양복은 나타나지 않았다.

클라이드는 회색 양복을 입지 않았으며 지금 입고 있는 옷을 그때도 입고 있었다고 주장했다.

"그렇다면 이 양복은 다 젖었을 게 아닌가?"

"네."

"그러면 어디서 세탁을 했으며 다림질을 했나?"

"샤론입니다."

"샤론이라고?"

"그렇습니다."

"그곳 세탁소에서?"

"그렇습니다."

"그 세탁소 이름은?"

아아, 클라이드는 생각해내지 못했다.

"그렇다면 자네는 빅 비턴에서 샤론까지 젖은 옷을 입고 있었다는 말인가?"

"그렇습니다."

"그런데도 이상하게 생각하는 사람이 없었다는 말인가?"

"네, 그렇다고 생각합니다. 분명합니다."

"그렇다고 생각해? 그것은 나중에 확인해보지."

메이슨은 클라이드가 계획적인 살인범이 분명하다고 판단했다. 또 양복을 어디다 감추었으며 아니면 어디서 세탁했는지 확인할 수 있을 것이라고 생각했다.

다음에는 호수에서 발견된 맥고모자의 문제가 있었다. 그것에 대해서는 어떠한가? 클라이드는 모자가 바람에 날아갔다고 했는데 그것은 호수에서 발견된 맥고모자가 아닐지도 모른다. 그러나 지금 메이슨이 노리는 것은 증인들에게서 들은 바로는 나중에 썼던 두 번째 모자만이 아니라 호수에서 발견된 모자도 그의 것이라는 것을 확인하는 것에 있었다.

"호수에서 바람에 날아갔다는 자네의 그 맥고모자 말인데, 그때 그 모자를 주으려 하지 않았다는 말이군?"

"그렇습니다."

"너무 흥분해서 모자 같은 것은 생각지도 못했다는 말이군?"

"그렇습니다."

"그건 그렇다 치고, 자네는 그 숲을 지날 때 다른 맥고모자를 쓰고 있었는데 그 모자는 어디서 구한 것인가?"

이 질문에 클라이드는 당황하지 않을 수 없었다. 지금 쓰고 있는 모자가 숲을 지날 때 썼던 것과 똑같은 모자라는 것이 밝혀지는 것이 아닐까 하고 불안감을 감추지 못했다. 또 호수에 있던 것도 유티카에서 산 것이 밝혀질지도 모른다. 그는 곧 거짓말을 했다.

"그러나 저는 다른 맥고모자는 갖고 있지 않았습니다."

메이슨은 그의 대답은 들은체 만체 하고 클라이드가 쓰고 있던 맥고모자를 벗겨 라이카거스, 스타크 상회라는 상호가 찍힌 상표를 확인했다.

"마침 상표가 붙어 있군. 이것은 라이카거스에서 산 것이군."

"그렇습니다."

"언제?"

"그러니까 지난 유월일 겁니다."

"그러나 그날 밤 숲을 지날 때 썼던 모자가 아니라는 것은 확실하지?"

"네, 그렇습니다."

"그렇다면 이것은 어디에 있었지?"

클라이드는 이번에도 덫에 걸린 듯 말을 중단하고 생각했다. 큰일이군!

이번에는 어떻게 설명해야 좋을까? 어찌하여 나는 호수에 있는 것이 나의 모자라고 인정하는 것일까? 그러나 자기가 부정하든 하지 않든 그라스 호나 빅 비턴에서는 호수에서 맥고모자를 쓰고 있던 것을 기억하고 있는 사람들이 있다는 것도 생각해냈다.

"그렇다면 이것은 어디에 있었지?"라고 메이슨은 계속 다그쳤다.

그래서 클라이드는 겨우 이렇게 말했다.

"저는 이곳에 전에 와본 적이 있었는데 그때 쓰고 있었습니다. 전에 왔을 때 잃어버렸는데 이번에 다시 찾았습니다."

"음, 과연. 잘도 둘러대는군."

이 사나이는 무척 다루기 어려운 녀석이라고 메이슨은 생각하기 시작했다. 더욱 교묘한 올가미를 씌우지 않으면 안 되며 동시에 크란스톤 가의 사람들이나 베어 호의 캠프에 참가한 전원을 소환해서 이번에 클라이드가 올 때 맥고모자를 쓰고 있었는지 어떤지 또 전에 왔을 때 맥고모자를 잃어버렸는지 어떤지 기억하고 있는 사람이 없는지 확인해보기로 했다. 물론 이자는 거짓말을 하고 있으므로 이쪽에서는 확고한 증거를 잡아놓아야 한다.

브리지버그에 있는 군의 구치소로 가는 도중에도 클라이드에게는 마음 편한 시간이 전혀 없었다. 왜냐하면 아무리 대답하지 않으려 해도 메이슨은 끊임없이 여러 가지 질문을 해왔기 때문이었다. "자네가 하고 싶은 것이 호숫가에서 도시락을 먹는 것뿐이었는데, 다른 장소에 비해서 별 매력이 없는 호수의 남쪽까지 보트를 저어갔지? 그날 오후의 나머지 시간을 어디서 보냈는가? 현장에 있던 것만은 아니겠지?" 그런가 하면 또 갑자기 가방 속에 있던 손드라의 편지로 이야기를 돌렸다. "그 여자는 언제부터 알았나? 그 여자는 자네를 사랑하는 모양인데 자네도 그 여자를 사랑하고 있나? 가을에 결혼하기로 되었기 때문에 올덴 양을 죽이기로 결심한 것이 아닌가?"

클라이드는 이 최후의 혐의를 부정하는 데 열중하여 머리를 굴렸으나 대개는 괴롭고 비참한 눈으로 말없이 앞만 바라보고 있을 뿐이었다.

호수의 서쪽 끝 농가의 다락방에서 바닥에 짚방석을 깔고 잔 참담한 하룻밤, 메이슨이나 보안관이나 다른 사람들은 아래층에서 자고 있었으나 시셸이나 스웽크나 크라우트 등은 권총을 빼들고 교대로 그를 감시했다. 이 고장 사람들은 아침이 되자 어디서 정보를 들었는지 몰려들었다.

"저쪽 빅 비턴 호에서 여자를 살해한 녀석이 여기 있다는데 정말인가？"

그리고 날이 새자 메이슨이 입수한 포드를 타고 떠나는 것을 보기 위해 대기하고 있었다.

3마일 후미뿐만 아니라 리틀 피시 후미에서도 군중이라 해도 좋을 정도로 많은 사람들이 —— 농부라든가 상점 주인, 피서객이나 산림 일을 하는 사람들과 어린이들이었지만 —— 사전에 전화가 있었던 모양인지 많이 모여 있었다. 또 3마일 후미에서는 전화 연락을 받아 빅 비턴에서 클라이드를 확인하는 데 필요한 증인들을 깡마르고 소심한 가브리엘 크렉이란 치안 판사 앞으로 데리고 왔다. 메이슨은 이 지방 판사에게 클라이드를 로버타의 살해자로 고발하고 중요 참고인으로 브리지버그의 군 구치소에 수감하는 수속을 했다. 이어서 버튼이나 보안관, 보안관 대리와 함께 클라이드를 브리지버그로 연행하여 곧 구치소로 향했다.

구치소에 도착한 시간은 새벽 세시경이었는데 그 주위에는 적어도 오백 명 정도의 군중이 보였다. 그들은 소란을 피우고 야유를 퍼부었으며 그를 위협했다. 돈 많은 여자와 결혼하고 싶은 생각에서 자기를 무척이나 사랑했다는 것 외에는 아무 죄도 없는 근로 여성을 가장 잔혹한 방법으로 살해했다는 풍문이 이미 돌았기 때문이었다.

"바로 저자다. 저 더럽고 짐승 같은 놈이！ 이 피도 안 마른 애숭이가. 아무래도 교수형감이니 잘 보아두라구！"

여기저기서 위협하는 듯한 거친 소리들이 들려왔다. 스웽크와 비슷하게 생긴 산림 일을 하는 젊은이는 사나운 눈매에 파괴적인 표정을 띠우고 군중 속에서 튀어나오면서 소리쳤다. 더욱 나쁜 것은 빈민굴의 굵은 줄무늬 드레스를 입은 한 처녀가 침침한 아크등 속에서 뛰쳐나오면서 소리친 일이었다.

"여러분, 이 더러운 비겁자를 보십시오. 살인자！ 너는 네 죄에서 도망칠 수 있다고 생각했겠지？"

그때 클라이드는 슬랙 보안관 쪽으로 다가서면서 이렇게 생각했다. 아아, 저자들은 네가 정말 로버타를 죽인 것으로 생각하고 있다！ 그들은 나에게 린치를 가할지도 모른다！ 피로, 혼란, 비굴, 비참한 기분에 싸여 있던 그는 구치소의 문이 열렸을 때 그 안에 들어가면 자기의 몸은 보호받을 수 있다고 생각하여 안도의 숨을 내쉴 수 있었다.

　그러나 일단 독방으로 들어가자 갖가지 생각에 싸여 잠을 이루지 못했다 ─
─ 흘러간 갖가지 추억으로. 손드라! 그리피스 가의 사람들! 버틴. 아침이
되면 사건 소식을 듣게 될 라이카거스의 사람들. 최종적으로는 어머니와 다른
사람들도 다 알게 될 것이다. 지금 손드라는 어디에 있을까? 메이슨이 클
라이드의 소지품을 압수하러 갔을 때 손드라나 다른 친구들에게도 모두
말했을 것이 틀림없다. 그리고 그들은 내가 어떤 인간이란 것을 알게 되었을
것이다 ─ 살인을 꾀한 인간! 하지만 만약 누군가가 어쩌다가 이렇게
되었는지 알아만 준다면! 손드라나 어머니나 누군가가 진상을 간파해준
다면!

　더 이상 사건이 진전되기 전에, 메이슨인가 하는 사나이에게 모든 것을,
실제에 있었던 일을 다 설명해준다면 어떨까? 하지만 그렇게 되면 자기가
세웠던 계획이나 본래의 의도나 그 카메라나 헤엄쳐 도망친 것을 설명해야
된다. 저 우연의 일격이나 나중에 카메라의 다리를 감춘 것에 대한 나의 진실을
도대체 누가 알아줄 것인가. 그러한 것들이 일단 알려진다면 손드라나 그
리피스 가의 관계자들이나 모두에게 나는 버림받게 된다. 그리고 나는 어차피
살인죄로 기소되어 처형될 것이다. 아아, 이 무슨 일인가 ─ 살인이라니.
그리고 지금 그 죄로 재판에 회부되려 하고 있다. 그 여자에 대한 무서운
범죄가 입증되려 하고 있다. 어쨌든 자기는 전기의자에 앉게 될 것이다. 그러자
공포가 엄습해왔다 ─ 찾아올 죽음에 대한, 더구나 살인의 대가로. 그는
꼼짝도 하지 않고 앉아 있었다. 죽음! 아아, 하느님! 로버타나 어머니한테서
온 편지를 페이톤 부인의 집, 자기의 하숙방에 놓아두지 않았더라면. 그래,
출발하기 전에 딴 곳으로 옮겨놓아야 했었다. 어찌하여 그런 것은 미처 생
각하지 못했을까? 그러나 곧 그때 그런 짓을 했다면 의심을 사서 실패했
을지도 모른다는 생각도 들었다. 그러나 그들은 어떻게 나의 출신지나 이름을
알아냈을까? 곧 다시 트렁크 속의 편지가 머리에 떠올랐다. 지금 다시 생각난
일이지만 그 편지 중의 한 통에는 캔자스 시의 사건이 언급되어 있었으며
메이슨은 그것을 밝혀낼 것이다. 찢어버릴 것을 하는 아쉬움이 들었다. 로
버타나 어머니가 보낸 편지도 모두! 어찌하여 나는 그 편지들을 찢어버리지
않았던가? 그러나 자기로서는 왜 그런지 대답할 수 없었다. 자기에 대한
친절심, 애정 등 자기와 관계가 있는 것은 무엇이나 보존해두고 싶다는 미

치광이 같은 욕망이 있었기 때문이었다. 맥고모자를 두 개나 준비한 것이 잘못이었다. 또 숲속에서 그 세 사나이만 만나지 않았더라면 ! 아아, 하나님 ! 내가 걸어간 길을 그들이 되돌아올 수도 있다는 것을 알았더라도 좋았을 텐데. 베어 호의 숲속에서 여행 가방을 들고, 손드라의 편지도 가지고 도망쳐버렸다면. 아마도 보스턴이나 뉴욕이나 어디에 숨어 있었을 것이다.

신경이 피로하고 답답해져 클라이드는 잠을 잘 수 없었으며, 감방 속을 서성거리거나 딱딱한 철제 모서리에 앉아서 머리를 짜내고 있었다. 날이 밝자 뼈가 앙상한 류머티즘이 있는 듯한 늙은 간수가 헐렁하고 낡은 푸른 제복을 입고 양철 컵에 가득 따른 커피와 빵, 햄 한 조각과 계란을 담은 시커먼 쇠접시를 들고 왔다. 그는 잔뜩 호기심에 찬 눈으로 클라이드를 들여다보면서 좁은 차입문으로 그 철제 접시를 들이밀었다. 클라이드는 전혀 식욕이 나지 않았다. 나중에는 크라우트나 시셀, 스웽크나 보안관 자신도 직접 나타나서 독방 안을 기웃거리며 말을 걸었다.

"어이, 그리피스, 오늘 아침 기분은 어떤가 ?"라든가 "우리가 자네에게 해줄 일은 없겠나 ?" 하고 말을 걸어왔는데, 그들의 눈에는 그가 저지른 것으로 생각되는 범죄에 대해서 경탄, 혐오, 회의, 공포라고도 할 수 없는 묘한 표정이 나타나 있었다. 그러면서도 그가 여기에 잡혀와 있다는 그 어떤 흥미, 추종적인 긍지 같은 것이 담겨져 있었다. 뭐니뭐니 해도 그는 그리피스 가의 일원이며 이 고장의 남쪽에 위치한 커다란 중심 도시의 저명한 사교 그룹의 일원이기 때문이었다. 게다가 그들이나 잔뜩 호기심에 들떠 있는 밖의 군중들도 그들의 뛰어난 수배로 법망에 걸려들어 잡힌 동물이나 마찬가지였다. 더구나 그것을 신문이나 사람들이 화제로 삼는다면 대단한 선전이 된다. 신문에는 클라이드와 아울러 그들의 사진도 실릴 것이고 그들의 이름은 그와 연관시켜 씌어질 테니까.

클라이드는 창살 틈으로 그들을 보고, 지금은 그들의 수중에 있으며 그들의 뜻에 따라야 했으므로 가급적이면 고분고분하게 굴어야겠다고 생각했다.

11

해부해본 결과 결정적인 문제가 생겼다. 해부에 참여한 다섯 명의 의사가

낸 공동 보고는 다음과 같은 것이었다.

"입과 코에 상처가 있고 코 끝은 약간 문들어졌으며 입술이 부었고, 앞니 한 개가 흔들렸으며 입술 안쪽의 점막에 찰과상이 있는 것으로 인정된다."

그러나 이 상처는 결코 치명상이 아니라는 데에 의사의 의견은 일치하고 있었다. 주요한 상해는 두개골에 가해진 것 —— 클라이드가 최초의 자백에서 말하고 있는 사실 —— 이며 '무언가 예리한 물건'에 맞아 많이 부어오른 것으로 생각되었으나 불행하게도 이 경우에는 보트에 부딪쳐 무거운 타박상을 입게 되었는데 '죽음을 가져왔을지도 모를 골절과 내출혈의 징후'가 인정된다는 것이었다.

그러나 폐의 상태로 보아 물 속에 잠긴 후 가라앉았을 것이니 클라이드도 자백하고 있듯이 로버타가 물에 빠졌을 때는 죽은 상태가 아니며, 살아 있는 상태에서 물에 빠져 익사했다는 절대적인 증거가 된다. 그리고 그녀의 팔이나 손가락은 무엇을 잡으려고 허우적거린 흔적이 있으며, 폭력에 의한 것이거나 다툰 흔적은 찾아볼 수 없었다. 보트의 뱃전을 잡으려 했던 것일까? 과연 그랬을까? 클라이드의 말은 진실을 담고 있는 것일까? 확실히 이러한 정황은 클라이드에게 조금은 유리한 것처럼 생각되었다.

그러나 메이슨이나 다른 사람들의 일치한 의견에 따르자면 그녀를 즉사시켜 물에 내던진 것은 아니라 하더라도 그녀를 구타하여 거의 의식을 잃었을 때 물 속에 처넣은 것을 확신하고 있는 것 같았다.

그렇다면 무엇을 사용하여? 클라이드에게 그것을 자백시킬 수 있다면!

마침 그때 한 가지 영감이 떠올랐다! 클라이드를 끌어내어 용의자에게 자백하도록 강요하는 금지되어 있다 하더라도 다시 한 번 범죄 현장을 답사해보기로 하자. 그렇게 해보면 어떤 형태로든 범행을 인정케 하지는 못하더라도 현장에 가서 범행의 정확한 장면을 직접 보고 그 행동을 보면 범행 때 입은 양복이 있는 곳이나, 아니면 로버타를 구타한 흉기에 대한 단서를 잡을 수 있지 않을까.

클라이드가 구치소에 수감된 지 사흘째 되는 날, 크라우트, 하이트, 메이슨, 버튼, 버레이, 얼 뉴컴 그리고 슬랙 보안관과 함께 클라이드는 다시 빅 비턴으로 가서 무시무시한 첫날 그가 갔던 모든 장소를 다시 한 번 훑어보게 되었다. 그때 크라우트는 메이슨의 지시로 상대방의 마음을 누그러뜨리는

'역할을 맡아' 어떻게 해서든지 자백을 받아내려 노력했다. 크라우트는 이제까지의 증거만으로도 충분히 설득력이 있으므로 이런 식으로 말할 작정이었다.

"자네는 자기가 하지 않았다고 배심원을 설득할 수는 없다.' 하지만 '만약 자네가 메이슨 씨에게 모든 것을 다 털어놓으면 재판관이나 배심원들에게 잘 말해서 자네에게 힘이 되어줄 거야 —— 자네의 형량을 가볍게 해줄 것이 분명해. 그러나 자네가 지금처럼 제대로 수사에 협조해주지 않으면 전기의자에 앉게 될 것이 확실해."

그런데도 클라이드는 베어 호에서 체포되었을 때처럼 공포에 사로잡혀 계속 침묵을 지키고 있었다. 왜냐하면 자기는 로버타를 적어도 고의적으로 때리지 않았는데도 때렸다고 말할 필요는 없지 않은가? 또 카메라에 대해서는 아무도 모르고 있다.

로버타가 익사한 지점에서 클라이드가 헤엄쳐간 지점까지의 거리를 군의 측량기사가 정확하게 측량하고 나자 얼 뉴컴은 무언가 중요한 발견품을 가지고 메이슨이 있는 곳으로 급히 갔다. 클라이드가 젖은 옷을 벗기 위하여 서 있던 장소에서 별로 떨어지지 않은 곳에 있는 소나무 아래서 약간 녹이 슨 카메라의 다리를 찾아냈는데 그것은 로버타의 머리에 일격을 가하여 쓰러뜨린 다음 보트에 싣고 가서 익사시키는 데 사용했을 것으로 여겨지는 중요한 증거품이었다. 그가 클라이드의 눈앞에 들이대도 더욱 안색만 창백해졌을 뿐 카메라나 카메라의 다리를 갖고 있지 않았다고 부정했다. 메이슨은 다리나 카메라를 클라이드가 갖고 있는 것을 본 사람이 없는지 증인들에게 다시 한 번 물어봐야겠다고 결심했다.

그래서 사건 당일 클라이드와 로버타를 차에 태우고 온 안내인뿐만 아니라, 클라이드가 보트에 여행용 가방을 싣는 것을 목격한 보트장의 주인이나 클라이드와 로버타가 그라스 호를 출발하던 날 아침, 여관에서 역으로 걸어가는 것을 본 젊은 웨이트레스도 지금 생각해보니 카메라 다리로 보이는 '노란 막대 다발 같은 것'을 여행용 가방에 붙들어 매던 모습을 생각해냈다.

그러나 버튼 버레이는 실제론 카메라 다리로 때린 것이 아니라 더 무거운 것 즉 카메라로 때렸을 것이라고 생각했다. 그는 또한 머리에 난 상처는 카메라의 모서리에 맞아서이며, 얼굴에 난 상처는 카메라의 평평한 면에 맞은

150

것이라고 생각했다. 그 결론에 따라 클라이드에게는 알리지 않은 채 잠수부들을 동원해서 로버타의 사체가 발견된 근처의 호수 밑바닥을 수색하게 했다. 여섯 명의 사나이들이 하루 종일 잠수한 결과 잭 보가드라는 사나이가, 보트가 전복되었을 때 클라이드가 떨어뜨린 그 카메라를 찾아가지고 물 위로 올라왔다. 더욱 나빴던 것은 카메라 속에 필름이 들어 있었는데 전문 화학자에게 의뢰하여 현상해보니 호숫가에서 찍은 로버타의 사진이 나타났다. 첫장은 통나무에 걸터앉아 찍은 것, 두 장째는 호숫가에서 보트를 타고 포즈를 취하고 있는 것, 세 장째는 나뭇가지에 손을 대고 있는 사진이었다. 필름이 물에 잠겨 선명하지는 않았으나 충분히 식별할 수 있었다. 또 카메라의 가장 넓은 면을 재어보니 로버타의 얼굴에 난 상처의 길이나 폭과 거의 일치했으며 그들은 클라이드가 로버타를 구타할 때 사용한 흉기를 발견한 것이라고 생각했다.

그러나 카메라에서는 아무런 혈흔도 찾아낼 수 없었다. 그리고 그것을 조사하기 위하여 브리지버그로 갖고 간 보트의 뱃전이나 보트의 바닥이나 보트 바닥에 깔아놓은 깔개에서도 혈흔은 찾아내지 못했다.

버튼 버레이는 이런 오지에서는 흔히 볼 수 있는 교활한 성격이었는데 반박할 여지가 없는 증거가 필요하다면 자기나 다른 누군가가 손가락을 잘라서라도 피를 흘려 보트의 깔개나 뱃전이나 카메라의 모서리에 피를 묻히는 것은 쉬운 일이라고 생각하게 되었다. 또 르버타의 머리에서 머리카락 몇 개를 뽑아 카메라의 모서리나 베일이 감겨 있던 노걸이에 감아놓을 수도 있었다. 그는 은밀히 이런 생각을 하다가 루츠 형제 장의사의 시체실로 가서 로버타의 머리카락 몇 개를 뽑아낼 결심을 했다. 왜냐하면 클라이드가 치밀한 계획하에 로버타를 살해했다는 확신을 갖고 있었기 때문이었다. 그의 결백을 확실하게 뒷받침할 증거가 없는 한 이처럼 젊고 입을 열려 하지 않는 허영심이 강한 자를 죄에서 빠져나가게 할 수는 없었다. 만약 내가 보트의 노걸이나 카메라 뚜껑에 머리카락을 감아두고 자기가 그것을 미처 발견해내지 못했다고 메이슨에게 말해둔다면 녀석은 빠져나갈 수 없을 것이다.

그래서 버레이는 하이트와 메이슨이 로버타의 얼굴과 머리의 상처를 직접 살펴본 같은 날에 로버타의 머리카락 두 개를 카메라 뚜껑과 렌즈 사이에 끼워두었다. 메이슨과 하이트도 그 머리카락을 보고 왜 이전에 그것을 보지 못했을까 하고 의아하게 생각했으나 곧 범행의 결정적인 증거로 삼기로 했다. 메이슨은 이번 공소 사실은 완벽하다고 공언했다. 자기는 이 범죄를 차분하고 확실하게 추구해왔으므로 필요하다면 내일이라도 법정에 회부할 수 있다고도 했다.

그러나 증거가 완벽한 만큼 당분간 카메라에 관해서는 아무 말도 하지 않기로 했다. 가능하다면 이 사실을 알고 있는 모든 사람의 입을 봉해 놓기로 했다. 왜냐하면 클라이드가 카메라를 갖고 있었다는 사실을 끝까지 부인하고 그의 변호사가 그러한 증거가 있다는 것을 모르고 있을 때 청천벽력처럼 이 카메라나 그가 찍은 로버타의 사진이나, 카메라의 측면이 로버타의 안면에 난 상처의 크기와 일치한다는 사실을 법정에 제출하고 멋지게 반격을 가할 수 있기 때문이었다. 이 얼마나 완벽한 효과인가! 그러면 최상을 완벽하게 증명할 수 있을 것이다!

또 자신이 직접 증거를 수집한 만큼 자기가 그것을 제출하는 적임자이므로 주지사에게 연락하여 이 지방 최고 재판소의 특별 법정과 거기에 따른 대배심 (大陪審 : 12~23명으로 이루어지며 기소장을 심사하고 증거가 충분하다고 인정될 때 기소가 결정된다.)의 특별 개정을 요구하기로 했다. 그렇게 해 두면 그의 요구로 언제든지 대배심을 소집할 수 있다. 그의 제의가 승인되면 대배심을 선임할 수 있으며, 정식으로 클라이드의 기소가 결정되면 한 달이나 6주 이내에 공판이 열릴 수 있다. 아울러 다음 11월 선거에 후보로 지명될 필요성을 생각해볼 때 이것이 매우 좋은 기회라는 것은 자기의 가슴속에만 담아두기로 했다. 왜냐하면 특별 개정이 열리지 않는다면 1월에 있을 전기 개정 이전에는 재판이 열리게 될 것이며 그 무렵에는 검사직을 떠나게 될 것이며 지방 판사로 선출된다 하더라도 이 사건을 자기 손으로 심리하지 못하게 될 것이다. 또 클라이드에 대한 감정이 극도로 높아진 여론을 감안 한다면 신속하게 재판을 여는 것이 공평하며 또 논리적이라고 생각되었다. 무엇 때문에 연기할 필요가 있겠는가? 그런 무모한 범인에게 법망을 빠져나갈 계획을 신중하게 세우게 할 필요가 어디에 있단 말인가? 그리고 또 자기가 클라이드의 재판에 관여한다면 메이슨은 이 지방 전역에서 법적, 정치적, 사회적 명성을 회복하게 되리라는 것은 확실한 일이었다.

12

이윽고 북쪽 삼림 지대에서 끔찍한 범죄가 저질러졌다는 화제가 퍼지게 되었다. 그 범죄는 흥미를 자아내는 색채로 넘치면서도 윤리적으로나 정신적으로 잔학한 요소를 갖추고 있었다 —— 연애, 로맨스, 자산, 빈곤, 죽음 등. 그리고 곧 라이카거스의 클라이드가 살던 장소나, 생활 형편, 누구와 연관이 있었으며, 어떤 여성과의 관계를 감춰둔 채 다른 여성과 사랑의 도피 행각을 계획했던 것에 대해 과장된 기사가 보도되었다. 또한 기사는 이러한 범죄가 지니는 전국적인 뉴스의 가치에 매우 민감한 편집자에게 전보로 보내어져 활자화되었다. 전보로 보내어져 활자화되었다. 그리하여 뉴욕, 시카고, 보스턴, 필라델피아, 샌프란시스코를 위시하여 동부나 서부의 대도시에서는 직접 메이슨이나 또는 이 지방의 AP나 UP지국으로 문의 전보가 쇄도하여 이 범죄에 대하여 상세하고 완벽한 세부 사항에 대한 정보를 요구해왔다. 그리피스와 연애관계에 있었던 아름답고 우복한 영양은 누구인가? 어디에 살고 있는가? 그러나 핀칠리 가나 그리피스 가의 권력이 두려워서 메이슨은 손드라의 이름을 직접 대주지 못하고 라이카거스에 거주하는 매우 유복한 공장주의 딸인데 당분간 이름을 발표할 수 없다고 말했다. 그러나 클라이드가 꼼꼼하게 리본으로 묶은 편지 다발을 보이는 데는 주저하지 않았다.

반면 로버타의 편지는 상세하게 보도되고 있었고 그 중 몇 개는 발췌하여 보도되기도 했다. 시적이고 음산한 것이 신문에 제공되었다. 그녀를 지켜줄 사람은 아무도 없었기 때문이었다. 또 그러한 기사가 발표되자 그녀에 대한 연민뿐만 아니라 클라이드에 대한 증오는 높아만 갔다. 클라이드 외에는 아무도 없었던 가난하고 고독한 시골 아가씨. 그리고 그는 잔혹하고 불성실하고 살인자이다. 메이슨은 그런 자는 교수형에 처해져도 시원치 않다고 생각했다. 왜냐하면 베어 호를 가고 올 때나 그 후에도 그 편지를 읽고 또 읽었기 때문이었다. 거기에는 그녀의 고향에서의 생활, 장래에 대한 어둡고 강렬한 고독과 따분함이 적혀 있어서 사람의 마음을 뒤흔들어놓게 하였으므로 그는 너무나 감동하여 그 감동을 나중에 다른 사람에게 —— 아내나 하이트나 지방 신문의 기자들에게 —— 말하지 않을 수 없었다. 특히 신문기자들은 다소 왜곡된 것이기는 하나 클라이드에 대해서 그 침묵과 그 시무룩함, 그 냉혹함에 대해 생생한 기사를 써서 브리지버그발로 송고했다.

그 중 유티카의 〈스타〉 지에서 파견된, 특히 로맨틱한 젊은 기자는 로버타의 생가를 방문하여 넋을 잃고 있는 어머니 모습을 세상에 전했다. 어머니는 너무 지쳐 말할 기력조차 없었으며 로버타의 부모에 대한 효심, 검소한 생활, 얌전함, 바른 품행, 깊은 신앙심에 대해서 눈으로 보듯이 성실하게 기사화했다. 한 번은 이 고장의 감리 교회의 목사가 댁의 따님처럼 머리가 좋고, 예쁘고 친절한 아가씨는 본 적이 없었다고 말했다는 것과 고향을 떠나기 전의 몇 년 동안은 어머니의 오른팔로 일했다고도 썼다. 그리고 그녀는 필시 라이카거스에서의 가난하고 고독한 생활 때문에 결혼 약속을 전제로 접근해온 그 악당의 감언이설에 귀가 솔깃해졌으며 결국 유혹당해 이처럼 죄 많은, 그 아이를 죽게 한 거의 믿을 수 없는 관계에 빠진 것이 틀림없다.

"그 아이는 언제나 선량했으며, 순수하고, 친절한 딸이었는데 그 아이가 죽었다니 저는 도무지 믿을 수가 없습니다."

그래서 어머니의 말도 인용했다.

"지난 일 주 월요일, 그 아이는 이곳에 있었습니다. 기운이 좀 없는 것으로만 알았는데 그래도 늘 웃음을 잃지 않았습니다. 그리고 그때는 좀 이상하다고 생각했습니다만은 월요일에는 오후고 저녁때고 집 근처를 서성거리며 이것 저것 살펴보거나 꽃을 꺾거나 했습니다. 그 애는 내 곁으로 오더니 나를 끌어안고 이렇게 말했습니다. '엄마, 저는 다시 한 번 어린아이가 되고 싶어요. 옛날처럼 엄마 품에 안기고 싶어요.' 그래서 저는 말했지요. '별일 없겠지. 내일이면 또 돌아간다고 생각하니 오늘은 마음이 울적해진 모양이구나.' 지금 생각해보니 이번 여행이 마음에 걸렸던 모양입니다. 아마도 계획대로 되지 않을 것 같다는 예감이 들었던 것이겠지요. 그런데 그 사람이 우리 아이를 때리기까지 했다니 ——. 그 아이는 파리 한 마리도 제 손으로 죽이지 못했어요. 그런 아이를 때리다니."

그리고 여기까지 말했을 때 어머니는 타이타스가 있는 방에서 울음을 터뜨렸다.

그러나 그리피스 가나 이 지방 사교계 사람들은 완전히 거의 깨어질 줄 모르는 침묵을 지키고 있었다. 왜냐하면 새뮤얼 그리피스의 경우, 최초에는 클라이드가 그런 일을 하리라고는 생각하지 않았으며 믿기지 않았다. 뭐라고! 그 온순하고 겁이 많은 아이가! 얌전한 그가 살인죄로 고발당했다고? 그때, 라이카거스에서 상당히 떨어진 상부 사라나크 호 쪽에 가 있었는데 거기에서 아들 길버트로부터 접속이 좋지 않은 전화 연락을 받고 어떻게 해야 할지는 물론, 거의 아무것도 생각할 수가 없었다. 그런 일이 있을 수 있단 말인가! 무슨 착오이겠지. 경찰은 클라이드를 누군가와 착각하고 있어.

그래도 길버트는 틀림없다고 말하면서 사정을 설명했다. 피해자인 아가씨는 클라이드의 밑에서 일했으며 또 브리지버그의 지방 검사와 연락을 취한 결과 죽은 여자가 쓴 편지를 클라이드가 갖고 있었다는 것과 클라이드가 그 사실을 부정하지 않았다고 검사가 확언했기 때문이었다.

"그렇다면 알았다."라고 새뮤얼은 말했다. "경솔한 짓을 해서는 안 된다. 나를 만나기 전에는 스밀리나 고트보이 이외에는 말하지 말거라. 부룩하트는 어디 있지?"

부룩하트는 그리피스 회사의 고문 변호사였다.

"그는 보스턴에 가 있습니다. 지난 주 금요일에 갔는데 월요일이나 화요일까지는 돌아가지 못한다고 말했습니다."

"그러면 내가 곧 돌아와달란다고 전보를 치거라. 그리고 스밀리에게 〈스타 신문〉과 〈비콘 신문〉의 편집장과 교섭해서 내가 돌아갈 때까지 기사 싣는 것을 보류시키도록 해라. 나는 내일 오전까지 돌아가겠다. 그리고 차를 타고 오늘 당장 그곳 —— 브리지버그 —— 으로 가보도록 해라. 나는 가능한 한 알 만한 사실을 알아둘 필요가 있으니까. 또 가능하다면 클라이드나 지방 검사도 만나서 입수할 수 있는 정보를 얻어오라고 스밀리에게 말해라. 신문도 전부. 어떤 기사가 실렸는지 내 눈으로 확인하고 싶으니까."

또 같은 무렵 포스 호에 와 있던 핀칠리 가에서는 손드라가 클라이드의 일로 해서 소녀 같은 꿈에 종지부를 찍게 된 놀라운 클라이맥스에 대해서 48시간이나 고민하던 끝에 아버지에게 모든 것을 고백하기로 결심했다. 그 것은 어머니보다도 아버지를 더 좋아했기 때문이었다. 그래서 아버지가 저녁 식사 후 언제나 앉아서 독서를 하거나 이것저것 생각하는 서재로 다가갔다. 그러나 아버지에게 얘기를 털어놓으려 할 때, 먼저 울음이 터졌다. 클라이드와의 애정 문제 자기의 높은 신분에 대한 갖가지 허영이나 환상, 그녀와 그 가족에게 씌워진 추문에 질려버렸던 것이다. 그토록 경고를 받지 않았던가. 어머니는 뭐라 하실까? 그리고 아버지는? 또 길버트 그리피스나 그 약혼자는? 크란스톤 가의 사람들은? 만약 버턴에게 부탁하거나 하지 않았더라면 이렇게까지 클라이드와 친해지지는 않았을 게 아닌가.

손드라의 울음소리에 정신이 번쩍 든 아버지는 곧 하던 일을 멈추고 얼굴을 들었으나 딸이 왜 울고 있는지 알 수가 없었다. 하지만 무슨 무서운 일이 일어났음에 틀림없을 것이라고 생각하면서 두 팔로 딸을 껴안더니 나지막한 목소리로 말했다.

"아니, 애야! 도대체 왜 갑자기 우는 거냐? 무슨 큰 일이라도 생겼더란 말이냐?"

아버지는 경악과 동요의 표정을 지으면서 지금까지 있었던 일체의 고백을 들었다. 클라이드와의 최초의 만남, 그에 대한 관심, 그리피스 가 사람들의 태도, 자기가 그에게 보낸 편지, 자기의 애정 그리고 이번의 무서운 고발과 체포. 그리고 만약 그것이 사실이라면! 자기의 이름이 거론되고 아버지의 이름까지 알려진다면! 그러고는 다시 가슴이 찢어질 듯이 울었다. 그래도 결국에는 아버지가 자기를 동정해주고 용서해주리라는 것은 충분히 알고 있었다.

가정에서는 평화와 질서와 재치와 양식에 익숙해진 핀칠리는 놀라움과 비판과 그렇다고 무자비하다고는 할 수 없는 눈길로 딸을 보자 큰소리로 말했다.

"도대체 이게 무슨 꼴이람! 정말 놀라고 실망했다! 아무리 철딱서니가 없기로서니 너무 했잖아! 살인죄로 고발되다니! 그렇다면 네가 쓴 편지를 녀석이 갖고 있단 말이군. 아니 벌써 검사의 손에 넘어가 있을지도 모르지. 쯧쯧쯧! 손드라, 너는 어쩌면 그런 바보 같은 짓을 했단 말이냐! 몇 달 전 너의 어머니가 그런 말을 비쳤지만 그래도 나는 너를 믿고 너는 어머니의 말은 한 귀로 흘러버렸었지! 그런데 그런 끔찍한 일이 벌어지다니! 그때 나에게 말하든지 너의 어머니의 말을 들었더라면 얼마나 좋았겠니. 그런 관계까지 되기 전에 나에게 귀띔이라도 해주었더라면. 나는 네가 나와 아무런 숨김없이 터놓고 지낼 줄 알았다. 어머니나 내가 너를 얼마나 사랑하고 걱정해주는지 너도 잘 알고 있지 않니? 나는 네가 분별있는 아이로 알고 있었다. 그런데 살인사건이 일어나고 네가 거기에 관계되어 있다니 이 무슨 날벼락이냐!"

양복으로 갈아입은 금발의 아버지는 자리에서 일어나 방 안을 서성거리고 있었으며, 손드라는 울음을 그칠 줄 몰랐다. 아버지는 갑자기 걸음을 멈추더니 손드라에게 말했다.

"하지만 울어도 소용없다. 물론 이번 일도 어떻게든 손을 쓸 수 있을 것이다. 어떻게 해야 좋을지 지금으로서는 잘 알 수 없지만 그래도 그것만은 확실해. 그리고 그 편지에 대해서는 조금이라도 좋으니 말해줄 수 있겠니?"

그는 손드라가 아직도 울음을 그치지 않고 있었으나 이 사건의 본질을 설명하기 위하여 우선 아내를 불렀다. 사교상의 타격은 이제부터 계속 그림자처럼 따라다닐 것이다. 다음에 그는 주(州)의 공화당 중앙위원회 의장이며 지난 수년 동안 고문 변호사를 맡고 있는 리게어 아타베리를 전화로 불러 지금 자기의 딸이 처해 있는 어려운 입장을 설명하고는 어떻게 하는 것이 최선의 방법인지 조언을 구했다.

아타베리가 말했다. "핀칠리 씨. 내가 당신이라면 그렇게 괴로워하지는 않겠습니다. 사실상의 공적 피해를 받기 전에 잘 수습할 수 있을 것 같습니다. 좀 기다려보시지요. 카탈라키 군의 지방 검사는 누구였지요? 아니 제가 알아서 곧 알려드리지요. 너무 상심하지 마십시오. 잘 풀릴 것입니다. 편지는 신문에 소개되지 않도록 하겠습니다. 공판에도 내놓지 않도록 해보겠습니다, 확실하다고는 말할 수 없지만. 그러나 따님의 이름은 밝히지 않도록 할 테니 걱정하지 마십시오."

아타베리는 법률가 명부에서 곧 메이슨의 이름을 찾아내어 전화로 그곳에서 만나기로 약속했다. 그것은 메이슨이 그 편지를 이번 사건에서 가장 중요한 증거물로 생각하고 있는 것 같아서였다. 그러나 메이슨은 아타베리의 목소리에 완전히 당황해서 현재로서는 손드라의 이름이나 그 편지를 공적으로 이용할 생각은 전혀 없으며 대배심에 살짝 보일 의도로만 보관하고 있을 뿐이며, 물론 클라이드가 자백만 한다면 필요도 없을 것이라고 설명했다.

그래서 아타베리는 다시 핀칠리에게 연락을 취하여 편지를 함부로 사용하지 않겠다는 확답을 받았으며 내일이나 모레, 메이슨 검사가 손드라의 이름을 공적으로 사용하지 않도록 하는 어떤 계획과 정치 정보를 가지고 브리지버그로 갈 작정이라고 말하여 안심시켰다.

그래서 핀칠리 가에서는 충분히 고려한 끝에 핀칠리 부인과 스튜워트와 손드라는 메인 주의 해안이나 그 밖에 마음에 드는 장소로 떠나기로 했다. 핀칠리 자신은 라이카거스나 올바니로 돌아갈 생각이었다. 신문 기자가 찾아오거나 친구들이 그런 말을 해올 만한 곳으로 가는 것은 현명하지 않았다. 그래서 곧 핀칠리 가의 나라간 세트(로드 아일랜드 주 동부에 있는 대서양에 면한 후미)로 도피하여 그곳에서 윌슨이란 이름으로 6주 동안 있었다.

똑같은 이유로 크란스톤도 사우젠드 제도(북아메리카 주 온타리오 호의 입구인 세인트로렌 강에 있는 약 1500개의 작은 섬들. 피서지로 유명하다)의 한 섬으로 옮겼는데 그것도 가볼 만한 피서지였기 때문이었다. 그러나 버곳 가나 하리에트 가는 피할 이유가 없다고 판단하여 트웰프스 호를 떠나지 않았다. 그러나 누구나가 클라이드와 손드라의 일을 수군거렸다. 이번의 무서운 범죄와 이 사건에 관계를 가진 사람들은 아무 죄도 없더라도 사교계에서 매장될 것이라고.

한편 스밀리는 그리피스가 지시한 대로 브리지버그로 가서 두 시간에 걸친 메이슨과의 지루한 면담 끝에 형무소로 가서 클라이드의 면회를 허가받았다. 또 메이슨의 승낙을 얻어 독방에서 두 사람이 만날 수 있었다. 스밀리는 그리피스 가가 클라이드를 변호할 의사가 없지만 혹시 지금과 같은 상황 하에서 변호할 가능성이 있는지 알고 싶다고 하자 메이슨은 클라이드에게 자백하라고 설득하는 것이 가장 현명한 방법이라고 말했다. 왜냐하면 클라이드가 유죄라는 것은 의심할 여지가 없으며 공판(公判)을 열면 클라이드로 인해서 군비(郡費)만 축내게 할 뿐이다. 그러나 만약 그가 자백하면 불충분하기는 하겠지만 관대한 조치를 받을 수 있을지도 모르며 또 사교계의 일대 추문이 신문을 떠들썩하게 하는 것은 막을 수 있을 것이라는 것이었다.

그래서 스밀리는 독방에 있는 클라이드를 방문했는데, 독방에서는 클라이드가 어두운 기분에 싸여 희망을 잃은 채 앞으로 어떻게 해야 할 것인지 고민하고 있었다. 그는 스밀리의 이름을 듣기만 해도 움츠러들었다. 그리피스 가의 새뮤얼 그리피스와 길버트 그 두 사람을 사적으로 만나는 인물이었으니까. 그런데 무슨 말을 하러 왔단 말인가? 스밀리는 메이슨과 이야기를 나눈 뒤여서 유죄라고 생각할 것이 틀림없다. 그렇다면 나는 무슨 말을 해야 좋을까? 어떤 이야기를 하면 진실로 믿어줄 것인가, 하지만 무엇을? 그러나 차분하게 생각할 시간 여유도 없는 채 스밀리가 그의 앞으로 안내되어 왔다. 그는 마른 입술을 적시고 가까스로 입을 열었다.

"스밀리 씨, 안녕하셨습니까?"

스밀리는 건성으로 명랑한 체하며 말을 건넸다.

"잘 있었나, 클라이드. 이런 곳에 갇혀 있는 자네를 만난다는 것이 참으로 유감스럽네. 이곳의 지방 신문이나 검사는 자네가 얽혀든 문제에 대해서 허황된 소리만 하고 있지만 물론 어떤 착오에서 온 것일지도 모르지. 그래서 무언가 길을 찾아보려고 여기에 왔네. 오늘 아침 자네의 백부께서 전화가 있었는데, 자네가 왜 체포되었는지 자네를 만나서 알아오라 하셨네. 물론 백부님이나 그 가족들이 어떠한 기분으로 있을 것이라는 것은 자네도 짐작할 수 있겠지. 그래서 내가 여기에 와서 진상을 파악하고 가능하다면 기소를 취하시켜보려고 하네. 그러니 이번 사건에 대해서 상세하게 말해주기 바라네. 알았나? 즉."

그는 그때 지방 검사로부터 방금 전에 들은 것이나 클라이드의 기묘하게 신경질적이고 회피하는 태도로 보아 무죄를 증명할 길은 별로 없을 것 같아 말을 끊었다.

클라이드는 다시 한 번 마른 입술을 적시더니 말하기 시작했다.

"스밀리 씨, 저의 사정은 아주 좋지 않은 것 같습니다. 올덴 양을 만났을 때는 이처럼 궁지에 빠질 줄은 미처 생각지 못했습니다. 그러나 그 여자를 죽이지는 않았습니다. 이것만은 틀림없습니다. 저는 그 여자를 죽이려고 생각한 적도, 데려가려고 생각한 적도 없습니다. 그 여자가 제게 보낸 편지에도 그 여자가 저와 함께 도망치기를 원했을 뿐이지 제가 데려가겠다고 한 것이 아닙니다."

그는 스밀리가 자기의 말을 믿어주기를 바라면서 말을 마쳤다. 스밀리는 클라이드의 주장과 메이슨의 주장이 일치한다고 느꼈으나 그래도 클라이드의 얘기를 더 들어보기 위해서 이렇게 대답했다.

"음, 알아. 검사는 그 편지를 보여주었으니까."

"보여주었다는 것은 저도 알고 있습니다."라고 클라이드는 힘없이 말했다. "그러나 알고 계시리라 믿습니다만 스밀리 씨." 보안관이나 크라우트가 귀를 기울이고 있는 것은 아닌가 해서 그는 목소리를 작게 했다. "남자란 처음에는 전혀 그런 마음이 없더라도 여자와 움직일 수 없는 관계가 되는 수가 있습니다. 스밀리 씨도 그것은 이해하실 줄 압니다. 저는 처음에 로버타를 좋아했으며 그것은 사실입니다. 그래서 그 편지에 씌어 있는 관계로까지 되었던 것입니다. 그러나 공장에는 예의 그 규칙이 있지 않습니까? 부서의 책임자는 부하 여성과 관계를 가져서는 안 된다는. 저에게 있어서 문제의 발단은 바로 거기에 있었습니다. 우선 우리의 관계를 눈치챌까 겁이 났습니다."

"그렇겠군."

스밀리 씨가 동정심을 가지고 들어주는 것 같아 차츰 기분이 편해지자 로버타와 친밀한 관계가 된 초기 단계를 자기 변호까지 섞어가며 말했다. 그러나 끊임없이 그를 괴롭히고 있던 카메라라든가 두 개의 모자라든가 분실한 양복에 대해서는 말하지 않았다. 실제로 설명할 수 없지 않은가? 클라이드의 이야기가 끝나자 스밀리는 메이슨에게서도 들었던 터라 그 이야기를 꺼냈다.

"그런데 그 두 개의 모자는 어떻게 된 거지, 클라이드? 이곳 검사는 자네가 맥고모자를 두 개 가졌다는 것을 인정했다고 하는데. 호수에서 발견된 것과 호수에서 떠날 때 썼던 것을."

이때 클라이드는 무언가 말하지 않으면 안 된다고 생각했으나 어떻게 말해야 좋을지 몰라서 이렇게 대답했다.

"그곳을 떠날 때 맥고모자를 썼다고 하는 것은 경찰의 잘못입니다, 스밀리 씨. 그것은 운동모자였습니다."

"그랬었군. 그런데 자네는 베어 호에서 맥고모자를 쓰고 있었다 했는데."

"네, 하나 가지고 있었습니다. 그것은 최초로 크란스톤 가에 갔을 때 썼던 것입니다. 그것은 말씀드렸었는데. 깜박 잊고 거기에 두었던 것입니다."

"그런데 양복 문제도 있더군. 확실히 회색 양복이었던 모양이던데. 자네가 그곳에서 그 옷을 입고 있는 것을 본 사람이 있는데 지금은 그 옷이 보이지 않는다는 거야. 자네는 그 옷을 입었나?"

"아니오, 여기에 올 때처럼 파란 양복을 입고 있었습니다. 그 옷은 압수당해 지금 이 옷을 입고 있지만."

"그러나 검사의 말에 의하면 자네는 샤론에서 그 옷을 세탁소에 맡겼다고 하는데 아무도 그런 옷을 세탁하지 않았다는 거야. 자네는 그곳에 확실히 세탁을 맡겼었나?"

"네, 그렇습니다."

"어느 세탁소지?"

"그것이 잘 생각나지 않습니다. 그러나 샤론에 다시 한 번 가면 생각이 날 것 같습니다. 역 근처였으니까요."라고 말했으나 그는 잔뜩 얼굴을 숙인 채 스밀리 씨의 시선을 피했다.

그러자 스밀리는 전에 메이슨이 했던 것처럼 이런 것을 묻기 시작했다. 보트에 갖고 탄 그 가방 문제나 구두를 신고 양복을 입은 채로 호숫가로 헤엄칠 수 있었다면 로버타가 빠진 곳까지 가서 전복한 보트에 매달리게 할 수는 없었느냐고. 클라이드는 쥐구멍이라도 들어가고 싶어졌다. 그러나 곧 그는 보트를 잡고 매달리라고 소리쳤다고 했다. 전에는 보트가 멀찌감치 떠밀려갔다고 했었는데도. 하지만 스밀리는 메이슨이 그렇게 말했던 것을 생각해냈다. 또 모자가 바람에 날아갔다는 클라이드의 말에 대해서는 그날은 무척 화창해서 미풍도 불지 않았다는 것을 연방 정부의 보고서뿐만 아니라 증인을 세워 입증할 수도 있다고 했었다. 그렇다면 클라이드는 거짓말을 한 것이 된다. 클라이드의 이야기는 너무 앞뒤가 맞지 않았다. 그래도 스밀리는 클라이드를 당혹케 하기 싫어서, "음, 그랬었군."이라든가, "암." 또는 "그렇겠군." 하고 응수해주었다.

다음에는 로버타의 얼굴과 머리에 있던 상처에 대해서 물어보았다. 메이슨은 그러한 상처에 대해서 주의를 환기시켰으며 보트에 부딪힌 것이라면 양쪽에 찰과상이 생기지는 않았을 것이라고 주장해서였다. 그러나 클라이드는 보트에 부딪혔으며 타박상은 그때 입은 것이 틀림없다, 그렇지 않다면 자기로서는 알 수 없는 일이다라고 말했다. 결국 스밀리는 이런 모든 설명이 별 도움이 되지 않는다고 생각하게 되었다. 스밀리가 당혹해 하는 것을 보면 클라이드의 말을 믿지 않고 있다는 것이 확실했다. 자기가 로버타를 도와주지 않았다는 것은 비열하다는 식으로. 그녀를 죽게 내버려둔 데 대한 신빙성없는 변명에 지나지 않다고 생각하는 것은 분명했다.

클라이드는 더 이상 거짓말을 할 수 없게 된데다가 기운도 빠져 거짓말도 할 수 없었다. 스밀리는 더 이상 캐물어서 그를 당혹케 하는 것이 안쓰럽고 싫어서 꾸물거리다가 이렇게 말했다.

"자, 클라이드 군. 나는 이제 그만 돌아가야 하네. 여기서 샤론까지는 길이 엉망이거든. 어떻든 자네를 만나 얘기를 듣게 되어 다행이야. 지금 자네가 한 이야기를 백부님께 그대로 보고하겠네. 하지만 내가 자네의 처지라면 가급적 떠들지 않고 입을 다물고 있겠네. 내 쪽에서 정보를 받을 때까지는. 될 수 있는 한 자네를 위해 이 사건을 맡아줄 변호사를 알아보라는 말씀이 계셨지만 시간도 너무 늦었고 회사의 주임 고문 변호사로 있는 부르크하트 씨는 내일 돌아올 예정이니 그분이 돌아오면 상의해보겠네. 그러니 나의 조언은 받아들여주겠다면 부르크하트 씨나 나한테서 연락이 있을 때까지는 아무 말도 하지 않는 것이 좋겠네. 그 사람이 직접 오든지 아니면 누군가를 파견하겠지. 그 사람이 누가 될지는 모르겠으나 내 편지를 갖고 가게 할 테니까 그 사람이 자네에게 조언할 것으로 믿네."

스밀리는 헤어질 때 이런 조언을 하고 걱정에 싸여 있는 클라이드를 남겨두고 떠났지만 스밀리 자신도 클라이드의 유죄를 의심하지 않았으며, 그리피스 가의 사람들이 그들의 막대한 재산을 쏟아붓지 않는 이상 분명히 닥쳐올 운명에서 클라이드를 구출하기는 어려울 것이라고 생각하고 있었다.

13

그 이튿날 아침, 새뮤얼 그리피스는 아들 길버트가 입회한 가운데 와이키키 거리에 있는 저택의 널찍한 응접실에서 스밀리로부터 클라이드와 메이슨을 만난 결과를 보고받았다. 길버트 그리피스는 이 보고를 듣고 나자 버럭 화를 냈으며 또 어떤 대목에서는 큰소리를 쳤다.

"그놈은 악마야! 개돼지만도 못한 놈! 아버지, 제가 말씀드렸잖아요? 저는 그 아이를 데려오는 데 대해서는 처음부터 반대라는 것을?"

새뮤얼 그리피스는 일종의 동정심에서 저지른 자기의 어리석은 행동을 아들이 들먹이자 매우 암시적이고 곤혹스런 눈길로 길버트를 쳐다보았는데 그 눈길은 이렇게 말하고 있는 것 같았다. 우리가 여기 모여 있는 것은 비록 어리석다 하더라도 본래는 선의에서 생겨난 어리석음을 논의하기 위한 것인가 아니면 당면한 위기를 논의하기 위한 것인가? 그리고 길버트 쪽에서는 이렇게 말하고 있었다. 저 살인자! 시시하고 허영심에 찬 손드라 핀칠리가 길버트를 골려주기 위해 녀석과 가까이 하려다가 제 얼굴에 먹칠을 하고 말았다. 바보 같은 계집애! 하지만 그것은 당연해. 그 계집애는 이번 사건에 책임을 져야 해. 또한 이번 사건으로 자기나 아버지, 가족 전체가 말할 수 없는 고통을 겪을 것이다. 이번 사건은 씻을 수 없는 오점이 되어 모두가 — — 그 자신도, 약혼자도, 벨라나 마일러도 —— 상처를 입고 이 라이카거스 사교계에서 지위를 잃게 되지는 않을까? 비극적인 사건으로 클라이드는 어쩌면 사형에 처해질지도 모른다! 더구나 친척이라는 인간이!

그러나 새뮤얼 그리피스는 클라이드가 라이카거스에 온 이래의 일을 생각해보았다. 처음에는 지하실에 처박아 일을 시켰고, 가족으로부터는 무시당해왔었다. 그리고 여덟 달 동안은 제멋대로 살아왔었다. 그것이 이번 사건의 원인이 되지 않았을까? 다음에는 젊은 여자들의 책임자를 시켰다! 그것은 잘못이 아니었을까? 지금 와서 생각해보니 확실히 잘못된 것 같았다. 그렇다고 클라이드의 행위를 관대하게 보아줄 수는 없었다. 그러한 비참한 심경 —— 억제할 수 없는 육욕! 그 처녀를 유혹했으나 손드라 때문에 — — 저 상냥하고 귀여운 손드라 때문에 그 여자를 없애려고 계획한 자제심이 없는 잔학함! 그리고 지금은 깜짝 놀랄 만한 사건을 저질러 형무소 안에 있으면서도 스밀리의 보고에 의하면 전혀 죽일 생각은 없었다, 죽일 계획을 꾸민 일도 없었다, 바람에 모자가 날아갔다는 설명밖에 할 수 없었다니! 너무 어리고 연약하다! 또 두 개의 모자라든가, 분실한 양복이라든가, 빠진 여성을 도와주려 하지 않았다는 점에 대해서는 적절한 설명을 하지 못했다니! 그리고 그 여성의 얼굴에 생긴 설명할 수 없는 상처. 이런 모든 것들은 분명 범죄를 뒷받침해주고 있지 않은가?

"뭐야."라고 길버트는 소리쳤다. "그 바보는 그 정도의 설명밖에는 하지 못한단 말인가!"

스밀리는 그 정도밖에는 들을 수 없었으며, 메이슨 씨는 절대로 유죄를 확신하고 있더라고 대답했다.

"무섭다, 아주 무서운 일이다!"라고 새뮤얼이 입을 열었다. "나는 도저히 납득할 수 없다. 모르겠다! 나의 친척이 그런 죄를 범하다니!"

그는 공포에 질린 표정으로 자리에서 일어나자 방 안을 서성거렸다. 자기의 가족! 길버트와 그 장래! 자기 나름의 야심과 꿈을 안고 있는 벨라! 그리고 손드라! 또 핀칠리!

그는 주먹을 움켜쥐고 미간을 찌푸렸으며 입술을 깨물었다. 그는 스밀리를 보았다. 스밀리는 꺼림칙해 하거나 남의 비위를 거슬리지는 않았지만 무척 긴장한 듯 그리피스와 시선이 마주칠 때마다 어두운 얼굴로 머리를 저었다.

그로부터 한 시간 반 가까이 스밀리가 제공한 자료를 바탕으로 더 이상 다른 각도에서 해석은 할 수 없는지, 그 가능성에 대해서 검토한 다음 새뮤얼 그리피스는 이렇게 결론을 내렸다.

"음, 확실히 형세는 불리하군. 하지만 자네의 보고를 듣고 지금 우리가 갖고 있는 것 이상의 정보를 잡기까지는 유죄로 단정해서는 안 돼. 아직도 밝혀지지 않은 사실이 있을지도 몰라. 자네의 얘기로는 대부분의 사실에 대해서 클라이드는 입을 다물고 있다니까. 우리가 알지 못하는 자잘한 사정이 있을지도 모르고 —— 어떤 구실이 될 만한 것이. 그것이 없다면 극악무도한 범죄가 될 것이지만. 부르크하트 씨는 보스턴에서 돌아왔나?"

"네, 돌아왔습니다."라고 길버트가 대답했다. "스밀리 씨에게 전화가 있었다고 합니다."

"그러면 오늘 오후 두시에 이곳으로 와달라고 하게. 나는 지금 피로해서 더 이상 말할 기력이 없으니까. 스밀리 군, 자네가 지금 나에게 말한 것을 전부 그 사람에게 말해주게. 그리고 두시에 같이 와주게. 잘 모르겠지만 그 사람은 우리에게 가치있는 조언을 해줄 수 있을지도 모르지. 그러나 한 마디 해둘 것은 그 아이가 혐의가 없으면 좋겠다는 점이야. 그것을 밝혀내기 위해서는 모든 수단을 다 동원할 것이며, 혐의가 없다고 생각되면 법률이 허용하는 한 변호해주겠다. 그러나 그 이상의 일은 하지 않겠다. 그러한 범죄를 저지른 인간을 구제할 생각은 없다. 절대로! 그 아이가 나의 조카라 하더라도 나는 하지 않겠다! 나는 그런 종류의 인간이 아니다! 귀찮은 일이 되든 되지 않든 불명예가 되든 안 되든 그 아이가 혐의가 없다면 —— 가령 조금이라도 혐의가 없다고 믿어도 좋은 이유가 있다면 —— 할 수 있는 일을 해주자. 그러나 유죄라면? 안 된다! 절대로! 이 청년이 정말 유죄라면 당연히 벌을 받아야 한다. 1달러라도, 1센트라도 나의 돈을, 비록 나의 조카라 하더라도 그런 끔찍한 죄를 저지른 인간에게는 사용할 수 없다!"

그리고 등을 돌리고 무거운 발걸음으로 안쪽 계단으로 올라갔는데, 스밀리는 기가 질려 그를 지켜볼 뿐이었다. 이 얼마나 강력한가 ! 이 얼마나 대단한 결단력인가 ! 이처럼 치명적인 위기에 직면해 있는데도 그렇게 공평함을 보이다니 !

길버트도 똑같은 감명을 받고 우두커니 자리에 앉아 있었다. 아버지는 과연 남자다운 인간이었다. 길버트라면 완전히 상심하여 기운을 잃고 있었겠지만 아버지는 사소한 일에 마음쓰지 않았으며 복수심에 사로잡히지도 않았다.

키가 크고 옷차림이 좋으며, 신중한 회사의 변호사 달라 부르크하트 씨. 한쪽 눈은 쳐진 눈꺼풀에 반쯤 가려져 있으며 배가 좀 튀어나와 있었다. 육체적으로는 그렇지 않았지만 정신적으로는 어떤 종류의 희박한 대기 속에 들떠 있어서 모든 종류의 법적 해석이나 판결이라는 산들바람에 이리저리 가볍게 움직이는 인물이라는 인상을 주었다. 더 추가할 사실이 없다면 클라이드의 죄는 그가 보기에는 명백한 것으로 보였다. 혹은 그렇게까지는 단정할 수 없더라도 의심스럽다고는 생각하거나 범행을 뒷받침하고 있는 상황에 대해서 스밀리의 보고를 주의 깊게 전부 들은 다음 더 이상의 사실이 밝혀지지 않는 이상 가령 부분적으로라도 납득할 만한 변호를 한다는 것은 매우 곤란하다는 것을 알았다. 그 두 개의 모자, 여행 가방 그리고 그런 식으로 도망쳤다는 것, 그 편지. 그러나 가능하다면 그 편지를 읽어보고 싶다. 왜냐하면 지금까지의 자료에서 본 바로는 사람들은 죽은 여자의 그 빈곤이나 출신 계급에 대해 동정하고 있었기 때문에 클라이드에게는 하나에서 열까지 다 불리하다는 것은 명백했으므로 브리지버그 같은 오지에서는 유리한 판결을 바라기란 거의 불가능한 상황이었다. 또 클라이드는 가난하기는 해도 부자의 조카이며, 라이카거스의 사교계에서는 현재까지 좋은 지위에 있었다. 그러니 시골 사람들로서는 클라이드에 대한 편견을 버리지 않을 것이다. 그러한 편견을 제거하려면 재판지의 변경을 신청하는 것이 좋다.

그러는 한편 노련한 심문자를 —— 변호를 담당할 사람이라고 해서, 진실을 말해주느냐 않느냐에 생사가 달려 있다는 구실을 붙여서 사실을 알아낼 수 있는 인물을 —— 파견해보지 않고는 어떤 희망을 가질 수 있는지 장담할 수 없다. 자기의 사무실에는 캐츄맨이라는 유능한 인물이 있는데 이런 임무에는 적격이므로 그 사나이의 최종적인 보고를 바탕으로 하여 합리적인 판단을 내릴 수 있을 것이다. 그러나 이번과 같은 사건에는 갖가지 다른 양상이 있어서 자기가 생각하기로는 자세하게 조사하여 판단을 내릴 필요가 있을 것이다. 왜냐하면 물론 그리피스 씨나 그들도 아는 바와 같이 유티카나 뉴욕 주나 올바니에는 —— 그렇게 말하자면 특히 올바니에는 캐나반 앤드 캐나반 법률 사무소를 열고 있는 형제가 있는데 인간적으로는 조금 걸렸지만 매우 유능한 인물이다 —— 형법에 소상한 해석이나 법망을 빠지는 길에 정통한 형사(刑事) 전문의 변호사가 있다. 그리고 분명히 그러한 변호사라면 충분한 착수금을 제공하면 변호를 담당해줄 것이다. 그리고 물론 이 집처럼 중요한 지위에 있는 가정의 주인이 원하는 것이라면 재판 장소의 변경, 제정 신청, 상고 등의 수속을 밟아서 재판을 연기하고, 최종적으로는 사형 이하의 선고를 받을 수 있을 것이며 또 실제로 그렇게 할 수 있을 것이다. 한편 이처럼 세인의 관심이 집중된 재판이라면 사회적으로 큰 반향을 불러일으킬 것은 부정할 수 없겠지만 새뮤얼 그리피스 씨는 그러길 바랄 것인가? 왜냐하면 그러한 상황하에서는 물론 매우 부당하게 처리해야 하는데 그리피스 씨는 정의를 무시하기 위하여 그 위대한 부를 이용하고 있다는 소문을 내고 싶어하지는 않을 것이다. 군중은 이러한 사건에서 부에 대해서 편견을 갖게 마련이다. 그러면서도 군중은 그리피스 측에서 어떤 변호를 하기를 확실히 기대할 것이다. 나중에 그러한 변호의 필요성에 대하여 비판을 받을지는 모르지만.

그리고 그 결과 그리피스 씨 부자가 어떻게 일을 끌고 가는가, 조금 전에 이름을 든 두 사람처럼 매우 저명한 형사 변호사에게 의뢰하느냐, 별로 힘이 없는 변호사로 하느냐 아니면 전혀 변호사를 쓰지 않느냐를 그리피스 부자가 사전에 결정할 필요가 있다. 왜냐하면 유능하지만 매우 보수적인 인물 —— 브리지버그에 거주하고 있으며 그곳에서 개업하고 있는 인물 —— 을 클라이드에게 붙여서 그리피스 가에 대한 악질적이고 부당한 기사가 신문에 실리는 것을 최소 한도로 억제할 수 있으며 그것은 두드러지게 나타나지 않는 방법이기도 하다.

이런 식으로 세 시간이나 회담을 계속 한 다음 최종적으로 새뮤얼 그리피스 씨는 다음과 같은 판단을 내렸다. 부르크하트 씨는 즉각 캐츄맨 씨를 브리지버그로 파견하여 클라이드와 면회토록 해서 클라이드가 유죄일지 무죄일지는 별도로 하더라도 이 고장 법조계의 유능한 인사 중에서 가장 공평하게 클라이드를 대표해줄 수 있는 변호사를 고른다. 그러나 이 기소에 관련된 진실을 상세하게 이끌어내는 이상의 일에 대해서는 보수를 보증하거나 장려하지도 않는다. 또 일단 진상을 확인했으면 정직하게 말해서 클라이드에게 유리한 사실만을 가장 공평하게 입증할 수 있는 변호에만 집중한다. 즉 허위로 무과실을 실증하거나 재판을 파괴하기 위한 법적인 발뺌, 궤변, 속임수는 일체 사용해서는 안 된다는 것이었다.

14

캐치맨이나 메이슨이도 스밀리가 클라이드에게서 알아낸 이상의 사실을 끌어내지 못할 인물이라는 것은 확실해졌다. 클라이드의 혼란스런 진술에서 가장 가능성이 높은 자료를 끼워맞출 정도로 현명하기는 했지만 그래도 감정의 영역에서는 클라이드의 경우 필요한 정도의 성공을 거둘 수는 없었다. 그는 너무나 법률가적이며 냉혹하고 감정이 결여되어 있었다. 따라서 칠월의 무더운 날씨 속에서 네 시간 동안 계속 추궁한 끝에 범죄자로서의 클라이드는 이제까지 만나본 사람 중 실수만 저지르는 가장 좋은 예라고 여겨 심문을 중단할 수밖에 없었다.

왜냐하면 스밀리 씨가 돌아간 다음, 메이슨이 클라이드를 연행하여 빅 비턴 호로 갔는데 거기에서 카메라 다리와 카메라가 발견되어 클라이드가 거짓말을 했음이 드러났기 때문이었다. 그래서 이번에는 캐츄맨에게 다음과 같이 설명했다. 클라이드는 카메라를 갖고 있었다는 것을 부정했지만 자기는 그가 카메라를 갖고 있었을 뿐 아니라 라이카거스를 떠날 때 그것을 갖고 있었다는 증거를 잡고 있었다는 식으로. 그러나 캐츄맨이 이 점에 대해서 클라이드에게 묻자 자기는 카메라를 갖고 있지 않았으며 발견된 카메라 다리는 자기 것이 아니라고밖에는 대답하지 못했다. 이런 허위 진술에 질려버려 캐츄맨은 더 이상 클라이드와 말해보아야 헛수고일 뿐이라 판단했다.

클라이드에 대한 개인적인 결론은 어떻든 간에 변호사를 붙여둘 필요가 있다는 조언을 부르크하트 씨에게서 들었으므로 새뮤얼 그리피스는 서부에 살고 있는 그리피스 가는 돈이 없을 뿐더러 이번 사건에 자기의 집 안까지 휘말리고 있는 이상 명예를 위해서라기보다는 자비심에서 변호사를 물색하기로 했다. 그래서 이 지방의 정치 상황에는 전혀 지식이 없는 카탈라키 군 내셔널 은행의 지점장인 아일러 케록에게로 갔는데, 캐츄맨은 몰랐으나 케록은 민주장 조직의 간부급 인물이었다. 케록이라는 인물은 종교적, 윤리적 입장에서 클라이드가 규탄받고 있는 범죄 사건에 분노를 느끼고 있었다. 그러나 한편 머지않아 열릴 예정인 예선에서 공화당이 우세를 보일 것 같아 메이슨을 약화시킬 좋은 기회라는 생각이 들었다. 운명은 클라이드라는 인물과 그 범죄를 통하여 분명히 공화당 간부 편을 들고 있다고 생각했기 때문이었다.

이 살인 사건이 발생되기 이전, 이 지방의 검사는 다른 이들은 몇 년 걸려도 이루기 힘든데 그 이름이 선전되고 전국적으로 평판이 높아지게 되었다. 버펄로, 로체스터, 시카고, 뉴욕, 보스턴 같은 먼 곳에서 시민이나 기자나 삽화가들이 몰려와서 클라이드나 메이슨이나 올덴의 유족 등과 인터뷰를 하거나 스케치를 하거나 사진을 찍기도 했다. 한편 메이슨은 이 지방에서 압도적인 인기를 얻고 있어서 군내의 민주당 지지자들까지 공화당과 합류하여 메이슨은 정당하며 그 젊은 살인자는 당연히 처치를 받아야 한다고 생각 했으며 그리피스 가의 자산도, 그 젊은이가 손에 넣으려 한 부잣집 딸의 가족도 그 젊은 민중의 보호자인 지방 검사를 방해하지는 못할 것이다, 그 사람이야말로 '자기 직분에 충실한 진짜 검사'라고 평하고 있었다.

캐츄맨이 그곳에 가기 전에 검시(檢屍)를 위한 배심원이 소집되고 메이슨도 그 자리에 출석했는데 죽은 처녀는 브리지버그 군 형무소에 구류 중인 클라이드 그리피스라는 자의 손에 의해서 계획적으로 살해되었기 때문에 대배심 판결이 있을 때까지 구류를 계속하기로 평결(評決)을 내렸다. 또한 메이슨은 지사에게 신청하여 모든 사람들이 알고 있는 바와 같이 최고 재판소의 특별 개정을 청구하고 있으며, 그것은 증언을 듣고 기소나 석방이냐를 결정하는 대배심의 소집이 임박했음을 말해주고 있었다. 그때 캐츄맨이 클라이드의 변호를 맡아줄 유능한 변호사를 물색하려고 그곳에 도착했다. 그때 케록의 머리에 떠오른 사람은 이 시의 베르납 앤드 재프슨 사무소의 알빈 베르납 변호사의 이름과 그 명성이었다. 그는 주 상원에 2회, 주 하원에 3회 당선된 경력이 있으며 최근에는 민주당이 이 지방의 주요 관직을 차지하게 됨으로써 앞으로 더 높은 지위를 주어도 좋은 인물로서, 민주당 간부들이 눈독을 드리고 있는 인물이었다. 그는 또 3년 전에도 지방 검사직을 둘러싸고 메이슨과 선거전을 펴서 민주당의 어느 공인 후보보다도 당선권에 가까운 표를 획득했었다. 그는 정치적으로 가장 원만한 인물이었으므로 군 판사의 선거에 후보자로 지명될 예정이었다. 이번에 클라이드와 관련된 사건이 갑자기 튀어나오지 않았더라면 거의 당선이 확실시될 것으로 예상되고 있었다. 그래서 케록 씨는 이 흥미 깊고 복잡한 정치 정세를 세세하게 설명하려 하지는 않았으나 베르납 씨는 메이슨의 대행자로는 다시없는 이상적인 인물이라고 설명했다. 이렇게 소개하면서 그는 길 건너 파워즈 블록에 있는 베르납 앤드 제프슨 사무소로 안내해주겠다고 했다.

베르납의 사무실 문을 노크하자 보통 키에 보통 몸집의 마흔여덟 살 정도의 매력적인 인물이 문간에 나와 파란 눈으로 캐츄맨을 보고 있었는데 뛰어난 기술을 가진 도량 넓은 사람이라고는 할 수 없더라도 분명히 그 눈은 머리가 좋으리라는 인상을 풍겨주고 있었다. 그도 그럴 것이 베르납은 모든 사람들에게 경의를 갖게 하는 태도를 가지고 있었다. 그는 대학 출신이며, 젊었을 때는 그 용모나 자산이나 사회적 지위 —— 그의 아버지는 이 지방에서 선출된 상원의원인 동시에 판사이기도 했다 —— 때문에 도시 근교의 생활을 충분히 즐기고 있었다. 그는 메이슨 같은 인물이라면 괴로워하고 자극을 받아 특별 취급해버릴 서투름, 성적인 억압, 성적 갈망 같은 문제에 대해서도 느긋한 태도를 취했으며 윤리적, 사회적으로 복잡한 문제에 대해서도 공평하게 파악할 수 있는 이성을 가지고 있었다.

따라서 클라이드의 사건 같은 경우에는 당연히 메이슨보다 조용하고 침착하게 처리했을 것이다. 그는 20세 때 한 여성을 진지하게 사랑하면서도 또 한편 다른 여성과도 장난 삼아 어울리게 되어 두 여성 사이에서 처신하기 어렵게 된 적이 있었다. 장난 삼아 어울린 여성을 유혹하여 약혼하느냐, 도망치느냐 둘 중의 하나를 택해야 했을 때 그는 도망쳤다. 그러나 아버지께 모든 것을 털어놓자 아버지는 휴가를 내어 잠시 피해 있으라고 했고 그 사이에 담당 의사가 사건을 무마시켰는데, 그 결과 천 달러의 위자료와 임신 중인 아가씨를 유티카의 집에 살게 하는 데 필요한 비용을 부담했다. 아슬아슬한 순간 아버지가 궁지에서 구해주어 그도 무사히 돌아와 다른 여성과 결혼할 수 있었다.

그래서 탈출을 위하여 보다 잔인하고 철저한 방법을 택한 클라이드의 행위에 대해서는 적어도 고발장에 적혀 있는 것을 보아서는 동정하지 않았지만 —— 지금까지 변호사로서 사건을 다루어왔지만 살인범의 심리를 파악하지는 못했었다 —— 아직 이름은 확실치 않았으나 어떤 돈 많은 집 딸과 소문도 있었던 것으로 보아 클라이드는 사랑 때문에 이성을 잃었든가 정신을 빼앗긴 것이라고 생각했다. 그 청년은 가난하고 허영심이 강한 야심가는 아니었을까? 그는 그런 소문을 들은 적이 있었다. 또 이렇게도 생각하고 있었다. 이 지방의 정치 정세도 유리해질 것이다. 변론을 잘 할 것이라 생각하고 있는 메이슨에게 타격을 줄 것이며 적어도 일련의 이의신청을 하여 메이슨이 생각하고 있듯이 군의 판사직을 쉽게 수중에 넣지 못하도록 해주자. 지금 신속한 법적 수단을 강구하지 않으면 대중의 감정적인 고조에도 불구하고 아니 그 때문에 재판 장소의 변경을 요구할 수 있을지도 모른다. 새로운 증거 제출을 요구하여 메이슨의 재직 중에 재판이 열리지 못하도록 할 수도 있다. 그는 최근 버몬트 주에서 온 신임 동료 루벤 제프슨 씨와 같이 그렇게 생각하고 있었다.

그럴 때 케록 씨가 캐츄맨 씨를 데리고 나타난 것이다. 캐츄맨 씨와 케록 씨도 합석하여 협의하였으며, 케록 씨는 이 변호를 맡는 것은 정치적으로 보더라도 현명하다고 주장했다. 베르납 자신도 이 사건에는 관심을 갖고 있었으며 젊은 동료와도 방금 그 문제를 얘기한 일도 있고 해서 결심을 하는 데는 그다지 시간이 걸리지 않았다. 현재 대중의 감정이 어떠하든 간에 자기가 정치적으로 손해를 입는 일은 없을 것이라고 생각했기 때문이었다.

또 캐츄맨은 베르납에게 클라이드에 대한 소개장만이 아니라 의뢰장도 주었다. 베르납은 제프슨에게 전화를 걸게 하여 베르납 앤드 제프슨 사무소가 새뮤얼 그리피스의 의뢰로 그 조카의 변호를 맡는 동시에 이제까지 수집된 모든 증거뿐만 아니라 용의에 대한 문서에 의한 상세한 보고, 해부 결과나 검시 심문의 보고를 보고 싶다고 통고했다. 그리고 최고 재판소의 특별 개정 신청이 이미 수리되었는지 만약 수리되었다면 담당 재판장으로는 누가 지명되었는지 또 대배심은 언제쯤 소집될 것인지에 대한 정보를 구했다. 최후로 베르납 앤드 제프슨 사무소는 올덴 양의 유해를 매장하기 위하여 고향으로 보내졌다고 들었는데 변호인측으로서는 다른 의사를 불러 조사해보고 싶으므로 발굴에 필요한 법적 동의를 얻고 싶다고도 했다. 이 제안에 대해서 메이슨은 즉각 반대하려 했으나 최고 재판소 판사의 명령에 따르는 것이 현명할 것이라고 생각하여 이에 동의했다.

이런 세부적인 일들이 일단락되자, 베르납은 클라이드를 만나러 형무소에 갔다 오겠다고 했다. 그는 시간이 늦어 식사를 거를 염려도 있었으나 그 청년과 '흉금을 터놓고' 얘기해보고 싶다고 했는데 캐츄갠은 그것이 무리라고 했다. 그러나 베르납은 메이슨에 대한 대항심도 있기는 했지만 자기는 클라이드를 이해할 수 있는 뛰어난 심정을 갖고 있다는 확신이 굉장한 호기심과 함께 고조되어 있었다. 이 범죄가 지니고 있는 로맨스와 드라마! 이미 비밀 경로를 통해 들어 알고 있는 손드라 핀칠리란 어떤 여성일까? 그리고 어떤 기회에 그녀를 클라이드의 변호에 이용할 수 없을까? 그 여성의 이름을 밝히는 것이 좋지 않다는 것은 그도 알고 있었다. 이것은 정치 상층부로부터의 요구이기도 했다. 그는 교활하고 야심적이고 어리숙한 청년을 만나고 싶었다.

그래서 베르납은 형무소에 도착하자 슬랙 보안관에게 캐츄맨이 보낸 편지를 보이고 당자가 모르게 클라이드를 관찰할 수 있도록 2층에 있는 클라이드의 독방 가까이 갈 수 있도록 특별 배려를 부탁했다. 보안관은 클라이드의 독방과 면해 있는 복도로 통하는 바깥쪽 문을 열어주어 혼자서 그 복도로 들어가게 되었다. 그가 클라이드의 독방에서 몇 피트쯤 떨어진 곳에 가자 클라이드의 모습이 보였다. 클라이드는 두 팔을 머리 위에 올린 채 철제 침대에 꿇어 엎드려 있었는데 차입구에 갖다놓은 식사에는 손도 안 댄 채였다. 왜냐하면 캐츄맨이 돌아가자 자기에게 아무런 도움도 되지 않는 무의미한 거짓말 같은 것으로는 그 누구도 설득할 수 없다는 것을 생각하면서 더욱 절망적인 기분에 빠져 있었기 때문이었다. 실제로 기분적으로도 위축되어 목소리도 내지 않고 슬픔으로 어깨를 들석이며 울고 있었다. 이것을 보는 순간 자기의 젊은 시절의 탈선 행각을 생각하며 베르납은 강한 동정을 느끼지 않을 수 없었다. 양심이 없고 살인범이라면 울 까닭이 없을 것이라고 생각했다.

그는 클라이드의 독방으로 따라가자, 잠시 뜸을 들이다가 이렇게 말하기 시작했다.

"자, 힘을 내게. 클라이드! 이렇게 울고만 있는다고 해결되는 것은 아니니까. 이런 식으로 단념해서는 안 돼. 이번 사건은 자네가 생각하듯이 그렇게 절망적이지는 않으니까. 자, 어서 일어나서 자네를 위하여 도움을 줄 이 변호사와 얘기를 나누어보는 것이 어떻겠는가? 나의 이름은 베르납, 알빈 베르납이다. 이곳 브리지버그에 살고 있으며 전에 이곳에 왔던 사나이의 부탁을 받고 왔네. 그 사람의 이름은 캐츄맨이라 하더군. 그런데 자네는 그 사나이와는 마음이 잘 맞지 않았던 모양이야. 사실 나도 그자와는 말하기 싫었으니까. 그 사람은 우리와는 잘 맞지 않아. 그러나 자네의 변호를 맡겠다는 의뢰서는 여기 갖고 왔네. 읽어보겠나?"

그가 쾌활하면서도 권위를 담아서 좁은 창살 틈으로 의뢰서를 들이밀자 클라이드는 호기심을 보이는 한편 의아해 하면서 다가왔다. 그도 그럴 것이 이 사나이의 목소리에는 성의가 담겨 있었으며 다른 사람들과는 달리 동정과 이해가 담겨 있는 것 같아 용기를 얻을 수 있었기 때문이었다. 그는 편지를 받아들고 읽어보더니 환하게 웃어보였다.

베르납은 자기의 인품이 지니고 있는 견인력과 매력에 만족하면서 설득력있는 어투로 말을 계속했다.

"알았겠지? 됐네, 우리는 틀림없이 잘 해나갈 수 있네. 나는 그것을 잘 알 수 있어. 자네도 어머니에게 말하듯이 편안한 마음으로 상대방을 신뢰하여 말할 수 있게 될걸세. 자네가 나에게 말한 것은 자네가 희망하지 않는 한 단 한 마디라도 다른 사람에게 말하진 않을걸세. 알았나? 즉 자네가 좋다고 하면 나는 자네의 변호사가 되겠네, 클라이드. 그리고 내일이든, 자네가 원하는 날에 두 사람이 자리를 같이하여 자네는 내가 알아두는 것이 좋겠다고 생각하는 것이라면 무엇이고 다 이야기하는 것이 좋아. 그리고 나 역시 내가 알고 있으면 좋다고 생각하는 것, 자네에게 도움이 될 만한 것을 얘기하겠네. 자네가 나를 도와주면 그 하나하나가 자네에게 도움이 된다는 것을 증명해 보이겠네. 알았나? 그리고 자네의 현재 상태에서 자네를 구출해내기 위해 최선의 노력을 다하겠네. 어떤가, 클라이드?"

그는 격려하듯이 동정심과 애정을 담아서 말했다. 그리고 클라이드는 이 곳에 온 이래 처음으로 아무런 두려움 없이 마음을 터놓고 얘기할 수 있는 사람을 만난 것 같은 기분이 들어 이 사람에게 모든 것을 —— 전부다 —— 얘기하는 것이 좋지 않을까 생각하기 시작했다. 그 이유는 뭐라고 확실히 말할 수 없으나 그 인물에 호의를 갖게 되었기 때문이었다. 이 사람이라면 모든 것을 알게 되더라도 자기를 이해해주고 동정해줄지도 모른다고 생각했다.

그래서 베르납이 그의 적이 —— 메이슨이 —— 자기를 유죄로 처벌하기 위하여 얼마나 혈안이 되고 있으며 또 그 사나이가 검사직에서 물러날 때까지 이 소송을 늦출 수도 있다고 말하자 하룻밤 동안 자신의 문제에 대해서 다시 생각해볼 시간 여유를 준다면 내일쯤 당신이 편리한 시간에 모든 것을 말해주겠다고 클라이드는 말했다.

베르납은 이튿날 의자에 앉아 초콜릿 바를 씹으면서 클라이드가 그의 앞에 놓인 철제 간이 침대에 걸터앉아 하는 말에 귀를 기울였다. 라이카거스에 도착한 이후 그의 생활에 대한 것 —— 어떻게 해서, 어떤 이유로 이곳에 왔는지, 캔자스 시에서 아이를 치여 죽인 사건 —— 그러나 자기가 보관해두었으면서도 깜박 잊고 있던 스크랩에 대해서는 한 마디도 말하지 않았다 ——, 로버타와의 만남이나 그녀에 대한 욕망, 그녀의 임신과 어떻게 해서든지 그것을 피하려 한 일. 그리고 그 결과 로버타가 폭토하겠다고 위협하여 기운을 잃고 고민하던 중 〈타임즈 유니온〉 지의 기사를 읽고 자기도 같은 식으로 실행해보기로 했다고 했다.

"베르납 씨도 이해하여 주시겠지만 자기로서는 살인을 계획하거나 또 최후의 순간에 의식으로 죽인 것은 아니었습니다. 어떻게 생각하든 그것은 자유지만 베르납 씨도 그 점만은 믿어주셔야 합니다. 고의적으로 그 여자를 구타한 것이 아닙니다. 절대로 그렇지 않습니다! 전적으로 우연이었습니다. 카메라를 갖고 있었던 것도 사실이며 메이슨이 발견했다는 카메라 다리도 확실히 저의 것이었습니다. 또한 저는 카메라 다리를 소나무 밑에 숨겨두었습니다. 저도 모르게 카메라로 로버타를 때리게 되었으며 그것이 물 속에 빠지지만 않았다면 자기나 로버타를 찍은 필름이 그 안에 들어 있을 것입니다. 그러나 결코 고의적으로 때린 것은 아닙니다. 네, 절대로 그렇지 않습니다. 그 여자가 제게로 다가와서 무의식중에 카메라를 휘두른 모양이지만 절대로 고의적으로 그렇게 한 것은 아닙니다. 그때 보트가 뒤집혔습니다."

그리고 그는 보트가 전복되기 전에 거의 방심 상태였다는 것을 가능한 한 정확하게 말했다.

그 사이에 베르납은 그의 이야기에 혼란스러워져 이 지방의 배심원들에게 이처럼 어둡고 불쾌한 계획이나 행위를 설득한다는 것이 불가능하다는 것을 알았을 뿐 아니라 권태와 불안과 정신적 혼란에 빠져서 자리에서 일어나 클라이드의 어깨에 손을 얹고 이렇게 말했다.

"클라이드, 오늘은 이 정도로 해두세. 자네의 기분도 사정도 잘 알게 되었네. 자네가 피로해졌다는 것도 알았으며, 자네가 이번 사건에 대해서 있는 그대로 얘기해주어 고맙게 생각하고 있네. 그러나 오늘은 이것으로 그치기로 하세. 내일이나 모레쯤 지금 자네가 말한 것에 대해서 더 구체적으로 이야기를 나누기 전에 해두어야 할 일이 몇 가지 있으니까. 자네는 잠을 자고 피로를 풀어두는 것이 좋아. 우리는 앞으로 해야 할 일이 많이 있으며 그러기 위해서는 힘을 비축해두지 않으면 안 되니까. 그러나 지금은 언동을 조심해야 해, 알겠나? 나의 동료들과 내가 자네를 도와주겠네. 나에게는 함께 일하는 동료가 있는데 언젠가 이곳에도 같이 올 거야. 자네도 그 사람을 좋아하게 될 거야. 하지만 자네도 잘 생각해두어야 할 일이 몇 가지 있네. 첫째로는 누구에게나 기가 꺾여서는 안 되네. 나나 내 동료가 하루에 한 번은 꼭 이곳에 올 테니까 자네가 말하고 싶은 것이나 알고 싶은 것은 우리에게 말하거나 우리한테 듣거나 하면 되지. 그리고 자네는 누구에게도 말을 하면 안 되네. 메이슨이나 보안관, 이곳 간수 그리고 우리 외에는 누구에게도. 내가 자네에게 말해도 좋다고 말하기 전에는 아무에게도! 알겠나? 이제부터는 울거나 하지 말게. 천사처럼 깨끗하든 악마처럼 추하 가장 좋지 않은 것은 사람 앞에서 눈물을 보이는 것이네. 세상 사람들이나 이곳 관리들은 말해도 몰라. 그들은 언제나 죄의식에서 오는 취약함과 자백으로 볼 테니까. 그러니까 지금 그들에게 그런 인상을 보일 필요가 없네. 알겠나? 그러니까 메이슨이든 누구든 그들 앞에서는 의연해야 하네. 말하자면 앞으로는 의식적으로 노력해서라도 웃어야 하네. 이곳 사람들에게 웃는 얼굴로 인사하게. 법률의 세계에서는 무죄는 사람의 마음을 편안하게 한다는 예로부터 전해오는 말이 있으니까. 자기는 무죄라고 생각하고 그러한 표정을 하란 말일세. 쭈그리고 앉아서 생각하거나 이제는 아무도 도와줄 사람이 없다는 절망적인 표정을 보이는 것은 좋지 않아. 아직도 자네의 친구는 있으니까. 나는 여기에 이렇게 자네 곁에 있으며 내 친구 제프슨 씨도 자네의 편일세. 이삼 일 내에 이곳으로 데리고 올 텐데, 나에게 대하는 듯한 표정이나 태도로 대해주어야 하네, 그를 믿어야 하네. 법률상의 문제에서는 그 사나이가 훨씬 더 빈틈이 없으니까. 그리고 내일은 몇 권의 책과 잡지나 신문을 갖다 주겠네. 자네가 그것을 읽거나 사진을 훑어볼 수 있도록 말일세. 그렇게 하면 훨씬 더 마음이 느긋해질 테니까."

클라이드는 힘없이 웃어 보이며 고개를 끄덕였다.

"그리고 앞으로의 일인데 —— 자네에게는 조금이라도 신앙심이 있는지 모르겠군 —— 그러나 신앙심이 있든 없든 일요일에는 이 구치소에서도 예배를 볼 테니까 꼭 참석하기 바라네. 예배에 출석하라고 말하면 나가도록 하란 말일세. 이곳은 종교열이 대단한 고장이니까 가급적 좋은 인상을 주어야 하거든. 다른 사람이 뭐라고 하든 어떤 얼굴을 하든 개의할 필요는 없네. 자네는 내가 시키는 대로만 하게. 그리고 만약 메이슨이나 이곳에 있는 자들이 자네를 괴롭히거든 나한테 편지를 보내게. 자, 이제 나는 돌아가겠네. 내가 나갈 때 밝게 웃는 얼굴을 보여주게. 그리고 내가 들어올 때도 그렇게 해주게. 그러나 말은 하지 말게. 알겠나?"

그는 클라이드의 어깨를 잡아 힘껏 흔들고 등을 가볍게 치더니 성큼성큼 걸어 나갔으나 속으로는 이렇게 생각하고 있었다.

'하지만 이자는 자기가 말하고 있듯이 정말 자기는 무죄라고 믿고 있을까? 그 여자를 그런 식으로 때려놓고 고의적으로 그랬다고 생각하다니 있을 수 있는 일일까? 그러면서도 헤엄쳐서 자기 혼자 살아나왔다. 그 사나이는 그 여자의 곁으로 갔다가는 자기도 빠져버릴 것 같아서였다고 했지만 서툴다. 너무 서툴어! 과연 열두 명의 배심원이 그런 말을 믿어줄 것인가? 그리고 그 가방, 두 개의 모자, 행방불명이 된 양복이 있는데도 그자는 고의로 때린 것이 아니라고 단언하고 있다. 그러나 그런 식으로 계획을 세우다니 그것은 살의가 있다. 법률의 눈으로 보더라도 참으로 서툴다. 그 사나이는 과연 진실을 말하고 있는 것일까? 아니면 여전히 거짓말을 하고 있는 것일까? 나뿐만 아니라 자기 자신까지도 속이고 있는 것은 아닐까? 게다가 그 카메라! 메이슨이 사람들 앞에 그것을 내보이기 전에 그것을 봉쇄하지 않으면 안 된다. 그리고 그 양복. 감추고 있다는 인상을 주지 않기 위해서라도 이쪽에서 그것을 찾아내어 말하는 것도 좋다. 그것은 이곳에 있었다고 말해두자. 라이카거스에서 세탁을 맡기는 것이 좋다. 그러나, 아니, 아니 잠깐 기다려. 곰곰이 생각해보아야 한다.'

이런 식으로 의문점에 대해서 하나하나 검토해갔는데, 클라이드의 얘기는 말하지 않고 오히려 다른 이야기를 꺼내는 것이 좋겠다고 생각했다. 이 이야기를 변경하거나 수정하거나 해서 너무나 잔혹한 살인행위가 되지 않도록 보이게 하는 것이 좋겠다.

15

루벤 제프슨 씨는 베르납, 캐츄맨, 메이슨, 스밀리와는 전혀 다른 인물이었다. 지금까지 클라이드를 만났거나 이 사건에 법률상의 관심을 보인 어느 인물과도 달랐다. 그는 나이도 젊고 키가 컸으며 말랐으면서도 건장했으며 갈색 피부를 가졌다. 그는 냉정하기는 해도 정신적으로까지 냉혈한 사람은 아니었다. 강철 같은 단단함과 의지를 갖고 있었다. 그리고 꼼꼼하고 자기 중심주의라는 점에서는 산고양이나 족제비를 연상케 하는 정신적 또는 법률적인 자질을 구비하고 있었다. 햇볕에 그을린 얼굴에 빈틈없고 강철같이 밝은 눈을 가지고 있었다. 긴 코가 지닌 힘과 호기심, 그의 손과 몸이 갖고 있는 힘. 그는 자기들이 —— 베르납 앤드 제프슨 사무소 —— 클라이드의 변호를 담당했다는 것을 알자 곧 의사들의 보고서나 로버타나 손드라의 편지는 물론 검시관의 심문서도 훑어보았다. 그리고 지금은 베르납과 마주 앉았다. 베르납은 클라이드가 로버타를 살해하려 한 계획을 인정하고 있었으나 실제로는 어떤 극한 상황에서 경직증(硬直症) 같은 정신 상태이든가 아니면 자책감에 빠져서 그녀를 무의식중에 때리고 보니 계획을 실행하지 못했을 것이라고 설명했다. 그는 웃지도 않았으며 아무런 의견도 제시하지 않은 채 지그시 앞만 응시하고 있었다.

“그러나 그 여자와 그곳에 갔을 때 그러한 정신 상태는 아니었겠지요?”

“그래.”

“나중에 헤엄쳐서 도망쳤을 때도?”

“그렇지.”

“그 숲을 지나갔을 때도, 양복이나 모자를 바꾸었을 때도, 그 카메라 다리를 감추었을 때도?”

“그래.”

“당신도 그렇게 생각하시겠지만 법률의 시점에서 추정하자면 우리가 그 말을 사용하면 구타한 것이나 마찬가지로 유죄가 되겠군요. 그렇다면 재판관도 그렇게 판결을 내릴 수밖에 없겠군요."

"음, 그래. 그 점에 대해서는 나도 그렇게 생각했어."

"그렇다면……."

"알겠나 제프슨, 이것이 까다로운 사건임에 틀림없겠지. 메이슨이 쓸 만한 카드는 전부 쥐고 있으니까. 그러나 내가 보기로는 경직성을 내세울 자신이 없어. 적어도 이상하거나 정신 이상의 근거를 제시해야 할 테니까. 가령 저 해리 소의 사건처럼."

말을 마치자 그는 이렇게 말하고는 백발이 희끗희끗한 머리를 자신이 없다는 듯이 긁적거렸다.

"그러니까 유죄 쪽으로 생각하신단 말이군요?"

제프슨은 싸늘한 목소리로 말했다.

"자네는 의외라고 생각할지 모르겠으나 그렇지 않아. 적어도 단정적으로 말해서 그렇게는 생각하지 않아. 사실 말이지만 이처럼 힘이 부치는 사건은 처음일세. 그 사나이는 자네가 생각하듯이 마음이 강하지도 못하며 또 쌀쌀하지도 않아. 자네도 알겠지만 어떤 의미에서는 단순하고 정에 약한 녀석이야. 그 사나이의 태도에서 판단하자면 그래. 나이는 아직 스물하나나 둘이었지. 그리피스 가의 사람들과 연고는 있었지만 그는 가난했고 실은 피고용인이었을 뿐이었네. 또 본인이 말하기로는 자기의 부모는 무척 가난하다고 했네. 그자의 부모는 전도 사업을 하는데 —— 덴버라고 했을 거야—— 그 전에는 캔자스 시에서 살았다더군. 사 년 동안 집에는 한 번도 가지 않았어. 그 사나이는 캔자스 시에서 어느 호텔의 벨보이로 있을 때 어떤 소녀들의 어처구니없는 사건에 휘말려서 도망치지 않을 수 없었네. 그 점에 대해서는 메이슨과 대항하기 위해서라도 조사해두어야 하겠지. 메이슨이 그 사건을 알고 있는지 어떤지는 모르지만. 그 사나이와 그의 친구인 벨 보이들이 몰래 어떤 돈 많은 사람의 승용차를 끌어내어 타고 나갔다가 시간이 늦어 급히 돌아오다가 여자아이를 치어 죽인 모양이야. 우리는 그 사건을 조사해서 준비해두지 않으면 안 돼. 만약 메이슨이 그 사건을 알게 된다면 그 문제도 들고 나올 테니까. 이쪽에서 미처 예기치 않고 있을 때."

"그런 일을 하게 할 수야 없지요."

제프슨은 강한 전기에 감전된 듯이 눈을 반짝거리며 대답했다.

"가령 내가 캔자스 시에 가지 못하게 되면."

베르납은 다시 클라이드의 지금까지의 생활에 대해서 알고 있는 모든 것을 제프슨에게 말해주었다. 접시 닦이, 급사, 소다수 매장 점원, 트럭 운전사, 그 밖에 여러 가지 일을 라이카거스에 오기 전까지 해왔다는 것, 언제나 여자아이들에게 인기를 끌었다는 것 그리고 처음에는 로버타, 다음에는 손드라를 만난 경위와 그 중 한 여성과 움직일 수 없는 관계로 되었는데도 또 다른 여성과 무모한 사랑을 하게 되었는데 최초의 여성과 헤어지지 않는 한 결혼할 수 없었던 사정 등.

"그런 사정이라서 그 여자를 죽였는지 어떤지 의심스럽단 말이군요?"

제프슨은 상대방의 이야기가 다 끝나자 그렇게 말했다.

"그렇지, 아까도 말했지만 나는 그가 그렇게 했다고 자신있게 말할 수밖에 없어. 그러나 그 사나이가 두 번째 여자에게 열중했다는 것은 알 수 있지. 어쨌든 우연히 그 여자의 이름을 말하거나 하면 태도가 달라졌으니까. 그 여자와의 관계를 물어본 적이 있었는데 또 한 여성을 유혹하여 살해한 혐의로 고발되었는데도 마치 내가 말해서는 안 될 것을 것을 입 밖에 낸 것처럼 나를 보았었네. 그 사나이나 그 여자를 모욕이나 한 것처럼."

이때 베르납은 얼굴을 찡그리며 웃음을 보였으며 제프슨은 긴 다리를 호도나무로 만든 테이블에 걸쳐놓고 지그시 그를 바라보고 있다가 말했다.

"놀랍군요."

"그뿐이 아닐세."라고 베르납이 다시 덧붙였다. "또 이렇게도 말했네. '그야 물론 아무런 관계도 없습니다. 그 사람이 그런 것을 용납할 리가 없을 테니까요. 게다가.' 하더니 말을 중단하더군. '게다가 뭐지, 클라이드 군?' 하고 내가 물었지. '그 사람의 신분이 머리에서 떠나지 않았으니까요.' 하더군. 그래서 '음, 그렇겠군.' 하고 응수했지. 또 자네는 믿지 않을지 모르겠지만 그 여자의 이름이나 그 여자한테서 받은 편지가 신문이나 이번 재판에 공개되지 않도록 하는 방법이 없겠느냐고 물었네. 가족들에게 알리지 않도록 하면 그 여자나 그 여자의 가족들에게 상처를 주지 않을 게 아니냐는 것이었네."

"그게 사실입니까? 그러나 또 한쪽 여자에 대해서는 어떠했습니까?"

"내가 알고 싶은 것은 바로 그 점이었네. 내가 알고 있는 한 그 사나이는 여자를 유혹한 후 여자를 죽이려고 계획했을지도 모르며 실제로 죽였을지도 몰라. 그러나 예의 다른 여성에게 장대한 꿈을 갖고 있어서 자기가 하고 있는 일에 대해서 어떻게 해야 좋을지 모르고 있었네. 그 나이의 청년이 어떤 기분인지 자네는 짐작이 가겠지. 특히 여자나 돈에 운이 없는 사람이 무언가 멋진 것이 되고 싶다고 생각하고 있을 때는."

"그래서 정신이 좀 돈 모양이라고 생각한다는 말이군요?"

제프슨이 끼어들었다.

"그래. 있을 수 있는 일이 아니겠나. 혼란해져서 최면술에 걸린 것같이 정신이 돈 거지 알겠나? 뉴욕에서 말하는 정신착란이란 것이지. 그러나 또 한 여자 문제로 머리가 돈 것은 사실이야. 실제로 형무소에서 울고 있던 것은 대개가 그 여자 때문이라고 생각해. 그 사람은 내가 만나러 갔을 때 가슴이 찢어질 듯 목소리를 죽이고 울고 있었네. 그러나 어쨌든 또 하나의 생각에는 확실히 무언가가 있어. 그의 정신 상태가 이번 일로 혼란을 일으킨 것은 한편으로는 올덴이란 처녀에게 결혼해달라고 강요당하고 있었으며 또 한편으로는 다른 여성이 결혼을 청해 왔었기 때문이지. 나도 전날 그와 비슷한 처지에 놓였던 적이 있었거든."라면서 그는 제프슨에게 자기가 겪었던 일을 털어놓았다. "그런데 〈타임즈 유니온〉지에 보도된 다른 두 남녀의 익사 사건인데 6월 18일인지 19일이니 그 신문은 구해볼 수 있겠지?"

"물론이지요, 구할 수 있고말고요."

"내일 자네가 할 일은 나와 함께 그곳에 가서 자네가 그 사나이를 어떻게 생각하는지 확인하는 것일세. 나도 같이 가서 자네한데도 그가 나에게 말하듯이 모든 것을 터놓고 얘기하는지 확인하고 싶네. 그리고 그 사나이에 대한 자네의 의견도 듣고 싶네."

"의견이라면 틀림없이 말하겠습니다."

제프슨은 말을 가로채듯이 말했다.

이튿날 베르납과 제프슨은 예정대로 클라이드를 방문했다. 제프슨은 클라이드와 면담하고 다시 한 번 그 기묘한 이야기어 대해서 생각해보았으나 클라이드가 말하고 있듯이 로버타를 구타할 의지가 있었는지 없었는지 판단을 내리기 어려웠다. 만약 그럴 의지가 없었다면 그녀가 물에 빠진 것을 보고도 어찌하여 자기만 헤엄쳐서 도망쳤을까? 자기도 그 점은 납득하기 어려우니 배심원들을 납득시키기란 더욱 어려울 것이다.

그러나 베르납과 같은 주장도 있어서, 〈타임즈 유니온〉 지의 기사를 읽고 그것을 자기의 계획에 채용하여 실행에 옮겼을 때 클라이드가 정신적으로 동요했다든가 평정을 잃었을 가능성도 있었다. 물론 그것은 진실일지도 모르지만 개인적으로 보았을 때 적어도 제프슨이 보기에는 클라이드는 현명하고 충분히 냉정해 보였다. 제프슨이 보기에는 베르납이 믿는 이상으로 훨씬 냉혹하고 교활한 인물이었다. 그 교활함은 사람들에게 호감을 주고도 남을 만큼 부드럽고 유리한 우아함으로 장식되어 있었다. 클라이드는 베르납에게 털어놓았듯이 제프슨에게는 모두 말할 기분이 들지 않았다. 처음에 제프슨의 마음에 거의 끌려들지 못했던 것은 그 태도 때문일 것이다. 하지만 제프슨은 완고하고 순수한 정열이 있어서 감정적으로는 어떨지 모르겠으나 직업적으로는 클라이드를 납득시킬 수 있다고 생각했다. 그래서 한참 후에 클라이드는 가장 도움이 되어줄 사람은 베르납보다는 오히려 젊은 변호사 쪽이라고 기대하게 되었다.

"올덴 양이 자네에게 쓴 편지가 결정적인 단서가 된다는 것은 자네도 알겠지?"

클라이드가 똑같은 말을 되풀이하는 것을 다 듣고 나자 제프슨이 물었다.

"그렇습니다."

"그 편지는 전후 사정을 잘 모르는 사람에게는 매우 비통한 느낌을 줄 거야. 그러므로 그 편지는 어떤 배심원이라도 자네에게 편견을 갖게 할 거야. 특히 핀칠리 양의 편지와 대조했을 때는."

"네, 그럴 것입니다."라고 클라이드가 대답했다. "그러나 그 여자는 언제나 그런 것은 아니었습니다. 그런 편지를 쓰게 된 것은 제가 헤어져달라고 말한 후부터였습니다."

"그렇군. 그 점에 대해서는 나도 잘 생각해보아야겠다고 생각하고 있으며 가급적이면 법정에서 거론해보고 싶은 점일세. 어떻게 해서든지 그 편지를 내놓지 않는 방법이 있었으면 좋겠는데."라고 그는 베르납을 보면서 그렇게 말했다. 그리고 다시 클라이드에게 물었다. "그런데 자네에게 물어보고 싶은 것이 있네. 자네는 일 년정도 그 여자와 친하게 지냈지?"

“그렇습니다.”

“자네가 그 여자와 그러한 관계에 있던 기간이나, 그 이전에 올덴 양이 다른 사람과 친했거나 더 깊은 관계에 있었던 적은 없었을까? 자네가 보기엔 말일세.”

클라이드도 느낀 점이지만, 제프슨은 어떻게든 빠져나갈 길을 만들 기미만 보이면 어떤 생각이나 거짓말이라도 둘러붙일 것 같았다. 그는 그 제안에 힘을 얻었다기보다는 큰 충격을 받았다. 로버타의 문제로 그런 거짓말을 하는 것은 수치스런 일이었다. 그는 있지도 않은 일을 있었다고 해서는 안 된다고 생각했으며 그럴 마음도 없어서 이렇게 대답했다.

“아니오, 그 여자가 다른 남자와 산책을 했다는 얘기는 들어보지 못했습니다. 그런 일이 없었다는 것은 확실합니다.”

“됐어! 그럼 얘기는 끝났네.”라고 제프슨은 딱 잘라 말했다. “자네의 말이 사실이라는 것은 그 편지로 알았네. 하지만 사실을 잘 파악하지 않으면 안 돼. 자네 이외에 사귄 사람이 있었다면 사정은 달라지겠지만.”

얘기가 여기까지 이르렀을 때 제프슨이 그 가치를 인정하려는지 어떤지 클라이드는 확실히 알 수 없었지만 그런 생각은 고려에도 넣지 않는 것이 좋겠다고 판단했다. 그러나 그는 이렇게도 생각했다. 이 사나이가 자기에게 유리한 변호를 해줄 수 있다면! 전혀 빈틈이 없는 것 같다.

제프슨은 어떠한 감정도 연민도 포함되지 않은 언제나 똑같은 엄격하고 탐색하려는 듯한 어조로 말했다. “이것은 좀 다른 얘기지만 자네에게 물어볼 것이 있네. 자네가 그 여자와 사귈 무렵, 깊은 관계가 되기 전이나 후에라도 그 여자가 기분 나쁜 또는 야유나 강요나 협박조의 편지를 보낸 적은 없었나?”

“그런 일은 없었습니다. 전혀 없었습니다. 최후에 보낸 몇 통을 제외하면. 최후의 한 통은 예외이지만.”

“그런데 자네는 그 여자에게 편지는 쓰지 않았었나?”

“네, 편지는 쓴 적이 없습니다.”

“그건 어째서지?”

“올덴은 저와 같은 공장에서 일했기 때문이었습니다. 또 그녀가 고향으로 돌아간 이후에는 편지를 쓰는 것이 두려웠습니다.”

"과연."

그때 클라이드는 아주 정직하게 로버타가 어떤 때는 마음씨가 곱지만은 않았다고 자진해서 지적하기 시작했다. 실제로 그녀는 비타협적이고 완고하기까지 했다. 지금 결혼을 강요하게 되면 사교적인 의미에서나 다른 모든 의미에서도 불행해진다는 주장이나 자기가 벌어서 생활비를 지불할 의사가 있다고 말했음에도 불구하고 전혀 귀를 기울이지 않았다. 그녀의 그러한 태도가 이번 사건의 원인이 되었다고 클라이드는 설명했다. 이에 반해서 핀칠리 양은 —— 이때 제프슨도 곧 느낀 점이지만 —— 경의와 정열을 처음으로 나타냈다. 클라이드를 위해서라면 무슨 일이라도 기꺼이 하려고 했다.

"그렇다면 자네는 그 무렵 핀칠리 양을 무척 사랑했겠구먼."

"네, 그렇습니다."

"그 여자를 만나고부터는 로버타에게 관심이 없어졌다는 말이군."

"네, 관심을 갖게 되지 않았습니다."

제프슨은 클라이드의 말에 수긍했으나 동시에 배심원에게 말해도 소용이 없으며 위험하기조차 하다고 생각했다. 그래서 이전에 베르납이 제안한 것을 본따서 당시 재판상의 관습에 따라 당자가 궁지에 빠졌다고 생각한 탓으로 광기나 정신착란에 빠졌었다고 주장하는 것이 최선이라고 생각했다. 그러나 그것은 별도로 하고서 다시 이렇게 물었다.

"그 최후의 날 자네는 무언가 이상해졌다고 말했었지. 그 여자를 구타할 때 자네는 자기가 무슨 일을 했는지 전혀 알지 못했다고."

"네, 그것은 사실입니다."

그리고 그는 다시 한 번 그때의 상황을 설명했다.

"알았네. 자네가 한 말을 믿겠네."라고 제프슨은 클라이드가 하는 말을 믿는 것처럼 대답했는데 사실은 그러리라고는 상상도 하지 못했다. "하지만 다른 상황도 있을 테니까 배심원들은 누구라도 그런 식으로는 믿지 않을걸세."라고 확실하게 말했다. "설명이 필요한 사실은 얼마든지 있을 것이며, 지금 같은 상황이라면 우리도 요령껏 설명할 것 같지 않네. 그 부분은 잘 납득이 가지 않아." 그는 이때 베르납을 보면서 말했다. "그 두 개의 모자, 그 여행 가방, 광기라든가 그러한 문제를 주장하지 않는 한 이 문제에는 자신이 없군요.

자네가 알고 있는 한 자네의 가족 중 정신 질환을 앓은 사람이 있었나 ? ”라고 다시 한 번 클라이드를 보고 물었다.

“없습니다. 제가 알기로는 그런 사람은 없었습니다.”

“백부나, 사촌 형제나 할아버지가 발작을 일으켰거나 기묘한 생각을 하거나 그런 일은 없었나 ? ”

“그런 얘기는 들어본 적이 없습니다.”

“게다가 라이카거스에 있는 자네의 유복한 친척 일도 있는데 만약 내가 그런 것을 입증하려면 그 사람들은 별로 좋아하지 않겠지 ? ”

“네, 그럴 것입니다.”

클라이드는 길버트를 머리에 떠올리면서 대답했다.

“잠깐 기다리게.”라고 제프슨은 잠시 사이를 두었다가 말을 계속했다. “그렇다면 그 방법도 쓰기 어렵군. 그 밖에 안전한 길은 없을 것 같고.”

그는 다시 베르납을 보면서 자살설을 택한다면 이론적으로 어떨지 상의하기 시작했다. 로버타의 편지 그 자체가 자살이란 생각으로 쉽게 이행할 수 있을 정도로 어두운 느낌을 나타내고 있어서였다. 일단 클라이드를 호수 위까지 끌고 나가 결혼해달라고 조르다가 그것을 거절하자 호수로 뛰어들었다고 말할 수는 없을까 ? 그러자 클라이드는 겁이 벌컥 나서 정신적으로 혼란 상태에 빠졌다고 하면 어떨까 ? ”

“그러나 바람에 모자가 날아가고 그것을 잡으려다가 보트가 뒤집혔다고 본인이 말한 이야기는 어떻게 되지 ? ”

베르납은 클라이드가 곁에 있다는 것도 깜박 잊은 듯이 말했다.

“하기야 그것도 진실이겠지만 이렇게 말하면 어떨까요 ? 클라이드는 그 여자의 임신에 도덕적인 책임을 느끼고 있던 터라 그 여자가 죽음을 택한 것도 그것이 원인이었으므로 자살의 진상을 고백할 수 없었다고 말할 수는 없을까요 ? ”

이 말을 듣자 클라이드는 머뭇거렸으나 두 사람은 그런 것에는 개의치 않았다. 두 사람은 그 옆에 클라이드가 없기라도 한 듯이 또 있더라도 아무런 의견도 갖고 있지 않다는 듯이 떠들었으며 그러한 사태에 클라이드는 아연해 했지만 자기의 무력함을 생각하니 아무 말도 할 수 없었다.

“그러나 숙박부에 가명을 썼지 않은가 ! 예의 두 모자 —— 양복 —— 여행 가방!"

베르납은 하나하나 구분짓듯 말했는데 그것으로 베르납이 그 상황을 얼마나 심각하게 생각하는지 알 수 있었다.

"그거야 어떤 방법으로든 설명을 해야겠지요."라고 제프슨은 자신없는 투로 대답했다. "제 생각으로는 정신이상이라고 주장하지 않는 한 살해를 기도했다는 진실을 인정할 수 없으니까요. 그 방법을 쓰지 않고서는 아무래도 증거와 부딪칠 수밖에 없습니다."

그는 이 문제를 어떻게 처리해야 할지 모르겠다는 듯이 두 손을 치켜들었다.

"그러나 편지로 결혼 약속까지 해놓고 결혼을 거절했다면……."라고 베르납은 말했다. "그것은 역효과가 될 뿐, 세상의 여론은 더욱 그에게 편견을 갖게 돼. 그것은 좋은 방법이 아니야. 그러니 범인에 대하여 어떤 동정을 갖게 하지 않으면 안 돼."

그러고 나서 그런 논의는 전혀 하지 않았다는 듯 다시 한 번 클라이드 쪽으로 얼굴을 돌렸다.

"자네는 힘에 겨운 사나이군."라고 말하더니 제프슨은 다시 덧붙였다. "그리고 또 그래. 크란스톤 별장 근처의 호수에서 자네가 던져버린 양복 말인데 자네는 그것을 어디다 던졌는지 가능한 한 정확하게 그 장소를 설명해주게. 그 별장에서 얼마나 떨어졌었지?"

클라이드가 분명치 않은 어조로, 시각이나 그 근처의 정경을 생각해낼 수 있는 한 재현하려는 것을 기다리고 있었다.

"제가 현장에 가면 곧 알 수 있을 텐데."

"음, 그야 그렇겠지. 하지만 메이슨이 동행하지 않는 한 그것은 불가능해." 라고 그는 대답했다. "자네는 지금 형무소에 있으며, 주 당국의 허가없이 자네를 데려갈 수는 없어. 어떻든 그 양복은 무슨 수를 써서라도 찾아내야 해."

그는 다시 베르납 쪽으로 몸을 돌리며 덧붙였다.

"그 양복을 찾아서 세탁소에 맡기고 본인이 세탁소에 맡겼던 것이라고 내놓아야 합니다. 숨겨둔 것이 아니었다고."

"음, 그것도 좋은 생각이군." 하고 베르납은 시큰둥한 소리로 말했다.

클라이드는 자기를 위하여 거짓말까지 하려는 계획에 질려버렸으나 신기한 듯 듣고 있었다.

"그런데 호수에 던져버린 그 카메라 말인데 ── 그것도 우리 손으로 찾아야해. 메이슨도 그것을 알고 있거나 아니면 호수 속에 있을 것이라고 짐작하고 있겠지. 그것도 그 녀석이 찾아내기 전에 선수를 써야 한다. 자네가 그곳에 갔을 때 세워둔 장대 근처가 보트가 전복된 위치인가?"

"네, 그렇습니다."

"그렇다면 찾아낼 수 있는지 해봐야겠군."라고 제프슨은 베르납을 보면서 말했다. "가능하다면 그것을 법정에 내놓고 싶지 않으니까. 그것이 없다면 저쪽에서는 실제로는 사용하지 않은 카메라 다리나 다른 무엇으로 때렸다고 말하지 않으면 안 됩니다. 그렇게만 되면 이쪽에서는 기회를 포착할 틈을 찾아낼지도 모르지요."

"음, 그것도 그렇겠군. 그런데 이번에는 메이슨이 갖고 있는 가방 말인데, 그것은 아직 내가 보지 못한 것 중의 하나지만 내일 보게 되겠지. 자네는 헤엄쳐나왔을 때 젖은 양복을 그대로 가방에 넣었나?"

"아니요, 우선 물을 짰습니다. 그리고 될 수 있는 한 말렸습니다. 다음에는 도시락을 쌌던 종이에 싸서 가방에 넣었습니다. 또 옷 밑에는 마른 솔잎을 깔고 그 위에도 마른 솔잎을 얹었습니다."

"그렇다면 옷을 꺼냈을 때 가방에 젖은 흔적은 없었나?"

"네, 없었다고 생각합니다."

"그러나 확신은 없다는 말인가?"

"그렇게 물으시니 확실히 없었다고는 말할 수 없을 것 같습니다. 잘 모르겠군요."

"그러면 내일 내가 직접 보기로 하지. 그런데 로버타의 얼굴에 난 상처인데, 자네는 여기서도 역시 때린 사실을 인정하지 않는단 말이지?"

"네, 그렇습니다."

"그리고 머리의 꼭대기에 난 상혼은 자네가 말했듯이 보트에 부딪힌 건가?"

"네, 그렇습니다."

"그러나, 다른 상처는 자네가 카메라를 휘둘러서 생긴 것일지도 모른다는 건가?"

"네, 그렇습니다, 아니 그렇지 않을 겁니다."

"음, 그렇다면 나는 이런 생각이 드는군."라고 제프슨은 또 베르납을 향하여 말했다. "경우에 따라서는 그 상처는 전혀 클라이드가 입힌 것이 아니라고 주장해도 좋지 않을까요? 또 그녀의 사체를 인양하려고 현장에서 갈퀴로 호수의 밑바닥을 훑을 때 입은 상처라고 하면 어떨까요? 그것이 사실과는 다르더라도." 그는 마른 목소리로 덧붙였다. "그 상처는 사체를 호수에서 기차역으로 옮길 때 생긴 것이라고도 생각할 수 있습니다."

"그렇겠군, 메이슨은 그렇지 않다는 것을 입증하려면 땀깨나 흘릴 거야." 라고 베르납은 대답했다.

"그런데 카메라 다리말인데, 우리도 사체를 파내어 상처를 재어두는 것이 좋겠습니다. 보트의 뱃전의 두께도 재구요. 그렇게 하면 메이슨이 카메라 다리를 찾아냈더라도 그것을 증거로 사용하는 것이 쉽지 않겠지요."

그렇게 말했을 때 제프슨의 눈은 무척 작고 맑고 파랬다. 몸뿐만 아니라 얼굴까지 야위어 족제비 같았다. 이들 두 사람이 주고받는 것을 지켜보고 귀를 기울이던 클라이드는 이 젊은 변호사는 자기를 도와줄 수 있을지도 모른다고 생각했다. 그는 매우 빈틈이 없고 실제적이며 솔직하고 냉정하고 무관심하며 그러면서도 힘이 솟아나는, 제어하기 어려운 기계처럼 상대방에게 신뢰감을 주는 데가 있었다.

마침내 두 사람이 돌아가려 했을 때는 헤어지기가 아쉽기까지 했다. 왜 냐하면 두 사람이 곁에 있으면서 계획을 세우거나 책략을 짜내거나 해주는 것을 보면 그만큼 안전하고 힘차며, 희망을 가질 수 있으며 어쩌면 앞으로 자유로운 몸이 될지도 모른다는 확신이 솟아올랐기 때문이었다.

16

그러나 최종적으로는 라이카거스의 그리피스 가가 인정해줄 것이라는 전제하에 정신이상이나 '정신착란' —— 손드라 핀칠리와의 연애와 그녀에 의해서 갖게 된 장대한 환영, 그러한 모든 꿈과 계획이 로버타로 해서 부서질 염려가 있다는 일시적인 정신이상 —— 이라고 하는 것이 가장 쉽고 안전한 변호라는 판단에 이르렀다. 그러나 라이카거스에서 캐츄맨이나 달라 부르크하트와 상의하고 또 새뮤얼과 길버트 부자와 상의한 결과 그것은 좋지 않다는 결론을 내리게 되었다. 왜냐하면 정신이상이나 정신착란을 주장하기에는 클라이드는 극히 정상적인 정신의 소유자일 뿐만 아니라 그의 생애를 통하여 무책임한 데가 있으며 어떤 이상 상태를 보였는지 이전의 증거나 증언도 필요해지기 때문이었다. 그렇게 되면 친척들이 —— 아마 라이카거스의 그리피스 가 사람들이 포함되겠지만 —— 법원에 출정하여 증언하지 않으면 안 된다. 그러한 증언은 필연적으로 많은 사람들에게 명백한 거짓이나 위증을 요구하게 될 뿐 아니라 그리피스 가의 혈통과 평판에 영향을 미치게 되기 때문에 새뮤얼과 길버트 부자는 이 안을 극구 반대했다. 그래서 부르크하트는 이러한 변론 방침을 포기하지 않을 수 없다고 베르납에게 말하지 않으면 안 되었다.

그러한 사정이 있어서 베르납과 제프슨은 다시 한 번 머리를 맞대고 생각해보지 않을 수 없었다. 왜냐하면 두 사람 중 누군가가 지금 생각한 방식을 보더라도 뚜렷하게 희망을 줄 것 같지도 않았기 때문이었다.

"이것만은 말해두고 싶습니다."라고 제퍼슨은 로버타와 손드라와의 편지를 훑어본 다음 말했다. "이 올덴이란 아가씨의 편지는 우리가 직면하지 않으면 안 될 가장 까다로운 것입니다. 이 편지를 꼼꼼히 읽었다면 배심원은 눈물을 흘릴 것이고 거기에 또 한 여자의 편지가 소개되면 생명까지 위태롭습니다. 저쪽에서 사용하지 않는 한 그 여자에 대해서는 손대지 않는 것이 좋습니다. 클라이드가 도망치기 위하여 그 올덴이란 아가씨를 살해한 것으로 보이게 할 테니까요. 제가 보기에는 메이슨이 노리는 것도 바로 그 점일 것입니다."

그 점에 대해서는 베르납도 전적으로 찬성이었다.

그건 그렇고 무언가 곧 계획을 세우지 않으면 안 된다. 그러던 중 이번 사건이 자기에게는 큰 기회라고 생각하는 제프슨이 가장 안전한 방법을 생각해냈다. 그것은 클라이드의 불안이나 특이한 행동에 부합되는 것이며 살의를 가진 적이 없었다는 주장을 포함하는 것이었다. 그 주장은 다음과 같은 것이었다. 살의를 품는 것과는 반대로 그 자신의 진술에도 나타나 있듯이 클라이드는 육체적인 의미는 별도로 하더라도 윤리적으로 매우 겁이 많은 인물이기 때문에 만약 이 사실이 폭로된다면 라이카거스에서나 손드라의 마음으로부터 추방될까봐 두려워하고 있었다. 그리고 손드라에 대해서는 아직껏 로버타에게 얘기한 적이 없었기 때문에 손드라에 대한 애정을 알리게 되면 로버타가 그를 피하게 될지도 모른다고 생각했다. 그리고 그는 특별히 악의가 있어서 그라스호라든가 빅 비턴을 생각한 것이 아니며 가까운 별장으로 가서 자기가 처해진 사정을 모두 설명하여 자유를 손에 넣기 위해서였다. 하지만 로버타가 고통받았던 시기에는 가능한 한 그 비용을 지불할 작정이었다.

"그럴듯해."라고 베르납이 자기의 감상을 말했다. "그러나 그렇다면 결혼을 거절하는 것이 되지 않는가. 그럴 때 배심원이 그에게 동정하거나 살의가 없었다고 믿을 수 있을까?"

"아니 잠깐만 기다려주십시오."라고 제프슨은 화를 내면서 말했다. "현지까지는 그렇습니다. 그건 확실합니다. 그러나 이야기는 아직 끝나지 않았습니다. 제게 한 가지 계획이 있다고 말하지 않았습니까?"

"알았네. 그것은 어떤 계획이지?"라고 베르납은 잔뜩 구미가 당겨서 말했다.

"그럼 이야기하지요. 저의 계획은 이렇습니다. 전부 있는 그대로, 본인이 말하고 있듯이 또 메이슨이 이제까지 주장하고 있는 그대로 —— 다만 그 여자를 때렸다는 것은 별개이지만 —— 설명하는 것입니다. 편지도, 상처도, 여행용 가방도, 두 개의 모자도, 모든 것을 다 전혀 부정하지 않는다는 것입니다."

그는 여기에서 일단 말을 중단하고 손으로 머리를 가볍게 쓸어올리고는 광장의 잔디 건너 클라이드가 있는 형무소로 눈길을 돌렸다가 다시 베르납 쪽으로 돌아앉았다.

"매우 그럴듯한데, 그 방법은?" 하고 베르납이 물었다.

"달리 방법은 없습니다."라고 제프슨은 선배를 무시한 채 혼자 지껄이듯이 말을 계속했다. "하지만 이렇게 하면 잘 풀릴 것입니다." 그는 또 창 밖으로 얼굴을 돌려 마치 밖에 있는 사람에게 말하듯이 이야기를 계속했다. "클라이드가 그곳에 간 것은 겁이 나서였으며, 어떻게든 손을 쓰지 않으면 폭로될 것이라 생각했기 때문입니다. 숙박부에 가명을 쓴 것도 자기가 그곳에 갔다는 것을 라이카거스의 누구에게도 알리고 싶지 않아서였습니다. 그리고 손드라에 관한 것을 로버타에게 고백할 계획을 갖고 있었던 것입니다. 그러나." 여기까지 말하자 그는 다시 말을 중단하고 베르납을 보았다. "그리고 이 부분이 제 이야기의 핵심입니다. 여기서 얘기가 잘 풀리지 않으면 이제 끝장입니다! 잘 들어주십시오! 클라이드는 두려운 마음으로 로버타를 그리로 데리고 갔는데 그것은 결혼을 하기 위해서나 죽이기 위해서가 아니라 헤어지자는 얘기를 하기 위해서였습니다. 그러나 일단 그곳에 가자 로버타가 지치고 슬픔에 잠겨 있는 것을 보고 그녀는 아직도 그를 사랑하고 있다는 것을 알았으며 이틀 밤이나 함께 보냈습니다. 아시겠습니까?"

"음, 알만 해." 하고 베르납은 호기심을 보였는데, 이번에는 그다지 회의적이지는 않았다. "그것으로 그 이틀 밤에 대한 설명은 되었을지도 모르겠군."

"되었을지도 모른다고요? 설명이 됩니다."라고 제프슨은 빈틈없는 냉정한 어조로 대답했는데 그의 파란 눈은 싸늘하고 열성적이고 실무적인 논리만을 추구하고 있어서 그는 사소한 감정이나 동정의 흔적도 보이지 않았다. "그래서 그러한 상태에서 함께 지내던 중 아니 아주 가까이 마주하고 있는 동안—— 그의 표정은 안색 하나 변하지 않았다 —— 심경의 변화를 일으켰던 것입니다. 아시겠습니까? 로버타가 불쌍하다는 생각을 했던 것입니다. 자기가 한 짓이 부끄러워진 것입니다. 그녀에게 저지른 죄가 말입니다. 이러한 얘기는 이 고장의 신앙심이 두텁고 도덕을 좋아하는 사람들의 마음을 움직이게 할 것입니다."

"그럴지도 모르지."라고 베르납은 조용히 말했으나 흥미를 느끼기 시작했는지 차츰 희망을 갖기 시작했다.

"클라이드는 로버타에게 못할 짓을 했다는 것을 알고 있습니다."라고 제프슨은 거미줄을 쳐놓은 거미처럼 자기의 계획에 열중해서 말을 계속했다. "그래서 다른 여성에 대한 애정에도 불구하고 로버타라는 여자에 대해서 잘 해주려고 했습니다. 그것은 자기를 부끄럽게 생각하기 때문입니다. 그렇게 하면 유티카나 그라스 호에서 이틀 밤을 함께 보내는 사이에 그녀를 죽일 계획을 세웠다는 어두운 인상을 지울 스 있게 됩니다."

"하지만 그 사나이는 다른 여자를 사랑하고 있겠지?"

"그야 확실하지요. 클라이드는 손드라를 사랑하고 있으며 그곳에서의 생활에 매혹되어 감정이 변한 상태였지만 지금은 로버타와 결혼해주어야겠다고 생각하게 된 것입니다. 다른 여성에 대해서 또 그 여성에 대한 사랑을 다 얘기해도 자기를 원한다면 결혼하겠다고 생각한 것입니다.”

“과연. 그러나 이번에는 그 보트나 여행용 가방이라든가 나중에 핀칠리의 별장으로 간 것은 어쩌지?”

“잠깐 기다리십시오. 그 점에 대해서도 설명하겠으니까.”라고 말하고는 제프슨은 강렬한 전광(電光) 같은 파란 눈으로 공간으로 뚫어져라 바라보았다. “물론 그 사나이는 보트를 타고 호수 위로 저어갔으며 여행 가방도 갖고 있었고 숙박부에는 가명으로 적어넣었습니다. 그러고 로버타가 물에 빠진 다음 숲을 빠져나가 또 한 여자를 만나러 갔습니다. 그러나 왜 그랬을까요? 이유는 무엇이었을까요? 이유를 알고 싶습니까? 얘기해드리지요. 그 사나이는 로버타에게 나쁜 일을 했다고 생각했기 때문입니다. 그리고 결혼해야겠다고 생각했습니다. 적어도 그곳에 있던 마지막 순간은 그녀에게 그렇게 해주려 했습니다. 그러나 이전에는 그렇지 않았습니다. 알겠습니까? 전에는 그런 생각을 해본 적이 없었으나 유티카에서 하룻밤을 함께 보내고 그라스 호에서도 하룻밤을 함께 보낸 뒤에 그런 마음을 가지게 된 것입니다. 그러나 로버타가 익사하자 물론 그것은 그도 말하고 있듯이 전혀 우연한 사고이며 또 한 여성을 사랑했기 때문입니다만 로버타를 위해서 그 여자를 희생시키려 했지만 결코 그 애정만은 사라지지 않았던 것입니다. 어떻습니까?”

“과연.”

“그래서 클라이드 본인이 심경의 변화를 일으켜서 이 주장을 고집한다면 검사는 반론을 제기할 여지가 없을 것입니다.”

“자네의 취지는 알고도 남음이 있지만 그러자면 피고가 설득력있게 당시의 상황을 설명하지 않으면 안 돼.”라고 베르납은 약간 무거운 목소리로 덧붙였다. “그러면 저 두 개의 모자는 어떻게 되지? 그것도 설명해야 할 텐데.”

“그것은 제가 설명하려던 참이었습니다. 클라이드가 썼던 모자는 약간 때가 묻어 있었습니다. 그래서 새 모자를 사기로 했습니다. 메이슨에게 운동모를 쓰고 있었다고 했는데 그것은 어떻게든 사건에 휘말리지 않으려고 겁이 나서 얼결에 거짓말을 하게 된 것입니다. 물론 나중에 다른 여성이 있는 곳으로 가기 전에 즉 로버타가 아직 살아 있을 때였지만, 다른 여성이 있었으므로 그것을 어떻게 할 작정이었나 하는 문제입니다. 로버타에게 말할 작정이었으니까요. 그 문제도 어떻게든 처리해야 하겠지요. 하지만 제가 보기로는 별 문제가 없을 것 같습니다. 왜냐하면 그의 심경이 바뀌어 로버타를 위하여 잘 해줘야 겠다고 생각하던 참이라 로버타에 대한 얘기를 또 다른 여자에게 편지를 쓰거나 직접 만나서 얘기하지 않으면 안 되겠다고 생각한 것이지요.”

“그렇겠군.”

“제가 생각하기로는 이 사건에서 로버타에 대한 것을 완전히 분리시킬 수는 없으므로 그 여자를 끌어들일 수밖에는 방법이 없다고 생각합니다.”

“그렇군. 그렇다면 어쩔 수 없지.”라고 베르납이 말했다.

“왜냐하면 로버타가 결혼하는 것이 당연하다고 생각하고 있다면 그 사나이는 우선 핀칠리한테 가서 당신과 결혼할 수 없으니 헤어지겠다고 말하게 될 것입니다 즉 그 사이에 만약 로버타가 혼자 남아 있는 것을 반대하지 않을 경우이겠지만.”

“그래.”

“만약 로버타가 반대한다면 3마일 흐미나 다른 고장에서 결혼식을 올리겠지요.”

“그렇겠군.”

“그러나 로버타가 생존해 있는 동안 그가 당혹하고 우울증에 **빠져** 있었다는 것을 잊어서는 곤란합니다. 자기의 행동이 잘못되었다는 것을 깨닫기 시작한 것은 그라스 호에서 이틀째 밤을 함께 보낸 다음입니다. 무언가가 일어난 것이지요. 로버타가 울며불며 한다든가 그녀의 편지에 씌어 있듯이 죽고 싶다고 했다든지.”

“과연.”

“그래서 클라이드는 남의 눈에 뜨이지도 않고 누가 들을 염려도 없는 곳에서 얘기할 수 있는 조용한 장소를 찾게 된 것입니다.”

“그렇겠군. 어서 계속해보게.”

“그래서 그 사나이는 빅 비턴을 떠올리게 됩니다. 전에 간 적이 있다든가 그때 그 근처에 와 있었기 때문에. 결혼할 마음만 있으면 3마일 후미는 12마일 아래쪽이었으니까요.”

“과연.”

“그렇지 않았다면, 즉 클라이드가 모든 것을 고백한 다음 여자 쪽에서 결혼을 원하지 않았더라면 그 여자를 숙사까지 보트에 태워 돌려보내고 두 사람 중 한 사람은 숙사에 머물었거나 어디로 갔겠지요.”

“그래, 맞아.”

“그러니까, 얘기를 뒤로 미루거나 그 숙사에서 어슬렁거리며 묵을 형편은 아니었을 것입니다. 비용이 많이 들 것이고 그에게는 가진 돈이 별로 없었으니까요. 그는 도시락과 함께 카메라도 가방에 넣어가지고 갔습니다. 그것은 사진을 몇 장 찍고 싶어서였습니다. 그러면 메이슨이 그 카메라를 찾아서 갖고 있더라도 설명은 가능하며, 메이슨보다도 우리 쪽에서 더 설득력있게 설명할 수 있지 않을까요?”

“좋아, 과연.”

베르납은 만족한 듯 웃음을 지으면서 두 손을 문지르기 시작했다.

“그래서 두 사람은 보트를 타고 호수로 나갔습니다.”

“그렇지.”

“그리고 두 사람은 보트를 저어갔습니다.”

“그래.”

“그러다가 호수의 둑에 올라가 도시락을 먹은 다음 사진도 몇 장 찍고 …….”

“그렇겠군.”

“사나이는 자기의 입장을 설명할 결심을 하게 됩니다.”

“알겠네.”

“그러나 그러기 전에 둑에서 조금 떨어진 곳에서 그녀의 사진을 한두 장 찍어야겠다고 생각합니다.”

“그렇지.”

“그 다음 얘기를 하게 됩니다.”

“음.”

“그래서 그 사나이가 말했듯이 다시 보트를 타고 노를 저었습니다.”

“그래서.”

“그때 꽃을 꺾으려고 다시 한 번 호숫가로 가서 가방을 내려놓았습니다. 알겠습니까? 이것으로 가방에 대한 설명은 된 셈입니다.”

“음.”

　“그러나 거기에서 사진을 더 찍기 전에 보트 안에서 다른 여성에 대한 연애 얘기를 시작합니다. 그리고 만약 당신이 정 원한다면 당신과 결혼하고 손드라에게 편지를 쓰겠다. 또는 만약 손드라가 다른 사나이와는 결혼하기 싫다고 한다면…….”

　“음, 더 계속해보게！”라고 베르납이 다그쳤다.

　“그러나. 그 돈 많은 여자와 결혼하면 돈도 들어올 것이고, 그렇게 되면 생활비를 보조해주기 위해 최선의 노력을 다하겠다.”

　“음.”

　“그러나 로버타는 자기와 결혼하고 핀칠리는 버려달라고 사정합니다.”

　“과연.”

　“그때 클라이드는 그 여자의 말에 동의할까요？”

　“물론이지.”

　“로버타도 기뻐하면서 너무 고마워 벌떡 일어나서 그에게 다가갑니다. 아시겠습니까？”

　“음.”

　“그때 보트가 조금 흔들렸고 로버타가 쓰러질까봐 안 되겠다고 생각해서 그도 보트에서 일어나서 그녀를 부축하려 합니다. 아시겠습니까？”

　“음, 알았네.”

　“그 카메라는 갖고 있는 것으로 할 것인지 어떨지는 그때 가서 적절하게 판단하면 될 것입니다.”

　“음, 자네가 어떤 생각을 하고 있는지 알겠네.”

　“카메라를 갖고 있든 갖고 있지 않든 클라이드도 말하고 있듯이 클라이드나 그 여자가 비틀거렸다든가 두 사람의 몸이 부딪쳤거나 해서 보트가 뒤집히고 물론 우연이겠지만 그가 로버타를 때리게 됩니다. 그 부분은 그때 가서 생각해보기로 하지요.”

　“음, 명안이다！”라고 베르납은 소리쳤다. “좋아 루벤！ 아주 멋져！ 아주 멋있어！”

　“그리고 보트에는 로버타뿐만 아니라 클라이드도 약간은 부딪쳤을 것입니다.”라며 제프슨은 자기가 생각해낸 줄거리에 완전히 열중해서 베르납의 탄성을 들은체 만체하고 계속 말했다. “그리고 클라이드도 한동안 정신을 잃었습니다.”

“과연.”

“로버타가 외치는 소리가 들리고 모습도 보였지만 완전히 제정신이 아니었습니다. 무언가 하려고 해도…….”

“이미 로버타의 모습은 보이지 않게 되고.”라고 베르납은 조용히 끝맺음을 했다. “물에 빠졌겠지. 알았어.”

“그리고 의심스런 상황이라든가 가명으로 투숙한 문제 때문에 —— 어쨌든 그녀는 모습을 감추고 그 이상 어쩔 수 없었으므로 —— 로버타의 친척도 그녀가 임신했다는 사실이 알려지는 것이 싫을 것이므로…….”

“과연.”

“클라이드는 혼비백산하여 도망쳐버렸습니다. 처음부터 주장해야 했겠지만, 도덕적으로도 그는 겁쟁이어서 백부에게는 잘 보여야 했으며 사교계에서도 자기의 지위를 잃고 싶지 않았습니다. 이것으로 설명이 되겠습니까?”

“어떻게 이 이상 그 상황을 설명할 수 있겠는가, 루벤. 아주 훌륭한 설명이야. 고맙네. 그 누구도 이보다 더 좋은 생각은 하지 못할 거야. 무죄 석방이나 배심원들의 의견 불일치까지는 되지 않더라도 적어도 이십년형 정도로 떨어지지 않을까?”

그는 자리에서 벌떡 일어나 감탄한 눈으로 키가 크고 비쩍 마른 동료를 보면서, 아주 훌륭하다고 덧붙여 말했다. 제프슨은 바람 한 점 없는 잔잔한 호수 같은 눈으로 지그시 상대를 바라보다가 말했다.

“그러나 이러한 변호가 어떠한 의미를 갖게 되는지 아시겠지요?”
“피고인을 증인대에 세워야 하는 문제 말인가? 물론 알아, 충분히 알고 있지. 하지만 이 방법밖에 없지 않은가?”

“클라이드가 침착하고 설득력 있는 인간이 아니지 않습니까? 그 사람은 신경질적이고 감정에 치우치는 면이 있습니다.”

“음, 그야 알고 있지.”라고 베르납이 재빨리 대답했다. “녀석은 동요하기 쉽지. 그리고 메이슨은 들소처럼 그 녀석에게 덤벼들 것이네. 우리는 우리가 하려는 변론에 대해서 그를 코치해줘야 해. 그 사나이를 훈련시켜야 하네. 이것이 유일한 기회이며 생사가 걸려 있는 문제라는 것을 그 사나이에게 납득시키는 거야. 몇 개월을 두고두고 훈련시키자구.”

"클라이드가 실패하면 끝장입니다. 그에게 용기를 심어주어야 합니다. 연기를 가르쳐주듯이 지도해야 합니다."

제프슨의 눈은 똑바로 앞을 보고 있었다. 클라이드가 증인석에 서고 그 앞에 메이슨이 있는 법정의 장면이 눈앞에 있기라도 한 듯이. 그리고 로버타의 편지 —— 메이슨에게서 넘겨받은 복사물이었는데 —— 를 들고 보다가, "이 것만 없었더라면 —— 이것만." 하고 말했다. 또 "빌어먹을!" 하고 불쾌한 듯이 중얼거렸다. "참으로 힘겨운 사건이다! 그러나 아직 완전히 진 것은 아니다. 아직 싸움은 시작되지도 않았다. 아무튼 우리의 움직임은 세인의 주목을 끌게 될 것이다. 그렇다 하더라도……." 그러고는 또 이렇게 덧붙였다.

"빅 비턴 호에 있는 아는 사람에게 오늘 밤 그 카메라를 찾아오게 합시다. 행운을 빌어주십시오."

"그야 물론이지."

베르납은 그렇게 말하는 것만으로도 충분했다.

17

일대 살인사건을 둘러싼 투쟁과 흥분! 베르납과 제프슨은 부르크하트나 캐츄맨과 상의한 결과 그들도 제프슨의 안이 '유일한 변론 방법'이란 것을 알았으나 가능하면 그리피스 가의 이름이 거론되지 않도록 하라는 조건을 제시했다.

베르납과 제프슨 등 두 변호사는 사전에 성명문을 발표하여 클라이드가 살인 혐의가 없다는 것, 실제로는 악의에 찬 오해를 받고 있었으며 올덴을 살해할 의도나 행동은 메이슨이 발표한 것과는 현격한 차이가 있다는 것을 알렸다. 동시에 지방 검사가 주 최고 재판소의 특별 법정까지 열어서 부당하게 재판을 서두르는 것은 순수하게 법적인 의미보다는 정치적 배려 때문이라고 말했다. 아니면 군(郡) 선거를 앞둔 탓으로 급히 서두르는 것이 분명하다, 이러한 재판 결과를 어떤 특정 인물 내지는 정치적 야심에 이용하려는 것이 아닌가. 우리는 우리의 불안이 사실이 아니기를 바랄 뿐이다.

그러나 어떤 특정 인물이나 집단이 그러한 계획이나 편견, 정치적 야심을 갖고 있는 것과는 무관하게 이 사건의 변호인은 클라이드 같은 무고한 젊은이가 상황 증거의 함정에 빠져 있는 것을 —— 변호인의 자격으로 그 상황을 명백하게 가려내겠지만 —— 11월의 선거에서 공화당이 승리를 거두려는 불순한 목적에서 전기 의자로 보내려는 것을 묵과할 수 없는 바이다. 또한 이 기묘하고 사실에 반하는 상황 증거와 싸우기 위하여 변호인측은 상당 기간 재판의 연기를 청구한다. 따라서 지방 검사가 지사에게 특별 법정의 개정을 요청하는 것에 대하여 정식으로 항의서를 제출할 것이다. 이러한 사건의 정식 재판은 1월에 하는 것이 타당하며 증거를 준비하자면 충분한 기간을 필요로 하므로 특별 법정을 열 필요는 없다.

이때 약간 늦은 감이 있지만 이 강경한 성명문을 각 신문사 대표들은 경의를 담아서 듣고 있었으나 메이슨은 클라이드의 무혐의뿐만 아니라 정치적 음모라는 '무책임한' 주장을 일소에 부쳤다.

"이 군 전 주민의 대표자인 내가 아무런 용의도 성립되지 않는데 없는 용의를 조작하거나 서둘러 처형해야 할 이유가 어디에 있겠는가? 그 사나이가 여자를 죽인 것은 모든 증거로 명백하지 않은가? 그리고 이 상황을 설명하기 위하여 담당 검사인 내가 어떤 발언을 했거나 어떤 수단을 강구한 적이 한 번이라도 있었는가? 그런 적은 전혀 없었다. 침묵이 거짓말을 하겠는가? 저 유능한 신사가 상황 증거를 부정해주도록 나로서는 예정대로 진행할 뿐이다. 현재 그 젊은 범죄자를 유죄로 할 증거는 완전히 갖추고 있다. 1월까지 재판을 연기하면 그때 이미 나는 검사직을 물러날 것이므로 신임 검사가 증거를 다시 조사해야 하며 결국은 군의 막대한 재정만 축내게 될 것이다. 왜냐하면 증인은 현재 모두 이곳에 있으며 군의 막대한 재산을 낭비하지 않더라도 부르지버그로 용이하게 소환할 수 있다. 그러나 내년 1월이나 2월이 되어 변호사가 증인을 분산시키기 위하여 손을 쓰면 증인의 행방도 알 수 없게 된다. 따라서 나는 변호인의 의견에 찬성할 수 없다. 금후 열흘이나 2주 중에 내가 혐의를 잡고 있는 얼마라도 진실이 아니라고 제출할 수 있으면 나도 재판장의 손에 맡기는 일에 아무런 이의를 제기하지 않겠다. 만약 변호인측이 어떤 증거를 포착했거나 포착할 가능성이 있다면 또는 어딘가 먼 곳에서라도 이 사람의 무실을 증명하는 데 도움이 되는 증인이라도 있다면 그것으로 족하다. 가령 재판이 나의 임기 중에 끝나지 않는 일이 있더라도 적당한 시간을 변호인에게 주도록 내 쪽에서 재판장에게 청구해도 좋다.

그러나 나의 재임 중에 재판이 개정될 경우에는, 정직하게 말해서 그렇게 되기를 나는 희망하지만, 전심전력을 다할 예정이다. 이렇게 하는 것은 내가 어떤 직책을 맡기 위해서가 아니다. 현재 나는 지방 검사이며, 범죄의 추급이 그 직무이기 때문이다. 내가 정계에 있는 인물이라는 것이 문제가 될지는 모르겠으나 이것은 베르납 씨도 마찬가지가 아닌가? 먼젓번에도 베르납 씨는 나와 대립해서 출마했으나 이번에도 입후보할 의사가 있다는 것을 들은 바 있다.”

그런 사정도 있어서 메이슨은 클라이드를 기소하기 위하여 특별 법정을 여는 것이 매우 중요하다는 인상을 지사에게 주려고 올바니로 갔다. 지사는 메이슨과 베르납의 주장을 따로따로 들은 다음 메이슨의 주장을 채용하기로 했다. 특별 법정을 허가하더라도 변호인측이 재판 준비를 하는 데 필요한 시간을 확보하는 데 장해가 된다는 신청이 없는 이상 재판의 연기가 필요 하다고는 인정할 수 없다고 판단해서였다. 그리고 이러한 것을 검토하는 것은 법원 판사의 직무이지 지사가 할 일이 아니다. 이러한 이유에서 최고 재판소의 특별 개정이 요청되었고 제11재판구의 프레데릭 오보월츠가 재판장으로 임명되었다. 그리고 메이슨은 클라이드를 기소하기 위한 특별 대배심이 열릴 날을 결정해줄 것을 요청하여 그 기일은 8월 5일로 결정되었다.

이윽고 대배심이 소집되자 클라이드의 기소를 결정하는 것은 쉬운 일이 었다. 이렇게 되자 베르납과 제프슨이 할 수 있는 최선의 일이란 민주당원이며 전지사의 힘으로 판사가 된 오버월츠에게 가서 재판 장소를 변경할 수 있 는지를 확인하는 것뿐이었다. 카탈라키 군의 주민 중에서 배심원을 선출한다면 공사간에 걸친 메이슨의 입김으로 해서 이미 클라이드에 대해서는 분명히 반감을 갖고 있으며 그런 배심원들에게 변호인측으로서는 호소해볼 여지가 없으며 그렇게 되면 클라이드의 유죄는 쉽게 예상할 수 있기 때문이었다.

“그러나 그렇다면 어디로 옮기려 하십니까?”라고 오버월츠 재판장은 매우 공평한 인물이었으므로 그렇게 물었다. “똑같은 자료가 곳곳에서 발표되고 있어요.”

“그러나 재판장님, 여기 있는 지방 검사가 과대 선전을 해서…….”
메이슨 측에서는 열띤 항변이 있었다.

“그러나 우리는 역시.”라고 베르납은 덧붙였다. “공중은 부당하게 선동되어

갈피를 못 잡고 있다고 주장하는 바입니다. 이 피고를 공평하게 재판할 수 있는 열두 명의 배심원은 여기서는 찾아내기 어렵습니다.”

“무슨 터무니없는 어거지인가.”라고 메이슨은 화가 나서 소리쳤다. “그것은 근거없는 소리다! 신문은 내가 갖고 있는 이상의 증거를 수집하여 활자로 공표하지 않았는가. 가령 어떤 편견이 있었을지는 모르지만, 이 사건의 경우 이미 공적으로 알려진 사실이 아닙니까? 그러나 그런 것이라면 곳곳에서 똑같은 일이 일어나고 있다고 주장하는 셈입니다. 게다가 증인의 대다수가 이곳에 거주하고 있음에도 불구하고 이 재판이 다른 군으로 옮겨진다면 우리 군은 지불할 능력이 없는 불합리한 거액을 지불해야 합니다.”

오버월츠 재판장은 고지식하고 도덕가풍인 데가 있으며 매사에 보수적인 수속을 밟기를 좋아하는 소심한 인물이어서 메이슨의 의견에 찬성하는 쪽으로 마음이 기울어졌다. 따라서 5일 후에는 그저 멍청하게 사건을 생각하며 시간을 보내다가 변호인측 동의를 각하해버리고 말았다. 이것이 만약 잘못되었다면 변호인측에는 상고할 권리가 남아 있다. 재판 연기에 대해서는 10월 15일로 결정했다. 변호인측은 그만한 시기가 있으면 충분히 준비할 수 있다고 판단했다. 여름이 끝날 때까지 휴정하여 블루 마운틴 호의 별장에 처박혀버렸으며 만약 법률상의 까다로운 문제나 지방적으로 해결이 불가능한 문제가 있거나 할 경우에는 그곳으로 가서 개인적인 의견을 말하면 되기로 되어 있었다.

그러나 베르납 앤드 제프슨 법률사무소가 이 사건에 등장한 일도 있어서 메이슨은 클라이드에 대한 평결을 확실하게 하는 노력을 배가하는 편이 좋다고 판단했다. 그는 베르납뿐만 아니라 제프슨에게도 위협을 느끼고 있었다. 그래서 버튼 버레이나 얼 뉴컴을 데리고 다시 한 번 라이카거스를 방문하여 여러 가지 중에서도 특히 다음과 같은 것을 발견했다. (1) 클라이드가 카메라를 구입한 가게 (2) 빅 비턴으로 출발하기 사흘 전에 페이톤 부인에게 카메라를 갖고 가니 필름을 몇 개 사야한다고 말했던 것 (3) 오린 쇼트라는 신사용품점 주인은 클라이드를 잘 알고 있으며, 4개월 전에 클라이드가 공원이 임신한 아내에 대한 조언을 구해왔다는 것 —— 또 쇼트를 찾아낸 버튼 버레이에게 절대로 비밀을 지킨다는 조건으로 흘린 얘기지만 쇼트가 클라이드에게 글로버즈빌 근처의 글렌이란 의사를 추천한 사실. (4)

글렌 의사를 찾아내어 클라이드와 로버타의 사진을 제시해보니 클라이드는 모른다고 했으나, 로버타는 확인할 수 있었으며, 그녀가 말한 신상 이야기나 그녀가 병원을 찾아왔을 때의 정신 상태를 설명할 수 있었다. 그러나 이것은 클라이드나 로버타를 유죄로 만들기엔 미비한 것이어서 메이슨은 이것은 무시하는 것이 최선이라고 판단했다.

게다가 (5) 이와 똑같은 열성적인 노력에 의해서 클라이드에게 모자를 판 유티카에 사는 모자점이 떠올랐다. 왜냐하면 버틴 버레이가 유티카에 있었을 때 인터뷰를 받아, 그 사진이 클라이드의 사진과 나란히 신문에 실렸는데 이 모자점 주인은 우연히 그것을 보자 곧 클라이드를 생각해내어 급히 메이슨에게 연락을 취했던 것이다. 그 결과, 증언 내용을 정식으로 타이프로 쳐서 서명까지 하여 메이슨이 갖고 갔다.

기선 '시그너스 호'에서 클라이드를 보았다는 어느 시골 아가씨는 메이슨에게 편지를 썼는데 클라이드가 맥고모자를 썼을 뿐 아니라 샤론에서 내렸다는 것도 기억하고 있다고 알려왔다. 이 사소한 증언은 기선 선장의 증언을 가장 충실하게 뒷받침해주는 것이어서, 신의 섭리나 운명의 여신 등이 자기 편을 들어주는 느낌이었다. 최후로 가장 중대한 것은 펜실베니아 주 베드포드에 살고 있으며 7월 3일부터 10일까지의 1주 사이에 주인과 함께 호수의 남쪽이며 빅 비턴의 남쪽 기슭에 해당하는 지점에서 캠프를 했다는 한 여성으로부터 연락이 있었다. 7월 8일 오후 여섯시에 호수에서 보트를 타고 있을때 젊은 여성의 애절한 비명을 들었다는 것이었다. 그것은 아주 희미하게 들렸는데, 자기들이 낚시를 하고 있던 후미의 남서쪽에 있는 섬 쪽에서 들려온 것 같다고 했다.

메이슨은 이 정보에 대해서는 카메라나 필름에 대한 정보라든가 캔자스 시에서의 클라이드의 비행에 관한 자료와 아울러, 재판할 날이 다가오자 그때까지는 완전히 침묵을 지키려고 생각했다. 그렇게 하면 어떤 수단으로든 반박하거나 힘을 약화시키거나 해서 변호를 시도하는 것이 불가능해질 테니까.

베르납과 제프슨은 그라스 호에 도착하자 심경에 변화를 일으켰다는 사정에 바탕을 두고 두 개의 모자나 여행 가방에 대한 설명을 위해 클라이드를 훈련시킨 것을 제외하면 특히 할 일이 없었다. 크란스톤 가 별장 근처의 포스 호에 양복을 던져버린 문제는 있었으나 낚시를 하는 체하면서 어부에게 몇 번이나 호수바닥을 낚시로 긁어올려보게 하여 그 문제의 양복을 찾아냈고 세탁에 다림질까지 하여 지금은 베르납 앤드 제프슨 사무소의 양복장에 걸려 있었다. 또 빅 비턴의 카메라 문제가 있었다. 그러나 잠수부를 시켜서 찾아보았으나 찾아내지 못했다. 이러한 사정에서 제프슨은 메이슨이 먼저 손에 넣었을 것이라고 결론을 내리고 재판을 할 때는 가장 빠른 시기에 기회를 포착하여 그 얘기를 꺼내려고 결심했다. 그러나 막상 빌츠에서 로버타의 유해를 파내보니 상당한 시일이 흘렀는데도 얼굴에 있는 상처가 카메라의 크기나 형상과 일치하고 있음을 알 수 있었다.

　그렇게 하기로 방침을 세운 것은 첫째로 클라이드가 증언대에 서서 얼마나 잘 버텨낼지 의심스러웠기 때문이었다. 사태의 발전에 대해서 말할 때 로버타를 고의로 때린 것이 아니라고 배심원을 설득할 만한 솔직함이나 강한 의지를 갖추고 있을까? 상처가 있고 없고 간에 배심원이 믿어줄지 어떨지는 그 점에 달려 있을 것 같아서였다. 그리고 만약 무의식중에 때린 것을 배심원들이 믿어주지 않는다면 유죄 판결이 확실하다.

　이렇게 해서 그들은 재판을 대비했다. 그러나 시기를 놓치기 전에 가능한 한 손을 뻗쳐 클라이드의 선량한 성격에 대해서 증언이나 증거를 입수하려 했으나 라이카거스에서는 겉보기에는 모범청년처럼 보이고 뒤로는 그렇지 않은 행동을 취해왔는데 캔자스 시에서도 그러한 추문을 갖고 있다는 사실은 재판에 큰 장해물이었다.

　검사측도 베르납 앤드 제프슨측도 다 그러했지만 클라이드나 클라이드가 구치된 상태에 대해서 가장 이해하기 어려운 문제는 그의 가족이나 백부의 가족들도 자진해서 클라이드를 옹호해주려는 사람이 없었다는 점이다. 또 베르납과 제프슨을 제외하면 부모의 주소를 아무에게도 알리지 않았다. 그러나 어떻게 해서든지 변호를 성립시키기 위해서는 어머니나 아버지나 또는 그의 자매나 형제가 자진해서 나타나서 클라이드에게 유리한 말을 해줘야 하지 않았을까 하고 베르납과 제프슨은 생각했다. 그렇지 않는다면 누구도 그를 상대해주지 않는 것이 된다. 그는 처음부터 방랑자였으며 쓸모없는 인간이며 이제 그를 알고 있는 모든 사람들로부터 의식적으로 경원시될 것이다.

　그러한 이유에서 두 사람이 달라 부르크하트 씨를 만나 클라이드의 양친에 대해서 물어보자, 라이카거스의 그리피스 가는 서부에 있는 친척 중의 누군가를 불러들이는 것은 극구 반대하고 있다는 것을 알았다. 그의 설명에 따르자면 양자 사이에는 사회적으로 커다란 차이가 있기 때문에 라이카거스의 그리피스 가로서는 바람직하지 않은 일이었다. 그래서 클라이드의 부모에게 알려주거나 황색신문(黃色新聞 : 특히 1890년대에 유행한 선정적인 저널리즘. 〈뉴욕 월드〉지가 '옐로 키드'라 해서 노란 옷을 입은 아이를 주인공으로 한 만화를 게재한 것에서 비롯되었다고 한다. 필요 이상으로 큰 타이틀을 붙이고 사진이나 삽화를 풍부하게 사용한 과장 기사가 많은 것이 특징. 20세기로 들어와서 점차 인기를 잃게 되었다.)에 나거나 하면 큰일이다. 그리피스 가의 새뮤얼, 길버트 부자는 만약 클라이드에게 이의가 없다면 클라이드의 가족들은 그 배경에서 제외시키고 싶다는 뜻이었다. 이 문제는 적어도 어느 정도까지는 클라이드에 대한 금전상의 원조 액수에 좌우될 것 같았다.

클라이드 역시 그리피스 가의 의견과 같았다. 클라이드와 충분히 이야기 해보니, 어머니를 생각하면 이러한 사건을 일으켜서 뵐 면목이 없다고 한 말을 들은 사람은 그와 어머니를 묶어놓은 같은 핏줄, 피와 감정의 깊은 유대를 의심하지 않았다. 어머니에 대한 그의 현재의 태도는 자기가 궁지에 몰려 있는 입장 —— 사회적인 실패가 아니라 도덕적인 의미에서의 타락이 어머니의 눈에 어떻게 비칠 것인가 하는 불안과 수치심이 뒤섞여 있는 것이었다. 어머니는 베르납과 제프슨이 준비한 심경의 변화라는 얘기를 믿어줄 것인가? 그 점은 별도로 하고라도 지금 어머니가 이곳에 와서 이처럼 불명예를 감수하고 있는 그를 쇠창살 너머로 본다면, 오늘도 내일도 얼굴을 마주대고 얘기를 해야 한다면! 어머니의 맑고 추궁하는 듯한 고통에 찬 눈! 그 어머니라면 아들이 아무 죄도 없다고는 믿지 않을지도 모른다. 베르납이나 제프슨조차도 그런 계획을 준비해놓고서도 고의적으로 때린 것이 아니라는 점에 대해서는 의문을 갖고 있지 않은가. 그 두 사람도 실제로는 믿고 있지 않으며 어머니에게 그렇게 말할지도 모른다. 저 신앙심이 깊고 죄를 싫어하는 어머니가 변호사보다도 자기의 무죄를 믿어준다고는 생각할 수도 없지 않은가?

부모에게 알리는 문제에 대해서 다시 한 번 묻자 아직은 어머니와 정면으로 만날 수 없으며 만나는 것은 아무런 도움도 되지 않으며 두 분에게 고통만 안겨드리게 될 것이라고 대답했다.

다행스럽게 생각한 것은 자기의 신상에 일어난 일체의 일도 덴버에 계신 부모에게는 아직 전해지지 않은 것 같았다. 종교적, 도덕적으로 독특한 신조를 갖고 있는 그들의 부모는 세간적이고 타락한 월간 잡지 같은 것은 가정에서나

전도소에서도 멀리하고 있었다. 그리고 라이카거스의 그리피스 가 사람들도
그들에게 알려줄 의사가 없었다.

그러나 어느 날 밤, 베르납과 제프슨이 그의 부모가 찾아오지 않는데, 그
점에 대해서 어떻게 하는 것이 좋을까 하고 의논하고 있을 때, 클라이드가
라이카거스로 온 이래, 결혼하여 덴버의 동남부에 살고 있는 에스터가 〈로키
마운틴 뉴스〉 지에서 다음과 같은 기사를 우연히 읽게 되었다. 그때는 브
리지버그에서 대배심이 클라이드의 기소를 결정한 직후의 일이었다.

여공을 살해한 청년 기소되다

뉴욕 주 브리지버그 8월 6일 밤. 스타우더백 주지사의 지명으로 결성된
특별 대배심은 지난 7월 8일 아딜론닥 산맥에 있는 빅 비턴 호에서 뉴욕
주 빌츠에 거주하는 로버타 올덴 양의 살해 혐의를 받고 있는 클라이드
그리피스의 사건을 심리한 결과 제 1 급 모살죄(謀殺罪) 혐의로 기소하기로
평결하였다. 클라이드 그리피스는 뉴욕 주 라이카거스에서 칼라 제조공장을
경영하고 있는 자산가의 조카이다.

그리피스는 거의 압도적인 증거가 있음에도 불구하고 문제의 범죄는
사고였다는 주장을 굽히지 않고 있으며 당시의 변호인인 앨빈 베르납, 루빈
제프슨 두 사람의 입회하에 기소를 인정하느냐 부정하느냐고 묻자 무죄를
주장했다. 이 혐의자는 10월 15일에 예정된 재판을 받기 위해 계속 구치되어
있다.

그리피스는 현재 22세이며 체포 당시까지는 라이카거스의 상류 사회의
일원으로 어느 유복한 자산가의 딸과 애정 때문에 전에 사악한 애정 행각을
벌여온 여공을 없애기 위해 기절시켜 익사케 한 혐의를 받고 있다. 이 사건의
변호인은 이제까지 방관적인 태도를 취하고 있던 라이카거스의 자산가인
백부가 의뢰한 사람이다. 그러나 이 점을 별도로 한다면 당지에서 주장되고
있듯이 그의 변호를 자진해서 원조하는 사람은 아무도 없다.

에스터는 집에서 나오자 곧 어머니의 집으로 향했다. 사실이 솔직하고
명료하게 실려 있는데도 불구하고 그녀는 그것이 클라이드가 한 짓이라고는
믿지 않았다. 하지만 지명이나 인명은 저주스러울 정도로 익숙했다. 유복한

라이카거스의 그리피스, 가족들이 없다는 것.

느린 시가(市街) 전차를 타는 것도 답답할 것 같아서 에스터는 비드웰 거리에 있는 '희망의 별'이라 알려진 하숙집 겸 전도소로 한걸음에 달려갔다. 그 전도소는 이전에 캔자스 시에서 차리고 있던 전도소와 별로 나을 것이 없었다. 왜냐하면 부랑자를 1박에 25센트로 숙박시키는 방이 여러 개 있었으며 그 수입으로 전도소를 유지해갔는데 힘만 들 뿐 수입은 별 것이 아니었다. 더구나 지금은 프랑크나 줄리아도 자기들이 처해 있는 따분한 세계에 싫증을 느끼고 있어서 전도 사업의 무거운 짐은 아버지나 어머니에게 떠맡기고 거기에서 벗어날 수 있는 길을 열심히 찾고 있었다.

줄리아는 열아홉 살이 되자 시내의 다운타운에 있는 레스토랑에서 레지로 일하고 있었으며, 머지않아 열일곱 살이 되는 프랑크는 최근 과일이나 야채의 중간 도매점에서 일하게 되었었다. 낮 동안에 이곳에 있는 유일한 아이라면 에스터의 사생아인 러셀뿐이었다. 그 아이는 아직 세 살이 안 되었는데 조부모는 캔자스 시에서 고아를 입양했다고 하여 딸의 치부를 가려주고 있었다. 그 아이는 검은 머리로 클라이드를 많이 닮았다. 아직도 어린아이인데도 클라이드가 어린 시절이 신물이 나도록 겪었던 인생의 기본적인 진실을 맛보고 있었다.

이제는 아주 온순하고 조신한 유부녀가 된 에스터가 들어섰을 때 어머니는 청소를 하거나 침대를 정리하기에 바빴다. 그러나 딸이 이런 뜻하지 않은 시간에 창백한 얼굴로 찾아와서 빈 방으로 어머니를 들어오라고 했을 때 어머니는 여러 해 동안 갖은 고생을 다 겪어왔던 터라 불길한 예감이 들어 갑자기 앞이 캄캄해졌다. 이번엔 또 무슨 일일까? 무슨 비참한 사건일까 아니면 병이라도 났다는 말일까? 왜냐하면 에스터의 약한 회색 눈이나 거동은 분명히 고뇌를 암시해주고 있었기 때문이었다. 그리고 손에는 똘똘 만 신문을 들고 있었는데 에스터는 그것을 펴며 기사를 가리켰다. 어머니는 신문으로 눈길을 돌렸다. 그런데 이것은 도대체 또 뭐란 말인가?

'여공을 살해한 청년 기소되다.'
'로버타 올덴 양 살해
　　지난 7월 8일 아딜론닥 산맥에 있는 빅 비턴 호에서'

‘제1급 모살죄 용의로 기소하기로 평결을 내림.’
‘거의 압도적인 정황 증거에도 불구하고’
  ‘무죄를 신청했다.’
  ‘재판 때까지 계속 구치.’
  ‘10월 15일로 예정되었다.’
  ‘애인인 여공을 기절시켜 익사케 했다.’
  ‘육친은 아무도 나서지 않는다.’

어머니의 눈과 마음은 그런 식으로 가장 중요한 행을 기계적으로 골라 읽었다. 그러고는 다시 한 번 전체를 훑어보았다.

  ‘뉴욕 주 라이카거스에서 칼라 공장을 경영하고 있는
  자산가의 조카 클라이드 그리피스.’

클라이드 ―― 우리 아들! 최근 아서나 나도 편지가 오지 않아서 걱정하고 있었다. 7월 8일에 사건이 일어났고 지금은 벌써 8월 11일이다! 그렇다면 ―― 그렇다! 하지만 우리 아들이 그럴 리가 없다. 있을 수 없는 일이다! 클라이드가 자기의 애인인 처녀를 죽이다니! 그러나 그 아이는 그런 사람이 아니다! 그 아이는 자기가 어떻게 살고 있는지 편지를 보내왔었다. 큰 부서의 주임이 되었으며 장래성이 있다고. 그러나 여자에 대해서는 씌어 있지 않았다. 그런데 이제 와서! 하지만 캔자스 시에는 다른 여자 애가 있었다. 아아, 하나님의 은총을! 그리고 남편의 형인 라이카거스의 그리피스 씨도 이것을 알면서도 아무런 기별도 하지 않다니! 틀림없이 창피해서 그러기가 싫어졌고 무관심한 것이다. 아니, 그렇지 않아, 그 사람은 변호사를 두 사람이나 댔다니까. 그래도 무서운 일이다! 아서! 다른 아이들! 신문은 뭐라고 말하는 것일까! 이 전도소는! 이곳을 버리고 또 다른 곳으로 가지 않으면 안 될 것이다. 하지만 그 아이는 유죄일까, 무죄일까? 우선 그것을 판단해보고 나서 판단하거나 생각해보지 않으면 안 된다. 이 신문에는 그 아이가 무죄를 주장하고 있다고 씌어 있다. 아아, 캔자스 시의 그 속된 호텔! 그곳의 불량소년들! 해리 테네트라 이름을 바꾸고 편지도 쓰지 않은 채 이곳저곳을 떠돌아다니던 이 년간. 그 사이에 무엇을 했으며 무엇을 배웠을까?

어머니는 생각하는 것을 중단했다. 어머니가 언제나 입버릇처럼 말하는 계시와 위안을 가진 하나님의 진리나 자비나 신앙도 믿을 수 없는 비참함과 공포에 차 있었기 때문이다. 나의 아들! 나의 클라이드! 살인죄 혐의로 형무소에 들어가 있다니! 전보를 쳐야 한다! 아니 편지를 써야 한다! 어쩌면 직접 가보아야 할 것이다. 하지만 어떻게 돈을 마련해야 하나. 어떻게 하면 그것을 견뎌낼 용기와 신앙을 손에 넣을 수 있을까? 이 사실은 아서에게나 프랑크에게나 줄리아에게도 알려서는 안 된다. 아서는 신앙을 설파하고 있지만 너무 고생을 하여 야위었으며 시력도 좋지 않다. 그리고 지금 막 인생을 출발한 프랑크나 줄리아를 이런 일로 슬프게 해서는 안 된다.

하나님, 은총을! 저의 고통은 끝날 날이 없다는 말입니까?

어머니는 돌아섰다. 그 크고 노동에 지친 손은 가늘게 떨렸으며, 들고 있는 신문도 떨렸다. 한편 에스터는 어머니가 견디며 살아온 지난날들을 너무나 잘 알고 있어서 어머니가 측은하다고 생각하여 그 옆에 서 있었다. 그런 일이 없더라도 어머니는 지쳐 있는데 또 이런 고통을 당해야 하다니! 한편으로는 가족 중에서 어머니가 가장 강한 분이라는 것도 알고 있었다. 몸도 꼿꼿하고, 어깨도 떡 벌어졌으며 도전적이고 옹고집이고, 틀에 박힌 방법이기는 하지만 그야말로 영혼의 안내자였다.

어머니는 그 불길한 신문 제목만 지그시 보고 있더니 갑자기 파란 눈으로 방 안을 둘러보았다. 그녀의 널찍한 얼굴은 큰 긴장과 고통으로 창백해졌지만 위엄을 띠고 있었다. 출세해보겠다는 허황된 꿈 때문에 길을 잘못 들어 신세를 망치다니, 확실히 불행한 아이다. 그 아이는 지금 죽음의 위험에 빠져 있다, 살인범으로서! 그 아이는 가난한 여공을 살해했다고 신문에는 씌어 있었다.

"쉬잇!" 하고 부인은 낮은 소리로 말하자 손가락을 입에 대고 신호했다. "아무래도 그이(아서를 가리킴)는 아직 모르는 것이 좋아. 우선 전보를 치거나 편지를 써야겠다. 아마도 너한테도 답장이 올 것이다. 돈을 주지. 어쨌든 거기 좀 앉자. 어쩐지 힘이 빠지는 것 같구나. 성경을 좀 갖다줄래?"

기데온판 성서(1899년 세일즈맨 그룹이 설립한 기데온 인터내셔널이라는 프로테스탄트파 조직이 있었는데 호텔, 병원 등의 방에 성서를 배포했다. 그래서 이 조직이 배포한 성서를 '기데온판'이라고 부르게 되었다.)는 작은 화장대 위에 있었으므로 철제 침대에 걸터앉자 본능적으로 시편 제3, 4편을 펼쳤다.

“여호와여, 나를 괴롭히는 자 왜 이리 많사옵니까?”

“내 무죄함을 밝히시는 하나님, 부르짖사오니 들어주소서.”

그리고 그녀는 겉으로 보기에는 편안한 마음으로 제 6 편, 제 8 편, 제 10 편, 제 13 편, 제 23 편, 제 91 편을 읽었는데 그러는 동안 에스터는 놀라움과 비참한 마음으로 말없이 그 곁에 서 있었다.

“어머니, 도저히 믿을 수가 없어요. 그런 끔찍한 일을 하다니!”

그러나 어머니는 계속 성경만 읽었다. 이런 엄청난 일이 있었다는데 마치 어떤 조용한 곳에 적어도 잠시 동안은 사악한 인간의 병근도 침입하지 못할 장소에 들어가 있는 것처럼 보였다. 그러더니 이윽고 조용히 성경을 덮고 자리에서 일어서면서 말했다.

“그러면 어떻게 쓸까, 그 전보를 누구한테 칠까 —— 물론 클라이드한테지만 —— 그곳, 어쨌든 브리지버그겠지.”

그녀는 신문을 흘깃 보더니 이렇게 덧붙이고 성서의 구절을 인용했다.

“그대는 두려운 마음으로 바르게 답하라. 아니면 그 두 변호사에게 —— 이름이 나 있으니까. 아버지의 형님에게 편지를 쓰면 아버지에게로 답장을 보낼지 모르니까.(다음에는 ‘당신은 나의 피난처, 나의 강한 성, 나 당신께 의지하리라’) 그 판사님이나 변호사님 앞으로 보낸다 하더라도 그 아이에게 전해줄 것이라고 생각했는데, 어떨까? 하지만 직접 그 아이 앞으로 내는 것이 좋을 거야.(‘여호와는 나를 잔잔한 물 가로 인도하신다’) 나는 너에 관한 기사를 읽고 그래도 너를 사랑하며 믿고 있다. 나에게 진실을 말하여 어떻게 해주는 것이 좋겠는지 말해다오. 그렇게 쓰면 된다. 돈이 필요하다면 우리도 할 수 있는 한 만들어보겠다.(‘여호와는 내 영혼을 살리셨도다’).”

다음에는 방금 전의 편안한 한 순간이 거짓말이었던 것처럼 어머니는 다시 꺼칠꺼칠한 손을 마주잡았다.

“그것은 진실이 아닐 것이다. 절대로! 누가 뭐래도 그 애는 내 아들이니까. 우리는 모두 그 아이를 사랑하고 또 믿고 있다. 우리는 그렇게 말하지 않으면 안 된다. 하나님이 그 아이를 구해주실 것이다. 지켜보고 기도하지 않으면, 신앙을 갖지 않으면. 그녀는 하나님의 나래 아래 숨거라.”

어머니는 완전히 제정신이 아니어서 자기가 무슨 말을 하고 있는지 거의 알 수 없었다. 곁에 있던 에스터가 말했다.

"그래요, 어머니. 물론 그래요! 틀림없이 클라이드의 손으로 넘어갈 거예요."

그래도 어머니는 마음속으로 이렇게 중얼거리고 있었다.

'하나님! 하나님! 이런 끔찍한 일이 있을 수 있을까요? 그 애가 살인죄로 기소되다니! 하지만 그것은 진실이 아닐 거예요. 그럴 리가 없어요. 이 얘기가 그이의 귀에 들어가면! 게다가 러셀의 일도 있었고, 거기에 캔자스 시에서 있었던 클라이드의 사건. 불쌍한 아이. 그처럼 고생만 하고."

잠시 후 두 사람은 옆방에서 청소를 하고 있던 아서의 눈을 피해 아래층의 일반 예배당으로 내려갔다. 그곳에는 정적이 있었으며 하나님의 자비, 예지, 흔들리지 않는 정의를 찬양하는 몇 장의 플래카드가 있었다.

18

지금까지 말한 것과 같은 내용의 전보가 베르납 앤드 제프슨 사무소로 날아오자 두 변호사는 곧 클라이드와 상의해서 다음과 같은 답신을 보내기로 했다 —— 이쪽 일은 염려하지 마십시오. 최선을 다해 변호를 해주고 있으니까요. 금전상의 문제도 걱정할 필요가 없습니다. 그리고 변호사측으로부터 권고가 있을 때까지는 가족이 이곳까지 오지 않는 것이 좋겠습니다. 저를 돕기 위하여 가능한 모든 수단을 다 강구하고 있습니다. 또한 두 변호사도 클라이드의 어머니에게 직접 편지를 써서 자기들도 클라이드에게 최선을 다할 것을 확약하고 그냥 지켜만 보아 달라고 충고했다.

이렇게 해서 그리피스 가의 사람들이 동부로 오는 것은 막을 수 있었으나 신문은 집요하게 클라이드의 고립적인 입장을 써댔으므로 베르납이나 제프슨도 클라이드에게는 가족이 있으며 그 주소와, 클라이드에 대한 신뢰나 동정을 알리는 기사가 신문에 실리는 것은 반대하지 않았다. 그러던 중 어머니의 전보가 브리지버그에 닿자 곧 이 사건에 특히 관심을 갖고 있던 자들은 그것을 읽고 그들의 입을 통해 일반 사람들이나 신문 기자들에게 전해져서 변호사들을 도와주게 되었다. 그 결과 기자들이 덴버의 집으로 찾아가서 인터뷰가 이루어졌다. 이렇게 해서 동부나 서부에서 발행되는 모든 신문에 클라이드의 집안에 대한 실상, 그들의 편협되고 고도로 개인주의적인 종교상의 신념이나 행동뿐만 아니라 그들이 벌이고 있는 전도 내용도 알려지게 되었을 뿐 아니라 클라이드도 어린 시절에는 이따금 가두에 끌려나가 찬송가나 기도에 참가했던 일이 있다는 것까지도 기사화되었다. 이런 기사는 클라이드뿐만 아니라 라이카거스나 트웰프스 호의 사교계 사람들에게도 큰 충격을 주었다.

한편 클라이드의 어머니는 정직한 여성이며 자기의 신앙이나 자기의 일이 정당하다는 것을 믿고 있었으므로 계속 밀려오는 신문 기자들에게 거리낌없이 자기들 부부의 전도 활동을 다 얘기해주었다. 그리고 클라이드나 다른 아이들에게 세간의 아이들처럼 기회를 주지 못했다고도 했다. 그러나 자기의 아들은 현재 어떠한 혐의를 받고 있든 간에 나쁜 아이는 아니며 그러한 범죄를 저질렀으리라고는 도저히 믿을 수 없다. 재판이 열리면 본인이 말하겠지만 모든 것은 불행하고 우발적인 각종 조건이 결합된 결과이며 또 그 아이가 아무리 어리석은 행위를 범했다 하더라도 그것은 어떤 불행하고 우발적인 이유 때문에 일어난 것일 것이다. 그 사건은 수년 전 우리들의 전도 사업을 파괴했으며 그래서 덴버로 옮기지 않을 수 없었고 클라이드를 혼자 떠돌아다니게 했다. 클라이드가 라이카거스에 있는 남편의 유복한 형님에게 편지를 써서 그곳으로 가게 된 것도 내가 권한 것이다. 이런 일련의 화제는 독방에 있는 클라이드를 비참함과 분노로 몰아넣었으며 어머니에게 편지를 써서 불평을 늘어놓게 되었다. 어머니는 어찌하여 과거의 일이나 아버지와 두 분이 하고 있는 일에 대해서 말하는 것일까? 나는 그 일을 좋아하지 않았으며 길거리로 나서는 것이 싫었는데……. 많은 사람들은 그러한 일을 아버지나 어머니처럼 보고 있지 않다. 특히 백부나 사촌형이나 여기서 사귄 부자들은 더욱 그렇다. 그러한 사람들은 전혀 다른 훨씬 머리가 좋은 방법으로 성공했으니까. 그러자 이번에는 마음속으로 손드라도 이 기사를 읽었을 것이 틀림없다고 중얼거렸다. 자기가 감추고 싶었던 모든 것을.

이러한 사태에 직면했음에도 불구하고 성실하고 강인한 어머니를 애정과 경의를 담아서 어머니의 일을 생각하지 않을 수 없었으며 그 확실하고 흔들리지 않는 애정에는 감동하지 않을 수 없었다. 어머니는 그의 편지에 이런 답장을 보내왔기 때문이었다.

'혹시 너의 감정을 상하게 했다면 미안하다. 그러나 언제나 사람은 있는 그대로 진실을 말해야 하지 않겠니? 하나님의 길은 가장 선한 길이며 하나님의 가르침에 봉사하는 일에 해악이 생길 수는 없다. 너는 나에게 거짓말을 하라고 강요해서는 안 된다. 하지만 네가 솔직하게 말해주면 나는 필요한 돈을 모으기 위해 노력할 것이고 그곳에 가서라도 힘이 되어주마. 그리고 너의 독방에 함께 앉아서 계획을 세워보자. 너의 손을 잡고.'

그러나 클라이드는 여기서 상황을 곰곰이 생각해본 끝에 어머니를 이곳에 오시게 해서는 안 된다고 판단했다. 진실을 말하라고 자기를 윽박지를 것이 뻔하니까. 어머니는 그 맑고 미동도 하지 않는 파란 눈으로 자기를 쳐다볼 것이다. 이제 그런 것은 더 이상 견딜 수 없다.

왜냐하면 거치른 파도 위에 우뚝 선 거대한 현무암으로 된 곳처럼, 재판 그 자체가 재판을 의미하는 모든 것을 포함하고 바로 그의 눈앞에 있었다. 메이슨의 격렬한 공격에 대해 이쪽은 주로 제프슨과 베르납이 꾸며낸 거짓말로 대항할 수밖에 없다. 그 최후의 순간에는 로버타를 때릴 용기가 없었던 것을 상기시키면서 언제나 양심의 가책을 부각시키려 했으나 이번처럼 사실과는 다른 말을 제시하고 그것을 변호하는 것은 매우 곤란했다. 그것은 베르납이나 제프슨도 알고 있는 사실이며 그래서 제프슨은 뻔질나게 클라이드의 독방에 찾아와서 기분이 어떠냐고 물었다.

시골 사람 특유의 후줄근한 제프슨의 옷과 깊숙이 눌러 쓴 검은 갈색 소프트 모자의 허름함! 뼈마디가 굵고 긴 손가락은 억센 손의 힘을 느끼게 했다. 꼼꼼하고 신념있는 용기와 교활함을 클라이드에게도 심어주려 했는데 실제로 상당히 효과도 있었다!

"오늘도 설교사가 왔었나? 시골 처녀나 메이슨의 부하들도?"

로버타의 가련한 죽음이나 돈 많은 미모의 또 다른 연인이 있었다는 것이 큰 관심을 불러일으켜 당시의 범죄나 섹스에 대한 천박한 호기심에 이끌린 시골 변호사, 의사, 상인, 시골의 복음 전도자나 목사, 시의 관리로 있는 사람의 친구나 친지 등, 각양각색의 사람들이 클라이드의 얼굴을 보려고 찾아왔다. 그것도 느닷없이 그의 독방 문 앞에 서서, 진기한 듯이 또는 화를 내거나 겁먹은 눈으로 그를 보았고 또 이런 질문도 했다. "형제여, 기도를 올리고 있나? 무릎을 꿇고 기도를?"(그럴 때 클라이드는 어머니나 아버지를 생각했다) 하나님 곁으로 돌아갔나? 정말로 로버타 올덴을 살해한 것을 부정했나? 세 사람의 시골 처녀의 경우에는, "당신과 연애한 아가씨의 이름을 가르쳐줄 수 없나요? 아무한테도 말하지 않을 테니까. 그 사람, 재판받을 때 오겠지요?" 그러한 질문에 대해서는 무시하든가 아니면 애매한 대답을 하거나 무관심하게 대답하는 수밖에 없었다. 재판을 유리하게 하기 위해서는 정중하고 인상 좋게 낙관적인 태도를 보여주라고 베르납이나 제프슨은 언제나 주의를 주었었다. 신문 기자들도 삽화가나 사진 기자를 데리고 와서 인터뷰를 하거나 사진을 찍거나 했다. 그러나 이러한 사람들에게는 대개의 경우 베르납이나 제프슨의 조언에 따라서 대답하는 것을 거절하거나 해야 할 말만 하기로 했다.

"해도 무방한 말이라면 적당히 말해도 괜찮아."라고 제프슨은 친절하게 조언해 주었다. "그리고 태평한 마음으로 있게. 또 웃음을 잃어서는 안 돼. 그 목록을 잘 읽어야 한다는 것을 잊지는 않았겠지?"

그는 그가 증인대에 섰을 때 받게 될 질문을 열거한 긴 목록을 주고 그 밑에 타이프를 친 대로 대답하거나 더 좋은 의견이 있으면 의견을 진술하라고 말했었다. 그러한 질문은 모두 빅 비턴 호로의 여행이나 모자를 여분으로 더 사게 된 이유, 심경의 변화 등과 관련된 것이었다 —— 왜, 언제, 어디서, 어떻게.

"그것은 자네의 기도서 같은 것이니까."

그리고 그는 담배를 피웠지만 클라이드에게는 권하지 않았다. 그는 고지식한 인간이며 여기서 담배도 피우지 않더라는 평판을 얻기 위해서였다.

제프슨이 면회하러 올 때마다, 그 뒤 한동안 클라이드는 시킨 대로 해낼 수 있을 것이라고 생각했다. 누구에게도 누구의 눈에도 —— 메이슨이 보기에도 —— 꿈쩍도 하지 않고 증언대에 섰을 때도 메이슨을 두려워하지 않을 것이다. 메이슨이 갖가지 사실을 알아내고 있으며 자기는 이 답변 목록에 따라서 그것을 변명하지 않으면 안 된다는 것도 잊어버린다. 로버타의 일도, 그녀의 최후의 비명도 손드라와 그녀의 빛나는 세계를 잃었다는 아픈 마음도 비참함도 다 잊기로 한다.

그러나 밤이 되거나 하루가 다 가고 곁에 있는 사람이 깡마르고 수염이 텁수룩한 크라우트이거나 교활한 시셀이든가 아니면 그 두 사람이 함께 독방 주위를 서성거리거나, 가볍게 말을 걸어오거나 체스나 체커를 하고 있거나 하면 클라이드는 또 어두운 기분이 되고, 결국 자기는 전혀 희망이 없는 인간이 아닌가 하고 생각하게 되었다. 왜냐하면 변호사나 어머니나 형제자매를 제외하면 자신은 외톨이로 생각되었기 때문이었다! 물론 손드라로부터는 아무런 소식도 없었다. 그녀도 최초의 충격과 공포에서 어느 정도 회복되자 이제는 그에 대해서 조금은 다른 식으로 생각하게 되었다. 나와의 사랑을 위해 로버타를 죽이고 불량배나 희생자로 전락해버렸을 것이다. 하지만 세간에서 보이는 편견이나 공포감이 원쳐 강해서 그녀도 클라이드에게 편지를 쓸 용기는 나지 않았다. 그 사람은 살인범이니까. 게다가 서부에 있는 그 사람의 비참한 가족들은 가두 설교자라 했고 그 사람도 전도소 출신의 찬송가를 부르거나 기도를 하는 소년이었던 것이다! 그러나 클라이드의 이성을 잃은, 몸도 마음도 오로지 그녀에게 쏠린 정열이 이따금 자기도 모르게 마음속에 되살아났다. 그런 무서운 범행까지 저지른 것을 보면 자기를 굉장히 사랑해주었음에 틀림없다! 그래서 세간의 눈에 그처럼 무서운 범죄가 아닌 것으로 판명 되었을 때 자기의 이름을 밝히지 않고 어떤 안전한 방법으로 클라이드에게 편지를 보내 그렇게 자기를 사랑해준 사람이니 완전히 잊어버리지 않았다는 것을 전해줄 필요가 있지 않을까 하고 생각했다. 그러나 또 곧 안 된다. 그런 짓을 하면 안 된다고 생각했다. 아버지나 어머니가 만약 그것을 알리기라도 한다면 —— 그것을 눈치챈다면 —— 아니면, 세간 사람들이나 이전의 친구들이 그것을 알게 된다면. 지금은 안 된다. 적어도 지금은. 아주 나중에 그가 석방되거든. 아니면 —— 아니면 —— 유죄로 된다면 —— 그녀로서는 모르는 일이지만. 하지만 가슴이 아팠다. 동시에 그녀를 자기 것으로 만들기 위해 범한 무서운 범죄에는 격렬한 혐오를 느꼈다.

독방에 갇혀 있는 클라이드는 방 안을 서성거리거나 무거운 창살로 가려진 창문 너머로 따분한 광장을 내다보거나 몇 번이고 되풀이해서 신문을 읽거나 변호사가 넣어주는 책을 펼쳐보거나 체스나 체커를 하거나 식사를 하거나 했다. 베르납이나 제프슨의 특별 배려로 —— 그의 백부의 요구로 그렇게 되었지만 —— 통상 미결수에게 제공되는 요리보다는 좋은 요리가 나왔다.

그러나 손드라를 잃었다고 하는 생각이 집요하게 그를 따라 다녔다. 이러한 상태로 있는 것은 헛된 고통이라고도 생각했다.

그는 가끔 한밤중이나 새벽에 형무소 안이 정적이 싸여 있을 때 —— 갖가지 꿈 —— 그가 무엇보다도 두려워하고 있고, 형체도 없이 용기를 날려버릴 그 소름 끼치는 장면이 떠올랐다. 그럴 때 그는 깜짝 놀라 일어났으며 심장은 미친 듯이 두근거리고 눈은 퀭해졌으며 얼굴이나 두 손에서는 식은땀이 흘렀다. 주 형무소의 어딘가에 놓여 있을 그 의자의 광경인 것이다. 그도 그 의자에 대해서는 책에서 읽은 적이 있었다. 그 의자에 앉은 인간이 어떤 식으로 죽어가는가를. 그런 꿈을 꾼 다음에는 독방을 서성거리며 이런 것을 머리에 떠올렸다. 제프슨은 아주 자신 있게 말했으나 그대로 되지 않았을 때는 —— 유죄 선고를 받고 상고도 거절당한다면 그때는 —— 이 구치소 정도의 건물이라면 부수어버리고 도망칠 수는 없을까? 이 낡아빠진 벽돌 벽. 두께는 얼마나 될까? 그러나 해머나 돌덩이나 누군가가 그런 것을 갖다 준다면. 동생인 프랭크나 누이동생 줄리아나, 라타라나 헤글랜드 중 누군가와 연락을 취해서 그런 도구를 갖고 오게 할 수 있다면. 이 창살을 끊어버리자! 그리고 사력을 다하여 뛰는 것이다. 그때 숲에서 그래야 했던 것처럼! 그러나 어떻게? 어디로?

19

10월 15일, 하늘에는 회색 구름이 덮여 있었으며 1월을 연상케 하듯 날 카로운 바람이 낙엽을 산처럼 수북하게 쌓이게 하거나 살을 에일 듯한 돌풍이 되어 낙엽을 작은 새처럼 이리저리 날려보내거나 했다. 그리고 많은 사람들의 마음속에는 그림자처럼 배경에 떠오르는 금속제 전기의자가 있고 투쟁과 비극의 예감이 떠오르는데도 일종의 휴일이나 축제일 같은 느낌이 있었다. 포드나 뷰익을 타고 오는 몇백 명의 농부나 산간 주민, 상인들, 농부나 그의 아내들과 딸이나 아들, 아기를 안고 있는 사람도 있다. 재판이 시작되기 훨씬 전부터 공공 광장을 서성거리고 개정 시간이 임박하자 클라이드의 모습을 보려고 군 구치소의 앞이나 구치소에서 가장 가까운 재판소의 현관 앞으로 몰려갔다. 그 입구는 방청자나 클라이드가 법정으로 들어갈 때의 단 하나의 출입구로, 그곳에서라면 그가 잘 보일 것이고, 시간이 되었을 때 법정 안으로 들어가기도 편리할 것 같았다. 그리고 또 낡아빠진 재판소 건물의 코르니스 (^{건축 용어로는}
‘추녀의 장식’)나 이층의 물받이나 지붕에는 음산하게 앉아 있는 비둘기의 무리가 있었다.

그리고 메이슨 외에는 버튼 버레이, 얼 뉴컴, 지라 손다스 그리고 마니 골트라고 하는 브리지버그의 법과대학 졸업생 같은 부하들이 증거 서류를 정리하거나 지금은 거의 전국적으로 유명해진 이 검사의 대기실에 이미 모여 있는 여러 증인이나 출두 명령을 받은 배심원 예정자들에게 지시하는 일을 돕고 있었다. 그리고 재판소 밖에서는 "땅콩 사세요!" "팝콘 사세요!" "클라이드 그리피스와 로버타 올덴의 실화, 전부 합쳐 단돈 이십오 센트!" 라는 장사꾼들의 소리가 들렸다. 이것은 메이슨의 사무실에 있던 로버타의 편지를 복사한 것을 버튼 버레이와 친한 사나이가 훔쳐 가서 빈검톤에 있는 엉터리 출판사에 팔아, 그 출판사가 '대음모'의 개략과 로버타나 클라이드의 사진을 함께 실어 팜플렛으로 발행한 것이었다.

한편 형무소 내의 응접실 또는 회의실 같은 방에는 앨빈 베르납과 루벤 제프슨이 클라이드와 나란히 앉아 있었는데, 클라이드는 루아 트웰프스 호의 수중에 영구히 잠겨 있을 그 옷을 입고 있었다. 그리고 라이카거스 당시의 옷차림으로 출정시키기 위하여 새 넥타이나 와이셔츠에 구두까지 신고 있었다. 제프슨은 키가 크고 깡말랐으며 전이나 다름없이 후줄근한 옷을 입고 있었으나 그 몸의 모든 선, 신체의 사소한 움직임이나 몸짓에도 클라이드에게 깊은 감명을 주는 강철 같은 의지와 힘을 가지고 있었다. 베르납은 올바니의 멋쟁이 같았다. 그는 첫 머리의 진술만이 아니라 반대 심문의 중책도 맡기로 되어 있었으므로 클라이드에게 이런 식으로 이야기하는 중이었다.

"알겠지, 클라이드. 언제 무엇을 물어와도, 무슨 일이 일어나든 겁을 내거나 조금이라도 불안한 눈치를 보이면 안 되네. 재판 중에는 계속 우리가 같이 있을 것이고 자네는 우리 두 사람 사이에 앉아 있는 셈이니까. 미소를 잃지 말고 관심을 기울이는 듯한 또는 무관심한 듯한 표정을 자네의 뜻대로 보이는 것은 좋지만 절대로 겁을 내서는 안되네. 인상이 좋고, 신사적인 그리고 동정적인 태도를 잃지 말아야 해. 그리고 겁먹은 표정을 보이지 말 것. 그런 표정을 보이면 우리나 자네에게도 큰 해악이 되는 것은 확실하니까. 자네는 무실하니까 겁을 낼 필요는 없어. 물론 이러한 사건이 일어난 것을 유감스럽게 생각하고 있더라도. 자네도 그런 것은 알고 있을 거야."

"네, 알고 있습니다. 시키시는 대로 해보겠습니다. 그리고 저는 절대로 고의적으로 그 여자를 때린 것이 아니며 그것은 사실이니까 두려워할 이유도 없습니다."

그렇게 대답하자 그는 심리적으로 가장 의지하고 있는 제프슨 쪽으로 눈을 돌렸다. 방금 그가 한 말도 제프슨이 지난 두 달 사이에 연습시킨 말이었으니까. 제프슨도 그 시선에 답하여 다가와서 송곳처럼 예리하면서도 용기를 주는 파란 눈으로 클라이드를 지그시 바라보았다.

"자네는 범죄를 저지른 것이 아니야! 자네는 범죄를 저지르지 않았어, 클라이드. 그 점에 대해서는 자네도 충분히 알고 있을 테니까. 그렇게 믿고 항상 그것을 기억하고 있지 않으면 안 되네. 그것은 사실이야. 자네는 고의적으로 그 여자를 때린 것은 아니었어, 알았나? 자네는 나에게도 여기 함께 있는 베르납에게도 그렇게 단언했으며 우리는 자네를 믿고 있네. 하지만 이 사건에 대한 여러 가지 사정으로 해서 자네가 말하는 대로의 일을 평균적인 배심원에게 이해시키거나 믿게 하기는 불가능할 것이네. 그러나 그래도 상관없네. 그 점에 대해서는 전에도 자네에게 말해두었듯이 자네에게 공평한 판결을 가져오기 위해서는 무언가 다른 이야기를 만드는 수밖에 없네. 진짜 사실의 모조품이나 대용품 같은 것을 말이지. 자네는 그 여자를 고의적으로 때리거나 하지는 않았지만 그 사실에 어떤 것을 첨가하지 않는 이상 배심원들에게 그것을 이해시키기란 어렵지, 알겠나?"

"네 알았습니다."라고 클라이드는 대답했으나 여전히 이 사나이에게 압도되어 끌려가고 있었다. "그리고 그러한 이유에서 몇 번이나 말했듯이 심경의 변화에 대한 이러한 다른 설명을 생각해냈네. 그것은 시간이란 점에서는 진실이라고는 할 수 없지만 그 보트 안에서 자네가 심경의 변화를 체험한 것은 사실이니 그것으로 우리들의 윤리는 정당한 것일세. 그러나 그런 특수한 상황 아래서 심경의 변화를 일으켰다고 하면 다른 사람들이 믿어주기 어렵기 때문에 다소 그것을 시간적으로 앞당겼을 뿐이야. 보트에 타기 전에 심경의 변화를 일으킨 것으로 하는 것이지. 그렇게 되면 사실과는 좀 다르다는 것을 알고 있지만, 그렇게 말하면 자네가 고의적으로 그 여자를 구타했다는 고발도 사실이 아니게 되는 것이네. 진실이 아니라는 것을 이유로 자네를 전기의자에 앉힐 수는 없어. 적어도 나는 그런 것은 인정할 수 없네." 그는 잠깐 클라이드의 표정을 살피더니 이렇게 덧붙였다. "이렇게도 생각할 수 있지. 감자나 의류를 산 대금을 돈이 아닌 옥수수나 콩으로 지불하지 않으면 안 될 경우와 같은 것이네. 자네는 지불할 수 있는 돈은 갖고 있지만 상대가 미치광이 같은 생각에 젖어 있어서 자네가 갖고 있는 돈을 진짜 돈이라고 믿으려 하지 않기 때문이지. 이렇게 되면 감자나 콩을 사용할 수밖에 없지. 이러한 경우에도 우리는 콩으로 지불하려 하고 있는 셈이네. 그러나 그러한 행위가 정당화될 수 있는 것은 자네가 범죄를 저지르지 않았기 때문이네. 자네는 범죄를 범하지 않았어. 처음에 어떠한 행동으로 나왔든 간에 최후의 순간에는 구타할 의사는 없었다고 자네는 나에게 단언했지 않은가. 나는 그것으로 충분하다고 생각하고 있네. 자네는 결코 범죄를 저지르지 않았으니까.”

그리고 여기까지 얘기하자 그는 자기의 생각을 전하려고, 설득력있는 어조로 클라이드의 옷깃을 잡고 다소 긴장하여 침착성을 잃고 있는 그의 갈색 눈을 지그시 바라보면서 덧붙였다.

“알겠나? 마음이 약해지거나 불안해지고 증언대에 서서 메이슨에게 당했다고 생각했을 때라도 이것만은 꼭 기억하기 바라네. 자기 자신에 대해서 이렇게 말하는 거지. ‘나는 범죄를 저지르지 않았다! 나는 범죄를 저지르지 않았다! 내가 범죄를 저지른 것이 사실이 아닌 이상 그들은 나의 유죄를 주장할 수는 없다.’라고. 그때도 침착을 되찾지 못한다면 내 얼굴을 보도록 하게. 내가 바로 곁에 있을 테니까. 자네가 마음의 동요를 느꼈을 때는 나를 보면 돼. 지금 내가 하고 있듯이 내 눈을 보라구. 그렇게 하면 내가 자네에게 용기를 불어넣어 지금 자네에게 들려준 대로 하기를 바라고 있다는 것을 알 수 있을 것이네. 우리가 확신을 가지고 자네에게 말하라고 한 것을 확실하게 말하게. 가령 그것이 거짓말이며 자네가 그 점에 대해서 다른 생각을 갖고 있든 말일세. 나는 자네가 하지 않은 것 때문에 다만 진실을 명확하게 말하지 못한다는 이유만으로 유죄가 되는 것을 막고 싶네, 나의 힘이 미치는 한은. 그것만은 꼭 말해두겠네.”

여기까지 말하자 그는 부드럽게 마음을 담아서 클라이드의 등을 두들겼다. 그러자 클라이드도 이상하게 힘이 솟아나 적어도 한동안은 그가 시키는 대로 할 것 같은 기분이 들었으며 또 그렇게 해야겠다고 생각했다.

제프슨은 시계를 꺼내보고 우선 베르납에게 눈을 돌리고 다음에는 옆의 창문으로 눈길을 옮겼다. 창 밖에 몰려온 군중이 보였다. 한떼는 재판소 입구의 돌계단 근처에 신문기자나 신문사 사진반원이나 삽화가가 섞여 있는 무리들이었고 다른 한떼는 구치소 출구 바로 앞에 모여서 클라이드나 이 사건에 관계되어 있는 인간들의 스냅 사진을 찍으려고 대기하고 있었다. 그는 조용하게 말을 계속했다.

"음, 이제 시간이 되었군. 마치 카탈라키 군의 사람은 한 사람도 빼놓지 않고 모두 안으로 들어오려 하는 것 같군. 이렇게 되면 방청석은 만원이 될 거야."라고 말하더니 다시 한 번 클라이드를 보고 이렇게 덧붙였다. "저 군중을 보았다고 동요해서는 안 돼. 구경거리라도 보려고 몰려온 시골 사람들에 지나지 않으니까."

잠시 후 베르납과 제프슨은 밖으로 나갔다. 그때 크라우트와 시셀이 클라이드를 호위하기 위하여 들어왔다. 한편 두 변호사는 웅성대는 군중 틈을 헤치고 저쪽 갈색 잔디밭 광장에 있는 재판소 건물로 걸어갔다.

그리고 그 후 5분도 안 되어 앞에는 슬랙과 시셀, 뒤에는 크라우트와 스웽크가 서서 —— 또 어떤 폭력 행위나 시위에 대비하기 위하여 양 옆에도 다른 두 명의 보안관 대리가 호위하는 가운데 클라이드도 될 수 있는 한 무관심한 표정을 지으려 노력하면서 밖으로 끌려나왔으나 낯설고 험상궂은 많은 얼굴에 둘러싸였다. 묵직한 너구리 털 상의나 모자, 턱수염의 사나이들 아니면 이 지방의 농민들을 특징지우는 빛바랜 옷을 입은 남자들이 아내나 아이들을 데리고 진기한 듯이 지켜보고 있었다. 그들이 언제 권총을 쏠지 또 칼을 배들고 달려들지 모른다고 생각하니 적지않게 불안해졌다. 보안관 대리들이 권총을 빼들고 있는 것도 그의 불안이 결코 근거없는 것은 아니라는 것을 말해주는 것 같았다. 그러나 실제로는, "아 나왔다!", "나왔어!" "저 사람이 범인이야!" "그런 흉악한 짓을 한 사람 같지는 않아."라고 떠드는 소리가 들릴 뿐이었다.

이어서 카메라의 찰칵거리는 소리와 웅성거리는 소리가 들렸고 두 사람의 호위가 바짝 몸을 붙이자 그도 정신적으로는 더욱 위축되는 것 같았다.

그리고 다음에 낡아빠진 재판소 입구로 통하는 갈색의 5단 돌계단을 지나 안쪽 계단을 오르자 갈색으로 칠한 높은 천장, 장방형의 넓은 방이 있었는데 좌우나 동쪽으로 면한 뒷부분은 천장이 높았고 위쪽엔 둥근 창이 있으며, 엷은 판유리가 끼워져 있어서 바깥의 밝은 햇살이 가득 들어오고 있었다.

서쪽 끝은 일단 장식적인 높은 단이 있었고 조각된 의자가 놓여 있었다. 그 배후에는 초상화 그리고 북쪽과 남쪽 그리고 뒤쪽에는 벤치가 여러 줄 배열되어 있었다. 한 줄마다 뒤로 갈수록 조금씩 높아졌는데 벤치에는 사람이 꽉 차 있었으며 그 뒤의 공간에도 사람이 서 있었다. 그가 들어서자 그들은 일제히 목을 길게 빼들고 날카로운 시선으로 그를 보더니 웅성거리기 시작했다. 그의 귀에는 그것이 단순히 S나 P의 발음이 뭉쳐진 소리처럼 들릴 뿐이었다. 그가 좁은 통로를 지나 앞쪽의 비어 있는 장소로 들어가자 거기에는 베르납과 제프슨이 테이블 앞에 앉아 있었고 두 사람 사이에 자기가 앉을 빈 의자가 보였다. 주위의 시선이나 얼굴이 따갑게 느껴졌으나 그는 그들을 볼 생각이 전혀 없었다.

그러나 정면의 같은 구획 안이기는 했지만 높은 단 바로 아래 서쪽 끝에 있는 또 하나의 테이블에는 메이슨을 위시하여 낯익은 사람이 몇 사람 있었다. 얼 뉴컴, 버튼 버레이 그리고 그가 아직 한 번도 만난 적이 없는 한 사나이가 있었는데 그가 들어가자 그들 네 사람은 그를 쳐다보았다.

그리고 안쪽에 있는 사람들의 주위에는 신문기자나 삽화가들이 안에 있는 사람들을 에워싸듯이 앉아 있었다.

이윽고 그도 베르납의 충고를 상기해보면서 몸을 꼿꼿하게 하고 미리 연습했던 대로 평정과 용기있는 태도를 보이려 했다. 한편 그는 긴장되고 창백해진 얼굴과 약간 흐려진 눈으로 그를 관찰하거나 스케치하는 신문기자나 삽화가를 보았다.

"아주 꽉 찼군요."라고 나직하게 말하는 소리도 들렸다. 그런데 바로 그때 어디서나 잘 울리는 '딱딱' 하는 소리가 들렸다. 그리고 곧 서기가 말했다.

"조용히 하십시오, 재판장님이 들어오십니다. 일동 기립해주십시오!"

그러자 웅성거리던 방청객들도 모두 조용해졌다. 이어서 상단의 남쪽 입구에서 혈색이 좋은 부드러운 얼굴에 도시인 같은 키가 큰 사나이가 천천히 검은색 가운을 입고 책상 뒤에 있는 의자 곁으로 걸어와서 장내를 둘러보더니 자리에 앉았다. 법정 안에 있는 사람들도 모두 자리에 앉았다.

다음에는 재판장석 아래 왼쪽 작은 테이블에 있던 재판장보다 키가 작고 나이는 위인 듯한 인물이 일어나서 큰소리로 말했다.

"조용히 하십시오! 뉴욕 주 카탈라키 군 최고 재판소의 개정에 앞서서 관계자 제위는 재판장 가까이 가서 경청하여 주시기 바랍니다. 법정을 개정하겠습니다！"

그 후 그는 다시 한 번 일어나서 재판 개시를 알렸다.

"뉴욕 주는 클라이드 그리피스를 고발합니다."

그러자 곧 메이슨이 자기의 테이블 앞에서 일어나서 말했다.

"증인 준비가 완료되었습니다."

다음에는 아까의 서기가 앞에 놓인 네모난 상자에 손을 넣어 한 장의 종이를 꺼내어, "시미안 딘즈모어."라고 읽었다. 그러자 족제비 같은 얼굴에 새의 발톱 같은 손, 갈색 옷을 입었으며 고양이 등을 한 키가 작은 사나이가 배심원석으로 가서 앉았다. 그 사나이가 자리에 앉자 메이슨이 다가가서 민첩한 태도로 코가 구부러진 얼굴에 매우 공격적인 표정을 지으면서 장내의 구석구석까지 울리는 힘찬 목소리로 연령, 직업, 독신이냐, 기혼자냐, 아이는 몇이 있는가, 사형은 필요하다고 생각하는가 하는 것을 묻기 시작했다. 클라이드도 곧 느낀 것이지만 질문을 받은 사나이는 그 최후의 질문에는 분개에 가까운 기분이거나 억제했던 감정이라도 폭발하는 것 같았다. 그가 즉각 힘을 주어 대답했기 때문이었다.

"절대적으로 필요합니다. 어떤 사람들에 대해서는."

이 대답에 메이슨은 빙그레 미소를 지었고 제프슨은 베르납을 돌아보았으며 베르납은 야유조로 중얼거렸다.

"저렇게 해서 공평한 재판을 할 수 있다고 생각하는 모양이군."

메이슨도 이 농민은 지나치게 완고한 것 같지만 정직한 사람이라는 것을 알았으나 자기의 신념을 너무 강조하는 것 같아 이렇게 말했다.

"법정의 동의를 얻을 수 있다면 검사측은 이 배심원 후보는 제외하고 싶다고 생각합니다."

그러자 베르납도 제판장의 묻는 듯한 시선에 답하여 고개를 끄떡여 보였으므로 이 배심원 후보는 제외되었다.

그러자 곧 서기는 또 한 장의 종이를 꺼내어, "다들리 시어라인！" 하고 불렀다. 이번에는 38세나 40세 사이로 보이는 단정한 복장에 어딘지 소심하고 깡마르고 키가 큰 사나이가 배심원석에 앉았다. 메이슨은 다시 한 번 전과 같은 질문을 했다.

한편 클라이드는 베르납이나 제프슨이 사전에 주의를 주었음에도 불구하고 벌써 몸이 얼어붙었으며 몸이 떨리고 핏기가 싹 가시는 것 같았다. 왜냐하면 방청인들이 분명히 적의를 품고 있음을 알았기 때문이었다. 몸을 옴짝달싹도 할 수 없도록 빽빽하게 들어찬 방청객 중에는 로버타의 부모나 형제자매도 와 있을 것이다. 그리고 이제사 생각난 일이지만 방청객들은 몇 주 동안에 걸쳐서 신문에 보도 된 바와 같이 자기에게 죄의 대가가 돌아가기를 마음 속으로 기도하면서 이쪽을 보고 있을 것이 틀림없다.

거기에 또 라이카거스나 트웰프스 호의 친구들도 있다. 누구 한 사람도 편지하지 않은 것을 보면 모두 내가 유죄가 될 것으로 믿고 있는 것이다. 분명 그들 중 누군가가 와 있을 것이다. 가령 트럼블 가의 질이나 가틀루드든가 트레이 가 아니면 와이넷 판트나 그 형제? 그 여자도 자기가 체포되었을 때는 베어 호의 캠프에 있었다. 그의 눈앞에는 작년에 만났던 사교계의 모든 사람들이 어른거렸다. 그들에게는 자신이 가난하고 버림받은 인간, 이렇게 죄를 짓고 재판을 받고 있는 인간으로 비칠 것이다. 그러나 자기는 이곳에도 서부에도 돈 많은 친척이 있다고 그처럼 허풍을 떨지 않았던가. 물론 지금은 그들도 자기를 최초의 계획 그대로 흉악한 인간으로 믿고 있을 것이다. 이쪽 사정은 알지도 못할 뿐더러 알려 하지도 않을 것이다. 자기의 기분이나 갖가지 불안, 로버타의 일로 빠졌던 그 곤경, 손드라에 대한 사랑이나 자기에게 그녀가 어떤 의미를 갖고 있었느냐 하는 것도 그들은 그런 것을 이해하려 하지 않을 것이고 또 이쪽에서 변명을 하려 해도 무엇 하나 들을 것 같지도 않다.

그래도 베르납이나 제프슨의 조언 덕분에 몸을 꼿꼿이 하고 미소를 띠우거나 인상 좋은 얼굴을 하고 어떤 인간의 시선이라도 정면으로 대담하게 받아들이지 않으면 안 된다. 그렇게 생각하고 자세를 바로 한순간 옴짝도 못 할 것 같았다. 왜냐하면 그의 왼쪽 벽 옆의 한 벤치에 —— 아아, 어쩌면 그렇게도 빼닮았을까! —— 로버타를 빼닮은 젊은 여자가 있었다! 그것은 그도 들어 알고 있는 로버타의 여동생 에밀리였다. 그렇지만 이 얼마나 큰 충격인가! 심장의 고동이 멈출 듯했다. 로버타라고 해도 곧이들을 그런 얼굴이었다! 그 여자는 유령처럼 그러면서도 현실적이고 힐책하는 듯한 눈으로 그를 노려보고 보고 있다! 그 옆에는 역시 로버타를 닮은 젊은 여자 또 그 옆에는 로버타의 아버지가 있다. 길을 물으려고 농가를 찾아갔던 날 만난, 그 주름투성이의 그 노인은 "이 살인자! 이 살인자!"라고 지금이라도 소리칠 듯한 험상궂은 눈으로 그를 보고 있다. 그리고 그 옆에는 온화하고 키가 작은 병자 같은 50세 가량의 여자가 있다. 베일을 쓰고 있었으며 눈이 움푹 들어간 그 여자는 그와 시선이 마주치자 증오가 아니라 커다란 고통이 엄습한 듯이 눈을 내리뜬 채 얼굴을 돌렸다. 로버타의 어머니가 틀림없었다. 이 무슨 사태인가! 상상도 하지 못했던 비참함! 그의 심장은 마구 뛰었다. 그리고 두 손은 부들부들 떨렸다.

그는 마음을 가라앉히려고 머리를 숙이고 자기 앞의 테이블에 놓인 베르납이나 제프슨의 손으로 눈을 돌렸다. 그들은 메이슨이나 배심원석에 불려나온 사나이를 바라보면서 —— 그때는 멍청한 얼굴에 뚱뚱한 사나이었는데 —— 앞에 놓인 서류 위에 손을 올려놓고 연필을 만지작거리고 있었다. 제프슨의 손과 베르납의 손은 어쩌면 그렇게도 다를까. 베르납의 손가락은 짧고 희고 부드러워 보였으나 제프슨의 손가락은 가늘고 길며 갈색이고 뼈가 앙상했다. 베르납은 이 법정에서도 호감을 주는 좋은 인상과 태도를 보이고 있었고 목소리도 그러했다. "그 배심원님에게는 퇴석(退席)을 요구하고 싶습니다."라는 말만 하더라도 메이슨의 권총을 쏘아대는 듯한 "제외!"라는 목소리나 제프슨의, "알빈, 저 사나이는 빼는 것이 좋겠습니다. 우리에게는 득될 것이 아무것도 없습니다."라고 느릿하고 힘차게 말하는 목소리와는 너무나 대조적이었다. 그때 갑자기 제프슨이 말했다.

"똑바로 앉아 있어! 똑바로! 그리고 주위를 둘러보도록! 그런 식으로 고개를 떨구고 있지 말고. 고개를 꼿꼿이 들고 정내를 둘러보도록. 그리고 자연스럽게 웃는 얼굴을 보이라구. 똑바로 모두를 보도록 하라구. 그들은 자네에게 상처를 주려는 것이 아니야. 그들은 호기심에서 몰려온 농민에 지나지 않으니까."

그러나 클라이드는 몇 사람의 신문기자나 삽화가들이 이쪽을 힐끔거리며 스케치를 하거나 기사를 쓰고 있는 것을 보았다. 그는 이번에는 완전히 상기되어 힘이 빠졌다. 왜냐하면 그들의 탐색하는 듯한 눈초리나 열띤 말이 종이 위를 달리는 그들의 펜이 긁적거리는 소리나 마찬가지로 확실하게 느껴졌기 때문이었다. 모든 것이 신문에 실린다. 나의 창백해지는 안색이나 손이 떨리는 것도 그들은 다 쓸 것이다. 그렇게 되면 덴버에 계신 어머니도

라이카거스의 사람들도 누구나 다 그 기사를 읽을 것이다. 내가 올덴 일가가 앉아 있는 쪽을 보고 그들과 눈이 마주치자 내가 얼굴을 돌린 것도. 하지만 나는 좀더 나 자신을 억제하지 않으면 안 된다. 좀더 몸을 꼿꼿하게 하고 주위를 둘러보지 않으면 안 된다. 그렇게 하지 않으면 제프슨도 나를 미워할 것이다. 그는 다시 한 번 용기를 내어 떨지 않고 눈을 들어 주위를 둘러보았다.

그러나 그 순간 벽 근처의 길쭉한 창가에 자기가 걱정했던 대로 트레이시 트럼블이 있었다. 그는 법률상의 흥미나 호기심에서 온 것일 뿐 자기에 대한 연민이나 동정심에서 온 것이 아니라는 것은 확실했다. 다행히도 마침 그때 아까의 뚱뚱한 사나이가 질문하고 있는 메이슨 쪽을 보고 있었다. 트레이시의 옆에는 에디 셀즈가 있었는데 눈이 나쁜 탓에 렌즈가 두꺼운 안경을 쓰고 이쪽을 보고 있었으나 아무런 신호도 하지 않는 것을 보면 그를 보고 있는 것은 아닌 것 같았다. 아아, 이 무슨 시련인가!

그리고 그 두 사람이 있는 곳에서 다섯째줄 뒤는 길핀 부부가 있었다. 물론 메이슨이 소환한 증인이었다. 그들 부부는 도대체 무슨 증언을 하려는 것일까? 그처럼 은밀히 로버타를 찾아가곤 하지 않았던가. 어쨌든 그것은 실수였다. 그리고 조니 뉴튼 부부까지도! 도대체 무엇 때문에 그들 부부를 증언대에 세우려 하는 것일까? 아마도 자기와 만나기 전의 로버타의 생활에 대해서 얘기하게 하려는 것이겠지? 몇 번 본 적은 있으나 얼굴을 마주친 것은 크람 호에서 그때 딱 한 번밖에 없었다. 또 그들 뒤에는 로버타도 호의를 갖고 있지 않았던 그레이스 마도 와 있다. 그 여자는 무슨 말을 할까? 물론 나와 로버타가 처음 만난 경위를 말하겠지만 그 밖에는 할 말이 없지 않을까? 그리고 —— 아니, 그럴 리가 없다. 하지만 틀림없이 저 오린 쇼트가 있다. 글렌 의사의 일로 상담한 적이 있었지. 빌어먹을! 저 녀석은 그때 일을 말할지도 모른다. 아니 그럴 것이 틀림없다. 그것은 꿈에도 생각해보지 않았던 일이 아닌가.

또 정면에서 세 번째 창가에 있는 올덴 일가의 맞은쪽 자리에는 옛날의 산적처럼 보이는 얼굴에 키가 크고 텁석부리 수염의 퀘이커교도인 하이트란 사나이가 있다. 저 사나이와는 3마일 후미에서 그리고 또 강제로 빅 비턴 호로 끌려갔을 때 만났었다. 아아 그렇다, 검시관이다. 그 옆에는 그 날 숙박부에 이름을 쓰게 한 숙사 주인. 그 옆에는 보트를 빌려준 보트장의 사나이가 있다. 또 그 옆에는 그와 로버타를 간 롯지에서 차로 태우고 간 키가 크고 호리호리한 안내인도 있었으며 햇볕에 그을린 그 얼굴, 힘줄이 불거진 당당한 체구의 사나이가 지금은 차분하게 작고 동물적인 눈으로 찌를 듯이 보고 있었다. 그는 간 롯지에서 탄 버스 안에서 있었던 일을 하나도 빼놓지 않고 증언할 것이다. 그 사나이는 그날의 침착하지 못했던 나를 확실하게 기억하고 있지는 않을까? 그렇다면 신경에 변화를 일으켰다는 변명에 영향을 주지는 않을까? 그 점에 대해서는 제프슨과 다시 한 번 상의해보는 것이 좋지 않을까?

하지만 저 메이슨이란 사나이는 얼마나 냉혹한 인간인가! 얼마나 정력적인가! 자기에게 불리한 증언을 시키기 위하여 이처럼 많은 증인을 모아오다니! 지금도 메이슨은 이따금 그가 그쪽으로 눈길을 돌릴 때마다— — 적어도 열두 번 정도는 돌렸으나 배심원석에 관한 한 아직까지 별 성과가 없었다 —— 검사측은 이 배심원을 받아들이겠다고 큰소리로 외쳤다. 그러나 그가 그렇게 말할 때마다 제프슨은 그쪽으로 고개를 돌려 베르납의 얼굴도 보지 않고 저 사나이는 우리에게 아무 득도 되지 않는다고 말했다. 그러나 예의 바르고 온화한 베르납은 이의를 제기했고 대개의 경우 그 이의는 받아들여졌다.

그러나 다행히 서기가 늙은 목소리로 오후 두시까지 휴정을 선언했다. 제프슨은 클라이드에게 웃어 보였다.

"이것으로 제 1 라운드는 끝났네. 대단한 일은 아닐 거야. 어쨌든 나가서 맛있는 점심을 먹도록 하세. 오후도 지금처럼 지루하고 따분할 테니까."

그때 임시 보안관 대리들과 함께 크라우트와 시셀이 곁으로 다가와서 그를 에워쌌다. 곧 군중들이 밀려와서 소리쳤다.

"바로 저 사나이야! 저 사나이라니까!"

키가 크고 살집이 좋은 여자가 사람들을 헤치고 가까이 오자 그를 지그시 바라보면서 소리쳤다.

"그 작자를 자세히 보게 해줘요. 얼굴을 잘 봐두어야 하니까. 나도 두 딸이 있거든."

그러나 법정에서 보았던 라이카거스나 트웰프스 호의 친구들은 모습을 보이지 않았다. 물론 손드라의 모습도 찾아볼 수 없었다. 베르납이나 제프슨도 손드라가 여기에 나타나지는 않을 테니 안심하라고 누누이 말했었다. 그녀의 이름조차 나오지 않았다. 핀칠리 가뿐만 아니라 그리피스 가도 그것을 반대하고 있었다.

20

그 후 메이슨과 베르납은 배심원을 선택하는 데 꼬박 닷새를 소비했다. 그러나 마침내 클라이드를 재판할 열두 명이 선서를 마치고 배심원석에 앉았다. 그들은 일정한 직업이 없는 머리가 희끗희끗한 사람이거나 햇볕에 그을린 주름투성이의 농부이거나, 시골의 가겟집 주인이 태반이며 그 밖에 포드 자동차의 대리점 주인, 톰 딕스 호의 여관집 주인, 브리지버그의 햄버거 의료점 점원, 그라스 호 북쪽의 퍼디에 살고 있는 보험 외무원 등이었다. 그리고 한 사람을 제외하면 모두가 아내를 가진 자들이었다. 또 한 사람을 제외하고는 도덕가라 할 수는 없더라도 신앙심이 돈독하며 그들은 배심원에 선정되기 이전부터 클라이드가 유죄라는 것을 믿고 있었다. 그래도 전원이 한결같이 자기 자신을 공평하고 관대한 마음을 가진 인간이라 믿고 있기 때문에 이런 큰 사건의 배심원으로서 공평하고 사심없는 판단을 내릴 수 있을 것이라고 확신하고 있었다.

이리하여 임명된 배심원은 전원 기립하여 선서를 마쳤다.

메이슨은 곧 일어서서 진술을 시작했다.

"배심원 여러분."

그러자 베르납이나 제프슨뿐만 아니라 클라이드도 메이슨의 진술이 어떠한 인상을 주는지 관심을 기울이면서 배심원들의 표정을 살펴보았다. 왜냐하면 이런 특수한 정상하에서는 더 이상 활동적이고 감동적인 검찰관은 찾아보기 어려울 정도라고 생각했기 때문이었다. 메이슨으로서도 이 재판은 그의 생애 중 다시없는 기회였다. 합중국 전 국민의 눈이 자기에게로 집중되어 있지 않은가. 그는 그렇게 믿고 있었다. 마치 돌연 누군가가, "라이트다! 카메라다!"라고 외치기라도 한 것 같았다.

메이슨은 이렇게 말하기 시작했다.

"지난 1주 사이에 이 사건의 변호인이 배심원 명부에서 열두 명을 선정할 때 그 신중한 방법에는 때로는 당혹하고 때로는 지루하게 여기셨을 줄 압니다. 그러나 이런 놀라운 사건의 발생에 대한 모든 사실을 제출하고 법률이 명하는 일체의 공평성과 이해심을 가지고 정리된 이 사실을 심리해줄 열두 분을 찾아내는 것은 결코 쉬운 일이 아닙니다. 다시 말씀드리지만 그처럼 세심한 주의를 기울인 것도 단 하나의 동기에 의한 것입니다. 제가 말씀드리지면 어떠한 악의 그 어떤 선입관도 포함되지 않았습니다. 나는 7월 9일까지 개인적으로는 피고의 존재도 피해자의 존재도 전혀 몰랐습니다. 피고가 지금 고발되고 있는 것과 같은 범죄의 존재도 전혀 몰랐던 것입니다. 피고와 같은 나이, 교육, 연고를 가진 인물이 이러한 범죄 혐의로 고발되는 입장에 놓이게 되었다고 들었을 때는 큰 충격을 받았으며 도저히 믿을 수가 없었습니다. 그 후 서서히 나의 의문도 바뀌고 마침내 영구히 사라져서 문자 그대로 내가 던진 방대한 증거에서 민중을 위하여 이번 소송을 제기하는 것이 나의 의무라는 결론에 이르게 되었습니다.

그러나 사정이야 어떻든, 진술의 본론으로 들어가겠습니다. 이 소송에는 두 여성이 관련되어 있습니다. 한 사람은 사망했고 또 한 사람은."라고 말하다가 그는 여기서 클라이드가 앉아 있는 쪽으로 고개를 돌려 베르납이나 제프슨이 있는 쪽을 가리켰다. "검사측과 변호인측의 협정에 따라 당 법정은 이름을 밝히지 않기로 하겠습니다. 불필요한 손해를 주는 것은 아무런 이익이 되지 않기 때문입니다. 실제로 검찰측이 제출한 하나하나의 말, 사실 하나하나의 배후에 있는 것으로서 내가 여기에 말해두고 싶은 유일한 목적은 이 주의 법률이나 피고가 고발당하고 있는 범죄에 따라서 엄정한 정의가 행해지는 것입니다. 여러분, 엄정한 정의 즉 엄정하고 공평한 정의입니다. 그러나 여러분이 정직하게 행동하지 않고 증거에 입각하여 정당한 평결을 하지 않는다면 뉴욕 주 및 카탈라키 군의 주민은 심각한 불만을 가지게 될 것입니다. 왜냐하면 여러분이 이 사건에 대하여 성심성의껏 추리하여 최종적인 판단을 내려주기를 기대하고 있는 것은 여러분의 주민들이기 때문입니다."

메이슨은 여기서 일단 말을 끊자 연극배우 같은 동작으로 클라이드 쪽을 보면서 오른쪽 집게손가락으로 몇 번이나 그를 가리키면서 말을 계속했다.

"뉴욕 주의 주민은 고발한다."라고 우레 같은 효과를 노리는 듯 그는 이 한 마디를 몇 번이나 사용했다. "제 1 급 살인죄가 실제로 피고석에 있는 죄수

224

클라이드 그리피스에 의해 저질러진 것이다. 주민들은 고발한다. 피고는 고의로, 더욱이 악의와 잔혹함과 기만으로 몇 년이나 미미코 군 빌츠 근처에 살고 있는 농군의 딸 로버타 올덴을 살해하고, 그 사체를 세간의 눈과 정의로부터 영원히 감추려고 했다고 주민들은 고발한다.” 이때 클라이드는 작은 목소리로 제프슨이 하는 충고에 따라 가급적 여유있는 자세로 등을 기대고 앉아서 자기의 얼굴을 똑바로 보고 있는 메이슨의 얼굴을 가능한 한 바라보고 있었다. “이 클라이드 그리피스라는 인물은 이번 범행을 하기 이전에 그 계획과 실행을 몇 주간이나 획책했으며, 악의를 가지고 실행했습니다. 이 고발을 함에 있어 뉴욕 주의 주민은 하나하나의 사항에 대해서 여러분 앞에 증거를 제시할 예정이며 또 실제로 제출할 것입니다. 따라서 그 사실의 유일한 심판자는 내가 아니라 배심원 여러분입니다.”

이때 그는 말을 중단하고 자세를 바꾸었다. 열성적인 청중이 웅성대고 목을 길게 빼밀며 다음 말을 기다리는 가운데 이번에는 한쪽 팔을 들어올리고 연극 배우 같은 몸짓으로 머리를 쳐들며 말을 계속했다.

“여러분, 빅 비턴 호의 밑바닥으로 잔혹하게 가라앉은 피해자가 어떠한 여성인가를 알려드리는 데는 별로 시간이 걸리지 않을 것이며, 심리가 진행됨에 따라 여러분 자신도 상상할 수 있을 것입니다. 그녀의 전 생애인 20년에 걸쳐서(23세로 클라이드보다도 두 살 위라는 것은 메이슨도 잘 알고 있었다), 지금까지 그녀를 알고 있는 사람들은 한 마디도 그녀에 대해서 비평한 사람이 없는 여성입니다. 이 법정에서도 그것을 부정하는 증언은 하나도 나오지 않을 것이라고 확신하고 있습니다. 그녀는 지금부터 일년 전인 7월 19일, 라이카거스 시로 왔는데 그것은 가계를 돕기 위해 돈벌이를 하러 온 것이었습니다.”

이때 로버타의 양친이나 형제자매가 훌쩍거리며 우는 소리가 법정의 구석구석까지 들렸다.

메이슨은 계속 설명했다. 로버타는 처음으로 고향을 떠나 그레스 마와 함께 지내게 되었으며 크람 호에서 우연히 클라이드를 만났는데 결국 클라이드가 원인이 되어 친구이며 보호자이기도 한 뉴톤 부부와도 사이가 나빠졌으며 클라이드의 의견에 따라 낯선 사람들 사이에서 함께 살게 되었다. 그러한 사실을 부모에게는 감추고 있는 사이에 결국은 클라이드의 책략에 빠지게 되었다. 로버타가 빌츠에서 클라이드에게 보낸 편지에는 이상과 같이 서서히 깊게 빠져드는 단계가 상세히 적혀 있다. 다음에 메이슨은 역시 엄밀한 방법으로 클라이드측으로 이야기를 옮겼다. 라이카거스의 사교계, 자산가의 아름다운 딸인 X 양과의 일, 그녀도 사랑에 빠져 순수한 천진스러움과 친절함으로 결혼할 수 있을지도 모른다고 넌지시 비쳤다. 그것이 결과적으로 클라이드의 정열을 자극하게 되었고 그것은 로버타에 대한 클라이드의 태도와 감정에 갑작스런 변화를 갖고 오게 한 원인이기도 하다. 그 결과 나중에 설명하겠지만 로버타의 죽음을 가져온 책략이 되어 나타났다고 했다.

"그런데 내가 이처럼 비난하고 있는 인물은 도대체 어떤 사람일까요?" 하고 그는 여기서 갑자기 극적으로 목소리를 높였다. "여기 앉아 있습니다! 가난한 양친의 아들 —— 빈민굴의 산물 —— 경건하고 훌륭한 생활의 가치나 의무에 대해서 올바르게 또는 가치있는 개념을 얻을 수 있는 모든 기회를 거부당해온 인물이었을까요? 그럴까요? 아닙니다. 그 반대였습니다. 그의 아버지는 라이카거스에 가장 크고 건설적인 산업의 하나인 그리피스 칼라 와이셔츠 제조회사를 갖고 있는 분과 같은 혈통의 인물입니다. 피고는 가난했습니다. 네, 그 점은 확실합니다. 그러나 로버타 올덴은 더욱 가난했습니다. 그런데도 그녀의 성격은 가난으로 영향을 받은 것 같지는 않습니다. 피고의 양친은 정규 목사는 아니지만 캔자스 시나 덴버에서 또 그 전에는 시카고나 미시간 주의 그랜드 래핏츠에서 개종하여 전도하는 일을 하게 된 것 같습니다. 내가 추측하기로는 경건한 종교가이며 모든 의미에서 올바른 생각을 갖고 있는 사람입니다. 그런데 그런 사람의 장남이며 당연히 양친으로부터 깊은 감화를 받았어야 할 이 피고는 화려한 생활을 동경했던 것입니다. 그래서 유명한 캔자스 시의 그린 데이비드슨 호텔의 보이가 되었던 것입니다."

그리고 이번에는 클라이드가 항상 철새 같은 생활을 해왔다고 말했다. 왜냐하면 아마도 성격적으로 변덕이 심하고 각지를 방랑하기를 좋아했기 때문인 것 같다. 뒤에 라이카거스에서 백부의 유명한 공장의 한 부서의 주임이라는 중요한 지위를 얻게 되었다고 설명했다. 다음에는 차츰 백부나 그 자녀들과 친밀한 관계에 있던 서클에 소개되었다. 급료는 시내의 약간 고급스런 택지에 방하나를 빌려 사는 정도였으나 그가 살해한 여성은 뒷골목의 초라한 집에서 살고 있었다.

　"그럼에도 불구하고."라고 메이슨은 말을 계속했다. "이 고장에서는 피고의 나이가 젊다는 것이 매우 강조되고 있습니다." 여기서 그는 경멸하는 듯한 미소를 지었다. "변호사나 신문사 사람들은 종종 피고를 소년이라 불렀었습니다. 그는 소년이 아닙니다. 수염을 길러도 좋을 성인입니다. 배심원석의 어느 분보다도 사회적으로나 교육이란 점에서도 유리했습니다. 여행도 했습니다. 호텔이나 클럽, 라이카거스에서 친하게 출입했던 사교계에서 품위 있고 유능한 사람으로 평가되어 친하게 대해주었습니다. 지금부터 두 달 전 그가 체포되었을 때 이 지방이 자랑하는 세련된 사교계나 피서지의 그룹에 실제로 참가했습니다. 그 점을 잊지 말아주십시오! 피고의 지능은 성숙했으며 미성년이 아닙니다. 충분히 성장하여 완전히 사리분별을 할 나이였습니다. 그리고 여러분, 이 점에 대해서는 주 당국이 곧 입증해 보이겠지만 이미 죽은 로버타 올덴이 피고가 주임이었던 직장에 취직한 것은 피고가 라이카거스에 온 지 고작 사개월 후였습니다. 그런 이개월 뒤에 피고는 로버타를 설득하여 그녀가 택한 신앙심이 두터운 훌륭한 가정에서 낯 모르는 집으로 옮기게 했습니다. 그 주요한 불리한 점이라면 이미 로버타에 대해서 품고 있던 사악한 목적 때문이었으며 타인의 눈에서 비밀, 격리, 해방되기를 원했던 때문입니다. 이것 역시 재판이 진행됨에 따라 밝힐 예정이지만 그리피스 사에는 사정의 설명에 도움이 되는 어떤 사규(社規)가 있었던 것입니다. 그것은 각 부서의 상사나 주임은 공장 내외를 불문하고 자기의 부서나 같은 공장에 근무하는 여사원과는 관계를 가져서는 안 된다는 사규입니다. 이것은 이 회사에 근무하는 사람의 풍기나 명예에 반하는 행위이며 결코 허용되지 않았습니다. 이 사나이도 그 사규에 따라야 했습니다. 그러나 그 사규로 피고를 제지할 수 있었던가요? 최근 그의 백부가 그에게 은혜를 베풀어준 것도 그를 제지하게 했던가요? 전혀 그렇지 않았습니다. 그는 은밀히 했던 것입니다! 비밀! 최초부터 비밀! 유혹! 유혹! 은밀하게 의식적으로나 도덕적으로도 법률에 위배되며 사회적으로도 인정받지 못하고 비난받아야 할 방법으로 그녀의 육체를 이용하려 했던 것입니다! 결혼이라는 새롭고 고귀한 영역으로 나아가지 않고 말입니다. 그것이 이 사나이의 목적이었습니다. 여러분! 그러나 라이카거스나 그 밖의 고장에서 이러한 관계가 로버타 올덴과의 사이에서 있었다는 것을 안 사람이 있었을까요? 한 사람도 없었습니다! 단 한 사람도! 내가 확인한 바로는 이 아가씨가 죽은 뒤에도 이러한 관계를 조금치라도 눈치챈 사람은 단 한 사람도 없었습니다! 아시겠습니까?

배심원 여러분! 로버타 올덴은 그를 무척이나 사랑했습니다. 인간의 두뇌, 인간의 가장 신비로운 사랑으로, 하나님의 보좌에서 보았을 때 형벌을 받을 두려움도 초월한 사랑으로 피고를 사랑했던 것입니다. 성실하고 인간미가 있으며 품위있는 우아한 아가씨, 로버타는 정열적이며 헌신적인 여성이었습니다. 그토록 사랑했기에 여성이 사랑하는 남성에게 줄 수 있는 모든 것을 주었던 것입니다. 여러분, 이런 것은 우리들의 세계에서는 수없이 많이 일어나고 있으며 앞으로도 수없이 많이 일어날 것입니다. 그것은 새로운 일도 낡은 것도 아닙니다. 그러나 이미 무덤에 묻힌 이 아가씨는 금년 1월인가 2월에 피고 클라이드 그리피스에게 가서 어머니가 될 것 같다는 것을 알릴 수밖에 없었습니다. 그때도 그 후에도 그녀는 이 고장을 떠나서 자기와 결혼해달라고 애원했는데 그가 어떠한 태도를 취했는지 그 점도 앞으로 밝히겠습니다.

그런데 피고는 어떠했던가요? 그럴 생각이 들었던가요? 없었습니다! 왜냐하면 그 무렵 클라이드 그리피스의 꿈이나 애정에는 변화가 왔던 것입니다. 그는 그리피스라는 이름으로 라이카거스의 배타적인 서클의 문을 열 수 있다는 것을 발견했습니다. 비록 캔자스 시나 시카고에서는 무명에 가까운 인간이었더라도 이 고장에서는 대단한 인물로 평가된다는 것도. 그 결과 교육이나 자산이 있는 아가씨들과도 로버타 올덴이 속해 있는 영역과는 거리가 먼 세계의 아가씨들과도 사귈 수 있다는 것을 알게 되었던 것입니다. 그뿐 아니라 그들 중 한 아가씨를 찾아내어 그 여자의 미모와 부와 사회적 지위에 완전히 매료되었던 것입니다. 그 여성에 비교해 명령에 따라 움직이고 비참하고 비밀스런 방에서 기거하는 농촌 출신의 아가씨는 무척 초라해 보였던 것입니다. 결혼 상대로는 불충분했던 것입니다. 그래서 결혼할 생각이 없었던 것입니다."

그러나 어느 시점에서 보더라도 그가 매료되어 있던 사교계에서의 활동을 다소라도 삼가하거나 한 형적은 찾아볼 수 없었습니다. 그뿐 아니라 1월부터 7월 5일까지 계속 그리고 또 그 후에도 그렇지요, 마침내 그녀가 이 고장을 떠나 자기와 결혼해주지 않는다면 그들이 속해 있는 사회 정의에 폭로할 수밖에 없다고 말한 후에나 그녀가 빅 비턴 호에서 싸늘한 사체가 된 뒤에도 댄스, 가든 파티, 드라이브, 만찬회, 트웰프스 호나 베어호로 즐거운 여행을 하는 등, 아무리 보아도 로버타가 당면하고 있는 도덕적, 사회적인 입장을 고려하여 행동을 자제해야겠다는 생각은 추호도 없었던 것으로 생각됩니다.”

여기서 그는 말을 끊고 베르납이나 제프슨 쪽을 보았는데, 두 사람은 처음에 미소를 보이더니 서로 얼굴을 마주보았을 뿐, 별로 동요하거나 걱정하는 빛도 보이지 않았다. 클라이드는 메이슨의 힘차고 열띤 진술에 위축되어 지나치게 과장되고 불공평하다는 데 주로 관심이 쏠리고 있었다.

그가 그런 생각을 머리에 떠올리고 있는 동안에도 메이슨은 진술을 계속했다.

“그러나 이미 그 무렵에는 이미 지적한 바와 같이 로버타 올덴은 집요하게 그리피스에게 결혼을 요구하게 되었던 것입니다. 결국 그는 결혼을 약속할 수밖에 없었습니다. 그런데도 모든 것을 밝혀줄 일체의 증거가 말해주고 있듯이 그 약속을 이행할 의도는 전혀 없었습니다. 그뿐 아니라 그녀의 몸 상태가 사람의 눈에 띌 정도로 되자, 그녀의 주장을 들어주지 못했거나 또는 라이카거스에 그녀가 있는 것이 자기의 몸에 위험이 닥쳐올 것 같자 그는 그녀를 시골 집으로 보내어 결혼 준비를 하고 있으면 자기가 맞으러 가서 알려질 염려가 없는 먼 곳으로 데리그 가 정식으로 결혼하여 아이를 낳게 하겠다고 제의했던 것입니다. 나중에 제시하겠지만 그녀가 피고에게 보낸 편지에 의하면 그녀가 빌츠의 집으로 떠난 삼주 후에 그녀를 데리러 가기로 되어 있었습니다. 그러나 약속한 대로 맞으러 갔던가요? 아니오, 그는 가지 않았습니다. 그 결과 그는 달리 피할 수 없는 막다른 골목에 서게 되자 그녀를 자기가 있는 곳으로 오게 했습니다. 그것은 지난 7월 6일, 그녀가 죽기 이틀 전이었습니다. 그러나 그때까지는 그저 기다려달라고만 말했을 뿐입니다! 그동안 즉 6월 5일부터 7월 6일까지는 이웃 사람들이 그녀가 옷을 만드는 것을 보러 오든가 도와주기도 했는데, 그녀는 그때도 그것이 신부 의상이라고는 말할 수 없었습니다. 미미코 군 빌츠의 한적한 농가에서 숨을 죽이고 지내지 않으면 안 되었습니다. 그녀는 피고에게 배신당하지나 않을까 하는 염려나 두려움이 있었던 것입니다. 왜냐하면 매일, 때로는 하루에 두 차례나 편지를 써서 그러한 불안을 호소하면서 자기를 데리러 와달라고 부탁했으니까요. 피고는 과연 그렇게 했던가요? 편지에서는 그렇게 하지 않았습니다! 단 한 번도! 여러분, 그랬습니다. 고작 두세 번 전화를 걸었을 뿐입니다. 전화라면 자기의 신원이 밝혀지지 않을 것이며, 내용도 다른 사람에게 알려지지 않을 것이기에 말합니다. 전화도 고작 몇 차례의 간단한 것이었으므로 그녀는 현재 자기가 처해 있는 경우에 대해서 피고의 무관심한 처사에 격렬하게 불만을 털어놓았습니다. 불만이 심해지자 5주째 말에는 모든 희망을 잃고 다음과 같은 편지를 썼습니다. '이 편지지는 금요일 오후까지 전화나 편지로 답이 없는 이상 저는 라이카거스로 돌아가서 당신이 나에게 한 처사에 대해서 세상에 널리 알리겠다는 것을 알리기 위해서입니다.' 여러분, 이것은 저 가엾은 아가씨가 최후로 쓰지 않을 수 없었던 말입니다. 그런데 클라이드 그리피스는 자기가 어떤 일을 했는지 세간에 알려지기를 바랐을까요? 물론 그것을 바라지는 않았습니다. 이 시점에서 그의 머리에는 폭로를 모면하기 위해서 로버타 올덴의 입을 영구히 막기 위한 계획이 머리에 떠오르기 시작했습니다. 그래서 결국 피고는 그녀의 입을 영구히 막아버렸던 것입니다. 배심원 여러분 입을 막은 사실을 입증하겠습니다.”

여기까지 말했을 때 메이슨은 재판에 대비해서 만들어둔 아딜론닥 산맥 부근의 지도를 꺼냈는데, 거기에는 로버타가 죽음에 이르기까지와 그 이후의 클라이드의 행동이 —— 베어 호에서 그가 체포될 때까지의 그의 행동의 발자취가 —— 빨간 잉크로 그어져 있었다. 그는 또 클라이드의 행동을 설명할 때 이야기를 중단하고 클라이드가 신분을 감추기 위하여 숙사에서 사용한 갖가지 가명, 두 개의 모자 등 그가 얼마나 꼼꼼하게 계획을 세웠는가를 배심원들에게 설명했다. 폰다에서 유티카까지의 열차에서도 유티카에서 그라스 호까지의 열차에서도 로버타와는 같은 칸, 같은 좌석에 앉지 않도록 한 것도 들려주었다. 그리고 다음과 같이 말했다.

“여러분 잊어서는 안 될 것은 로버타에게는 결혼하기 위해서 여행을 하는 여행이라고 사전에 말해놓고서도 그 미래의 신부와 동행하고 있는 것이 사람들에게 알려지는 것을 피고는 꺼려했다는 점입니다. 빅 비턴 호에 도착한 후에도 역시 그랬습니다. 피고의 목적은 그녀와 결혼하는 것이 아니라 싫증난 여자의 생명을 없애버리기 위하여 인적이 뜸한 곳을 찾기 위해서였습니다.

그러나 그 이십사 시간 전에는 그리고 사십팔 시간 전에는 그 사실이 그 여성을 포옹하고 지켜줄 의사가 없는 약속을 되풀이하는 방해가 되었을까요? 그랬을까요? 나중에 두 사람이 투숙한 여관의 숙박부를 보여드리겠지만, 그 여관에서는 곧 결혼할 사이라는 전제하에 한 방에서 지냈습니다. 또 그때가 이십사 시간 전이 아니라 사십팔 시간 전이 된 유일한 이유는 피고가 그라스 호에 사람이 별로 없을 것이라고 잘못 판단한 때문입니다. 막상 그곳에 가보니 그곳에서는 어떤 종교 단체의 여름 캠프가 열리고 있어서 사람이 붐비고 있었기 때문에 피고는 그곳을 떠나 인적이 드문 빅 비턴 호로 갈 결심을 했습니다. 따라서 이 청년은 익사시키기에 좋은 인적이 뜸한 호수를 찾아내기 위하여 지치고 슬픔에 잠겨 있는 이 아가씨를 이곳저곳으로 끌고 다녔다는 놀랍고도 가슴 아픈 정경이 등장하게 되는 것입니다. 그리고 그 피해자는 사개월 후에 어머니가 될 몸이었습니다!

이윽고 인적이 뜸한 호수에 도착하자 여기서는 클리포드 골든 부처라는 가명으로 숙박부에 적어넣고 그녀를 보트에 태의 죽음의 길로 향했습니다. 그 불쌍한 아가씨는 이것이 그가 말했던 대로 결혼을 앞둔 여행이며 곧 식을 올리고 자기들의 관계를 확인할 수 있을 것이라고 상상했던 것입니다. 확인하고 인정받기 위한 결혼식, 그것은 머리 위로 덮어 씌운 물에 의한 확인과 시인이며 그 외에는 아무것도 아니었습니다. 그런데도 상대인 남자는 아무런 상처도 받지 않고 교활하게 도망쳤습니다. 이리가 뜯어먹던 먹이에서 떠나듯이 자유로, 결혼으로, 사회적·물질적으로 그리고 애정이 충만한 행복과 우월과 안락으로. 그러나 여성은 물의 무덤 속에 조용히, 말없이 잠들어버렸습니다.

여러분, 우리가 어떤 사전 준비를 갖추더라도 우리들의 구극적인 운명을 결정하는 것은 자연의 길, 하나님의 길, 하늘의 배려입니다! 인간은 이런 일 저런 일을 시도하지만 하나님이 —— 하나님만이 —— 그 결말을 내리게 되는 것입니다!

변호인측에서는 의아하게 생각할지도 모릅니다. 빅 비턴 호를 나섰을 때 로버타는 결혼하게 될 것이라 생각하고 있었다는 것을 내가 어떻게 알았을까 하고 말입니다. 그리고 실제로는 알 턱이 없다. 다만 막연하게 그렇게 생각하고 있을 것이라는 생각을 갖고 있을 것이 틀림없습니다. 그러나 아무리 교활하고 생각이 깊은 사람이라도 이 세상의 우연한 일들을 사전에 모두 알아낼 수는 없을 것입니다. 피고는 변호인의 노력으로 이 재판을 통해 무사히 구제될 수 있을 것이라고 안심하고 지금 여기에 앉아 있는데(그 말에 클라이드는 머리끝이 쭈뼛쭈뼛해지는 것을 느끼면서도 꼿꼿하게 앉아 약간 떨리는 두 손을 테이블 아래 감추었다) 그 아가씨는 그라스 호의 여관방에 있을 때 어머니에게 편지를 썼는데, 우체통에 넣을 시간 여유가 없어서 자기의 상의 주머니에 넣어두었습니다. 그날은 덥고 또 숙사로 돌아올 예정이었으므로 그 옷을 숙사에 맡기고 갔던 것입니다. 그러나 피고는 그녀가 편지를 썼다는 것을 몰랐습니다. 그 편지는 지금 이 테이블 위에 있습니다."

이 말을 듣자, 클라이드의 이는 덜덜 떨렸다. 그리고 온몸에서는 오한이 났다. 그렇다, 확실히 로버타는 상의를 숙사에 두고 갔었다! 베르납이나 제프슨도 그것이 어떤 내용의 편지인지 궁금해 하면서 자세를 고쳐앉았다. 어쩌면 자기들이 짜놓은 변호 계획에 치명적인 파탄을 가져오거나 불가능하게 하지는 않을까? 그들은 발표를 기다려볼 수밖에 없었다.

메이슨은 계속 말했다. "그녀는 편지에 그곳에 온 이유를 말하고 있었습니다 —— 결혼할 수밖에 없다는 식으로. 그것도 오늘이나 내일 사이에." 이 대목에서 클라이드뿐만 아니라 제프슨이나 베르납도 안도의 한숨을 내쉬었다. 그것은 확실히 자기들의 계획과 부합되는 문제였으니까. 그러나 메이슨은 의연히 클라이드를 공포로 당혹케 하였다고 생각했는지 말을 계속했다. "그리피스는 올바나나 시라퀴스의 어디엔가 살고 있는 그레엄이라는 사나이는, 그렇게 불러도 무방하겠지만 그런 어리석은 짓은 생각하고 있지 않았습니다. 자기가 숙사로 되돌아가지 않는다는 것을 알고 있었던 것입니다. 그래서 자기의 소지품을 전부 그 보트에 실었던 것입니다. 그리고 그날 오후 내내 정오부터 저녁때까지, 그 인적없는 호수의 지점을 찾아냈습니다. 나중에 입증하겠지만 그곳은 어느 쪽에서나 남의 눈에 잘 뜨이지 않는 지점이었습니다. 이윽고 해가 질 무렵, 그는 그런 장소를 찾아냈습니다. 그 후 새로운 모자를 바꿔쓰고 손에는 더러워졌거나 물에 젖지도 않은 여행용 가방을 들고 자기는 완전하다고 생각하면서 남쪽 숲으로 걸어갔던 것입니다. 클리포드 골든은 이제 존재하지 않는다, 칼 그레엄도 존재하지 않는다, 그는 익사했다, 로버타 올덴과 함께 빅 비턴의 호수 밑바닥에. 그러나 클라이드 그리피스는 살아 있으며, 자유의 몸이었고, 트웰프스 호로 향했던 것입니다. 진심으로 사랑하는 사교계를 향하여. 여러분, 클라이드 그리피스는 로버타 올덴이 그 호수 속에 가라앉기 전에 이미 그녀를 살해했던 것입니다. 그녀의 두부나 안면을 구타하고는 아무도 그것을 본 사람은 없다고 확신했던 것입니다. 그러나 그녀의 단말마 같은 비명이 빅 비턴 호에 올렸을 때 한 목격자가 있었습니다. 본인은 이 고발을 완료할 때까지는 그 증인을 출두시켜 여러분 앞에서 증언하게 할 것입니다.”

메이슨은 목격자를 찾지 못했으나 상대를 봉쇄할 기회를 잃는 것이 안타까워 그렇게 둘러댔던 것이다. 과연 그 결과는 그가 예상했던 대로였다. 아니 그 이상이었다. 청천 벽력 같은 편지가 발표된 이후에도 꾹 참아가면서 무죄를 말해주듯 태연한 표정으로 대항하려 했던 클라이드도 지금은 몸이 경직된 채 풀이 죽어 있었다. 목격자! 더욱이 이 법정에서 증언한다고 하지 않는가! 아아, 하나님! 그렇다면 그 사나이는 누군지 모르겠으나 그 호수의 쓸쓸한 기슭에 숨어 있다가 마치 때린 겻처럼 실랑이를 벌이던 그때 그 장면과 함께 로버타의 비명을 들었던 것이다 —— 자기가 빠진 그녀를 도우려 하지 않은 것도, 호숫가로 헤엄쳐나가 도망치는 것도 보았던 것이다. 자기가 옷을 갈아입고 있을 때도 숲속에서 지켜보고 있었을지도 모른다. 아아, 하나님! 지금 그의 손은 의자의 양 귀퉁이를 움켜잡고, 그의 머리는 강렬한 일격을 얻어맞은 것처럼 뒤로 벌렁 젖혀졌다. 왜냐하면 그 내용은 자신의 죽음을 —— 확실히 사형을 —— 의미하고 있었기 때문이었다. 아아, 하나님! 이젠 끝장이다! 고개가 숙여지고 지금이라도 정신을 잃을 것만 같았다.

베르납은 메이슨이 폭로하는 말을 들는 순간 노트를 하려던 연필을 떨어뜨리며 당혹과 놀라움으로 아연해 했다. 이와 같은 괴멸적인 타격에 대한 반증 자료를 갖고 있지 못했다. 그러나 곧 자기가 완전히 방위 태세를 잃고 있다는 것을 느끼자 정신을 가다듬었다. 어쩌면 클라이드는 자기들한테까지도 거짓말을 한 것은 아닐까. 그 여자를 고의로 죽이고 더구나 그 현장이 눈에 보이지 않는 증인에게 발각된 것이 아닐까? 그렇다면 결국 희망도 없이 이 사건에서 손을 뗄 필요가 생길지도 모른다.

한편 제프슨도 한 순간 아연해서 어깨를 축 늘어뜨렸다. 엄격하고 쉽게 동요하지 않는 두뇌에 이런 생각이 스치고 지나갔기 때문이었다.

‘실제로 목격자가 있었을까? 클라이드는 자기들에게 거짓말을 했을까?

그렇다면 이미 주사위는 던져진 것은 아닐까? 로버타를 구타한 것은 본인도 인정했으며 그 현장을 증인이 보았음에 틀림없다. 그렇다면 피고의 신경이 달라졌다는 주장도 소용없게 된다. 그런 증언이 있은 다음이라면 누가 클라이드의 말을 믿어줄 것인가?'

그러나 투쟁심이 왕성하고 결단력이 뛰어난 성격이었던 만큼 이런 치명적인 선언에 당면했으면서도 그는 완전히 주저 앉으려고는 하지 않았다. 그는 베르납이나 클라이드가 혼란하여 자책감에 빠져 있는 것을 보면서 말했다.

"믿을 수 없군. 저녀석은 거짓말을 하고 있거나 허세를 부리고 있는 것 같군요. 어쨌든 곧 밝혀질 테니까. 우리가 변론을 하자면 아직도 더 있어야 해요. 저 증인의 수를 보면 알 수 있습니다. 이쪽에서 하려고 하면 반대 심문으로 몇 주간이라도 끌 수 있으니까. 녀석이 검사직을 버리고 물러날 때까지라도. 갖가지 수단을 강구할 만한 시간적 여유는 충분히 있어요. 그 사이에 문제의 증인에 대해서도 알아볼 수 있을 테니까요. 클라이드에게 있는 그대로의 사실을 서약시켜도 좋다, 강직증적(强直症的) 망아상태(忘我狀態)에 빠져 실행할 만한 용기를 갖지 못했다고. 오백 피트나 떨어져 있었다면 누구라도 그런 것까지는 보거나 듣지는 못했을 것입니다." 그는 처절한 웃음을 보였다. 동시에 클라이드에게는 안 들리게 이렇게 덧붙였다.

"최악의 경우라도 이십 년형 정도쯤으로 끝나지 않을까요?"

21

그리고 증인, 증인, 증인 —— 그 수는 127명이나 되었다. 또 그들의 증언, 특히 의사들, 세 사람의 안내인, 로버타의 최후의 비명을 들었다는 여자의 증언에 대해서는 베르납과 제프슨의 이의 신청이 있었다. 증언의 약점이나 논증이 잘못된 지적은 클라이드를 변호하는 대담한 행위를 인식시키는 것이 되기 때문이었다. 재판은 11월까지 끌었으며 메이슨이 그토록 갈망하고 있던 판사로 선출된 뒤까지도 계속되었다. 법정에서의 투쟁과 활기로 대서양에서 태평양에 걸쳐서 전반적인 관심은 높아지기만 했다. 그리고 여러 날이 경과하여, 법정의 신문 기자들도 실제로 목격한 바와 같이 클라이드의 유죄는 분명해졌기 때문이었다. 클라이드는 제프슨이 되풀이해서 말했듯이 증인 한 사람 한 사람에 대해서 침착하고 대담한 태도로 맞섰다.

“이름은?”

“타이타스 올덴입니다.”

“로버타 올덴의 아버지인가요?”

“그렇습니다.”

“그런데 올덴 씨, 당신의 딸 로버타가 어떤 식으로 또 어떤 사정에서 라이카거스에 가게 되었는지 배심원들에 말해주십시오.”

“이의있습니다. 그것은 본 사건과 무관한 불필요한 질문입니다.”라고 베르납은 물고 늘어졌다.

“그것은 분명히 연관이 있습니다.”라고 메이슨이 재판장을 보면서 말했고 ‘연관’이 없을 때는 이의 제기에 따라 삭제하겠다는 조건으로 타이타스의 말을 듣기로 했다.

“일자리를 얻으러 갔습니다.”

“그러면 무엇 때문에 일자리를 구하러 갔습니까?”

다시 이의가 제기되어 이번에도 법률상의 승강이가 있은 다음 타이타스는 그 질문에 대답하는 것이 허용되었다.

“그것은 빌츠 근처에 갖고 있던 농원(農園) 경영이 시원치 못해서 아이들은 돈벌이를 하러 떠나지 않으면 안 되었습니다. 보비는 제일 큰 아이이기도 해서…….”

“삭제를 요구합니다.”

“삭제하도록.”

“보비란 따님인 로버타를 부를 때 쓴 애칭인가요?”

“이의있습니다.”

“삭제를 요구합니다.”

“그렇습니다. 집에서는 종종 ‘보비’라 불렀습니다. 그저 보비라고만.”

클라이드는 이 농원의 침울한 프라이엄(그리스의 건설에 등장하는 트로이의 최후의 왕. 트로이의 함락과 함께 살해되었다.) 같은 사나이의 무서운 비난을 담은 듯한 시선에도 눈 하나 까딱하지 않고 듣고 있었는데, 자기의 전 애인의 애칭을 들었을 때는 이상하게 생각했다. 그는 ‘버트’라는 별명으로 불렸었다. 집에서는 ‘보비’라 불렀다는 말은 그녀에게서

단 한 번도 들어본 적이 없었기 때문이었다.

그러나 이의나 논쟁이나 재정(裁定)의 일제 사격 속에서 올덴은 메이슨의 유도로 로버타가 그레이스 마한테서 편지를 받고 라이카거스로 가게 되었으며 뉴톤 부부의 집에 하숙하게 된 사정을 말했다. 그리피스의 회사에서 일할 수 있게 되자 가족들과는 거의 만나지 않았으나 6월 5일, 휴양을 취하고 옷을 몇 벌 만들기 위하여 농장으로 돌아갔었다.

"결혼 계획에 대해서 어떤 확실한 얘기는 없었나요?"

"아무 말도 없었습니다. 그러나 그 아이는 긴 편지를 몇 통이나 썼습니다 그러나 누구한테 쓴 것인지는 그 당시는 알지 못했습니다. 게다가 우울해하고 건강도 좋지 못했습니다. 울고 있는 것은 두 번이나 보았는데 몰래 우는 것 같아 아무 말도 하지 않았습니다. 몇 차례 라이카거스에서 전화가 걸려왔는데 마지막으로 전화가 걸려온 것은 집을 떠나기 전날인 7월 4일인지 5일이었습니다."

"집에서 떠날 때 무엇을 가지고 갔습니까?"

"그 애의 가방과 작은 트렁크였습니다."

"지금 그것을 보여드리면 그때 갖고 간 것이라고 확인할 수 있겠습니까?"

"네."

"이것이 그 가방입니까?"라며 지방 검사 보좌가 가방을 갖고 와서 작은 받침대 위에 올려놓았다. 올덴은 그것을 보고 손바닥으로 눈을 비비더니, 그렇다고 분명하게 말했다.

다음에는 이번 재판의 모든 점에 관해서 메이슨이 의도했던 대로 검사 보좌는 작은 트렁크를 매우 극적으로 꺼내놓았고, 타이타스 올덴도, 그 아내도 딸이나 아들들도 모두 울었다. 타이타스에 의해서 그것이 로버타의 것이라고 확인되자 가방이 다음에는 트렁크가 열려졌다. 로버타가 만든 드레스, 내복류, 구두, 모자, 클라이드가 선사한 화장품 세트, 로버타의 부모나 형제 자매들의 사진, 전부터 집에 있던 요리책, 스푼이나 포크나 나이프, 소금이나 후춧가루 세트 —— 그것은 모두 그녀가 할머니 한테서 얻었으며 결혼할 때 가지고 가 쓰려고 소중하게 간직해둔 것이었다 —— 등이 일일이 확인되었다.

이런 모든 것들은 베르납의 이의신청이 묵살된 채 메이슨의 '관련이 있다는' 약속하에 행해졌는데 결국 메이슨은 그 약속이 실행되지 못하고 그 증거는 '삭제'되게 되었다. 그러나 그때는 이미 그러한 증거가 갖고 있는 애처로움이 배심원들의 두뇌나 마음속에 깊은 인상을 심어주게 되었다. 메이슨의 진술에 대한 베르납의 비판은 메이슨이 분노에 찬 고함 소리를 지르게 하는 결과가 되었다.

"그런데 이 기소를 담당한 사람은 누구입니까? 이 군의 판사 선거에 나선 공화당측 후보자가 아니었던가요?"라고 베르납이 말했다.

이 말에 폭소가 터지자 메이슨을 더욱 분노케 했다.

"재판장! 항의있습니다! 변호인측의 말은 본 사건과는 아무런 관계도 없는 정치 문제를 재판에 끌어들이는 것이며 재판의 도의나 법에도 반하는 발언입니다. 본인이 우리 군의 판사 선거에 공화당측 후보로 지명되었다는 이유로 본 사건의 기소를 공평하고 적절하게 담당하는 것이 불가능하다고 교묘하고 악의에 찬 말로 배심원들에게 알리려는 것입니다. 따라서 사과를 요구합니다. 사과를 하지 않는 이상 본건의 심리를 계속할 수 없습니다."

그러자 오버월츠 재판장은 법정의 에티켓에 반하는 중대한 사태가 발생했다고 판단해서 곧 베르납을 메이슨의 앞으로 불러 세우고 두 사람으로부터 그 말의 진의에 대해서 공평하고 예의 바른 설명을 들었다. 결국 두 사람 모두 어떤 형태로든 정치 문제를 끌어낸다면 법정 모욕죄를 받을 것이라고 말했다. 그럼에도 불구하고 베르납과 제프슨은 메이슨이 자기의 입후보나 선거전 나아가서는 이 재판을 이용하고 있다는 점에 대한 자기들의 기분을 배심원이나 법정 앞에 효과적으로 나타낸 것을 기뻐했다.

잇따라 증인이 증언대에 섰다! 이번에는 그레이스 마가 증인석에 서서 수다스럽게 떠들기 시작했다. 어디서 어떻게 로버타를 처음 만나게 되었는가? 그 무렵의 그녀는 매우 청순했으며 신앙심이 깊은 처녀였으나 크람호에서 클라이드를 만난 이후부터는 완전히 사람이 달라지고 말았다. 무언가 숨기려 했으며, 변명을 하거나 온갖 거짓말을 해가면서 기묘한 모험을 하게 되었다. 가령 밤에 외출하여 늦도록 돌아오지 않거나 토요일부터 일요일까지 가지도 않은 곳에 갔다고 우기거나 했다. 그래서 자기가 바른 말을 해주자 갑자기 이사가는 곳도 가르쳐주지 않고 집에서 나가버렸다. 그러나 나중에 알고 보니 남자가 생겼으며 그것이 바로 클라이드 그리피스였다. 작년 9월인가 10월 어느 날 밤 로버타의 뒤를 밟아 로버타가 살고 있는 방에 가보니 길편의 집 근처에서 클라이드와 같이 있는 것을 멀리서 보았다. 두 사람은 나무 그늘에서 있었는데 클라이드는 로버타의 어깨에 팔을 얹고 있었다고 했다.

그 증언이 있은 다음 베르납은 제프슨의 권유로 가장 교활한 질문으로 라이카거스로 오기 전의 로버타가 그레이스 마가 바라는 종교심이 있는 여자였는지 알아내려고 했다. 그러나 볼품없는 단순한 그레이스 마는 자기가 알고 있는 한 크람 호에서 클라이드를 만나기 전의 로버타는 진실하고 청순한 처녀였다고 주장했다.

다음은 위검 또 그 다음에는 리게트가 클라이드나 로버타의 입사한 날이나 주인으로서 그 밑에서 일하고 있는 여공과의 관계며 사규에 대한 증언이 있었으며 자기들이 알기로는 클라이드나 로버타는 외견상 불미스런 행위가 없었으며 서로 상대방에게 눈짓을 하거나 한 사실은 없는 것으로 안다고 말했다. 이 부분은 리게트의 증언이었다.

다음에는 다른 증인들이 증언했다. 페이톤 부인은 그가 세든 방에 대해서나 자기의 눈에 비친 클라이드의 사교상의 활동에 대해서 증언했다. 로버타의 어머니는 작년 크리스마스 때, 딸로부터 공장주의 조카인 클라이드 그리피스가 자기에게 관심이 있는 것 같은데 이것은 당분간 비밀로 해달라고 말했다고 증언했다. 프랑크 하리에트, 해리 버곳, 트레이시 트럼블, 에디 세일즈 등은 작년 12월 중 클라이드는 이곳저곳에 초대되어 라이카거스의 사교상의 모임에 출석했다고 증언했다. 스케넥타디의 약국 주인 존 람버트는 1월경이라고 생각되는데 이제 와서 생각하니 이 피고로 인정되는 청년이 유산에 필요한 약에 대한 상담을 해왔다고 증언했다. 오린 쇼트는 지난 1월 하순, 클라이드로부터 어떤 젊은 여성을 도와줄 만한 의사를 소개해줄 수 없겠느냐는 상담을 받았다고 했다. 클라이드의 설명에 의하면 그 여성은 그리피스 공장에 다니는 공원의 아내인데 가난해서 아이를 기를 여유가 없으므로 아이를 없앨 수 있는 방법이 없을까 하는 상담을 받았다고 증언했다. 또 다음에는 글렌 의사가 신문에 실린 사진을 보고 그때 자기를 찾아왔던 여성이 로버타임을 증언하면서 자기는 그 여자의 낙태를 도와주지 않았다고 덧붙였다.

그리고 다음에는 올덴 가의 이웃에 사는 C. B. 윌콕스가 증언대에 섰는데 6월 29일인지 30일경에 라이카거스의 베이커라는 사나이로부터 로버타에게 장거리 전화가 걸려왔는데 마침 그때 자기는 주방 뒤의 세탁실에 있었다.

그리고 로버타가 이렇게 말하는 것을 들었다. "하지만 그렇게 오래 기다릴 수는 없어요, 클라이드. 당신도 그건 잘 알잖아요. 그건 무리예요."라고. 그때 로버타의 목소리는 무척 흥분했으며 몹시 기분이 상해 있었다. 클라이드라는 이름은 틀림없었다고 윌콕스는 말했다.

그리고 그의 딸 에셀 윌콕스는 —— 땅딸막한 체격에 혀 짧은 소리를 하는 아가씨였는데 —— 그 전에도 로버타에게 세 번이나 장거리 전화가 걸려와서 부르러 간 적이 있었다고 증언했다. 그 전화는 모두 라이카거스에서 왔는데 베이커라는 사나이의 전화였다. 그리고 한 번은 로버타가 전화의 상대에게 클라이드라고 부르는 것을 들은 적이 있다고 그녀는 증언했다. 또 다른 경우에는 사정이 어떻든 그렇게 오래 기다릴 수는 없다고 말한 것을 들었는데 그것이 무슨 소린지 자기로서는 알 수 없었다고 말했다.

다음에는 지방 우편물 배달부 로저 빈이 6월 7일인지 8일부터 7월 4일이나 5일 사이에 로버타가 올덴 농원 근처의 십자로에 있는 우체국에서 적어도 15통의 편지를 부쳤는데 그 편지의 대부분은 라이카거스의 우체국 앞으로 보낸 것이며 수취인이 클라이드 그리피스였던 것은 확실하다고 했다.

그 다음에는 라이카거스 우체국의 우편물계 에모스 솔터가 증언했는데 그는 자기가 기억하고 있는 한 6월 7일, 8일경부터 이름만 알고 있던 클라이드가 우편물이 와 있는지 물으러 와서 적어도 15, 6통의 편지를 받았었다고 했다.

이어서 라이카거스 가솔린 스탠드 경영자 R. T. 비겐이 7월 6일 아침, 여덟 시 전후에 라이카거스의 서쪽 끝인 필딩 거리로 갔다고 말했다. 이 거리의 북쪽 끝은 라이카거스와 폰다 사이를 잇는 전차 역으로 가는 길이었는데 회색 양복에 맥고 모자 차림의 클라이드가 한쪽에 카메라의 세 다리와 다른 무엇인가를 —— 우산이었는지 모르지만 —— 매단 여행용 가방을 들고 있는 것을 보았다고 증언했다. 그는 클라이드가 어느 쪽에 살고 있는지 알고 있었기 때문에 이런 곳을 걸어다니는 것을 이상하게 생각했다. 폰다, 라이카거스의 전차라면 집에서 멀지 않은 중앙역에서 타는 것이 당연한 것이었다. 그때 베르납이 반대 심문에 나서 157피트나 떨어진 곳에 있었다면서 어떻게 눈에 뜨인 것이 카메라 다리라고 단언하나냐고 반문했는데 비겐은 틀림없이 카메라 다리였다, 선명한 노란색으로 목제였으며 끝이 놋쇠였으며 다리가 세 개였다고 주장했다.

그리고 폰다의 역장 존 W. 톨셔가 증인석에 서서, 7월 6일 아침 —— 그것은 다른 문제 때문에 확실하게 기억하고 있는데 —— 로버타 올덴에게 유티카행 차표를 팔았다고 증언했다. 지난 겨울 로버타를 몇 번 본 적이 있어서 기억하고 있었는데 그때 그녀는 무척 피로해 보였으며, 거의 환자 같았는데 아까 증거물로 내놓은 것과 거의 같은 갈색 가방을 가지고 있었다. 이 역장은 피고를 보았던 일도 생각해내고는 피고도 여행용 가방을 들고 있었다고 했다. 피고가 로버타를 보았는지 얘기를 했는지는 잘 알 수 없다고 말했다.

그 다음에는 폰다발 유티카행의 지금 문제가 되고 있는 열차의 차장 퀸시 B. 델이 증언을 했다. 그는 클라이드를 알아보았으며 그가 뒷칸에 탔던 것을 기억하고 있었다. 또한 로버타도 기억했으며 나중에 신문에 난 사진을 보고 그 여성임을 생각해냈다. 로버타가 친절한 미소를 보여서 그도 그 여행 가방이 당신에게는 너무 무거워보인다, 유티카에 도착하면 조수를 시켜 내려주겠다고 하자 그녀는 고맙다고 했다. 그녀는 유티카에서 내려 정거장으로 사라지는 것을 보았는데 정거장에서 클라이드는 보이지 않았다.

또 다음에는 로버타의 트렁크가 유티카 역의 수하물실에 며칠 동안이나 보관되어 있었던 것이 확인되었다. 이어서 유티카의 렘플 하우스 7월 6일자 숙박부가 전기한 호텔의 총지배인 줄리 K. 카노시안에 의해서 확인되었다. 거기에는 '클리포드 골든과 그 아내'라 기록되어 있었다. 서명은 즉각 필적 감정인에 의해서 그라스 호나 빅 비턴의 여관 숙박부에 적혀 있는 글씨와 비교 검토되어 동일인의 필적임이 확인되었다. 그리고 로버타의 여행 가방 속에 있던 카드와도 비교해보고, 전부 증거품으로 받아들여져 배심원들이나 베르납과 제프슨도 자세히 검토하도록 차례로 돌려가며 보게 하였다. 두 사람의 변호사는 아직 그 카드를 본 적이 없었기 때문이었다. 베르납은 또 증거품에 대하여 지방 검사의 불법, 비합법, 비열한 방법으로 피고측에게 감추어두고 보여주지 않았던 것에 대한 항의를 했다. 이 문제로 해서 격렬한 논쟁이 오래 계속되고 사실상 그것은 열흘째의 재판을 휴정시키는 데 도움이 되었다.

22

열하루째에는 유티카의 램플 하우스의 사용인 프랑크 W. 세퍼가 클라이드와 로버타가 도착했을 당시에 대허서 말했다. 클라이드가 시라퀴스에 거주하는 클리포드 골든 부처라고 숙박부에 적어넣었다고도 했다. 또 유티카의 스타 신사용품점 점원의 한 사람인 월레스 반더호프가 맥고모자를 사러 왔을 때의 클라이드의 태도나 의견에 대해서 말했다. 그 다음에는 유티카와 그라스 호 사이의 철도 차장이 증언을 했고 이어서 그라스 호 여관 주인, 그곳 웨이트레스인 브랜치 베틴길은 식사할 때 클라이드가 여기서 결혼 허가증을 얻는 것은 불가능하다, 이튿날 다른 곳에 도착할 때까지 기다리는 것이 좋다라고 로버타와 말하는 것이 들렸다고 증언했다. 이것은 별로 필요없는 증언이었으나 어떤 의미에서는 아픈 곳을 찌르는 것이기도 했다. 왜냐하면 클라이드가 로버타에게 고백한 것으로 할 예정이었던 날을 하루 당기는 결과로 되기 때문이었는데 제프슨과 베르납은 나중에 상의한 결과 그러한 고백에는 예비 단계가 있는 것이 좋겠다는 해석에 이르렀다. 웨이트레스 다음에는 두 사람을 갈론 롯지까지 태우고 간 열차의 차장 다음에는 안내인 겸 베스 운전사로부터 클라이드가 저쪽에는 유람객이 많냐는 등 기묘한 질문을 하거나 로버타의 여행 가방을 맡겨놓게 하면서도 자기 것은 가져갔으며 두 사람이 돌아오겠다고 했다는 사실을 들었다.

다음에는 빅 비턴 숙사의 주인, 보트장의 주인, 숲속에서 만났던 세 사나이의 증언이 있었는데 그 증언은 그때 클라이드가 깜짝 놀랐던 상황을 이야기해서 클라이드 쪽으로서는 뼈아픈 일이었다. 이어서 보트나 로버타의 사체가 발견되고 하이트가 도착했으며 그가 로버타의 상의 주머니에서 편지를 발견한 것 등에 대한 보고가 있었다. 그러한 점에 대해서는 스무 명 정도의 증언이 있었다. 다음에는 기선의 선장, 농가 아가씨 크란스톤 가의 운전사, 클라이드의 크란스톤 별장 도착 그리고 최후에는(그 하나하나의 단계가 설명되고 증언되었다) 그의 베어 호 도착과 추적, 체포 당시의 정황과 클라이드가 한 말 등이 증언되었는데 이것은 클라이드를 거짓말쟁이이고, 겁쟁이로 비춰지게 하였으며 매우 불리하게 만들었다.

그러나 가장 심각하고 불리한 증언은 카메라와 그 다리에 관한 것으로 그 물건이 발견되게 된 정황 설명이었는데 베이슨은 그것을 결정적인 유죄 판결을 내릴 수 있는 증거로 중요시하고 있었으며 그 첫째 목적은 카메라 다리도 카메라를 갖고 있지 않았다는 클라이드의 거짓말을 증명하는 것이었다. 그러기 위하여 그는 우선 얼 뉴컴을 증언석에 앉게 하였다. 뉴컴은 자기나 메이슨, 하이트 그리고 이 사건에 관계한 자들이 클라이드를 범죄 현장으로 데리고 갔을 때 자기와 빌 스워츠라는 그 고장 사람이(그도 나중에 증언했다) 쓰러진 나무나 덩굴을 뒤지던 중 쓰러진 나무들 아래 숨겨두었던 카메라 다리를 찾아낸 경위를 증언했다. 그뿐 아니라 —— 베르납과 제프슨도 이의를 신청했으나 그때마다 기각되어 결국 메이슨이 유도했던 대로 —— 클라이드 에게 이 카메라 다리나 카메라를 갖고 있었느냐고 묻자 전혀 모르는 사실 이라고 부정했다고 덧붙였으므로 베르납과 제프슨은 큰소리를 지르며 항의 했다.

이어서 곧 하이트, 버레이, 슬랙, 크라운, 스웽크, 시셀, 빌 스워츠 군의 측량관 루퍼스, 포스터 등이 서명한 문서가 제출되어 클라이드에게 카메라 다리를 제시하고 같은 종류의 카메라 다리를 갖고 있었는지 물었을 때, "몇 번이고 확실히 부정했다."라고 기록되어 있었는데, 결국 그것은 오버월츠 재판장의 재량으로 재판 기록에서 삭제하기로 했다.

그래도 메이슨은 그 중요성을 설득하기 위하여 계속 덧붙였다.

"좋습니다, 재판장님. 나는 그 밖에도 증인을 갖고 있습니다. 그 문서에 적혀 있는 모든 것, 아니 그 이상의 것이라도 증언하겠습니다."

그는 "조세프 프레저! 조세프 프레저!"라고 불러 스포츠 용품이나 카메라 등을 판매하는 사나이를 증언대에 세웠다. 그러자 프레저는 5월 15일부터 6월 1일까지의 사이에 안면도 있고 이름도 알고 있는 피고 클라이드 그리피스로부터 다리가 딸린 카메라가 있느냐고 물어, 결국 3인치 반에 5인치 반의 상크 카메라를 골라 월부로 계약했고 이어서 그 카메라나 다리의 상품 번호나 가게의 장부에 적혀 있던 번호를 조사하여, 최초에 제시된 카메라도 그 다음의 다리도 클라이드에게 판 것이라고 확인했다.

클라이드는 아연해졌다. 당국은 다리뿐만 아니라 카메라까지 찾아낸 셈 이다. 카메라를 갖고 있지 않았다고 항의한 직후인데 말이다. 그 점에서 거짓말을 했다는 것을 배심원이나 재판관이나 방청인들은 어떻게 생각했을까? 중요하지도 않은 카메라에 대해서 거짓말을 했다는 증거까지 있는데도 로버타에 대한 자기의 심경 변화에 대해서 말하면 과연 믿어줄 수 있을까?

그러나 그런 것을 생각하고 있을 때조차도 메이슨은 그 고장 주민이며 잠수부인 한 시몬 돗지라는 젊은 사나이를 호출했다. 그 사나이가 7월 16일 토요일에 로버타의 사체를 인양한 존 폴과 둘이서 지방 검사의 지시에 따라 사체가 발견된 지점에서 다시 물 속에 들어가서 카메라를 찾아내는 데 성공했다고 증언했다. 결국 그 카메라는 돗지에 의해서 확인되었다.

또 이어서 이제까지는 한 번도 언급되지 않았으나 발견된 카메라 속에 있으며 현상된 필름에 관한 증언이 있었으며 증거품으로 수리되었다. 로버타로 보이는 사진 네 장과, 클라이드의 사진 두 장이 있었다. 베르납은 그 사진에 대해서 반박도 할 수 없었으며 증거품에서 제외시킬 수도 없었다.

다음에는 6월 18일 샤론에 있는 크란스톤 가의 별장에 묵었던 손님 중의 한 사람인 플로이드 서스톤이 증언석에 앉았다. 클라이드가 방문한 제1일이기도 했다 —— 그때, 클라이드는 지금 제시한 것과 형이나 크기가 같은 카메라로 사진을 몇 장 찍었다고 증언했는데 그것이 이 카메라였다고 확인할 수 없었으므로 그 증언은 삭제되었다.

서스톤 다음에는 그라스 호 여관의 객실계 하녀 에드너 패터슨이 일어섰다. 7월 7일 밤, 클라이드와 로버타가 묵었던 방으로 들어갔을 때, 클라이드는 카메라를 손에 들고 있었는데 자기가 기억하기로는 지금 제시된 카메라와 색깔이 같은 것이었다고 증언했다. 그녀는 동시에 카메라 다리도 보았다고 했다. 거의 최면술에 걸려 있는 것처럼 명상적이고 기묘한 정신 상태에 빠져 있던 클라이드는 그때 이 하녀가 방에 들어온 것을 확실히 기억하고 있었다. 전혀 예상하지 못한 장소에서 상당히 시간이 흘렀는데도 이처럼 끊임없이 목격자가 나타나는데 그는 경이와 고통을 느꼈다.

그 후 그날은 아니었지만 베르납과 제퍼슨으르부터 증거로서 제출하는 것을 허가해도 좋으냐 어떠냐에 대해서 반론이 제기되었으나 로버타의 사체가 브리지버그로 옮겨졌을 때 메이슨이 지명한 다섯 명의 의사가 증언했다. 의사들은 차례로 일어나서 안면과 두부의 상처도 로버타의 그 당시의 몸의 상태를 고려한다면 그녀를 실신시키기에 충분한 것이었다고 말했다. 그들은 피해자의 폐를 물 속에 띄워보는 실험 결과 호수에 빠졌을 때 피해자는 의식은 없었을지도 모르지만 아직 살아 있었던 것으로 단정할 수 있다고 말했다. 그러나 그 상처를 내게 한 흉기에 대해서는 의사들도 둔기에 틀림없을 것이라는 정도 이상으로는 추측하려 하지 않았다. 그리고 베르납이나 제프슨측의 엄격한 반대 심문도 그 타박상이 실신이나 의식을 잃게 하지 않는 가벼운 것이라고 인정케 할 수는 없었다. 주요한 상처는 두개골 꼭대기에 있었고 응혈할 정도로 깊었으며 그 상흔을 찍은 여러 장의 사진이 증거품으로 제출되었다.

방청인도 배심원도 괴로울 정도로 심리적으로 동요된 순간 하이트나 의사들이나 루츠 장의사의 관리하에 있을 때 찍은 로버타의 사체 얼굴 사진이 소개되었다. 다음에는 그녀의 얼굴 오른쪽 상처의 크기가 카메라의 두 면이 만든 폭과 일치한다는 것이 증명되었다. 다음에 증인대에 선 버튼 버레이가 로버타의 두발과 똑같은 머리카락 두 개가 —— 적어도 메이슨은 그렇게 증명하려고 시도했다 —— 렌즈와 뚜껑 사이에서 발견되었다고 증언했다. 이런 종류의 증거에 화가 나서 베르납은 몇 시간이나 냉소적인 태도로 그 증거를 논박하다가 자기의 머리에서 엷은 색깔의 머리카락 한 올을 뽑아서 이 머리카락으로 그 사람 전체의 머리카락 색이라고 할 수 있느냐고 말하면서 배심원들이나 버레이에게 질문하면서 이 머리카락이 로버타의 머리카락이라고 믿을 작정이냐고 했다.

다음에는 메이슨이 라트저 도너휴라는 부인을 불러냈다. 그녀는 침착한 태도로 7월 8일 저녁 다섯시부터 여섯시 사이에 두 내외가 문 코브 위쪽에 천막을 치고 낚시를 하려고 보트를 탔는데 호숫가에서 반 마일쯤 떨어졌으며 숲에서는 즉 문 코브를 둘러싸고 있는 북쪽 끝 육지에서 4분의 1마일 쯤 상류로 갔을 때 비명을 들었다고 했다.

"오후 다섯시 반부터 여섯시 사이인가요?"

"그렇습니다."

"그것이 며칠인지 다시 한 번 말해주시겠습니까?"

"7월 8일입니다."

"그러면 그 시각에 당신들이 있던 정확한 장소를 말해주시겠습니까?"

"우리들은……."

“‘우리들’이라는 말은 하지 말아주십시오. 당신 자신은 어디에 있었습니까.”

“나중에 안 일이지만 남쪽 후미라는 곳을 남편과 함께 보트로 저어가고 있었습니다.”

“그랬었군요. 그러면 다음에 어떤 일이 일어났는지 말해주십시오.”

“그 후미의 중간쯤 왔을 때 비명이 들렸습니다.”

“그것은 어떤 비명이었습니까?”

“신음하거나 위험에 처한 사람이 지르는 소리 같았습니다. 예리하고 귀에 쟁쟁하게 들려왔습니다.”

여기서 ‘삭제’를 요구하는 이의가 제출되어 최후의 문구는 삭제하라고 제판장은 지시했다.

“그 비명은 어디에서 들렸습니까?”

“멀리서 들렸습니다. 숲속이거나 그 맞은편 같았습니다.”

“그때 당신은 후미가 또 하나 있다는 것을 알았습니까? 이어진 숲 저쪽에?”

“몰랐습니다.”

“그런데 그때 어떻게 생각했습니까 당신이 있던 곳보다 하류인 그 숲속에서 들려온 것일지도 모른다는 식으로?”

이때 이의 신청이 있었으며 이의는 수리되었다.

“그럼 말씀해주십시오. 그것은 남자의 비명이었습니까, 아니면 여자의 비명이었습니까? 어떠한 종류의 비명이었습니까?”

“여자의 비명으로, ‘오오! 오오!’라거나 ‘아아, 이 무슨 짓이에요!’라고 말한 것 같았습니다. 물론 거리가 멀리 떨어져 있었지만 또렷한 목소리였습니다. 고통을 참지 못해 지르는 그런 소리였습니다.”

“그것이 어떠한 비명이었는지 —— 남성인지 여성인지 —— 그 점에 대해서 당신은 확신하고 있다는 말이군요?”

“틀림없습니다. 단언할 수 있습니다. 그것은 여자의 비명이었습니다. 남자나 소년의 목소리로는 너무 높았습니다. 여자의 비명이라고밖에는 생각할 수 없습니다.”

“잘 알겠습니다. 그러면 묻겠습니다. 도너휴 씨, 이 지도에 로버타 올덴의 사체가 발견된 장소를 나타낸 점이 보입니까?"

"네, 보입니다."

"이 숲 저쪽의, 당신이 타고 있던 보트가 떠 있던 장소를 표시한 또 하나의 점도 보입니까?"

"네, 보입니다."

"그 비명은 문 코브 쪽에서 들렸다고 생각합니까?"

이때 다시 이의 신청이 있었고 받아들여졌다.

"그러면 그 비명은 반복해서 들렸습니까?"

"아니오. 저는 비명이 또 들릴지 몰라 기다리고 있었습니다. 남편에게도 조용히 하라고 하면서 기다렸으나 두 번 다시 들리지 않았습니다."

다음에 그 비명은 겁에 질린 목소리이기는 했지만 고통이나 위해를 가해서 지른 비명이 아닐지도 모른다는 것을 입증케 하려고 베르납이 똑같은 질문을 다시 한 번 했으나 부인의 증언도 증인석에 앉아 있는 남편의 증언도 다시 바꿀 수 없다는 것을 알았다. 두 사람 다 그때 들은 여자의 비통한 비명은 도저히 잊을 수 없다고 주장했다. 그들 부부는 그 비명에 너무 놀라 캠프로 돌아가서도 그 비명 얘기를 했다고 했다. 사방이 어두워지고 있어서 그 비명이 들린 곳을 찾아볼 마음이 내키지 않았다. 부인도 어떤 여자가 숲속에서 살해되었을지도 모른다는 생각이 들어 더 이상 그곳에 있지 않고 이튿날 아침 다른 호수로 자리를 옮겼다.

이 사람도 아딜론닥 산의 안내인으로 템즈 데이크호만의 캠프에 있던 토머스 버레트는 도너휴 부인이 말하던 그 시각에 호숫가를 따라 빅 비턴 여관이 있는 쪽으로 걸어가고 있었는데 아까 말이 나왔던 호숫가에서 조금 떨어진 호수 위에 한 쌍의 남녀가 있는 것을 보았을 뿐 아니라 좀 떨어진 후미의 남쪽 기슭 부근에서 그들의 캠프도 보았다고 증언했다. 또한 동시에 문 코브의 바깥쪽에서는 입구 근처가 아니면 어느 지점에서나 후미 안의 보트가 보일 수 없다고 말했다. 후미의 입구는 좁고 호수 위에서의 시계를 완전히 차단하고 있었다. 이 점에 대해서는 그 밖에도 증인이 있었다.

오후가 되어 천장이 높고 폭이 좋은 법정으로 쏟아져 들어오던 햇빛이 흐릿해지고 심리적으로 동요해지기 쉬운 시각이 되었을 때 메이슨은 사전에 계획한 대로 주의 깊게 로버타의 편지를 전부 한 통, 한 통, 아주 소박하면서도 처음 읽었을 때 느꼈던 동정과 감정을 담아서 읽어갔다. 처음에 읽었을 때는 눈물을 흘리지 않을 수가 없었다.

로버타가 라이카거스를 떠난 사흘 후인 6월 8일자의 서간 제1 호부터 시작하여 14호, 15호, 16호, 17호를 읽어나갔다. 그 편지들에는 절절하게 또는 구절구절에 포함되어 있는 중요한 사실에 대한 언급을 통하여 두 사람의 모든 관계를 말하고 있었다. 클라이드가 3주 후에는 맞으러 가겠다는 계획을 세우고 다시 한 달이 지나고, 다시 7월 8일이나 9일로 연기되고 이때 돌연 그녀로부터 위협적인 편지가 왔으며 갑자기 폰다에서 만나기로 결심을 굳히게 된다. 메이슨은 그 편지를 매우 감동적으로 읽었으므로 방청인이나 배심원들의 눈물로 얼룩진 눈이나 손수건의 움직임이나 잔기침 소리가 그 편지들이 지닌 중요성을 입증했다.

당신은 걱정하거나 기분적으로 우울해 하지 말고 즐거운 마음으로 지내라고 했습니다. 당신은 그렇게 말해도 좋습니다. 자기 자신은 라이카거스에서 친구들에 둘러싸여 이쪽저쪽으로 초청받고 있겠지요. 저는 누가 물을까 걱정 속에 지내고 있으며, 당신은 두 사람의 관계를 말하면 안 된다고 하니 월콕 씨 댁에서 전화를 받는 것도 여간 곤란하지 않습니다. 물어보고 싶은 것이 산더미 같은데도 말할 기회가 전혀 없습니다. 그리고 당신이 언제나 말하는 것은 매사가 잘 되어간다는 말뿐이었습니다. 27일에 확실히 오겠다고 말하지도 않았으며 저는 잡음이 심해서 잘 듣지 못했지만, 어떤 이유로 더 뒤에나 출발할 수 있겠다는 거지요? 그러면 안 돼요, 클라이드. 3일에는 부모님들이 백부가 사시는 해밀턴에 가십니다. 톰이나 에밀리는 그날 저의 여동생의 집으로 놀러가게 되어 있어요. 하지만 저는 두 번 다시 그런 곳에는 갈 수 없으며 갈 생각도 없습니다. 그렇다고 저 혼자 이곳에 있을 수는 없어요. 꼭 약속한 대로 오셔야 해요. 이제 더 이상 이런 몸으로 기다릴 수는 없으니 어서 와서 저를 데려가 주세요. 제발 부탁이에요. 더 이상 늦추어 저를 괴롭히지 말아주세요.

그리고 또,

클라이드, 저는 당신을 신뢰할 수 있는 분이라고 믿었기 때문에 고향으로 돌아왔습니다. 제가 라이카거스를 떠나기 전에 제가 집에 돌아가 있으면 늦어도 3주 이내에 데리러 가겠다 —— 준비를 갖추고, 함께 살 수 있도록 다른 곳에서 일자리를 구할 때까지 지낼 수 있는 돈을 장만하는 데는 3주도 걸리지 않을 것이라고 당신은 제 앞에서 진지하게 말했습니다. 하지만 어제, 7월 3일이면 제가 라이카거스를 떠난 지 한 달이 되었는데도 당신은 그날까지 저를 데리러 올지 안 올지 자신이 없는 것 같았습니다. 게다가 부모님께서는 열흘 동안 체재할 예정으로 해밀턴으로 떠나신다고 분명히 알려드렸는데도. 물론 나중에 간다고는 하셨지만 그것은 나를 잠자코 있게 하기 위해 임시 방편으로 한 말 같았습니다. 저는 그 이래 고통 속에 나날을 보내고 있습니다.

클라이드, 저는 무척 기분이 좋지 않습니다. 만약 당신이 와주시지 않는다면 어떻게 해야 할까 생각하면 미칠 것 같습니다.

클라이드, 당신이 전처럼 저를 사랑하지 않는다는 것도, 이런 식으로 되지 말았으면 좋았을 것이라고 생각하고 있다는 것도 알고 있습니다. 하지만 저는 어떻게 해야 좋지요? 틀림없이 자기만이 아니라 당신도 가지 못했다고 말하겠지요. 그리고 세간에서도 이 사실을 안다면 역시 그렇게 생각할지도 모릅니다. 역시 그렇게 생각할지도 모릅니다. 저는 제가 바라지 않는 것을 시키거나 하지 않도록 몇 번이나 기원했습니다. 그리고 그때도 후회하는 것은 아닐까 하고 걱정하고 있었습니다. 저는 당신을 무척이나 사랑하고 있었으므로 당신이 당신 생각대로 하려고 해도 그렇게 되지는 않았겠지만.

클라이드, 저는 죽었으면 좋겠다고 생각하고 있습니다. 그러면 모든 것이 해결되겠지요. 그리고 가까운 시일 내에 그렇게 되었으면 좋겠다고 몇 번이나 기도했습니다. 왜냐하면 인생은 제가 처음으로 당신을 만나 당신이 저를 사랑해준 무렵처럼 그런 의미로 되지 않았으니까요. 아아, 그 무렵의 즐거웠던 일이란! 만약 지금과 사정이 달라 당신의 방해물이 되지 않았더라면 저에게나 우리 두 사람에게도 훨씬 좋았을 것입니다. 클라이드, 그러나 지금은 그렇지 않습니다. 돈은 한 푼도 없고 그렇게 하는 길밖에는 우리 아기의 명예를 구해줄 방법이 없으니까요. 하지만 어머니나 아버지나 나의 가족 전체에 무서운 고통과 불명예를 안겨줄 결과가 되지만 않는다면 다른 방법으로 해결하고 싶습니다. 정말 그렇습니다.

그리고 또,

아아, 클라이드, 클라이드, 작년과 금년은 이 얼마나 다를까요. 한 번 생각해보세요. 그 무렵에는 폰다나 글로버즈빌이나 리틀 폴즈 근처의, 크람 호나 그 밖의 호수에 가기도 했는데 지금은 —— 지금은. 조금 전에도 톰과 에밀리의 친구들이 딸기를 따러 가자고 왔는데 나는 그들만 보내고 가지 못했습니다. 그 아이들처럼 편안한 마음을 가질 수 없다고 생각하니 눈물은 주체할 수 없었습니다.

그리고 마지막으로,

오늘은 작별을 고하려고 이곳저곳 가보았습니다. 그곳은 저에게 추억이 깃든 곳입니다. 저는 이곳에서 살았으니까요. 우선 파란 이끼에 덮힌 스프링하우스로 갔는데 저는 그곳을 지날 때 안녕이라고 말했습니다. 가까운 시일 내엔 두 번 다시, 결코 다시 오지 못할 것이라고 생각했기 때문입니다. 다음에는 여러 해 전에 소꿉장난 집을 지었던 오래된 사과나무가 있는 곳으로 갔습니다. 에밀리와 톰과 기포드와 제가 지은 집이었습니다. 그리고 우리가 이따금 가서 놀았던 과수원 안에 있는 '믿음'이라는 귀여운 집.
클라이드, 이런 모든 것이 저에게 어떤 의미가 있는 것인지 모르시겠지만, 이번에 떠나면 두 번 다시 이 집을 보지 못할 것이라고 생각했기 때문입니다. 어머니, 불쌍하고 제가 사랑하는 어머니. 제가 어머니를 사랑하고 있으면서도 이렇게 거짓말을 할 수밖에 없게 된 것을 무척 후회하고 있습니다. 어머니는 언제나 힘이 되어주셨습니다. 이따금 모든 것을 털어놓을까 하다가도 그러지 못했습니다. 고생이 심하신 어머니를 실망시켜 드리고 싶지 않았습니다. 만약 제가 집을 떠났다가 언젠가 돌아온다고 해도 —— 결혼하거나 죽거나 지금은 어떻든 큰 차이는 없습니다 —— 어머니에게는 알리지 않을 것이며, 어머니에게 고통을 안겨드리고 싶지 않습니다. 그리고 그렇게 하는 것이 생명 그 자체보다도 저에게는 훨씬 중요하다고 생각합니다. 그러면 안녕, 클라이드. 전화로 말했듯이 만날 때까지. 당신에게 괴로움을 끼쳐드린 것 용서해주세요.

당신의 슬픈 로버타로부터

　메이슨은 편지를 읽으면서 몇 번이나 눈물을 닦았으며 편지를 읽고 나자, 가장 완벽하고 빈틈없는 기소를 해야겠다는 자신도 있고 해서, 피로한 듯이, 또 승리를 쟁취한 듯한 기분을 담고 돌아보면서, "이것이 끝입니다."라고 선언했다. 그리고 그 순간 남편과 에밀리와 법정에 나와 있던 올덴 부인이 재판으로 오래 긴장해 있었을 뿐 아니라 이 편지 낭독이라는 증거 제출도 있어서 너무 긴장한 나머지 흐느껴 울다가 정신을 잃고 쓰러졌다. 클라이드도 역시 너무 긴장한 나머지 로버타의 어머니가 비명을 지르며 쓰러지는 것을 보자 반사적으로 벌떡 일어섰으나 곧 제프슨이 그를 눌러 앉혔다. 그 사이에 정리나 그 밖의 사람들이 올덴 부인과 그 옆에 있던 타이타스를 부축하여 법정 밖으로 데리고 갔다. 대부분의 방청인들은 이런 것을 보자 클라이드가 또 다른 새로운 범죄를 범하기나 한 것처럼 클라이드에게 화를 냈다.

　이윽고 흥분도 가라앉고 어두워져, 재판소의 시계가 다섯시를 가리키고 법정 전체가 피로에 싸여 있을 때 오버월츠 재판장이 오늘은 이것으로 폐정하겠다고 말했다.

　그러자 곧 신문 기자나 특집 기사 삽화 담당자들은 일어나서 내일부터 변론이 시작될 텐데 어떠한 증인을 어디서 데리고 올 것인지, 그토록 놀라운 양의 불리한 증거가 제시되었는데 클라이드가 자기 변호를 할 수 있도록 증인석에 서는 것이 허용될 것인지, 변호인으로서는 피고가 정신적으로 또는 윤리적으로 판단력에 장해가 있었다는 점에 대해서 방대한 변론을 전개하여 종신형에 묶어두기만 해도 만족해 할 것이라고 수근거렸다.

　클라이드는 법정에서 나갈 때 야유나 욕설을 듣기도 했는데, 이전부터 변호사들이 계획했던 대로 내일 증인대에 설 용기를 가질 수 있을지 어떨지 자신이 없었다. 다른 방법이 없다면 아무도 보지 않을 때(그는 형무소에서 나올 때나 돌아갈 때 수갑을 차지 않고 있었다) 내일 밤에라도 모두 나가고 군중이 움직이기 시작하고 보안관들이 이쪽으로 오고 있을 때 —— 만약 —— 그래, 만약 달아나거나 침착하고 조용한 걸음걸이로, 겉으로 보기에는 아무런 일도 없는 듯이 저 계단까지 걸어가서 계단을 내려가서 밖으로 나가면 —— 그것이 어디로 통하는 길이라 해도 —— 전에 구치소에서 보았던 정면 계단으로 통하는 저 작은 옆문으로 가는 것이 좋다! 숲속으로 들어가기만 하면 며칠 동안이라도 걸음을 멈추지 않고 식사도 하지 않고 걷거나 달려갈 수 있을 것이다. 틀림없이 도망칠 수 있다, 어디론가. 물론 그것이 성공할지 어떨지는 잘 모르지만. 사살될지도 모른다. 개나 수색대원의 추격을 받겠지만 성공할지도 모른다.

왜냐하면 지금 이대로라면 전혀 희망이 없기 때문이었다. 이렇게 철두철미한 증언이 있었으니 아무도 자기를 죄가 없다고는 믿어주지 않을 것이다. 또 그런 식으로는 죽기 싫다. 그런 것은 질색이다!

이렇게 해서 또 비참하고 캄캄하고 답답한 밤이 찾아왔다. 몇 시간 뒤에는 비참한 잿빛의 겨울 아침이 온다.

23

이튿날 아침 여덟시경이 되자 대도시의 신문이란 신문의 머리 기사는 사람의 눈길을 끄는 핵심적인 말을 나열하여 신문 매장에 선보였다.

그리피스 사건 검사측 논증 끝나
증언의 홍수, 피고측을 압도

동기, 수법 모두 입증되다.

안면과 두부의 상흔 카메라의 측면과 일치.

피해자의 어머니 실신

드라마틱한 편지 낭독 종료와 동시

메이슨이 이 사건에서 사용한 건축가적 방법은 충격적이고 연극적인 연출을 곁들여 클라이드뿐만 아니라 베르납이나 제프슨에게까지도 완패를 느끼게 하기에 충분했다. 클라이드가 이토록 악에 물든 악당이라면 배심원들을 설득할 수단은 없을 것만 같았다.

더욱이 모든 사람들이 메이슨의 뛰어난 논증에 찬사를 보내고 있다. 클라이드는 어머니도 주먹만한 글자로 보도된 신문 기사를 읽었을 것이라 생각하니 기분이 침울해지고 마음이 아팠다. 제프슨에게 부탁하여 그런 것은 믿지 말아달라고 전보를 쳐달라 해야겠다. 프랑크나 줄리아나 에스테에게도. 그리고 오늘은 손드라도 신문 기사를 읽고 있지 않을까. 이처럼 어두운 밤을 보내고 있다는 데 아무런 말도 없다! 신문에 X양이라고만 나 있을 뿐 그 사람의 일에 대해서는 한 번도 실린 적이 없었다. 그것은 가족이 돈을 가지고 있기 때문에 그런 일을 할 수 있는 것이다. 그리고 오늘은 나의 변론이 시작될 것이므로 중요한 증인이 필요해진다. 그러나 그런 일이 효과가 있을까 하고 자문해보았다. 저 군중, 저 분노. 지금은 불신과 증오의 불안한 긴장이 있을 뿐이다. 그리고 베르납이 변론을 마치면 메이슨이 반론할 차례가 된다. 베르납이나 제프슨은 태연할 것이다. 저 두 사람은 고민할 염려는 없으니까. 자기는 괴로워하더라도.

그러나 이렇게 고민하면서도 독방 안에서 한 시간을 보낸 다음 자기가 법정에 나가 있는 것을 알았다. 뭐라고 말할 수 없는 배심원들의 시선과 잔뜩 호기심을 곤두세운 청중 앞에. 이윽고 베르납이 배심원들 앞에 서서 배심원들을 쭉 둘러본 다음 변론을 시작했다.

"배심원 여러분! 3주가 넘도록 지방 검사는 여러분에게 이렇게 말했습니다. 즉 자기는 본건의 피고가 유죄라는 것을 앞으로 제시할 증거를 가지고 반드시 여러분이 믿게 하도록 해보일 것이라고. 그 이후 지루하고 따분한 논증을 해왔습니다. 그 동안 고작 십오, 십육 세 소년의 어리석고 미숙한 행위, 그것은 어떠한 경우에도 철없고 대수롭지 않은 우연한 일이었습니다만은 그러한 행위들이 마치 천인공노할 악당의 행위이기나 한 것처럼 여러분 앞에 늘어놓았습니다. 검사측의 의도는 분명하며 그것은 모두 이 피고에 대한 편견을 여러분에게 심어주기 위해서였습니다. 그러나 캔자스 시에서 있었던 단 한 번의 사고 —— 이것은 나의 직업상의 경험을 통해 보더라도 지금까지 본 적이 없을 만큼 오해받은 사고이겠지만 —— 이 한 번의 예외를 제외하면 피고는 같은 나이 또래의 어떤 소년과도 다를 바 없는 순진하고 활기에 찬 죄없는 생활을 해왔다고 할 수 있습니다. 지방 검사가 피고를 이 사나이라고 —— 수염을 기른 한 사람의 성인 남성같이 —— 부른 것을 여러분은 들었습니다. 뼈 끝까지 악에 물든 범죄자, 지옥의 밑바닥에서 토해낸 죄악의 덩어리인 것처럼 말입니다. 그러나 피고는 고작 스물한 살의 청년에 지나지 않습니다. 보십시오. 여기 앉아 있는 피고를. 다시 한 번 말씀드리지만 이처럼 과장되고 오해에 찬 고발, 아니 그뿐만이 아닙니다. 만약 내가 이런 말은 쓰지 않는 것이 좋겠다고 경고하지 않았더라면, 정치적 편견에 좌우된 고발이라 해도 좋을 것이지만, 그러한 고발이 준, 피고가 얼마나 냉혹한 생각이나 감정의 소유주냐 하는 인상의 모든 것을 지금 이 순간 내가 말의 마술이라도 사용하여 여러 분의 눈 속에서 빼내지 않는 이상 여러분이 흐려지지 않은 눈으로 피고를 볼 수 없지 않을까, 마치 여러분이 그 배심원석에서 일어나서 저 창을 빠져나가 하늘로 날아오르는 것이 불가능한 것과 마찬가지로 불가능하지 않을까 생각합니다.

　배심원 여러분, 여러분뿐만 아니라 지방 검사도 그리고 방청인 여러분도 나와 나의 동료나 또는 이 피고가 저처럼 상호 연락이 있는 그리고 때로는 악의에 찬 그 많은 증언의 물을 뒤집어쓰면서도 어떻게 이토록 침착할 수 있을까 이상하게 생각하실 줄 믿습니다." 여기서 그는 자기의 차례가 오기를 기다리고 있는 파트너 쪽을 보면서 장중하고 예의적인 태도로 손을 흔들어 보였다. "그러나 여러분도 보았듯이 우리는 법률상의 다툼에 있어서 정당한 목적을 갖고 있다는 것을 느끼고 있을 뿐만 아니라 알고 있는 자의 평정을 유지하고 또 향수해왔던 것입니다. 여기에서 당연히 여러분은 에이브의 시인 (셰익스피어를 말함. 스트래트포드 온 에 / 비온에서 태어났다 하여 그렇게 불린다)의 말을 상기하게 될 것입니다 —— 즉 '정의에 의해서 싸우는 자는 3배로 무장하도다.' (셰익스피어의 회곡 《헨리 6세》 / 의 제3막 제2장에서 인용) 불행하게도 검사 측은 모르는 것 같지만 이 비극적이고 매우 불행한 죽음을 불러오게 된 특이한 사정을 우리는 알고 있습니다. 그것이 어떠한 것인지 우리들의 논증이 끝날 무렵에는 여러분의 눈에도 분명해질 것입니다. 그것은 그렇고 여러분, 여기서

한 마디 해두겠습니다만은 이 공판이 개시되면서부터 저는 믿고 있었습니다. 우리가 지금 분명히 말하려 하는 이 비극의 진상은 별도로 하고라도 이 잔인하고 짐승 같은 범죄의 책임을 피고 한 사람의 어깨에 짊어져야 한다는 것은 여러분도 믿지 않을 것입니다. 그럴 수는 없는 것입니다! 왜냐하면 연애는 연애이며, 남녀를 불문하고 정열이 걷는 길, 스스로를 불태우는 연애 감정이 걷는 길은 통상의 범죄와는 다르기 때문입니다. 기억해주시기 바랍니다. 우리 자신도 한때는 소년이었다는 것을. 지금은 성인이 된 부인들도 한때는 소녀였으며 후년의 실생활에서는 인연이 없더라도 청춘의 열병이나 아픔이 어떠한 것인지 잘 알고 있을 것입니다 —— '남을 비판하지 말라. 그러면 너희도 비판하지 않을 것이다. 남을 단죄하지 말라. 그러며 너희도 단죄받지 않은 것이다.' 우리는 베일 속에 가려진 여성 X 양의 존재 및 그녀의 매력, 남자를 포로로 하는 그녀의 사랑의 마력 그리고 또 법정에 공개할 수는 없었으나 그녀의 많은 편지나 그것이 피고에게 미친 영향을 인정하지 않을 수 없습니다. 그리고 또 X 양에 대한 피고의 애정도 인정하는 동시에 우리 변호인측의 증언에 의해서만이 아니라 이제까지 진술된 증언을 분석해서 입증해 보이겠지만, 즉 너무나도 가슴 아프고, 어처구니없게도 목숨을 잃은 저 사랑스런 여성을 도덕의 좁은 길목에서 유혹하기 위하여 피고가 사용한 것으로 생각되는 교활하고 음란한 수단이 사실은 교활하다거나 음란하지도 않은, 단순히 자기가 택한 여성이 너무나 엄격하고 편협한 도덕관에 의하지 않고는 일생을 볼 수 없는 사람들에게 둘러싸여 있을 경우 어떤 청년이라도 취할 수밖에 없는 행동을 취하지 않을 수 없었다는 것입니다.

배심원 여러분, 여러분 자신의 군 지방 검사도 말하고 있듯이 로버타 올덴은 클라이드 그리피스를 사랑하고 있었습니다. 비극으로 끝난 두 사람의 관계가 시작될 때는, 지금은 고인이 된 그 여성은 그를 깊게 사랑하고 있었습니다. 또 그때 클라이드 그리피스도 그녀를 깊게 사랑하고 있었다고 생각했습니다. 이렇게 서로 깊게 사랑하는 두 사람은 다른 사람들이 자기들에 대해서 어떻게 생각하고 있느냐에 대해서는 전혀 관심이 없었습니다. 서로 사랑하고 있다는 그것으로 충분했던 것입니다!

그러나 배심원 여러분, 나는 본건을 그러한 각도에서만 말하려고는 생각하지 않습니다. 물론 다음과 같은 의문을 제기하고 싶습니다. 클라이드 그리피스는 어찌하여 폰다로 또는 유티카로 또는 그라스 호로 또는 빅 비턴 호로 갔을까? 어쩌면 여러분은 그의 또는 그와 로버타 올덴의 그러한 행동을 부정하는가 또는 실제와는 다른 각도에서 해석하려는 의도나 필요가 있다고 생각하지 않았을까요? 혹은 또 일견 의문에 찬 그녀의 갑작스런 죽음 뒤에 왜 클라이드가 도망이라는 길을 택하지 않으면 안 되었을까? 또는 여러분이 한순간이라도 그러한 의문을 품었다고 한다면, 여러분은 우리가 27년간에 걸쳐 접해왔으며 그 앞에서 논증을 듣는 영광을 입은 많은 배심원 중에서도 가장 풀기 어려운 미망(迷妄)과 오해에 빠진 배심원들이라 말하지 않을 수 없습니다.

여러분, 나는 클라이드 그리피스가 무죄라고 말했습니다. 그는 분명히 무죄입니다. 사실 우리 자신은 그의 무죄를 믿지 않고 있는 것이 아닌가 하고 여러분은 생각할지도 모릅니다. 그러나 그것은 잘못입니다. 인생이란 그야말로 기괴하고 불가사의한 것이어서 한 사나이가 뜻밖의 혐의를 받아 더욱이 그 당시 그를 둘러싼 모든 상황이 그를 유죄로 속단해버리는 일도 종종 일어나기 마련입니다. 증거 상황만으로 유죄로 잘못 판결한 매우 비참하고 놀라운 사례는 결코 적지 않습니다. 신중하게 판단하여 주시기 바랍니다! 지역적인 또는 신앙상의 또는 도덕상의 특수한 사고방식 등 편견에 의한 잘못된 판단이 있어서는 안 되겠습니다. 반박할 여지가 없는 증거라고 생각한 나머지 우리는 자기도 모르는 사이에 편견을 가지게 되며 자기로서는 최상의 판단을 내린 것으로 알고 있지만, 피고가 저지르지도 않은 죄나 품고 있지도 않았던 살의와 실제로도 법률상으로도 존재하지 않았으며 피고의 머리에 떠오른 적도 없는 그러한 범죄나 살의가 여러분의 눈에는 떠오를 수도 있습니다. 신중을 기해주십시오! 어디까지나 신중을 기해주십시오!"

그는 여기서 일단 말을 끊고 무언가 걱정스런 생각에 잠기는 듯했으나, 클라이드는 이 교묘하고 도전적인 첫머리의 진술에 완전히 기운을 되찾은 듯한 기분이 들었다. 그러나 베르납이 다시 말을 시작했으므로 거기에 귀를 기울였다. 이처럼 힘찬 변론은 한 마디라도 놓쳐서는 안 된다고 생각하면서.

"로버타 올덴의 유해가 빅 비턴 호에서 인양되었을 때, 한 의사가 이것을 검시했습니다. 그때 그 의사는 검시 결과 익사라 단정했습니다. 앞으로 본인이 출정하여 증언할 것이므로 피고는 그때 증언할 것이며 배심원 여러분들도 그것을 인정해주실 것으로 믿습니다.

지방 검사가 여러분들에게 말한 바에 의하면 클라이드 그리피스와 약혼한 로버타 올덴은 7월 6일, 빌츠에 있는 그녀의 집을 떠나 그와 식을 올리기 위해 여행을 떠났습니다. 그런데 배심원 여러분, 어떤 일련의 상황을 다소나마 왜곡하여 전하는 것은 극히 용이한 일입니다. 두 사람이 '약혼했다'는 것은 7월 6일 출발하기까지의 일련의 일들이 강조하고 있으므로 더 이상 말하지 않겠습니다. 클라이드 그리피스가 로버타 올덴과 정식으로 약혼했다는 것을 또는 그가 결혼을 승낙한 것을 보여주는 직접적인 증거는 로버타 올덴의 편지 중 몇 줄을 제외하면 아무것도 존재하지 않습니다. 또 그 몇 줄만 하더라도 피고가 결혼을 승낙한 것은 단순히 그녀의 몸의 상태에 생긴 도덕적 및 물질적 관념의 압박에 의한 것에 지나지 않았다는 것을 명백하게 말해 주고 있습니다. 물론 그녀가 그러한 몸이 된 것은 피고의 책임이겠으나 그렇다 하더라도 그것은 두 사람의 —— 스물한 살의 청년과 스물세 살의 아가씨와의 —— 합의하에 그렇게 된 것입니다. 나는 묻고 싶습니다. 과연 그것이 정당한 약혼이라 할 수 있는지, 약혼이란 것에 대해서 사람들이 흔히 생각할 수 있는 약혼이라 할 수 있을지 어떨지? 단정적으로 말하지만 나는 이 불쌍한 고인을 우롱했거나 경시했거나 중상한 것도 아닙니다. 단순히 사실상 및 법률상의 문제로서 피고는 고인과 정식으로 약혼한 것이 아니라고 말하는 것입니다. 피고가 사전에 결혼 약속을 했다는 사실은 없습니다……. 절대로! 그러한 증거는 전혀 없습니다, 이것은 피고에게 유리한 점이라고 인정해야 합니다. 다만 고인의 몸의 상태, 이것이 피고의 책임이란 것은 우리들도 인정하지만 오직 그것 때문에만 결혼을 승낙할 마음이 들었으며, 그것도…… 그것도 말입니다.(그는 여기서 잠시 말을 멈추자 그 부분에 중점을 두는 것 같았다)

그녀가 끝까지 결혼을 단념하지 않는다면 하는 것이었습니다. 그래서 당 법정에서 읽었던 편지의 내용이 말해주듯이 고인은 피고와의 결혼을 단념할 수 없었던 것입니다. 그래서 피고로서는 라이카거스의 사회에 이러한 사실이 폭로되는 것이 두려워 승낙하지 않을 수 없었는데 그 승낙이 지방 검사의 견해에 의하면 단순히 약혼이라는 것이 될 뿐 아니라, 불량배나 도둑이나 살인이라도 하지 않으면 깨뜨릴 수 없는 신성한 약속이 되는 것입니다!

그러나 배심원 여러분, 법률이나 종교에 비추어보았을 때 가장 신성해야 할 약혼도 파혼된 예는 얼마든지 있습니다. 지금까지 얼마나 많은 남녀가 상대방의 변심을 목격하고 맹세나 신뢰를 헌신짝처럼 버린 결과 마음의 밑바닥에 언제까지나 지울 수 없는 상처를 남기거나, 자기의 손으로 기꺼이 생명을 끊거나 했을까요. 지방 검사가 논고 중에 말했듯이 이런 것은 지금이나 옛날이나 다를 바 없으며 영원한 되풀이입니다!

한 가지 주의하고 싶은 것은 이번에 여러분이 생각하고 판정을 내리려 하고 있는 이 사건도 역시 그러한 종류의 사건 즉 한 여성이 남자의 변심에 희생된 사건입니다. 그러나 이것은 도덕상 또는 사회적으로는 아무리 큰 죄라도 법률상의 범죄라고는 말할 수 없습니다. 그리고 현재 이 피고가 여러분 앞에 끌려나와 있는 것도 문제의 여성의 죽음을 둘러싼 일련의 상황이 거의 믿을 수 없을 만큼 기묘하게 수미일관(首尾一貫)해 있으며 또한 오해를 불러일으키기 쉬운 그 점이라 하겠습니다. 맹세코 말씀드리겠습니다만은 저는 그것이 사실 그대로라는 것을 알고 있다는 것입니다. 그 점에 대해서는 이 공판이 끝날 때까지 충분히 여러분도 납득할 수 있도록 설명할 수 있을 것이며 꼭 설명해드리겠습니다. 그러나 이 최후에 말한 점에 관련하여 차후에 말할 전제로서 한 가지 말해둘 것이 있습니다.

배심원 여러분, 자기의 생사를 좌우하는 심리를 받기 위하여 여기에 대기시킨 인물은 냉혈 잔혹한 범죄자가 아니며 도덕적으로나 정신적으로도 겁이 많은 —— 그 이상도 그 이하도 아닌 —— 평범한 인간에 지나지 않습니다. 위기에 직면한 경우, 대개의 인간들이 그러하듯이 피고 역시 정신적 및 도덕적 공포의 희생자인 것입니다. 사람이 어찌하여 그러한 상태에 빠졌는지 아직까지 누구 한 사람도 충분히 설명한 사람은 없었습니다. 우리 인간은 누구나 자기만의 공포의 대상을 갖고 있는 것입니다. 피고가 현재 이처럼 위험한 입장에 서게 된 것도 정신적 및 도덕적 공포 때문일 뿐 그 이외의 아무것도 아닙니다. 즉 겁이 많아서였습니다. 자기의 백부가 경영하는 회사의 사규에 대한 공포 그리고 상사에게 한 언질에 대한 공포. 그래서 처음에는 자기 밑에서 일하게 된 착한 시골 처녀에게 관심이 있는 것을 감추려 했고 또 나중에는 자기가 그 아가씨와 사귀는 것을 감추려 했습니다. 그러나 그것은 어떠한 법률상의 죄는 아닙니다. 개인적으로는 어떠한 견해를 갖고 있든 그러한 행위를 이유로 사람을 심판할 수는 없을 것입니다. 그처럼 정신적으로나 도덕적으로도 겁이 많았던 때문에 한때는 친숙했던 관계가 이제는 견디기 어려운 관계로 된 뒤에도 결혼은 물론 더 이상 만날 수도 없었으며 계속하고 싶지 않다고 분명하게 말할 수가 없었던 것입니다. 그가 공포의 희생이 되었다는 이유로 사람을 처형할 수 있을까요?

남자가 여자에 대해 또는 여자가 남자에 대해 애정이 없어졌을 때 그리고 그런 상대와 함께 사는 것이 고통만 줄 것이라는 것을 깨달았을 때 그 인간은 어떻게 해야 한다고 여러분은 생각하십니까? 결혼해야 할까요? 그러나 무슨 목적으로? 앞으로도 계속 서로가 미워하고, 경멸하고, 서로 괴로워하기 위해서? 하나의 처세법(處世法)으로서, 법칙으로서 그 결혼에 동의해야 한다고 말할 수 있을까요?

더구나 이 사건의 경우, 그러한 사정 아래서는 충분히 이성적이기도 하고 공평한 본 변호인으로서는 납득할 만한 해결법이 있습니다. 결혼을 수반하지 않는 것이지만, 어떤 제안이 제시되었으나 그것이 슬프게도 헛수고로 끝나버린 것입니다. 여자 쪽에서는 다른 곳에 가서 살고, 남자는 벌어서 생활비를 보내준다는 별거 생활이란 제안이었습니다. 어제, 당법정에서 낭독된 그 여자의 편지도 그런 내용을 암시하고 있었습니다. 그러나 당사자의 일반적인 비극으로 최선의 해결책이 실행되지 못하는 사례는 흔히 볼 수 있는 일입니다! 이 경우에도 그것이 유티카로, 그라스 호로 그리고 빅 비턴 호로, 그 최후의 긴 언쟁으로 시종한 여행이란 결말을 가져오게 되었던 것입니다. 더구나 아무런 보람도 없이. 그러나 피고는 그 여자를 살해하려거나, 배신하여 죽음으로 몰아넣으려는 의도는 전혀 없었습니다. 추호도 없었습니다. 그 이유는 모두 명백하게 밝혀질 것입니다.

배심원 여러분, 거듭 말씀드리지만 클라이드 그리피스가 로버타 올덴과 함께 전술한 바와 같이 여러 곳으로 가명을 써가면서 여행을 한 것은 어떠한 종류의 범죄 계획에 의한 것도 아니며, 정신적, 도덕적으로 겁이 많아서였습니다. 그래서 그는 '칼 그레엄 부처'라든가 '클리포드 골든 부처'라고 숙박부에 적었던 것입니다. 자기가 그녀와 불륜의 관계를 추구한 결과 결국은 이러지도 저러지도 못할 만큼 죄악에 빠져버린 동시에 사회적 과오라는 정신적, 사회적 공포 나아가서는 그 결과 생기게 될 문제에 대한 정신적

도덕적, 공포를 느끼게 되었고 나아가서는 또 빅 비턴 호에서 뜻하지 않은 재난으로 그녀가 호수에 빠졌을 때 빅 비턴 호의 숙사로 돌아가서 익사한 사실을 알리는 행동을 방해한 것도 정신적, 도덕적으로 겁이 많았던 때문입니다. 그는 정신적, 도덕적인 겁쟁이 그 이상도 그 이하도 아닙니다. 그는 생각했습니다. 라이카거스의 부유한 친척의 일, 이런 여자와 이런 곳에 왔다는 것을 알면 그 친척이 경영하는 회사의 사규에 어긋난다는 것 그리고 또 그녀의 부모의 고민이나 치욕이나 분노. 또 있습니다. X 양은 그의 눈부신 꿈의 성좌에 자리잡고 있는 가장 빛나는 별이었던 여성입니다.

우리는 이런 모든 것을 인정합니다. 그런 모든 것은 그가 생각하고 있었다는 것, 아니 생각하고 있었음에 틀림없다는 것을 우리는 인정하고 있습니다. 검사측의 고발에 의하면 피고는 이 X 양에게 완전히 매혹되어 있었으며 또 X 양도 마찬가지여서 그는 자기에게 몸을 허락한 최초의 애인을 버리고 그 미모나 부에 마음이 끌린 X 양에게로 달려가려 했던 것입니다. 그것은 사실일 것이라고 우리도 인정하고 있습니다. 로버타 올덴도 클라이드 그리피스도 누구보다도 바람직한 상대라 생각하고 있었으나 그것이 잘못된 생각이었다고 한다면 —— 그것은 명백한 사실이겠지만 —— 클라이드 그리피스 자신이라도 아마 궁극적으로는 자기를 별로 생각해주지 않는 여성을 맹목적으로 추구한다는 착각을 했다고 말할 수 있을지도 모르겠습니다. 아무튼 사건 당시의 그가 무엇보다도 두려워한 것은, 이것은 본인이 우리 변호인에게 말한 것이지만, 만약 자기가 어디의 누구인지도 모를 신분의 여자와 함께 이곳에 왔다는 것을 X 양이 알게 된다면 자기와의 관계는 끝장이었을 것이라는 점이었습니다.

여러분의 의견도 마찬가지였겠지만 그러한 행위에 변명의 여지가 없다는 것은 저도 알고 있습니다. 사람이 두 개의 부정한 욕구 중 어느 하나를 택해야 할 것이냐로 고민할 때도 법률이나 교회의 견해나 마찬가지로 그 중 어떤 것을 택하든 그것이 종교상의 죄 내지는 법률상의 죄가 된다는 것을 의식하기 마련입니다. 또한 법률이 있건 없건, 종교가 있건 없건, 인간의 마음속에는 그와 같은 부정한 욕구가 존재한다는 것이 현실이며, 대개의 경우 그것이 행동의 동기로 되어 있습니다. 클라이드 그리피스의 경우도 그것이 행동의 동기였다는 것을 우리는 인정합니다. 그러나 과연 그는 로버타 올덴을 살해했을까요?

아닙니다. 결코 그렇지 않습니다!

또는 분명하지 않는 어떻든 간에 여러 가지 가명을 써가면서 그녀를 데리고 다니던 끝에, 만약 관계를 끊는 것을 승낙하지 않는다면 물에 빠뜨려 죽이겠다고 꾀했을까요? 그것은 있을 수 없는 일입니다! 미치광이 짓입니다! 그의 계획은 전혀 그런 것이 아니었습니다. 그러나 배심원 여러분."

여기서 그는 새로운 생각인지, 그때까지 미처 생각해보지 못했던 생각이 머리에 떠오르기라도 한 것처럼 갑자기 입을 다문 채 잠시 무엇인가 생각하더니 다시 말을 계속했다.

"나의 변론 및 머지않아 여러분이 내리게 될 평결을 보다 납득이 가도록 하게 하기 위하여 적어도 로버타 올덴의 죽음에 관한 한 유일한 목격자의 증언을 듣는 것이 좋지 않을까 생각합니다. 그 사람은 단순히 목소리를 들었을 뿐만 아니라 현장에 같이 있었으며 자기의 눈으로 사건을 목격하기도 했습니다. 따라서 그녀가 어떻게 죽게 되었는지 알고 있을 것입니다."

그러더니 그는 '자 루벤, 드디어 정곡을 찌를 때가 되었다.'라고라도 말하려는 듯이 제프슨 쪽을 보았다. 제프슨은 가벼운 동작으로 그러나 동작 하나하나에 의미를 부여하듯이 클라이드를 보면서 이렇게 소곤거렸다.

"자, 클라이드, 자네가 나설 차례야. 나도 곁에 있어 줄 테니. 자네에 대한 심문은 내가 하기로 했네. 지금까지 자네에게 답변 연습을 시켜온 것은 나였으니까. 자네도 내가 묻는 말이라면 대답하기 쉽겠지?"

그는 다정하게 격려해주듯이 클라이드에게 미소를 보였다. 클라이드도 베르납의 힘찬 변론이나 또 제프슨이 심문을 맡아준다는 새로운 사태의 그리고 가장 바람직스런 사태의 발전 덕분에 네 시간 전과는 다른 사람이 된 것 같은 기분으로 자리에서 일어나서 거의 들뜬 듯한 기분으로 중얼거렸다.

"좋아요! 당신이 심문하게 된다니 다행입니다. 잘 해낼 자신이 생깁니다."

방청석에선 실제의 목격자가 증언을 하며, 그것도 검사측이 아니라 변호인측에서 심문한다고 하자 전원이 일어나서 목을 길게 빼고 기웃거렸다. 오버월츠 재판장은 이 심리가 파격적인 경향을 띠고 있다는 사실에 이례적으로 불안해 하면서 방망이를 두들겼으며, 서기도 큰소리로 외쳤다.

"조용히! 조용히들 하시오! 한 사람이라도 자리에서 일어서는 사람이 있으면 방청인 전원에게 퇴장을 명하겠습니다! 경비원은 전원 자리에 앉게 하십시오.”

이윽고 장내가 조용해지고 긴장한 정적이 흘렀다. 그런 가운데 베르납이 말했다.

“클라이드 그리피스, 증인석으로 나오시오.”

방청인들은 클라이드가 루벤 제프슨을 따라 나오는 것을 보자 놀랐으며 재판장이나 정리(廷吏)들의 무뚝뚝한 제지에도 불구하고 자리에서 일어서거나 웅성거리거나 했다. 그리고 베르납조차도 제프슨이 다가오는 것을 보자 깜짝 놀랐다. 처음 예정으로는 베르납 자신이 클라이드를 심문하기로 되어 있었던 때문이었다. 그런데 지금 클라이드가 자리에 나와 선서하고 있는 동안 제프슨이 곁으로 다가와서 아주 간단하게 이렇게 중얼거렸다.

“저에게 맡겨주시지 않겠습니까, 앨빈. 그것이 가장 좋다고 생각합니다. 피고가 약간 긴장해 있으므로 어떻게든 제가 그의 기분을 감안하여 해내겠습니다.”

방청석에서는 변호인이 교대된다는 것을 알자 또 웅성거리기 시작했다. 클라이드는 크고 신경질적인 눈으로 두리번거리면서 이렇게 생각하고 있었다. 마침내 나도 증인석에 앉게 되었다. 모두가 나를 보고 있다. 당연한 일이겠지만. 태연해 하지 않으면 안 된다. 괴로운 표정은 짓지 말아야 한다. 그래 맞아. 나는 죽이지 않았으니까. 그러나 자기도 모르게 얼굴이 창백해지고, 눈두덩이 빨개지고 손이 떨렸다. 제프슨은 바람에 흔들리는 자작나무 같은 탄력성과 역동감 있는 몸을 클라이드 쪽으로 돌려, 그 푸른 눈으로 클라이드의 갈색 눈을 지그시 바라보면서 입을 열었다.

“자 클라이드, 우선 무엇보다도 우리가 바라는 것은 배심원을 비롯하여 이 법정 안에 있는 사람들에게 우리의 질문과 답변을 확실히 들을 수 있도록 말하는 것이다. 둘째로 마음의 준비가 되었으면 자네의 생애에 대해서 생각하는 대로 말해주기 바란다. 어디서 태어났고 어디서 살았으며 부모들은 무엇을 했으며 그리고 최후로 자네가 사회에 나와서 일하게 된 후 오늘에 이르기까지 무엇을 했으며 어떤 이유로 그런 일을 했는지를 말일세. 나도 그럴 때 가끔 질문을 하겠지만 주로 자네 스스로 말하기 바라네. 그런 점에 대해서는 다른 누구보다도 자네가 더 잘 말할 수 있다는 것 —— 을 나는 알고 있으니까."

그렇게 말하면서도 제프슨은 클라이드를 안심시키고 자기가 언제나 거기에 있다는 것 —— 긴장하여 열심히 귀를 기울이고 있는 불신과 증오에 찬 군중과 클라이드 사이의 튼튼한 성벽으로서, 거기에 서 있다는 것 —— 을 느끼게 해주기 위하여 클라이드의 곁으로 몸이 바싹 닿을 수 있도록 증인대에 한쪽 발을 올려놓거나 아니면 몸을 구부리고 클라이드가 앉아 있는 의자의 팔걸이에 손을 올려놓거나 했다. 그리고 그 사이에, "아아, 과연."이라든가, "그런 다음 어떻게 했지?"라든가 "그래, 그러면?" 하고 참견했다. 덕분에 클라이드는 힘차게 보호받고 있다고 느끼는 듯한 목소리에 격려되어 몸도 마음도 떨리는 일 없이 자신을 가지고 자기의 비참했던 소년시절에 대한 이야기를 간결하게 말할 수 있었다.

"제가 태어난 것은 미시간 주 그랜드 래빗즈입니다. 그 무렵 부모님들은 그곳에서 전도 일을 하고 있었는데 언제나 집 밖에서 집회를 열고 있었습니다……."

24

클라이드의 증언은 그들의 가족이 일리노이 주의 퀸시에서 —— 그곳으로 간 것은 양친이 구세군 일을 맡게 되어서였다. —— 캔자스 시로 옮긴 대목까지 진행되었고 그는 그곳에서 열두 살 때부터 열다섯 살 때까지 학교 공부와 부모들의 전도 사업의 일 사이에서 지내는 것이 답답하고 싫어서 어떤 일을 찾아내려고 거리를 방황했던 시절 이야기를 했다.

"자네는 학교에서 공부할 때 같은 반 아이들을 따라갈 수 있었나?"

"아니오, 언제나 이사를 다녀야 했으니까요."

"열두 살 때는 몇 학년이었지?"

"다른 아이 같았으면 중학교 일학년이었겠지만 국민학교 육학년이었습니다. 이것도 학교가 싫어진 이유 중의 하나였습니다."

"부모님들의 전도 사업은 어떠했나?"

"글쎄요, 그것이 어떠했는지 저는 잘 알 수 없었지만 밤에 호외 전도에 따라가야 하는 것은 싫었습니다."

이렇게 해서 10센트 스토어나 신문 매점 등에서 일했던 이야기며 캔자스 시의 그린 데이비드슨 호텔의 보이가 되었을 때의 이야기로 나갔고 그곳은 캔자스 시에서 최고급 호텔이었다고 그는 설명했다.

이때 제프슨이 끼여들었다. 나중에 반대 심문을 할 때 메이슨이 저 캔자스 시에서 어린아이 하나를 죽인 자동차 사고를 들춰내어 클라이드가 이제부터 말하려 하는 이야기의 효과를 무력하게 할 것만 같아서 선수를 쓰려고 생각했던 것이다. 자기가 요령껏 질문해서 그 사고에 대해서 말하게 하면 전체적인 인상을 부드럽게 해줄 수 있겠지만 만약 이것이 메이슨의 손으로 넘어가게 되면 사실 이상으로 비참한 이야기로 왜곡될 것이 뻔하다. 그는 말을 계속했다.

"그 호텔에서는 얼마 동안 일했나?"

"일 년이 조금 넘을 것입니다."

"왜 그곳을 그만두었나?"

"그것은……사고 때문이었습니다."

"어떤 사고지?"

여기서 클라이드는 이 건에 대해서 미리 답변을 준비해둔 대로 소녀가 죽은 일이며, 자기가 도망치게 된 경위에 이르기까지 상세하게 말했다. 이쪽에서 예상했던 대로 나중에 그 문제를 끄집어내려고 했던 메이슨은 클라이드 쪽에서 먼저 그 얘기를 하자 머리를 저으면서, "자기가 먼저 얘기하는 것이 유리할 테니까."라고 야유조로 자기의 감상을 중얼거릴 뿐이었다. 제프슨은 그것을 듣자 자기가 하고 있는 심문이 얼마나 중대한가를 새삼 실감했다. 즉 이 대목은 그의 표현을 빌리자면 메이슨 씨의 가장 소중한 총(銃) 중의 하나를 쓸 수 없게 만든 것 같아서였다. 그는 다시 계속했다.

"그때 자네는 몇 살이었다고 했지 클라이드?"

"열일곱과 열여덟 살 사이었습니다."

"즉 자네는 이렇게 말하고 싶은 건가?"라고 그 사고와 관련해서 여러 가지 질문을 한 끝에 그는 말했다. "자네는 그 차를 몰래 끌어낸 장본인이 아니니까 돌아가서 사정을 모조리 설명하면 부모의 감독을 받는다는 조건하에 가석방될 것이라는 것을 몰랐다고?"

"이의있습니다!"라고 메이슨이 소리쳤다. "증인이 캔자스 시로 돌아갔을 경우, 부모의 감독을 받는다는 조건으로 가석방될 것이라는 것을 보여주는 증거는 아무것도 없습니다.”

“이의를 인정합니다.”라며 재판장이 그 높은 옥좌에서 신음 소리를 냈다. “변호인은 좀더 엄밀하게 증언의 범위를 한정시키도록.”

“지금의 재정에 합의합니다.”라고 베르납이 자기의 자리에서 발언했다.

“그런 것은 전혀 몰랐습니다.”

클라이드는 그런 주고받는 말은 전혀 듣지 못한 듯한 표정으로 대답했다.

“그것은 어찌 되었든 아까 이야기로 다시 돌아가겠는데 자네가 달아난 다음 테네트라고 가명을 쓴 것은 그 사고 때문이었나?”

제프슨이 다시 물었다.

“그렇습니다.”

“그런데 그 테네트란 이름은 어디서 따온 것인가?”

“퀸시에 있었을 때 언제나 같이 놀던 친구의 이름입니다.”

“그 친구는 선량한 소년이었나?”

“이의있습니다!”라고 메이슨이 자기의 자리에서 소리쳤다. “전혀 적당하거나 중요하지도 않고 관련성이 없습니다.”

“아니, 당신이 배심원들에게 어떻게 믿게 하려 하든 피고는 선량한 소년과 사귀고 있었을지도 모르므로 그런 의미에서 적절한 질문이라 생각합니다.”

제프슨이 반박했다.

“이의를 인정합니다!”라고 오버월츠 재판장이 중얼거렸다.

“그런데 클라이드, 도망 중인 사람이 자기의 신분을 감추기 위하여 친구의 이름을 사용하거나 하면 그 친구가 화를 낼 것이라거나 또 친구에 대해서 나쁠지 어떨지 하는 생각은 그때 떠오르지 않았다는 말인가?”

“네, 별로. 테네트란 이름을 가진 사람은 얼마든지 있을 것이라고 생각했으니까요.”

보통때 같았으면 여기서 웃음이 터져나왔을지도 모른다. 그러나 일반 대중의 클라이드에 대한 적의와 반감이 너무나 강했으므로 이 법정에서는 그런 경솔한 행위는 보이지 않았었다.

“그렇다면 클라이드.”라고 방청인들의 기분을 누그러뜨리는 데 실패하자 제프슨은 방향을 바꾸었다. “자네는 아버지가 걱정이 되었을 것이라고 생각되는데 그렇지 않았나 ?"

이의가 신청되고 승강이가 있었으나 이 질문은 허가되었다.

"걱정이 되었습니다. 여간 걱정되지 않았습니다."라고 클라이드가 대답했다. 그러나 그 전에 잠시 머뭇거린다는 인상이 누구의 눈에도 뜨이게 되었다. 울대뼈가 움직이고 크게 숨을 쉬는 동시에 가슴이 들썩거렸기 때문이었다.

"대단히 ?"

"네, 무척."

"어머니로서는 언제나 자네를 위해 최선을 다하셨겠지 ?"

"그렇습니다."

"그렇다면 클라이드, 결국 어떻게 생각했는가. 그런 무서운 사고가 일어났기 때문이겠지만, 도망친 다음 상당히 오랫동안 어머니한테는 아무런 소식도 전하지 않았었지. 사람들은 자기에게도 죄가 있는 것같이 생각하지만 결코 그렇지 않다, 지금은 다시 일자리를 구해 잘 지내고 있으니 걱정하지 말라고 소식을 알리지 않은 것은 ?"

"아니, 편지는 보냈습니다. 다만 이름을 쓰지 않았을 뿐입니다."

"음 그 밖에도 무슨 일은 해드리거나 한 일은 없었나 ?"

"네, 돈은 조금 부쳐드렸습니다. 한 번이었는데 십 달러를 부쳤습니다."

"그러나 집으로 돌아갈 생각은 없었나 ?"

"없었습니다. 만약 집으로 돌아가면 체포되지 않을까 걱정이 되었으니까요."

"바꾸어 말하면……."라고 제프슨은 극히 명랑한 어조로 다음과 같은 점을 강조했다. "자네는 나의 동료 변호사 베르납 씨도 말하듯이 도덕적으로나 정신적으로도 확실히 겁쟁이다."

"피고의 증언을 그런 식으로 해석하는 데 대하여 이의를 제기합니다. 그것은 배심원들에게 편견을 갖게 하는 짓입니다."라고 메이슨이 들고 나섰다.

"이 피고의 증언은 어떠한 해석도 필요로 하지 않습니다. 누구나 다 알 수 있듯이 그의 말은 극히 명확하고 정직합니다."라고 제프슨이 말했다.

"이의를 인정합니다 !"라고 재판장이 선고했다. "계속하도록."

"즉 그것은 나의 견해로는 자네가 도덕적으로나 정신적으로도 겁쟁이었기 때문이다, 클라이드. 그러나 그것은 어쩔 수 없는 일이어서 책하지는 않겠다 말하자면 자네가 그러한 인간이라는 것은 자네 자신의 책임은 아니다.”

그러나 이것은 지나친 말이라고 인정되어 재판장은 앞으로는 더욱 신중을 기해서 질문하라고 주의를 환기시켰다.

“그 후 자네는 올톤, 페오리아, 블루민턴, 밀워키, 시카고로 전전했었다. 뒷골목의 작은 집에 숨어 살면서 접시닦이나 끽다점 보이를 하거나 운전사를 하거나 하면서 테네트라는 가명으로 살고 있었다. 캔자스 시로 돌아가면 전에 가졌던 직장으로 돌아갈지도 모르는데도.”

“이의있습니다！ 이의있습니다！”라고 메이슨이 소리쳤다. “피고가 캔자스 시로 돌아가면 전 직장에 복귀할 수 있다는 증거는 없습니다.”

“이의를 인정합니다.”

오버월츠는 재정을 내렸다. 사실 그때 제퍼슨의 주머니에는 클라이드가 근무했던 당시 그린 데이비드슨의 벨 캡틴, 프란시스 X, 스콰이어즈의 편지가 들어 있었으며 그 편지에는 예의 자동차 사고를 별도로 한다면 클라이드의 평판을 떨어뜨리는 일은 전혀 아는 바 없으며, 클라이드가 모습을 감추기 전, 그는 매우 민첩하고 정직하고 근면했으며 눈치가 빠르고 행동도 단정했다고 씌어 있었다. 그 사고가 일어났을 때 클라이드는 친구들의 꾀임에 빠져 따라간 것으로 알고 있었으므로 자기로서는 그를 처벌할 생각이 없었으며 만약 그가 다시 돌아와서 경위를 설명하면 다시 일을 시켰을 것이라고도 씌어 있었다. 그러나 이 편지는 관련이 없는 것으로 보였다.

그 뒤에도 클라이드의 신상에 대한 이야기는 계속되었고 캔자스 시에서 일어났던 이레 신변의 위험을 느끼고 도망친 후 2년 동안이나 이곳저곳으로 떠돌아다닌 끝에 운전사 일자리를 얻게 되었으며 유니온 리그의 보이로 된 것, 운전사로 있던 시절 어머니에게 편지를 했으며 그 후 어머니의 권유에 따라 백부에게 편지를 쓰려던 차에 유니온 리그에서 백부를 만나 라이카거스로 오지 않겠느냐는 권유를 받았다는 것이 이야기되었다. 그리고 다시 순서에 따라 취직이나 승진, 사촌형이나 직장 상사로부터 들은 사규에 대해서 들은 훈시, 그리고 로버타와의 또 X 양과의 만남 등 상세하게 이야기가 진행되었다. 로버타 올덴에게 구애하게 된 상세한 경위, 일단 그녀의 사랑을 차지하게 되 자기도 흡족해 할 때 X 양이 나타났으며 그녀의 압도적인 매력

앞에서 로버타에 대한 생각은 달라져버렸다. 그래도 아직은 그녀를 좋아하기는 했지만 이제는 전처럼 그 여자와 결혼하고 싶다는 기분이 없어지게 된 사정 등 그는 모든 것을 말했다.

그러나 제프슨은 클라이드의 마음이 매우 변하기 쉬운 인간이라는 점에 배심원들의 주의를 환기시키려고 —— 그러나 이러한 사실이 너무 빨리 표면에 나타나버리면 변호하기 어렵겠지만 —— 곧 입을 열었다.

"클라이드! 자네는 처음에 정말로 로버타를 사랑했었나?"

"그렇습니다."

"그렇다면 말인데, 로버타가 얼마나 선량하고 순진하며 신앙심이 깊은 여자인지 자네는 처음부터 알고 있었을 것이다. 적어도 그녀의 언동에서 느꼈겠지만, 그렇지 않을까?"

"네, 그렇다고 느끼고 있었습니다."

클라이드는 사전에 연습한 대로 대답했다.

"그러면 지금 자세히 말하지 않아도 좋으니까 언제, 어디서, 어떻게, 어떤 식으로 마음이 변했는지, 자네들 두 사람의 관계가 우리 모두……." 여기서 그는 방청석을, 이어서 배심원석을 대담하게 둘러보았다. "우리 모두가 한탄스럽다고 생각하게 되었는지 자네 자신과 배심원 여러분들에게 설명할 수 있겠나? 처음에는 로버타를 그처럼 사랑했으면서도 그렇게 빨리 좋지 않은 관계로 되어버린 것은 어째서인가? 자네는 몰랐었던가? 세간의 모든 남녀가 그것은 좋지 않는 것이다. 결혼하지 않는 이상, 용납될 수 없는 일이다, 그것은 더구나 법률상의 범죄라고 보고 있는 것을?"

야유가 섞이고 가시 돋친 이 대담한 말은 우선 방청석을 조용히 잠재웠다가 다음에는 가벼운 동요를 일으키게 했다. 그것을 느낀 메이슨과 오버월츠 재판장은 모두 눈살을 찌푸렸다. 낯뜨거운 애숭이가? 진지한 체 가면을 쓰고 빈정거리면서 사회의 기반에 —— 종교적이고 도덕적인 기반에 암묵이기는 하지만 일격을 가한 듯한 사상을 법정에 갖고 오다니! 그러나 제프슨은 대담하게도 당당한 태도였다. 그 곁에서 클라이드가 대답했다.

"아니오, 그것은 알고 있었습니다. 그것은 확실했습니다. 다만 처음에도 그 이후에도 그녀를 유혹하거나 한 것은 아닙니다. 정말입니다. 저는 그녀를 사랑하고 있었습니다."

"자네는 사랑했단 말인가?"

"그렇습니다."

"진지하게?"

"네, 그렇습니다."

"그 무렵, 그 여자도 마찬가지로 자네를 사랑했나?"

"네, 그렇습니다."

"처음부터?"

"네, 처음부터 그랬습니다."

"그녀 자신이 그렇게 말했었나?"

"그렇습니다."

"그 여자가 뉴톤 씨 댁에서 나왔을 때 —— 이것에 관한 증언은 자네도 빠짐없이 들었을 텐데 —— 자네는 어떤 책략을 썼거나 또는 상의하거나 하여 합의에 이르거나 해서 그녀를 설득한다거나 또는 그 목적으로 어떤 손을 쓰거나 했나?"

"아니오, 아무 일도 하지 않았습니다. 그녀 스스로 나오고 싶다고 했습니다. 그리고 이사갈 곳을 찾는 일을 도와달라고 했습니다."

"이사갈 집을 찾는 일을 도와달라고?"

"그렇습니다."

"왜 그런 부탁을 했지?"

"그녀는 라이카거스에 대해서 아직 잘 몰랐으며 저는 어디에 좋은 방이 있는지 알고 있을 것이라 생각했던 모양입니다."

"그러면 그 여자가 빌린 길핀 씨 댁의 방은 자네가 구해준 것인가?"

"아닙니다. 저는 어디서고 아직 방을 구하지 못하고 있었으며 그 방은 그 여자가 직접 찾아낸 것입니다."

그것은 그가 암기하고 있던 대로의 대답이었다.

"그런데 자네는 어찌하여 방을 구하는 일을 도와주지 않았나?"

"일이 바빴기 때문입니다. 낮뿐이 아니라 대개 밤에도 일을 했으니까요. 그리고 어떤 방이 좋을지도 그 여자가 더 잘 알 것이라 생각한 때문이기도 했습니다. 즉, 그 집 사람들에 대한 것들도."

"자네는 그 여자가 길핀 씨 댁으로 옮기기 전에 미리 가보았나?"

"아닙니다."

"그렇다면 이사하기 전에 어떤 방이 좋은지 즉 출입구의 위치라든가, 프라이버시를 지킬 수 있을지 어떨지, 그러한 사정에 대해서 그 여자와 한 번이라도 상의해본 적은?"

"한 번도 없었습니다."

"가령 밤이든 낮이든 자네가 사람의 눈에 띄지 않고 출입할 수 있는 방을 빌리라고 강요한 일도?"

"전혀 없습니다. 그뿐 아니라 사람의 눈에 띄지 않고 그 방에 출입할 수는 없습니다."

"어째서?"

"그 여자가 빌렸던 방문은 누구나 다니는 현관의 홀에 면하고 있었으며 거기 있는 사람들이 잘 보이는 장소에 있었기 때문입니다."

이것 역시 그가 암기한 그대로의 대답이었다.

"그러나 자네는 몰래 출입했었지?"

"네, 그야 그랬습니다. 즉 어디에 있을 때나 두 사람이 함께 있는 것은 가급적 남에게 보이지 않도록 하자고 처음부터 의견의 일치를 보았으니까요."

"그 회사의 사규 때문인가?"

"그렇습니다. 회사의 사규 때문입니다."

다음에는 X 양이 그의 생활에 들어왔기 때문에 로버타와의 사이에 생긴 곤란한 문제로 이야기가 옮겨졌다.

"그런데 클라이드, X 양에 대해서 좀 물어봐야겠네. 배심원 여러분, 이것은 여러분으로부터 이미 양해를 얻은 사항이지만 검사측과의 협정이 있었던 관계로 우리 변호인측으로서도 이 문제에는 부수적으로 언급할 수밖에 없습니다. 이것은 완전히 결백한 인물에 관한 것이기도 하고, 그 인물의 본명을 꺼내더라도 본 사건의 심리에 아무런 도움이 되지 않기 때문이기도 합니다. 하지만 몇 개의 사실에 대해서는 언급하지 않을 수 없겠지만, 우리는 이 결백한 여성을 위해서도 그리고 착하디 착했던 고인을 위해서도 가급적 간단하게 다룰 작정입니다. 설사 올덴 양이 생존해 있더라도 그렇게 바랐을 것이라고 믿습니다. 그런 X 양에 대해서인데 자네가 라이카거스에 와서 처음으로 그 여성을 본 것은 작년 11월인가 12월이었다는 점에 대해서 이미 검사측과 변호사측 쌍방의 견해가 일치하고 있는데 이것은 틀림없겠지?”

“네, 틀림없습니다.”라고 클라이드가 슬픈 듯이 대답했다.

“그래서 자네는 그녀에게 곧 열중하게 되었나?”

“그렇습니다.”

“그 사람은 돈이 많았나?”

“네.”

“미인이기도 한가?”

“그 점에 대해서는 누구나가 인정할 것이라고 생각합니다.”

그는 클라이드의 대답을 기다리려 하지도 않았으며 또 그것을 기대하지도 않는 모양인지 막연하게 법정 전체를 향해서 말했는데 철저히 연습한 클라이드는 여기에도 쉽게 대답했다.

“자네들 두 사람은 —— 그것은 자네와 올덴 양의 일이지만 —— 자네가 처음으로 X 양과 만났을 때, 아까도 언급한 돌이킬 수 없는 관계로 들어가 있었나?”

“네, 들어가 있었습니다.”

“그렇다면 그러한 사정 일체를 고려하여……. 아니, 잠깐 기다리게. 그 전에 물어볼 것이 있네. 즉 처음으로 X 양을 만났을 때 자네는 아직도 로버타 올덴을 사랑하고 있었나, 없었나?”

“그때도 사랑하고 있었습니다. 확실히.”

“그 무렵까지는 아직 싫지는 않았다는 건지, 아니면?”

“네, 아직 그런 상태는 아니었습니다.”

“그녀의 사랑도, 그녀와 함께 지내는 시간도 자네에게 있어서는 전이나 다름없이 중요했단 말인가?”

“네, 중요했습니다.”

그렇게 대답하고 당시의 일을 돌이켜 생각해보자, 지금 말했던 것과 같았다는 기분이 들었다. 확실히 손드라를 만나기 바로 전에는 로버타와의 관계가 만족과 기쁨의 절정에 있었던 것 같은 기분이 들었다.

“그런데 올덴 양과의 사이에 장래에 대한 계획이 있었다면 그것은 어떤 것이었나? 즉 X 양을 만나기 전이겠는데. 때로는 장래를 생각해보기도 했지 않았을까?”

 "글쎄요, 반드시 그렇다고는 할 수 없습니다."라고 대답한 다음 그는 무척 기분이 언짢은 듯이 입술을 적셨다. "왜냐하면 저는 계획이라 할 만한 것은 무엇 하나 세운 적이 없었으니까요. 즉 로버타에게 해가 되는 계획이라는 의미인데. 물론 그 여자도 그 점은 마찬가지였습니다. 처음부터 부평초 같은 것이었습니다. 우리 두 사람 모두. 그 거리에서는 두 사람 모두 너무 고독했기 때문일 것입니다. 로버타에게는 그때까지 친하게 지내는 상대도 없었으며 그 점에서는 저도 마찬가지였습니다. 회사의 사규에서는 그녀와 함께 걷는 것은 안 되게 되었으나, 물론 같이 있을 때는 그런 규칙은 머리에 떠오르지 않았습니다. 두 사람 다 그랬습니다."

 "그때까지는 아무 일도 일어나지 않았으며 앞으로도 일어나지 않을 것으로 생각하고 있었고 그래서 그날그날을 바람처럼 살아왔다 그런 말인가?"

 "네, 그랬습니다, 그런 식으로 살았습니다."

 지금까지 상당히 연습해온 중요한 답변을 실수하지 않도록 클라이드는 바짝 정신을 차리고 있었다.

 "그러나 조금은 생각을 하지 않았을까? 둘 중 누구 한 사람이라도. 자네는 스물한 살, 그 여자는 스물세 살이나 되었으니까."

 "네, 그것은 그렇다고 생각합니다. 이따금 생각할 때도 있었습니다."

 "어떤 것을 생각했는지 기억하나?"

 "네, 대개는 기억하고 있습니다. 제가 생각했던 것은 사정이 호전되어 저에게도 조금은 돈이 모아지고 로버타도 어떤 다른 일자리를 구한다면 떳떳하게 그녀를 데리고 다닐 수도 있을 것이고 그때까지도 서로의 애정이 식지 않는다면 결혼해도 좋다는 그런 것이었습니다."

 "그렇다면, 그 당시 자네는 그녀와의 결혼을 진지하게 생각하고 있었군?"

 "그렇습니다. 그래도 물론 지금 말한 것 같은 것이지만."

 "그러나 그것은 자네가 X 양을 만나기 이전의 일이었군?"

 "그렇습니다. 그 이전의 일이었습니다."

 그때 메이슨이 야유하듯이 레드몬드 상원 의원에게 소곤거렸다. "멋진 얘기야."라고 레이몬드는 일부러 옆사람이 들을 수 있는 소리로 응수했다.

 "그런데 자네는 자네가 생각하고 있는 대로의 일을 그녀에게 얘기한 적이 있는가?"라고 제프슨이 계속했다.

“아니, 이야기한 기억이 없습니다.”

“그대로든 그대로가 아니든, 어쨌든 말했나, 하지 않았나. 어느 쪽인가?”

“그것이 어느 쪽이라 말할 수는 없습니다. 그 여자는 언제나 저를 사랑해주고 있다고 생각하고 있었으며 앞으로도 계속 자기 곁에서 떠나지 말아달라고 했으니까요.”

“그러면 결혼하고 싶다고는 말하지 않았었나?”

“네, 결혼하고 싶다고는 말하지 않았습니다.”

“그랬었군, 잘 알았네! 그런데 그 여자는 뭐라고 했지?”

“결코 제 곁에서 떠나지 않겠다고 했습니다.”

로버타가 최후로 외치던 소리와 자기를 보던 눈길을 생각하면서 클라이드는 무겁고 답답한 어조로 대답했다. 그리고 주머니에서 손수건을 꺼내 식은땀이 밴 얼굴을 닦았다.

“멋진 연출이다!”라고 메이슨은 목소리를 낮추어 야유조로 말했다. “빈틈이 없다니까. 전혀 빈틈이 없어!” 레드몬드는 가볍게 고개를 끄덕이며 응수했다.

“그런데 말이지.”라고 제프슨은 냉담하게 신문을 계속했다. “어떻게 된 셈인가, 올덴 양에 대해서 그런 생각을 갖고 있으면서 X 양을 만난 순간 마음이 싹 변했다니? 자네는 자네의 기분이 내일은 어떻게 달라질지 모를 정도로 변덕스런 인간이었나?”

“글쎄요, 적어도 그때까지는 그렇지 않았지만 이것은 정말입니다!”

“올덴 양을 만나기 전에 그처럼 강한 집착을 가졌던 연애를 경험한 적이 있었나?”

“없었습니다.”

“그런데 이 올덴 양에 대해서는 그런 강한 집착을 갖고 있었다. 즉 진짜 연애였다고 생각했단 말이군, X 양을 만나기 전까지는?”

“네, 그렇게 생각했습니다.”

“그럼, 그 다음은, 그 다음은 어떠했지?”

“그렇군요. 그 뒤에는 그렇게 되지 않았습니다.”

“그것은 즉 X 양의 얼굴을 보고 곧 —— 한두 번 만난 것만으로 —— 올덴 양을 완전히 단념하게 되었나?”

“아니, 그렇지 않습니다. 완전히 저버린 것은 아닙니다. 그 뒤에도 조금은 사랑하고 있었습니다. 아니 사실을 말하자면 무척 사랑하고 있었다고 생각합니다. 다만 저도 미처 의식하지 못한 사이에 완전히 마음을 빼앗겨버린 것입니다. 그 X 양에게.”

“X 양에게 말이지? 알았네. 자네는 미칠 정도로 자기도 모를 만큼 그 여자에 반해버렸다는 말이군.”

“그렇습니다.”

“그리고?”

“그리고 올덴 양이 그 전만큼 좋아지지 않았습니다.”

클라이드의 이마와 볼에는 다시 흠뻑 땀이 고였다.

“과연! 알았네!”라고 제프슨은 배심원이나 방청인을 염두에 두고 연설조의 큰소리로 말했다. “그야말로 아라비안 나이트의 세계군, 이것은. 한쪽은 주술에 걸린 사람, 한쪽은 주술을 거는 사람이군.”

“무슨 말을 하시는지 잘 모르겠습니다.”라고 클라이드가 말했다.

“한 불쌍한 청년이 마법에 걸렸다는 말일세, 클라이드. 아름다움이라든가, 사랑이가든가, 부자라든가, 이따금 우리가 그토록 탐이 나서 견딜 수 없는, 그런데도 절대로 손에 들어오지 않는 마력에 끌린 청년. 내가 말한 것은 그런 뜻일세. 연애란 대개 다 그런 것이니까.”

“알겠습니다.”

이것은 제프슨이 알아듣기 어렵게 빙빙 돌려서 말한 것임을 알게 된 클라이드는 자못 신묘하게 대답했다.

“그런데 내가 알고 싶은 것은 자네가 말하듯이 올덴 양을 사랑하고 있으면서 그것도 결혼에 의해서 정당화하지 않으면 안 될 관계에 들어가 있으면서 X 양을 위하여 깨끗하게 올덴 양을 버려야겠다고 생각할 정도로 그녀에 대한 애착이나 의무를 가볍게 생각하게 것은 무엇 때둔인가 하는 것일세. 그것은 어째서지? 나도 그것을 알고 싶고 배심원들도 틀림없이 그것을 알고 싶어할 것일세. 자네의 감사하는 기분은 어디로 달아나버렸나? 자네의 도덕적인 책임감은? 자네는 그러한 것을 손톱만큼도 갖고 있지 않았다 말하려는 것인가? 우리가 알고 싶은 것은 바로 그 점일세.”

이것이야말로 반대 심문이나 다를 바 없었다. 자기 쪽 증인을 공격하고 있는 것이다. 그러나 제프슨은 특별히 변호인으로서의 권한을 넘어선 짓을 하고 있는 것은 아니었으며, 이 점에 대해서는 메이슨도 간섭하지 않았다.

클라이드는 머뭇거렸다. 이 문제에 대해서는 사전에 답변 자료를 받지 않았으므로 답변할 말을 머릿속에서 찾고 있는 것같이 보였다. 사실 그는 그 말을 찾고 있었다. 답변을 암기해두었던 것은 사실이었지만 막상 법정에서 신문에 직면하고 보니, 더구나 그것은 라이카거스에 있었을 때도 머리를 혼란시켰던 문제였던 만큼, 가르쳐준 말이 얼른 머리에 떠오르지 않았던 것이다. 그는 이리저리 머리를 굴리면서 생각한 끝에 가까스로 이렇게 대답했다. "솔직히 말해서 그 점에 대해서는 별로 생각하지 않았습니다. 그 사람을 본 이래로는 그런 것을 생각할 여유도 없어져버렸습니다. 가끔은 생각해보려 했으나 그렇게 되지 않았습니다. 오직 그 사람만 마음에 있어서, 올덴 양은 염두에 없었습니다. 자기가 잘못했다는 것을, 전면적으로 그렇다는 것은 아니지만, 잘못된 일을 하려 한다는 것은 알고 있었으며 로버타가 불쌍하다고도 생각했지만 그래도 어쩔 도리가 없었습니다. 아무리 그러지 말아야겠다고 생각하면서도 생각이 나는 것은 X 양의 일뿐이고 로버타에 대해서는 전같은 생각은 할 수가 없었습니다."

"그 점에 대해서 양심의 가책을 느끼지 않았었나?"

"느꼈습니다. 제가 잘못 생각하고 있다는 것은 알고 있었으며 그 일로 해서 무척 고민도했습니다. 그래도 어쩔 도리가 없었습니다."

그는 제프슨이 종이에 써준 대로 말할 뿐이었는데, 처음에 그것을 읽었을 때는 전혀 거짓은 아니라고 느꼈었다. 확실히 다소는 고민도 했으니까.

"그러고는?"

"그 다음부터는 전만큼 자주 만나러 가지 않았고 그녀는 불평하기 시작했습니다."

"말하자면 자네가 그 여자를 등한시하기 시작했다는 말이군."

"네, 어느 정도는. 그러나 전혀 남 몰라라한 것은 아닙니다. 결코."

"그러면 자네가 X 양에게 완전히 열중했다는 것을 알게 되었을 때 자네는 어떻게 했나? 올덴 양한테 가서 이제 당신을 사랑하지 않는다, 다른 여성을 사랑하게 되었다고 밝혔나?"

"아니, 그렇지 않았습니다. 아직 그때는."

"왜 그때 그러지 않았는가? 자네는 동시에 두 여성에게 당신을 사랑하는 것이 공평하고 훌륭한 짓이라고 생각했단 말인가?"

"아니오, 그런 것은 아닙니다. 그 무렵 저는 X 양을 알게 된 지 얼마 되지 않았으며 그런 것은 입 밖에 내지도 않았습니다. 그 여자도 그럴 기회를 주지 않았습니다. 다만 앞으로 올덴 양은 더 이상 사랑할 수 없다고 생각했을 뿐입니다."

"그렇다면 올덴 양에 대한 의무는 어떻게 되지? 그런 의무가 있는 이상 다른 여성의 꽁무니를 쫓아다녀서는 안 되겠다는 것을 생각하지 못했다는 말인가?"

"생각했었습니다."

"그렇다면 왜 그런 짓을 했지?"

"그 여자의 매력에 저항할 수 없었던 것입니다."

"X 양의 매력에?"

"그렇습니다."

"그러면 자네는 그녀도 자네를 미워하지 않을 때까지 그녀를 쫓아다녔나?"

"아니오, 다릅니다. 전혀 그렇지 못했습니다."

"그렇다면 어떻게 된 거지?"

"저는 다만 이곳저곳에서 그 사람을 만나다 보니 그렇게 되었습니다."

"과연. 그러나 그래도 자네는 올덴 양한테 가서, 이제는 사랑할 수 없다고 말하려 하지 않았나?"

"네, 그때까지도."

"왜?"

"그런 말을 하면 그녀의 기분을 상하게 해줄 것이라 생각했으며 상처를 주고 싶지 않아서였습니다."

"음, 자네에게는 그렇게 할 만큼 도덕적 정신적인 용기가 없었다는 말이군?"

"도덕적 용기라든가 정신적 용기가 어떤 것인지 저는 모르지만."라고 클라이드는 자기에 대한 이 비판에 자존심이 상해 화를 내면서 대답했다. "어쨌든 그 여자가 불쌍하다고 생각했던 것만은 확실합니다. 그 여자는 잘

우는 편이어서 더욱 그런 말을 꺼낼 용기가 나지 않았습니다!”

“과연. 그러면 그렇다고 해두지. 그런데 또 하나의 질문에 대답해주기 바라네. 자네들 두 사람의 그 관계인데, 그것은 어찌되었나. 자기가 그 여자를 사랑하지 않는다는 것을 알고도 관계를 계속했나?”

“아니오, 계속하지 않았습니다. 어쨌든 그리 오래는.”

클라이드는 무척 기분이 나쁘고 수치스런 얼굴로 대답했다. 그는 지금 자기 앞에 있는 모든 사람들과 어머니의 일, 손드라의 일 합중국 내의 온갖 사람들에 대해서 생각했다. 그들은 모두 신문을 읽고 그리고 알게 될 것이다. 몇 주 전, 이러한 신문의 초고를 처음 받았을 때 이런 것이 대체 무슨 소용이 있느냐고 제프슨에게 물었었다. 그때 제프슨은 이렇게 대답했었다.

“교육적 효과일세, 주변의 사람들, 인생의 현실이란 것을 그들의 머릿속에 박아놓으면 놓을수록 자네가 직면하고 있는 문제가 어떤 것이었는지는 그들에게 조금이라도 정당하게 이해시켜주기 쉬워지거든. 그러나 자네는 지금 그런 것을 염두에 두어서는 안 되네. 자네는 다만 질문에 대답만 하고 나머지 일은 우리에게 맡기면 돼. 우리는 어떻게 해야 할지 다 알고 있으니까.”

그래서 클라이드는 또 이렇게 말했다.

“X 양을 만나고부터는 그러한 면에는 별로 관심이 없었으므로 가급적 만나러 가지 않도록 했던 것입니다. 더구나 그 후 얼마 되지 않아서 그녀는 보통 몸이 아니라서……그래서…….”

“과연 그것은 어느 때였지? 대충이라도 좋으니까.”

“지난 1월 하순경이었습니다.”

“그리고? 그런 사정이 있으니 그 여자와 결혼하는 것이 자기의 의무라고 자네는 느꼈나, 느끼지 않았나?”

“아니, 그것이……그때의 상황으로는 아직……즉 그녀를 그러한 상태에서 빠져나오게 할 수 있다면……그런 의미인데.”

“왜? 자네가 말하는 ‘그때의 상황’이란 어떤 것이었지?”

“그것은 즉 지금 말한 것과 같은 의미입니다. 저는 이제 그 여자를 사랑하고 있지 않으며 게다가 결혼 약속을 한 것도 아니며 또 그녀 쪽도 그것은 알고 있었으므로 그녀가 그러한 상태에서 빠져나갈 수 있도록 도와주고 이제는 전처럼 사랑하지 않는다고 밝혀도 결코 불공평하지는 않다고 생각했던 것입니다.”

“그러나 빠져나올 수 있도록 자네는 도와주지 못했었지?”

“네, 하지만 노력을 했습니다.”

“그래서 증언했던 그 약제사를 찾아갔었나?”

“그렇습니다.”

“그 이외에는?”

“갔습니다. 도움이 될 만한 것을 손에 넣을 수 있을 때까지 그곳 말고도 일곱 집이나 돌아다녔습니다.”

“그런데 입수한 것이 효험이 없었다는 말인가?”

“그렇습니다.”

“여기서 증언했던 저 신사용품점의 젊은 주인한테도 갔다는데 사실인가?”

“그렇습니다.”

“누군가 의사의 이름을 소개받았나?”

“네. 그것은……가르쳐주었지만 그 이름은 말하고 싶지 않습니다.”

“좋아, 그럴 필요는 없으니까, 그러나 어쨌든 자네는 올덴 양을 어느 의사에게 가보도록 했지?”

“네.”

“그 여자는 혼자 갔었나, 아니면 자네가 데리고 갔었나?”

“저도 같이 갔습니다. 그러나 현관 앞까지 가서 그 여자만 들여보냈습니다.”

“어찌하여 자네는 같이 들어가지 않았는가.”

“그것은 두 사람이 상의한 결과 그렇게 하는 것이 좋겠다고 의견이 일치했으니까요. 그 무렵 저에게는 금전상으로 여유가 거의 없었습니다. 즉 두 사람이 같이 들어가는 것보다는 그 여자 혼자 들어가는 편이 치료비를 덜 받을 것이라고 생각했던 것입니다.

“녀석은 이쪽 몫을 다 빼앗을 작정이군.”라고 메이슨은 이렇게 혼자 중얼거렸다. “이쪽에서 하려는 질문을 계속 가로채고 있다.”

그는 걱정이 되어 상체를 일으켰다. 버레이와 레드몬드, 얼 뉴컴 그들 세 사람도 이제는 제프슨이 무엇을 노리고 있는지 확실히 눈치채고 있었다.

“과연, 그러한 사실이 자네의 백부나 X 양의 귀에 들어가는 것이 무서웠던 게지?”

"아니, 그것은, 저로서는……우리 두 사람은 다 그렇게 생각했고 또 얘기도 나누었습니다. 그 여자도 그때 저의 입장을 이해해주었으니까요."

"그러나 X 양에 대해서는 얘기를 꺼내지 않았나?"

"네 X 양에 대한 얘기는 나오지 않았습니다."

"어째서?"

"그때 그런 얘기를 꺼내는 것은 좋지 않겠다고 생각했기 때문입니다. 그러면 충격이 너무 강할 것 같았으니까요. 그녀가 낙태 수술을 끝낸 다음에 하고 싶었습니다."

"즉 그 후에는 그렇게 말하고 헤어질 작정이었나?"

"네 그렇습니다. 그렇게 할 작정이었습니다."

"그러나 그녀가 임신한 상태로 있는 이상 충격을 받을지도 모른다는 것인가?"

"네, 그렇습니다. 또 그때는 어떻게 해서든지 그녀를 낙태시킬 수 있을 것이라고 생각하고 있었습니다."

"과연. 그러나 자네는 그 여자의 그러한 상태를 보고도 태도를 바꿀 생각은 없었다는 말인가. X 양를 단념하고 올덴 양과 결혼하여 깨끗하게 정리하려는 생각은?"

"글쎄요. 아직 그때는, 그때는 아직 그럴 생각은 없었습니다."

"그것은 어떤 의미인가. '그때는 아직'이란 것은?"

"왜냐하면 더 나중에는 그럴 기분이 들었기 때문입니다. 하지만 그것은 그때 일이 아니라 훨씬 뒤의 일이었습니다. 둘이서 아딜론닥 산지로 여행을 떠난 다음이었으니까요."

"그때는 어째서 그런 마음이 들었지?"

"그 이유는 아까도 말씀드린 바와 같습니다. X 양에게 너무나 열중해 있어서 다른 것은 아무것도 생각할 수 없었기 때문입니다."

"그때까지도 아직?"

"그렇습니다. 나쁘다고는 생각하면서도 어쩔 수가 없었습니다."

"과연. 그러나 그 문제는 일단 접어두기로 하세. 나중에 또 언급하게 될 테니까. 그런데 여기서 가능하다면 배심원 여러분에게 설명해주었으면 좋겠는데, 올덴 양에 비해서 X 양의 어떤 점이 그토록 자네의 마음에 들었나?"

행동거지나, 용모나, 머리나 지위나 그 밖에 무엇이라도 좋으니 어떠한 점이 자네를 그토록 매혹시켰는지 아니면 자네 자신도 그것을 모르는지?"

이것은 전에도 베르납이나 제프슨이 여러 가지 이유 —— 심리학적인 또는 법률상의 또는 개인적인 이유에서 갖가지 방법으로 물어본 적이 있는 질문이었는데 클라이드는 질문할 때마다 말이 달랐다. 처음에 그는 자기가 말한 것이 꼬투리가 되어 법정에서나 신문지상에서나 그녀의 이름과 함께 이용당하는 것이 두려워져서 그녀에 대해서는 상세히 이야기할 수도 없으며 또 그럴 마음도 없었다. 그러나 이윽고 그녀의 실명에 대해서는 비밀로 해두고 있다는 것을 알게 되고 그렇다면 그녀의 일이 신문을 장식할 염려는 없을 것이라고 알게 되자 경계심을 늦추고 전보다는 자유롭게 말할 수 있게 되었다. 그러나 지금 막상 이렇게 증인대에 서고 보니 다시 신경질적으로 되고 우물거리게 되었다.

"네, 참 설명하기 곤란하군요. 그 사람은 제가 보기에는 무척 미인으로 보였습니다. 로버타보다 훨씬 아름답고. 그뿐이 아니었습니다. 그 사람은 제가 알고 있는 어떤 사람과도 달랐습니다. 보다 자유롭고. 그 사람이 하는 일이나 하는 말에는 누구나 큰 관심을 갖고 있었습니다. 제가 알고 있는 누구보다도 아는 것이 많은 것 같았습니다. 그리고 입고 있는 옷도 멋진 옷이었으며, 매우 부자이고, 사교계의 꽃이며 이름이나 사진이 언제나 신문에 났으며……. 저는 그 사람을 만나지 않았을 때도 매일 신문에서 그 사람에 대한 기사를 읽었으므로 언제나 그 사람이 눈앞에 있는 것이나 다름이 없었습니다. 그 사람은 대담하기도 했습니다. 올덴처럼 단순하고 믿기 쉬운 인간과는 달리. 그래서 처음에는 그처럼 나한테 관심을 가져준 것이 믿어지지 않을 정도였습니다. 덕분에 저는 그 사람 이외에는 그 누구에 대해서도 아무것도 생각할 수 없게 되었으며 로버타와도 만나고 싶지 않았습니다. X 양의 모습이 항상 눈앞에 어른거렸으니까요."

"말하자면 자네는 사랑의 포로가 되었거나 최면술에 걸렸던 모양이군."

클라이드의 진술이 끝나자 제프슨은 배심원석을 옆눈으로 홀깃거리며 암시를 거는 듯한 식으로 말했다. "그런 것을 사랑에 눈이 먼 것이라고 하지. 자네도 그렇게 된 것인가?" 그러나 방청인들이나 배심원들은 여전히 돌처럼 무표정한 채로 앉아 있었다.

이제 검사측이 주장하는 모살(謀殺)이라는 격류에 들어서게 된 것 같았다. 이제까지의 신문이 그 한 가지 점을 집중적으로 향해왔던 것처럼.

"그런데 클라이드, 중요한 것은 그 후 어떤 것이 일어났느냐 하는 점일세. 기억하는 대로 사실 그대로 얘기해주기 바라네. 사실을 위장해서는 안 되며, 자기를 실제 이상으로 잘 보이게 하려거나 나쁘게 보이려고도 해서는 안 되네. 그 여자는 이미 죽어 있었으며 결국은 자네도 똑같은 길은 걷게 될지도 모르니까. 여기에 입석하신 열두 분의 평결 여하에 따라서는."

이순간 클라이드는 등골뿐만 아니라 법정 전체에 얼음 같은 냉기가 가득 차 있는 것처럼 느껴졌다. 그러나 내 영혼을 구해내기 위해서는 진실을 말하는 것만이 최선의 길이다." 여기서 제프슨은 메이슨에 대해서 생각해보았다. 가능한 한 반격을 가해보는 것이 좋다.

"네."라고 클라이드는 간단히 대답했다.

"그러면 그 여자가 임신하고, 낙태할 수 없다는 것을 안 다음에는 어떠했나? 자네는 어떻게 했나?……그건 그렇고 그 당시 급료는 얼마나 되었나?"

"주당 이십오 달러였습니다."

"그 밖의 수입은?"

"잘 못 알아듣겠습니다."

"그 당시 급료 외에 돈을 벌 수 있는 다른 방법은 없었나?"

"없었습니다."

"방세는 얼마였나?"

"주당 칠 달러였습니다."

"식비는?"

"오 달러나 육 달러 정도였습니다."

"그 밖에 지출은 없었나?"

"있었습니다. 의료비나 세탁비 같은."

"어떤 사교상의 모임이 있을 때 자네도 비용을 분담해야 했겠지?"

"이의있습니다! 이것은 유도 신문입니다!"라고 메이슨이 소리쳤다.

"이의를 인정합니다!"라고 오버윌츠 재판장이 말했다.

"그 밖에 어떤 지출이 있었는지 기억할 수 있겠는가?"

"네, 전차삯이나 기차삯이 나갑니다. 그리고 사교상의 모임이 있을 때는 비용을 분담해야 했습니다."

이때 메이슨이 버럭 화를 내면서 소리쳤다.

"그 앵무새를 유도하는 짓은 그만두기 바란다."

"지방 검사님이야말로 공연한 어거지는 쓰지 말아주십시오!"라고 제프슨이 일축했다. 그 자신만이 아니라 클라이드를 위해서였다. 메이슨에 대한 클라이드의 공포감을 덜어주고 싶어서였다. "이 피고를 신문하는 것은 본 변호사입니다. 게다가 앵무새라니요. 우리는 지난 수주 동안 이 법정에서 적지않은 앵무새를 보아왔으나 그들은 마치 국민학생처럼 하나에서 열까지 사전에 훈련시켜놓지 않았습니까?"

"그것은 악의에 찬 거짓말이다!"라고 메이슨이 소리쳤다. "나는 이의를 신청하는 동시에 사과할 것을 요구합니다."

"재판장께서 허락하신다면 나와 이 피고야말로 사과를 받아야 합니다. 이삼 분 휴정을 허락해주신다면 지방 검사로부터 사과의 의사 표시가 있을 것이라고 생각합니다만은."라고 말하고 메이슨 앞으로 걸어가 그에게 말했다. "나는 법의 도움을 빌릴 필요도 없이 사과를 받을 작정입니다."

사태가 이쯤 이르자 폭력이라도 당할 것 같다고 생각한 메이슨은 어깨를 들썩거리며 맞설 태세를 취했으며 보좌관이나 보안관 대리, 속기사, 신문 기자, 그리고 법정 서기관까지 달려와서 두 사람을 말리고 오버월츠 재판장은 요란하게 방망이를 두들겨댔다.

"여러분! 여러분! 당신들 두 사람은 모두 법정을 모독하고 있소. 두 사람은 법정과 상대방에게 사과하시오. 그렇지 않으면 심리 무효를 선언하고 쌍방에게 열흘 동안의 금고(禁錮) 및 오백 달러의 벌금형에 처하겠소."

그는 벌떡 일어나서 두 사람을 노려보았다. 그러자 제프슨은 즉석에서 어쩔 수 없이 받아들인다는 듯한 태도로 대답했다.

"재판장 각하, 지방 검사님 및 배심원 여러분, 제반 사항을 감안하여 저는 사과합니다. 그러나 그것은 이 피고에게 가해진 지방 검사의 공격이 너무나 불공평하고 불필요한 것이라 생각되어서지 다른 뜻은 없습니다."

"좋소."라고 오버월츠가 말했다.

"재판장 각하 및 변호사님 제반 사항을 감안하여 사과합니다. 저도 다소

경솔했는지 모르겠습니다. 그리고 이 피고에게도."

메이슨은 빈정대듯이 덧붙였으며 재판장의 분노를 띤 비타협적인 시선을 흘깃거리며 보더니 클라이드를 흘겨보았다. 클라이드는 어쩔 줄 몰라하며 그 시선을 피했다.

"계속하시오."라고 오버월츠는 불쾌한 목소리로 말했다.

제프슨은 다시 심문을 시작했다. 마치 담배에 성냥불을 그어대고 성냥개비를 버리기라도 하듯이 태연한 태도였다.

"자네의 말을 들어보면 주급 이십오 달러로 여러 가지 지출이 있었다. 만일의 사태에 대비하기 위하여 약간씩 저축할 여유가 있었나?"

"아니오. 별로……아니 전혀 그럴 여유가 없었습니다."

"그렇다면 가령 올덴 양이 찾아갔던 의사가 수술을 맡기로 해서 백 달러의 수술비를 요구했다면 자네는 그것을 지불할 용의가 있었는가?"

"없었습니다. 지금 당장으로는."

"자네가 알기로는 그녀는 저축한 돈이 있었는가?"

"제가 알기로는 없었습니다. 전혀."

"그렇다면 자네는 어떤 식으로 그녀를 도와줄 예정이었나?"

"그것은 한 동안 지불을 연기받았다가 분할 지불에 응해줄 의사로 그 여자가 제가 만나게 되면 저축해서 갚을 생각이었습니다."

"그렇다면 자네도 그 정도의 일은 자진해서 해야겠다는 의사가 있었다는 말인가?"

"네, 있었습니다."

"그 점에 대해서는 그 여자에게도 말했었나?"

"네, 그 여자도 그것은 알고 있었습니다."

"그렇다면 자네도 그 여자도 그렇게 해줄 의사를 만나지 못하면 어떻게 하려 했나? 또 어떻게 되었나?"

"그 여자는 저에게 결혼해달라고 했습니다."

"즉각?"

"네, 바로 하자고 했습니다."

"그때 자네는 뭐라고 대답했나?"

"지금 당장은 곤란하다고 했습니다. 저에게는 식을 올릴 만한 돈이 없었으니까요. 그리고 또 결혼했다하더라도 그 후 어디든지, 적어도 아기가 태어날 때까지 어디로 가지 않고 그곳에 눌러 있게 되면 사람들에게 진상이 밝혀질 것이고 그렇게 되면 그곳에는 더 이상 있을 수 없게 됩니다. 저뿐 아니라 그 여자도."

"어째서?"

"그곳에는 저의 친척이 있기 때문입니다. 그들이 사실을 알게 되면 저를 더 이상 회사에 나오지 못하게 할 것이며 그 여자도 그렇게 될 테니까요."

"음. 자네도 그 여자도 그 회사에는 부적당한 사람으로 보인다는 말이군?"

"어쨌든 저는 그렇게 생각했습니다."

"그럼, 그래서?"

"가령 로버타와 함께 다른 고장에 가서 결혼했다 하더라도 저나 그 여자에게는 그럴 만한 돈이 없었습니다. 그러자면 우선 저는 그 회사를 그만두고 다른 곳으로 가서 다른 일자리를 구한 다음 그 여자를 데리고 가도록 하는 수밖에 없었습니다. 하지만 어디로 가야 지금 받는 수준의 급료를 받을 수 있는 일자리를 구할 수 있을지 알 수 없었으므로."

"호텔 근무는 어떠했나? 다시 그 일을 할 수는 없었나?"

"만약 어떤 연고라도 있었다면 그럴 수도 있었을 것입니다. 하지만 저는 그런 일은 다시 하고 싶지 않았습니다."

"어째서?"

"별로 마음에 들지 않았습니다, 그러한 생활은."

"그렇다면 아무 일도 하려 하지 않았다는 것이 아닌가? 그러한 태도로 나온 것이 아닌가?"

"아닙니다. 저는 그 여자에게 이렇게 말했습니다. 만약 그 여자가 잠시 어디에 가 있어 준다면 즉 아이가 태어날 때까지만. 그리고 그 동안 저를 라이카거스에 남아 있게 해준다면 저도 생활비를 절약하여 그녀가 다시 일할 수 있을 때까지 생활비를 보내주겠다고."

"결혼은 하지 않고?"

"네, 그때는 아직 그럴 기분은 아니었습니다."

"그 여자는 뭐라고 했나?"

"싫다고 했습니다. 결혼해주지 않는 이상 그럴 수는 없다고 했습니다."

"결혼을 당장 하자고 했나?"

"네, 가급적 빨리 하자는 것이었습니다. 조금 기다릴 수는 있겠지만 결혼해주지 않는 이상 아무 데도 가지 않겠다고 했습니다."

"자네는 이제 사랑하지 않는다고 그녀에게 말했나?"

"그와 비슷한 말은 했습니다."

"비슷하다는 것은 어떤 의미지?"

"즉 결혼은 하고 싶지 않다는……. 그리고 또 제가 이제 사랑하지 않는다는 것은 그 여자도 알고 있었습니다. 그녀 자신이 그렇게 말했으니까요."

"그때 자네한테?"

"네, 몇 번이나."

"그랬었군. 여기서 낭독된 그녀의 어느 편지에도 그렇게 씌어 있었지. 그런데 그녀로부터 거부되자 자네는 어떻게 했지?"

"어찌할 바를 몰랐습니다. 그러나 생각했습니다. 만약 당분간 그녀를 자기의 집으로 가 있게 할 수 있다면 그 사이에 저는 가능한 한 절약하여 즉 경우에 따라서는 그녀가 일단 자기 집에 가 있고 나서 제가 얼마나 결혼을 원하지 않는다는 것을 알아준다면……."

클라이드는 잠시 입을 다물고 입술을 축였다. 이런 거짓말을 하는 것은 괴로운 일이다.

"계속해보게. 아무리 부끄러운 일이라도 진실은 거짓보다 좋다는 것을 잊지 말도록."

"어쩌면 그 여자도 차츰 무서운 생각이 들어 그처럼 완고해지지 않을지도 모르므로, 그러면……."

"자네도 무서운 생각이 들지 않았는가?"

"그랬습니다."

"좋아, 계속하게."

"그렇게 하면 제가 그때까지 저축한 돈을 전부 그 여자에게 주고 누구한테서 돈을 빌릴 수 있을지도 모른다고 생각했는데. 그렇다면 그녀도 결혼을 단념하고 저의 곁에서 떠나지 않을까 또 어딘가 다른 곳에서 살면서 저의 원조를 받아들이지 않을까 생각했던 것입니다."

"과연. 그러나 그녀는 동의하지 않았나?"

“그렇습니다. 결혼하지 않는다는 점에는. 하지만 한 달 동안 집에 돌아가 있는다는 점에는 동의해주었습니다. 다만 저와 멀리 떨어져 있어도 좋다는 말을 끌어낼 수는 없었습니다.”

“그러나 그때든가 또는 그 전이나 후의 다른 때라도 언젠가 그녀의 집으로 데리러 가서 결혼을 약속한 적은 없었나?”

“아니오, 그러한 약속은 한 번도 하지 않았습니다.”

“그러면 그때 자네는 뭐라고 했나?”

“제가 말한 것은 돈이 마련되는 대로…….”라고 클라이드는 이렇게 말하다가 입을 다물었다. 그는 공연히 신경이 날카로워지고 수치스러워졌다. “1월이나 1월이 지나면 맞으러갈 테니, 어딘가 다른 곳에서 한동안 —— 한동안 —— 즉 그녀가 정상적인 몸으로 회복될 때까지 함께 지내기로.”

“그러나 결혼하자고는 말하지 않았었나?”

“네, 말하지 않았습니다.”

“그렇지만 그 여자는 그것을 바랐겠지?”

“그렇습니다.”

“그 당시 그 여자에게는 자네를 강제할 만한 힘이 있었다고 생각하는가? 내가 말하는 것은 자네의 의지에 반해서라도 결혼을 하게 할 힘이 있었는가 하는 거야.”

“아니오, 그렇게는 생각하지 않았습니다. 가능한 한 결혼은 피할 작정이었습니다. 저의 계획은 되도록 시간을 끌어서 그 사이에 돈을 모아 시기가 되면 결혼을 거절한다, 그리고 있는 돈은 전부 그 여자에게 주고 그 이후에는 가능한 한 도울 작정이었습니다.”

“그렇지만 말일세.”라고 제프슨은 아주 부드러운 어조로 바꾸었다. “여기에 있는 올덴 양이 자네에게 쓴 편지에는.” 그는 손을 뻗쳐 지방 검사의 테이블 위에 있는 로버타의 편지 —— 복사한 것이 아니라 실물 —— 를 집어들자 엄숙한 동작으로 아래 위로 흔들었다. “자네들 두 사람의 이번 여행 계획이라고 할지, 자네가 세운, 적어도 그 여자가 생각하고 있는 듯한 계획에 대해서 언급한 부분이 여러 곳 있네. 그런데 정확하게 말하면 그것은 어떤 계획이었나? 나의 기억이 정확하다면 그녀는 확실하게 ‘우리들의 계획’이라 쓴 것 같은데.”

"그렇습니다."라고 클라이드는 대답했다. 지금까지 두 달 사이에, 특히 이 건에 대해서는 베르납이나 제프슨과 상세하게 이야기를 나누었기 때문이었다. "제가 알고 있는 계획이라면 오직 하나." 여기서 그는 아주 솔직하게 확신이 있다는 태도를 보이려고 노력했다. "제가 몇 번이나 제안했던 계획입니다."

"그것은 어떤 계획이었나?"

"즉 그 여자는 어딘가 다른 고장으로 가서 방을 얻고 저는 그 여자의 생활비를 도와주며 그리고 이따금 만나러 간다는 것이었습니다."

"아니 그렇지 않아, 자네는 달리 말하고 있다."라고 제프슨은 교활하게 반박했다. "그 여자가 생각해낸 것이 그런 계획이었을 리 없다. 지금 이 편지에도 자네에게는 그렇게 길게, 왜냐하면 그녀의 몸이 원래 대로 회복될 때까지 그곳에서 지내는 것은 괴로운 일이겠지만 그것도 어쩔 수 없는 일이라고 씌어 있네."

"네, 압니다."라고 클라이드는 사전에 연습해둔 대로 대답했다. "하지만 그것은 그 여자의 계획이지 저의 계획이 아닙니다. 그 여자는 저에게 제발 그렇게 해주었으면 좋겠다. 또 그 길밖에는 방법이 없다고 늘 말했습니다. 전화로도 몇 번인가 말하기에 저는 알았어, 알았어라고 대답했을지는 모르지만 그것은 그 여자의 의견에 전적으로 동의한 것은 아니며 나중에라도 잘 얘기해볼 작정이었습니다."

"과연. 그렇다면 그것이 자네의 복안이었으니 로버타와 자네는 서로 다른 계획을 세운 것이 되네."

"확실한 것은 제가 그 여자의 계획에 동의한 적은 한 번도 없었다는 점입니다, 전적으로 말입니다. 즉 제가 돈을 장만하여 그 여자를 맞으러 가서 잘 상의하여 어딘가 다른 고장으로 —— 제가 처음부터 주장했던 형태로 —— 옮겨갈 수 있을 때까지 기다려달라고 부탁했을 것입니다."

"그러나 그 여자가 자네의 계획에 동의하지 않는다면 어떻게 할 작정이었나?"

"그럴 경우에는 X 양의 일을 고백하고 헤어져달라고 말할 작정이었습니다."

"그래도 그 여자가 말을 듣지 않는다면?"

"그때는 어디론가 몰래 도망쳐버릴까도 생각해보았으나 그렇게까지는 하고 싶지 않았습니다."

"물론 자네도 알고 있겠지만 클라이드, 이 법정에는 다음과 같은 견해를 가진 사람도 있다. 즉 그 여자를 위협하여 두 사람 모두 남의 눈에 띄지 않게 아딜론닥 산지의 인적이 드문 어느 호수로 데리고 가서 냉혹하게도 그 여자를 살해하거나 하여 자유의 몸이 되어 X 양과 결혼하려는 계획이 거의 그때부터 자네의 머릿속에 싹트고 있었을 것이라고. 여기에 얼마라도 진실이 포함되어 있는지 배심원들에게 확실하게 밝히게. 정말 그런지 아닌지, 어느 쪽이지 ? "

"아닙니다 ! 아닙니다 ! 저는 로버타든 누구든 죽이려고 생각한 적은 한 번도 없었습니다."

클라이드는 극히 드라마틱하게 그리고 가급적 그것을 강조하기 위하여 의자의 팔걸이를 잡고 항의했다. 그렇게 하라고 사전에 연습했던 대로. 또 동시에 벌떡 일어나서 확신이 있다는 듯이 위엄있는 표정을 지으려 했으나 마음속으로는 자기는 그런 계획을 세우고 있었노라고 자백할 것만 같아 기운이 빠졌다. 주위 사람들의 눈, 재판장이나 배심원이나 메이슨이나 신문 기자들의 눈. 그의 이마에서는 다시 식은땀이 흘렀다. 그는 신경질적으로 얇은 입술로 핥으면서 목을 축이려고 억지로 침을 삼켰다.

그 다음에 또 자잘한 심문이 계속되었다. 우선 로버타가 자기의 집으로 돌아가서 클라이드에게 쓴 최초의 편지부터, 맞으러 오지 않으면 라이카거스로 가서 진상을 폭로하겠다는 편지에 이르기까지 일련의 편지를 검토하는 것부터 시작하여 제프슨은 '검사가 주장하는' 살인 계획이나 범행이 될 만한 것을 여러 각도에서 다루어 이제까지 해온 모든 증언을 무력화하기 위해 전력을 기울였다.

클라이드가 로버타에게 답장을 쓰지 않았다는 의심스런 사실. 이것은 그의 친척이나 근무처나 그 밖에 어떤 사정과 관련하여 분규가 생기는 것을 두려워한 때문이었다. 그녀와 폰다에서 만나기로 했다는 의심스런 사실. 그 당시 그에게는 그 여자와 함께 어디론가 여행할 계획도 없었다. 그는 다만 막연하게 어디에선가 —— 그것은 어디라도 좋다 —— 그녀를 만나서 가능하다면 헤어지자는 자기의 주장에 그녀의 동의를 받아내야겠다고 생각했을 뿐이다. 그러나 칠월이 되었어도 구체적인 안을 마련하지 못하고 있을 때, 다시 머리에 떠오른 것은 어딘가 별로 돈이 들지 않는 피서지로라도 가볼까 하는 것이었다. 유티카까지 갔을 때, 어딘가 북쪽 호수에라도 가보고 싶다고 말한 것은 로버타

쪽이다. 그가 지도나 여행 안내서를 입수한 것은 그곳 호텔에서였으며 역이
아니다 —— 이것은 어떤 의미에서는 치명적인 주장이었다. 왜냐하면 클라
이드는 처음부터 의식하지 못하고 있던 것이었지만 표지에 라이카거스의
도장이 찍혀 있는 여행 안내서를 메이슨이 압수하고 있었기 때문이었다. 이
건에 대해서 클라이드가 증언하고 있을 때, 메이슨은 그것을 생각하고 있었다.
뒷골목을 이용하여 라이카거스로 출발한 문제는 물론 로버타와 함께 출발하는
것을 숨기고 싶어서였으며 다만 그녀와 자기가 나쁜 평판을 받고 싶지 않
아서였다. 따로따로 차에 오른 것, 클리포드 골든이라는 가명을 사용한 것,
그 밖에도 미심쩍은 속임수나 남의 눈을 피하려는 듯한 행동을 끝까지 한
것도 모두 똑같은 이유에서였다. 두 개의 모자 문제에 대해서는 하나는 더
러워져 있었으며 마침 마음에 드는 모자가 눈에 띄어서 샀을 뿐이며 그 후
썼던 모자를 물에 빠뜨렸으므로 다른 모자를 썼던 것이다. 확실히 카메라를
갖고 있었으며 그것을 여행 때 갖고 간 것이 사실이라면 6월 18일 처음으로
크란스톤 가의 별장에 갔을 때 그것을 갖고 있었던 것도 사실이다. 처음에
카메라를 가지고 있었던 것을 부정한 것은 순전히 사고로 인한 로버타의
죽음이라는 사고에 자신이 곤란한 형국으로 몰릴까봐 겁이 나서였다. 숲속에서
체포되어 곧 로버타 살해 혐의로 고발되자 그 불운한 여행에서는 처음부터
그 여자와 함께 있었던 만큼 무섭기도 했으며, 변호사나 자기를 도와줄 사람은
한 사람도 없었기 때문에 그래서 아무 말도 하지 않는 것이 가장 좋겠다고
생각해서 그 자리에서는 모든 것을 부정하고 있었으나 변호인이 선정되자
사건의 진상을 숨기지 않고 말한 것이다.

　행방불명이 되었다는 옷에 대해서도 그는 설명했다. 그 옷은 젖고 흙투
성이가 되어 있어서 나중에 갖고 가서 세탁하려고 돌 밑에 숨겨두었었다.
그러나 베르납 씨와 제프슨 씨를 소개받았을 때 그 얘기를 했더니 두 사람은
그 옷을 세탁소에 맡겨주었다.

　"그렇다면, 클라이드, 그 호수로 가기로 작정했을 때부터 그곳에 도착한
일, 그 점에 대해서 말해주지 않겠는가?"

　그러자 —— 제프슨이 베르납에게 말해둔 대개의 윤곽을 말해둔 것과 거의
바뀌지 않은 —— 클라이드가 로버타와 함께 유티카에 도착하고 다시 그라스
호에 도착했을 때의 이야기가 나왔다. 그때도 클라이드에게는 아무런 계획도

없었다. 최악의 사태가 되었을 때, X 양과의 진지한 사랑에 대해서 말하고 로버타의 동정과 이해에 호소하여 자기를 자유롭게 해달라고 부탁하는 동시에 가능한 한 로버타를 위하여 돌보아주겠다고 말할 작정이었다. 만약 그 여자가 거절하면 맘대로 하라고 해놓고 라이카거스로 돌아가서 모든 것을 단념하려 생각하고 있었다.

"그러나 폰다에서 만났을 때도, 그 후 유티카에서도 그 여자가 너무 지치고 걱정하는 것을 보자……." 이 대목에서 클라이드는 사전에 제프슨에게 들어 연습한 대로 조금이라도 더 성실한 말이 되도록 최선을 다했다. "저도 그 여자가 불쌍하다는 생각을 하게 되었습니다."

"음, 그래서?"

"그래서 만약 그 여자가 정 헤어지려 하지 않는다면 제 생각대로 그 여자를 팽개쳐버려야 할지 자신이 없어졌습니다."

"그래서 어떻게 하기로 했지?"

"그때 저는 그 여자의 이야기를 듣자, 그 여자를 데리고 다른 고장으로 가더라도 그 여자를 편안하게 해준다는 것이 얼마나 어려운 일인지를 그녀에게 말해주려 했습니다. 그때 저에게는 오십 달러밖에는 가진 돈이 없었으니까요."

"그랬더니?"

"그러자 그 여자는 울음을 터뜨렸습니다. 저는 여기서 그 여자에게 더 이상 그런 얘기를 한다는 것은 무리일 것이라고 생각했습니다. 그 여자는 몹시 몸이 약해져 있었으며 신경도 예민해져 있었습니다. 그러나 저는 하루나 이틀쯤 그 여자를 데리고 가면 원기를 회복할 것도 같아서 어디 가고 싶은 곳은 없느냐고 물었습니다."라며 클라이드는 진술을 계속했으나 이 대목에서 자기가 거짓말을 하고 있다는 자책감이 들어 기분이 언짢아졌으며 침을 삼키거나 했다. 그것은 자기의 힘 이상의 것 즉 사람을 속이거나 무언가 어려운 일을 하려할 때 언제나 밖으로 나타나는 태도였다. 그는 덧붙였다. "그녀는 아딜론닥 산지의 호수 중 비용만 걱정없다면 어느 호수라도 가고 싶다고 했습니다. 그래서 저도, 그 여자가 침울해 하는 것이 마음에 걸려 비용은 걱정하지 말라고 했습니다."

"그렇다면 그곳으로 간 것은 그 여자를 위해서였나?"

“그렇습니다. 그 여자를 위해서였습니다.”

“알았네, 계속하게.”

“그러자 그 여자가 로비로 가서 여행 안내서를 갖고 왔으면 좋겠다, 그것을 보고 비용이 덜 드는 곳을 찾아보자고 했습니다.”

“그래서 자네는 그것을 갖고 왔나?”

“그렇습니다.”

“그 다음에는?”

“두 사람이 여행 안내서를 뒤적이던 중 그라스 호에 눈길이 멈춘 것입니다.”

“누가? 두 사람이 함께? 아니면 그 여자가?”

“각각 다른 안내서를 보고 있었는데 그녀가 보고 있던 안내서에 둘이서 일주간 체재하면 이십일 달러, 일박이면 오 달러라는 여관 광고가 실려 있었습니다. 그래서 저는 일박 정도라면 안성맞춤의 장소라고 생각했습니다.”

“일박만 할 생각이었나?”

“아니오, 그 여자가 좀더 있고 싶어한다면 그렇게 해줄 생각이었습니다. 처음 생각으로는 일박이나 삼박쯤 예정했습니다. 왜냐하면 그 여자에게 모든 것을 얘기했을 때 저의 입장을 이해하는 데 얼마나 걸릴지 몰랐으니까요.”

“음, 그 다음엔?”

“그래서 이튿날 그라스 호로 갔습니다.”

“역시 다른 칸에 타고?”

“네, 다른 열차칸에 타고.”

“그곳에 도착해서는?”

“물론 숙소를 정했습니다.”

“숙박부에는 뭐라고 썼나?”

“클리포드 그레엄 부처라는 이름이었습니다.”

“역시 그것에 묵었다는 것이 사람들에게 알려지는 것이 싫어서였나?”

“그렇습니다.”

“그때 필적을 속이려 했었나?”

“네, 다소는.”

“그런데 자네는 어찌하여 언제나 자기의 머릿글자를 그래도 사용했지? C. G. 라는 머릿글자를?”

“그것은 숙박부에 본명이 아닌 이름으로 적더라도 그 머리글자만은 저의 여행 가방에 붙여둔 머리글자와 같아야 한다고 생각했기 때문입니다.”

“과연 어떤 의미에서는 빈틈이 없어 보이지만, 다른 의미에서는 그렇다고도 할 수 없지. 말하자면 그런 서툰 짓은 피했어야 했다.”

이때 메이슨은 이의를 신청하려고 자리에서 일어나려다가 마음을 고쳐먹은 듯 다시 자리에 앉았다. 이때 또 제프슨의 오른쪽 눈은 그의 오른쪽에 있는 배심원석을 재빨리 훑어보았다.

“결국 자네는 모든 것을 자네의 계획대로 그 여자를 이해시키려 했나 아니면 하지 않았나?”

“저는 가급적이면 도착 즉시 그 얘기를 꺼내고 싶었으나 —— 또는 이튿날 아침에라도 —— 그 여자가 차에서 내려 여관에 도착하는 것을 무척 기다렸다는 듯이 자기가 먼저 여러 가지 얘기를 꺼냈던 것입니다. 지금 여기서 바로 결혼할 수 있었으면이라든가, 언제까지고 결혼 생활을 계속하겠다는 것은 아니라느니, 몸이 약해진데다가 걱정거리가 많아서 기분이 좋지 않았느니 다만 이 상태만 빠져나가 아기에게 이름만 붙여줄 수 있다면 그 다음엔 헤어져도 좋다, 서로 각기 자기의 길을 가자느니 등등 그런 얘기를 계속했습니다.”

“그래서?”

“그래서 호수로 나가서.”

“어느 호수였나, 클라이드?”

“물론 그라스 호였습니다. 숙사에 도착하자 우리는 보트를 타러 나갔으니까요.”

“도착하자 바로? 아니면 오후가 되어서인가?”

“오후입니다. 그녀가 타고 싶어했거든요. 보트를 타고 이곳저곳 저어갈 때……”

여기서 그는 잠시 말을 멈추었다.

“노를 젓고 있을 때……?”

“그녀가 또 울음을 터뜨렸습니다. 무척 낙심한 듯했습니다. 이것저것 생각하며 괴로워했으며 기분도 좋지 않은 것 같았습니다. 그녀를 물끄러미 보고 있노라니 그녀가 측은하고 역시 내가 잘못 생각하고 있다는 것을 느끼게 되었습니다. 머지않아 태어날 아기도 있는데 결혼하지 않는 것은 좋지 않다, 결혼하는 것이 좋지 않을까 하는 마음이 들었습니다.”

“음, 그러니까 심경의 변화를 일으켰단 말이군. 그래서 자네는 거기에서 그 여자에게 그런 말을 했나?”

“아니오.”

“왜 하지 않았나? 그토록 그 여자에게 고통을 안겨주고서도 아직도 부족했단 말인가?”

“그런 것은 아닙니다. 그런 말을 하려 하는 순간 이곳에 오기까지 생각하고 있던 여러 가지가 머리에 떠올랐던 것입니다.”

“어떤 생각이었나, 가령?”

“가령 X 양에 대한 것이라든가, 라이카거스에서의 생활에 대한 것과 이대로 낯선 고장으로 떠나버린다면 어떤 고난이 기다리고 있을까 하는 것들이었습니다.”

“과연.”

“그래서……결국……. 그 자리에서는 말할 수 없었습니다. 그래서 그날은 그냥 넘겼습니다.”

“그러면 그 얘기는 언제 했나?”

“그때는 그저 울지 말라고만 하고 나도 골똘히 생각해볼 테니 이십사 시간만 여유를 주면 당신이 안심할 수 있는 결론을 이끌어낼지도 모른다, 아마 서로 납득할 수 있는 결과가 될 것이라고 말했습니다.”

“그러고는?”

“조금 후, 그 여자는 그라스 호는 별로 마음에 들지 않는다고 말했습니다. 어딘가 다른 곳으로 가고 싶다고 했습니다.”

“그 여자 쪽에서?”

“그렇습니다. 그래서 다시 지도를 꺼내놓고 호텔에 있는 사람에게 이 부근의 호수에 대해서 알고 있느냐고 물었습니다. 그러자 그 사람이 이 일대의 호수 중에서는 빅 비턴 호가 가장 아름답다고 가르쳐주었습니다. 그 호수라면 저도 한 번 가본 적이 있었으므로 그때 일이나 그 사람이 말한 것을 로버타에게 말했더니 그곳으로 가는 것이 어떻겠느냐고 그 여자가 말했습니다.”

“그러니까 그것이 그 호수로 가게 된 계기였나?”

“그렇습니다.”

“그 밖의 이유는 없었나?”

“그렇습니다. 아무것도 없습니다. 또 그라스 호에서라면 남쪽으로 돌아갈 때 어차피 그곳을 지나가게도 되었으니까요.”

“과연. 그러니까 그것은 7월 8일 목요일이겠군.”

“그렇습니다.”

“그런데 클라이드, 자네도 알고 있듯이, 지금 자네는 올덴 양을 그 호수로 데리고 간 것은 사전에 계획했던 유일한 목적 즉 그 여자를 죽일 목적으로 어딘가 사람의 눈에 뜨이지 않는 장소를 찾아내어, 우선 카메라나 노나 곤봉이나 또는 돌로 그 여자를 때려눕힌 다음 익사시키기 위한 것이라는 용의로 자네는 고발된 것이네. 그런데 이러한 사실에 대해서 할 말이 없는가? 이것은 사실인가 아니면 사실이 아닌가?”

“아닙니다! 사실이 아닙니다!”라고 클라이드는 단호한 어조로 확실하게 대답했다. “첫째로 저는 제가 우겨서 그곳에 간 것이 아닙니다. 다만 그녀가 그라스 호가 마음에 들지 않는다 하여 그곳으로 가게 된 것이니까요.”

그때까지 의자에 깊숙이 앉아 있던 클라이드는 이때 벌떡 일어서서 확신에 찬 힘찬 어조로 배심원석과 방청석을 둘러보았다. 그렇게 하도록 사전에 약속되어 있었기 때문이었다. 그리고 그는 말을 계속했다.

“그 여자를 기쁘게 해주는 일이라면 무엇이고 다 해주고 싶고 그러면 그 여자도 다소 기운을 차리게 될 것이라고 생각했던 것입니다.”

“그 목요일에도 역시 자네는 그 여자가 불쌍하다고 생각했었나?”

“네, 그 전날 이상이었다고 생각합니다.”

“그러면 그때 자기가 어떻게 해야겠다고 결심이 섰다는 말인가?”

“네.”

“어떤 식으로?”

“가능한 한 공평하게 해주려고 결심했습니다. 하룻밤 내내 생각한 끝에 만약 제가 정당한 일을 하지 않는다면 그 여자가 얼마나 슬퍼할 것인가 또 그렇게 하지 않으면 나도 꿈자리가 뒤숭숭할 것이라고 깨달았던 것입니다. 지금 제가 그녀와 결혼해주지 않는다면 자살하겠다고 그 여자가 말한 것도 몇 번 있었으니까요. 그래서 그날 아침에는 오늘은 무슨 일이 있더라고 이 문제에 매듭을 지어야겠다고 작정하고 있었습니다.”

“그것은 그라스 호에서였겠군. 목요일 아침에는 아직 그 호텔에 있었을 테니까.”

“그렇습니다.”

“그러면 자네는 그 여자에게 어떤 말을 할 작정이었나?”

“즉 지금까지 부당한 태도를 취했던 것은 나도 잘 알고 있으며 미안하게 생각한다. 게다가 또 그 여자의 제안은 결코 불공평한 것이 아니며, 이제부터 그녀의 말을 더 들어보고 그래도 결혼하고 싶다면 함께 어디론가 가서 결혼하자고 말할 작정이었습니다. 다만 그렇게 하려면 우선 나의 심경이 바뀐 진짜 이유를 말하지 않으면 안 되었습니다. 실은 다른 여자를 사랑하게 되었으며, 그것은 지금도 어쩔 수 없다. 그러니까 결혼하든 안 하든……”

“결혼은 올덴 양과 한다는 것인가?”

“그렇습니다. 그 사람은 도저히 잊을 수 없으므로 앞으로는 그 여자를 계속 사랑하게 될 것이다……. 그러나 그렇다 하더라도 로버타만 무방하다면 비록 이전처럼 그 여자를 사랑할 수는 없더라도 결혼만은 하겠다고 했던 것입니다.”

“그러면 X 양은 어떻게 할 작정이었나?”

“그 사람에 대해서도 생각은 해보았습니다. 그러나 그 사람은 부자이며, 로버타보다 인내심이 많을 것이라고 생각했습니다. 게다가 어쩌면 결혼을 단념해줄지도 모르고 그렇다면 앞으로도 친구로서 계속 관계를 유지하며 보살펴주어야겠다고도 생각하고 있었습니다.”

“어디서 식을 올리겠다는 것도 결정하고 있었는가?”

“아니오. 하지만 빅 비턴 호나 그라스 호에서 남쪽으로 내려가면 도시가 많이 있다는 것을 알고 있었으므로.”

“그러나 자네는 X 양에게는 아무 말도 하지 않고 올덴 양과 식을 올릴 작정이었나?”

“아니, 그렇지 않습니다. 로버타가 결혼을 단념하지 않는다 하더라도 이삼 일 저 혼자 그곳에 남아 있게만 해준다면 X 양에게 가서 사정을 말하고 다시 돌아올 작정이었습니다. 그러나 로버타가 그것도 허락하지 않는다면 어쩔 수 없이 X 양에게는 편지로 그런 사정을 알리고 여행을 계속하고, 로버타와 식도 올릴 예정이었습니다.”

"과연. 그러나 클라이드, 여기에 제시된 증거물 중에 올덴 양의 코트에서 발견된 편지가 있네. 그라스 호텔의 편지지를 사용하여 어머니 앞으로 쓴 것인데, 가까운 시일 내에 결혼할 예정이라 씌어 있었네. 자네는 그날 아침, 아직 그라스 호에 있을 때 확실히 결혼하겠다고 말했었나?"

"아니오, 확실하게는. 다만 그날 아침 일어나서 오늘은 두 사람에게 결정적인 날이 된다, 결혼하느냐 하지 않느냐는 그 여자 자신이 결정할 수 있을 것이라고 말했습니다."

"아아 과연, 그랬었군."라며 제프슨은 매우 안도했다는 듯이 미소지었다.

한편 전 신경을 귀에 집중시키고 있던 메이슨이나 뉴컴이나 버레이나 레드몬드 상원 의원은 일제히 기침을 했다.

"연극도 분수가 있지!"

"그러면 그날 여행 이야기로 돌아가세. 그 여행 때 자네의 행동 하나하나가 혹시 살인 계획과 결부되어 있느냐 아니냐가 되는 증언을 자네도 들었을 것이네. 이번에는 자네 자신의 입으로 말해주기 바라네. 이미 입증된 바에 의하면, 자네는 가방을 두 개 —— 자네의 것과 그 여자의 것 —— 를 갖고 있었는데 간 롯지에 도착했을 때 그 여자의 가방은 그곳에 남겨두고 자기 것만 가지고 보트에 탔었다. 왜 그렇게 했나? 배심원 전원이 확실하게 들을 수 있도록 큰소리로 대답해주기 바라네."

"그 이유는……."하고 말을 꺼냈을 때 또 목이 말라 소리가 잘 나오지 않았다. "빅 비턴 호에서 점심을 먹을 수 있을지 어떨지 잘 몰랐으므로 그라스 호에서 먹을 것을 갖고 가기로 했습니다. 그 여자의 가방은 옷가지가 가득 들어 있었으나 저의 가방은 아직 여유가 있었습니다. 게다가 저의 가방에는 카메라도 들어 있었으며 카메라 다리도 매달아두었었습니다. 그래서 그 여자의 가방은 보관해놓고 저의 가방만 갖고 가기로 했습니다."

"그렇게 결정한 것은 자네였나?"

"그 여자에게 그렇게 하는 것이 어떻겠느냐고 물었더니 그렇게 하는 것이 좋겠다고 대답했습니다."

"그것을 물은 것은 어디였나?"

"기차 안에서였습니다."

"그때 자네는 호수에 갔다가 다시 간 롯지로 곧 돌아올 것이라는 것을 알고 있었나?”

“네, 알고 있었습니다. 그렇게 할 수밖에 없었습니다. 그 밖에 길이 없다는 것은 그라스 호에서 들어 알고 있었습니다.”

“빅 비턴 호로 가는 버스 안에서 —— 그 버스 운전사가 했던 증언을 기억하고 있을 것이라 생각하는데 —— 자네는 ‘매우 안절부절 못 하고 있었으며’ 오늘은 사람이 많이 와 있느냐고 물어보기도 했었지?”

“그 증언이라면 기억하고 있는데 제가 안절부절하지 못한 적은 전혀 없었습니다. 사람이 많이 왔느냐고는 물었을지 모르지만 그것을 물은 것이 어떻다는 말입니까? 그것은 누구나 물어볼 수 있는 말이라고 저는 생각합니다.”

“나도 그렇게 생각하네.”라고 제프슨이 앵무새처럼 되풀이해 말했다. “그러면 빅 비턴 호 숙사에 방을 잡은 다음 올덴 양과 그 보트를 타고 호수로 나간 다음 어떤 일이 있었는가? 자네나 그 여자가 무언가에 마음을 빼앗기고 있다든가, 신경이 예민해져 있다든가 보통 보트 놀이를 하는 사람들과 어딘가 다른 상태였다는 것을 느낀 일이 있었는가? 특히 유쾌했다든가 우울했다든가 그런 일은?”

“네. 저는 그녀가 그다지 우울했다고는 생각하지 않으며 별다른 일도 없었습니다. 물론 지금부터 말하지 않으면 안 될 일이라든가 그녀가 어느 쪽으로 정하느냐에 따라서 저의 전도가 어떻게 될 것이라는 것은 생각하고 있었습니다. 즐거웠다고는 할 수 없더라도 어느 쪽으로 결정되든 상관없다는 기분이었습니다. 그 여자와 결혼할 각오는 되어 있었으니까.”

“그 여자는? 기분은 좋았었나?”

“그랬습니다. 전보다는 훨씬 즐거워하는 것 같았습니다.”

“자네들은 이런 얘기를 나누었나?”

“처음에는 호수에 대해서 말했고 경치가 좋다느니, 도시락은 어디서 먹을 것인지. 등등을 말했고 수련을 꺾으면서 서쪽 기슭으로 노를 저어갔습니다. 그녀가 너무 즐거워하는 것 같아서 저도 그때는 신경 쓰이는 얘기를 꺼낼 마음이 들지 않아 두시경까지 보트를 저었다가 휴식을 취하면서 도시락을 먹었습니다.”

“그 장소는? 저기 지도가 놓여 있는 곳으로 가서 저기 있는 막대로 가리켜보지 않겠나? 어떻게 보트를 저어갔으며 어디에 얼마 동안 머물렀으며 무엇을 했는지?"

클라이드는 특히 이 비극과 관계있는 호수나 그 주변의 큰 지도 앞에 막대를 들고 서서 호숫가를 따라서 노 저어간 코스, 도시락을 먹은 다음 그 근처까지 보트를 저어가서 바라본 숲 —— 한 동안 주위를 떠나지 못했던 아름다운 수련들 —— 과 같은 식으로 보트를 멈춘 곳을 일일이 가리켰고, 이윽고 오후 다섯시경 문 코브에 도착하자 그 아름다움에 매혹되어 그저 멍청히 앉아서 바라보고 있었을 뿐이었다고 말했다. 그 다음 사진이라도 찍을까 해서 둑으로 올라가 근처의 숲으로 들어갔는데 그 사이 자신은 계속 로버타에게 X 양의 일을 털어놓고 최후의 결정을 내리기 위한 마음의 준비를 하고 있었다. 그러다 잠시 가방을 둑에 내려놓은 채 보트를 저었으며, 보트 안에서 사진을 두세 장 찍은 다음 정적과 아름다움에 싸여서 잔잔한 수면을 저어가고 있는 사이에 그는 모든 것을 털어놓을 용기를 냈다. 처음 얘기를 꺼내자 로버타는 굉장히 놀란 듯 어깨를 들썩이며 울기 시작했으며 이런 비참한 꼴이라면 차라리 죽는 편이 좋다고 중얼거렸다. 그러나 그가 정말 미안하게 생각한다, 보상은 충분히 할 작정이라고 말하자 그녀는 태도가 싹 바뀌어 기분이 좋아지더니 감사하려는 듯 —— 그 점에 대해서는 그도 잘 알 수 없었으나 —— 몸을 벌떡 일으켜 그가 있는 쪽으로 오려고 했다. 두 팔을 벌리고 그의 발이나 무릎에 몸을 내던지려는 듯한 몸짓이었다. 그런데 그 순간 발에 걸렸는지 치맛자락에 걸렸는지 그녀는 비틀거렸다. 클라이드는 카메라를 손에 든 채 —— 이것은 제프슨이 최후의 순간에 결정한 것인데, 법률상의 예비 조치였다. —— 본능적으로 몸을 일으켜 그녀가 물에 빠지지 않도록 붙잡아주려고 했다. 그때 아마도 —— 그도 잘 몰랐으나 —— 그녀의 얼굴이나 손에 카메라가 부딪쳤던 모양이다. 어쨌든 다음 순간, 무슨 일이 일어났는지 그도 잘 모르는 사이에 그리고 두 사람 모두 무엇을 생각할 겨를이나 무엇을 할 겨를도 없이 물 속에 내던져졌는데, 로버타가 전복된 보트에 부딪쳤는지는 전혀 알 수가 없었다.

"저는 큰소리로 보트가 있는 쪽으로 가라고 말했습니다. 보트가 떠밀려가고 있었기 때문입니다. 보트를 붙잡으라 했으나 그 여자는 듣지 못했는지 정신을 잃었는지 그저 허우적거리고만 있어서 저도 겁이 나서 처음에는 곁으로 다가가지 못했습니다. 제가 곁으로 헤엄쳐가려는 순간 그 여자의 머리는 한 번 물 속에 잠겼다가 다시 떠오르는 듯하더니 다시 가라앉아버렸습니다. 그때 보트는 이미 삼사십 피트나 떨어져 있어서 그 여자를 보트가 있는 곳까지 부축해간다는 것은 무리였습니다. 그때 저도 살려면 혼자서라도 호숫가로 저어가야겠다고 판단했던 것입니다.”

일단 호숫가로 가자 —— 그의 말에 의하면 —— 갑자기 현재 자기가 처해진 일체의 상황이 얼마나 의심받을 행동인가 하는 생각이 머리를 스쳤습니다. 이번 여행 전체가 처음부터 얼마나 의심받을 소지가 있느냐 하는 것이 머리에 떠올랐습니다. 숙박부에 적어넣은 가명, 자기의 가방만 갖고 오고 그 여자의 가방은 남겨둔 것 그리고 또 지금 숙사로 돌아가면 사정을 설명하지 않으면 안 될 것이고, 그렇게 되면 모든 것이 세간에 알려져버릴 것이며 자기의 생활과 연관이 있는 모든 것을 잃게 된다. X 양도, 직장도, 사회적 지위도 모든 것을 ——— ——. 그러나 만약 자기가 입만 다물고 있으면 함께 빠져 죽은 것으로 여길지도 모른다(이런 생각은 그때 처음 떠올랐었다고 단언했다). 그러한 예상이나 또 지금 와서 그가 어떤 행동을 취하더라도 그 여자가 되살아날 가망이 없다는 것 가령 있는 그대로의 사실을 말하더라도 자기에게는 곤란한 사태를 그 여자에게는 불명예만 가져올 뿐이라고 생각한 끝에 그는 입을 다물기로 작정했던 것이다.

그는 일체의 흔적을 남겨놓지 않기 위하여 우선 젖은 옷을 벗어 물을 짠 후 가급적 작게 접어서 가방에 넣기 좋도록 했다. 다음에는 카메라 다리와 가방을 둑에 놓아두었던 일을 생각해내고는 그것을 감추었다. 처음에 쓰고 있던 맥고모자 즉 안감이 없는 것은(안감이 왜 떨어져 나갔는지 전혀 생각나지 않는다고 했다), 보트가 뒤집혔을 때 잃었으므로 —— 운동모도 갖고 있었으므로 그것을 써도 되었을 텐데 —— 예비용 맥고모자를 썼다. 모자란 잘 잃어버리거나 하기 쉬워서 여행을 갈 때는 언제나 예비품을 갖고 갔었다고 설명했다. 그러고는 남쪽을 향해 숲속을 걸어갔다. 그쪽으로 가면 숲을 가로지르는 철길로 나설 것이라고 생각해서였다. 그때는 아직 숲을 가로지르는 자동차 도로가 있다는 것은 몰랐으며, 곧장 크란스톤 가의 별장 쪽으로 향한 것에 대해서는 그저 자기도 모르게 자연스럽게 발길이 그쪽으로 향했을 뿐이라고 그는 어리벙벙한 얼굴로 고백했다. 크란스톤 가의 사람들은 그의 친구였으며, 그로서는 청천벽력처럼 엄습해온 이 무서운 돌발사에 대해서 차분하게 생각해보기 위하여 어디론가 도망쳐버리고 싶었다.

이렇게 많은 증언을 하고 보니, 제프슨도 클라이드 자신도 더 이상 할 말이 이제는 머리에 떠오르지 않았다. 그러나 제프슨은 한참 침묵하던 끝에 클라이드에게로 몸을 돌리려 명확하고 조용한 어조로 말했다.

"그러면 클라이드, 배심원들 앞에, 재판장 앞에, 법정 내에 있는 모든 사람들 앞에 그리고 무엇보다도 하나님 앞에, 진실을 말하겠다고 진실만을 남김없이 말하겠다고 엄숙하게 선서했었다. 그것이 무엇을 의미하는지 자네는 알고 있겠지?"

"네, 알고 있습니다."

"자네는 그 보트 안에서 로버타 올덴을 때리지 않았다고 하나님께 맹세할 수 있겠는가?"

"네, 맹세합니다. 저는 그런 일은 하지 않았습니다."

"그 여자를 호수에 처넣은 일도 없는가?"

"맹세코 그런 일은 하지 않았습니다."

"고의나 또는 자발적으로 어떤 수단을 써서 그 보트가 전복되도록 기도했거나 또는 그 밖의 어떤 수단을 써서 그 여자를 죽게 한 일이 없다고 맹세할 수 있겠는가?"

"맹세합니다!"라고 클라이드는 큰소리로 감정을 담아서 말했다.

"그것은 사고였을 뿐 자네가 사전에 꾸민 일이 아니라고 맹세한단 말인가?"

"네, 맹세합니다."라고 클라이드는 거짓말을 했다. 그러나 그는 자기의 생사를 걸고 싸우고 있는 지금, 이것은 부분적으로는 진실이라고 느끼고 있었다. 그 사고만은 사전에 꾸민 것이 아니었다. 그것이 계획적으로 꾸며서 일어난 사건이 아니라는 것은 맹세코 단언할 수 있다.

그 뒤 제프슨은 큼직한 손으로 얼굴을 문지르고 얇은 입술은 한일자로 꽉 다문 채 평정한 눈으로 법정을 둘러보고, 배심원들을 보더니 이렇게 말했다.

"이 증인을 검사측에 맡깁니다."

25

　제프슨의 직접 심문을 통하여 메이슨의 기분은 짐승을 쫓고 있는 침착하지 못한 사냥꾼 —— 이제 한 발짝만 더 뛰면 쫓기는 토끼를 덮칠 사냥꾼 —— 의 사냥개 같았다. 이 증언을 분쇄해주고 싶으며, 적어도 부분적으로는 거짓말 투성이의 증언을 밝혀내고 싶다는 격렬한 욕구에 불타고 있었다. 제프슨의 신문이 끝나자마자 메이슨은 벌떡 일어나서 클라이드에게로 몸을 돌렸다. 클라이드는 자기를 파멸시키려는 듯한 이글거리는 눈빛을 보자 지금이라도 자기에게 폭력을 휘두르는 것은 아닐까 하고 겁에 질렸다.

　"그리피스, 그 보트 안에서 그 여자가 자네에게 다가서려 했을 때 자네는 카메라를 들고 있었지?"

　"그렇습니다."

　"그 여자가 비틀거리며 쓰러지려 할 때 자네는 우연히 카메라로 그 여자를 때리게 된 결과가 되었다고 했지?"

　"네."

　"자네는 시종 정직하게 말해준 셈인데, 빅 비턴 호 호숫가 숲에서는 카메라 같은 것은 갖고 있지 않았다고 나에게 말했던 것을 잊었던 모양이지?"

　"아니오, 기억하고 있습니다."

　"그렇다면 자네는 거짓말을 한 것이군?"

　"네, 그렇습니다."

　"특히 자네가 지금 말했던 다른 거짓말이나 마찬가지로 정열을 담아서 힘주어 말한 것이 되겠군."

　"지금은 거짓말을 하고 있지 않습니다. 왜 거짓말을 했는지에 대해서는 이미 설명한 것으로 합니다."

　"왜 그렇게 말했는지도 설명했었나? 그때는 거짓말을 했지만 이번에는 믿어줄 것이라고도 생각했나?"

　베르납이 이의를 신청하려 했으나 제프슨이 그것을 말렸다.

　"아니오, 지금 말하는 것은 모두가 진실입니다."

　"이 세상의 그 어떤 권력을 가지고서라도, 물론 이 법정에서 자네는 또 거짓말을 할 수는 없다, 전기 의자를 모면하고 싶다는 강한 욕망이 있다 하더라도.”

클라이드는 파랗게 질려서 몸을 떨었다. 빨갛게 부어오른 눈꺼풀을 꿈벅거렸다.

“거짓말을 한 적이 있을지도 모릅니다. 하지만 선서를 한 이상 거짓말을 했다고는 생각하지 않습니다.”

“자네는 거짓말을 한다고는 생각지 않는 모양이군! 알았네. 어디에 있든 —— 어떤 때라도 —— 어떠한 상황하에 있더라도 적당하게 거짓말만 하고 있군. 그러나 살인죄로 법정에 끌려왔을 때만은 거짓말을 하지 않는다는 말이군!”

“아닙니다. 그렇지 않습니다. 그러나 제가 아까 한 말은 사실입니다.”

“자네가 심경에 변화를 일으키게 되었다는 것을 성서에 걸고 맹세하겠다는 건가?”

“그렇습니다.”

“올덴 양이 너무 슬퍼해서 그것이 자네의 심경을 바꿔놓았단 말이지?”

“그렇습니다.”

“그런데 그리피스, 그 여자가 시골의 자기 집에서 자네를 기다리고 있을 때 그 편지는 그리고 그 여자가 자네에게 보낸 것이겠지?”

“네.”

“자네는 대충 하루 걸러마다 그 여자의 편지를 받은 셈이지?”

“네.”

“그리고 자네는 그 여자가 시골 집에서 고독하고 비참하게 지내고 있었다는 것도 알았겠지?”

“네, 그러나 아까도 설명했지만…….”

“그렇게 설명했다고? 그것은 자네 대신 변호사가 설명했겠지! 그런 질문을 받으면 여차여차하게 대답하라고 그들은 매일 형무소로 자네를 찾아와서 훈련시켰겠지?”

“아니오, 그런 적은 없었습니다.”라고 클라이드는 도전하듯이 대답했는데 그 순간 제프슨과 눈이 마주쳤다.

“그러면 베어 호에서 내가 올덴 양이 어떤 사정으로 죽게 되었느냐고 물었을 때 그때 그렇게 말했더라면 이런 혐의나 조사는 받지 않았을 게 아닌가? 두 변호사의 손을 빌려서 다섯 달 동안이나 대책을 강구한 후에 이런 식으로 대답할 것이 아니라 그때 그렇게 말했더라면 세간은 훨씬 더 친절하게 자네의 말을 신뢰해주지 않았을까?"

"그러나 저는 누구하고도 대책을 강구한 적이 없습니다."라고 클라이드는 정신적으로 힘이 되어준 제프슨 쪽을 보면서 그렇게 주장했다. "왜 제가 그렇게 했는지는 이미 설명했습니다."

"자네가 설명했다고?" 메이슨은 이 허위 설명이 궁지에 몰릴 때면 언제나 클라이드의 피난처나 방패나 방벽이 되고 있다는 것을 알았으므로 버럭 화를 냈다. 쥐새끼 같은 놈! 메이슨은 분노로 치를 떨었다. "그리고 자네가 집을 떠날 때 그 여자가 자네에게 편지를 썼을 때는 그 편지를 보고 불쌍하다고는 생각하지 않았다는 말이지?"

"그야 불쌍하다고 생각했습니다. 그렇게 생각한 것은……. 몇몇 부분이었지만."

"흠, 이번에는 그 중 몇 부분이라 하는군. 아까 신문할 때는 그 편지를 읽고 불쌍하다고 생각했다고 하지 않았는가?"

"그야 그렇게 생각합니다."

"그리고 그때도 그렇게 생각했다는 말인가?"

"네, 그렇습니다."

그러나 클라이드의 눈은 빛을 발하듯이 그를 뚫어지게 보고 있는 제프슨을 보았다.

"올덴 양이 자네에게 이런 편지를 쓴 것을 기억하고 있나?" 그러더니 메이슨은 한 통의 편지를 펴들고 읽기 시작했다. "클라이드, 당신이 와주시지 않으면 저는 죽을 거예요. 저는 무척이나 고독합니다. 이제 미칠 것만 같습니다. 어디론가 자취를 감추고 두 번 다시 돌아오지 않든지 아니면 당신에게 폐가 되지 않으면 얼마나 좋을까 하고 생각하고 있습니다. 그러나 만약, 편지를 쓸 수 없다면 하루 걸러씩이라도 전화해주세요. 저는 지금 당신이나 당신이 힘을 돋구워줄 말이 절실히 필요합니다."

메이슨의 목소리는 따뜻하고 슬픔이 담겨져 있었다. 메이슨이 다음과 같이 말했을 때 메이슨뿐만 아니라 방청객 모두에게도 연민의 정이 흐르는 것을 느꼈다.

"이 편지에서 조금이라도 슬픈 느낌을 받았는가?"

"네, 그렇게 생각합니다."

"그때도 그랬었나?"

"네, 그랬습니다."

"그것이 절박한 것이었다는 것은 자네도 알았겠지?"

메이슨이 날카롭게 말했다.

"네, 알고 있었습니다."

"자네는 빅 비턴 호의 한가운데에게 갔을 때 갑자기 마음이 움직였다고 말했는데 그 연민의 정이 조금이라도 자네의 마음을 움직였다면 저 라이카거스에서 자네가 살고 있던 페이톤 부인의 집에서 수화기를 들고 그곳에 가겠다고 고독한 그 여자를 왜 한 마디라도 안심시켜주지 않았는가? 그당시 올덴 양에 대한 불쌍한 생각이 위협의 편지를 받아든 다음만큼 세어지지 않았다고도 하려는 건가? 아니면 자네에게는 계획이 있어서 전화를 너무 자주 하면 세간의 주목을 끌 것이라고 생각했단 말인가? 빅 비턴 호에서 갑자기 측은한 마음을 갖게 된 것인데, 어째서 그렇게 되었는가? 자네의 연민이란 수도 꼭지처럼 돌리면 물이 나오게도 안 나오게도 할 수 있단 말인가?"

"측은한 생각을 전혀 느끼지 않았다고 말하는 것이 아닙니다."

클라이드는 제프슨의 눈짓을 받았던 터라 떳떳하게 대답했다.

"그런데 올덴 양이 공포와 비참함의 극에 이르러 자네를 협박할 수밖에 없게 될 때까지 자네는 그녀를 팽개쳐놓았었지 않은가."

"네, 저는 그 여자를 정당하게 다루지 않았다는 것을 인정합니다.

"허허! 정당! 정당! 정당하지 않은 것을 인정하면 이 법정의 갖가지 증언이 있더라도 자네의 증언도 포함해서지만 자네는 자유의 몸이 되어 여기서 나갈 수 있다고 생각하고 있다는 말인가?"

베르납은 더 이상 가만히 앉아 있을 수 없었다. 그는 이의를 제기했다. 격앙된 어조로 재판장에게 말했다.

"재판장, 이것은 불법입니다. 지방 검사는 질문할 때마다 의견을 말하고 있는데 그런 것이 인정되어도 좋다는 말입니까?"

"이의 신청이 없었기 때문입니다."라고 재판장이 말했다. "검사는 질문의 형식을 지키도록."

그래도 메이슨은 재판장의 주의를 가볍게 흘려버리고 다시 클라이드 쪽으로 시선을 돌렸다.

"자네는 빅 비턴 호 가운데 있던 그 보트 안에서 한때는 가진 것을 부정했던 그 카메라를 갖고 있었다고 했지?"

"네."

"그리고 그 여자는 보트의 후미에 있었지?"

"네."

"버튼, 그 보트를 갖다주지 않겠나?"

그러자 곧 지방 검사실에 배속된 네 사람의 보안관 대리는 재판장석 뒤쪽에 있는 서쪽 출구로 퇴장하여 클라이드와 로버타가 탔던 것과 똑같은 보트를 갖고 와서 재판장 앞에 놓았다. 보트가 놓였을 때 클라이드는 그것을 힐끗 보았다. 똑같은 보트다! 클라이드는 눈을 깜박이고, 몸을 떨었으며, 청중은 웅성거리고 긴장하여 호기심과 흥미의 물결이 정내 전체에 흐르는 것 같았다. 그러자 메이슨은 카메라를 들고 그것을 아래위로 흔들면서 소리쳤다.

"자아, 이제 됐다, 그리피스! 자네가 절대로 갖고 있지 않았다는 카메라도 있다. 증인석에서 이리로 내려와서 보트를 타고 카메라를 든 다음, 자네가 어디에 앉아 있었으며 올덴 양은 어디에 앉았었는지 배심원들에 보여드리게. 그리고 만약 할 수 있다면 어디서 어떻게 올덴 양을 때렸으며, 그녀가 어디서 어떻게 쓰러졌는지 정확하게 보여주기 바란다."

"이의있습니다!"라고 베르납이 말했다.

길고 따분한 법정 논의가 오갔는데 결국 적어도 잠시 동안은 이런 종류의 증언 형식을 계속한다는 것을 허가한다는 재판장의 제정으로 결말이 났다. 그 논의가 있은 다음, 클라이드가, "저는 고의로 그 여자를 때린 것은 아니지만." 하고 말하자 이에 대해서 메이슨은, "자네가 그렇게 증언하는 것은 나도 들었어."라고 응수했다. 그러고는 증언대를 내려와, 이곳저곳이라고 지적한 다음 세 사나이가 움직이지 않도록 잡고 있는 보트에 올라앉았다.

"자, 이번에는 뉴컴, 자네도 이곳에 와서 올덴 양이 앉았던 것으로 추정되는 곳에 피고의 지시에 따라서 앉아주기 바란다."

뉴컴이 알겠다고 말하고 앞으로 나가서 보트 안에 앉았다. 클라이드는 제프슨의 시선을 보려 했으나 등을 돌린 듯한 자세로 앉아 있어서 시선을 마주칠 수 없었다.

메이슨이 말했다.

"그렇다면 그리피스, 자네는 올덴 양이 일어나서 자네 쪽으로 오려던 자세를 뉴컴에게 보여주게."

그러자 클라이드는 온몸의 힘이 빠진 채 불안한 동작으로 일어나서 로버타가 어떤 식으로 일어났으며, 걷는 것도 기는 것도 아닌 이상한 자세로 다가와서 곧 비틀거리며 쓰러지던 것을 기억할 수 있는 한 정확하게 보여주려고 했다. 얼마나 무의식적으로 팔을 뻗었으며 턱인지 볼인지는 잘 몰랐으나 —— 물론 그럴 의도는 없으며 —— 실제로 상대에게 상처를 줄 만큼 힘을 가하지 않았으며 다만 카메라가 부딪친 것이라고 그때는 생각했다. 클라이드가 명확하게 기억하고 있지 않다고 하는 이상, 이러한 증언이 과연 적절하냐 어떠냐에 대해서 베르납과 메이슨 사이에 긴 논쟁이 있었다. 그러나 오버월츠는 '가볍게' 또는 '불안정하게' 걸터앉은 사람을 쓰러뜨리는 데 살짝 밀거나 때리기만 해도 가능한지 아니면 강한 힘이 필요한지를 상당한 정도까지 보일 수 있다는 입장에 서서 최종적으로는 이 증언을 인정했다.

"뉴컴 씨와 같은 체격의 인물에게 올덴 양 같은 여성의 반응을 나타나게 하려 하는 것은 어처구니없는 연극이 아닙니까?"라고 베르납은 주장했다. "그러면 여기 있는 사람 중에서 올덴 양과 비슷한 몸과 무게를 가진 사람을 태우기로 합시다."

그래서 곧 질라 손더스가 뽑혀 그녀가 뉴컴과 교체되었다. 그래도 베르납은 물러서지 않았다.

"그래서 되었다는 말입니까? 조건이 똑같지 않습니다. 지금 이 보트는 물 위에는 있지 않습니다. 우연의 타격에 대한 저항이나 육체적 반응은 다른 것입니다."

"그렇다면 당신은 이 현장 재현을 인정하지 않는다는 말입니까?"

이것은 돌아서서 야유조로 질문한 메이슨의 말이었다.

"그야 하고 싶다면 하라구. 누구 보아도 아는 일이지만 그런 짓을 해도 아무 소용이 없을 테니까."

베르납은 암시적인 어조로 그렇게 주장했다.

클라이드는 메이슨의 지시에 따라 질라를 밀었다. 우연하게도 로버타를 민 것과 '거의 같은 세기의'의 힘으로. 질라는 약간 뒤쪽으로 쓰러졌으나 ── 별일은 아니다 ── 두 손으로 보트의 난간을 잡아 무사했다. 베르납은 자기가 한 반론이 현장 재현의 효과를 감쇄(減殺)할 것이라고 생각했으나 배심원들은 클라이드가 자신이 저지른 죄의식이나 사형에 대한 공포심에서 실제로는 틀림없이 더욱 악의를 담아서 한 행동을 얼마쯤 속이고 있다는 인상을 받았다. 왜냐하면 이 타격과 머리에 가한 일격에는 상당히 힘이 가해져 있었다고 의사들은 증언했기 때문이었다. 게다가 버튼 버레이는 카메라에 묻어 있는 모발을 발견했다고 증언하지 않았던가? 비명을 들었다는 여성의 증언도 있지 않은가? 그것은 도대체 어찌될 것인가?

그러나 이 색다른 실연(実演)으로 그날의 법정은 폐정되었다.

이튿날 아침, 방망이 소리가 들렸을 때 메이슨은 활력과 반감에 차 있는 모습으로 자리에 앉아 있었다. 그리고 클라이드는 독방 안에서 불안한 밤을 지샜고 또 제프슨이나 베르납의 격려를 받아 가능한 한 냉정하고 변함없이 태연한 척하려 했으나 이 지방 사람들이 모두 자기에게 반감을 보이고 있으며 유죄로 단정한다는 것을 느끼고 있었으므로 이 역할을 해내는 것이 별로 마음에 들지 않았다. 메이슨은 매우 거칠고 신랄한 어조로 신문을 시작했다.

"그리피스, 자네는 여전히 심경의 변화를 주장하려 하나?"

"네, 주장합니다."

"죽었다고 생각했던 사람이 되살아났다는 이야기를 들은 적이 있는가?"

"무슨 말인지 납득이 잘 안 가는군요."

"익사한 즉 물 속에 가라앉아 떠오르지 않는 인간이라도 물에서 꺼내서 두 팔을 움직여준다든가 통나무나 통 위에 올려놓고 굴리거나 하면서 응급처치를 하면 다시 숨을 쉰다는 것을 알고 있나? 그런 얘기를 들어본 적이 있나?"

"네, 들은 적이 있습니다. 그런데 익사한 것으로 알았던 사람이 다시 숨을 쉬게 되었다는 이야기를 들은 적이 있지만 그 방법에 대해서는 들은 적이 없었습니다."

"한 번도 들은 적이 없는가?"

“네, 그렇습니다.”

“얼마나 물 속에 빠져 있다가 건지면 소생시킬 수 있다는 것도?”

“네, 전혀 들어본 적이 없습니다.”

“가령 십오분 쯤 물 속에 빠져 있더라도 다시 숨을 쉴 수 있게 될 가능성이 있다는 것을 들어보지 못했나?”

“네.”

“그러면 자네가 호숫가로 헤엄쳐간 다음에라도 구원을 청하면 그때라도 구출할 수 있다는 것을 생각하지 못했는가?”

“미처 생각하지 못했습니다. 그때는 이미 죽었을 것이라고 생각했으니까요.”

“음. 그러나 아직 물 속에서 살아있었다면 그것은 어떻게 되지? 자네는 헤엄을 상당히 잘 치지 않는가?”

“네, 꽤 칠 수 있습니다.”

“그래, 신발과 옷을 입은 채 오백 피트 이상이나 헤엄쳐서 나왔으니까. 안 그런가?”

“네, 그때는 그랬습니다. 그렇습니다.”

“그래, 자네는 헤엄쳤었지. 전복된 보트까지의 삽십오 피트를 헤엄치지 못한 사람으로서는 썩 잘 쳤지.”라고 메이슨은 결론을 내렸다.

여기서 베르납은 그 발언을 삭제하자고 제안했으나 제프슨은 찬성하지 않았다.

이어서 클라이드는 이제까지의 보트 놀이나 수영의 경험에 대해 갖가지 심문을 받았으며 카누처럼 위험한 배를 타고 호수 가운데로 나갔어도 아무런 사고없이 돌아온 사실이 몇 번 있었으냐는 질문을 받았다.

“자네가 최초로 로버타를 크람 호로 태우고 나간 것은 카누였지 않은가?”

“네.”

“그런데 그때는 아무런 사고도 없었지?”

“네.”

“그 무렵, 자네는 그 여자를 무척 사랑했었나?”

“네.”

“그러나 그 여자가 빅 비턴 호에서 튼튼하고 밑이 둥근 보트를 탔는데도 불구하고 보트가 뒤집혀서 **빠졌다면**, 이제 그 여자를 사랑하지 않기 때문이겠지?"

"그때의 심경에 대해서는 이미 다 말했습니다."

"그리고 크람 호에서는 사랑하고 있었으나, 빅 비턴호에서는 사랑하지 않았다고 하는 사실과는 아무런 관계도 없다는 셈이군?"

"그때의 심경에 대해서는 이미 다 말했습니다."

"어쨌든 그녀의 곁에서 도망치고 싶다고 바라고 있었지? 그 여자가 죽은 순간 자네는 다른 여자에게로 도망쳤다. 자네는 그것을 부정하지 않았었지?"

"왜 그렇게 되었는지에 대해서는 설명했습니다."

클라이드는 되풀이해 말했다.

"설명했다! 설명했다! 공평한 머리를 가진 지성있는 사람이 그러한 설명을 믿어줄 것이라고 생각하나?"

메이슨은 이성을 잃을 정도로 화를 냈으나 클라이드는 그 문제에 대해서 더 이상 아무 말도 하지 않았다. 재판장은 이 문제에 대한 제프슨의 이의를 예상하고 이의를 인정한다고 큰소리로 말했다. 그러나 메이슨은 곧 큰소리로 말했다.

"자네가 보트를 잘못 다루어, 가령 자기가 자기 손으로 보트를 뒤집히게 하지 않았다는 말이군?"

"부주의한 것이 아니었습니다. 그것은 피할 수 없는 사고였습니다."

클라이드는 창백하고 지쳐 있었으나 냉정을 잃지 않았다.

"사고였단 말이군. 가령 저 캔자스 시에서 있었던 또 하나의 사고처럼. 그리피스, 자네는 그러한 사고와는 퍽 인연이 많은 사람이군?"

메이슨은 조소하듯이 천천히 그렇게 물었다.

"그때 일에 대해서는 이미 설명했습니다."

클라이드는 불안한 표정으로 대답했다.

"자네는 여성을 죽음에 빠뜨리는 사고와는 인연이 깊군. 자네는 누가 죽거나 하면 언제나 달아나는군."

"이의있습니다."라고 베르납이 벌떡 일어서면서 말했다.

"이의를 인정합니다."라고 오버월츠가 날카롭게 말했다. "본 법정에는 다른 사건은 제출되어 있지 않습니다. 신문은 보다 엄밀하게 본 건에 한정시키도록."

"그리피스." 하고 메이슨은 말을 계속했다. "자네가 말하는 그 우연의 타박이 있은 다음 보트는 전복되고 자네와 올덴 양은 물에 빠지게 되었네. 자네들은 서로 얼마나 떨어져 있었는가?"

"네, 그때는 전혀 그런 것은 의식하지 못했습니다."

"바로 곁이 아니었나? 떨어져봐야 일이 피트 정도였을 것이다. 자네가 보트에 타고 있을 때의 위치라면."

"잘은 모르겠지만 그 정도였을 것입니다."

"자네가 마음만 있었다면 자네가 그 여자를 꽉 잡고 있었을 것이다. 올덴 양이 쓰러지려 했을 때 자네는 붙잡아주려고 일어섰겠지?"

"네, 그때 저는 일어섰습니다."라고 클라이드는 무척 괴로운 표정으로 대답했다. "그러나 그녀를 바로 붙잡을 수 있는 거리에는 있지 않았습니다. 제가 일단 물 속으로 들어갔다가 떠올랐을 때는 거리가 꽤 떨어져 있었습니다."

"그렇다면 정확하게 말해서 어느 정도 떨어져 있었는가? 여기서 배심원석까지의 거리보다 더 떨어졌는지 아니면 더 가까웠는지, 어느 정도였나?"

"글쎄요, 잘 기억은 나지 않지만 여기서 배심원석까지의 거리보다는 더 먼 것 같았습니다."라며 그는 거리를 8피트쯤 더 늘려 거짓말을 했다.

"설마!"라고 메이슨은 일부러 놀란 듯이 그렇게 소리쳤다. "이 보트가 뒤집히자 그녀와 자네는 한데 엉겨 물 속에 빠졌는데 자네가 떠올랐을 때는 이십 피트나 떨어져 있었다는 말이군. 자네의 기억은 그 점에 대해서 좀 이상하다고 생각하지 않는가?"

"하지만 다시 떠올랐을 때도 그 정도로 보였습니다."

"그러면 보트가 뒤집힌 다음 자네들 두 사람이 다시 물 위로 떠올랐을 때 보트가 여기 있다고 하고 자네는 어느 위치에 있었는가? 보트가 여기 있다고 하면 자네는 저쪽 방청석 쪽이 있는 것이 되는군. 거리상으로 말일세."

"네, 아까도 말했지만 물 위로 떠올랐을 때 확실하게는 알 수 없었습니다."

클라이드는 신경질적으로 또 자신이 없다는 듯이 허공을 응시하면서 그렇게 대답했다. 올가미를 쳐놓고 있다는 것은 틀림없는 사실이다.

"여기서부터 검사님의 테이블 저쪽 모서리 정도였다고 생각합니다."

“그렇다면 약 삼십 피트나 삼십오 피트정도였다는 말이군.”라고 메이슨은 빈정거리듯이 말했다.

“네, 아마도 그 정도였을 것입니다. 정확하게는 모르겠지만.”

“그렇다면 자네는 여기에 있고 보트가 저 쪽에 있었다고 하면 그때 올덴 양은 어디에 있었지 ? ”

클라이드는 메이슨이 이제 와서 무언가 기하학적 계획을 생각해서 그것에 의해서 자기의 유죄를 결정적인 것으로 삼으려 한다는 것을 느꼈다. 그래서 곧 경계심을 가지고 제프슨 쪽을 보았다. 그와 동시에 로버타가 너무 멀리 떨어져 있다고 생각하게 할 수는 없다고 생각했다. 로버타는 헤엄을 치지 못한다고 말해버렸다. 자기보다도 더욱 보트 가까이 있었을 것이다. 그것이 틀림없다. 그 여자는 아까 말한 거리의 절반 정도의 지점에 있었다 —— 그 이상 떨어져 있지 않았던 것 같다 —— 는 것이 최선의 답변이라는 생각에 어리석게도 무모하게 뛰어들었다. 그랬더니 메이슨은 곧 이야기를 진행시켰다.

“그렇다면 그 여자는 자네가 보트가 있는 위치에서도 십오 피트쯤 되는 거리에 있는 것이 된다.”

“네, 그 정도였다고 생각합니다.”

“그렇다면 그런 가까운 거리를 헤엄쳐가서 그녀를 잡아 저쪽 십오 피트쯤 떨어진 곳에 있는 보트까지 데려가지 않았다고 말할 작정인가 ? ”

“네, 아까도 말씀드렸듯이 물 위로 떠올랐을 때 저는 잠시 정신이 아찔했으며 올덴 양은 허우적거리면서 비명을 지르고 있었습니다.”

“그러나 보트는 있었지. 자네의 이야기로는 삼십오 피트 이상 떨어지지 않은 곳에. 그런 시간 사이에 보트는 상당히 더 먼 곳으로 떠내려갔다고 말해도 좋겠지. 나중에 호숫가로 오백 피트나 헤엄쳐갔다면서, 보트까지 헤엄쳐가서 그 여자의 생명을 구출하기 위하여 보트를 밀 수도 없었다고 말할 작정인가 ? 올덴 양은 어떻게 해서든지 자기가 가라앉지 않으려고 발버둥치고 있었겠지 ? ”

“네, 그러나 저는 처음에 당황하고 있었습니다.”라며 그는 배심원이나 방청객들의 시선이 일제히 자기에게로 쏠리는 것을 느끼면서 음울한 목소리로 그렇게 말했다. “그리고……그리고…….” 법정 전체의 의혹과 불신이 무서운 힘으로 엄습해와서 그의 용기는 풀이 꺾였다. “그때 무엇을 어떻게 해야 할지

즉석에서는 생각이 떠오르지 않았습니다. 또 그 여자의 곁으로 다가가는 것이 무서웠으므로……."

"알고 있어. 정신적으로나 윤리적으로도 겁쟁이었으니까."라고 메이슨은 조소했다. "그리고 늑장을 부리는 것이 유리할 때는 무척 느리고 재빠른 것이 유리할 때는 민첩해지지. 그렇지?"

"아닙니다."

"클라이드, 그렇다면 설명해줄 것이 있네. 몇 분 후 물 위로 떠올라서 숲을 빠져나가기 전에 카메라 다리를 감출 정도로 침착해졌는데도 그 여자를 돕는 것은 갈팡질팡해서 아무 일도 하지 못했다는 말인가? 땅을 밟는 순간 어떻게 그처럼 냉정하고 타산적으로 될 수 있었다는 말인가? 이 문제에 대해서 자네는 뭐라고 할 말이 있는가?"

"그것은……그……아까도 말했지만 나중에 변명할 방법이 없었다고 생각했기 때문입니다."

"음, 그런 것은 우리도 다 알고 있다. 그러나 물 속에서 그처럼 갈팡질팡했는데도 그럴 때 삼각대를 감추려 했다면 상당히 냉정한 생각을 하지 않으면 안 된다고 자네는 생각하지 않는가? 그 문제에 대해서는 그렇게 머리가 잘 돌아갔는데, 조금 전 보트에 대해서는 아무 생각도 나지 않았다는 말인가?"

"그것은……그러나……."

"심경의 변화가 있었다고 단언하지만 자네는 그 여자가 살기를 바라지 않았었다! 그렇지?"라고 메이슨은 흥분해서 소리를 질렀다. "그것이 어둡고 슬픈 진실이 아닌가? 자네가 빠지기를 바랐던 대로 그 여자는 빠졌으며, 자네는 그것을 내버려두었었다! 그렇지 않은가?"

그렇게 소리쳤을 때 클라이드는 몸을 덜덜 떨었으며, 물에 가라앉을 때의 로버타의 눈이나 비명이 비참하고 무서운 속력으로 되살아나서, 의자에 앉아 있어도 몸이 움츠러들 것만 같았다. 메이슨이 실제로 일어났던 일과 거의 같은 해석을 한 것도 클라이드를 불안하게 하였다. 왜냐하면 로버타가 물에 빠졌을 때 구출해줄 마음이 없었다는 것은 제프슨이나 베르납에게는 말한 적이 없었기 때문이었다. 언제나 진실을 감추려고 주장해왔었다. 도와주어야겠다고는 생각했으나 너무나 돌발적인 사태였으며 그녀의 비명이나 동작에 눈이 어둡고 겁을 먹고 있었으므로 그녀가 보이지 않게 될 때까지 아무 일도 할 수 없었다는 식으로.

“저는……구출해주고 싶었습니다.”라고 조용히 말했으나 그의 얼굴은 완전히 잿빛으로 변해 있었다. “그러나……그러나……아까도 말했지만 정신이 없어서……그래서……그래서…….”

“자네는 자기가 거짓말을 하고 있다는 것을 알지 못하는가 !”라고 메이슨은 소리치고 다시 몸을 일으켜 튼튼한 팔을 높이 쳐들고, 추한 얼굴을 마치 복수의 여신이나 가고일(고대 건축에 사용되고 있는 귀신이나 요괴의 형상을 한 장식인데 지붕의 물받이 구멍 등에 사용되었다.)처럼 성난 얼굴로 노려보면서 소리쳤다. “자네가 헤엄쳐간 오백 피트 중 오십 피트를 헤엄치는 노력만 들였더라도 그 여자를 구출해주었을 텐데 계획적으로 그리고 잔혹하게 저 불쌍하고 고통에 시달려온 여자가 죽도록 방치해두었다는 것을 자네는 알고 있었을 것이다.”

그는 클라이드의 태도나 분위기에서 느껴지는 무엇엔가에서 클라이드가 실제로 로버타를 죽게 한 것이 틀림없다고 확신하고 있었으며 가능하다면 그런 사실을 클라이드의 입을 통해 이끌어내려고 결심했다.

그러자 베르납은 곧 자리에서 일어나서 항의했다.

“피고를 배심원들의 눈에 편견에 찬 인상으로 보이게 하려 하고 있습니다. 피고는 재판의 무효를 요구할 권리가 있으며 따라서 지금 그것을 요구하는 바입니다.”

그러나 그 항의도 최종적으로는 오버월츠 재판장에 의해서 기각되었다. 클라이드는 무척 겁에 질려 있기는 했지만 이렇게 대답할 여유는 있었다.

“아닙니다 ! 아닙니다 ! 그렇지 않았습니다. 가능하다면 구해주고 싶었습니다.”

하지만 배심원 한 사람 한 사람이 느꼈듯이 그의 태도는 진실을 말하는 자의 태도가 아니라 베르납이 주장하고 있듯이 정신적으로나 윤리적으로도 겁쟁이이며 더욱 나쁜 것은 로버타의 살해범으로 비쳤다는 사실이었다. 왜냐하면 배심원 한 사람 한 사람들은 심문에 귀를 기울이면서도 이렇게 자문할 수밖에 없었다. 나중에 호숫가로 헤엄쳐갈 수 있는 힘이 있었다면 어찌하여 구출하지 않았던가 또는 적어도 헤엄쳐가서 보트를 확보하여 거기에 매달리게 해줄 수는 없었던가 ? 라는 식으로.

312

“올덴 양의 체중은 백 파운드 정도가 아니었나?”

메이슨이 다시 심문을 계속했다.

“네, 그렇다고 생각합니다.”

“그리고 그 당시 자네의 체중은 얼마 정도였나?”

“백사십 파운드 정도였습니다.”

“그래, 백사십 파운드의 사나이가.”라고 메이슨은 배심원들 쪽을 보면서 조소하듯이 말했다. “자기에게 달라붙어 함께 물 속에 가라앉는 것이 두려워서 고작 체중이 백 파운드밖에 안 되는 가녀린 여자의 곁에 갈 수 없었다! 게다가 서너 사람은 충분히 타고도 남을 튼튼한 보트가 십오 피트나 이십 피트 떨어진 곳에 있는데! 이것은 대체 어떻게 설명해야 하나?”

그리고 이 사실을 강조하고 청중의 가슴속에 깊게 새겨주기 위하여 말을 중단하더니 주머니에서 희고 큰 손수건을 꺼내어 목과 얼굴과 손을 닦았다. 감정적으로나 육체적으로 힘을 쏟은 나머지 땀으로 흠뻑 젖어 있었기 때문이었다. 그는 다시 버튼 버레이 쪽을 보면서 말했다.

“버튼, 이 보트는 갖고 가도 좋아. 이제는 더 이상 필요없으니까.”

그러자 곧 네 사람의 보안관 대리가 보트를 갖고 나갔다.

메이슨은 다시 본래의 자세로 돌아가자 다시 클라이드에게 심문을 계속했다.

“그리피스, 자네는 로버타 올덴의 머리 색깔이나 감촉을 잘 알고 있겠지? 자네는 그 여자와 친한 사이었으니까.”

“머리 색깔은 알고 있습니다. 아니 알고 있을 것 같습니다.”

클라이드는 머뭇거리면서 그렇게 대답했다. 머리 색깔을 생각하기만 해도 눈에 띌 정도로 고뇌를 느끼게 되었다.

“그리고 감촉도 알 수 있겠지?”라고 메이슨이 다그쳤다. “X 양이 나타나기 이전 그녀를 사랑하고 있던 무렵에는 가끔 쓰다듬어보았을 테니까.”

“알고 있는지 어떤지 잘 모르겠습니다.”

클라이드는 제프슨의 눈치를 슬쩍 살피면서 대답했다.

“대충이라도 좋아. 뻣뻣한 머리였는지, 부드러운 머리였는지 비단 같았는지. 그 정도는 기억하고 있겠지?”

“비단 같았습니다.”

"그렇다면 여기에 한 줌의 머리카락이 있다."

그는 무엇보다도 클라이드에게 고통을 주려고 신경질적으로 말하고는 봉투가 놓여 있는 테이블로 가서 긴 다갈색 머리 한 줌을 꺼냈다.

"이것은 올덴 양의 머리카락과 비슷하다고 생각하지 않는가?"

그것을 클라이드 앞에 내밀자 클라이드는 겁에 질려서 마치 무언가 불결하고 위험한 것이기라도 한 듯이 몸을 움츠렸다. 하지만 잠시 후에는 침착을 되찾았다. 배심원들의 주의 깊은 눈은 그런 것을 놓치지 않았다.

"무서워할 것은 없네."라고 메이슨이 야유조로 말했다. "자네의 죽은 연인의 머리카락이니까."

클라이드는 그 말에 깜짝 놀라 배심원들의 호기심에 찬 눈을 의식하면서 그 머리를 만져보았다.

"겉으로 보아서나 그 감촉이 그 여자의 머리카락과 비슷하지 않은가?" 메이슨이 말했다.

"그런 것 같군요."

"그러면 이것과……."라고 메이슨은 그렇게 말하면서 재빨리 테이블로 가서 버레이가 뚜껑과 렌즈 사이에 로버타의 머리카락 두 개를 끼워둔 카메라를 갖고 와서 클라이드에게 내밀었다. "이 카메라를 들라구. 자네가 아니라고 우겨도 그것은 자네의 카메라니까. 거기에 끼여 있는 두 개의 머리카락을 자세히 보게." 그는 그것으로 클라이드를 후려 갈기기라도 하듯이 그의 앞에 내밀었다. "머리카락이 거기에 끼여 있었다. 아마도 올덴 양의 얼굴에 상처가 날 만큼 가볍게 때렸을 때 묻은 것이겠지. 이것이 그 여자의 것인지 아닌지 배심원들에게 말해주게."

"저로서는 알 수 없습니다."라고 클라이드는 자신없는 소리로 말했다.

"뭐라고? 확실하게 말해. 도덕적으로나 정신적으로도 그렇게 겁이 많아서는 곤란해. 그런가, 그렇지 않은가?"

"모르겠습니다."

클라이드는 되풀이해 말했다. 머리카락은 보려 하지도 않은 채.

"잘 보라구, 잘 살펴보라니까. 이 머리카락을 다른 머리카락과 비교해 보란 말이다. 이쪽에 있는 머리카락은 그 여자의 것이라고 말했으니까. 이 카메라에 달라붙어 있는 것이 그 여자의 머리카락이라는 것을 알 수 있잖아? 그렇게 신경질을 부릴 필요는 없다. 자네는 그 여자의 머리카락과 수없이 많이 접해왔을 테니까. 그녀는 이미 이 세상 사람이 아니니까. 나중에 그 머리카락이 저절로 달라붙지는 않았을 거야. 이 두 가닥의 머리카락은 여기에 있는 다른 머리카락과 —— 올덴 양의 것으로 알고 있는 머리카락과 —— 같은 색깔, 같은 촉감인지 아닌지 보란 말이다 ! 대답해봐 ! 그런가, 아닌가 ? ”

이렇게 대답을 강요당하자 베르납의 의견에도 불구하고 어쩔 수 없이 머리칼을 만져보았다. 그래도 그는 주의 깊게 이렇게 대답했다.

“뭐라고 말씀드릴 수 없습니다. 색깔이나 감촉은 비슷하지만 잘 모르겠습니다.”

“뭐 모르겠다고 ? 자네가 그 카메라를 들고 잔혹하고 악의에 찬 일격을 가했는데도. 이 두 개의 머리카락이 끼여 있는 것을 보고서도 ? ”

“저는 악의에 찬 일격을 가하지 않았습니다. 그리고 저로서는 알 수 없습니다.”

클라이드는 제프슨 쪽을 보면서 주장했다. 이런 식으로 이 사람에게 시달림을 받을 수는 없다고 자기 자신에게 말하고 있었다. 그러나 동시에 기운이 빠지고 기분이 나빠졌다. 메이슨은 심리적인 효과라는 점에서 승리를 쟁취한 기분이 되었으며, 카메라와 머리 뭉치를 테이블 위로 다시 갖다놓으며 말했다.

“아무튼 그 카메라가 물 속에서 발견되었을 때 그 두 개의 머리카락이 끼여 있었던 것이 충분히 입증된 것이 된다. 게다가 자네 자신이 이 카메라를 물에 빠뜨리기 전까지 들고 있었다고 증언했었으니 말이다.”

그는 몸을 웅크리고 무언가 다른 것 —— 클라이드에게 고문의 고통을 맛보게 하는 새로운 문제점 —— 을 생각하다가 다시 입을 열었다.

“그리피스, 자네가 남쪽을 향해 숲속을 걷고 있을 때의 일인데 3마일 후미에 도착한 것은 몇 시쯤이었나 ? ”

“새벽 네시경이었다고 생각합니다. 막 날이 밝아올 무렵이었습니다.”

“그때부터 배를 탈 때까지 무엇을 했나 ? ”

“그저 서성거리고 있었습니다.”

“3마일 후미를 ? ”

“아니오, 시내 변두리였습니다.”

“시내 사람들이 일어날 때까지 숲속에 숨어 있었겠지. 눈에 뜨이지 않도록.

그렇지?"

"해가 떠오르기를 기다리고 있었습니다 몹시 지쳐 있었던 참이라 어딘가 앉아서 좀 쉬기로 했습니다."

"자면서 즐거운 꿈이라도 꾸었나?"

"원체 피로했으므로 조금은 잤습니다."

"배에 대한 것인데, 배가 떠나는 시간이나 그리고 3마일 후미에 대해서 그처럼 상세하게 알 수 있었던 것은 사전에 자료를 수집해두었던 것이 아닌가?"

"샤론과 3마일 후미 사이를 다니는 배는 그곳 사람들이라면 누구나 다 알고 있습니다."

"그래? 그 밖에 또 어떤 이유라도 있었는가?"

"식을 올릴 장소를 찾고 있을 때 우리는 그곳을 생각해본 적이 있었습니다. 그런데 그곳에는 기차가 다니지 않는다는 것을 알았습니다."

"그러나 그곳이 빅 비턴 호의 남쪽에 있다는 것도 알게 되었지?"

"그야 물론 알게 되었습니다."

"간 롯지의 서쪽 도로가 빅 비턴 호의 남쪽 끝을 돌아서 그쪽으로 통하고 있다는 것도?"

"아니, 도로나 작은 길이 있다는 것을 알게 된 것은 그곳에 닿은 후입니다. 그때는 제대로 된 도로라고는 생각하지 않았습니다."

"음. 그러면 숲속에서 그 세 사나이를 만났을 때 3마일 후미는 거리가 얼마나 되느냐고 물었다는데?"

"그런 것은 물어보지 않았습니다."라고 클라이드는 대답했다. 그렇게 대답하라고 제프슨이 말했었다.

"내가 물은 것은 3마일 후미로 가는 길을 알고 있는가, 거리가 얼마나 되느냐 하는 것이었습니다. 길이 있는지 없는지도 저는 몰랐습니다."

"그 세 사나이의 증언과는 다르지 않은가?"

"그 사람들이 어떤 증언을 하든 제가 알 바 아닙니다. 저는 지금 말씀드린 것을 물었을 뿐입니다."

"다른 증인은 모두 거짓말을 했고 진짜 이야기를 하는 것은 자네 한 사람이란 말이군……. 그렇지 않은가? 그것은 어쨌든 3마일 후미에 도착하여 식사를 했나?"

"아니오, 그러나 공복 상태는 아니었습니다."

"자네는 가급적이면 속히 그곳을 떠나고 싶었겠지. 그렇지 않았나? 예의 세 사나이가 빅 비턴 호에 도착하여 올덴 양 얘기를 들으면 자네를 만났다는 얘기를 하지 않을까 걱정이 되었겠지, 그렇지 않은가?"

"아니오, 그렇지 않습니다. 하지만 그곳에 오래 있고 싶지 않았다는 것은 사실입니다. 그 이유는 이미 말한 바와 같습니다."

"그래. 그러나 샤론에 도착하자 마음이 놓였겠지. 그렇게 멀리까지 갔으니까. 그래서 곧 식사를 했겠지? 식사가 꿀맛 같았나?"

"글쎄, 그런 것은 잘 모르겠습니다. 커피를 마시고 샌드위치를 먹었을 뿐입니다."

"거기에 파이 한 조각이었지, 그것은 이미 입증되고 있으니까."라고 메이슨은 그렇게 덧붙였다. "그 다음에는 역에서 나오는 사람들 틈에 섞여서 올바니에서 막 도착한 것처럼 행동했으며 사람들에게도 그렇게 말했지?"

"네, 맞습니다."

"그런데 아까 심경의 변화를 경험하여 따뜻한 마음을 갖게 된, 정말로 아무런 죄도 저지르지 않은 인간치고는 꽤나 조심스럽게 행동했다고는 생각하지 않는가? 몰래 도망치거나 어둠 속에 몸을 감추거나 올바니에서 막 도착했다거나."

"그것은 이미 다 설명한 바 있습니다."

메이슨의 다음 방침은 로버타가 그처럼 선량하게 그를 섬겼는데도 숙박부에는 그녀가 사흘 동안 세 곳에서 매일 다른 사나이와 동숙하면서 불륜의 관계를 맺은 것으로 오해받도록 적은 점을 거론하여 클라이드에게 모욕을 주는 일이었다.

"숙소에 들 때 다른 방을 얻지 않은 이유는?"

"그것은 로버타가 그렇게 하기를 원치 않았기 때문입니다. 그 여자는 저의 곁에 있고 싶어했습니다. 또 저에게는 가진 돈도 별로 없었습니다."

"하지만 그 여자가 죽은 다음에는 자네의 말에 따르자면 그 여자의 명예와 평판을 지켜주기 위하여, 사건 현장에서 도망쳐서 그 여자의 죽음을 자기 한 사람만의 비밀로 해두려 할 정도로 그녀의 평판에 신경을 썼던 인간이 호텔에서는 어찌하여 그것을 무시할 수 있었는가?"

"재판장." 하고 베르납이 소리쳤다. "이것은 질문이 아니라 연설입니다."

"지금 질문은 철회하겠습니다."라고 메이슨은 그렇게 말하더니 다시 말을 계속했다. "그런데 그리피스, 자네는 자기가 정신적, 도덕적으로 겁쟁이라는 것을 인정하나?"

"아니오, 인정하지 않습니다."

"인정하지 않는다고?"

"네."

"그러면 자네가 거짓말 선서를 했을 때, 정신적, 도덕적으로 겁쟁이가 아닌 다른 사람과 마찬가지로 자네도 위증죄를 범한 사람이 당연히 받아야 할 모욕과 형벌을 받게 된다. 그렇겠지?"

"네, 그렇게 생각합니다."

"그러면 자네가 정신적, 도덕적으로 겁쟁이가 아니라 한다면 그 호수에 빠진 여자를 버려둔 행위를 어떻게 정당화할 수 있다는 말인가. 자네의 말에 따르자면 우연히 그 여자에게 일격을 가했으면서도, 또 그 여자의 부모가 딸의 죽음을 얼마나 슬퍼할 것인지를 알면서도 누구에게도 알리지 않고 몰래 도망치고 상습 살인범처럼 카메라 다리이며 양복을 숨겨놓고 도망친 그런 행위를? 그것이야말로 살인을 계획하고, 실행하고서도 죄를 모면하려는 악랄한 행위라고는 생각하지 않는가. 자기 말고 그런 짓을 하는 인간의 이야기라도 들은 적이 있어서인가 아니면 다만 정신적, 도덕적으로 겁쟁이에 지나지 않는 인간이 자기가 유혹한 여자의 사고사(事故死)가 세간에 알려지면 비난받을 것이고 성공에 방해가 되니까 그것을 모면하려고 나쁜 쪽으로 머리를 썼을 뿐이라고 생각하는가, 어느 쪽인가?"

"어쨌든 저는 그 여자를 죽이지 않았습니다."라고 클라이드는 주장했다.

"질문에 대답해봐!"라고 메이슨이 소리쳤다.

"그런 질문에는 대답할 필요가 없다는 것을 재판장은 증인에게 지시하여 주실 것을 부탁드립니다."라며 제프슨은 자리에서 일어나자 클라이드와 오버월츠를 번갈아 쳐다보면서 말했다. "지금 검사가 말하는 것은 질문이 아니며 또한 본건의 사실과는 아무런 관련이 없습니다."

"본 재판장은 그렇게 지시합니다."라고 오버월츠가 말했다. "증인은 대답할 필요가 없습니다.”

이 뜻밖의 원군에 힘을 얻자 클라이드는 말없이 눈을 동그랗게 떴다.

“그러면 질문을 계속하겠습니다.”라고 메이슨이 말했다. 그는 자기가 공격을 가할 때마다 그 힘이나 중요성을 깎아내리려 하는 베르납이나 제프슨의 빈틈없는 노력에 더욱 화가 나고 당혹해 했으나, 여기에 질세라 더욱 결의를 굳혔다. “자네는 그곳으로 가기 전에 만약 가능하다면 결혼하지 않고 관계를 끝내려 했다고 했다, 그렇지?”

“네.”

“그 여자는 결혼을 원하고 있었으나 자네는 결혼할 의사가 없었다는 것도?”

“네.”

“그렇다면 요리책이나 소금과 후추가루, 스푼에 나이프 같은 것을 자기의 가방 속에 넣어가지고 왔던 것을 기억하고 있나?”

“네, 기억하고 있습니다.”

“그 여자가 빌츠를 떠났을 때 그런 것을 가방에 챙겨넣었었지. 왜 그랬다고 생각하나. 결혼도 하지 않고 어디선가 좁은 방을 얻어 한 주에 한 번이나 한 달에 한 번쯤 자네가 와주기를 바라는 생활을 할 생각이었다고 생각하나?”

베르납이 이의를 신청할 틈도 없이 클라이드가 적절한 대답을 했다.

“그 여자가 어떻게 할 작정이었는지는 저로서는 알 수 없습니다.”

“혹시 자네는 빌츠에 있던 그 여자와 전화로 얘기할 때, 가령 자기를 데리러 와주지 않으면 자기가 라이카거스로 가겠다는 편지를 그 여자가 보낸 뒤에도 결혼하겠다고 하지 않았었나?”

“아니오, 하지 않았습니다.”

“자네는 위협을 받거나 하면 곧 그런 소리를 해버리는 정신적, 도덕적인 겁쟁이가 아니었나?”

“저는 제가 정신적, 도덕적으로 겁쟁이라고는 한 번도 말한 적도 없습니다.”

“하지만 자네는 자네가 유혹한 여자에게 위협받는 그런 인간이지?”

“어쨌든 그때는 그 여자와 결혼할 의무가 있다고는 느끼지 않았습니다.”

“즉 X 양과는 비교도 안 된다고 생각했었나?”

“더 이상 사랑하지 않으므로 결혼할 의무도 없다고 생각했습니다.”

“그 여자의 체면과 자네 자신의 품위에 상처를 입히지 않게 하기 위해서라도?”

“그 무렵에는 결혼하더라도 서로가 행복해지지 않을 것이라고 생각했던 것입니다.”

“그것은 그 심경의 변화가 일어나기 전의 이야긴가?”

“네, 유티카로 가기 전의 일입니다.”

“그리고 또 X 양에게 열중했던 무렵의 일이기도 했지?”

“그렇습니다. 저는 X 양을 사랑하고 있었으니까요.”

“기억하고 있나, 자네가 한 번도 답장을 보낸 적이 없는 이들 편지 중의 하나를?”라고 말하며 메이슨은 최초의 일곱 통 중 한 통을 꺼내어 읽기 시작했다. “그 여자는 이렇게 쓰고 있네. ‘모든 것이 불안하고 기분이 안정되지 않습니다. 우리들의 계획도 결정되어, 저를 데리러 온다 하시니 그런 기분이 되지 않도록 노력은 하고 있지만’에서 ‘우리들의 계획도 결정되어’라고 그 여자가 쓰고 있는 것은 무슨 계획인가?”

“그 여자를 맞으러 가서 한때 어디로 데려가겠다는 계획이 아니라면 저로서는 알 수 없습니다.”

“결혼 계획은 아니었단 말이지?”

“그렇습니다. 저는 그런 소리는 한 적이 없습니다.”

“그러나 이 똑같은 편지 뒤부분에 이렇게 씌어 있네. ‘돌아갈 때는 곧바로 돌아가지 않고 호머에서 내려 동생 내외가 사는 곳에 들러볼 생각입니다. 언제 다시 만날지도 모르고, 세상에 부끄럽지 않은 생활을 하지 않는 이상 두 번 다시 그 사람들을 만나지 않을 작정으로 있으니까요.’ 이 ‘세상에 부끄럽지 않은’이란 어떤 의미라고 생각하나? 자네한테서 몇 푼의 생활비를 받으면서 결혼도 하지 않은 채 사람의 눈을 피해가면서 어디선가 살면서 아이를 낳고 그리고 아이를 어디 맡기든가 하고 처녀 행세를 하든가, 결혼은 했지만 남편을 사별했다거나 하고 돌아오는 그런 것이라고 생각하나? 일시적이나마 자네와 결혼하여 태어날 아기에게도 아비의 성을 갖게 한다, 그 여자가 그러한 자기의 모습을 그리고 있었다고 자네는 생각지 않는가? 그 여자가 말하는 ‘계획’이란 것이 그 이하의 것이라고 생각하나?”

“글쎄요, 그 여자는 그런 생각을 하고 있었는지 모르지만…….”라고 클라이드는 말꼬리를 흐렸다. "그러나 저는 결혼하겠다는 말은 한 번도 한 적이 없었습니다."

"흠, 그런가. 그러면 그 건에 대해서는 잠시 제쳐놓기로 하고."라고 메이슨은 완강하게 물고 늘어졌다. "이런 편지도 있지." 그리고 그는 열통 째의 편지를 읽기 시작했다. "'저를 데리러 오는 것이 예정보다 이삼 일 빨라지더라도 별 차이가 없지 않을까요? 가령 생활비를 얼마쯤 줄일 필요가 있다 하더라도 관계없습니다. 당신과 함께 사는 것은 고작 여섯 달이나 여덟 달일 테니까요. 원하신다면 그 다음에는 약속대로 자유롭게 해드릴 작정입니다. 저는 얼마든지 절약해서 검소하게 살 수 있는 여자입니다. 이제 와서는 그렇게 하는 수밖에는 방법이 없겠지요. 클라이드, 당신을 위해서는 그 밖에 어떤 좋은 방법이 있었으면 좋겠다고 생각하지만.' 이것은 어떠한 의미라고 생각하나. '절약해서 검소하게'라든가 여덟 달이 지나지 않으면 자네를 자유롭게 해줄 수 없다고 하는 것은 다락방 같은 데서 살면서 매주 한 번씩 만나러 와준다는 것인가? 아니면 자네가 정말 그 여자를 어디론가 데리고 가서 결혼할 것을 승낙하지 않았다, 다만 그 여자가 자기 멋대로 그런 것을 썼을 뿐이라고 말하려는가?"

"저는 모르겠습니다만은 그 여자는 아마도 저를 납득시킬 수 있었을 것이라고 생각했던 모양이겠지요."라고 클라이드가 이렇게 대답하자, 산골 주민들이나 농민들 그리고 배심원들도 콧방귀를 뀌면서 조소의 소리를 질렀다. 그들은 클라이드가 아무런 생각 없이 사용한 '납득시킨다'는 말에 분개했던 것이다. "어쨌든 저는 한 번도 승낙한 적이 없었습니다."

"그 여자가 그렇게까지 강요하지 않는다면 말이겠지? 그것이 자네의 정직한 기분이었겠지, 클라이드?"

"그렇습니다."

"자네는 그것조차도 다른 것들과 두루 뭉뚱그려서 간단히 그렇게 말할 작정인가?"

"그것은 이미 선서한 것입니다."

베르납이나 제프슨이나 클라이드 자신뿐만 아니라 메이슨도, 이 법정에 있는 대다수의 인간이 처음부터 클라이드에 대해서 안고 있던 강한 모멸감이나 분노의 감정이 이제는 밀물처럼 고조되어 동요하는 것을 느꼈다.

그것은 온 법정에 퍼져 있었다. 더구나 메이슨에게는 필요한 시간이 충분히 있으며 그 많은 증언 중에서 클라이드를 심문하고 혼미케 하고 고민을 안겨줄 수 있는 재료를 얼마든지 고를 수 있다. 그래서 그는 자기의 메모 —— 보기 쉽도록 뉴컴이 테이블 위에 펼쳐놓아준 메모 —— 를 훑어보면서 다시 심문을 개시했다.

"그리피스, 자네가 어제, 자네의 변호인 제프슨 씨에 유도되어 한 증언 중에서."라는 말을 듣자 제프슨은 야유조로 눈인사를 해 보였다. "자네는 예의 심경의 변화에 대해서 말했는데, 그것은 자네가 7월에 로버타 올덴과 재회하여 폰다나 유티카에서 함께 보낸 다음 즉 자네들이 이번의 죽음의 여행으로 출발한 다음에 생긴 것이었지?"

베르납이 이의를 신청하는 것보다 빠르게 그렇다는 대답이 클라이드의 입에서 나왔는데 그래도 베르납은 어떻게 해서든지 '죽음의 여행'이란 말을 그저 '여행'으로 변경시킬 수 있었다.

"그 이전에는, 보통이라면 아직 계속되고 있었을지도 모를 애정을 이제는 갖고 있지 않다는 말인가?"

"그렇습니다. 한때는."

"그렇다면 언제부터 언제까지였나, 그 여자를 좋아했던 기간 즉 싫어지게 되기까지의 기간은?"

"그 여자를 처음 만났을 때부터 X 양을 만날 때까지입니다."

"그 이후에는 좋아하지 않게 되었다는 말인가?"

"아니, 그 후에도 전적으로 그런 것은 아니었습니다. 조금은 —— 그렇다기보다는 썩 좋아한 것은 아니지만 전 같지는 않았습니다. 그러나 무엇보다도 강하게 느끼고 있던 것은 미안하다는 기분이었다고 생각합니다."

"그렇다면 그것은 작년 12월초부터 금년의, 그렇군 4월이나 5월경까지의 사이가 되나?"

"그렇습니다. 대충 그렇다고 생각합니다."

"그렇다면 그 사이, 12월 초부터 4월이나 5월 초까지의 사이에도 자네는 그 여자와 친밀한 관계를 계속했단 말이군?"

"그렇습니다."

"이제는 별로 사랑하지 않는데도?"

"네, 그렇습니다."

클라이드는 약간 머뭇거리듯이 대답했으며 시골 사람들은 이 성범죄의 도입에 갑자기 몸을 꿈틀거리거나 목을 길게 뽑거나 했다.

"그런데 자네는 밤이 되면 그 여자가, 자네 자신이 증언하고 있듯이 누구에게도 뒤지지 않고 자네에게 정절을 지켜왔던 그 여자가 그 작은 방에 혼자 있다는 것을 알고 있으면서 댄스나 파티나 만찬회나 드라이브를 나갔었지."

"하지만 언제나 그랬던 것은 아닙니다."

"아, 그런가? 그러나 트레이시 트럼블이나 질 트럼블, 프레데릭 셀즈, 프랭크 하리에트, 버처드 테일러 같은 사람들이 특히 그 점에 대해서 증언했던 것은 자네도 들었겠지?"

"들었습니다."

"그렇다면 그 사람들은 전부 거짓말쟁이인가 아니면 사실 그대로를 말한 것일까?"

"그것은 자기들이 기억하고 있는 한 사실에 가까운 것을 말했다고 생각하고 있습니다."

"그러나 그 사람들은 확실하게 기억하고 있지 않다는 말인가?"

"아무튼 저는 언제나 나간 것은 아닙니다. 아마도 한 주에 두세 번, 많아야 네 번 정도였을 것입니다. 그 이상은 아니었습니다."

"그렇지 않은 밤은 올덴 양과 같이 있었나?"

"그렇습니다."

"그 여자가 이 편지에 쓰고 있는 것은 그 얘기인가?"라고 그는 로버타의 편지 중에서 다른 한 통을 꺼내어 그것을 눈앞에 비쳐 보이면서 읽었다. "'오늘 밤도, 오늘 밤도 당신에게 버림받은 그 크리스마스 이후, 거의 매일 밤을 저는 외톨이로 지내야 했습니다.' 그 여자가 거짓말을 할 것인가 그렇지 않은 것인가?"

메이슨은 험상궂은 어조로 물었다. 클라이드는 여기서 로버타가 거짓말을 했다고 대답하는 것은 위험하다고 생각해서 작은 소리로 부끄러운 듯이 이렇게 대답했다.

"아니오, 그 여자가 거짓말을 한 것이 아닙니다. 하지만 제가 며칠 밤을 그 여자와 함께 보낸 것은 사실입니다.”

“그런데 말이지, 길펀 부처는 12월 초부터 올덴 양은 거의 매일 밤 혼자서 방에 틀어박혀 있었고 그래서 딱하기도 하고 부자연스럽다고 생각해서 자기들이 있는 곳에서 함께 지내라고 했으나 그 여자는 응하지 않았다고 증언했었다. 그 증언은 자네도 들었겠지?”

“네. 들었습니다.”

“그런데도 자네는 몇 번은 그 여자와 함께 지냈다고 우기려는 건가?”

“그렇습니다.”

“그래서 한편으로는 올덴 양을 사랑하고 그녀와의 교제를 계속했었나?”

“그렇습니다.”

“그리고 그녀가 자네와 결혼할 생각이 들게 하도록 노력했나?”

“그렇습니다. 그렇게 되기를 바라고 있었습니다.”

“그러니까 다른 일에 관심을 두지 않을 때는 올덴 양과의 관계를 계속한 셈이다.”

“그것은……그렇습니다.”

클라이드는 또 말꼬리를 흐렸다. 이렇게 샅샅이 폭로되고 생생하게 떠오르는 자기의 천박한 성격에 그는 매우 기분이 어수선해졌다. 그러나 한편 자기는 이 폭로 덕분에 그렇게 나쁜 인간은 아니다. 적어도 나쁜 마음을 먹고 있던 것은 아니라고 마음 한구석에서 느끼고 있기도 했다. 다른 사람들도 이와 비슷한 일을 하고 있지 않은가. 라이카거스 사교계의 젊은 남자들도 어쨌든 그런 짓을 한다고 떠들지 않았던가.

“자네의 박식한 변호인은 매우 은근한 표현을 찾아낸 것 같군. 자네를 정신적, 도덕적 겁쟁이라 칭하는 것은. 그렇게 생각하지 않는가?”

메이슨은 이런 식으로 비꼬았다. 그와 동시에 법정 뒤쪽에서 “그런 천벌을 받아야 할 놈은 빨리 죽여야 해.” 라고 소리치는 산사나이의 복수심에 이글거리는 묵직한 목소리가 들려왔다. 베르납이 항의해도 막무가내였다. 그러자 오버월츠는 방망이를 두들겨 정숙을 명하고 야유를 퍼부은 위반자를 체포할 것을 명했다. 동시에 착석하지 않은 사람을 퇴정시키도록 명하고 그 명령은 실행으로 옮겨졌다. 위반자는 체포되고, 이튿날 아침 법정에 출두하라는 명이 내려졌다. 그 후 조용해졌을 때 메이슨은 다시 심문을 시작했다.

“그리피스, 라이카거스를 떠났을 때, 그 여자와 타협이 원만히 이루어지면 로버타 올덴과 결혼하지 않을 작정이었다고 자네는 말했네.”

“그렇습니다, 그 당시는 그럴 생각이었습니다.”

“그렇다면 다시 돌아가게 되는 것은 확실하다고 생각했던 셈이군?”

“네, 그렇게 생각하고 있었습니다.”

“그렇다면 자네의 방에 있던 것들을 모두 트렁크에 넣고 자물쇠를 채워 두었었는데 그것은 어째서인가?”

“그것은……그것은……즉…….”라고 클라이드는 머뭇거렸다. 그 공격이 너무나 신속했고 그 직전의 질문과는 너무 동떨어진 것이어서 즉석에서 생각을 가다듬을 여유가 없었다. “그것은 말입니다. 돌아올 수 있다는 것이 절대적으로 확실하다고는 생각하지 않았던 것입니다. 제가 바라든 바라지 않든 어디론가 가야 할지도 모른다고 생각했으니까요.”

“음, 그래서 만약 그쪽에 가서 뜻하지 않은 결심을 했을 경우에는. 사실이 그러했지만…….”라고 말하면서 메이슨은 설마 그런 것을 믿어주리라고 생각하지는 않을 것이라고 밀하려는 듯이 클라이드를 향해서 빙긋 웃어 보였다. “그럴 경우에는 돌아가서 짐을 싸가지고 떠날 만한 시간적 여유가 없을 것이라고 생각한 셈이지?”

“아니, 그렇지 않습니다. 그러한 이유에서가 아닙니다.”

“그렇다면 어떠한 이유에서였나?”

“그것은 즉…….” 여기서도 이 건에 대해서는 사전에 아무것도 생각하지 않았다고 그럴 듯한 대답을 얼른 하는 것이 무엇보다도 중요하다는 것을 깨달을 만한 지혜가 없어서 클라이드는 또 머뭇거렸고 이 머뭇거림에는 누구나가 특히 베르납이나 제프슨이 제일 먼저 눈치챘으나 그는 간신히 말을 계속했다. “그것은 즉, 만약 그곳에 가게 되면, 비록 짧은 시간이라도 그렇게 될지도 모른다는 생각이 들었기 때문인데 그 경우에는 갑자기 무엇이 당장 필요할지 모른다고 생각했기 때문입니다.”

“과연. 경찰이 클리포드 골든이나 칼 그레엄의 정체를 밝혀냈을 때 신속하게 자취를 감추지 않으면 곤란하다고 생각해서 그런 것이겠지?”

“아니, 그렇지 않습니다.”

“그래서 페이톤 부인에게는 방을 내놓겠다고는 말하지 않았다는 말인가?”

“그렇습니다.”

“자네는 조금 전의 증언에서 일시적인 결혼을 위해서 가령 반 년이나 그 내외이겠지만 올덴 양을 어디로 데리고 갈 만한 돈도 없었다고 말했었지?”

“네.”

“그 여행을 위하여 라이카거스를 떠날 때 얼마나 돈을 갖고 있었나?”

“오십 달러 정도였습니다.”

“오십 달러 정도? 자네는 자기가 돈을 얼마나 갖고 있었는지도 정확하게 모르나?”

“아니, 오십 달러였습니다.”

“그러면 유티카와 그라스 호에 체재한 후 샤론에 갈 때까지 얼마나 사용했나?”

“이십 달러 정도였습니다.”

“정확하게는 모른다는 말인가?”

“네 —— 정확하게는 —— 어쨌든 이십 달러 정도였습니다.”

“그러면 가능한 한 정확하게 계산해보세.” 메이슨은 말했으며, 클라이드는 또 덫에 걸리는 것 같아 신경이 곤두섰다. 왜냐하면 손드라에게 받은 돈 중에서도 얼마인가 썼기 때문이었다. “폰다에서 유티카까지 자네 한 사람의 차비는 얼마였지?”

“일 달러 이십오 센트였습니다.”

“유티카의 호텔에서 로버타와 두 사람 몫의 숙박비는 얼마였지?”

“사 달러였습니다.”

“물론 그날 저녁 식사와 이튿날 아침도 먹었을 텐데, 그것은 얼마였나?”

“합해서 삼 달러 정도였습니다.”

“유티카에서 사용한 것은 그것이 전부였나?”

메이슨은 숫자나 메모를 적은 종이 쪽지를 흘깃거리며 보았으나 클라이드는 눈치채지 못했다.

“전부입니다.”

“자네가 유티카에 있을 때 산 것으로 입증된 맥고모자는 얼마였나?”

“아, 그랬군요. 그것을 깜박 잊었군요.”라고 클라이드는 침착하지 못한 목소리로 말했다. “그것은 이 달러였습니다.” 그는 정신을 더 바짝 차리지 않으면 안 되겠다고 느꼈다.

"거기에 또 그라스 호까지의 교통비가 오 달러. 그렇지?"

"그렇습니다."

"또 그라스 호에서는 보트를 빌렸었지. 그것은 얼마였나?"

"한 시간에 삼십오 센트였습니다."

"몇 시간이나 탔나?"

"세 시간이었습니다."

"그렇다면 일 달러 오 센트가 되지?"

"네."

"그날 밤 숙박비는 얼마였나? 오 달러였나?"

"그렇습니다."

"그리고 그 호수까지 갖고 갈 도시락도 샀었지?

"샀습니다. 그것은 육십 센트 정도였다고 생각합니다."

"또 빅 비턴 호까지의 교통비는?"

"간 롯지까지의 기차삯이 일 달러, 거기에서 빅 비턴 호까지의 두 사람의 버스삯이 일 달러였습니다."

"음, 잘 기억하고 있군. 소중한 돈이었겠지. 별로 많이 갖고 있지 않았으니까. 그 후 3마일 후미에서 샤론까지의 배삯은 얼마였나?"

"칠십오 센트였습니다."

"결국 전부 얼마를 썼는지 정확하게 계산해본 적이 있었나?"

"없었습니다."

"그럼 지금 해보지 않겠는가?"

"그것은 검사님이 더 정확하게 아시지 않습니까?"

"그래, 알고 있지. 합계 이십사 달러 육십오 센트가 되는군. 그러니까 사 달러 육십오 센트의 차이가 생기는데 그것은 어떻게 설명하지?"

"그것은 제가 정확하게 계산해보지 않았기 때문입니다."

클라이드는 세세한 숫자의 나열에 짜증스럽게 말했다.

그러나 메이슨은 교활하지만 부드러운 목소리로 물었다.

"아, 그렇군, 그리피스. 깜박 잊었었는데 빅 비턴 호에서 보트삯은 얼마였나?"

이 함정을 위해 오랫동안 고심해온 그로서는 클라이드가 어떤 대답을 해올지 무척 궁금해했다.

“아아 —— 에에 —— 에에 —— 그것은 ——.”

클라이드는 얼버무렸다. 빅 비턴 호에서는 이제사 생각난 것이지만 자기도 로버타도 돌아가지 않을 것이라 예감하고 있었으므로 보트삯을 물어보지도 않았던 것이다. 그런 것이 지금 이런 형태로 법정에 처음으로 노출된 것이다. 클라이드가 함정에 빠졌음을 안 메이슨은, 얼마였느냐고 계속 재촉했고, 클라이드는 대충 어림잡아 이렇게 대답했다.

“에에, 한 시간에 삽십오 센트였습니다. 그라스 호와 똑같았습니다. 보트장의 주인이 그렇게 말했습니다.”

그러나 그는 너무 성급하게 대답하고 말았다. 그때 보트장의 주인은 클라이드가 보트삯은 묻지도 않았었다고 증언하기 위하여 대기하고 있다는 것도 알지 못했다. 메이슨은 심문을 계속했다.

“아, 그런가? 보트장의 주인이 그렇게 말했다고?”

“그렇습니다.”

“그렇다면 자네는 보트를 빌리는 데 얼마인지 물어보지 않았던 것을 기억하지 못하는 모양이군. 그곳에서는 요금이 시간당 삼십오 센트가 아니라 오십 센트였네. 물론 자네는 몰랐겠지. 허겁지겁 호수로 나갈 생각만 했으며 어차피 돌아와서 요금을 지불할 일도 없을 것이라고 생각했을 테니까. 그래서 요금이 얼마인지 물어보지도 않았던 거야. 알겠나? 이제 생각이 나나?”

이때 메이슨은 보트장의 주인에게서 입수한 요금표를 꺼내어 클라이드의 눈앞에 대고 흔들어 보였다. 그는 시간당 오십 센트라고 그는 되풀이했다.

“그라스 호보다는 훨씬 비싸. 그러나 내가 알고 싶은 것은 자네가 다른 금액에 대해서는 지금 자기가 증명해 보였듯이 그처럼 잘 기억하고 있는데, 어째서 이 보트 요금만은 물어보지도 않았을까 하는 점이야. 자네는 그 여자를 보트에 태우고 나가 정오부터 밤까지 보트를 빌리려 했는데 요금이 얼마나 오르리라는 것은 전혀 생각해보지도 않았나?”

이 공격이 너무나 신속하고 통렬해서 클라이드는 완전히 혼란에 빠지고 말았다. 그는 몸을 비비 꼬고, 침을 꿀꺽 삼키면서 신경질적으로 바닥을 바라보고 있었다. 어째서 이 문제에 대해서는 상의하지 않았을까. 그는 제프슨을 쳐다볼 수도 없었다.

"말해봐."라고 메이슨이 소리쳤다. "이 점에 대해서 변명할 말이 있나? 다른 지출에 대해서는 하나도 빠짐없이 기억하고 있으면서 이것만은 기억하지 못한다. 이것은 스스로 생각해보더라도 이상한 것 같지 않은가?"

배심원들도 잔뜩 긴장했다. 그들의 관심과 호기심과 그리고 무엇보다도 큰 타격을 받았다고 생각한 클라이드는 가까스로 정신을 가다듬어 대답했다.

"어째서 그것을 잊었는지 저도 잘 모르겠습니다."

"그야 그럴 수도 있겠지."라고 메이슨은 빈정거렸다. "쓸쓸한 호수에서 여자를 죽이려는 계획을 세우는 사나이에게는 생각해야 할 일이 많았을 것이니 한두 가지쯤 잊었다 해도 이상할 것은 없지. 그러나 자네는 3마일 후미에 도착해서는 잊지 않고 샤론까지의 요금을 배의 사무장에게 물었었다. 그렇지?"

"물어보았는지 어떤지 잘 기억하지 않습니다."

"사무장은 기억하고 있었네. 여기서 증언까지 했으니까. 자네는 그라스 호에서는 사전에 숙박료까지 알아보았다. 그곳에서는 보트 대여료도 물었었다. 빅 비턴 호까지의 버스 요금도 알아보았었다. 그런데 빅 비턴 호에서의 보트 요금을 물어보는 것을 잊었다는 것은 도저히 납득하기 어렵다. 만약 그것을 물어보았더라면 지금처럼 곤경에 빠지지는 않았을 텐데. 그렇지 않은가?"

여기서 메이슨은 '어떻습니까!'라고라도 말하려는 듯이 배심원 쪽을 둘러보았다.

"다만 물어보는 것을 깜박 잊었을 뿐입니다."

"과연 만족스런 설명이군, 확실히."라고 메이슨이 야유조로 말했다. 그리고 빈틈을 주지 않고, "아마 이것도 기억하고 있지 못하겠지만, 자네는 7월 9일, 즉 로버타 올덴이 익사한 이튿날인데, 카시노에서 먹은 식사값으로 십삼 달러 이십 센트를 지불했지. 기억하고 있는가?" 메이슨의 심문은 드라마틱하고 집요하며 신속했다. 덕분에 클라이드는 생각할 겨를이나 숨쉴 겨를도 없을 정도였다.

이 질문의 일격에 클라이드는 펄쩍 뛸 정도로 놀랐다. 점심 식사한 것까지 조사했을 줄은 꿈에도 생각지 못했던 것이다.

"이것도 기억하고 있나? 체포될 당시 자네는 팔십 달러 이상의 돈을 갖고 있었다는 것을 ? ”

“네, 기억하고 있습니다.”

그는 80달러에 대해서는 깜박 잊고 있었으나 어떻게 말해야 좋을까 잘 생각이 나지 않아 그는 입을 다문 채 있었다.

“그것은 어떻게 된 셈인가 ? ”라고 메이슨은 용서없이 물고 늘어졌다. “라이카거스를 떠날 때 갖고 있던 돈은 오십 달러였는데 체포될 당시에는 팔십 달러 이상, 사용한 돈은 이십사 달러 육십오 센트에 점심값 십삼 달러, 그렇다면 나머지 돈은 어디서 입수했나 ? ”

“그것은 지금 바로 답변할 수 없습니다.”라고 클라이드는 퉁명스럽게 대답했다. 그는 추격당해 만신 창이가 되어 있었던 것이다. 그것은 손드라가 준 돈이었으므로 그 출처에 대해서는 어떤 일이 있더라도 입을 열지 않을 작정이었다.

“어째서 대답할 수 없지 ? 자네는 지금 어디에 있다고 생각하나 ? 우리는 무엇 때문에 여기에 모여 있다고 생각하나 ? 하고 싶은 말만 하고 대답하기 싫은 것은 대답하지 않기 위해서인가 ? 재판에는 자네의 생명이 달려 있다. 그것을 잊지 말도록 ! 법률을 자기 멋대로 우습게 여기는 것은 있을 수 없는 일이다. 나에게 거짓말을 하려들다니. 자네의 눈앞에 있는 열두 명의 배심원은 사실을 알기 위해 입회하고 있지 않은가 ? 다시 묻겠는데 그 돈은 어디서 생겼나 ? ”

“친구한테서 빌렸습니다.”

“그 친구의 이름은 ? 이름이 뭔가 ? ”

“말하고 싶지 않습니다.”

“말하고 싶지 않다 ! 그렇다면 자네는 라이카거스를 떠날 때 갖고 있었다는 돈에 대해서 거짓말을 한 것이 된다. 우리는 그렇게 생각할 수밖에 없다. 그것도 선서까지 해놓고서. 그 점을 잊어서는 안 된다 ! 자네가 그처럼 존중하고 있는 선서를. 거짓말이겠지 ? ”

“아니 그렇지 않습니다.”라고 클라이드는 이 추궁에 자극되어 이성을 되찾은 가까스로 그렇게 대답했다. “그 돈을 빌린 것은 트웰프스 호에 도착한 후였습니다.”

“그럼, 누구한테서 ? ”

330

"그것은 말할 수 없습니다."

"그렇다면 빌렸다는 주장이 무효가 된다."

메이슨이 다시 엄포를 놓았다. 클라이드는 답변을 회피하는 경향을 나타내기 시작했다. 목소리가 낮아졌으며, 메이슨이 더 확실한 소리로 답변하도록 그리고 배심원 쪽으로 얼굴을 돌리라고 주의를 환기시킬 때마다 거기에 따르기는 했지만, 자기에게서 모든 비밀을 끄집어내려고 하는 이 사나이에 대해서 더욱 반감을 갖게 할 뿐이었다. 손드라에 대한 이야기가 나오더라도, 아직도 그 여자의 모습을 소중하게 마음에 담고 있는 클라이드는 그 여자에게 영향을 미치는 일은 무엇 하나 밝히지 않겠다고 생각하고 있었다. 그래서 얼마쯤 도전적으로 배심원들을 노려보고 있는데 메이슨이 몇 장의 사진을 꺼내놓았다.

"이것은 기억하나?"라고 물으면서 메이슨이 클라이드에게 보여준 것은 물에 빠져 빛이 바랜 로버타의 사진이 몇 장, 그 밖에 클라이드가 처음으로 크란스톤 가의 별장을 방문했을 때의 일로, 클라이드 외의 몇 사람 —— 그러나 그 안에 손드라의 얼굴은 있지 않았다 —— 이 찍혀 있는 사진이 몇 장, 그후 베어 호에서 찍은 것으로, 개중에는 클라이드가 벤조를 들고 현에 손가락을 대고 있는 것이 찍혀 있는 사진 네 장이었다.

"어디서 찍은 것인지 기억하겠는가?"

메이슨은 우선 로버타의 사진을 가리키면서 물었다.

"기억하고 있습니다."

"어디지?"

"우리가 빅 비턴 호로 갔던 날, 그 호수의 남쪽에서 찍었습니다."

그 사진의 필름이 카메라 안에 들어 있는 채 둘 속에 빠졌다는 것은 알고 있었으므로 그것은 베르납이나 제프슨에게도 말해둔 것이었지만 하지만 검사측 사람들이 그것을 현상까지 해서 내놓았다는 것에 그는 적지않게 놀랐다.

메이슨이 계속했다.

"자네의 변호인들은 자네가 갖고 있지 않았다고 단언한 그 카메라를 찾아내려고 했었지. 우리가 이미 건져냈다는 것을 알기 전까지는 열심히 호수의 밑바닥을 뒤졌는데, 그 얘기를 들어 알고 있나?"

"아니오, 한 마디도 듣지 못했습니다."

"어쨌든 그것은 딱한 일이었다. 나에게 물어보았더라면 그런 수고는 하지 않아도 되었을 텐데. 어쨌든 여기 있는 사진은 그 카메라에 들어 있던 것으로 자네가 심경의 변화 직후에 찍은 것인데 기억하고 있는가?"

"찍었을 때의 일은 기억하고 있습니다."

"그러면 자네들 두 사람이 그 보트를 최후로 저어가기 전에 자네가 그 여자에게 얘기해주고 싶은 것을 가까스로 얘기할 마음이 들기 전에 즉 그 여자가 그곳에서 살해되기 전 그 여자가 무척 슬픔에 잠겨 있을 때 찍은 것이었다."

"아닙니다. 그것은 그 전날이었습니다."

"아 그랬군. 그것은 어떻든 자네가 말하듯이 슬픔이 잠겨 있던 인간을 찍은 것인데도 여기에 찍힌 사진을 보면 그 여자는 너무 쾌활해 보이는군."

"그것은 —— 그렇지만 —— 이때는 전날처럼 침울해 하지는 않았습니다." 클라이드는 즉각 대답했다. 이것은 사실이었으며 그도 이 점에 대해서는 잘 기억하고 있었기 때문이었다.

"과연. 그러나 그렇다 하더라도 이쪽 사진을 보라구. 가령 여기 있는 세장의 사진을. 이것은 어디서 찍은 것이지?"

"트웰프스 호에 있는 크란스톤 가의 별장이었다고 생각합니다."

"맞아. 6월 18일이나 19일이었지?"

"19일이었다고 생각합니다."

"그렇다면 말일세, 로버타가 19일, 자네에게 쓴 편지를 기억하고 있는가?"

"아니오."

"특히 기억에 남는 편지는 없었나?"

"없었습니다."

"하지만 모두 슬픈 편지뿐이었다고 자네는 말하지 않았었나?"

"네, 모두 그랬습니다."

"아무튼 이것은 자네가 이러한 사진을 찍을 무렵에 쓴 편지다."라면서 그는 배심원석 쪽으로 돌아섰다. "배심원 여러분들에게 우선 이들 사진을 보여드린 다음, 올덴 양이 같은 날 피고에게 쓴 편지의 일절을 들어주시기 바랍니다. 피고는 그 여자를 불쌍하다고 생각하면서도 그 여자에게는 편지를 쓰거나 전화를 거는 일도 하지 않았다는 것을 인정하고 있습니다." 그는 배심원들의 얼굴을 보면서 말했다. 그리고 편지를 펼치고는 로버타의 탄원하는 듯한 장문의 편지를 읽었다. "자 그리피스, 여기에 또 다른 사진이 네 장 있다." 그는 베어 호에서 찍은 네 장의 사진을 클라이드에게 넘겨주었다. "얼마나 즐거워 보이는가. 이것은 아무리 보아도 걱정이 있거나 끔찍한 사건 이후에 심경의 변화를 일으킨 직후에 찍은 사나이의 사진이라고는, 지금까지 더없이 잔혹하고 부당한 취급을 해왔으나 앞으로는 정당하게 취급하려고 결심한 그 사나이라고는 보이지 않는군. 자네는 마치 이 세상에 아무런 근심도 없는 것처럼 보이지 않는가?"

"그것은 모두 함께 찍은 사진이기 때문입니다. 저 혼자 수심에 찬 표정을 지을 수는 없었기 때문이었습니다."

"그런데 물 속에 잠긴 카메라에 들어 있던 사진은 어떤가? 로버타 올덴이 빅 비턴 호의 밑바닥에 가라앉은 지 이삼 일밖에 지나지 않았으며 또 그 여자에 관해서 그처럼 백팔십도로 심경의 변화를 경험한 뒤인데도 물 속으로 들어가는 것이 조금도 고통스럽지 않았다는 말인가?"

"그 여자와 함께 그곳에 갔다는 것을 누구에게도 알리기 싫어서였습니다."

"그런 것은 잘 알고 있다. 그러나 이 벤조를 들고 찍은 사진은 어떻게 생각하나? 이것을 보라구!"라며 그는 그 사진을 내밀었다. "아주 즐거워 하는 표정이 아닌가?" 그는 사납게 말했다. 겁이 난 클라이드는 이렇게 대답했다.

"그래도 마음속으로는 조금도 즐겁지 않았습니다!"

"이렇게 벤조를 치고 있어도? 십삼 달러의 점심을 먹고서도 말인가? 그토록 동경했던 피서지에서 X 양과 같이 있어서였나?"

메이슨의 태도는 험악하고 통렬했다.

"아니, 그때는 달랐습니다. 아무튼 그때는."

"그것은 어떤 의미인가, '그때는 다르다'는 것은? 가고 싶었던 곳에 가지 않았었나?"

"그것은 어떤 의미에서는 그랬습니다, 확실히."

그는 이렇게 대답하면서 만약 손드라가 이것을 신문에서 읽었다면 어떠 했을까 하고 생각하고 있었다. 그 여자는 틀림없이 읽었을 것이다. 이 재판에 대해서는 매일 신문에 보도되고 있었으니까. 손드라와 함께 있었던 일이나

그녀의 곁에 있고 싶었던 것은 부정할 수 없다. 하지만 그래도 그녀의 곁에
있었어도 반드시 행복하지만은 않았다. 그 사위스런 계획에 목을 길게 늘
어뜨리고 있다 보니 자신이 비참하고 불행한 생각이 들었다. 그러나 지금은
손드라가 이 기사를 읽었을 때 그리고 이 배심원들도 이해해줄 수 있도록
어떻게 해서든지 사실을 정확히 설명하지 않으면 안 된다. 그래서 그는 바짝
마른 목을 침으로 축이고 마른 입술을 혀로 적시면서 이렇게 덧붙였다.

"하지만 올덴 양이 불쌍하다는 생각에도 변함이 없었습니다. 즐거운 기
분이라니 그것은 말도 안 됩니다. 저는 다만 그 여자와 함께 그곳에 간 것을
누가 눈치채지나 않을까 하는 점에만 신경을 곤두세우고 있었습니다. 그것
뿐입니다. 그러기 위해서는 자못 즐거운 표정을 지어보일 수밖에 없었습니다.
제가 하지도 않은 일로 체포되기는 싫었으니까요."

"그것이 거짓이라는 것을 모르는가！ 자기가 지금 거짓말을 하고 있다는
것을 모르는가？"라고 메이슨은 마치 전세계를 향하여 소리치듯이 말했다.
클라이드가 형편없는 거짓말쟁이라는 것을 배심원들이나 방청객들이 믿게
하기 위해서는 오직 자기의 불신과 경멸을 불태우는 것만으로도 충분하다고
믿고 있는 것처럼 소리쳤다. "베어 호에서 부 주방장을 맡고 있던 루퍼스
마틴의 증언을 들었겠지？"

"네."

"그 사람은 자네와 X 양이 호수가 한눈에 보이는 곳에 같이 있는 것을
보았다고 했다. 그때 자네는 그 여자를 끌어안고 키스했다고 증언했다. 그
랬었나？"

"네."

"더구나 그것은 네가 로버타 올덴을 빅 비턴 호의 물 속에 남겨둔 지 나흘
뒤의 일이었다. 그때도 자네는 체포될까봐 걱정하고 있었나？"

"네."

"그 여자를 끌어안고 키스할 때도？"

"그렇습니다."

"멋대로 지껄이는군！ 그런 거짓말을 배심원 앞에서 태연하게 지껄이는
녀석이 있다니. 자네가 지금 하는 말을 직접 듣지 않은 사람이라면 아무도
믿어주지 않을 것이다. 자기가 유혹한 여자를 끌어안고 입을 맞추고 있는

334

한편에는 또 다른 여자가 백 마일이나 떨어진 호수의 밑바닥에 가라앉아 있는데도 배심원 앞에서 그렇게 말할 수 있다는 말인가?"

"하지만 사실이 그런 걸 어쩝니까?"

"아주 멋지군! 더없이 훌륭해!"

그는 지겹다는 듯이 한숨을 쉬면서 희고 큰 손수건을 꺼내 법정 전체를 막연하게 바라보면서 얼굴을 닦았다. 그러고는 지금까지보다도 더 정열적으로 심문을 계속했다.

"그리피스, 어제 자네는 이 증언대 위에서 라이카거스를 떠날 때 자네 자신은 빅 비턴 호로 갈 계획은 세워놓지 않았었다고 증언했다."

"그렇습니다."

"그러나 두 사람이 유티카의 램플 하우스에서 묵고 그녀가 몹시 지쳐 있는 것을 보았을 때 무언가 휴가 여행 같은 것을 —— 단 며칠만이라도 —— 즉 그때 두 사람이 갖고 있던 돈에 맞추어 떠난다면 그 여자도 기운을 차리게 될 것이 아니냐고 제안한 것은 자네였었다. 그렇지 않았는가?"

"네, 맞습니다."

"그런데 그때까지 특히 아딜론닥 산지는 염두에 두고 있지도 않았다는 말인가?"

"그렇습니다. 특히 어떤 호수로 하느냐에 대해서는. 어디든 피서지로 가는 것이 어떨까 하고 생각했을 뿐입니다. 그 근처로 갈 만한 곳이라면 호수뿐이었으니까요. 특히 제가 알고 있는 호수로 해야겠다고는 생각하지 않았습니다."

"그랬었군. 그러면 자네가 그런 제안을 한 다음 여행 안내서나 지도를 구해보는 것이 좋겠다고 말한 것은 그 여자였지?"

"그렇습니다."

"그래서 자네가 로비로 내려가서 그것을 갖고 왔지?"

"그렇습니다."

"유티카의 램플 하우스 안에서?"

"그렇습니다."

"혹시 다른 곳에서 구한 것은 아니었나?"

"아닙니다."

“그러면 그 뒤 지도를 뒤적거리다가 그라스 호나 빅 비턴 호를 찾아내어 그곳으로 가기로 했다는 말이지?”

“그렇습니다. 둘이서 상의해서 그렇게 정했습니다.”

클라이드는 몹시 겁먹은 표정으로 거짓말을 했으나 여행 안내서를 손에 넣은 것이 램플 하우스였다고 증언하지 않았더라면 좋았을 텐데라고 후회했다. 여기에도 틀림없이 함정이 있는 것 같다.

“자네와 올덴 양이?”

“그렇습니다.”

“그런데 자네는 가장 돈이 덜 든다는 이유로 그라스 호를 택했었다. 그렇지 않았는가?”

“그렇습니다.”

“과연. 그러면 이것도 기억하고 있나?”라고 말하면서 그는 자기의 테이블로 손을 뻗어 베어 호에서 체포될 때 클라이드의 가방 속에 들어 있던 여행 안내서를 꺼내어 클라이드에게 보여주었다. “이것을 살펴보겠나. 내가 베어 호에서 자네의 가방 속에 들어 있는 것을 찾아낸 것인데.”

“네, 제가 그때 갖고 있던 것입니다.”

“자네가 램플 하우스의 전시대에 있던 것을 방으로 갖고 가서 올덴 양에게 보인 것은 이것이었나?”

메이슨이 여행 안내서를 내밀면서 대드는 것이 마음에 걸려 그것을 펼쳐보거나 했다. 그는 이때도 라이카거스 하우스의 라벨(증정 라이카거스 하우스 뉴욕 주 라이카거스)이 다른 문자와 같은 빨간색 도장으로 찍혀 있어서 처음에는 미처 그것을 알아보지 못했다. 그는 몇 번이나 그 책자를 이리저리 뒤져본 후 별 함정은 없다고 판단해서 이렇게 대답했다.

“네, 이것이 그 책자라 생각합니다.”

“그렇다면 “자네가 그라스 호 여관의 광고를 보고 그 숙박료를 알아낸 것은 여기에 있는 안내서 중 어떤 안내서였나? 이것인가?”

그는 똑같은 도장이 찍혀 있는 또 하나의 안내서를 다시 한 번 클라이드에게 보여주었다. 그 안에는 클라이드가 로버타에게 보여준 광고가 실린 페이지가 있었으며, 메이슨은 그것을 왼손 집게손가락으로 가리켰다. 그 페이지의 중앙에는 인디언 체인 호나 트웰프스 호, 빅 비턴 호, 그라스 호, 그 밖에 많은 호수가 실려 있는 지도가 있었으며 지도의 아래쪽에는 그라스 호나 간 롯지에서 빅 비턴 호의 남쪽을 지나 3마일 후미로 이르는 도로가 확실히 나와 있었다. 오랫만에 그것을 본 클라이드는 메이슨이 자기가 이 도로를 알고 있었다는 것을 입증시키려 하고 있다고 판단하여 음산한 불길함을 느끼면서 이렇게 대답했다.

"네, 이것 같기도 합니다. 아주 비슷하군요, 아마 이것일 것입니다."

"확실히 이것인지 모른다는 말인가?"라고 메이슨은 음험한 목소리로 집요하게 추궁했다. "거기에 씌어 있는 것을 읽고도 이것인지 이것이 아닌지 구별이 가지 않는다는 말인가?"

"글쎄요, 아주 비슷하기는 하지만."라고 클라이드는 최초로 자기를 그라스 호로 쏠리게 했던 그 기사를 꼼꼼이 읽었던 것을 생각하면서 애매하게 대답했다. "아마 이것이라고 생각합니다."

"아마, 생각해? 사실에 관한 것이 되고 보니까 약간 겁이 나는 모양이지? 좋아, 다시 한 번 그 지도를 보고 무엇이 보이는지 말해보라구. 그라스 호에서 남쪽으로 뻗어 있는 도로가 있는 것이 보이지 않나?"

"보입니다."

억지로라도 자기를 무덤으로 끌고 가려는 듯이 메이슨은 서슬이 퍼래서 밀고 들어왔다. 만신 창이가 된 클라이드는 잠시 사이를 두었다가 무뚝뚝한 목소리로 대답했다. 그는 지도를 뒤적이면서 보는 체했으나 실은 훨씬 전 로버타와 합류하기 위하여 폰다로 떠나기 직전 라이카거스에서 본 지도를 머리에 떠올렸을 뿐이었다. 지금은 그것이 자기에게 불리한 증거로 이용되고 있었던 것이다.

"그 도로는 어디를 지나고 있나? 어디서 어디로 가는 길인지 배심원들에게 설명해주지 않겠나?"

불안하고 신경 과민이 되어 온몸의 힘이 쭉 빠진 클라이드는 이렇게 대답했다.

"그라스 호에서 3마일 후미로 통하고 있습니다."

"그 도중 어디를 또는 어디와 가까운 곳을 지나고 있지?"

메이슨이 어깨 너머로 보면서 말했다.

"간 롯지를 지나고 있습니다. 그것뿐입니다. 그것뿐입니다."

"빅 비턴 호는 어떤가? 도로가 호수의 남단 근처를 지나지 않는가?"

"네, 그 부근에서 가까이 지나가고 있군요."

"유티카에서 그라스 호로 가기 전에 그것을 의식했거나 지도를 살펴보거나 한 일은?"

"네, 없습니다."

"도로가 그 근처를 지나가고 있다는 것은 전혀 몰랐다고 말인가?"

"글쎄 보기는 보았을지도 모릅니다. 그러나 별로 관심이 없습니다."

"물론 유티카를 떠나기 전에 이 여행 안내서나 그 도로를 보거나 살필 기회가 전혀 없었다는 말인가?"

"그렇습니다. 전에 본 적은 한 번도 없었습니다."

"음, 그 점에 대해서는 절대적으로 확신이 있다는 말인가?"

"그렇습니다."

"그렇다면 말인데, 나나 배심원들에게 자네가 그처럼 존중하고 있는 엄숙한 선서 아래 설명해주기 바라네. 도대체 어찌하여 여기에 있는 이 안내서에는 이런 마크가 붙어 있을까 —— '증정 라이카거스 하우스 뉴욕 주 라이카거스.'"

그리고 그는 여행 안내서를 접자 그것을 뒤집어 빨간색으로 인쇄한 다른 글자 사이에 찍혀 있는 역시 빨간색 도장을 클라이드에게 보였다. 그것을 한 번 보자 클라이드는 정신 나간 사람처럼 망연해 했다. 파래진 얼굴의 다시 표백된 것처럼 희고 잿빛으로 변했으며 가늘고 긴 손가락을 폈다 오무렸다 했으며 벌겋게 부어오른 눈꺼풀이 눈앞의 저주스런 사실로 야기되자 긴장을 풀려는 듯 연신 눈을 깜박거리고 있었다.

"모르겠습니다."라고 잠시 후 그는 힘없이 말했다.

"이것은 틀림없이 램플 하우스의 전시대에 꽂혀 있던 것입니다."

"흠, 그것이 틀림없단 말이지? 만약 내가 증인 두 사람을 불러서 7월 3일에 즉 라이카거스를 떠나서 폰다로 향하기 사흘 전에 자네가 라이카거스 하우스로 들어가서 그곳 진열대에서 여행 안내서 너덧 권을 집는 것을 보았다고 두 사람이 증언하더라도 역시 자네는 그것이 '램플 하우스의 진열대에 있었던 것이 틀림없다'고 말할 작정인가?"

여기까지 말하자 메이슨은 입을 다물고, '어떤가 대답해보려면 대답해보라구'라고 말하기나 하려는 듯이 의기양양해서 주위를 둘러보았다. 클라이드는 동요하기 시작했으며 몸이 굳어 한동안은 숨도 쉬지 못할 것 같았으므로 적어도 15초 동안은 침묵을 지키고 있을 수밖에 없었다. 그는 가까스로 마음을 가라앉히고 나서 대답했다.

"역시 그런 것 같습니다. 라이카거스에서 그것을 입수한 것은 아니니까요."

"좋아, 그렇다면 배심원들에게 이것을 보여드리기로 하자."

그가 배심원장에게 그 여행 안내서를 넘겨주자 배심원장은 그것을 옆자리의 배심원들이 돌려가면서 보게 했다. 법정은 웅성거리기 시작했다. 배심원들이 그것을 다 보고 나자, 방청객들이 특히 놀란 것은 앞으로도 끝없는 공격과 폭로가 계속될 것으로 알았으나 메이슨은 자세를 고치면서 말했다.

"이상으로 마치겠습니다."

그 순간 정내에 가득 찼던 방청석에서 덫에 걸렸다고 수군거렸다. 오버월츠 재판장은 이미 시간도 늦어졌으므로 그 뒤에 다시 변호인측의 추가 증언이나 검사측의 반증이 예정되어 있기는 하나 이것으로 폐정하겠다고 선언했다.

베르납도 메이슨도 여기에 동의했다. 그리고 클라이드는—— 그가 통로 저쪽의 독방으로 돌아갈 때까지 법정의 출입구는 엄중하게 폐쇄되어 있었다—— 크라우트와 시셀에 이끌리어 지금까지 여러 날 동안 독방에서 바라보고 저쪽에서 행해지고 있는 것에 대해서 이런저런 생각을 해왔던 그 출입구와 계단을 지나 끌려갔다. 그의 모습이 사라진 다음 베르납과 제프슨은 서로 얼굴을 마주보았으나 아무 말도 하지 않고 다른 사람이 엿들을 염려가 없는 자기들의 사무실로 돌아가서 문을 걸어잠근 후 베르납이 먼저 입을 열었다.

"……침착한 태도로 일관할 수는 없었군. 가능한 최선의 변명이었으나 용기가 부족했다. 원래 그에게는 용기가 없었으니까."

또 제프슨은 외투도 벗지 않은 채 의자에 털썩 주저앉으며 말했다.

"틀림없이 그것은 최대의 어려운 점입니다. 그 사람은 정말 살해했을지도 모릅니다. 어쨌든 그는 우리의 기대 이상으로 변명했습니다."

베르납이 다시 말했다.

"최종 변론 때 최선을 다해보자구. 우리가 할 수 있는 것은 그것밖에 없으니까."

제프슨은 약간 지친 듯한 목소리로 대답했다.

"그래요. 미안하지만 이제는 당신의 노력에 기대해볼 수밖에 없습니다. 저는 구치소에 가서 그에게 용기를 심어주어야겠습니다. 내일 너무 기운을 잃고 있어서는 안 될 테니까. 꼿꼿하게 앉아서 배심원들이 어떻게 생각하든 자기는 무죄라는 듯한 태도를 보여야 하니까요."

그는 자리에서 일어나 외투 주머니에 두 손을 쑤셔넣고 살풍경스런 겨울의 어두운 거리를 지나 클라이드를 면회하러 갔다.

26

이 재판의 나머지 부분은 열한 명의 증인들이 하는 증언으로 구성되어 있었다. 메이슨측에서 네 명, 클라이드 쪽에서 일곱 사람이었다. 클라이드측의 한 사람으로 리보베스에 거주하는 A. K. 스워드라는 의사는 로버타의 유해가 보트장으로 옮겨졌을 때 검시한 일, 상흔은 당시의 외견으로는 클라이드가 우연히 가해 생긴 타박이라 볼 수밖에 없었다는 것, 또 올덴 양은 분명히 물에 빠질 때 의식이 있었으며 지방 검사가 배심원들에게 믿게 하려는 것과는 달리 무의식 상태는 아니었다고 증언했다. 그 결과, 메이슨은 증인인 의사의 경력을 물었는데 유감스럽게도 그 경력은 별로 좋은 것은 아니었다. 오클라호마의 이류 의학교를 졸업하고 그 후 계속 작은 도시에서 개업해온 의사였다. 또 클라이드가 고소된 범죄와는 아무런 관계가 없었지만 새뮤얼 야즈레이라는 간 롯지 부근의 한 농부가 있었다. 그 사나이는 로버타의 유해가 운반된 것과 같은 길을, 같은 날 차를 타고 지나갔는데 길이 무척 험했다고 증언했다. 농부를 심문한 덕분에 베르납은 적어도 그런 사정 때문에 로버타의 두부나 안면의 상처가 커졌다고 추정된다고 지적할 수 있었다. 그러나 이 한 마디의 증언도 나중에 메이슨이 내놓은 증인에 의해서 부정되었다. 그 증인은 다른 사람이 아니라 루츠 장의사의 운전사였는데 그 도로에는 자동차의 바퀴 자국도 패인 곳도 전혀 없었다고 열심히 증언했다. 그리고 다시 위검이나 리게트는 자기들이 판단하기로는 그리피스 공장에서 클라이드의 업무 태도는 주의 깊고 성실했으며 훌륭했다고 증언했다. 이어서 몇 사람의 별로 중요하지 않은 증인들도 자기들이 보아온 바로는 사교가로서의 클라이드의 행동은 매우 신중하고 예의 바르며 조심스러웠다고 말했다. 그러나 이 무슨 일인가, 반대 신문에 나선 메이슨이 곧 지적한 바와 같이 이들 증인은 로버타 올덴의 일, 그녀의 임신, 클라이드가 그 여자와 만나고 있었다는 것조차 알지 못하고 있었다.

다시 자세하고 위험하며 곤란한 문제를 둘러싸고 쌍방간의 치고받는 치열한 공방전이 벌어진 후 베르납이 클라이드를 위하여 최후의 변론을 하게 되었다. 이 변론을 위해 하루 종일 가장 주도면밀하게 모든 점에서 클라이드에게 전혀 과실이 없다고는 할 수 없겠지만 거의 무의식중에 로버타와 관계에 빠져버렸으며 양자가 가장 비참한 결말에 빠지게 되었다는 것을 주장했다. 이것은 피고가 정신적, 도덕적으로 박약했기 때문이라고 거듭 말했다. 클라이드의 소년기는 여러 가지로 결핍된 생활을 해왔으며 게다가 이전에는 감히 생각지도 못했던 새로운 기회가 찾아오자 '아마도 너무나 유연해서 관능적이고, 비현실적이고, 몽상적인 정신'에 영향을 주었을 것이다. 확실히 올덴 양에 대한 태도는 부당한 것이었다. 그 점에 대해서는 의심할 여지가 없다. 그의 태도는 부당했다. 그러나 그 반면 —— 변호인들이 이끌어낸 고백이 확실히 보여주듯이 —— 검찰측이 대중에게 제시하고 존경하는 배심원들에게 믿게 하려고 했을 정도로 잔혹하거나 나쁜 사람이 아니라는 것은 분명해졌다. 많은 남자들은 여성 관계에서 잔혹한 짓을 하고 있으며 또 그들은 그 때문에 교수형에 처해지지도 않았다. 이 청년이 실제로 기소된 것과 같은 범죄를 범했는지 아닌지에 대해서는 이 가난한 아가씨가 이 청년과의 연애 관계에서 입었을지도 모를 충격에 대한 동정적인 충동에 마음이 움직여서 기소장에 상세히 기록된 것과 같은 범죄를 이 청년이 범했다는 신념이나 판단으로 기울어져서는 안 되는 것이 배심원들에게 과해진 의무이다. 연애에서는 남자든 여자든 상대에 대해서 확실히 잔혹해지는 것이다.

이어서 증거가 순전히 상황 증거라는 점에 대해서 장황하고 상세한 논술이 있었고 주장되고 있는 범죄 그 자체를 목격하거나 들은 사람은 아무도 없으며, 그에 대해서 클라이드 자신은 자기가 빠지게 된 상황을 극히 명료하게 설명하고 있다. 그리고 그 후 여행 안내서는 별도로 하더라도 빅 비턴 호의 보트 요금을 기억하지 못했다는 것, 카메라 다리를 파묻거나, 로버타가 바로 곁에 있었는데도 구출하지 않은 것은 단순한 우연이거나 그가 정신을 잃

었거나 혼란을 일으켰거나 겁을 먹은 때문이며 생애를 통하여 주저해선 안
될 때 숙명적으로 주저해버린 것이지 범죄를 저지를 의도에서는 아니었다는
주장은 좀 괴변 같기는 해도 효과적이고 무게가 있으며, 실제로 강력했다.

다음에는 메이슨이 클라이드는 가장 냉혹하고 살인범이라는 확신에 불타서,
'거짓과 근거없는 진술로 거미줄처럼 쳐놓은 논고'를 철저하게 파괴하는
데 꼬박 하루가 걸렸다. 그 논고란 검찰측이 '수염을 기른 한 사나이'가 '손에
피를 묻힌 살인자'임을 실증했다. 풍부한 증거로 뒷받침된 깨뜨릴 수 없는
일련의 증거에서 변호인측이 배심원의 주의를 흐트러놓으려고 쳐놓은 것이
었다. 메이슨은 몇 시간을 들여서 갖가지 증언을 했고 다시 몇 시간에 걸쳐서
클라이드를 비난하고 로버타의 비참함에 대해서 말하자 방청객은 물론 배
심원까지 눈물을 흘릴 것만 같았다. 클라이드는 베르납과 제프슨 틈에 앉아서
이처럼 교묘하게 증거를 나열한다면 어떠한 배심원이라도 자기를 무죄로
해주지는 않을 것이라고 생각했다.

이윽고 오버월츠가 높은 좌석에서 배심원들에게 훈시를 했다.

"신사 숙녀 여러분, 유죄로 추측하든 목격자에 의한 증언이든 엄밀한 의
미에서는 많든 적든 그것은 상황 증거적인 것입니다. 물론 목격자의 증언도
상황 증거적인 것입니다. 본건에 대하여 중요한 사실이 유죄의 가능성과
모순되어 의문점이 생길 때는 피고에게 유리하게 해석해주는 것이 배심원
여러분들의 의무입니다. 증거가 상황적이라는 이유로 그것을 신용하지 않거나
비난해서는 안 됩니다. 상황 증거가 직접 증거보다도 신뢰할 수 있을 때도
자주 있었습니다.

본 법정에서는 본건의 동기나 그 중요성에 대해서 많이 논의되었는데
동기의 뒷받침은 판결에 불가결한 것도 결정적인 것도 아닙니다. 동기는
범죄의 결정에 도움이 되는 상황 증거로 제시되더라도 동기의 입증은 요
구되지 않습니다.

로버타 올덴이 우연히 또는 과실에 의해 보트에서 떨어져 피고가 구조를
시도하지 않았다고 판단했다면 그것은 피고의 유죄로 구성하는 것은 아니며,
배심원들은 '무죄'로 하지 않으면 안 됩니다. 한편 피고가 그 결정적인 사고에
구타나 의도적으로 그렇게 했다고 판단했을 경우에는 유죄로 하지 않으면
안 됩니다.

여러분의 평결이 꼭 전원 일치해야 한다고는 할 수 없지만 충분히 사고해 본 결과 자기가 잘못 생각했다고 깨달았을 경우, 양보하지 않은 자세는 바람직스런 것이 아닙니다."

오버월츠 재판장은 이런 식으로 엄숙하게 그리고 깨우쳐주려는 듯이 높은 자리에서 배심원들을 향해 말했다.

또 오후 다섯시가 되자 배심원들은 일어나서 열을 지어 법정을 나왔다. 클라이드는 그 후 방청객이 법정 밖으로 나가는 것이 허락되기 전에 독방으로 옮겨졌다. 보안관에게는 클라이드가 습격을 당할지도 모른다는 불안이 따랐기 때문이었다. 클라이드는 다섯 시간이라는 긴 시간을 독방 안을 걸어다니거나 책을 읽거나 휴식을 취하는 체하고 있었는데 그 사이에도 크라우트나 세실은 클라이드가 어떤 태도로 있는지 그 정보를 얻으려는 각 신문 특파원들로부터 팁을 받고 교활하고 목소리를 낮추어 가급적 가까이서 그를 지켜보고 있었다.

한편 오버월츠 재판장, 메이슨, 베르납, 제프슨 등은 조수나 친구들과 함께 브리지버그 센트럴 호텔에 묵으며 식사를 하거나 마실 것을 마시며 기분을 가라앉히면서 결과는 어떻게 되든 빨리 평결이 내려지기를 바라면서 배심원들의 의견이 일치되기를 초조하게 기다리고 있었다.

한편 농민, 점원, 상점 주인 등 열두 명의 배심원들은 메이슨, 베르납, 제프슨의 논고가 타당한 것인지 재검토했다. 그러나 열두 명 중 한 사람 즉 약국 주인 새뮤얼 업햄은 정치적으로 메이슨과 대립된 입장을 취하고 있었을 뿐 아니라 제프슨의 인품에 이끌리고 있었기 때문에 베르납과 제프슨의 의견에 전적으로 동조하고 있었다. 따라서 그가 메이슨의 논증에 대해서 의문점이 있다는 태도를 보여서 결국 투표를 다섯 차례나 되풀이하게 되자 배심원들의 의견이 일치하지 않으면, 사정을 폭로하여 군중의 분노와 악평을 사게 될 것이라는 위협을 받았다.

당신이 하는 짓이 세상에 알려지면 사람들이 가만히 있지 않을 것이라는 식으로 말하는 사람들이 많아지자 북 맨스필드에서 큰 약국을 경영하고 있던 새뮤얼 업햄은 메이슨에 대한 반감을 가슴속에 담아둔 채 자기도 찬성해야겠다고 판단했다.

이윽고 배심원실에서 법정으로 통하는 문에 공허한 노크 소리가 네 번 들렸다. 그것은 배심원장 포스터 랜드가 —— 그는 시멘트나 석회나 석재

(石材)를 취급하는 상인이었다 —— 큰 주먹으로 노크하는 소리였는데 그 소리를 듣자 저녁식사 후 무더운 법정에 몰려 있던 수백 명의 사람들은 —— 법정에서 나오지 않고 있는 사람들도 많았는데 —— 나른한 마비 상태에서 빠져나왔다.

"저게 무슨 소리지? 배심원들의 평결이 이제 끝났나? 평결이 어떻게 났을까?"

그러자 남자나 여자들 그리고 아이들이 난간 쪽으로 몰려가려고 했다. 배심원실 문 앞에서 경비를 하고 있던 두 사람의 보안관 대리는, "조용히! 조용히들 하시오! 재판장이 출정하는 대로 개정할 테니까."라고 큰소리로 말했다. 그리고 다른 보안관 대리들은 보안관에게 알리고, 클라이드를 데려오기 위하여 맞은쪽 구치소로 서둘러 갔다. 또 브리지버그 센트럴 호텔로 오버월츠와 다른 사람들을 데리러 갔다. 이윽고 고독감과 견디기 어려운 긴박감 때문에 거의 마비 상태나 실신 상태에 빠져 있던 클라이드는 크라우트와 수갑을 함께 차고 슬랙이나 시셀이나 그 밖의 사람들이 호위하는 가운데 끌려나왔다. 그리고 오버월츠, 메이슨, 베르납, 제프슨, 신문기자, 보도화가, 사진부원, 속기사 등의 일단도 전부 들어와서 지난 몇 주 동안 차지하고 있던 자신의 자리에 각각 앉았다. 그리고 클라이드는 이번에도 베르납이나 제프슨의 뒤에 앉혀진 채 연신 눈을 깜박이고 있었다. 크라우트와 같은 수갑을 차고 있었기 때문에 변호인들과 함께가 아니라 크라우트의 곁에 앉을 수밖에 없었다. 그리고 오버월츠는 재판장석에, 서기들도 각기 자기의 자리에 앉자 배심원실 문이 열리고 열두 명의 배심원들이 열을 지어 무거운 발걸음으로 들어왔다. 그들은 고풍스럽고 어색한 풍채에 대개는 후줄그레하고 빛바랜 기성복을 입고 있었다. 그들이 들어와서 배심원석에 앉자 곧 서기의 명령으로 자리에서 일어났다. 서기가 말했다.

"배심원 여러분, 평결을 끝냈습니까?" 그러나 배심원들은 누구 한 사람도 베르납이나 제프슨이나 클라이드 쪽으로는 고개를 돌리려고도 하지 않았다. 베르납은 곧 그것이 결정적인 것이라고 해석했다.

"이제 다 틀렸다."라고 그는 제프슨에게 속삭였다. "우리는 패했네. 틀림없어."

이윽고 란드가 입을 열었다.

“평결이 나왔습니다. 우리는 피고가 제 1 급 살인죄를 범한 것을 인정합니다.”

그때 클라이드는 눈앞이 캄캄해졌으나 그래도 자세를 흐트리지 않고 꼿꼿이 앉아 앞을, 배심원들을, 더 먼 곳을, 똑바로 쳐다보면서 눈 하나 깜박하지 않았다. 그도 그럴 것이 어젯밤 독방 안에서 그가 완전히 기운을 잃고 있는 것을 본 제프슨이 이 재판의 평결이 설사 불리하더라도 별로 신경쓸 필요가 없다고 말했기 때문이었다. 이번 재판은 처음부터 끝까지 불공평했다. 모든 면에서 편견과 선입관으로 가득 차 있었다. 배심원 앞에서 메이슨이 보인 거드름이나 위협이나 야유는 상급 법정이라면 공평한 수단으로 통용될 수 없다. 그리고 공소(控訴)를 한다면 틀림없이 인정될 것이다. 그러나 누가 공소할지는 모르지만 아직 그 일을 상의할 준비는 되어 있지 않았다.

그리고 지금 그런 것을 생각하면서 결국 이것은 그다지 중요한 것이 아니라고 클라이드는 자기 자신에게 말하고 있었다. 실제로 그런 일은 있을 수 없다. 하지만 그것이 가능할까? 상고가 인정되지 않는다면 아까의 말이 무엇을 의미하는지 생각해보는 것이 좋다! 죽음이다! 이 재판이 최후의 것이라면 그렇게 될 것이다 —— 아마 최후의 심판이 될 것이다. 그리고 며칠 동안 마음의 눈에 떠올랐던 그 의자로, 지난 며칠 동안 떨쳐버리려 했는데도 밤이나 낮이나 따라다니던 그 의자로. 그 의자는 여기서도 다시 눈앞에 나타났다. 저 무섭고 오싹 소름이 끼치는 의자가 지금보다도 크고 확실하게 클라이드 자신과 오버월츠 재판장 사이에. 지금은 그것이 확실하게 보인다. 네모나고 무거운 팔걸이와 등받이가 달려 있으며 위쪽과 양옆에는 가죽 띠가 달려 있다. 하나님! 이제 아무도 도와주지 않는다면! 그리피스 가의 사람들도 더 이상 돈을 쓰려 하지 않을지도 모른다!

제프슨이나 베르납이 말하는 공소원(控訴院)도 도와주지 않을지도 모른다. 그렇게 되겠지! 틀림없이 그럴 것이다! 하나님이시여! 입이 실룩거리는 듯하다가 곧 움직이지 않았다. 왜냐하면 그 순간 모두가 움직이기 시작한 것을 알았기 때문이었다. 거의 그와 동시에 베르납이 일어나서 배심원 한 사람 한 사람에게 투표 내용을 묻고 있었으며, 한편 제프슨은 고개를 돌려, “걱정하지 마. 이것이 최종 결정은 아니니까. 우리는 무슨 일이 있더라도 파기시킬 테니까.”라고 속삭였다. 그러나 배심원 한 사람 한 사람이 ‘찬성’

이라 말하자 클라이드는 제프슨의 말에는 별로 귀를 기울이지 않고 배심원들의 대답에 귀를 기울이고 있었다. 한 사람 한 사람이 어찌하여 어째서 저렇게 힘을 들여 말하지 않으면 안 되는 것일까?

메이슨이 말한 대로의 일을 하지 않았는지도 모르며 고의로 때린 것이 아닐지도 모른다는 식으로 느낀 사람은 아무도 없단 말인가? 베르납이나 제프슨이 말한 것과 같은 클라이드가 체험한 심리적 변화를 조금이라도 믿어줄 사람은 아무도 없다는 말인가? 그는 모두를 둘러보았다 —— 키가 작은 사람도 키가 큰 사람도 섞여 있다. 연갈색이나 낡아빠진 상아(象牙)빛 얼굴이나 손을 가진 목제 인형의 흑갈색 덩어리 같았다.

이윽고 그는 어머니를 생각했다. 기자나 삽화가나 카메라맨이 이 재판장에 몰려와 있으니 어머니도 이 이야기를 듣게 될 것이다. 그리고 그리피스 가의 사람들은 —— 백부나 길버트는 —— 이번 판결을 어떻게 생각할까? 그리고 손드라는! 손드라! 손드라로부터는 아무런 소식이 없다. 베르납이나 제프슨이 말했듯이 그는 이번 재판 동안 떳떳하게 증언을 계속해왔다. 자신은 손드라에 대한 걷잡을 수 없는 정열에 휘말려 있었던 것이다. 그것이 이번 사건의 모든 원인이었다는 듯이! 그러나 그녀에게서는 아무런 소식도 없다. 물론 이제는 편지를 쓸 마음도 들지 않을 것이다. 자기와 결혼하여 모든 것을 주려 했던 여성이었는데!

그러나 한편, 그의 주위에 있는 군중들은 깊은 만족을 느꼈지만 잠잠해 있었다. 아니 오히려 만족했기 때문에 조용해진 것이리라. 그 작은 악마도 마침내 '달아나고' 말았다. 심경의 변화라는 엉터리 같은 소리로는 이 군의 냉정한 배심원들을 속여넘길 수는 없었던 것이다! 한편 제프슨은 아득한 공간을 노려보고 있을 뿐이었으며, 베르납은 그 큰 얼굴에 경멸감과 도전의 빛을 띠운 채 갖가지 동의를 제출했다. 메이슨이나 버레이나 뉴컴이나 레드몬드는 어색할 정도로 엄격한 얼굴의 가면을 쓰고는 있었지만 깊은 만족감을 감추지 못했으며 베르납은 의연히 선고를 다음 금요일까지 —— 1주일 후가 되는데, 그쪽이 자기로서는 출정하기 좋겠다는 이유로 —— 연기하고 싶다고 요구했으나 오버월츠 재판장은 정당한 아무런 이유가 없는 한 그럴 필요는 없다고 대답했다. 하지만 변호인측 요구가 있으면 내일이라도 그 주장을 듣기로 하겠다. 그 주장이 충분하다면 선고를 연기해도 좋지만 그렇지 않은 이상 다음 월요일 판결을 선고하겠다고 했다.

그러한 사정이 있었다고는 해도 그 순간의 클라이드는 그런 말에 주의를 기울이지 않았다. 어머니에 대한 것이나 어머니가 어떻게 생각할 것인가, 어떻게 느낄 것인가 하는 생각만을 하고 있었다. 그는 어머니께 정기적으로 편지를 썼으며 자기는 무죄이며 신문에 씌어 있는 것은 모두, 가령 일부라도 믿지 말아달라고 주장하고 있었다. 언젠가는 무죄 석방될 것이다. 자기는 증언대에 서서 증언할 작정이다. 그러나 지금은……지금은……어머니를 의지하고 싶었다 —— 무엇보다도. 지금은 거의 모든 인간에게 버림받은 것처럼 생각되었기 때문이었다. 그는 무서울 정도로 고독했다. 지금 곧 어머니께 편지를 써야겠다. 그렇게 하지 않으면 안 된다. 그렇게 하지 않으면. 그는 제프슨에게 부탁하여 종이와 연필을 얻어 이렇게 썼다.

"콜로라도 주 덴버, 희망의 별 전도소 내, 아서 그리피스 부인. 어머니, 유죄 판결을 받았습니다. 클라이드."

이어서 이것을 제프슨에게 넘겨주고 이것을 곧 부쳐주지 않겠느냐고 힘없는 목소리로 부탁했다. 제프슨도 클라이드의 표정에 마음이 움직여서 그러겠다고 대답하고 가까이 있는 신문사 급사에게 그 편지를 부탁했다.

클라이드가 세실이나 크라우트를 따라 전에 그곳에서 탈주하고 싶다고 생각한 비참한 옆길을 지나갈 때까지 방청석 출입구는 모두 닫혀져 있었다. 그리고 신문기자도 방청객도 그리고 아직 남아 있는 배심원도 클라이드를 지그시 응시했다. 그렇게 보아왔으면서도 아직 부족하다는 듯이. 판결을 듣고 어떤 반응을 보일지 확인하고 싶어서였다. 오버월츠 재판장은 이 고장 사람들의 클라이드에 대한 반감을 두려워하여 그리고 슬랙의 요청도 있어서 클라이드가 전처럼 독방에 들어갔다는 통지를 들은 다음 휴정을 선언하자 가까스로 문이 다시 열렸다. 군중은 큰 물결처럼 법정 밖으로 몰려나왔는데, 이제 이 사건의 모든 등장인물 중에서도 진짜 영웅인 메이슨 —— 클라이드에게 천벌을 준 사람이자 로버타의 복수를 해준 사람 —— 을 보려고 법정 출구에 몰려와 있었다. 그러나 그는 모습을 나타내지 않았으며 제프슨과 베르납이 먼저 나타났는데 낙심하고 있다기보다는 오히려 엄숙하고 도전하는 듯한 표정을 하고 있었다. 특히 제프슨도 쪽은 경멸하는 듯한 표정을 보이고 있었다. 그러자 누군가가, "역시 당신도 도와줄 수 없었다."라고 말하자 제프슨은 어깨를 늘어뜨린 채, "이제부터야. 이 군만 법정이 있는 것은 아니니까."라고 대꾸했다. 그 뒤에 메이슨이 나왔다 —— 무겁고 큰 외투를 한쪽 어깨에 걸치고 낡은 소프트 모자로 깊숙이 눌러쓰고 버레이, 하이트, 뉴컴 그 밖의 사람들을 가신처럼 거느리고 있었다. 그러나 군중이 대기하고 있는 의미도 그 칭찬의 말도 잊고 있는 것처럼 보였다. 왜냐하면 그는 승리자이고 선거에서는 당선한 것 같았으니까! 우르르 몰려와서 만세를 외치는 군중 —— 그의 곁으로 온 사람 —— 들은 악수를 청하거나 감사를 담아서 그의 팔이나 어깨를 두들기려 했다. "오빌 만세!" "감사합니다, 판사님." 그것은 앞으로 그가 새로이 쓰게 될 직함이었다. "고맙습니다. 오빌 메이슨. 당신은 이 군으로부터 감사를 받기에 합당한 분입니다." "오빌 메이슨을 위하여 만세 삼창을!" 그와 동시에 군중은 주위가 떠나갈듯이 만세를 삼창했다. 독방에 있는 클라이드는 확실하게 그것을 들을 수 있었으며 동시에 그 의미도 깨달았다.

저 사람들은 메이슨이 나를 유죄로 만들었다고 하여 만세를 외치고 있다. 저 바깥에 몰려 있는 군중 속에는 내가 완전히 유죄가 아니라는 것을 믿는 사람은 아무도 없다. 로버타와 그 여자의 편지, 그 여자가 나와 결혼하려고 한 결의, 폭로하려고 했던 그 공포 등이 그를 이곳까지 끌어내린 것이다. 유죄로. 필시 사형으로! 내가 동경하고 있던 모든 것에서 —— 손에 넣기를 꿈꾸었던 모든 것으로부터 —— 손을 떼도록 했다. 그리고 손드라! 손드라는 한 마디도 없다! 한 마디의 소식도! 그래서 또 크라우트나 세실이 보고 있을지도 모른다는 불안감도 있어서 —— 지금도 그의 일거수 일투족에 대해서 보고하려 하고 있다 —— 완전히 낙담한 꼴을 보여주는 것이 싫었으므로 자리에 앉자 잡지를 읽는 시늉을 하고 있었으나, 그 사이에도 잡지의 훨씬 저쪽에 있는 다른 정경에 눈을 돌리고 있었다. 자기의 어머니, 형제나 자매들, 그리피스 가의 사람들 그리고 그가 알고 있는 모든 사람들. 그러나 이 실체가 없는 마음의 영상이 견딜 수 없는 것이 되자 마침내 일어나서 옷을 벗고는 철제 침대에 드러누웠다.

"유죄다! 유죄다!"

그 소리는 자기가 죽어야 한다는 것을 의미하고 있다. 그러나 베개로 얼굴을 가리고 아무도 보지 못하게 되는 것은 고마운 일이다. 누군가 아무리 정확하게 이쪽의 표정을 추측해도 좋다!

27

하나의 큰 투쟁과 하나의 큰 패배의 비참한 여파가 찾아온 후 이 고장의 전 민중은 이 비극에 대한 현지 주민의 엄격한 해석에 바탕을 두고 클라이드는 유죄이며, 각지의 신문이 전해주고 있듯이 배심원들이 유죄로 평결을 내린 것은 정당한 것이라고 확신했다. 저 살해된 가련한 시골 처녀! 그 여자의 슬픈 편지! 그 처녀는 얼마나 괴로워했을까! 그 변호인측의 맥빠진 변론 ! 덴버의 그리피스 일가도 재판이 진행됨에 따라 제출된 증거물에 동요되어 소리를 내어 신문을 읽을 용기가 나지 않아 대개는 각자 읽어본 다음 수많은 증거에 대해서 수군거릴 뿐이었다. 하지만 베르납의 담화나 클라이드의 증언을 읽으면 이제까지 읽었던 온갖 불리한 사실에도 불구하고 오랫동안 고락을 함께 해온 가족들은 아들이며 형제인 클라이드의 무죄를 믿게 되었다. 그러기에 재판이 진행되는 사이나 그 뒤에도 본인이 몇 번이고 자기는 무죄라고 써보내는 편지를 믿고 밝고 희망에 찬 편지를 보냈다.

그러나 유죄라는 평결이 내려지고, 본인으로부터도 앞서 말한 것과 같은 절망의 밑바닥에 빠져 있다는 전보가 어머니 앞으로 배달되자 —— 또 신문도 유죄를 인정하고 보니 —— 그리피스 일가도 실망을 금치 못했다. 그 결과가 증거가 아닌가. 어느 신문이나 다 그렇게 보고 있는 것 같았다. 또 신문 기자들은 어머니한테 몰려왔다. 어머니는 세간의 눈에 노출되는 것이 참기 어려워 덴버에서도 전도소와는 아무런 인연이 없는 먼 곳으로 아이들과 함께 가 있었으나 이삿짐 운반 회사가 신문사에 매수당해 어머니의 주소를 가르쳐주고 말았다. 그러자 이 세상이 하나님의 지배하에 있다는 것을 실증해주는 산 증인인 이 미국 여성은 초라한 한 아파트의 의자에 앉아, 운명의 흉폭한 타격에 시달리면서 신념을 가진 태연한 자세로 이렇게 설명했다.

"오늘 아침 나는 아무것도 생각할 수 없게 되었습니다. 마비 상태에 빠질 듯이 사물이 기묘하게 보인단 말입니다. 나의 아들은 살인죄를 저지른 것으로 알려지고 있습니다! 그러나 나는 그 아이의 어머니입니다. 그리고 그 아이가 유죄라고는 믿기지 않습니다! 아들은 나에게 자기는 죄가 없다고 편지를 보냈으며, 나는 아들을 믿고 있습니다. 그 아이가 신뢰하고 진실을 털어놓을 수 있는 상대가 나 이외에 누가 있겠습니까? 모든 것을 살피시는 전능하신 하나님이 계시기는 하지만."

한편 그처럼 잇따라 증거가 제시되고 있는데다가 캔자스 시에서의 클라이드의 최초의 어리석은 소동도 있어서, 그녀는 의혹과 공포심을 갖게 되었다. 그 아이는 어째서 그 여행 안내서에 대해서 설명할 수 없었을까? 그렇게 헤엄을 잘 치면서 어째서 그 처녀를 구출해주려 하지 않았을까? 그리고 어찌하여 그렇게 쉽사리 의문의 X 양 —— 그 여자가 어떤 여자인지는 모르겠으나 —— 에게로 달려갔을까? 아니, 아니 어떤 일이 있었다 하더라도 자기의 자녀 중에서 맨 위의 아들이며 침착성은 없다 하더라도 가장 야심이 있으며 희망이 있던 아이가 그런 범죄를 저질렀다니! 그녀는 아들을 의심하고 싶지는 않았다 —— 지금이라도.

생사가 하나님의 자비 깊은 인도에 달려 있는 이상, 아들의 과오가 아무리 무서운 것으로 보이더라도 어미가 아들의 사악함을 믿는다는 것은 잘못이 아닌가. 호기심에서 찾아오는 귀찮은 손님의 등살을 피하여 이전하게 되기 이전에는 전도소 내의 여러 방을 사람의 눈을 피해 청소를 하면서 그녀는 수없이 그 초라한 방 안의 한복판에 서서 하늘을 우러러보고, 눈을 감고, 신념과 정열을 보이고 있는 빛에 그을린 얼굴 —— 6천 년 전의 옛날 성서 시대의 인간의 모습 —— 살아 있는 하나님의 거대한 마음과 육체가 앉아 있던 상상의 보좌에만 오직 마음을 기울이고 있었다. 그리고 15분이나 30분 동안 기도를 올렸다.

"제발 저의 아들이 무죄인지 유죄인지 판단할 수 있는 힘과 이해력을 주소서. 그리고 만약 무죄라면 그 아이나 나나 우리가 사랑하고 있는 모든 사람들로부터 이 불꽃 같은 무거운 짐을 덜게 하여 주소서. 또 만약 유죄라면 저는 어찌해야 좋은지를, 어떻게 견디어야 할지를 가르쳐주소서. 한편 그 아이에게도 불사의 영혼으로부터 자기가 범한 무서운 죄를 영원히 씻을 수 있는 방법을 가능하다면 다시 한 번 주님 앞에 결백해질 수 있는 길을 제시하여 주소서. 아아, 하나님. 당신은 강하시며, 따를 자가 없는 분이십니다. 당신께서는 무슨 일이라도 가능하십니다. 생명도 당신께서 주신 것입니다. 하나님, 제발 자비를 베풀어주소서. 그 아이의 죄가 새빨갛더라도 눈처럼 희게 하여 주소서. 그 죄가 핏빛처럼 붉더라도 양털처럼 희게 하여 주소서."

또 그때 그녀의 마음속에는 —— 그리고 기도할 때도 —— 여자라는 것에 대한 이브의 예지가 있었다. 클라이드가 살해한 것으로 단정되고 있는 그 처녀 —— 그 처녀는 어떠할까? 그 처녀도 죄를 범하지 않았던가? 게다가 클라이드보다 연상이라 하지 않았던가? 신문에는 그렇게 씌어 있었다. 그 편지를 한 줄 한 줄 상세히 읽는 중에 그녀도 연민의 정에 마음이 찔렸으며 올덴 일가에 닥친 불행을 생각하자 격렬한 슬픔을 느꼈다. 그러나 이브의 예지로 가득 찬 어머니이며 여자인 그녀에게는 로버타 자신도 동의한 것이 분명하다고 생각하고 있었다. 그 여자의 유혹적인 무엇이 아들의 마음을 약하게 하고 배신을 조장했음이 분명하다. 의지가 강한 선량한 여자였더라면 동의하지는 않았을 것이다. 전도나 가두 집회에서도 그녀는 몇 번인가 그러한 고백을 들어보지 않았던가. 그렇다면 클라이드를 위해서도 그렇게 말해도 좋지 않았을까? 에덴의 동상에서 인간의 생활이 시작될 때처럼 여자가 나를 유혹한 것이 아닐까라고.

정말로 —— 그리고, 그러한 이유로, "하나님의 연민은 끝이 없도다."라고 그녀는 성경의 구절을 인용했다. 그리고 만약 하나님의 사랑이 끝없는 것이라면 클라이드의 어머니의 자비도 그에 뒤져서는 안 되지 않을까?

"그대에게 겨자씨만한 신앙이 있다면." 하고 그녀는 마음속으로 성경 구절을 중얼거렸다. "나의 아들이 그 아가씨를 살해했을까? 그것이 문제입니다. 창조주의 눈에 그 밖의 것은 아무래도 좋습니다."

어머니는 하나님이 모두에게 아들의 행동을 이해시켜줄 것이라고 확신하고 있는 듯한 표정을 지으면서 세간에 냉담한 청년들을 둘러보았다. 하지만 그들도 그녀의 깊은 성실함과 신념에는 감명을 받고 있었다.

"배심원들이 유죄 평결을 내렸는지 어떤지는 하늘의 별들을 손바닥에 올려놓고 계시는 창조주의 눈에는 하찮은 것입니다. 배심원들의 판단은 인간의 판단입니다. 단지 지상적인 것에 지나지 않습니다. 나는 변호사님의 주장도 읽었습니다. 아들도 자기는 무죄라고 편지를 보냈습니다. 나는 아들을 믿습니다. 그 아이는 무죄라고 확신하고 있습니다."

그러나 같은 방의 다른 구석에 있던 아서는 거의 아무 말도 하지 않았다. 현실에 대한 이해뿐만 아니라 사람을 흔들어놓는 강력한 힘을 가진 애욕의 경험도 결핍되어 있었으므로 그는 이러한 사건의 내용을 단 십분의 일도 파악하지 못했다. 그는 그 아이의 결점이나 뜨거운 공상도 자기로서는 이해하지 못했다고 말할 뿐 클라이드에 대해서는 얘기하려 하지 않았다.

“하지만 나는 로버타 올덴에 대한 클라이드의 죄를 한 번도 두둔해준 적이 없습니다.”라고 어머니는 말했다. “그 아이는 나쁜 짓을 했지만 그 여자가 거역하지 않았으므로 그 아가씨도 과오를 범하고 있습니다. 아무도 죄와 타협하지는 않았습니다. 무척 괴로워하고 있을 그 여자의 부모에 대해서는 나도 동정과 사랑을 바치지 않는 것은 아니지만 이 죄는 상대적인 것이어서 세간도 거기에 상응하는 판단을 내려야 한다는 점을 간과해서는 안 될 것입니다. 그렇다고 해서 그 아이를 두둔하려는 것은 아닙니다.”라고 그녀는 되풀이했다. “그 아이도 어렸을 적에 배웠던 것을 잊어서는 안 됩니다.”

그녀의 입술은 슬프고 약간 비판적이면서도 비참해 보였다. “그러나 나는 그 여자의 편지도 읽었습니다. 그 편지가 없었더라면 검사님도 나의 아들의 유죄를 주장할 수는 없었을 것입니다. 검사님은 그 편지를 배심원들의 감정을 움직이는 데 이용했던 것입니다.” 그녀는 불의의 시련을 당한 것처럼 일어나서 자신있고 아름다운 목소리로 소리쳤다. “누가 뭐라고 해도 그 아이는 나의 아들입니다! 그 아이는 이제 유죄 평결을 받았습니다. 그러니 그 아이의 죄에 대해서 어떠한 감정을 갖더라도 어미로서 힘이 되어줄 방법을 생각하지 않으면 안 됩니다.” 그녀는 양손을 마주잡고 있어서 신문기자들도 그녀의 비통한 심경에 감동을 받았다. “그 아이한테 가보아야 합니다. 벌써 가봐야 했습니다. 이제야 그것을 알게 되었습니다.”

어머니는 자기의 마음속 깊숙이 있는 고통이나 욕망이나 공포를 군중의 눈이나 목소리가 될 기자들에게 말하고 있다는 것을 알게 되자 입을 다물었다. 이들은 아무런 이해도 관심도 보이지 않을지도 모르기 때문이었다.

“의아하게 생각하고 있는 사람들도 있어요.”라고 이번에는 신문 기자 중의 한 사람이 말했다. 클라이드와 같은 나이 또래의, 매우 현실적이고 매사에 감정을 개입시키지 않는 젊은이였다. “어찌하여 당신은 재판을 받는 동안 가보지 않았습니까? 여비가 없어서였나요?”

“물론 돈도 없습니다.”라고 그녀는 짧게 대답했다. “어쨌든 여유가 없었습니다. 그리고 그쪽에서는 오지 말라고도 했습니다. 올 필요가 없다고요.

하지만 지금은, 지금은 내가 가지 않으면 안 됩니다. 어떻게 해서든지 방법을 찾아내어." 그녀는 방 안에 놓인 볼품없는 책상 쪽으로 갔다. "당신들은 시내로 들어갈 테니 전보를 좀 쳐주시겠습니까? 돈은 드리겠습니다."

"물론 쳐드리고말고요."라고 질문을 한 기자가 말했다. "저에게 맡겨주십시오. 돈은 안 주셔도 좋습니다. 우리 신문사에서 치게 하겠습니다."

그는 전문을 기사화할 것인지 기사 속에 삽입할 것인지 생각하고 있었다.

그녀는 누렇게 빛이 바랜 흠집투성이의 책상 앞에 앉아서 몇 장 남지 않은 편지지와 펜을 찾아내어 다음과 같이 적었다.

'클라이드, 모든 것은 하나님게 맡기거라. 하나님께서는 전능하시니까. 곧 상의하거라. 시편 제 51 편을 읽어라. 다음 재판에서는 너의 무죄가 증명될 것이다. 우리는 곧 네가 있는 곳으로 갈 것이다. 부모로부터.'

"이 대금은 드리는 것이 좋겠습니다."라고 그녀는 걱정스럽게 덧붙였다. 신문사측에 전보료를 부담시키는 것이 좋을지 어떨지 몰랐으며 또 클라이드의 백부가 자진해서 공소 비용을 대줄지 어떨지도 알 수 없었다. 상고하려면 돈이 많이 들 것이다. 그녀는 이어서 "전문이 너무 길지요?"라고 덧붙여 말했다.

"그런 염려는 하지 마십시오!"라고 세 기자 중의 또다른 사람이 말했다. 그는 그 전문을 읽어보고 싶었던 것이다. "쓰고 싶은 대로 다 쓰십시오. 그 비용은 저희가 부담할 테니까요."

처음 기자가 전문을 주머니에 집어넣으려는 것을 보자 세 번째의 기자가 날카로운 목소리로 말했다.

"이것은 사유물이 아니야. 나도 그것을 베껴야겠네. 자네가 주지 않으면 이 부인에게 다시 얻겠네. 그러니 자, 보자구!"

그래서 그 기자도 어머니가 뒤늦게나마 그들의 관계를 눈치채는 것 같아, 기사의 쟁탈전을 피하려는 듯 주머니에서 전문을 꺼내어 다른 기자들에게도 보여주고 그들은 모두 서둘러 전문을 베꼈다.

이런 일이 진행되고 있던 무렵 라이카거스의 그리피스 가 사람들은 상고할 것인지 어쩔지 또 그 비용에 대해서 상의했다. 그 결과 적어도 자기들이 상고 비용까지 부담해서 상고할 필요는 없으며, 상고에는 전혀 관심이 없다는 것을 분명히 했다. 이 사건 전체에서 받은 고통이나 사회적 지위의 파멸, 상업상의 영향은 차치하고라도 순간순간이 골고다(예수가 십자가를 지고 처형당한 지명. 견디기 어려운 무거운 짐, 고통을 그렇게 표현한 것)였다！ 길버트의 경우는 물론이고, 벨라의 사교계에서의 장래도. 지금은 직접 핏줄이 닿은 친척이 생각하고 실행한 계획과 범죄가 세간에 알려진다는 무서운 사실 때문에 완전히 전도가 막히고 말았다！ 부인뿐만 아니라 새뮤얼 그리피스도 어리석고 비실제적인 선행이었다는 생각이 들기도 했지만 자기의 선행에서 비롯된 이 파멸적인 재앙에 완전히 넋을 잃고 있었다. 지금까지 갖은 고생 끝에 쌓아올린 실업계에서의 경험에서 감상은 금물이라는 것을 뻔히 알고 있지 않았던가？ 클라이드를 만났던 순간까지 그는 전혀 외부로부터 영향을 받은 적이 없었다. 그러나 막내동생이 아버지한테 불공평한 대우를 받았다는 잘못된 생각을 갖고 있었다！ 그 결과가 이것이었다！ 아내도 딸도 행복한 세월을 보낸 고장을 떠나 망명자로서 —— 아마도 영구히 —— 보스턴 교외 에나 어디서 살거나 아니면 영원히 아는 사람들의 시선이나 동정을 견디며 살아가야 할지도 모른다！ 사업을 주식으로 개편하여 라이카거스나 다른 지방의 어떤 사람과 공동 경영을 하는 것이 좋을지 아니면 로체스터나 버 펄로나, 보스턴이나, 브룩클린이나 어디에 본공장을 세울 가능성이 있는 곳에 서서히가 아니라 일사천리로 공장을 이전시키는 것은 어떤지에 대해서 길 버트와 계속 상의했다. 이 불명예로부터 탈출하기 위해서는 라이카거스와 이 고장을 대표하고 있는 일체의 것으로부터 떠나는 길밖에는 없을 것이다. 이들 가족은 일단 생황을 바꿀 수밖에 없다. 적어도 사교라는 면에서는 그 러했다. 자기나 아내에게 불명예는 그리 대단한 것이 아니다, 자기들의 생애는 거의 끝나가고 있으니까. 하지만 벨라나 길버트나 마일러는 —— 아이들의 생활을 어느 고장에서 어떤 형태로 다시 시작하게 하려면 —— 어떻게 하는 것이 좋을까？

따라서 이미 재판이 끝나기 전부터 새뮤얼과 길버트는 남부 보스턴으로 옮길 결심을 하고 있었다. 그곳에서라면 이번 사건의 비참함이나 굴욕이 조금은 잊혀질 때까지 조용히 살 수 있을 것 같았다.

그리고 그러한 이유에서 클라이드에 대한 더 이상의 원조는 하지 않기로 했다. 사정이 이렇게 되지 베르납과 제프슨은 다시 한 번 침착하게 상의했다. 왜냐하면 실제로 시간은 귀중했으며 —— 지금까지 브리지버그에서 최상의 일을 해온 —— 이번 사건이 무거운 짐이 된 덕분에 많은 일을 맡게 되었던 터라 앞으로 무보수로 클라이드를 원조하는 것은 그들의 직업상의 이해 관계로 보더라도 불가능했으며 거기까지 자비심을 발휘할 수는 없다고 생각한 때문이었다. 실제로 상고한다면 이번 사건에는 상당한 비용이 들 것 같았다. 재판 기록은 너무나 방대했다. 소송 서류도 엄청나서 더욱 지출이 많아질 것이고 주 당국이 주는 돈은 너무나 적은 액수였다. 그러나 동시에, 제프슨이 지적하고 있듯이 서부에 있는 그리피스 부부가 전혀 무력하다고 처음부터 단정해버리는 것도 이상할 것 같았다. 그들 부부는 오랜 세월 동안 전도나 자선 사업을 해오지 않았던가. 현재의 비극적인 클라이드의 어려운 사정을 알리면 갖가지 수단을 동원하여 세간에 호소하여 적어도 상고에 필요한 최소한의 비용 정도는 모금할 수 있을지도 모르지 않은가? 물론 그들 부부는 지금까지 클라이드에게 아무런 원조도 해주지 않았으나 그것은 그럴 필요가 없다고 이쪽에서 그의 어머니에게 알렸기 때문이었다. 그러나 지금은 사정이 달라지지 않았는가.

"어머니를 이리 오도록 전보를 치는 것이 좋겠습니다."라고 제프슨이 제안했다. "어머니를 이리 오도록 우리가 알리면 오버월츠 재판장은 판결을 십일까지 연기시킬 수도 있을 것입니다. 그리고 그저 오라고 해서 만약 오지 못한다고 하면 여비는 우리가 부담하겠다고 합시다. 그러나 그의 어머니라면 여비도 장만할 수 있을 것이며, 상고를 위해 다만 얼마라도 돈을 장만할 것입니다."

그래서 어머니에게 전보와 함께 다음과 같은 내용의 편지를 보냈다.

'클라이드에게는 한 마디도 알리지 않았지만, 라이카거스의 친척은 금후 일체의 원조를 중단하겠다고 말했다. 또 판결은 10일 이전에 될 것이므로 클라이드의 장래를 위해서도 누군가 모습을 나타낼 필요가 있다. 가능하다면 어머니가 직접 오는 것이 좋다. 그리고 상고에 필요한 돈을 모금하거나 적어도 자금의 보증을 해줄 필요가 있다.'

어머니는 무릎을 꿇고 하나님께 도움을 간청했다.

"지금이야말로 전능하신 당신의 힘을, 당신의 무한한 자비를 보여주소서. 어디에나 계시는 당신께 도움을 기다릴 수밖에 없습니다. 그렇지 않으면 클라이드의 상고 비용은 물론 여비조차도 어떻게 마련할지 모르겠습니다."

그러나 무릎을 꿇고 기도하는 중에 한 가지 생각이 떠올랐다. 신문은 인터뷰를 하려고 자기를 쫓아다니고 있었다. 여기저기서 자기를 쫓아다녔다. 어찌하여 아들을 격려해주러 가지 않았는가? 이 점에 대해서 어떻게 생각하는가? 그렇다면 그토록 자기에게 시종 무언가 알아내려고 혈안이 되어 있는 어느 대신문의 편집자를 찾아가서, 현재 자기가 얼마나 절박한 처지에 놓여 있는가를 말해보아야겠다고 생각했던 것이다. 판결이 있는 날 아들 곁에 있을 수 있도록 그날에 맞추어 자기를 원조해주면 피고의 어머니인 자기가 재판에 관한 기사를 아들을 위하여 쓰는 것은 어떨까. 신문은 곳곳에 기자를 파견하고 있다. 자기가 생각하기로는 이번 재판 때도 파견될 것이다. 그렇다면 피고의 어머니인 자기를 파견해도 좋지 않을까? 자기도 말을 할 수 있으며 글도 쓸 수 있으니까. 실제로 자기는 지금까지 몇 권의 팜플렛도 쓴 적이 있지 않은가.

그런 생각에 미치자 그녀는 자리에서 벌떡 일어섰다가 곧 다시 꿇어앉았다. "하나님, 당신은 저의 기도에 답해주셨습니다!"라고 소리쳤다. 다시 일어나 낡아빠진 갈색 외투와 허름한 끈이 달린 보닛을 꺼내 —— 이것은 종교 관계자들의 틀에 박힌 복장이었다 —— 가장 크고 이름난 신문사로 달려갔다. 아들의 재판이 문제였으므로 그녀는 직접 편집장의 방으로 찾아갔다.

편집장은 큰 감명을 받았을 뿐만 아니라 관심을 보이면서 경의와 동정으로 그 이야기에 귀를 기울였다. 그녀의 사정을 이해하고 신문사로서도 이 문제에 관심을 가지고 있다는 태도였다. 그는 방에서 나가더니 잠시 후 다시 자기의 방으로 돌아왔다. 그러더니 3주간 통신원이 되어 달라. 그 후에나 부탁할 일이 있을 때는 연락을 취하겠다. 왕복 여비를 지급하겠으며 도와줄 조수를 딸려보낼 테니 그 기자한테서 통신문의 준비나 기사 작성법에 대해서 지도받기 바란다. 가능하다면 오늘 밤에라도 떠나는 것이 좋겠다. 한 시라도 빨리 떠나는 것이 좋을 테니까. 그리고 출발하기 전에 사진을 한두 장 찍도록 하자는 등등의 그런 애기를 하는 동안 그녀는 눈을 감고 얼굴을 들고 있었다. 그녀는 이렇게도 빨리 자기의 기도에 응답해주신 하나님께 감사를 드리고 있었던 것이다.

28

  12월 8일 한밤중이 조금 지나 보통 열차는 여행에 지친 한 여인을 브리지버그 역에 내려놓았다. 얼어붙은 추위에 반짝이는 별을 보며 혼자서 역무를 보고 있던 조역(助役)은 그 여자에게 브리지버그 센트럴 호텔로 가는 길을 가르쳐주었다. 정면의 길로 곧장 가서 두 번째 십자로에서 왼쪽으로 꼬부라져 두 블록을 가면 된다고 했다. 꾸벅꾸벅 졸고 있던 호텔의 야근 직원이 곧 방을 준비해주고 그 여자가 누구라는 것을 알자 형무소로 가는 길도 가르쳐주었다. 그러나 그녀는 잠시 생각한 끝에 지금은 시간이 좋지 않다고 판단했다. 그 아이는 자고 있지 않을지도 모른다. 아침 일찍 일어나서 가기로 하자. 여러 차례 전보를 쳤으니 그 아이도 내가 온다는 것을 알고 있을 것이다.
  이튿날 아침, 일곱시에 일어나서 여덟시에 편지, 전보, 증명서를 챙겨가지고 형무소에 모습을 나타냈다. 형무소 간수는 편지를 보고 신분을 확인한 다음 어머니가 왔음을 클라이드에게 알려주었다. 이 소식을 듣자 처음에는 낙담과 절망으로 어머니를 만나는 것이 두려웠으나 어머니 생각만 해도 기뻤다. 왜냐하면 지금은 사정이 달라졌기 때문이었다. 제프슨이 제공해준 그럴듯한 설명 덕분에 어머니의 얼굴을 보더라도 떨지 않고 자기는 무죄라고 말할 수 있을 것이다. 로버타를 죽이려고 계획한 적은 없다, 그 여자를 물에 빠져 죽게 할 생각은 전혀 없었다고 말이다. 그래서 서둘러 면회실로 가보니 슬랙의 호의로 그는 어머니와 단둘이 이야기하도록 되어 있었다.
  클라이드는 면회실로 들어가서 어머니가 자리에서 일어서는 것을 보자 달려갔다. 복잡한 클라이드의 속마음은 알 수 없었으나 그래도 어머니의 마음속에서 —— 아무런 비판없이 —— 아마도 자기를 감싸줄 성역(중세 때 법률의 힘이 미칠 수 없었던 사원. 범인도 이곳으로 도망치면 법률의 손길에서 빠질 수 있었다.), 동정, 도움을 찾아낼 수 있을 것이라는 확신도 있었다. 무언가가 목구멍을 가로막는 것같이 느끼면서도 그는 가까스로 이렇게 소리칠 수 있었다.
  "어머니 잘 와주셨군요."
  그러나 어머니는 완전히 정신을 잃은 듯 아무 말도 하지 못했다. 다만 사형선고를 받은 아들을 두 팔로 끌어안고 아들의 머리를 어깨에 갖다대고 하늘을 우러러볼 뿐이었다. 주님되신 하나님은 어머니에게 여기까지 올 수 있도록 은혜를 베풀어주셨다. 그리고 아들에게 궁극적으로 자유를 —— 또는 그렇게까지는 되지 않더라도 새로운 재판을 —— 물론 그런 은혜는 아직 입지 않았더라도 증거를 공평하게 다룰 수 있게 되도록 해주었다. 두 사람은 잠시 말없이 그렇게 서 있었다.

그리고 고향의 근황, 어머니가 여기까지 오게 된 경위, 회견 기사를 쓰게 된 일, 나중에 판결 재판이 열릴 때는 법정에 같이 가겠다는 것 등. 클라이드는 그러한 사태를 생각하자 정신이 아찔했다. 어머니 말에 따르자면, 자기의 장래는 어머니의 노력 여하에 달려 있는 것 같았다. 라이카거스의 그리피스 가는 자기들의 사정도 있어서, 더 이상 원조해주지 않기로 했다. 그러나 정당한 주장을 가지고 대항할 수 있기만 하다면 구죄될 수 있을지도 모른다. 주님은 여기까지 도와주시지 않았느냐? 정당한 주장을 가지고 세간이나 주님과 대면하기 위해서는 너의 입을 통해서 직접 들어보지 않으면 안 된다. 지금. 로버타를 구타한 것은 고의인가 우연인가, 죽도록 내버려둔 것은 고의인가 우연인가 진실을 듣지 않으면 안 된다. 나는 너의 증언이나 편지를 읽고 증언이 미비하다는 것도 적고 있다. 그러나 메이슨이 주장하고 있는 것은 진실일까, 허위일까?

클라이드는 언제나 마찬가지로 어머니의 타협없는 정직함에 압도되어 단단히 마음을 다져 먹고 —— 그래도 마음속에 비밀스런 전율을 느끼면서 —— 무슨 일이 있어도 진실을 말하겠다고 맹세했다. 클라이드는 자기가 고발된 그러한 죄는 절대로 범하지 않았다고 말했다. 그러나 어머니는 아들을 지그시 관찰하더니 눈을 약간 깜박인다는 것을 느꼈다. 이 아이는 철두철미한 확신이 없다, 내가 바라는 만큼 자신도 없으며 신념이 없다. 내가 기도했던 만큼은. 아니 그렇게 말했을 때의 태도, 그 말에는 무언가가 —— 자신이 없어 보이는 억양 —— 당혹해 하는 듯한 느낌을 주는 것 같았으며 몸이 굳어버리는 것 같았다.

이 아이에게는 적극적인 데가 없다. 그렇다면 내가 이 말을 처음 들었을 때 놀랐던 것처럼 미리 그 사건을 계획했을지도 모른다. 적어도 부분적으로는. 그 인적이 드문 쓸쓸한 호수에서 구타했을지도 모른다! 그것은 아무도 모른다! 그러한 생각을 떨쳐버릴 수 없었다. 그런데도 아들은 정반대의 증언을 하고 있는 것이다.

"여호와시여, 어머니와 아들이 가장 암울한 경우에 처해 있을 때, 아들에 대한 불신으로 그 아들의 죽음을 확실하게 할 수는 없습니다. 그런 것을 바랄 수는 없습니다. 오오, 하나님의 어린 양이시여. 당신이 그런 것을."

어머니는 어두운 의혹의 조각으로 가득 찬 머리를 뒤꿈치로 짓밟아 뭉갰다. 클라이드가 죄를 두려워하듯이 어머니는 그 의혹이 두려웠다.

"아아 압살롬(다윗왕의 셋째 아들. 아버지를 배반했다가 살해되었다. 여기서는 개탄하는 말로 사용되고 있다.), 나의 압살롬이여! 우리가 그런 생각을 품는 것은 이제 버리자. 하나님 자신도 그러한 생각은 어미에게 강요하지는 않을 것이다."

이 아이는 —— 나의 아들은 —— 내 앞에서 그런 일은 하지 않는다고 맹세했다. 나는 그 말을 믿어야 한다. 전적으로 믿도록 하자. 믿으려 했고 또 실제로 믿었다. 어머니의 비참한 마음속 깊숙이 그 어떤 의혹의 악마가 숨어 있더라도. 이제 세상 사람들도 내 기분을 이해해주지 않으면 안 된다. 어머니와 아들이 그 길을 찾아보자. 너도 믿고 기도하지 않으면 안 된다. 성경은 갖고 있니? 성경을 읽었느냐? 클라우드는 형무소 직원의 한 사람으로부터 이미 오래 전에 성경을 입수했으므로 갖고 있으며 또 읽고 있다고 어머니를 안심시켰다.

어머니는 곧 변호사를 만나러 갔으며 다음에는 신문사에 기사를 보내야 했으므로 그 일을 마치면 다시 오겠다고 했다. 그러나 일단 거리로 나서자 곧 몇 사람의 신문 기자에게 잡히어 그녀가 여기에 오게 된 계기에 대한 끈질긴 질문을 받았다. "당신의 아들의 무죄를 믿고 있는가? 어찌하여 지금까지 오지 않았는가?" 그녀는 그녀 특유의 가식없는 성실한 태도와 어머니다운 어조로 사정을 설명하고 왜 이곳에 왔느냐에 대해서만이 아니라 지금껏 오지 않았던 이유까지 다 얘기해주었다. 그러나 이곳에 온 이상 가능하다면 오래 있고 싶다. 아들은 죄가 없다고 나는 믿고 있으며 주님은 아들을 위하여 구제의 길을 열어주실 것이다. 당신들도 나를 도와주시도록 하나님께 기도해줄 수 없을까? 나의 성공을 기도해줄 수 없을까? 그러자 몇 사람의 기자들도 감명을 받아 꼭 기도해주겠다고 약속해주었다. 그리고 그 뒤에는 세간 전체에 대해서 그녀의 있는 그대로의 모습을 전했다. 연령은 중년이며 소박하고 신앙심이 돈독하며 단호하고 성실하며, 고지식하고 아들의 무죄에 대해서는 감동적인 신념을 갖고 있다고 신문에 썼다.

그러나 라이카거스의 그리피스 가 사람들은 그것을 알자, 어머니가 온 것은 또 하나의 타력이라고 생각하여 화를 내고 있었다. 독방에 갇혀 있는 클라이드는 나중에 그 기사를 읽자 지금까지 자기와 관계가 있는 것은 모두 굉장한 선전의 힘을 가졌다는 사실에 적지않은 충격을 받았다. 그러나 어머니가 곁에 있어 주어서 이내 단념하고 얼마 후에는 행복한 기분이 되기도 했다. 어떤 결점이나 단점이 있다 하더라도 자기의 어머니가 아닌가. 그리고 자기를 돕기 위해 와 계신 것이다. 세상이 그것을 어찌 생각하든 그런 것은 상관없다. 자기는 죽음의 그림자 안에 있지 않은가? 그런데도 어머니는 자기를 버리지 않으셨다. 게다가 이렇게 덴버의 신문사와 관계를 갖는 등 수완을 발휘하셨다. 그것은 칭찬받아 마땅한 일이다.

어머니는 전에 이런 일을 한 적이 없었다. 그리고 빈곤 속에 있더라도 이 새로운 재판 문제를 해결하고 그의 생명을 구하는 일이 꼭 불가능하다고만은 말할 수 없다. 꼭 그럴 만한 힘이 없다고 단정할 수만은 없지 않은가? 그런데도 자기는 그러한 어머니에게 너무 무관심했으며 죄를 저질렀던 것이다! 너무나 많은 죄를! 그런데도 어머니는 여기까지 와주셨다. 지금도 걱정하시며 애정을 가지고 아들이 믿고 있는 대로 서부의 신문에 기사까지 써서 아들의 생명을 구하려고 애쓰고 계시다. 초라한 외투, 시대에 뒤진 모자, 무표정한 얼굴, 어딘지 둔탁하고 거친 동작도 최근까지 그렇게 생각하고 있었던 것같이 흉한 꼴로는 보이지 않았다. 자기의 어머니이며, 자기를 사랑하고, 믿고 자기를 구하기 위해 노력하고 계신 것이다.

한편 베르납과 제프슨은 처음에 그녀를 만났을 때는 그다지 감명을 받지 못했었다. 그들은 이렇게 거칠고 무지하면서도 신념만은 강한 인물이라고는 예상하지 못했었다. 볼이 널찍하고 굽이 낮은 신, 기묘한 모자, 낡아빠진 갈색 외투가 눈에 띄었으나 몇 분이 지나자 그녀의 성실함이나 신념, 아들에 대한 애정, 흔들리지 않는 정신적인 결의와 희생적인 마음, 인간적인 청결함과 순수함이 담긴 시선에 이끌리게 되었다.

두 변호인은 개인적으로 나의 아들은 무죄라고 믿고 있는 것인지 나는 무엇보다도 그것을 알고 싶습니다. 아니면 속으로는 이 아이는 유죄라고 믿고 있습니까? 나는 상반된 증거에 고민해왔습니다. 하나님은 나와 나의 아들에게 무거운 십자가를 짊어주셨습니다. 하지만 하나님의 이름이 찬양되기를 ! 두 사람은 모두 어머니의 큰 관심을 보고 느끼게 되자 자기들은 클라이드의 무죄를 확신하고 있다고 말했다. 만약 검사가 주장하는 범죄로 처형된다면 정의를 우롱하는 것이 된다.

하지만 막상 어머니를 만나보자, 두 사람은 더 이상 재판을 지속할 자금이 없음에 당혹해 했다. 여기까지 오게 된 방법과 그녀가 무일푼임을 알게 되었기 때문이다. 적어도 상고하려면 2천 달러는 있어야 한다. 그것은 틀림없는 사실이다. 그녀도 사무실에 한 시간이나 있으면서 공소의 기본적인 비용이 얼마나 필요하다는 것은 알았지만 변호사가 제출해야 할 서류 준비나 상고 이유서, 여비 등에 필요한 돈을 어떻게 마련할 수 있을지 모르겠다는 말만 되풀이했다. 이때 그녀는 변호사들도 좀 의아하게 생각했지만 갑자기 감동을 불러일으킬 듯한 극적인 어조로 소리쳤다.

"주님은 저를 버리지 아니하셨습니다. 저는 그것을 알 수 있습니다. 주님은 저에게 분명히 말씀하셨습니다. 덴버에서 주님은 저를 신문사로 인도하여 주셨습니다. 그리고 여기까지 오게 하셨으니 주님께 맡기면 주님은 저를 인도해주실 것입니다 ! "

그러나 베르납과 제프슨은 납득이 가지 않는다는 듯 놀라움을 나타내면서 서로 얼굴만 쳐다볼 뿐이었다. 대단한 신앙이다 ! 대단한 복음의 선교자임에 틀림없다 ! 그 순간 제프슨은 좋은 생각이 떠올랐다. 어느 고장에나 고려에 넣지 않는 종교적 요소가 존재하고 있다. 이러한 신앙심처럼. 가령 라이카거스의 그리피스 가가 완고하게 마음을 움직여주지 않을 때는 —— 그때는 —— 교회나 신앙심이 두터운 사람들을 이용하여 지금까지 클라이드에 강한 비난을 퍼부었으며 유죄 판결을 확실하게 한 사람들이 탄원하고 이 사건의 공소에 필요한 자금을 모금하는 것도 가능하지 않을까 ? 이 고립된 어머니와 아들에 대한 신뢰.

지금 곧 ! 적당한 액수의 입장료로 강연회를 연다. 거기에서 그녀는 곤경에 처한 상황을 말해주고 자기 아들의 주장이 정당하다는 말을 전할 수 있을 것이다. 편견에 차 있는 민중의 동정을 획득하여 그 기회에 상고를 위하여 2천 달러의 비용을 모을 수도 있을 것이다.

제프슨은 그녀 쪽으로 몸을 돌려 이런 사정을 말하고, 강연 원고나 메모

등 —— 그의 주장을 요약한 것 —— 1회분의 강연에 적합한 양을 그녀가 적당히 자기의 스타일로 바꾸어 말할 수 있는 원고 —— 그녀의 아들에 대한 기초적인 일체의 자료 —— 를 제공해주겠다고 제의했다. 그러자 그녀도 빛에 그을린 볼에 홍조를 띠우면서 눈을 반짝이며 동의했다. 자기가 할 수 있는 일이란 그 길밖에는 없었으니까. 이것이야 말로 최악의 시련에 빠진 그녀에게는 하나님의 목소리였으며, 인도의 손길이 아니었을까?

이튿날 아침, 클라이드는 선고를 받기 위해 출정했는데 어머니도 그리피스의 곁에 앉아 많은 방청객이 지켜보는 가운데 종이와 연필을 들고 메모를 하고 있었다. 피고의 어머니가 신문기자 역을 맡았다니! 그러한 일가의 광경은 어딘지 그로테스크하고 무감각하고 괴팍스럽기까지 하다. 더구나 라이카거스의 그리피스 가와는 가까운 친척이라는데.

클라이드는 어머니가 곁에 있어서 용기를 잃지 않았다. 어제 오후, 어머니는 형무소에 찾아오셔서 그러한 계획을 말해주시지 않았던가? 그리고 이것이 끝나면 그 판결이 어찌 되었든 그 일을 시작하실 것이다.

그래서 이 최악의 순간에 자기도 놀랄 정도로 냉정하게 오버월츠 앞에 서서 자기의 죄상과 판결 —— 오버월츠는 공평하고 치우치지 않은 것이라고 선언했다 —— 에 귀를 기울이고 있었다.

"피고는 법에 의한 사형 선고에 대해서 부당하다는 어떤 이유가 있는가?"

그 질문에 대해서 어머니나 방청객도 놀란 것은(사전에 조언해주었으며 그렇게 말하라고 일렀던 제프슨을 별도로 한다면) 클라이드가 또렷하고 자신 있는 목소리로 이렇게 대답했기 때문이었다.

"나는 기소장에서 말한 범죄에 대해서는 무죄입니다. 나는 결코 로버타 올덴을 살해하지 않았습니다. 그러므로 이 판결은 부당하다고 생각합니다."

그는 어머니가 자기에게 보인 칭찬과 애정의 표정만 의식하면서 똑바로 앞만 바라보고 있었다. 아들은 결정적인 순간에 이토록 많은 사람들 앞에서 이렇게 확실하게 선언했다. 형무소에서는 어쨌든 여기서는 진실을 말하고 있다. 그렇다면 아들은 무죄인 것이다. 하늘에 계신 주님을 찬양하라. 그래, 자기의 통신문 속에서도 이 점을 특히 강조할 수 있었다. 이 점이 모든 신문에 게재되고, 나중에 자기의 강연 재료로도 사용하도록 해야겠다.

그러나 오버월츠는 추호의 놀라움이나 동요도 보이지 않고 다시 계속했다.

"그 밖에 할 말이 있는가?"

"없습니다."라고 클라이드는 잠시 머뭇거리다가 그렇게 대답했다.

다음에 오버월츠는 결론을 내렸다.

"클라이드 그리피스, 본 법정의 판결은 아래와 같다. 로버타 올덴의 제1급 살인범으로 평결을 받은 클라이드 그리피스에게 사형을 선고한다. 카탈라키 군 보안관은 당법정의 당일 열린 특별 공판이 있은 지 십일 이내에 오번에 있는 뉴욕 주립 형무소장에게 피고를 인도하여, 피고는 19××2년 1월 28일 월요일 독방에 감금하고 오번에 있는 뉴욕 주립 형무소장은 지정된 주내의 적당한 날에 피고 클라이드 그리피스를 뉴욕 주 법률의 법규에 따라 사형을 집행할 것을 위임한다."

선고가 끝나자 어머니는 아들에게 미소를 보냈으며 아들도 이에 답하여 어머니에게 미소를 보냈다. 왜냐하면 클라이드는 자기는 무죄라고 법정에서 말했으므로 어머니의 의기는 조금도 상실되지 않았기 때문이었다. 아들은 정말 무죄였다. 법정에서 그렇게 선언했으니 무죄임이 틀림없다. 클라이드도 어머니의 미소를 보자 어머니도 그렇게 믿어주고 있다고 자위했다. 어머니는 그런 많은 불리한 증거가 있었는데도 결코 동요하지 않았다. 그리고 이 신념은 틀림이 없으므로 그에게 힘을 주었다. 그것은 매우 필요한 것이다. 그리고 지금 자기가 말한 것이 진실인 것처럼 생각되었다. 그러니까 나는 무죄인 것이다. 그런데 크라우트와 슬랙은 또 나를 독방으로 데리고 갔다.

잠시 후 어머니는 신문 기자석에 앉아 주위에 모여든 신문 특파원들에게 설명을 계속했다.

"신문 기자 여러분, 나를 나쁘다고 생각하지 않으시겠지요. 이런 것은 잘 알지 못하기는 하지만 이렇게 하지 않고는 아들의 곁에 있어줄 방법이 없었습니다. 이렇게 하지 않았더라면 나는 이곳에 올 수도 없었습니다."

그러자 한 키 큰 기자가 다가와서 말했다.

"걱정할 것 없습니다, 어머니. 뭐 도와드릴 일은 없을까요? 당신이 쓸 기사라도 정리해드릴까요? 기꺼이 도와드리겠습니다."

그러자 그 기자는 그녀의 곁에 앉아 덴버 신문의 마음에 들게끔 기사를 정리하는 일을 도왔다. 또 다른 기자들도 자기들이 할 수 있는 일이라면 무엇이고 해드리겠다고 했다. 그들은 무척 감동해 있었다.

이틀 후 구치 명령서가 갖추어지고 어머니에게도 구치 변경 통지가 보내졌으나 동행은 허용되지 않았다. 클라이드는 뉴욕 주 형무소인 오번으로 옮겨졌으며 '죽음의 집'이나 '살인 거리'라 불려지는 곳에 —— 이층 건물로 스물두 개의 독방이 있는 —— 인간이 견뎌낼 수 있는 장소로는 더없이 비참하고 음침한 지옥 같은 감방에, 재심사나 사형이 집행될 때까지 수용되었다.

그러나 브리지버그에서 이 감방으로 옮기는 도중 각 역마다 많은 군중이 모여 있었다. 남녀노소 누구나가 이 젊은 살인자를 한 번 보려고 모여 있었다. 또 젊은 여자들은, 겉으로는 안됐다는 듯한 관심을 보이면서도 불행할지는 모르지만 대담하고 로맨틱한 이 인물에게 친밀감을 보여주려는 듯이 여기저기서 꽃다발을 던지거나 열차가 다음 역으로 떠나기 시작하면 큰소리로 외쳐댔다.

"안녕 클라이드! 곧 또 만나게 되겠지요. 그런 곳에 그렇게 오래 있어서는 안 돼요."라거나 "당신이 상고하면 틀림없이 무죄가 될 거예요. 꼭 그렇게 되었으면 좋겠어요."라고.

클라이드는 브리지버그의 군중이 보인 태도와 이 갑작스럽고 병적이고, 뜨거운 열광적인 호기심이라는 모순에 놀라기도 했으며 또 용기를 얻어 미소를 보이거나 손을 흔들어주기로 했다. 또 호송역을 맡은 크라우트나 시셀도 체포자이며 간수라는 직책상, 좋은 의미에서건 나쁜 의미에서건 이름이 알려져 열차의 승객이나 군중 한 사람 한 사람으로부터 주목을 받게 되자 기분이 좋아져서 우쭐거렸다.

체포된 후 처음 맛보는 짧고 화려한 외출도 곧 끝났다. 대기하고 있는 군중이나 겨울 햇빛을 받은 밭과 눈에 덮인 산길을 지나자 라이카거스, 손드라, 로버타의 일, 최근 20개월 사이에 운명적으로 알게 된 모든 것들이 만화경처럼 떠올랐다. 이윽고 오번을 에워싸고 있는 잿빛 벽이 나타나자 형무소장의 사무실에서 한 간수에서 인계되어 성명이나 죄상을 기입하고 두 사람의 조수에게 이끌려 목욕과 이발을 끝내고 —— 무척 자랑스럽게 여겨오던 물결치던 검은 머리카락을 잘렸다 —— 가로무늬가 있는 죄수복과 같은 천으로 만든 보기 싫은 모자, 죄수용 바지, 감방을 뚜벅뚜벅 걷더라도 발자국 소리도 나지 않을 무거운 잿빛 펠트 신발과 7721이라는 죄수 번호를 받았다.

죄수복으로 갈아입자 곧 사형수 전용의 방으로 옮겨져 아래층 독방에 수감되었다. 그곳은 8피트에 10피트의 크고 네모난 밝고 깨끗한 방이었는데, 간이 침대, 테이블, 의자와 책꽂이 외에 배수 시설도 갖추어져 있었다. 그리고 주위에 다른 감방 즉 복도 좌우에 감방이 늘어서 있다는 것은 곧 알지 못했다. 그는 처음에는 서 있었으나 곧 자리에 앉으려 했다. 브리지버그에서의 친밀했던 생활이나 또는 이곳에 오는 도중에 각 역에서 본 군중이나 광경도 그의 마음에 떠오르지 않았다.

계속되는 병적인 긴장과 사형 선고, 모든 사람들이 성원해준 이번 여행, 아래층 형무소 이발관에서 머리를 깎인 것, —— 머리를 깎아준 사람도 죄수였다 —— 이제는 자기의 것이 되었으며 또 실제로 입고 있는 죄수복이 보일 뿐이었다. 이곳에는 거울이 없었다. 아니 아무 데도 없다. 그러나 그런 것은 아무래도 좋다. 지금 자기의 꼴이 어떠할 것이라는 것은 느낄 수 있다. 이 헐렁한 상의와 바지와 무늬가 있는 모자. 그는 비참한 생각이 들어 모자를 바닥에 팽개쳤다. 왜냐하면 한 시간 전까지만 해도 멋진 상의와 와이셔츠에 구두를 신고 있었으며, 브리지버그를 출발할 때는 자기가 생각해도 의젓한 모습이었기 때문이었다. 그런데 지금은 꼴 사나울 것이 틀림없다. 그리고 내일에는 어머니가 오실 것이다. 그 다음엔 베르납이나 제프슨도 올 것이다. 아아!

그러나 더욱 나쁜 것은 맞은편 독방에 자기와 똑같은 옷을 입고 있는 혈색이 좋지 않고, 깡마르고 음험하게 생긴 중국인이 문가에서 야릇하게 가는 눈으로 이쪽을 보고 있다가 곧 돌아앉아 몸을 긁기 시작했다. 아마 벌레에 물려서일 것이라고 생각하니 클라이드는 갑자기 무서워졌다. 브리지버그에도 빈대가 있었다.

그 중국인은 살인범일 것이다. 이곳은 사형수 감방이니까. 그러나 나도 이곳에 있다. 더구나 똑같은 옷을 입고. 다행인 것은 면회인은 별로 오지 않을 것이라는 점이다. 어머니의 말에 의하면 면회는 극히 제한되는 모양이다. 어머니와 베르납과 제프슨과 클라이드가 선정한 목사가 주 1회 올 뿐이라는 것이다. 그러나 이제 낮에는 차단되지 않는 폭넓은 빛, 밤에는 방 밖의 복도에 있는 백열등과 딱딱한 흰 벽이 보일 뿐이었다. 그래도 브리지버그와는 전혀 다르다. 확실히 더 밝았다. 그것은 형무소가 낡았으며 벽은 잿빛을 띤 갈색으로 별로 깨끗하지 않았으나 독방은 여기보다 넓고 가구도 훨씬 많았다. 십자로 된 테이블 위에는 책, 신문, 체스나 체커의 판이 놓여 있었다. 그런데 이곳에는 아무것도 없었으며 딱딱하고 좋은 벽, 튼튼한 천장까지 뻗쳐 있는 쇠창살 그리고 둔중한 철문과 식사를 넣어주는 작은 구멍이 나 있을 뿐이었다.

그때 어디선가 목소리가 들렸다.

"이봐! 신입생이 들어왔다. 일층 동쪽 이호실이다."

그러자 다른 목소리가 말했다.

"알아. 그런데 어떤 녀석이지?"

그리고 세 번째 목소리.

"그자 이름이 뭐라고 했지? 겁낼 필요는 없어. 우리는 똑같은 운명이니까."

곧 최초의 목소리가 두 번째 목소리에게 대답했다.

"키가 크고 깡마른 녀석인데, 새파란 애야. 아직 젖냄새가 나는 것 같아. 이봐, 이름을 대봐!"

클라이드는 깜짝 놀라서 아무 말도 못 하고 생각에 잠겼다. 어떻게 대답해야 좋을까? 어떻게 대답해야 —— 어떻게 해야? 이자들과 친하게 지내야 하나? 클라이드는 곧 공손하게 클라이드 그리피스라고 대답했다.

그러자 아까의 한 목소리가 말했다.

"그러냐? 우리는 네가 무슨 짓을 했는지 알고 있다. 잘 왔다. 그리피스. 우리는 그렇게 나쁜 인간은 아니다. 너에 대한 것이나 브리지버그에서 있었던 일은 신문에서 보았다. 그리고 이곳에 오게 되리라고 믿고 있었지."

그러자 또 다른 목소리가 말했다.

"너무 낙심할 필요는 없다. 세간에서 알고 있듯이 이곳도 그렇게 형편없는 장소는 아니야. 비나 이슬을 피할 수 있는 지붕도 있으니까."

그러자 웃음소리가 들려왔다.

그러나 완전히 겁에 질려 말도 나오지 않을 만큼 기분이 나빠졌던 클라이드는 슬픈 눈으로 벽이나 철문을 바라보고 있었는데, 이윽고 중국인 쪽을 보니 그 역시 문 곁에 서서 이쪽을 빤히 응시하고 있었다. 무섭다! 무서워! 그리고 저들은 저런 식으로 이야기를 나누고 새로운 동료에게도 저렇게 친밀하게 말을 걸어온다. 이쪽의 비참함이나 어색함이나 두려움 등은 쳐다보려

하지도 않는다. 그러나 살인자가 다른 사람에게 겁을 먹거나 비참해 할 필요는 없었지만 무엇보다도 기분이 나빴던 것은 자기에 대한 모든 것을 알고 있었으며 자기가 이곳으로 오리라는 것을 알고 있었다는 점이다. 상대가 마음에 들지 않으면 그들은 투덜거리거나 골려주거나 귀찮게 굴지는 않을까? 만약 손드라나 이제까지 알고 있던 누군가가 지금 자기의 꼴을 보게 되거나 상상한다면……아아! 내일은 나의 어머니가 오시는 날이다.

한 시간이 지나 저녁때가 되자 카가 크고 창백한 얼굴의 브리지버그의 간수보다는 좋은 제복을 입은 간수가 식사를 담은 쇠 접시를 구멍으로 들이밀었다. 식사! 더구나 이런 장소에서 저 혈색이 좋지 않은, 지금이라도 쓰러질 듯한 중국인도 저쪽에서 자기 몫의 접시를 받아들고 있다. 저녀석은 누구를 죽였을까? 어떤 식으로? 이윽고 여러 독방에서 요란하게 식기가 덜거덕거리는 소리가 들렸! 그 소리는 인간이라고 하기보다는 먹이를 받은 동물같이 느껴졌다. 먹거나 접시를 닥닥 긁거나 떠드는 자도 있었다.

"빌어먹을! 싸늘하게 식은 콩, 프라이드 포테토, 커피 말고는 이곳 취사 당번들은 아무것도 못 만드나?"

"오늘 밤의 커피는……정말 질렸어……버팔로 형무소는 그래도……."

"그 얘긴 이제 그만 해."라고 다른 쪽 구석의 목소리가 말했다. "버펄로 형무소의 음식 이야기는 귀가 따갑도록 들었으니까."

"하지만 말이야."라고 최초의 목소리가 다시 말했다. "지금 생각해보면 그때 음식이 훨씬 좋았어."

"이봐 라파티, 그런 얘기는 집어치우라구."라고 다른 목소리가 말했다.

그러자 그 '라파티'라는 사나이가 다시 입을 열었다.

"식사 후에는 낮잠을 좀 자고 나서 운전사를 불러서 드라이브나 나가자구. 오늘 밤의 공기는 아주 싱그러우니까."

그러자 이번에는 다른 쉰 목소리가 말했다.

"너는 그런 생각밖에는 하지 못하니? 나는 생명과 바꾸더라도 담배가 피우고 싶다. 그리고 트럼프 놀이도"

'여기서는 트럼프 놀이를 하게 하는 모양이지.'

클라이드는 그렇게 생각해 보았다.

"로젠슈타인은 이곳 시장 선거에 패배하자 트럼프 놀이는 허락하지 않는다고 했어.”

“하지만 그렇지도 않은 모양이던데？”

그렇게 말한 것은 로젠슈타인인 모양이었다.

클라이드의 왼쪽 독방에서 지나가는 간수에게 말하는 소리가 들렸다.

“잠간！ 올바니에서는 아직 아무런？”

“아무런 소식도 없다, 하면.”

“편지도 오지 않았나요？”

“오지 않았네.”

그 목소리는 무척 긴장하고 비참하게 들렸는데 곧 잠잠해졌다.

곧 저쪽 독방에서 영혼이 더 이상 깊숙이 가라앉을 수 없는 듯한 목소리가 들려왔다 —— 구제할 수 없는 절망을 담아서.

“아아, 하나님！ 아아, 하나님！ 아아, 하나님.”

다음에는 위층에서 다른 목소리가 들렸다.

“아아, 하나님！ 저 농부 녀석 또 발작을 일으키는군！ 더 이상 못 견디겠어. 간수님！ 간수님！ 저 녀석에게 마약을 먹여주십시오.”

또 밑바닥에서 들리는 듯한 소리.

“아아, 하나님！ 아아, 하나님！ 아아, 하나님！”

클라이드는 주먹을 불끈 쥐고 일어섰다. 신경이 팽팽해지고 지금이라도 신경이 끊어져버릴 것만 같았다. 살인！ 아마도 그는 곧 사형에 처해질 모양이다. 아니면 자기의 운명이나 마찬가지로 무언가 무서운 것을 한탄하고 있는 모양이다. 고민하는 목소리！ 저 브리지버그에서 적어도 마음속으로 몇 번이나 신음했던가！ 아아！ 자기 말고도 그런 사람이 있는 모양이다.

오늘 날도, 오늘 날도, 오늘 밤도, 오늘 밤도 틀림없이 이런 것의 되풀이일 것이다. 그러다가 어찌될 것인지는 아무도 모른다. 상고라도 하지 않는 이상. 그러나 아니！ 안 된다！ 나는 다르다, 달라. 내가 처형될 날이 오다니. 아아, 견딜 수 없다. 그렇게 되려면 일 년은 더 걸려야 한다. 적어도 제프슨은 그렇게 말했다. 경우에 따라서는 이 년도. 그러나 그때는！ ……이 년 후에는！ 이 년이란 짧은 기간이 지난 다음에는……. 그런 생각을 하자 오한이 나듯이 몸이 부들부들 떨렸다.

여기에도 어디에도 있는 저 다른 방！ 이곳도 그 방과 이어져 있을 것이다.

그것은 알고 있었다. 문이 있고. 그것이 그 의자와 통해 있다. 그 의자에.
  곧 또 아까의 목소리가 들렸다.
  "오오, 하나님! 오오, 하나님!"
  클라이드는 한쪽으로 쓰러져 양손으로 귀를 막았다.

29

  이 특정한 형무소의 '사형수 감방'은 본래 누구의 책임도 아닌 인간의
무감각이나 우열이 만들어내어 유지하고 있는 것 중의 하나였다. 그 전체의
계획이나 수속은 일련의 법규상의 규정에서 생겨난 것이며 거기에 여러
간수의 기질이나 일견 필요하다고 생각되는 판단이나 강제를 가한 것이었지만
그 중 —— 누군가가 생각해낸 것이 아니라 점차 —— 불필요하고 실제로는
인정할 수 없는 잔혹함 또는 우매하고 파괴적인 괴로움을 그러 모아 강제된
것이었다. 일단 배심원의 평결이 나면 판결이 요구하고 있는 사형뿐만 아니라
그 전에 무수한 고통을 맛보지 않으면 안 되었다. 왜냐하면 이 감방은 수감자의
생활이나 행동을 통제하는 규칙에 의해서만이 아니라 방 그 자체의 배치에
의해서 어쩔 수 없이 고통을 맛보지 않으면 안 되었기 때문이었다.
  이 건물은 30피트에 50피트의 넓이로 돌과 콘크리트와 강철로 되어 있으며
바닥에서 약 30피트쯤 위쪽 지붕에 천창(天窓)이 나 있었다. 아마 지금도
문에서 연락을 취하고 있는 이전의 조악한 사형수 감방을 개량한 것이겠지만
세로로 난 복도로 구분되어 있으며 그 복도를 따라서 일층에는 한쪽에 여섯
개의 방이 각각 8피트, 10피트 넓이의 독방이 열두 개가 있으며 서로 마주보고
있었다. 그 위에도 발코니 독방이라는 이층에 있는 방이 있고 또 그 한쪽에는
독방이 다섯 개가 있었다.
  그러나 큰 복도 즉 아래쪽의 같은 수의 독방을 좌우로 갈라놓은 복도의
중앙에는 또 하나의 보다 좁은 복도가 있었는데 그 한쪽은 지금 구 사형수
감방이라 불리는 건물 —— 현재 그곳은 신 사형수 감방에 수감된 죄수들의
면회실로 사용될 뿐이었다 —— 로 통하고 그 맞은쪽 끝은 전기 의자가 있는
처형실로 통하고 있었다. 아래쪽 복도가의 독방 중 두 방은 —— 좁은 복도와의
교차점에 있는 —— 처형실 문에 면해 있었다. 같은 모서리의 반대편 두 방은

구 사형수 감방으로 통하는 통로에 면해 있었다. 그리고 매우 고민을 한 끝에 붙인 호칭이겠지만 지금은 사형수용 응접실이라 불려지고 있는 그곳에서 매주 2회 가족이나 변호사에 한해 면회할 수 있었다. 그러나 그 이외의 사람은 면회가 허용되지 않았다.

구 사형수 감방 —— 즉 현재의 응접실 —— 에는 지금도 독방이 있으며 이 응접실 계획의 불가분한 부분으로 되어 있는 이들 독방은 모두 복도 아래 한쪽으로 늘어서 있어서 죄수들이 서로 상대를 볼 수 없도록 되어 있었다. 각 방의 정면은 철망을 친 창이 있었고 녹색 커튼이 쳐져 있었는데 커튼은 걷어올릴 수 없게 되어 있었다. 왜냐하면 전에는 새로운 죄수가 들어올 때나 나갈 때 또는 매일 산책이나 목욕을 갈 때 커튼을 내렸었는데 이전에는 처형실이 있던 서쪽의 작은 철문 쪽으로 끌려갈 때 커튼을 내렸다. 같은 형무소의 죄수가 보지 않도록 하기 위해서였다. 그러나 구 사형실은 깊은 고독이 있기는 해도 이 의례와 사생활 보장이라는 이유에서 또 비인간적이라 생각되어 후에 사려 깊은 당국에 의해 새롭고 전보다는 좋은 사형실로 만들어졌다.

확실히 새로운 감방에는 구 감방을 특징지웠던 좁고 음침한 독방은 없었다. 전에는 천장도 낮고 변기 같은 설비도 형편없었으나 새로운 감방은 천장도 높고 독방 안과 복도도 조명이 밝았으며 어느 독방이나 적어도 8피트 10피트 정도는 되었다. 그러나 이전의 감방에 비교하면 독방의 문에 커튼은 달려 있었으나 철망 창문이 없다는 큰 결점이 있었다.

이곳 감방의 경우처럼 모든 방이 두 층에 집중되어 있는 경우에는 한 사람 한 사람의 성격이 다 달랐기 때문에 심술궂은 자, 병적인 사람 또는 완전히 기운을 잃고 절망한 사람들의 소름 끼치는 기분을 느끼지 않을 수 없었다. 참다운 의미에서의 사생활 보장은 어디에도 없었다. 낮에는 벽의 훨씬 위에 있는 천창에서 쏟아붓는 듯한 빛, 밤에는 강력한 대형 백열등이 각 독방의 구석구석 벽의 갈라진 틈새까지 비춰주고 있다. 사생활은 없고 —— 죄수들을 독방에 내보내지 않고 할 수 있는 —— 트럼프나 체커 이외의 게임은 허용되지 않았다. 물론 책이나 신문은 읽을 수 있고 이러한 환경에서도 독서를 즐기고 싶다는 사람에게는 누구나 다 허가되었다. 방문자는 오전과 오후에 카톨릭 신부, 그다지 정기적은 아니지만 유태교나 프로테스탄트의 목사가 와서 동정을 베풀거나 예배로 인도해주었다.

그러나 이 장소에서 느낄 수 있는 저주스러움은 이러한 편의가 제공되어서가 아니다. 오히려 그러한 편의가 제공되고 있음에도 불구하고 누구나 상상할 수 있듯이 죽음이 너무나 몸 가까이 임박해 있어 그 죽음이 얼음 같은 손으로 얼굴이나 어깨를 만져주는 것 같아서 겁을 먹거나 기분이 이상해진 사람들이 많고, 그러한 사람들의 마음과 가까이 느낄 수 있기 때문에 저주스러웠던 것이다. 그리고 누구나 아무리 허세를 부리더라도 어떠한 형태로든 정신적, 육체적으로 쇠약해지는 것에 견딜 수 있는 사람은 없었다. 음침함과 긴장감이 바람이나 입김처럼 이 부근에 감돌고 있었으며 모두를 깜짝 놀라게 하거나 두려움을 갖게 하는 무어라 말로는 표현하기 어려운 공포와 절망 또한 가장 예기치 않았던 순간에 저주와 탄식과 눈물로 바뀌고 또 노래가 되거나 —— 좀 심한 얘기지만 —— 아니면 자기도 의도한 적이 없는 뜻밖의 외침이나 신음 소리로 되어 나타났다.

더욱 나쁜 것은, 여기서 볼 수 있는 온갖 비참한 것 중에서도 가장 견디기 어려운 것은 한쪽이 구 사형수 감방에 또 한쪽이 처형실로 통하고 있는 옆의 복도였다. 왜냐하면 이 복도는 —— 그것은 빈번한 것처럼 생각되었는데 —— 적어도 여기서 정기적으로 벌어지는 처형이라는 최후의 수속을 위한 무대가 되었기 때문이었다.

죄수는 최후의 날이 오면 이 복도를 통하여 이미 1년이나 2년 동안 수용되어 있던 이 새로운 건물의 멋진 독방에서 구 사형수의 한 감방으로 옮겨져서 최후의 몇 시간을 고독 속에 지내게 된다. 최후의 순간에는(죽음의 행진을 할 때는) 좁은 복도를 지나 뒷걸음치게 된다. 그 복도의 막다른 곳에 처형실이 있었다.

또 구 사형수 감방으로 안내된 변호사나 육친을 면회하러 갈 때는 언제나 중앙 복도를 지나 좁은 복도로 꼬부라져 구 사형수 감방으로 들어가는 수밖에 없었다. 거기서도 어떤 독방에 갇히게 되는데 그 독방과 2피트 떨어진 곳에 있는 철망 칸막이 사이에는 반드시 간수가 대기하고 있었으므로 죄수가 면회인 —— 아내나, 아들이나, 어머니, 딸, 형제, 변호사 —— 과 무슨 얘기를 하든 모두 간수의 귀로 들어갔다. 악수하거나 키스해도, 손으로 만지며 하는 친밀한 말조차도 귀를 기울이고 있는 간수에게는 모두 다 들렸다. 누군가의 운명적인 시간이 찾아왔을 때는, 최후의 수속이 진행되는 것이 —— 처형될 죄수가 구 사형수 감방의 한 독방으로 옮겨지고 하염없는 눈물에 젖어 있는 어머니나, 아들이나, 딸이나 아버지와 최후의 대면을 하고 있는 것이 —— 사악하거나, 단순하거나, 민감하거나 상막한 어떤 성격의 죄수에게도 그럴 생각이 없는데다 눈으로 확인할 수는 없지만 귀에 들려왔다.

이러한 제도나 관습하에서는 죄수에게 주는 불필요하고 부당한 고통은 전혀 고려되고 있지 않았다. 이곳에 끌려왔다고 해서 곧바로 처형되는 것은 아니며 상급 재판소가 사건의 정당함을 인정하여 상고할 때까지 수용되고 있는 죄수도 적지 않았기 때문이었다.

처음에 클라이드는 오히려 이러한 감정을 조금도 느끼고 있지 않았었다. 처음 이곳에 왔을 때 그 예감을 약간 느꼈을 뿐이었다. 자기가 져야 할 짐이 무거워질 것인지 가벼워질 것인지는 별도로 하고라도 어쨌든 그 이튿날에는 정오에 어머니가 면회를 와주셨다. 어머니는 동행이 허용되지 않아서 베르납이나 제프슨과 최후의 타협을 마치고 아들의 형무소 생활에 대한 자기의 개인적인 인상을 —— 신경이 갈라질 듯한 인상을! —— 충분히 기사로 써낼 때까지 면회를 늦추고 있었던 것이다. 따라서 오번에 도착하자 곧 형무소 근처에 방을 얻고 싶었으나 그러기에 앞서서 형무소 사무실을 찾았다. 오버월츠 재판장의 명령서나 베르납이나 제프슨으로부터의 적어도 처음만은 단둘이 만나는 것이 좋겠다는 의뢰 편지를 넘겨주자 구 사형수 감방과는 전혀 관계없는 방에서 아들과의 면회가 허가되었다. 왜냐하면 소장은 그녀가 기울이고 있는 희생이나 활동상을 신문을 통해 읽어 알고 있었으므로 어머니뿐만 아니라 클라이드도 만나보고 싶다고 생각했기 때문이었다.

그러나 어머니는 면회실에서 클라이드를 만나자 갑작스런 변화에 거의 말이 나오지 않을 정도로 놀랐다. 클라이드의 볼은 핏기가 없이 잿빛으로 변했으며 눈은 어둡게 그늘져 긴장해 있었다. 박박 깎은 머리! 이 죄수용 복장! 또 철창문과 자물쇠, 제복을 입은 간수가 모퉁이마다 서 있는 무서운 곳! 어머니는 한동안 몸을 떨었고, 너무나 긴장해서 정신을 잃을 것 같았다. 이제까지 많은 유치장이나 더 큰 감옥 —— 캔자스 시, 시카고, 덴버 등의 감옥을 찾아가서 팜플렛이나 설교집을 주거나 무언가 도와줄 일이 있으면 해주겠다고 자청해서 나선 적도 있었지만 그러나 지금은 —— 지금은! 자기의 아들이라니! 어머니의 널찍하고 두툼한 가슴이 울렁거리기 시작했다. 일단 아들 쪽을 보자 곧 무겁고 넓은 등을 돌리고는 아들의 얼굴을 두 번 다시 보고 싶지 않았다. 입술과 턱이 떨렸다. 갖고 간 작은 핸드백 속에 들어 있던 손수건을 더듬거려 꺼내면서 중얼거렸다. "하나님이시여, 어찌하여 당신께선 저를 버리시나이까?" 그러나 그러고 있을 때도 어떤 생각이 머리에 떠올랐다. '아니, 아들에게 이런 꼴을 보여서는 안 된다. 이것이 무슨 꼴이람.' 눈물을 보이면 이 아이를 좌절시킬 텐데. 하지만 그토록 힘에 넘쳤는데도, 자기를 억제하지 못하여 울음을 그치지 못했다.

또 클라이드는 어머니를 보자, 힘을 내어 말했다.

"어머니, 울지 마세요. 어머니가 상심하신다는 것은 저도 압니다. 하지만 제 걱정은 하지 마세요. 틀림없이 잘 풀릴 테니까요. 생각한 것보다 형편없는 곳은 아닙니다."

그러나 마음속으로는 굉장히 형편없는 곳이라고 생각했다.

어머니는 큰소리로 이렇게 말했다.

"불쌍하게도! 나의 귀여운 아들! 하지만 우리는 져서는 안 된다. 절대로 안 돼. '보라 하나님은 악의 사슬에서 너를 구해 주셨도다.'라는 말처럼 하나님은 우리를 구해주실 테니까. 버려두시지는 않을 것이다. 나는 잘 알고 있다. '여호와는 우리를 잔잔한 물가로 인도하시도다.' '여호와는 나의 영혼을 되살아나게 하셨도다.' 우리는 하나님을 믿지 않으면 안 된다. 그리고……." 라고 그녀는 클라이드뿐만 아니라 자기에게도 힘을 불어넣으려고 이렇게 덧붙여 말했다. "나는 이미 상고 수속을 마쳐놓았다. 이번 주 안에 그렇게 될 게다. 고시(告示)도 나올 거야. 그렇게 되면 이번 사건은 일 년 내에 끝나지는 않을 것이다. 다만 네 모양이 하루 사이에 달라진 것에 충격을 받았던 것뿐이다. 아직 마음의 준비가 충분히 되어 있지 않았던 거야." 어머니는 어깨를 쭉 펴고 얼굴을 들어 미소를 보일 수가 있었다. "이곳 소장께서는 매우 친절한 것 같더라만, 조금 전 네 모습을 보았을 때는……." 이 무서운 폭풍우 같은 현실에 갑자기 접한 나머지 눈물로 얼룩진 눈을 닦자 자기도 아들도 기분을 달래기 위해 눈앞에 닥친 필요한 사항에 대해서 의견을 나누었다. "베르납과 제프슨 등 두 변호사는 내가 이리로 떠나기 전에 격려해주었다. 내가 사무실로 찾아갔더니 우리가 힘을 내야 한다고 하더라. 나는 지금부터 곧 강연에 나설 것이며 그러면 소송 비용도 마련할 수 있을 것이다. 틀림 없어. 그리고 제프슨 변호사도 가까운 시일 내에 면회를 올 것이다. 그러나 이것으로 법률상의 결론이 났다고는 생각하지 말아라. 결론이 나려면 아직도 멀었으니까. 전번의 평결이나 판결을 뒤엎을 것은 틀림없는 사실이며 새로이 재판을 받게 될 테니까. 이전 재판은 연습 게임 같은 것이라고 하더라.

나는 이 형무소 근처에 방을 얻는 대로 오번의 저명한 목사님을 찾아가서 두세 군데의 교회를 확보하여 너의 무죄를 호소할 생각이다. 그러면 하루 이틀 사이에 나에게 도움이 될 자료를 입수할 수 있을 게다. 그것이 끝나면 시라퀴스, 로체스터, 올바니, 스케넥타디 등 —— 사실상, 동부의 여러 도시를 순회하게 되겠지만 —— 필요한 돈을 모을 수 있을 때까지 여러 교회를 찾아갈 생각이다. 적어도 매주 한 번씩은 면회하러 올 것이고, 하루 건너씩 아니 가능하다면 매일이라도 편지를 쓸 작정이다. 그리고 소장님께도 말해놓겠다. 물론 앞으로 힘드는 일은 태산같이 많겠지만 모든 일은 하나님이 인도해주실 것이다. 나는 그것을 잘 알 수 있다. 하나님은 지금까지도 자비로운 기적을 베풀어주셨으니까.

클라이드, 너도 이 어미를 위해서 그리고 너 자신을 위하여 기도하지 않으면 안 된다. 이사야서를 읽거라. 시편도 읽거라. 제23편, 제51편, 제91편을 매일 읽거라. 그리고 하박국서도. 주님의 손에 반항할 성벽은 없으니까."

그리고 다시 눈물을 흘리며 슬픈 모습으로 어머니는 돌아갔고, 클라이드는 이 비참함에 마음의 밑바닥까지 슬픔을 가득 안고 독방으로 돌아갔다. 역시 어머니는 어머니였다. 게다가 그 나이에 돈도 거의 없다는데 클라이드를 구제하는 데 필요한 돈을 모금하러 나서는 것이었다. 게다가 자기는 지금까지 언제나 어머님께 걱정만 안겨드리지 않았는가. 이제야 그것을 알게 되었다. 클라이드는 침대 모서리에 걸터앉아 양손으로 머리를 감싸쥐고 있었다.

형무소 밖으로 나가자 철문이 닫히고, 나중에는 고독한 방과 자기가 예정했던 강연 여행을 생각하자 그리피스 부인은 발길을 멈추었다. 클라이드에게 용기를 심어주려고 그렇게 말을 했지만 꼭 확신이 있는 것은 아니었다. 하나님이 도와주실 것이다. 틀림없이 이제까지도 하나님께서는 기대에 어긋나신 적은 한 번도 없었으니까. 완전히 버리신 적이 있었던가? 그리고 지금 —— —— 이 경우 —— 나로서는 최악의 시기이며 아들은 최악의 위기에 처해 있지 않은가. 도와주실 것이 틀림없다.

문을 나서자 형무소 앞의 작은 주차장에서 걸음을 멈추고 높다란 회색 벽이나 제복을 입고 무장한 간수가 망을 보고 있는 망루, 창살이 있는 창문과 문을 바라보았다. 형무소. 아들은 지금 저 안에 있다. 더욱 안된 것은, 엄중한 좁고 답답한 사형수 감방 그리고 전기 의자 위에서 죽음의 운명에 처해질 것이다. 만약 잘 풀리지 못하면 —— 잘 되지 않으면. 하지만 아니, 아니 —— 그런 일이 있어서는 안 된다. 있을 턱이 없다. 상고가 있다. 나는 그 돈을 마련하기 위하여 활동하지 않으면 안 된다. 생각하거나 주저하거나 절망하지 말자. 아아, 그래서는 안 된다.

"나의 방패는 내 몸을 지켜주는 것. 나의 빛, 나의 힘. 오오, 주여 당신은 나의 힘, 나의 구원, 나는 당신을 믿으리." 또 그녀는 이렇게 덧붙였다. "아, 주여, 믿나이다. 저를 구해주소서." 이렇게 기도하며 울면서 걸어가고 있었다.

30

그러나 그 후, 클라이드에게는 지루한 형무소 생활이 계속되었다. 어머니는 매주 한 차례씩 면회를 오셨으나 일단 일을 시작하자 그 이상 면회를 오는 것은 어렵다는 것을 알게 되었다. 그로부터 두 달 동안 그녀는 올바니와 버펄로 사이를, 아니 뉴욕까지의 사이를 전전했다. 그러나 처음에 기대했던 만큼 성과를 올릴 수는 없었다. 왜냐하면 교회나 민중에게 호소한다는 점에서는 3주 동안에 걸쳐서 다소 지방주의적 당파심이 강한 사람들과 부딪쳐본 결과 그녀는 맥이 풀렸고 —— 클라이드에게는 밝히지 않았지만 내심으로는 —— 적어도 그리스도교도는 상당히 무관심하다, 당연히 그럴 것이라고 기대했던 것만큼은 그리스도교도 같지 않았다고 보고할 수밖에 없었다. 모든 사람들, 특히 그 지방의 목사들은 어느 경우에나 조심스럽고 소극적으로 회중을 대표하는 때문이기도 했겠지만 이 사건에 대해서는 다음과 같이 일치된 견해를 가지고 있었다. 그 재판은 악명 높고 바람직스럽지 못한 재판이었으며, 유죄 판결에는 적어도 신문 기사로 판단하는 한에서는 이 지방의 보수적인 사람들은 찬성하기도 했다고.

게다가 이 여성은 —— 그 아들도 그렇지만 —— 도대체 무엇인가? 평범한 설교자는 —— 더욱이 무허가 설교자로 조직화된 신성하고 역사가 있는 종교상의 권력이나 형식과 신학교나 조직화된 교회나 그 부속기관, 어느 것이나 다 하나님의 말씀에 대한 역사적인 독단적 해석에 기초하여 창조된 것이지만 —— 일체의 교의나 과정에 도전하여, 아무런 자격도 없는 주제에 권위도 없는 정체 모를 전도에 종사하고 있는 인간에 지나지 않지 않은가. 게다가 훌륭한 어머니라면 당연히 그래야 하겠지만 가정에서 그 아들뿐만 아니라 다른 아이들을 돌보거나 교육시키는 일에 헌신했더라면 이러한 일이 일어났겠는가?

그뿐만이 아니다. 그 여자를 살해했는지 아닌지는 별 문제로 하고라도 이번 재판에서 클라이드 자신의 증언에 의하면 그는 그 아가씨와 간음죄를 범하지 않았던가? 많은 사람들에게 살인이나 같은 죄를. 유죄로 인정된 간음자를 —— 살인범은 아니라 하더라도 —— 구원하기 위하여 이토록 도와주어도 좋다는 말인가? 아니 그래서는 안 된다. 각 교회의 신자들이 개인적으로는 그리피스 부인에게 동정하더라도 혹은 또 그녀의 아들이 부당한 법적 조치를 받았을지도 모른다는 점에 분개하더라도 그리스도 교회는 돈을 내면서 재판의 옳고 그름을 논하는 장소가 아니다. 그렇게 해서는 안 된다. 도덕적으로도 바람직스럽지 않다. 젊은 사람들의 머릿속에 이 범죄의 자세한 사실을 다소나마 심어줄 결과가 될지도 모른다.

또 그녀가 아들을 원조하기 위해서 동부에 왔다는 신문 기사나 질소한 복장을 입은 그녀의 사진으로 판단할 때 대부분의 목사들은 이 여자는 어떤 종파에 속해 있거나 신학도 공부하지 않은 상궤를 벗어난 한 인간일 뿐이며 그런 인간이 모습을 나타내는 것만으로도 순수한 종교에 모욕을 가하는 결과가 될 것이라 생각했다.

그리고 그 결과 목사들은 모두 완고한 태도는 아니지만 그녀의 도움을 거절하기로 했다. 그 방법 말고도 그리스도교에 누를 끼치지 않는 방법이 있을 것이다. 공회당이라면 신문을 통하여 적절한 선전을 하면 그리스도교도라도 들으러 갈 것이다. 그래서 그리피스 부인은 단 한 곳을 제외하고 그런 식으로 거절당한 채 다른 곳에 가서 부탁해보는 것이 어떻겠느냐는 말을 들었다. 카톨릭 교회에 대해서는 —— 그녀 쪽에서 본능적으로 —— 편견이나 사실에 어울리지 않는 우둔한 지능 탓도 있어서 전혀 생각해보려고도 하지 않았다. 성 베드로의 성스러운 열쇠를 갖고 있는 자가 이해하는 그리스도의 자비는 법왕의 권위를 인정하지 않는 자에게는 무의미하다는 것을 그녀도 알고 있었다.

그러한 사정도 있어서 무작정 이곳저곳 문을 두들기면서 며칠을 허비한 끝에 마침내 —— 적지않게 마음에 걸리는 일이었지만 —— 유티카의 일류 영화관 지배인인 유태인에게 부탁하게 되었다. 죄 많은 극장이라고는 생각했지만. 그녀는 그 유태인 지배인으로부터 오전에 영화관을 무료로 빌려서 25센트의 입장료로 아들의 재판이 정당하다는 점에 대해서 강연을 했다. 그래서 2백 달러라는 놀라운 돈을 모금할 수 있었다. 상고 비용으로는 터무니없이 적은 금액이었으나 그녀는 용기를 얻어 정통파 그리스도교도의 태도가 어떠하든 클라이드의 상고를 위한 비용을 만들 수 있다는 확신을 가질 수 있었다. 시일이 걸릴지는 모르지만 그만한 돈은 마련할 수 있을 것이다.

그러나 곧 알게 된 사실이지만 그 밖에도 고려해야 할 조건이 몇 가지 있었다. 교통비며, 유티카에 있든 어디에 있든 써야 할 잡비 또 덴버에 있는 남편에게도 얼마쯤 송금할 필요가 있었다. 남편의 수입은 거의 없는 것이나 마찬가지였으며 이번 일로 충격이 커서 몸져 눕고 말았던 것이다. 게다가 병은 무거웠으며, 프랑크나 줄리아의 편지는 더욱 신경을 쓰게 하였다. 회복이 불가능할지도 모른다는 것이었다. 그에 대한 어떤 원조를 하지 않으면 안 되었다.

그녀는 자기의 체재비에 더하여 다른 지출도 현재의 유일한 수입원에서 빼내 써야 했다. 이것은 견디기 어려운 일이었으나 —— 클라이드가 어려운 처지에 빠져 있는 것을 생각하면 —— 그래도 승리를 쟁취하기 위해서는 자기의 생활도 유지하지 않으면 안 되었다. 클라이드를 돕기 위해 자기의 남편을 저버릴 수는 없는 일이다.

또한 그러한 사정뿐만 아니라 시간이 흐를수록 강연을 듣는 청중은 줄어들었고 결국 몇 사람밖에 남지 않았을 뿐 아니라 자기의 비용 외에 천 달러를 모으는 것이 고작이었다.

또 그 무렵, 프랑크와 줄리아는 만약 아버지가 살아 계실 때 만나려면 돌아오는 것이 좋겠다는 전보를 쳐왔다. 너무 쇠약해져서 생명이 위험하다는 것이다. 이런 어려운 사정에 시달리면서 클라이드를 위하여 해줄 수 있는 일이라면 강연회 틈틈이 한 주에 한 번이나 두 번쯤 방문해주는 정도였었다. 그녀는 베르납과 제프슨과 상의하여 자기의 이런 어려운 사정을 호소했다.

그러자 두 사람은 그때까지 모금한 천백 달러가 자기들 수중에 들어올 것이라는 사실을 알게 되자 갑자기 인정을 발휘하여 남편한테 돌아가는 것이 좋겠다고 권유했다. 클라이드의 일은 틀림없이 잘 해나갈 수 있다. 이 사건의 기록이나 요약을 제출하려면 꼬박 일 년, 적어도 열 달은 여유가 있으니까. 또 판결이 내려지려면 또 일 년은 걸릴 것이 틀림없다. 그때까지는 공소심에 소요되는 비용의 잔액도 모금할 수 있을 것이다. 설사 그것이 안 된다 하더라도 어쨌든 —— 그녀가 너무 지쳐 있음을 보자 —— 걱정할 필요는 없다. 아드님의 이익이 당연히 지켜질 수 있도록 베르납 앤드 제프슨 사무소가 보살펴주겠다. 상고 수속도 하고 변호도 해주겠다. 또 적당한 시기에 아드님이 그 주장을 공평하게 할 수 있도록 그 밖에 필요한 수속을 취하겠다고 했다.

그래서 그 문제에 대한 마음의 큰 짐은 덜게 되었으며 —— 클라이드한테도 마지막으로 두 차례 면회를 가서 —— 아버지의 건강이 회복되고, 다시 올 여비를 장만하는 대로 돌아오겠다고 약속하고 그녀는 돌아갔다. 덴버에 도착해보니 남편의 건강을 회복시키는 것은 쉽지 않음을 알게 되었다.

클라이드는 정신병자들이 모여 있는 지옥 같은 —— 단테의 지옥의 입구처럼 '희망을 버리라. 이곳에 들어온 자들은'이라고 씌어 있는 듯한 세계 —— 세계에 대해서 생각해보았으나 결국 어쩔 수 없이 그곳에서 살지 않으면 안 된다고 생각하고 있었다.

이 세계의 어두움, 느릿느릿하고 몸을 불태우는 듯한 심리적인 힘! 절실하게 느껴지는 공포와 우울 —— 용기가 있든 없든, 허세를 부리든 무관심하든 —— 그러한 사람도 없지는 않았지만 아무래도 생각해보지 않으면 안 되었으며 끊임없이 따라다니는 그 느낌들을 떨쳐버릴 수가 없었다. 왜냐하면 냉혹하고 엄격한 감방 생활을 하고 있으려니까 갖가지 다른 기질이나 국적, 각자의 성질이나 환경에서 오는 열정과 색정과 비참함을 가진 다른 스무 명과 육체적인 것은 아니라 하더라도 심리적 접촉을 갖고 있었기 때문이다. 최종적인 귀결이나 결론에서 태어난 에피소드가 육체적으로나 정신적으로 폭발을 자아내어 사람을 죽여버렸다. 발견되어 법률상의 투쟁과 실패 거기에 또 정신적인 공포나 피로도 곁들여서 클라이드 같은 운명을 걷게 되고 각기 고립하고 폐쇄되어 스물두 개의 우리 중 어딘가에서 대기하고 있다. 무엇을 기다리고 있었다. 정말로 잘 알고 있었다. 그래서 여기서는 경우에 따라서 누구나 다 들을 수 있도록 분노나 절망의 큰소리를 외치거나 기도가 될 때가 있었다. 그런가 하면 욕설이나 외설스런 농담 아니면 여러 사람이 다 듣도록 큰소리로 떠들었다. 또 저속한 웃음소리가 들리다가 긴장된 정신이 가까스로 침묵하고 육체와 정신의 힘이 찾아오는 새벽녘이면 탄식과 신음 소리가 흘러나왔다.

운동 시간은 긴 복도 끝에서 열시부터 다섯시까지의 사이에 1회에 몇 분씩 했는데, 잡다한 거주자들은 5, 6명이 그룹으로 끌려나와 심호흡을 하거나 걷거나 유연 체조를 하거나 또는 달리거나 뛰거나 해도 무방했다. 그러나 그들이 어떤 형태로 반란을 일으키더라도 그것을 충분히 진압할 수 있는 인원의 간수들이 감시의 눈초리를 번뜩이고 있었다. 그래서 클라이드 자신도 그때마다 함께 나가는 자들의 얼굴은 달랐지만 수감된 다음 날부터 운동에 끌려나갔다. 처음에는 이런 자들과 행동을 함께 하는 것이 마음에 안 들었으나 다른 사람들은 —— 눈앞에 운명이 임박했음에도 불구하고 —— 운동에 열중 했었다.

까만 눈, 험상궂은 얼굴의 이탈리아 인이 두 사람 있었는데 그 중 한 사람은 자기와 결혼하기를 거절한 아가씨를 살해했다고 했다. 또 한 사람은 자기와 아내를 위해 장인을 습격하여 돈을 빼앗은 후 살해하고 그 사체를 불태웠다고 했다! 키가 큰 라지 도너휴는 —— 모난 머리, 각이 진 어깨의 사나이었는 데 —— 손발이 크고 해외 파견군의 병사로 브룩클린의 한 공장에서 야경을 섰었는데 자기를 해고시킨 그 주임을 으슥한 곳에서 살해했던 것이다. 그러나 실수로 종군 기장을 떨어뜨려 꼬리를 잡히고 말았다고 했다. 클라이드는 이러한 이야기를 기묘할 정도로 무관심한 체하면서도 어딘지 친근감이 가는 두 간수에게서 들었다. 이들은 2인 1조로 낮이나 밤이나 독방을 감시했는데 여덟 시간마다 임무를 교대했다. 로체스터에서 경관으로 있었다는 리오단 이라는 사나이도 있었는데, 그 사나이는 헤어지겠다는 아내를 살해한 결과 이번에는 자기가 죽을 차례가 되었다. 그리고 젊은 '농부'라 불리는 소작인 토머스 몰러 —— 클라이드는 첫날 밤에 그의 신음 소리를 들었었는데 ——

라는 사나이는 건초용 포크로 주인을 살해했다고 한다. 클라이드가 들은 바로는 머지않아 처형될 것이라고 했는데 운동장에서도 고개를 떨군 채 뒷짐을 지고 벽에 바짝 붙어 계속 걷고 있었다. 서른 살 내외의 무뚝뚝하고 다부진 체구의 사나이로, 외양으로 보기에는 사람에게 폭력을 휘두르거나 죽이기는커녕 오히려 자기가 당하거나 배신을 당한 것처럼 보이는 사나이였다. 클라이드는 그 사나이에 대해서 이것저것 상상해보았다. 실제로 죄를 저질렀을까 하고.

또 버펄로에서 변호사로 있었다는 마흔 살 정도의 키가 크고 호리호리한, 무척 지성적으로 보이는 밀러 니콜슨은 세련된 지식인 타입이었으며 겉보기에는 클라이드와 마찬가지로 살인범 같아 보이지는 않았으나, 그럼에도 불구하고 굉장한 재산가의 노인을 독살한 후 그 재산을 가로채려다가 유죄 선고를 받았다 했다. 그러나 클라이드가 느끼기로는 적어도 생김새나 태도에는 악인 같아 보이지는 않았다. 그처럼 정중하고 예의 바른 인물이! 클라이드가 이곳에 온 이튿날에는 그가 가까이 다가와서 무섭냐고 말을 걸어왔다. 그때 클라이드는 무표정한 얼굴로 얼어붙은 듯이 걸음을 멈추고 거의 움직일 수도 무언가 생각하기도 두려웠으나, 그 목소리는 무척 온화하고 다정했다. 그렇게 생각은 했지만 자기는 이제 끝장이라는 체념에 잠겨 있었던 터라 클라이드는 이렇게 대답했다.

"네, 무서운 느낌이 드는군요."

이 말이 입에서 나온 순간 어째서 그런 말을 —— 그런 마음 약한 고백을 —— 내뱉었는지 자기도 잘 알 수 없었다. 나중에 그 사나이가 갖고 있는 무언가에 용기를 얻어서 그런 말을 하지 않았으면 좋았을 걸 하고 후회했다.

"자네 이름은 그리피스지?"

"그렇습니다."

"내 이름은 니콜슨이다. 겁먹을 필요는 없어. 곧 익숙해질 테니까."

그는 약하기는 했지만 쾌활한 미소를 지었다. 그러나 그 눈은 웃고 있는 것 같지는 않았다.

"저는 별로 겁을 먹고 있다고는 생각지 않는데요."

클라이드는 처음에 얼핏 뱉은 말을 정정하려는 듯 그렇게 대답했다.

"음, 좋아. 용기를 가져야 해. 여기서는 그렇게 할 수밖에 없을 테니까.

그렇지 않으면 모두 미치광이가 되어버린다. 심호흡이라도 하라구. 아니면 걷든지 그러면 기분이 좋아지지."

그는 두세 발짝 떨어져서 팔 운동을 시작했다. 클라이드는 선 채로 마음속으로 되풀이했다. 아니 자칫하면 소리내어 말할 뻔했다. 그토록 그는 동요하고 있었다. 여기서는 그렇게 할 수밖에 없다. 그렇지 않으면 모두 미쳐버린다.

첫날 밤을 지낸 직후인 만큼 그럴 것이라 생각했으며 또 그렇게 느끼기도 했다. 정말 미칠 것이다. 아, 무섭다. 완전히 파괴될 것이다. 그러나 그들은 모두 앞으로 닥칠 비극을 목격한다면 큰 충격을 받을 것이다. 하지만 자기는 언제까지 이런 환경에서 견디고 있어야 하는가? 언제까지?

하루가 지나고 이틀이 지나자 그는 이 사형수 감방도 —— 적어도 표면 상으로는 그렇지만 —— 공포만 있는 것은 아닐 것 같았다. 실제로 이곳은 누구나 다 죽음이 임박해 있는데도 조소나 농담을 주고받는 장소였으며 게임이나 운동 경기가 벌어지는 무대이며 온갖 형태의 인간들의 솜씨 자랑과 죽음에서 여자에 이르기까지 온갖 화제가 오가는 장소였다. 적어도 이들의 전반적인 저급한 지능이 허용하는 한에서는 그러했다.

대개 아침 식사가 끝나면 곧 운동하러 나가는 그룹에 호출되지 않은 사람들 사이에서는 여기서 할 수 있는 두 가지 게임 즉 체커나 트럼프 놀이를 했다. 독방에서 풀려나와 패를 짜서 체커나 트럼프 놀이를 하는 것이 아니라 언제나 지켜보는 간수 중의 한 사람이 게임을 하려는 두 죄수에게(체커의 경우에는) 말이 없는 판만 넘겨주었다. 말은 필요가 없었다. 그러면 한 사람이 자기의 첫 수를 큰소리로 말했다.

"나는 G2에서 E1이다."

각자의 판에는 숫자가 붙여져 있으며 그 측면에는 문자가 붙여져 있었다. 말의 움직임은 연필로 표시했다.

그러면 상대방은 자기의 판에 그 말의 움직임을 적어넣어 이쪽 전체의 진형(陣形)에 그 말이 어떠한 영향을 미치는지 충분히 생각한 후, "나는 E7에서 F5다."라고 큰소리로 대답했다.

감방에 수감된 자들 중 이 내기에 관심이 있는 사람은 —— 어느 쪽에 붙든 —— 희망하는 사람에게는 판이나 연필을 주었다. 그러자 쇼티 브리스톨이 세 칸 떨어진 독방에 있는 네덜란드 인 쉬고트의 편을 들려면 이렇게 소리를 지르게 된다.

"이봐, 더치(네덜란드 인), 나 같으면 그렇게는 두지 않겠다. 조금만 기다려 더 좋은 수가 있으니까."

이렇게 해서 승부가 왔다갔다 하거나 해서 조소나 욕설이나 웃음소리나 언성이 높아지기도 한다. 트럼프의 경우도 마찬가지였다. 이런 게임은 독방에 갇힌 채 아주 교묘하게 하고 있었다.

그러나 클라이드는 트럼프에는 흥미가 없었다. 조롱하거나 야비한 짓거리에는 소질이 없었다. 그에게는 다만 니콜슨과 얘기하는 것 외에 다른 것은 너무나 저속하고 야만스러워서 정이 떨어졌다. 그러나 니콜슨에게는 마음이 이끌렸다. 얼마 후부터는 운동 시간에 그 변호사와 한 조가 되거나 하면 이 생활을 견뎌내는 힘이 되어주는 것만 같았다. 여기서 그 사나이는 누구보다도 지성있는 훌륭한 인물이었다. 다른 사람들은 전부 자기와는 너무나 달랐다. 그는 때로는 침묵을 지키고 있다. 대개는 사악하고 거칠고 인연이 먼 사람들이었다.

이곳에 와서 1주일도 안 된 사이에 —— 니콜슨에게 관심을 가진 탓으로 적어도 이곳 생활이 조금은 견딜 만하다고 생각했을 때 —— 브룩클린에 살고 있는 이탈리아 인 파스칼레 크트로네의 처형이 있었다. 이 사나이는 아내를 유혹했다는 이유로 형을 살해하여 유죄 판결을 받았었다. 이 사나이는 복도에 가장 가까운 독방에 있었는데 이곳에 와서 들은 일이지만 너무 걱정한 나머지 머리까지 이상해졌다는 이야기였다. 다른 사람들이 6인 1조로 운동하러 나올 때도 언제나 독방에 남아 있었다. 어느 날 클라이드가 지나가다가 들여다보니 무섭도록 야윈 얼굴을 하고 있었다. 눈에서 입까지 깊은 주름이 잡혔으며 이 주름으로 얼굴은 세 부분으로 나뉘어져 있었다.

클라이드가 이곳에 온 무렵부터 파스칼레는 낮이나 밤이나 기도를 올리게 되었다고 했다. 그도 그럴 것이 이미 그 전에 대충 언제쯤 처형될 것이라는 것을 알았으며 실제 그 주 안에 처형되기로 되어 있어서였다. 그래서 그 후부터는 네 발로 독방 안을 기어다니거나 바닥에 키스를 하거나 갖고 있는 놋쇠 십자가에 붙어 있는 그리스도의 발을 핥거나 했다. 이탈리아에서 방금 도착한 형제나 자매가 찾아와서 한때는 면회 때문에 구 사형수 감방으로 옮겨지기도 했다. 형제나 자매를 만나본다 해도 파스칼레의 정신 상태는 평정을 되찾지 못할 것이라고 사람들은 수군거리기도 했다. 아무도 면회를 오지 않는 날에는 밤이나 낮이나 엉금엉금 기어다니거나 기도를 하거나 했으므로 잠을 자지 않고 있거나 책을 읽으면서 시간을 보내려는 자들은 싫어도 그의 중얼거리는 소리나 "우리 아버지라든가 하늘에 계신 마리아." 라고 말하는 소리나 이따금 로사리오 소리가 귀에 들렸다.

아아, 부탁이다. 잠시라도 좋으니 좀 자지 않겠냐는 소리가 가끔 들리기도 했으나 그래도 그의 기도는 좀체로 그치지 않았으며 머리를 바닥에 부딪치는 소리가 들렸다. 나중에 안 일이지만 마침내 그가 처형될 운명적인 전날이 되자 파스칼레는 자기의 독방에서 구 사형수 감방의 한 방으로 호송되어 그곳에서 이튿날 아침이 되기 전에 최후의 작별을 고하게 되어 있었다. 또한 창조주를 만나게 되기 전에 마음의 준비를 갖출 수 있도록 몇 시간을 보내게 되어 있었다.

그러나 그날 밤 앞으로 죽음의 운명을 맞이하게 될 사형수 감방의 다른 사람들도 정신적인 고통에 휩싸여 있었다. 작별의 식사가 차려져 나왔을 때, 식사에 손을 댄 사람은 거의 없었다. 모두들 조용히 하고 있었다. 그 중 몇 사람은 입 속에서 기도를 중얼거렸다. 파스칼레의 운명과 별로 먼 거리에 있지 않다는 것을 알고 있었기 때문이다. 한 이탈리아 인은 광란 상태에 빠져 비명을 지르면서 독방 안에 있던 의자나 테이블을 창문 창살에 던지고 침대의 시트를 갈기갈기 찢어서 목을 매려 했으나 결국 그 전에 제지당해 건물의 다른 쪽에 있는 독방으로 옮겨져서 정신 상태를 조사받게 되었다.

다른 죄수들은 이 흥분의 소란이 있는 동안 방 안을 서성거리거나 무언가 중얼거리거나 아니면 간수에게 무언가 부탁하기도 했다. 클라이드는 이러한 정경은 처음 보았으며 상상도 해보지 못했으므로 문자 그대로 공포와 전율에 떨고 있었다. 그 사형수의 생애 중 마지막 밤을 지켜보며 클라이드는 계속 짚방석 위에 누워 환상에 시달리고 있었다. 여기서의 죽음은 이런 식일까. 사나이들은 울고, 기도하고, 정상적인 정신 상태를 잃고. 그래도 죽음의 과정은 그러한 공포에도 불구하고 연기되거나 정지되는 일이 없었다. 그 대신 열시가 되자, 남아 있는 사람들은 모두를 진정시키기 위하여 특별히 가벼운 식사가 제공되었다. 그러나 맞은쪽 감방 안의 중국인을 제외하고는 아무도 식사에 손을 대는 사람은 없었다.

이윽고 새벽 네시가 되자 사형을 집행하는 간수들이 큰 복도를 조용히 돌아다니며 각 독방의 커튼을 내렸다. 구 사형수 감방에서 옆의 복도를 지나 처형실로 가는 죽음의 행진을 보이게 하지 않으려고 준비된 커튼을 내렸다. 하지만 클라이드도 다른 사람들도 소리에 눈을 뜨고 일어나 앉아 있었다.

바로 이 시각이야. 형이 집행되는 것은! 죽음의 시간은 눈앞에 있었다. 이것이 그 신호인 것이다. 각 독방에서는 공포 때문인지. 후회 때문인지 아니면 마음속에 담겨진 신앙심 때문인지 방패와 위안이 되는 신앙을 생각해내자 대부분의 사람들은 무릎을 꿇고 기도를 올렸다. 남아 있는 사람들 중에는 그저 방 안을 서성거리거나 중얼거리기만 하는 사람도 있었다. 다시 억제할 수 없는 공포심에 사로잡혀 이따금 비명을 지르는 사람도 있었다.

클라이드는 몸이 마비되는 것 같고 입을 열 수도 없었다. 거의 아무것도 생각할 수 없게 되었다. 형무소 사람들은 그 사나이를 저쪽 방에서 처형하려 하고 있다. 그 의자 —— 그토록 겁을 내던 의자 —— 가 지금은 이렇게 가까이 있는 것이다. 하지만 자기의 차례가 돌아오려면 제프슨이 말했듯이 아직 멀었다. 잘못해서 —— 어쩌다가 —— 어쩌다가 —— .

그러나 지금은 다른 소리가 들리고 있었다. 누군가 왔다갔다 하고 있다. 어디선가 독방 문이 삐걱거리며 닫혔다. 다음에는 구 사형수 감방에서 이 방으로 통하는 분명한 문소리가 들렸고 사람의 목소리도 들린다. 또 확실하지는 않지만 몇 사람의 목소리도 들린다. 누군가 기도하고 있는 듯한 전보다는 좀더 확실한 목소리. 이쪽으로 왔다가 저쪽 복도로 걸어가는 소리.

"주여, 자비를 주시기를. 그리스도여, 자비를 베푸소서."

"은혜 깊으신 어머니 마리아, 자비로우신 어머니 마리아, 성 미카엘, 저를 위해 기도하여 주소서."

"성모 마리아여, 우리를 위해 기도하소서. 성 요셉이여, 우리를 위해 기도하여 주소서. 성 암브로 시우스여, 우리를 위하여 기도하여 주소서. 모든 성자와 천사여, 우리를 위하여 기도하여 주소서."

그것은 죽음을 앞에 둔 사나이에게 따르기 마련인 연도(連禱)를 외우는 목사의 목소리였다. 그러나 그 사나이는 정상적인 정신이 아니라고 모두들 말하고 있었다. 그런데도 중얼중얼하는 것은 그 사나이의 목소리가 아닌가?

그렇다, 클라이드는 그것을 알고 있다. 최근에는 귀가 따갑도록 들어왔었다. 그리고 또 하나의 문이 열릴 것이다. 거기에서 또 하나의 문이 열릴 것이다. 거기에서 그 안을 들여다볼 것이다. 이 사형이 선고된 사나이는 —— 곧 처형될 이 사나이는 본다 —— 그것을 본다. 머리에 쓰는 모자를, 수족을 조이는 혁대를. 자기에게는 그런 것을 쓰거나 하는 일은 없을 것이 틀림없지만 이제 그는 그런 것은 무엇이고 다 알고 있었다. "안녕, 크트로네." 그것은 어딘가 가까운 독방에서 들려오는 갈라지고 떨리는 듯한 목소리였다. 클라이드로서는 어느 독방인지 알 수 없었지만.

"이런 곳보다는 좋은 곳으로 가주게."

그리고 또 다른 목소리가 들렸다.

"안녕, 크트로네. 하나님의 가호가 있으시기를. 비록 네가 영어를 하지 못하더라도."

행렬이 지나갔다. 그 문도 닫혔다. 그 사나이는 이미 그 안에 있다. 틀림없이 모두 그 사나이를 혁대로 묶고 있음에 틀림없다. 끝으로 하고 싶은 말이 없는지 물어보아도 그들은 이미 정신을 잃고 있다. 틀림없이 혁대로 꽁꽁 였을 것이다. 머리에 쓰는 모자가 내려진다. 곧 확실하게…….

그리고 클라이드는 그 순간을 알지 못했으며, 눈치도 채지 못했지만 갑자기 방 안의 조명이 어두워졌다. 형무소 전체가 그러했지만 이것은 사형을 위한 전기 의자에 보내는 전류와 감방 안의 모든 전등이 같은 선으로 연결되어 있다는, 무식하고 사려없는 설비 때문이었다. 그리고 누군가 외치는 소리가 들렸다.

"이크, 끝냈어, 저거야. 그것으로 모든 것은 끝난 거야."

"음, 그것으로 모든 것은 끝났어, 불쌍하게도."

그런 지 일분쯤 지나서 다시 한 번 30초쯤 어두워지고 그리고 마지막으로 다시 한 번 어두워졌다.

"그래, 틀림없어. 이것으로 끝이야."

"음, 녀석도 저 세상을 알게 되었겠지."

그 뒤에는 죽음 같은 정적이 있고 바로 뒤에 무언가 떠드는 소리가 들렸다. 그러나 클라이드는 오한이 나듯 몸이 떨렸다. 무엇을 생각할 용기도 나지 않았다. 울 때가 아니다. 그런 식으로 하는구나. 간수들이 커튼을 내렸다.

그리고 —— 그러고서. 그 사나이는 이제 이 세상에 없다. 전등이 세 번 어두워졌다. 확실히 그것은 전기를 보냈기 때문이었을 것이다. 그처럼 매일 밤 기도를 드렸는데. 그 신음 소리, 머리를 바닥에 박는 소리! 조금 전까지만 해도 살아서 이 곁을 걸어갔었다. 그런데 이제는 죽어 있었다. 그리고 언젠가는 나도 —— 나도 그렇게 되지 않는다고 누가 보장하겠는가.

그는 침대에 엎드려 부들부들 떨고 있었다. 간수들이 와서 커튼을 올렸다. 마치 세상에 죽음 같은 것은 없다는 듯한 손으로. 죄수들이 떠드는 소리가 들렸다. 그것은 클라이드가 들으라고 하는 말은 아니었다. 그는 이제까지도 그들과는 별로 말이 없었다. 아마 누군가 다른 사람과 말을 하고 있는 것이리라.

불쌍한 파스칼레. 이런 사형 제도는 본래부터 잘못된 것이다. 소장도 그렇게 생각하고 있다. 소장은 사형 폐지 운동을 하고 있다니까.

그러나 그 사나이는! 그 사나이의 기도! 그리고 이제 그 사나이는 이 세상에는 없다. 그 독방은 텅 비어 있으며 또 다른 사나이가 들어올 것이다. —— 죽어가기 위하여 —— 여기에도 다른 짚방석 위에도 있다. 그는 몸을 일으켜 의자에 앉았다. 그러나 그 사나이는, 다른 몇 사람의 사나이들도 그 의자에 앉았던 것이다. 역시. 그는 자리에서 일어나 다시 짚방석 위에 주저앉고 말았다. '하나님! 하나님! 하나님! 하나님!' 그는 마음속으로 울부짖었다 —— 밖으로 소리는 내지 않고 —— 그러나 이곳에 오던 날 그처럼 그를 공포에 떨게 하던 그 사나이의 목소리와 어딘지 비슷한 데가 있었다. 그리고 또 그는 아직 이곳에 있다. 그 사나이도 죽을 것이다. 그리고 다른 사나이들도. 아마도 내 자신도 만약 —— 만약 ——.

클라이드는 처음으로 사나이가 죽는 것을 본 것이다.

31

그러나 그 사이에도 아버지 아서는 여전히 병석에 있었으며 병상에서 일어나 어머니가 강연 계획의 재개를 하게 되기까지는 꼬박 4개월이 걸렸다. 그러나 그 무렵이 되자 어머니나 그 아들에 대한 관심은 거의 잊혀져가고 있었다. 이제 덴버의 어느 신문도, 그녀의 강연에 대한 대가로 클라이드에게 돌아갈 수 있는 여비를 내놓겠다는 관심을 보이는 곳은 없었다. 범죄 현장 근처에 있던 사람들은 그리피스의 어머니나 아들에 대해서는 아직도 잘 기억하고 있었으며 어머니에 대해서는 동정적이었다. 그러나 그리피스에 대해서는 틀림없이 유죄일 것이며, 그 사건에서는 범죄에 합당한 판결이 내려졌으니 상고는 하지 않는 편이 좋다, 만약 상고가 받아들여졌더라도 기각해버리는 것이 좋다고 생각하고 있었다. 그런 못된 범인을 상고한다는 것은 말도 안 된다!

한편 클라이드가 수감된 형무소에서는 잇따라 죄수들이 처형되어가고 있었다. 그럴 때마다 그는 불안하고 초조해 했고 죄수들도 누구 하나 태연하게 지내는 자가 없었다. 전에 고용주를 살해했다는 몰러. 아내를 죽였던 경찰관 리오단은 사형 직전까지 당당한 경찰관의 자세를 흐트러뜨리지 않았었다. 그 후 한 달도 되기 전에 어찌된 셈인지 아직 차례가 되리라고는 생각지 않았던 중국인의 처형이 있었다. 누구에게도 한 마디의 작별 인사도 하지 않은 채. 서툴기는 해도 영어를 할 수 있었건만. 중국인 다음에는 해외 파견군으로 있던 병사 랄리 도너휴의 차례였는데 그는 사형장으로 들어가는 문이 등 뒤에서 닫히기 직전 당당하게 모두를 불렀다. "여러분, 몸 성히 잘들 계십시오. 먼저 갑니다."라고 작별 인사를 했다.

그 다음 차례는 무척 가슴 아픈 일이지만 클라이드가 그처럼 마음에 들어했던 인물 —— 그 사람 없이 이곳에서의 무서운 생활에 견뎌낼 수 있을지 도무지 자신이 없었다 —— 다름 아닌 밀러 니콜슨이었다. 지난 다섯 달 동안 두 사람은 함께 산책하거나 이야기를 하거나 이따금 각기 자기의 독방에서 큰소리로 말을 주고받기도 했었다. 그리고 니콜슨은 어떤 책을 읽는 것이 좋은지 가르쳐주었으며, 상고했을 때 —— 2심 때 —— 그의 사건에 관한 중요한 점에 대해서도 조언해주었었다. 즉 로버타의 편지를 증거로 제출하는 것을 절대 반대해야 한다고도 가르쳐주었다. 그 편지에 포함되어 있는 감정적인 힘은 어느 고장의 배심원들이라도 제시된 재료에 대해서 공평하고 편견이 없는 고려를 방해할 것이라 했다. 그 편지를 있는 그대로 제출하지 말고, 그 대신 그 편지에 포함된 사실을 요약한 것을 제출케 하여 그 요약만 배심원들에게 보여주도록 하지 않으면 안 된다. 그리고 변호사들이 그 주장의 정당성을 2심 법정에서 인정받게 할 수만 있다면 그 재판은 틀림없이 승리할 수 있다고도 했다.

그래서 클라이드는 즉각 제프슨에게 면회를 와달라고 부탁하여 니콜슨의 의견을 전하자 제프슨도 그 정당성을 인정하여 상고서에 꼭 그 점을 집어넣어 주겠다고 했었다.

그런데 며칠 후 간수가 운동장에서 돌아온 그의 문을 열고 니콜슨의 독방 쪽을 턱으로 가리키며 말했다.

"다음 차례는 저자야. 그자가 자네에게 말하지 않든가? 사흘 안에."

그 순간 클라이드는 바싹 움츠러들었다. 그 뉴스는 차가운 얼음덩이에 살갗을 댄 것 같았다. 왜냐하면 조금 전 그 사람과 운동장을 거닐면서 신참 죄수에 대해서 이야기를 나누었기 때문이었다. 그것은 유티카의 헝가리 인 으로 —— 정부를 난롯불에 태워죽여 유죄 선고를 받은 사나이 —— 가고일 같은 얼굴을 했으며 키가 크고 난폭하며 까무잡잡하고 무식한 사나이었다. 니콜슨은 그 사나이는 인간이 아니라 틀림없는 짐승 같다고 말했었다. 그 런데도 자기에 대해서는 아무 말도 하지 않았다. 그런데 사흘 안에라니! 그리고 간수의 얘기인즉, 어젯밤에 알려주었다는데도 그는 아무 일도 없었다는 듯이 걸어다녔고 또 태연스레 다른 얘기들을 했었다. 다음 날도 마찬가지였다. 아무 일도 없었다는 듯이 걸어다녔고 또 이야기했다. 하늘을 쳐다보거나 심호흡을 하거나 하면서. 그러나 그와 함께 있던 클라이드는 기분이 나빠 졌으며 열병에라도 걸린 듯했으며 밤새도록 그 일만 생각하고 있었다. 너무나 겁에 질려 그와 함께 걷고 있어도 아무 말도 하지 못한 채 그저 이런 것만 머릿속으로 생각하고 있었다.

"이 사람은 이처럼 태연하게 걷고 있다. 도대체 얼마나 대담한 사람인가?"

그리고 그에 비해 자기가 너무나 가엾게 느껴졌다.

이튿날 아침, 니콜슨은 모습을 보이지 않고 자기의 독방에 남아서 각지에서 온 편지를 찢어 없애고 있었다. 정오 가까이 되자 맞은쪽 두 개의 방쯤 떨어진 클라이드에게 소리쳤다.

"나의 추억이 될 것을 너에게 보낸다."

그러나 자기가 처형된다는 것에 대해서는 아무 말도 하지 않았다.

한참 후에 간수가 책 두 권을 갖고 왔다. 《로빈슨 크루소》와 《아라비안 나이트》였다. 그날 밤 니콜슨은 현재의 독방에서 옮겨졌고 이튿날 새벽 날이 밝기 전에는 커튼이 내려져 있었다. 언제나 마찬가지로 행렬이 지나갔는데, 클라이드에게는 귀에 익은 이야기 같은 것이었다. 그러나 어딘지 이번에는 완전히 달랐었다. 몸에 사무치게 너무나 잔혹한 기분이 들었다. 지나갈 때 니콜슨은 모두에게 말했다.

"여러분에게 축복을. 하루 속히 출옥할 수 있기를."

이어서 누구나 처형될 때마다 일어나는 그 뒤의 소름 끼치는 정적.

그 후 클라이드는 고독했다. 견딜 수 없을 정도로. 지금 이곳에는 아무도 없다. 흥미를 느낄 만한 사람은 아무도. 그는 앉아서 책을 읽고 골똘히 생각하거나 아니면 다른 사람들이 하는 말에 흥미가 있는 체할 수밖에 없다. 실제로 그들의 말에는 흥미가 없었으니까. 현재 자기가 빠져 있는 비참함에서 어느 정도 해방되어 있을 때는 자연히 현실보다는 로맨스에 이끌리는 두뇌의 소유자였다. 적어도 책을 읽고 싶을 때는 지금의 엄격한 현실을 잊고 자기도 그 세계 속에 녹아들 듯한 가볍고 로맨틱한 소설을 택했다. 도대체 자기는 현실적으로 어떻게 될 것인가? 그는 너무나 고독했다! 편지가 오는 것은 강연을 단념한 어머니나 형제자매뿐이었다. 아버지의 병세는 별 차도가 없었고 어머니는 아직 돌아오실 수 없다. 덴버의 사정은 무척 각박해져 있었다. 어머니는 아버지의 간병을 하면서 어딘가 신학교에서 교편을 잡는 길을 찾고 있었다. 어머니는 시라큐스 강연을 가던 도중에 만난 젊은 목사 던컨 맥밀란에게 면회를 가달라고 부탁했었다. 맥밀란 목사는 매우 신앙심이 깊고 친절했기 때문이었다. 만약 그 사람이 면회를 가준다면 자기가 가보지 못하는 클라이드에게는 틀림없이 마음의 위안이 되어줄 수 있을 것이라고 생각했던 것이다. 어머니가 그 지방의 교회나 목사들을 찾아다니며 아들의 구조를 청했으나 아무런 도움도 얻지 못했을 때, 시라큐스에서 그 어떤 종파에도 속하지 않는 독립 교회의 목사로 있는 던컨 맥밀란을 만났다. 맥밀란 목사는 젊고, 어머니나 아서처럼 아직 정식 자격은 취득하지 못한 목사인 복음 전도자였는데, 종교적으로는 매우 힘차고 뛰어난 기질을 가진 인물이었다. 그리피스 부인이 찾아갔을 때 그는 클라이드와 로버타에 대해서는 이미 신문을 통해 자세히 알고 있었으며 결론으로서 나온 평결도 납득할 수 있는 것이었으며 정의가 관철 되었다고 생각하고 있었다. 그러나 그 어머니의 크고 자비로운 슬픔과 어떻게 해서든지 아들을 구하려고 애쓰는 것을 보자 큰 감동을 받게 되었다.

맥밀란 목사는 효성이 지극한 아들이었다. 그는 성(性)은 억제되어야 하며 숭고한 것이라고 생각해왔었으나 고도로 시적이고 정서적인 데가 있어서, 클라이드가 유죄 판결을 받았을 때는 이 지방에서 마음의 동요를 느끼고 있던 많은 사람들 중의 한 사람이었다. 저 고도로 정서적이고 고뇌에 차 있는 로버타의 편지! 라이카거스나 빌츠에서의 슬프고 비참했던 생활! 클라이드의 어머니와 만나기 전까지만 해도 몇 번이나 그런 것을 머리에 떠올리고 있었다. 로버타나 그녀의 가정에서 느껴지는 로맨틱하고 아름다운 전원의 세계가 지니고 있는 미덕으로 볼 때 틀림없이 클라이드는 유죄였다. 그런데 거기에 느닷없이 고독하고 비참해 보이는 클라이드의 어머니가 찾아와서 클라이드의 무죄를 주장했다. 그 한편으로는 사형이 선고된 클라이드가 독방에 수감되어 있다. 그는 다시 생각해보았다. 운명의 장난이나 그 어떤 사정으로 그렇게 된 것은 아닐까? 판결이 잘못되었을 뿐, 클라이드는 무죄가 아닐까?

그러나 맥밀란의 기질은 긴장감이 넘치며 이국적이었다. 말하자면 현대의 성 베르나르이든가, 사보나롤라이든가, 성 시메온이든가, 은자(隱者) 베드로 같았다. 인생도, 사상도, 모든 형태나 사회 구조도 모두 하나님의 말씀이며, 표현이며, 숨결이라 생각하고 있었다. 그러면서도 악마와 그 분노에 또 추방된 마왕이 지상을 방황하게 할 여지도 있으며 동시에 또 여덟 개의 행복(^{마태복음}

제5장 제3절에서 말하고 있는 행복. '심령이 가난한 자는 복이 있나니 천국이 저희 것임이요, 애통하는 자는 복이 있나니 저희가 위로를 받을 것임이요, 온유한 자는 복이 있나니 저희가 땅을 기업으로 받을 것임이요, 의에 주리고 목마른 자는 복이 있나니 저희가 배부를 것임이요, 긍휼히 여기는 자는 저희가 긍휼히 여김을 받을 것임이요, 마음이 청결한 자는 복이 있나니 저희가 하나님을 볼 것임이요, 화평케 하는 자는 복이 있나니 저희가 하나님의 아들이라 일컬음을 받을 것이요, 의를 위하여 핍박을 받은 자는 복이 있나니 천국이 저희 것임이라.')에 산상 교훈에, 성 요한이나 그가 그리스도나 신을 직접 보고 그 말을 전한 문제를 생각하고 있었다. '나와 함께 있지 않은 자의 나의 적이로다. 내 곁에 모이지 않는 자는 흩어져버릴 것이다.' 이렇듯 그는 믿음직스럽기도 하고 팽팽하게 긴장되기도 했고 자비심이 깊으며 독자적인 아름다움을 갖춘 엉뚱한 인물이었다. 사람의 비참함을 슬퍼하고 정의를 동경했다.

클라이드의 어머니는 맥밀란 목사와 얘기할 때, 로버타에게도 전혀 죄가 없다고는 할 수 없다고 주장했다.

"그 처녀도 아들과 죄를 나누어 가져야 하지 않겠는가? 어찌하여 로버타는 전혀 죄가 없다고 보는가? 법적으로도 큰 잘못이다. 자기의 아들에게만 가장 부당하게 형이 집행되려 하고 있다. 불쌍하기는 하지만 로맨틱하고 시적인 데가 있는 그런 편지는 남자 배심원들에게 읽히지 말았어야 했다. 배심원들은 로맨틱하고 예쁜 여성과 관련이 있는 슬픈 사건일 때는 공평한 판단을 하지 못한다는 것이 확실해졌다. 전도에 종사하고 있는 자기의 경험에 비추어볼 때 틀림없이 그렇게 되리라고 생각한다."

그리고 이러한 생각은 매우 중요하며 거의 진실처럼 생각되어 맥밀란 목사의 마음을 감동시켰다. 이 어머니가 주장하고 있듯이 힘찬 정의의 하나님의 사자가 클라이드를 방문하여 신앙의 강력함과 강한 하나님의 말씀에 의해서 클라이드를 설득시킬 수 있다면 —— 클라이드는 아직 그 점에 대해서 깨닫지 못하고 있으며 자기는 마음이 산란한데다 그의 어머니이기도 해서 그것을 깨닫게 할 힘이 없다고 말했는데 —— 로버타와 함께 범한 죄는 이 세상에서나 저 세상에나 불멸의 영혼과 관계가 있다는 것을 깨닫게 할 수 있다면 그때는 하나님께 감사하고 경의와 신앙이 회복되고 부정을 저지른 것은 사실이라도 클라이드의 죄악은 깨끗하게 씻을 수 있을 것이다.

왜냐하면 지금 고발된 죄를 실제로 범했는지 아닌지는 별도로 하고라도 —— 어머니는 범하지 않았다고 확신하고 있다 —— 그는 지금 어쨌든 사형수이다. 언제 어느 때(비록 최종 결정이 내려지지 않는다 하더라도) 창조주 앞에 불려나갈지도 모른다. 더구나 간음이란 큰 죄를 지고 로버타뿐만 아니라 라이카거스의 다른 아가씨와의 관계로. 그가 말한 거짓이나 허위 행위에 대해서는 물론 신앙을 회복하고 회계한다면 그 죄도 씻을 수 있는 것이 아닐까? 만약 그의 영혼이 구제된다면 어머니도 클라이드도 이 평화를 손에 넣을 수 있을 것이다.

덴버로 돌아간 클라이드의 어머니로부터 클라이드의 고독을 달래줄 만한 상담 상대의 필요성을 호소한 최초의 편지가 오고 다시 두 번째 편지를 받았을 때 던컨 목사는 오번을 향해 떠났다. 일단 목적지에 도착해서 —— 자기가 찾아온 참된 목적 즉 클라이드의 영혼을 클라이드 자신을 위해 또는 어머니나 하나님을 위하여 구제해주고 싶다고 형무소장에게 말하자 그는 곧 사형수 감방으로 안내되어 클라이드를 만날 수 있었다. 독방 문 곁에서 걸음을 멈추고 안을 들여다보니 클라이드는 비참한 몰골로 침대에 드러누워 책을 읽고 있었다. 그러자 맥밀란 목사는 철창 앞에 수척한 몸을 기대고 아무런 자기 소개도 하지 않고 머리를 숙인 채 기도하기 시작했다.

"하나님, 선한 이여. 나를 불쌍히 여기소서.
어지신 분이여, 내 죄를 없애주소서.
허물을 말끔히 씻어주시고 잘못을 깨끗이 없애주소서.
내 죄 내가 알고 있사오며 내 잘못 항상 눈앞에 아른거립니다.
당신께, 오로지 당신께만 죄를 얻은 당신 눈에 거슬리는 일을 한 이 몸,
벌을 내리신들 할 말이 있으리이까?
당신께서 내리신 선고 천번 만번 옳습니다.
이 몸은 죄중에 태어났고, 모태에 있을 때부터 이미 죄인이었습니다.
그러나 당신은 마음속의 진실을 기뻐하시니 지혜의 심오함을 나에게 가
르쳐주소서.
정화수를 나에게 뿌리소서, 이 몸이 깨끗해지리이다.
나를 씻어주소서, 눈보다 더 희게 되리이다.
기쁨과 즐거움의 소리를 들려주소서, 꺾여진 내 뼈들이 춤을 추리이다.
당신의 눈을 나의 죄에서 돌리시고 내 모든 허물을 없애주소서.
하나님, 깨끗한 마음을 새로 지어주시고 꿋꿋한 뜻을 새로 세워주소서.
당신 앞에서 나를 쫓아내지 마시고 당신의 거룩한 뜻을 거두지 마소서.
그 구원의 기쁨을 나에게 도로 주시고 변치않는 마음 내 안에 굳혀주소서.
죄인들에게 당신의 길을 가르치리니. 빗나갔던 자들이 당신께로 되돌아
오리이다.
하나님, 내 구원의 하나님. 죽음의 형벌에서 이 몸을 건져주소서.
이 혀로 당신의 정의를 높이 찬양하리이다.
나의 주여, 내 입술을 열어주소서, 이 입으로 주를 찬양하리이다.
당신은 제물을 즐기지 아니하시며 번제(燔祭)를 드려도 받지 아니하십니다.
하나님, 내 제물은 찢어진 마음뿐
찢어지고 터진 마음을 당신께서 얕보지 아니하시니."

그는 긴 기도를 하다가 말을 끊었다. 그것은 시편 제51편 전체를 가장
낭랑한 목소리로 영창한 직후의 일이었다. 그때 클라이드가 눈이 둥그레져,
몸을 일으키고 일어서자 그는 얼굴을 쳐들었다. 클라이드는 얼굴은 창백했지만

청결하고 젊고 활력에 넘치는 맥밀란의 모습에 호기심을 느끼며 독방 입구로 다가가 맥밀란은 다시 말을 덧붙였다.

"클라이드, 나는 그대에게 하나님의 자비와 구원을 가져왔다. 하나님이 나를 불러 나는 여기에 왔다. 비록 그대의 죄가 시뻘겋더라도, 그것이 눈처럼 희게 되도록 자네에게 알리기 위해 하나님은 나를 보내신 것이다. 빨갛든, 양털처럼 되든. 자 우리 함께 주님께 기도하지 않겠는가."

그는 말을 마치자, 다정하게 클라이드를 보았다. 입언저리에는 어딘가 로맨틱하고 따뜻하며 싱그러운 미소 같은 것이 떠올랐다. 그는 클라이드의 젊음과 세련된 행동에 호감을 갖게 되었으며 클라이드는 이 이례적인 인물에 마음이 이끌리고 있었다. 물론 잘 돌봐줄 목사중 한 사람임에 틀림없을 것이다. 그러나 전에 이곳에 왔던 교계사(教戒師)는 이 목사와는 전혀 달랐었다. 이처럼 사람의 마음을 끌어당기지도 않았으며, 매력적이지도 않았다.

"내 이름은 던컨 맥밀란이다."라고 그는 말했다. "나는 시라키스에서 왔다. 하나님이 나에게 시킨 것이다. 자네의 어머니를 나에게 보내셨던 것처럼. 자네의 어머니는 믿고 있는 모든 것을 나에게 말했었다. 나는 자네가 이제까지 말했던 것을 신문에서 다 읽었다. 그리고 자네가 왜 여기 와 있는지 알고 있다. 그러나 내가 여기에 와 있는 것은 자네에게 정신적인 기쁨을 주기 위해서이다." 그러더니 갑자기 시편 제13편 제 2 절을 인용했다. "'밤낮없이 이 쓰라린 이 마음, 이 아픔을 언제까지 견뎌야 합니까? 언제까지 원수들의 우쭐되는 꼴을 봐야 합니까?' 이것은 시편 제 13 편 제 2 절을 인용한 것이다. 지금 자네에게 꼭 말해주지 않으면 안 될 말로 떠오르는 말이 있다. 이 말도 성서에 있다. 시편 제10 편이지. '당신은 미약한 사람들의 호소를 들으시고 그 마음을 든든하게 해주시옵니다.' 하지만 자네는 재해 속에 있다. 우리는 모두 죄 속에서 살고 있다. 지금 막 말하려 한 이러한 문구도 있다. 그것은 시편 제 10 편 제 11 절이다. '하나님은 영영 보지 않으려고 얼굴마저 돌렸다.' 인데 나에게 말하도록 명하신 것은 하나님께서 얼굴을 돌리시지 않았다는 것이다. 그뿐 아니라 시편 제 18 편에서 이런 말을 인용하라 말하고 계신다. '내가 망할 처지가 되자 저들이 달려들었지만 여호와께서 내 편이 되셔서 건져주시고 어깨를 펴게 해주셨다.' '포악한 자들의 손에서 이 몸 건져주셨으니.' '나를 구원해주시고, 그들은 나보다 힘이 세도다.' '여호와께서는 나를 넓은 곳으로 인도하여 도와주셨도다.’ ‘여호와께서는 나를 사랑하시어 넓은 곳으로 인도하시고 도와주셨도다.’ 클라이드, 그러한 말은 이미 자네에게다 말했을 줄 아네. 마치 속삭이기라도 하려는 듯이 지금 나의 머릿속에 떠올랐으니까. 나는 직접 자네에게 말하는 대변자일 뿐이다. 자네 자신과 잘 말해보는 것이다. 그늘에서 빛으로 향하는 것이다. 이 비참과 암흑의 사슬을 부수자. 이 그늘과 암흑을 떨쳐버리자. 자네는 죄를 범했다. 주께서는 그것을 용서하실 것이고 허락해주실 것이다. 회계하라. 이 세상을 창조하시고 지켜주시는 하나님과 함께하는 것이다. 하나님은 자네의 신앙을 쫓아내지는 않는다. 자네의 기도를 무시하지 않으신다. 되돌아보시고 자네 안에서, 이 독방의 테두리 안에서 이렇게 말씀하실 것이다. ‘주여, 나를 도와주소서. 주여, 나의 기도를 들어주소서. 주여, 나의 눈에 빛을 주소서.’ 하나님 같은 것은 존재하지 않는다, 하나님은 대답해주지 않을 것이라고 생각하는가? 기도하는 것이다. 괴로울 때는 하나님께 의지하는 것이다. 나에게 그러라는 것이 아니다. 그 누구에게도 아니다. 하나님께 그렇게 해야 한다. 기도하는 것이다. 하나님께 말하는 것이다. 하나님께 진실을 말하고 도움을 청하는 것이다. 자네가 내 앞에 있는 것과 마찬가지로 확실하게. 그리고 자네가 마음속으로 자네가 자행했던 악을 진심으로 회개한다면 —— 진실로, 진실로 회개한다면 자네는 하나님의 목소리를 들을 수 있고 그 존재를 느낄 수 있을 것이다. 하나님은 자네의 손을 잡을 것이다. 하나님은 이 독방 안에 그리고 자네의 영혼 속에 들어가 계실 것이다. 자네의 마음이나 감정을 채워줄 평화나 광명에 의해서 자네는 하나님을 알게 될 것이다. 기도하는 것이다. 그리고 어떤 형태로든 다시 나의 조력이 필요할 때는 함께 기도하거나 무언가 하고 싶다면, 무엇이고 고독한 자기 자신에게 힘이 되어주기를 원한다면 나를 부르기만 하면 된다. 엽서를 쓰기만 하면 된다. 나는 자네의 어머님과 약속했으니까. 내가 할 수 있는 일이라면 다 해주겠다. 나의 주소는 형무소장이 알고 있다.”

그의 어조는 진지하고 단호했는데 이렇게 말하자 말을 그쳤다. 클라이드의 표정에는 호기심과 놀라움이 무엇보다도 강하게 표면에 나타나 있었기 때문이었다. 동시에 클라이드의 젊음과 어머니가 떠난 이후, 의지할 데 없이 외로워하고 있는 것을 알자 또 이렇게도 말했다.

“나는 언제나 연락이 닿을 수 있는 곳에 있다. 시라쿠스에는 해야 할 종교상의 일이 많이 있지만 자네를 위하여 내 힘이 필요하다면 기꺼이 그 일을 중단할 수도 있다.”

그는 여기까지 말하자 돌아가려는 듯이 몸을 일으키려 했다.

그러나 클라이드는 이 목사의 활력과 자신감과 친절이 넘치는 태도에 — — 그것은 긴장되고 무서우면서도 고독한 이곳에서의 생활과는 전혀 다른 것이었는데 —— 매료되어 등 뒤에서 목사를 불렀다.

“제발 아직 가지 말아주십시오. 부탁입니다. 저를 만나주셔서 정말 감사합니다. 목사님이 찾아올 것이라는 것은 어머니의 편지를 받고 알았습니다. 이곳은 매우 쓸쓸한 곳입니다. 당신이 하시는 말씀을 저는 별로 생각해보지 않았던 것 같습니다. 다른 사람이 생각하는 것처럼 저는 큰 죄를 저질렀다고는 생각하지 않았으니까요. 하지만 저는 크게 후회하고 있습니다. 그리고 이곳에 있는 사람들은 확실히 모두 큰 희생을 치르고 있습니다.”

클라이드의 눈은 무척 슬프게 긴장되어 있었다. 그러자 맥밀란은 매우 감동하여 이렇게 대답했다.

“클라이드, 자네는 걱정할 필요가 없네. 일주일 내에 다시 자네를 만나러 오겠네. 자네가 지금 나를 필요로 하고 있다는 것을 알았으니까. 자네가 로버타 올덴의 죽음에 대해서 유죄라고 생각해서 기도하라고 말하는 것은 아니야. 나는 모르니까. 자네는 아직 말하지 않았다. 자네의 죄와 슬픔은 하나님밖에는 아무도 몰라. 하지만 자네가 정신적인 도움을 필요로 한다는 것은 잘 알고 있으며, 하나님은 그것을 자네에게 줄 것이다, 그것도 충분하게. ‘주님은 학대받는 자들의 피란처, 고통받는 자에게 피란처가 되어주신다.’”

그는 클라이드를 진심으로 사랑하는 것처럼 웃어 보였다. 클라이드는 그것을 느끼자 자기도 모르게 이렇게 대답했다.

“자기가 건강하게 지내고 있다는 것 외에는 어머니께 전할 말이 없다. 가능하다면 조금이라도 안심시켜 드리고 싶은 마음이니까. 어머니의 편지로는 무척 걱정에 쌓여 있는 것 같았다. 자기 때문에 너무 걱정하시는 것 같다. 그리고 나 또한 별로 좋은 기분은 아니다. 요즘은 기력도 잃고 걱정만 하고 있다. 지금 자기와 같은 경우라면 누구나 다 그럴 것이다. 실제로 기도를 통하여 마음의 평안을 찾을 수만 있다면 기꺼이 그렇게 할 것이다. 어머니도 항상 기도하라고 하셨었다. 그러나 현재까지는 유감스럽게도 그러한 충고를 잘 지킨 것 같지 않다.”

클라이드는 무척 수척해졌으며 음울해진 것 같았다. 지루한 옥중 생활의 창백함이 얼굴에 나타나 있었다.

던컨 목사는 클라이드의 처지에 완전히 마음이 이끌려서 이렇게 대답했다. “클라이드, 너무 걱정하지 말게. 계시와 평안은 확실하게 찾을 테니까. 나는 그것을 잘 알고 있어. 자네도 성경을 갖고 있군. 시편의 어디라도 좋으니 펼쳐서 읽어보게. 제 51 편, 제 91 편, 제 23 편을 읽어보게. 요한복음도 읽게. 그런 것을 몇 번이고 되풀이해 읽게. 그리고 생각하고 기도하는 것이다. 자네의 주위에 있는 모든 것에 대하여 생각해보는 것이다. 달이나 별이나 태양이나 나무나 바다에 대해서, 자네 자신의 고동치는 심장, 자네의 육체나 힘에 대해서도, 그리고 어떻게 그런 것이 존재하게 되었는지? 그리고 만약 설명이 되지 않을 때는 자기 자신에게 물어보는 것이다. 그것이 누구든, 어디에 있든 자네가 도움을 청할 때는 자네를 도울 수 있는 힘과 현명함과 친벌함을 갖추고 있는 것이 아닐까. 자네가 도움을 청하고 있을 때는 광명과 평화로 인도해 주실지 자기 자신에게 물어보는 것이다. 이 확실한 현실의 창조주에게 물어보는 것이다. 그리고 하나님께 —— 그 모든 창조주에게 —— 어떻게 하는 것이 좋은지 물어보는 것이다. 밤이나 낮이나 물어보는 것이다. 머리를 떨군 채 기도하고 지켜보는 것이다. 하나님은 기대를 져버리지 않으신다. 나는 마음의 평안을 갖고 있으므로 그것을 알 수 있다.”

그는 마치 설득하려는 듯이 클라이드를 바라보더니 곧 미소를 보내고는 가버렸다. 클라이드는 독방의 문에 기대서 생각하기 시작했다. 창조주! 자기를 만든 것! 세계의 창조자! ……찾으라, 보라……! 그러나 아직 클라이드의 마음속에는 종교나 그 성과에 대한 이전부터 갖고 있던 경멸이 아직도 그대로 남아 있었다. 아버지나 어머니가 해오던 아무런 성과 없는 기도나 훈계를 잊을 수 없었다. 자기는 지금 곤란에 처해 있으며, 여기에 있는 다른 사람들처럼 겁을 먹고 있다는 그것만의 이유로 종교를 대하려 하는 것일까? 그렇게 되고 싶지는 않았다. 어쨌든 그런 것은 아니다.

하지만 던컨 맥밀란 스승이 갖고 있는 성격은 물론이고 분위기, 젊음이 넘치고 힘찬 확신에 찬 극적인 얼굴과 눈은 지금 클라이드의 마음을 움직이고 이제까지의 어느 종교가나 목사한테서도 느낀 적이 없는 큰 감동을 느끼게 했다. 그는 이 목사의 신앙에 관심을 가지게 되었으며 매혹되었다. 그러나 이 목사가 그러하듯이 자기가 지금 곧 또는 적어도 하나님을 믿게 될지 어떨지는 알 수 없었다.

32

맥밀란 목사 같은 인물이 갖고 있는 개인적인 신념이나 힘에는, 어떤 의미에서 보자면 클라이드는 이미 익숙해져 있었으며 18개월 전이라면 조금도 감동을 느끼지는 못했을 것이다. 그러한 것은 평생을 통하여 늘 대해왔던 일이었으니까. 그러나 현재와 같은 환경 아래서는 다른 감동을 받았다. 세상에서 격리되어 사형수 감방이라는 극히 한정된 생활 속에서는 자기의 내부에서 위안을 찾을 수밖에 없다. 클라이드와 같은 기질의 소유자라면 한정된 기질을 가진 다른 사람들처럼 과거나 현재나 미래에 눈을 돌릴 수밖에 없었다. 그러나 과거는 어느 면에서 보더라도 너무나 고통스러워 생각할 수조차 없었다. 그것은 그를 위협하고 타들어가는 듯한 기분이 들게 했다. 상고에 실패했을 때 확실하게 일어날 수 있는 공포가 담긴 미래는 물론이고 현재의 이런 환경도 예민해진 의식을 겁내는 두 가지 면 바로 그것이었다.

따라서 모든 고뇌가 걷게 되는 길을 걸을 수밖에 없었다. 겁을 먹고 싫어하면서도 피할 수 없다는 것을 알고 또한 어쩌면 희망을 가질 수 있을지도 모른다는 것 또는 적어도 상상력을 펼 수 있는 것을 향하여 도망칠 곳을 찾는 것이다. 그러나 무엇에 희망을 걸고 상상력을 펼 수 있을까? 니콜슨으로부터 새로이 조언을 받은 탓으로 클라이드가 희망을 가지고 볼 수 있는 것이라면 재심뿐이며, 만약 재심에서 무죄가 된다면 먼 곳으로 —— 오스트레일리아나 아니면 아프리카나 멕시코 등으로 —— 가서 다른 이름으로, 최근까지 관심을 기울였던 상류 사회와의 연관이나 야심을 버리고 무언가 작은 생활 수단을 강구하여 살아갈 수 있을 것이다. 그러나 그런 희망을 걸고 있는 공상의 좁은 길에는 재심을 각하하는 거절의 사신(死神)이 머리를 쳐들고 있다. 어쩌면 그렇게 될지도 모른다 —— 저 브리지버그의 배심원들의 일을 생각해보면. 그렇게 되면 똬리를 틀고 있는 뱀이 길을 가로막고 뒤돌아보면 두 개의 뿔을 가진 코뿔소를 만난, 언젠가 꾸었던 악몽처럼 —— 옆방에 있는 무서운 것 —— 그 의자를 만나게 된다! 그 의자! 가죽끈이 달려 있으며 모든 감방의 전등을 침침하게 만드는 그 의자가 있는 방에 들어가야 한다고 생각하니 견딜 수가 없었다. 하지만 재심이 각하된다면……아, 싫다. 그런 것은 생각도 하기 싫다!

그러나 그런 것을 생각하지 않는다면 그 밖에 무엇을 생각한다는 말인가. 그러한 의문에 사로잡혀 있을 때, 그 던컨 맥밀란 목사가 찾아와서 클라이드가 괴로워하고 있는 모든 것을, 만물의 창조주에게 직접 털어놓으라는 —— 그의 주장에 따르자면 —— 확실히 결실을 가져다줄 정성 어린 충고를 해주었던 것이다. 하지만 이 얼마나 단순한 해결법인가!

하나님의 평안을 알게 되는 것은 네가 마음먹기에 달려 있다. 맥밀란 목사는 바울의 말을 인용하고 또 그 다음에는 고린도 전서나 후서, 갈라디아서, 에베소서를 인용하면서 아주 쉬운 일이라고 주장했었다. 만약 클라이드가 그의 말 대로 기도를 계속한다면, '모든 이해를 초월한 편안함' 속에서 기쁨을 찾아낼 수 있을 것이다. 편안함을 자네는 갖고 있다. 주위의 곳곳에. 자네는 구하기만 하면 된다. 마음의 비참함이나 실패를 고백하고 회계하면 된다. "구하라, 그러면 주실 것이요, 물으라, 그러면 찾을 것이다. 문을 두들겨라, 그러면 열릴 것이다. 구하는 자는 얻을 것이요, 찾는 자는 얻고 묻는 자는 찾아내고, 문을 두들기는 자는 열 것이다. 너희들 중 누가 빵을 구하는 자에게 돌을 주고, 물고기를 구하는 자에게 뱀을 줄 수 있으랴." 그런 식으로 아름다운 목소리로 열심히 인용했다.

하지만 클라이드의 눈앞에는 항상 아버지나 어머니의 실례가 있었다. 아버지나 어머니는 무엇을 얻었던가? 기도는 양친에게 있어서 별 도움이 되지 못했었다. 여기서 생각난 것이지만 이곳의 다른 사형수들에게도 기도는 아무런 도움이 되지 못했었다. 매일같이 찾아오는 목사나 유대교 랍비나 신교 목사의 웅변이나 기도에 의지하려 했다. 하지만 역시 그들은 불평을 말하거나 저항하거나 쿠트로네처럼 정신이 이상해지거나 아니면 무관심해져 죽어가지 않았던가? 클라이드 자신은 이제까지 이러한 성직자들의 누구에게도 마음이 이끌린 적이 없었다. 구질구질한 얘기다. 도대체 무엇인가? 무엇이 무엇인지 알 수 없었다. 하지만 마음에 호소해오는 던컨 맥밀란 목사가 지금 나타났다. 그 온화하고 밝은 눈, 저 다정한 목소리, 그 신앙. 그것은 클라이드의 마음을 깊게 뒤흔들어놓았다. 거기에는 —— 거기에는? 그는 무척 고독했다. 희망을 잃은 그에게는 도움이 필요했다.

만약 내가 좀더 좋은 생활을 하고 있었더라면, 어머니가 말했거나 가르치거나 한 점에 대해서는 주의를 기울였더라면, 캔자스 시의 매춘굴에 가지 않았더라면, 호텐스 브리그스를 그런 사악한 방법으로 쫓아다니지 않았더라면 또 그후 로버타와도. 또 많은 사나이들이 그랬던 것처럼 열심히 일해서 지금하는 일에 만족했더라면 지금보다는 좋은 생활을 했을지도 모른다. 틀림없이 그렇게 되지 않았을까. 그가 적어도 그런 생각을 할 수 있도록 맥밀란 목사의 가르침은 영향을 미치고 있었다. 자기의 내부에는 도저히 극복할 수 없는 강한 충동이나 욕망이 있었던 것은 움직일 수 없는 사실이며 진실인 것이다. 그러한 것도 생각해보았으나 자기의 어머니나 숙부나 사촌형이나 이곳 신교 목사가 그런 것에 마음이 움직이지 않는다는 것도 알았다. 때로는 이렇게 상상할 때도 있었다. 정열이나 욕망에 직면하더라도 다른 사람들은 그 자신에 비해서 훨씬 고도의 정신적, 윤리적으로 용기를 갖고 있어서 좋은 생활을 하고 있는 것이라고. 어머니나 맥밀란이나 그가 체포된 이래 설교해준 사람 누구나 그렇게 생각하고 있듯이 자기는 틀림없이 그 사람들과는 다른 사고나 살아가는 방법에 몸을 내맡긴 것이리라.

그런 얘기에는 도대체 어떤 의미가 있을까? 하나님은 존재했을까? 맥밀란 목사가 주장하고 있듯이 인간의 자질구레한 일에 하나님이 간섭할 것인가? 이제까지 언제나 하나님을 무시해왔는데 이제 와서 하나님이나 조금이라도 창조적인 힘에 매달리려 하는 것이 과연 가능할까? 확실히 인간은 그럴 때 도움을 필요로 한다. 무척 고독하고 법에 의해서 명령되고 지배되는 인간이 아니다. 여기에 있는 사람은 모두 법률의 종이니까. 그러나 이 신비로운 힘은 도움의 손길을 뻗쳐줄 것인가? 실제로 존재하고 인간의 기도를 들어줄 것인가? 맥밀란 목사는 그렇다고 주장했다.

"하나님은 잊거나 얼굴을 감추거나 한다. 그러나 하나님은 잊지도 않았으며 얼굴을 감추지도 않았다."

그러나 그것은 진실일까? 또 어떤 의미가 있는 것일까? 그러나 그는 지금 커다란 위기에 직면하여 물질적이라고는 하지 않더라도 정신적인 도움을 구하면서 괴로움을 이겨보려고 하는 그런 사람들과 똑같은 입장에 놓여 있었다. 가장 간접적이고 꼼꼼하고 무의식적인 방법으로 어떤 형태로든지 도와줄 것으로 생각되는, 적어도 초인적이고 초자연적인 힘의 표현이나 존재를 찾고 있었다. 또 희미하고 무의식적이기는 했지만 종교적인 치장을 하지 않는 이상, 또 희미한 개념밖에 갖지 않은 힘을 구체화하고 인격화하려는 방향으로 향하기 시작하고 있었다.

"하늘은 하나님의 영광을 나타내고 창공은 하나님의 업적을 나타낸다."

그는 어머니의 전도소에 그러한 말이 적혀 있는 플래카드를 상기해냈다. 또 다른 플래카드에는 '하나님은 그대의 생명이며, 그대의 생애이다'라고 씌어 있었다. 하지만 —— 던컨 맥밀란 목사에게 마음이 이끌리는 경향은 있었지만 어떤 형태의 종교 중에서 깊은 감동을 맛보고 현재의 비참함에 종지부를 찍는 단계에서는 거리가 멀었다.

그러나 몇 주가 흘러가고 몇 달이 흘렀다. 맥밀란 목사는 그 후에도 정기적으로 길어야 한 주 걸러씩, 때로는 매주 찾아와서 형편을 살펴보고 그가 묻는 것에 답해주고 건강이나 마음의 평화에 대해서 조언을 주었다. 그리고 클라이드는 맥밀란 목사가 보여주는 관심과 방문을 놓치지 않으려고 그와의 우정과 교화에 몸을 맡겼다. 그는 높은 정신, 그 아름다운 음성 또 언제나 마음에 위안을 주는 말을 인용하여 들려주었다.

"형제여, 이제 우리들은 하나님의 아들이다. 앞으로 우리는 어떤 사람이 될지 모르며, 하지만 하나님이 나타나실 때 우리는 하나님처럼 되려는 것을 안다. 그것은 하나님의 있는 그대로의 모습을 접하기 때문이다. 모든 마음속에 이 희망을 갖고 있는 자는 하나님의 정결함 같이 자기도 정결하게 할 것이다. 그러므로 우리는 모두 하나님 안에서 살며, 하나님 안에 산다는 것을 안다. 그것은 하나님이 우리에게 성령을 주셨기 때문이다. 하나님은 당신의 뜻에 따라 진리의 말로써 우리를 태어나게 하셨도다. 우리는 하나님이 만드신 최초의 과실이다. 좋은 선물은 모두 하늘에서 오며, 빛 되시는 아버지 하나님께서 온 것이다. 하나님과 함께 있으면 변함이 없고 그림자도 없다. 하나님께 가까이 가라. 그러면 하나님도 그대에게 가까이 하리라."

클라이드는 어떨 때는 평화와 힘 —— 원조조차도 —— 에 의지함으로서 손에 넣을 수 있을지 모르겠다고 생각했다. 그것은 맥밀란 목사가 호소해오는 힘과 성의 때문이었다.

하지만 회계에 대한 문제가 있다. 더욱이 그와 아울러 고백하지 않으면 안 된다. 그러나 누구에게? 물론 던컨 맥밀란 목사에게다. 목사는 클라이드가 자기에게 —— 아니면 자기와 같은 인간에게 —— 인간의 모습을 하고 있더라도 하나님의 사자에게 향하여 그 영혼을 깨끗하게 씻어줄 필요가 있다고 생각하고 있는 것 같았다. 그러나 거기에도 까다로운 문제가 있었다. 왜냐하면 재판할 때 허위 증언을 했으며, 상고는 그 증언을 토대로 성립하게 되기 때문이다. 더구나 상고가 가능한 것인지 아직 확실하지도 않을 때 그런 것을 꺼내는 것은 서툰 일이다. 상고 결과가 확실해질 때까지 기다리는 것이 좋지 않을까.

아, 그러나 이 얼마나 비열하고 거짓말투성이이며 막연하고 불성실한 방법인가. 어떤 하나님이라도 그런 식으로 거래하려는 인간을 돌봐주실 리가 없다. 그래, 그럴 것이 틀림없다. 그것은 올바른 방법이 아니니까. 지금 생각하고 있는 것을 맥밀란 목사가 안다면 어떻게 생각할까?

그러나 자기의 유죄에 대해서 —— 죄의 크기에 대해서 —— 그의 마음속에는 의문이 있었다. 최초에 로버타를 거기서 죽이려고 계획했던 것은 틀림없는 사실이다. 지금 생각해보더라도 그것은 무척 무서운 일이었다. 왜냐하면 손드라에 대한 욕망이나 정열이 얼마쯤 식은 현재로서는 그 당시에 그를 사로잡고 있던 정신 상태를 것을 절망적인 아픔이나 고통에 휘말리지 않고 이성적으로 생각할 수 있게 되었다. 그 무서운 고뇌에 찬 나날에는 자기 자신을 잊고 있어서 —— 이제 와서 그런 것을 알게 되었지만 베르납의 주장으로 그것은 확실하게 되었다 —— 표면적으로는 미치광이라 해도 좋을 만큼 손드라에 대한 정열에 몸을 불태우고 있었다. 저 아름다운 손드라! 그 무렵 그녀의 미소가 갖고 있던 불 같은 마력과 저 무서운 정열은 아직도 완전히 사라지지 않은 채 맴돌고 있다. 그 후 밀어닥친 두려움으로 지금 고통에 시달리고 있지만.

지금 자기를 위해 말해두지 않으면 안 될 것은 그처럼 치밀하게 열중해서 —— 광기가 아니라면 —— 사람을 죽이기 위해 그런 생각이나 계획에 몸을 내맡기지는 않았을 것이라는 점이었다. 그러나 저 브리지버그의 배심원들은 경멸을 담아서 그러한 주장에 귀를 기울일 뿐이었다. 재심 때는 다른 방향으로 생각해줄 것인가? 그렇게는 되지 않을 것 같은 생각이 든다. 하지만 역시

진실이 아닐까? 아니면 자기가 잘못한 것일까? 맥밀란 목사가 누군가에게
설명하면 어떤 좋은 방안을 가르쳐줄 것인가? 그 점에 대해서 맥밀란 목
사에게 말해보고 싶었다. 이 문제 전체에 대해서 자기의 입장을 확실하게
하기 위하여 모든 것을 고백하고 싶었다. 또 손드라를 위하여 로버타의 살해를
계획했지만 —— 다른 사람에게 그러한 계획이 알려지면 큰일이지만 —— 실
행할 수 없었다. 그때는 허위의 변호 방식이 취해져서 진실이 전달될 것같이
생각되어 재판에는 내놓지 못했으나 죄상을 완화시키는 데는 도움이 되었다고
말하면 맥밀란 목사도 그렇게 생각해줄 것인가? 제프슨의 말을 빌리자면
거짓말을 할 필요가 있을 때도 있다고 했다. 그러나 그 때문에 진실성이
약해지는 것은 아닐까?

　이 문제에는 여러 가지 면이 있었다. 즉 어둡고 야만스런 이 계획 속에는
미심쩍은 부분이나 의혹이 있으며, 쉽게 처리될 수 있는 성질의 것은 아니라는
것을 이제야 알게 되었던 것이다. 그리고 아마도 사건 해결에 가장 걸리는
두 가지 점은 첫째로 로버타를 호수의 그 지점에 —— 그 쓸쓸한 장소 ——
데리고 간 것이며, 둘째로 자기는 악을 저지를 능력이 없어서 마음이 약해지고
화가 나서 로버타의 공포심을 자극하여 자기가 있는 쪽으로 가까이 오게
하는 사태를 빚은 점이었다. 그리고 무엇보다 우연히 그녀를 구타하는 사태를
일으키게 되었으며, 적어도 때린 탓으로 죄를 짓게 된 것이다 —— 그렇지
않은가? 그러한 의미에서는 의도적인 살인죄가 성립되는 셈이다. 아마도
그럴 것이다……맥밀란 목사는 그 점에 대해서 뭐라고 말할까? 그리고 그
때문에 그 여자가 물에 빠진 것이라면 물에 빠진 죄는 자기에게 있는 것이
아닐까? 그 생각 —— 그러한 사정 속에서 자기가 부분적으로 죄를 범했다는
생각이 지금은 몹시 그를 괴롭혔다. 물에 빠진 로버타를 팽개친 채 자기만
혼자 헤엄쳐 도망친 점에 대해서는 오버월츠가 법정에서, 로버타가 우연히
그 물 속에 빠지고 그가 그것을 구출하지 않았다 하더라도 클라이드에게는
죄가 없다고 했지만 그 순간까지 로버타에 대해서 계획하고 있던 것과 관
련해서 생각했을 경우에는 어차피 범죄가 되는 것이 아닐까? 하나님이나
맥밀란은 그렇게 생각하지 않을까? 그리고 재판 때 메이슨이 빼놓지 않고
지적했듯이 클라이드는 충분히 그녀를 구출할 수 있었을지도 모른다. 만약
그때 빠진 것이 손드라였다면 그리고 년 전의 로버타였더라면 구출했을

것이다. 게다가 물 속으로 빠지는 로버타에게 잡혀 자기도 함께 물 속으로 가라앉을지도 모른다는 얘기만 하더라도 납득할 수 있는 얘기는 아니다. 더구나 맥밀란 목사에게 회개하여 하나님과 화해하라는 말을 들었던 탓으로 밤이 되면 그는 그러한 문제에 대해서 자문자답해보고 이야기의 줄거리를 세워보려고 했다. 그래, 그 점은 자기도 인정하지 않을 수 없을 것이다. 그렇다면 그 문제에 대해서도 고백하지 않으면 안 될 것이다. 가령 맥밀란 목사라든가 아니면 다른 누군가에게 진실을 고백한다면 세간 전체에 알려져버릴 것이다. 그러나 그러한 고백을 일단 해버린다면 틀림없이 유죄가 될 것이다. 내 손으로 나를 죄에 빠뜨려 죽게 하고 싶진 않다.

아니, 아니, 좀더 기다려보는 것이 좋다 —— 적어도 공소가 될 때까지는. 하나님이 진실을 이미 다 알고 계신데 재판을 불리하게 해주지는 않을 것이다. 정말로 나는 나쁜 짓을 했다. 이제 와 생각하니 얼마나 무서운 일을 저질렀는지 알 수 있을 것 같다. 로버타의 죽음을 가져오게 한 것은 별도로 하고라도 얼마나 많은 비참이나 절망을 초래하게 하였는지 잘 알 수 있다. 그러나 그렇다 하더라도 살아 있다는 것은 멋진 일이다. 아, 이곳에서 벗어나 지금 자기의 머리 위를 짓누르고 있는 공포를 더 이상 보는 것도 듣는 것도 느끼는 일도 없으면 좋겠다. 서서히 어두워지고 서서히 새벽이 찾아온다. 그 기나긴 밤! 탄식과 신음 소리, 이따금 정신이 돌아버리는 것은 아닌가 하고 생각할 정도로 밤이고 낮이고 계속되는 고통. 아마 맥밀란 목사를 만나지 못했더라면 미쳐버렸을 것이다. 그는 클라이드를 위하여 헌신해줄 것이고, 그처럼 친절하고 마음에 젖어드는 따뜻한 말로 그를 안심시켜주기도 한다. 여기서나 어디서 언젠가 느긋하게 앉아서 무엇이나 다 말하고, 만약 죄가 있다면 어느 정도 깊은 죄인지 말을 듣고 싶다. 그리고 만약 죄가 그처럼 큰 것이라면 자기를 위하여 기도해주었으면 좋겠다. 어머니나 던컨 맥밀란 목사의 기도라면 자기가 올리는 어떤 기도보다도 훨씬 더 효과가 있을 것이라고 생각했다. 어쨌든 그는 아직 기도할 마음의 자세가 되지 못했다. 하지만 맥밀란 목사가 부드럽고 낭랑한 목소리로 기도하고 그 기도 소리가 철창을 통하여 들려오는 것을 들으면서 아니면 갈라디아서, 데살로니가 전서나 후서, 고린도 전서나 후서의 성구를 읽는 것을 듣고는 이 사람에게 모든 것을 곧 얘기하지 않으면 안 되겠다고 생각했다.

그러나 6주쯤 지난 어느 날 —— 클라이드는 자기 일에 대해서 침묵을 지켰고 던컨 목사가 회개시키는 일을 단념하기 시작했을 무렵 —— 손드라로부터 한 통의 편지, 그것도 아주 간단한 편지를 받았다. 그 편지는 형무소 소장을 통하여 교회사 프레스톤 길포드의 손으로 넘어갔는데 서명은 되어 있지 않았다. 그러나 그것은 질이 좋은 종이에 씌어졌으며, 형무소의 규칙대로 개봉되어 검열을 받은 것이었다. 그러나 소장도 길포드 교회사도 동정심이 담긴, 징벌로서도 도움이 되는 것이라고 생각했었다. 게다가 확인된 것은 아니지만, 이번 재판에서 나쁜 평판을 남긴 X 양이 보낸 편지였으므로 신중한 검토 끝에 클라이드에게 읽히기로 하는 것이 좋겠다는 결정이 내려지게 되었다. 아마도 그에게 틀림없이 교훈이 될 것이다. 범법자에게 새로운 길을 가르쳐주게 될 것이다. 그래서 편지는 늦가을 하루가 저물어갈 때 클라이드의 손에 넘겨졌다. 긴 여름도 끝날 무렵, 여기에 온지 머지않아 1년이 거의 되어갈 무렵이었다. 클라이드는 타자기로친 그 편지를 받았으나 봉투에는 날짜나 장소도 씌어 있지 않으며 뉴욕이라는 소인(消印)이 있을 뿐이었으나 그래도 손드라의 편지일 것이라고 생각했다. 그는 완전히 신경이 날카로워져서 손이 떨리기까지 했다. 그는 편지를 읽고 또 읽었으며 그 후 며칠 동안도 되풀이해 읽었다.

"클라이드, 이 편지는 전에 당신의 사랑을 받던 여자가 이제는 당신을 까맣게 잊고 있다는 생각을 갖게 하지 않으려고 쓰는 것입니다. 그 여성도 무척 괴로워했습니다. 그리고 당신이 어째서 그런 짓을 했는지 아직도 저는 잘 납득이 가지 않지만 앞으로는 결코 당신을 만나게 되지는 않을 것입니다. 그렇다고 그 여성에게 슬픔이나 동정이 없는 것은 아닙니다. 당신이 자유의 몸이 될 것과 행복이 있기를 빌겠습니다."

그러나 서명도 없었으며 그녀의 손으로 쓴 흔적도 없었다. 자기의 이름을 쓰는 것이 무서웠으며 지금은 기분상으로는 완전히 멀어져 있었으므로 자기의 주소를 쓸 생각이 들지 않았을 것이다. 뉴욕! 그러나 그곳 어느 우체통에 넣어서 보냈는지도 모른다. 클라이드에게는 자기가 있는 곳을 알리기 싫었던 것이다. 절대로 알릴 필요가 없었을 것이다. 그럴지도 모른다. 여기서 죽을지도 모르건만. 그의 최후의 희망과 꿈의 마지막 흔적도 사라져버리게 된다. 영원히! 서쪽 하늘에 겨우 남아 있던 황혼의 빛이 밤의 장막 속으로 빨려들어간 것 같았다. 희미하게 약해지는 황혼의 빛 그리고 암흑.

클라이드는 침대 위에 앉았다. 죄수복의 비참한 줄무늬와 잿빛의 펠트화가 시선에 들어왔다. 중죄인, 이 줄무늬 옷, 이 신발, 이 독방. 생각만 해도 소름이 끼칠 듯한 불안정하고 무서운 미래! 거기에 이 편지. 이것으로 그 멋진 꿈도 완전히 끝나게 된다! 나는 그 꿈을 위하여 로버타와의 관계를 끊으려 했고 죽이려고 결심할 만큼 절망적인 몸부림을 쳤다. 이것 때문에! 그는 편지를 만지작거리다가 손을 멈추었다. 그 여자는 지금 어디에 있을까? 아마도 누군가와 열애를 하고 있겠지? 세월이 이처럼 흘렀으니 마음도 변했을 것이다. 아마도 나에게는 잠시 마음이 끌렸던 정도였을 것이다. 그런데다 저 무서운 사건이 터졌으니, 나에 대해서 품었던 감정도 틀림없이 다 사라져 버렸을 것이다. 그 여자는 자유인 것이다. 미모도 뛰어나고 게다가 재산도 많으니 지금쯤 누군가와.

그는 자리에서 일어나자 큰 고통을 억제하려는 듯이 독방의 입구 쪽으로 걸어갔다. 전에 중국인이 들어 있던 맞은쪽 독방에는 워쉬 히긴즈라는 흑인이 들어와 있었다. 레스토랑에서 식사를 거절당해 모욕을 당하자 레스토랑 급사를 찔렀다고 했다. 그 옆방은 젊은 유태인이었다. 보석 가게에 도둑질을 하러 들어갔다가 가게 주인을 살해했다고 했다. 그러나 여기서 죽음을 기다리고 있는 지금 그들은 완전히 풀이 죽어 있었다. 거의 하루 내내 침대에 앉아 두 손으로 머리를 감싸쥐고 있었다. 클라이드는 지금 일어선 곳에서 두 사람을 바라볼 수 있었다. 유태인은 머리를 감싸쥐고 있었으나 흑인은 침대에 걸 터앉아 다리를 꼬고 담배를 꼬나문 채 노래를 부르고 있었다.

아아, 큰 차가 오고 있다……흠!
아아, 큰 차가 오고 있다……흠!
아아, 큰 차가 오고 있다……흠!
나를 맞으러! 나를 맞으러!

그리고 클라이드는 자기를 사로잡고 있는 갖가지 잡념을 떨쳐버리지 못한 채 눈을 내리깔고 있었다. 사형이 선고되어 있다! 나는. 이것으로 손드라와는 끝장이다. 그것은 자명한 일이다. 안녕!

"이제 두 번 다시 만날 일은 없겠지만."

클라이드는 침대에 몸을 내던졌다. 울기 위해서가 아니라 쉬기 위해서. 너무 지친 것 같다. 라이카거스, 포스 호, 베어 호, 웃음소리 그리고 키스, 그녀의 미소, 작년 가을에 계획했던 일들. 그러나 그로부터 1년 후인 지금은.

이윽고 그 유태인 청년은 정신적인 고통에 더 이상 침묵을 견딜 수 없게 되자 아리아 같은 것을 노래하기 시작했다. 아아, 이 얼마나 슬픈 울림인가? 대개의 죄수들은 큰소리로 그것을 제지했다. 그러나 현재의 그에게는 그것이 이곳의 분위기와 무척 어울리는 것처럼 생각되었다.

"나는 사악한 인간이었습니다. 나는 불친절한 인간이었습니다. 나는 거짓말을 했습니다. 아아! 아아! 나는 불성실했습니다. 나의 마음은 저주받고 있었습니다. 나는 거짓된 생활을 해왔습니다. 나는 잔혹했습니다. 아아! 아아!"

암혹가의 여인을 쟁탈하려다 연적인 토머스 타이를 살해하여 사형 선고를 받은 거인 톰 루니의 목소리가 들렸다.

"부탁이야. 네가 기분이 좋지않다는 것은 알고 있어. 하지만 나도 그건 마찬가지야. 제발 부탁이야. 그러지 말아줘!"

침대에 누워 있던 클라이드는 유태인의 아리아 리듬을 타고 마음속으로 다음과 같이 가사를 맞추고 있었다.

'나는 사악한 인간이었습니다. 나는 불친절했습니다. 나는 거짓말을 했습니다. 아아! 아아! 아아! 나는 불성실했습니다. 나의 마음은 저주받고 있었습니다. 나는 사악한 일을 하는 사람들의 동료가 되었습니다. 아아! 아아! 나는 거짓된 생활을 해왔습니다. 나는 잔혹했습니다. 나는 타인을 죽이려 했습니다. 아아! 아아! 그것도 무엇 때문에? 허무한 —— 실현될 수 없는 꿈! 아아! 아아! 아아! ……아아! 아아! 아아! ……'

한 시간 뒤에 간수가 문 틈으로 식사를 들이밀었을 때는 꼼짝도 하지 않았다. 식사 같은 것! 삼십분 후 간수가 다시 왔을 때도 유태인의 식사가 그러했던 것과 마찬가지로 아직 손도 안 댄 채 놓여 있었으며 그는 그리고 말없이 웅크리고 있었다. 간수들은 우울의 악마가 이 우리 안에 있는 자들에게 달라붙을 때가 있다는 것을 알고 있었다. 그렇게 되면 식욕이 없어져버린다. 그러면 간수들까지도 식욕이 떨어질 때가 있었다.

33

그런 일이 있은 지 이틀 후 맥밀란 목사는 클라이드의 침울해진 모습을 보자 그 이유를 알고 싶었다. 최근에는 클라이드의 태도에서 자기가 한 설교가 기대만큼 열의를 가지고 받아들이지 않고 있다 하더라도, 그의 방문으로 클라이드가 조금씩 자기와 같은 정신적인 시점에 접근해온 것처럼 생각하게 되었다. 우울해지거나 절망하거나 하는 어리석음에 대해서 클라이드와 의견을 나누고 상당히 성공을 거둔 듯한 기분도 들었다.

"무슨 소리야! 하나님의 평화는 자네의 손 안에, 구하는 자의 손 안에 있다. 하나님을 구하고 하나님을 찾아낸 사람에게는, 만약 진지하게 구한다고 한다면 슬픔이 없으며 환희만이 있을 뿐이다. '그러므로 우리는 모두 하나님 안에서 살며 하나님은 내 안에 산다는 것을 안다. 하나님은 우리에게 영혼을 주시도다.'"

이런 식으로 설교를 하거나 성경을 읽어주거나 했다. 마침내 손드라의 편지를 받은 2주 후, 기분이 울적해진 탓도 있어서 클라이드는 마침내 맥밀란 목사에게 부탁하기로 했다. 이 독방은 이제까지 그를 괴롭혀온 갖가지 사고로 가득 차 있었으므로 맥밀란 목사와 상의하여 어떤 다른 방이나 독방으로 옮길 수 있도록 소장의 허가를 얻을 수는 없느냐고 물었다. 그 얘기와 함께 클라이드는 이렇게도 말했다. 자기 생애 중 극히 최근에 일어난 모든 것에 관해서 참다운 책임이란 것이 해결할 수 없을 것 같은 기분이 든다. 또 그 때문에 맥밀란 목사가 말하는 마음의 평화도 얻을 수 없을 것처럼 생각된다고. 아마도……자기의 생각에는 잘못된 데가 있는 것이 틀림없다. 실제로 자기가 유죄로 결정된 범죄를 뒤돌아보고, 자기로서는 이제 확신을 가질 수 없게 되었다고 이 말을 듣고 맥밀란 목사는 깊게 감동하고 이것이야말로 위대한 정신의 승리이며 신앙과 기도의 승리임에 틀림없다고 생각하고 즉각 소장을 찾아가자 그런 일이라면 기꺼이 도움이 되어드리겠다고 말했다. 이렇게 해서 구 사형수 감방의 한 방을 필요할 때는 언제나 사용하라고 허가하고 클라이드와의 사이에는 간수를 입회시키지 않기로 했다. 대신 간수 한 사람은 바깥의 큰 복도에 배치하는 것만으로 했다.

　클라이드는 그 독방에서 로버타나 손드라의 관계에 대해서 말하기 시작했다. 그러나 모든 것은 재판 때 이미 얘기한 것이므로, 대부분은 증언에 대해서 언급하는 것으로 그치고 자신의 심경의 변화에 대한 얘기는 제외하기로 했으나 그 뒤 보트 안에서 로버타와 있었던 결정적인 상황에 대해서 더 상세하게 설명하기로 했다.

　"처음부터 살해할 의도가 있었다면 맥밀란 목사께서는 유죄라고 생각하시는지요? 특히 손드라에 대한 열중과 손드라에 대해서 자기가 품고 있던 모든 꿈도 범죄의 한 구성 요소가 되는 것일까요? 재판의 증언 결과 그렇게 되었겠지만 그것과는 별도로 이것이 실제로 제가 한 일이라서 여쭈어보는 것입니다. 심경의 변화가 있었다는 것은 거짓입니다. 변호사들은 저를 유죄로 보지 않기 때문에 그렇게 말하는 것이 최선의 변호라고 생각하고 있었으며 그것이 석방될 수 있는 가장 지름길이라고 생각하고 있었습니다. 그러나 그것은 거짓말입니다. 그 보트 안에서 로버타가 일어나서 이쪽으로 다가오려고 한 전후의 정신 상태에 대해서나 카메라의 일격이나 그 후의 일……. 하지만 아직 진실을 말할 기분이 들지 않습니다. 그때 그럴 의도도 없었는데 때린 점에 대해서 지금 말하고 싶어진 건 종교적인 명상에 잠기고 싶다는 기분이 강했기 때문입니다. 적어도, 창조주 앞에 정직하게 자기를 드러내놓고 싶다는 욕구 —— 지금까지 그런 식으로 자기 자신을 드러내놓을 생각이 없었다고는 말하지 않았다 —— 가 있었습니다. 지금까지 저에게는 납득할 수 없는 점이 있었고 실제로 지금도 그 문제에 대해서는 막연하고 해결할 수 없는 부분이 많이 있습니다. 분노를 느낀 적도 없고 심경의 변화가 있었다고 말했습니다. 그러나 심경의 변화는 없었습니다. 실제로 로버타가 일어나서 이쪽으로 오기 직전에는, 이제야 잘 알게 되었지만, 방심이라든가 마비와 거의 구별할 수 없는 혼란된 심리 상태에 빠져 있어서 그것이 —— 그것이 어떠한 이유에 의한 것이었는지 정확하게 몰랐던 것입니다. 맨 처음에 혹은 나중에 알게 된 일이지만 —— 어떤 의미에서는 로버타에 대한 연민 또는 적어도 그녀에 대해서 너무 냉정했던 것이나 구타하려고 계획했던 것을 부끄럽게 생각하는 기분이 들었던 것입니다. 그러나 그런 한편으로는 분노도 있었습니다. 아니 증오일지도 모릅니다. 이쪽이 바라지 않는 것을 무리하게 요구하는 그녀의 고집 때문이라고 생각합니다. 셋째로 —— 또한 그 문제에 대해서 확신은 없으나 —— 그런 사악한 행위의 결과에 대해서 불안했던 때문일지도 모르겠습니다. 특히 그 순간에는 결과 같은 것 —— 살해할 계획이었으면서도 실행할 수 없는 자기의 무능함 이외의 일은 아무것도 생각하고 있지 않았으나 —— 으로 해서 화가 난 것은 확실합니다.

하지만 로버타가 일어나서 이쪽으로 오려 했을 때 우연히 구타한 것은 자기에게 다가오려고 하는 로버타에 대한 분노가 얼마쯤 담겨져 있었습니다. 아마도 그 기분이, 아직까지도 확신을 갖고 있지 못하지만, 그 구타에 그처럼 파괴적인 힘을 갖게 했을 것입니다. 어쨌든 나중에 와보니 그렇게 생각할 수밖에는 없었을 것 같았습니다. 하지만 제가 일어선 것은 로버타를 도우려 했기 때문이었습니다. 가령 증오를 느끼고는 있었다 하더라도. 또한 그 순간에는 때린 것을 사과하려는 기분도 있었습니다. 또 일단 보트가 전복되어 두 사람 모두 물 속에 빠졌을 때는 아직도 그런 혼란 속에 있었으며 로버타가 빠져 허우적거리는 것을 보고도, '내버려둬.'라는 기분이 있었습니다. 왜냐하면 그렇게 함으로써 그 여자로부터 도망칠 수 있다고 생각했기 때문입니다. 그렇기는 했지만 이 사건 전체를 통하여 베르납 씨나 제프슨 씨가 지적하고 있듯이 이번 사건의 가장 큰 발단이 되었던 것은 X 양에 대한 정열에 흔들렸다는 사실도 있었습니다. 그런데 사건의 전후에 있었던 일 —— 그럴 의사가 전혀 없었던 일격에 로버타에의 불만이 담긴 분노가 포함되어 있어서 사실상 전복된 후 로버타를 도우러 가지 않았습니다. 지금 정직하게 있었던 그대로의 일을 말하려 하지만 맥밀란 목사는 그것이 살인죄를 구성하는 것이라고 생각하시는지요? 법적으로는 물론이고 정신적으로도 마땅히 사형에 처해져야 할 흉악한 범죄라고 생각하시는지요? 그렇게 될까요? 저는 저의 마음의 평화를 위하여 기도할 수 있도록 되기 위하여 알고 싶습니다."

맥밀란 목사는 그런 모든 고백을 다 듣고 나서 —— 이제까지 이처럼 복잡하고 막연하고 이상한 문제에 대해서는 들어본 적도 만나본 적도 없었지만 —— 클라이드의 자기에 대한 신뢰와 경의를 느끼고 큰 감동을 받았다. 그리고 지금 클라이드는 자기 앞에서 꼼짝도 하지 않고, 깊은 슬픔에 잠겨 무언가 깊은 생각에 잠겨 있었다. 그만큼 의견을 듣고자 하는 클라이드의 요구는 절실하고 중요한 것이었다. 자기가 하는 말이 무언가 클라이드에게 정신적인 평화를 줄 것이라는 것을 알고 있었다. 그러나 그렇기는 해도 맥밀란 목사 자신도 당혹해서 뭐라고 곧 대답이 나오지 않을 정도였다.

"클라이드, 자네가 함께 보트를 탈 때까지 그 여자에 대한 자네의 마음은 달라지지 않았었나? 즉 의도……그…….."

맥밀란 목사의 얼굴은 잿빛으로 바뀌었으며 초췌해 보였다. 눈도 슬픈 빛을 띠고 있었다. 지금 생각해보니 그는 슬프고 사악하고, 잔혹하고, 자학적이고, 파괴적이며 무서운 이야기에 귀를 기울이고 있었다. 이처럼 젊은 사나이가 맥밀란 목사가 전혀 추구하지 않았던 점에 동경했던 탓으로 반역을 저질렀던 것이다. 그리고 그 반역 때문에 결정적인 죄를 범하고 사형 선고를 받은 것이다. 맥밀란 목사는 한편으로는 마음이 움직이기도 했으나 동시에 이성도 혼란스러워졌다.

"네, 그런 의도는 없었습니다."

"아까 한 얘기로는 자네는 자기의 계획을 실행할 수 없을 정도로 마음이 약한 것이 화가 났다고 했었지?"

"네, 어떤 의미에서는 그러했습니다. 그러나 그래서 좀 안됐다고 생각하고 있었습니다. 불안해서였는지는 모르겠습니다. 그때의 심정을 정확하게는 모르겠습니다. 그 어느 쪽도 아닐지도 모릅니다."

맥밀란 목사는 고개를 저었다. 이 무슨 묘한 얘기일까. 무언가 허공을 잡는 듯하고 아주 사악한! 그러면서도…….

"하지만 그런 한편으로는, 자네의 얘기를 듣고 보니, 자네가 그곳까지 가게 된 것이 짜증스러웠겠지?"

"그렇습니다."

"거기에서 자네는 그 무서운 문제와 부딪치지 않으면 안 되었겠지?"

"네."

"흐음! 그래서 자네는 로버타를 구타하기로 생각했나?"

"네, 그렇습니다."

"그런데 자네는 할 수 없었던 거지?"

"그렇습니다."

"하나님의 은총을 찬양하자. 그러나 자네가 가한 일격에는 —— 자네의 이야기로는 고의는 아니지만 —— 로버타에 대한 분노가 담겨져 있었을 것이다. 그러기에 구타가 그처럼 심했던 것이다. 자네는 로버타에게 접근하기 싫었던 것이다."

"네, 그렇습니다. 어쨌든 그렇다고 생각합니다. 확실하게는 모르지만. 저는 그때 완전히 정상적이었다고는 말할 수 없을지도 모릅니다. 아무튼 너무 흥분해 있었다고 생각합니다. 어쨌든 기분이 나빠질 정도였습니다. 나는, 나는 ...."

죄수복을 입고 머리를 짧게 깎고서 클라이드는 거기에 앉아, 실제로는 자신이 그 당시 어떠했는지 또한 자신에게 죄가 있는지 없는지 나타낼 수 없는 무능함에 당혹해 했다. 그러자 맥밀란 목사는 완전히 긴장하여 파멸로 이르는 문은 넓고 길도 넓다고 중얼거리고 있었다. 그러나 결국 이렇게 덧붙였다.

"그러나 자네는 그 여자를 구해주려고 일어섰었지."

"네, 그 뒤에 일어섰습니다. 쓰러지려 했으므로 그 여자를 부축하려 했습니다. 그때 보트가 뒤집힌 것입니다."

"자네는 그때 진심으로 도우려 했는가?"

"그건 잘 모르겠습니다. 그 순간에만은 그랬었다고 생각합니다."

"그런데 자네는 지금 하나님께 맹세코 그녀에게 미안하다고 생각했다거나 그때 구해줄 작정이었다고 정말로 단언할 수 있겠는가?"

"눈 깜짝할 사이에 일어났던 일이므로."라고 클라이드는 불안한 표정으로 그의 체념한 듯이 말하기 시작했다. "확실하지 않습니다. 네, 미안하다고 생각했는지도 잘 모르겠습니다. 네, 지금으로서는 잘 모르겠습니다. 그럴지도 모르겠다고 생각할 때도 있으며 그렇지 않을지도 모르겠다고 생각할 때도 있습니다. 그러나 그 여자의 모습이 보이지 않게 되고 제가 호수의 둑 위로 올라갔을 때는 조금은 미안하다고 생각했습니다. 그러나 이제 자유의 몸이 되었다는 홀가분한 기분이 되기도 했지만, 겁을 먹고 있었습니다. 그때의 기분은 그런 것이었습니다."

"음, 알겠네. 자네는 X양한테 가려고 했지. 그러나 호수 위에서, 물에 빠졌을 때는?"

"그렇게 생각하지 않았습니다."

"구조하러 갈 마음이 들지 않았었나?"

"네."

"흐음! 자네는 슬퍼하지 않았었나? 수치스럽다고도? 그떠는?"

"네, 수치스럽다고 생각했을지도 모릅니다. 아마 조금은 슬프기도 했을 것입니다. 무섭다는 것만은 알았습니다. 그러나 아시는 바와 같이."

"그건 나도 알아. X양 때문이겠지. 자네는 그곳에서 떠나고 싶었겠지."

"네, 하지만 너무 겁이 나고 당황해서 그 여자를 도우려 하지 못했습니다."

"그랬었군! 흐음! 만약 로버타가 죽으면 자네는 X양의 곁으로 갈 수 있다고 생각했었나?"

맥밀란 목사는 이렇게 말하면서 슬프다는 듯 굳게 입을 다물었다.

"그렇습니다."

"나의 아들이여! 나의 아들이여! 그때 자네는 마음속으로 사람을 죽인 것이다."

"네에."라고 클라이드는 반사적으로 그렇게 대답했다. "그렇다고 저는 생각하고 있었습니다."

맥밀란 목사는 말을 끊고 이 일을 하고 있는 자기 자신에게 힘을 얻으려는 듯 기도하기 시작했다. 그러나 목소리는 내지 않고 오직 자기 자신을 위하여.

"하늘에 계신 우리 아버지시여. 이름을 거룩하게 하옵시며 나라에 임하옵시며 뜻이 하늘에서 이룬 것같이 땅에서도 이루어지이다."라고 말하고 목사는 잠시 몸을 움직였다. "클라이드, 자비로우신 하나님은 모든 죄를 사하여 주실 것이다. 나는 그것을 알 수 있다. 하나님께서는 이 세상의 죄를 사해주시기 위해 자기의 아드님을 죽게 하셨으니까. 틀림없이 구해 주실 것이다. 자네가 회개하기만 한다면. 그러나 그 생각은! 그 행위는! 자네에게는 기도해야 할 일이 많이 있네. 나의 아들아, 아주 많이. 왜냐하면 하나님을 통하여 나는 생각하지만. 그래, 하지만 나는 하나님의 계시를 위하여 기도하지 않으면 안 된다. 이것은 색다르고 무서운 얘기다. 아주 복잡한 여러 가지 면이 있다. 하지만 기도할 수밖에 없다. 자네도 나도 빛을 잡을 수 있도록 기도하자."

맥밀란 목사는 머리를 떨구고 한동안 말없이 앉아 있었다. 한편 클라이드도 말없이 의혹으로 마음이 혼란스러워 맥밀란 목사 앞에 앉아 있었다. 맥밀란 목사는 잠시 사이를 두었다가 갑자기 말하기 시작했다.

"아아, 하나님이시여, 바라옵건대 분노로써 우리를 꾸짖어주시고 격렬한 분노로써 우리를 범하여 주소서. 하나님이시여, 우리를 긍휼히 여겨주소서. 우리는 연약합니다. 바라옵건대 저의 수치와 슬픔을 덜게 하여 주소서. 우리 영혼은 상처입고 어둠 속에 빠져 있나이다. 아아, 우리들의 사악한 마음을 깨끗이 씻어주소서. 하나님이시여, 우리를 당신의 바른 길로 돌아가게 하여 주소서. 우리 마음속에서 사악함을 없애주시고 그러한 생각도 갖지 못하게 하소서."

클라이드는 머리를 떨군 채 말없이 꼼짝도 하지 않고 앉아 있었다. 그리고 마음이 동요되어 슬퍼졌다. 확실히 그의 죄는 컸었다. 아주, 아주 무서운 죄! 그때 맥밀란 목사는 기도를 마치고 일어났고 클라이드도 일어났는데, 이때 맥밀란 목사는 이렇게 덧붙였다.

"나는 이제 돌아가야 한다. 생각하라. 기도하지 않으면 안 된다. 아까 자네의 얘기에는 나도 큰 감동을 받았다. 아아, 주여 정말로. 자네도 —— 나의 아들아 —— 돌아가서 기도하기 바란다. 혼자서. 회개하는 것이다. 하나님께서는 자네의 목소리를 들어주실 것이다. 틀림없이 들어주실 것이다. 그리고 내일이라도 가급적 빨리 나도 다시 이곳에 오겠다. 그러나 절망해서는 안 된다. 끊임없이 기도하는 것이다. 왜냐하면 기도 속에서만, 기도와 회개 속에서만 구원이 있으니까. 이 세계를 그 손바닥에 담으시는 하나님의 힘에 매달리는 것이다. 하나님의 풍부한 힘과 자비에만 평화와 관용이 있는 것이다. 이것은 틀림없어."

맥밀란 목사가 들고 있던 작은 열쇠 꾸러미로 철문을 두들기자 그 소리를 듣고 곧 간수가 따라왔다. 간수는 클라이드를 곧 독방으로 데리고 가서 다시 그 독방에 집어넣었고 맥밀란 목사는 지금까지 클라이드에게서 들었던 것을 생각하며 무거운 마음으로 돌아갔다. 클라이드는 독방 안에서 조금 전에 말했던 것을 그리고 자기 자신의 일이나 맥밀란 목사가 얼마나 괴로웠던가를 생각해보았다. 새로운 친구의 낙담해 하는 기분. 그 이야기를 들으면서 고통과 공포에 차 있던 모습. 나는 틀림없이 유죄인가? 맥밀란 목사는 그렇게 판단했을까? 그처럼 다정하고 인자한 사람이었는데?

또 한 주가 지나갔다. 그 사이에 클라이드의 뉘우치는 듯한 모습, 그 이야기가 지니고 있는 혼란스러운 정상을 참작할 여지가 있는 조건에 마음이 움직여지고 또한 이 사건이 포함하고 있는 모든 윤리적 양상을 고민한 끝에 맥밀란 목사는 다시 독방 입구에 모습을 나타냈다. 그러나 아무리 관대하고 또 자비롭게 사실을 해석해보더라도 클라이드가 마지막으로 얘기한 바에 따르자면 올덴 양의 죽음에 대한 죄를 모면할 수는 없을 것 같았다. 그 사건은 계획적이었다. 그렇지 않은가? 충분히 구출할 수도 있었는데, 그렇게 하지 않았다. 그녀가 죽기를 바라고 있었으며 그 뒤에도 그것을 잘못한 짓이라고 생각하지 않고 있다. 그리고 보트의 전복을 가져온 그 구타에는 다소나마 분노가 담겨져 있었다. 물론 구타하지 말아야겠다는 기분도 있었겠지만. X 양의 미모와 지위에 이끌려서 이 행동을 계획했다는 사실, 로버타와의 불륜의 관계 끝에 로버타가 무슨 일이 있더라도 결혼을 결심했다는 것은 정상 참 작은커녕 실제로는 자네의 전체적인 죄나 범죄의 뒷받침이 되고 있다. 그 렇다면 자네는 하나님 앞에서 갖가지 죄를 범한 것이 된다. 자네는 바울이 규탄하고 있는 이기주의, 부정한 욕망, 게다가 간음을 저지른 범죄자에 지나지 않는다. 그것은 최후까지 계속되고 달라지지 않았으며 그 결과 법망에 걸려든 것이 된다. 자네는 회개하지 않고 있다. 느긋하게 생각해볼 여유가 있었던 베어 호에 있을 때조차도. 게다가 처음부터 끝까지 거짓되고 사악한 구실을 붙여서 자네는 변명하지 않았던가? 그랬었다.

그 반면, 이번 범죄는 처음 저지른 것이며 더구나 이처럼 현저하게 자기 죄의 악독함을 뉘우치고 있을 때 전기 의자로 보내진다면 범죄는 미해결인 채 다시 범죄를 거듭하게 되는 것이다. 이런 경우 주 당국은 가해자가 되어버린다. 왜냐하면 소장이나 다른 많은 사람들이나 마찬가지로 맥밀란 목사도 극형에는 반대하고 있었으며 이런 범죄자들은 어떠한 형태로든 주(州)에서 도움을 줄 수 있다고 생각하고 있었기 때문이었다. 그러나 그렇다고는 하 더라도 클라이드가 유죄라는 것은 인정할 수밖에 없지 않을까. 어떻게 생 각해보더라도 —— 정신적으로 그를 죄로부터 해방시키려 해도 현실적으로는 유죄가 아닌가?

그래서 맥밀란 목사는 윤리적으로 또는 정신적으로 눈뜨게 된 클라이드야 말로 더욱 완벽하게 또 멋지게, 전보다도 훌륭하게 이 세상에서 살며, 활동하기에 적합하다고 강조해보았으나 헛수고였다. 클라이드는 고독했다. 믿어줄 사람은 아무도 없었다. 아무도 없다. 그 범죄가 저질러지기 이전의 고통은 무시한 채 사람은 가장 어두운 범죄밖에는 보지 않는다. 그리고 이 문제에 대해서 손드라나 맥밀란 목사나 세상 사람들이 어떻게 생각하든 메이슨이나 브리지버그의 배심원이나 올바니의 공수원(控訴院)이 있다. 브리지버그의 평결로 충분하다고 하면 그것으로 끝장이다. 클라이드의 마음속에는 세간이 생각하는 그런 끔찍한 범죄를 저질렀다는 의식은 없었다. 세간 사람들은 로버타가 결혼을 결심하게 됨으로써 생애를 망치게 된 클라이드처럼 그런 경험을 해본 적이 없었으니까. 또 클라이드처럼 아름다운 꿈이 손드라에 대한 억제할 수 없는 정열로 해서 깨어진 적은 없었으니까. 마음도 몸도 모두가 보다 좋은 것을 찾아 헤매고 있었는데도, 그처럼 굴욕적인 방법으로 길거리에서 노래하거나 기도하는 것을 강요당한 그 어린 시절의 불운이나 교육도 받지 못하고 고통을 받고 조소받은 경험은 없었으니까. 그런 사람들이 어떻게 나를 재판할 수 있다는 말인가. 그 어느 한 사람, 나의 어머니조차도 나 자신의 심리적, 육체적, 정신적인 고통이 어떤 것인지도 모르면서도. 지금 그는 머릿속에서 다시 한 번 자신의 지나간 생활을 되돌아보고는 가슴을 찌르는 듯한 아픔과 심리적인 고통에 통절함을 느끼고 있었다. 모든 증거가 갖추어지고 모두가 그를 유죄라고 생각하고 있더라도 마음속 깊숙이 무엇이 있어서 지금도 자기도 깜짝 놀랄 만큼 강한 반발의 목소리를 외칠 때가 있다. 하지만 맥밀란 목사가 있다. 그 사람은 매우 공평하고 정당하며 인정이 많은 사람이다. 확실히 맥밀란 목사는 이번 사건 전체를 자기 자신보다도 높은 위치에 서서 보고 있다. 한편 클라이드는 자기가 무죄라고 생각할 때도 있는가 하면 유죄가 틀림없다고 생각할 때도 있었다.

아아, 이 얼마나 종잡을 수 없도록 뒤엉킨 고통에 찬 생각인가! 자기의 마음속에서 모든 사태를 완전하게 정리할 수 있을까?

그런 탓으로 맥밀란 목사처럼 선량하고 순수한 인물이 지니고 있는 애정이나 신앙이나 헌신을 또 맥밀란 목사가 대사 역을 맡고 있는 자비롭고 힘찬 하나님을 진정한 의미에서 이용할 수는 없었다. 도대체 나는 어떻게 해야 할 것인가? 어떻게 하면 충실하게 기도할 수 있을까? 그리고 그러한 심경 속에서도 —— 또 클라이드의 고백을 듣고 완전히 하나님께 의지하려는 마음을 갖게 되었다고 생각하는 던컨 맥밀란 목사의 권유대로 —— 클라이드는 지적해준 성경의 이곳저곳을 뒤져보고 가장 낯익은 시편을 되풀이해 읽었으며, 필요한 회개의 실마리를 찾으려 했다. 일단 찾기만 하면 지루하고 황량했던 시간 속에서 그처럼 찾으려 했던 평안과 힘을 손에 넣게 될 것이다. 그렇기는 하더라도 결코 완전하게 손에 넣을 수 있을 것 같지 않았다.

그러는 사이에 4개월 이상의 세월이 흘렀다. 그리고 그 4개월이 끝날 무렵 —— 19××1월에 —— 공소원은(J. 프람이 베르납이나 제프슨이 제출한 서류를 살핀 후) 킹케이드, 브릭스, 톨만, 자브셔트의 동의를 얻어서 클라이드는 카탈라키 군 배심원들의 평결대로 유죄임을 인정하고 2월 28일로 시작되는 주 이내든가 아니면 6주 이내에 사형에 처한다는 판결을 확정했다. 그리고 그 이유를 다음과 같이 서술하고 있었다.

"이번 사건은 정황 증거에 의한 것이며, 유일한 목격자는 범죄 행위에 의한 죽음을 부정하는 점에 우리는 주목하고 있다. 그러나 지방 검사는 여기에 필요한 면밀한 검토의 요청에 따라 이례적일 정도로 정확하게 조사하여 피고가 유죄인지 무죄인지에 대한 문제를 정당하게 해결하기 위하여 극히 많은 정황 증거를 제출했다.

그러한 사실 중 다른 것과 관련을 갖지 않는 것은 만족스럽지 못하거나 또는 모순된 증거라는 이유에 의해서 의문시되며 그 밖의 점에서도 무죄와 모순되지 않은 것이거나 또는 해결할 수 있는 가능성이 있다는 점도 부정할 수 없는 것은 아니다. 그리고 변호인측은 매우 유능하게 그 견해를 강력하게 주장하려고 애썼다.

그러나 전체적으로 정리해서 보았을 때 그러한 증거는 매우 설득력 있는 유죄의 증거를 형성하고 있으므로 우리는 그 어떤 정당한 추리 과정에 의해서도 그 증언의 힘을 무시할 수는 없다. 따라서 그리고 우리는 이 평결은 증거의 중대함, 거기에서 이끌어낼 수 있는 적절한 귀결에 반하지 않을 뿐만 아니라 매우 정당하다고 말하지 않을 수 없다. 이 하급 법정의 판정은 전원 일치로 인정되었다."

이 소식을 듣자, 그때 시라큐스에 있던 맥밀란은 공식 통지가 오기 전에 자기가 가서 정신적으로 힘이 되어주어야겠다고 생각하고는 급히 클라이드에게로 갔다. 왜냐하면 그처럼 큰 충격을 견디어내려면 하나님의 도움밖에는 없다, 괴로움에 빠졌을 때는 항상 영원히 존재하는 그 힘에 의지할 수밖에 없다는 것을 알고 있었기 때문이었다. 가보면 다행히도 그가 가보고는 이것도 하나님의 덕분이라 생각한 것은 클라이드는 무슨 일이 일어났는지 전혀 모르고 있었다는 점이었다. 사형수에게는 형 집행 명령이 내려지기 전에는 그 어떤 정보도 전해주지 않게 되어 있었기 때문이었다.

매우 부드럽게 정신적인 안정을 줄 수 있는 말을 주고받은 다음 —— 맥밀란은 마태복음이나 바오로서나 요한복음서를 인용하여 현세의 덧없음, 내세의 참다운 현실과 환희에 대해서 말했는데 —— 결국 클라이드는 법정의 결정이 불리한 것이라는 말을 듣게 되었다. 그런 다음 맥밀란은 직접 자기가 행동을 취하거나 자기가 확실하게 영향을 미칠 수 있는 다른 사람들을 통하거나 해서 지사에게 탄원해보겠다고 했다. 만약 지사가 어떤 조치를 취하지 않으면 자기는 6주 이내에 죽어야 한다는 것도 알았다. 이윽고 그 사실이 확실하게 그의 의식에 밀려오게 되자 —— 맥밀란이 하나님의 자비나 예지에 의해서 주어진 신앙이나 위로에 대해서 말하는 사이에 —— 클라이드는 이제까지의 짧고 열렬한 생애 중 어느 때에도 보인 적이 없었던 용기와 힘을 그의 얼굴과 눈에 띠운 채 그의 앞에 서 있었다.

"나는 불리한 판결을 받았다. 이제 나도 결국 그 문을 통해 가지 않으면 안 되게 된다. 이제까지의 다른 사람들이나 마찬가지로, 간수들은 나를 위해서도 커튼을 내릴 것이다. 그 또 하나의 감방으로 들어가서 —— 다시 복도로 되돌아오는 —— 다른 사람들이 다 그랬던 것처럼 전기 의자가 있는 곳까지 걸어가면서 작별 인사를 하고. 그러면 나는 이제 이곳에는 있지 않게 되는 것이다."

그는 마음속으로 한 걸음 한 걸음씩 나아가는 듯한 기분이 들었다. 그리고 그 한 걸음 한 걸음이 낯익은 것이었으나 이제 더욱 절실하게 느껴졌다. 이처럼 무서운 소식에 직면하자 어찌된 셈인지 무섭기도 하고 매력적이기도 했다. 최초로 상상했던 것만큼은 방심한 상태로 되지도 않았으며 놀라지도 않았다. 오히려 자기가 생각해도 의외일 정도로 이제까지 자기가 느껴오던 죽음의 공포에 대해서 생각해보거나 외견상으로는 평온한 태도로 자기가 어떤 식으로 행동하고 어떤 말을 했는지 생각해보고 있었다.

자기는 맥밀란 목사가 낭독해주는 기도의 문구를 되풀이하게 될 것인가? 틀림없이 그럴 것이다. 더욱이 그것도 기꺼이. 하지만……

그는 한순간 멍청하게 있었던 관계로 맥밀란 목사가 속삭이는 것을 느끼지 못했다.

“그러나 알겠나? 아직 이것으로 모든 것이 끝나버린 것은 아니다. 1월에는 신임 지사가 취임하기로 되어 있는데 그 사람은 감수성이 풍부하고 친절한 사람이라고 한다. 사실 나는 그 사람의 친구를 몇 사람 알고 있다. 그래서 나는 신임 지사를 만날 작정이다. 그 친구에게 내가 편지를 써서 사정을 알려줄 작정이다.”

그러나 그 순간 클라이드의 표정이나 그가 다음에 한 말에서도 목사의 말은 전혀 듣고 있는 것 같지는 않았다.

“어머니 말인데. 어머니께도 누군가 전보를 쳐서 알려드렸으면 좋겠군요. 아마 깜짝 놀라실 것입니다. 그리고 로버타의 편지를 그대로 제출하지 말아야 한다는 것은 생각하지 못했던 모양이군요. 그렇게 될 것이라 생각하고는 있었지만.”

그는 니콜슨이 한 말을 생각하면서 그렇게 말했다.

“클라이드, 너무 걱정하지 말도록.” 고통과 슬픔으로 침울해진 맥밀란은 이렇게 말하면서 무엇보다도 지금은 그를 끌어안아 위로해주고 싶었다. “자네 어머니께는 내가 이미 전보를 쳐두었네. 그 판결에 대해서는 곧 자네의 변호사들을 만나 다시 한번 상의해보기로 하겠네. 그리고 아까도 말했지만 지사에게 직접 만나고 싶다고 신청해보겠네. 이번에 지사가 된 사람과.”

클라이드에게는 아직 말하지 않았던 것을 그는 다시 한 번 되풀이해 이야기하기 시작했다.

34

맥밀란 목사가 클라이드에게 상고 결과를 전한 지 약 3주 후에 신임 뉴욕 주 지사의 집무실에서는 다음과 같은 일이 벌어졌다. 베르납과 제프슨이 사형에서 종신형으로 감형시킬 수 있도록 몇 번이나 예비적인 교섭을 하고, 그것이 헛수고로 끝난 다음(틀에 박힌 탄원서와 함께 증거의 해석이 잘못되었다는 점, 로버타의 편지가 본래의 형태 그대로 제출된 것이 비합법적이라는 점에 대한 의견서를 제출했으나, 전에 지방 검사와 판사를 지낸 적이 있는 남부 출신의 월섬 신임 지사는 그것으로는 상고할 만한 이유는 되지 못한다고 대답할 수밖에 없었다), 이번에는 월섬 지사 앞에 그리피스 부인이 맥밀란 목사와 함께 모습을 나타내게 되었다. 왜냐하면 클라이드의 사건에 대한 최종 결정이 널리 세간의 관심을 집중시키고 있을 뿐 아니라, 당자의 어머니가 아들에 대한 강한 애정에서 공소원의 판결을 알게 되자 다시 오번에 와서 신문이나 지사에게 편지를 통하여 아들의 몰락을 가져온 사정에는 정상을 참작할 여지가 있으나 그것을 바르게 이해하여 주지 않는다는 호소에 다소 마음이 움직여졌기 때문이다. 또 어머니 자신이 직접 만나서 이번 문제에 대한 견해를 말할 수 있도록 해달라는 호소의 편지를 몇 차례 받은 일도 있어서 지사도 그리피스 부인과의 면회를 승낙했다. 만나도 손해볼 것은 없을 것이며 또 어머니를 위로하게 될 것이다. 게다가 민중 심리란 변하기 쉬운 것이며 표면상으로도 다소 관대한 처치를 취하는 쪽으로 기울어지는 것이다. 그래도 자기들의 신념을 조금이라도 깨뜨릴 수는 없지만. 이번 사건에서 신문으로 판단해보는 한 민중은 클라이드가 유죄라고 확신하고 있다는 생각에서였다. 한편 어머니는 클라이드나 로버타에 대해서 자기도 깊게 생각해왔으며 재판 중이나 그 이후 클라이드의 고뇌나 맥밀란 목사에 의하면 그 어떤 죄를 저질렀든 지금의 그는 깊은 회개와 창조주와의 영적 결합에 도달하고 있다는 것 등을 근거로 해서 인도적으로나 정의로 보더라도 적어도 사형을 면하게 하는 것이 당연하다고 확신하고 있었다. 그러한 사정에서 지금 그녀는 지사 앞에 서 있었다. 지사는 키가 크고 매우 고지식하고 약간 음울한 느낌을 주는 사람으로 클라이드가 겪은 것과 같은 정열이나 불꽃 같은 생애를 산 적은 없었으나, 자신도 분명히 깊은 애정을 가진 부친인 동시에 남편이었던 만큼 클라이드의 어머니의 현재의 기분은 잘 알 수 있는 인물이었다. 하지만 그가 이해하고 있는 사실뿐만 아니라, 법률이나 질서에 대하여 그의 내부에 깊게 뿌리내리고 있는 불변의 복종심이 그를 밀어붙이는 강제에는 크게 마음이 움직여졌다. 은사계(恩師係)의 서기가 이미 했던 것처럼 그는 자기도 공소원에 제출되어 있던 일체의 증거에 관한 기록이나, 베르납과 제프슨이 제출한 최근의 증거 요약도 훑어보았다. 그러나 도대체 어떠한 근거로, 어떠한 새로운 자료나 다른 자료도 갖고 있지 않은 자신이 이미 심리가 끝난 증거를 새로이 해석하는 것만으로 어떻게 클라이드의 사형을 종신형으로 변경시킬 수 있을까? 배심원도 공소원도 이미 사형의 결정을 내리고 있지 않은가?

그리피스 부인이 떨리는 목소리로 자기의 의견을 말하기 시작했을 때

가능한 한 클라이드의 생애 중 그 장점을 들어가면서 어려서부터 나쁜 소년이었거나 잔혹한 적이 없었으며 이번 사건에서는 X양까지 그렇다고 할 수는 없지만 로버타도 결코 무죄라고만은 할 수 없다고 주장했다. 지사는 깊이 감동하여 어머니를 지그시 바라볼 뿐이었다. 자식에 대해서 이 얼마나 강력한 사랑과 헌신의 마음을 가진 어머니인가! 지금 이 어머니의 고통은 얼마나 클까? 아들은 지사나 또는 다른 모든 사람들이 알고 있는 그렇게 나쁜 인간이 아니라는 신념.

"아아 지사님. 아들은 정신적으로 자기의 죄를 깨끗이 씻고 하나님의 일에 헌신할 준비를 갖추고 있는데 그 생명을 빼앗는다 해서, 그 불쌍한 아가씨의 생명을, 우연의 사고인지 어떤지는 모르겠으나, 어떻게 보상할 수 있겠습니까, 어떻게? 뉴욕 주에 거주하는 수백만의 주민들도 연민의 마음을 가질 수 있을까요? 세상 사람들이 느끼고 있을 것이라고 생각되는 연민을 주민의 대표자인 당신이 실행하지 못할 것도 없지 않겠습니까?"

어머니는 하던 말을 중단하고 —— 더 이상 계속할 수 없었다. 등을 돌리고는 소리를 죽여가며 울음을 터뜨렸으며, 한편 월섬은 자기로서는 어떻게 할 수 없는 마음을 주체하지 못한 채 그 옆에 서 있을 뿐이었다. 얼마나 불쌍한 여성인가! 이처럼 정직하고 진지한데! 이때 맥밀란 목사는 기회를 놓치지 않고 그의 주장을 말하기 시작했다.

"클라이드는 마음이 바뀌었다. 나는 클라이드의 이전의 생활에 대해서는 이렇다 저렇다 말할 수 없다. 그러나 형무소에 들어온 이후에는 적어도 작년에는 인생에 있어서, 의무에 대해서, 인간이나 하나님에 대한 책임에 대해서 새로운 이해에 도달하고 있다. 사형을 종신형으로 감형할 수 있다면……."

그러자 매우 성실하고 양심적인 지사는 매우 강렬한 개성을 가졌으며 정력적이고 고도로 이상적인 인물로 보이는 맥밀란 목사의 말에 열심히 귀를 기울였다. 자기의 마음에 의문은 없었으나, 이 사나이의 말은 —— 그것이 어떠한 것이든 —— 진실일 것이다. 진실이라 해도 그 이해에는 한계가 있을 것이라고 생각했다.

"하지만 맥밀란 씨."라고 지사는 가까스로 말을 꺼냈다. "당신은 형무소에서 오랫동안 그와 접촉해왔습니다. 법정에서 제출된 증언을 조금이라도 약화시킬 수 있는 확실한 증거라도 갖고 있습니까? 당신도 아시다시피, 이것은 법률상의 수속입니다. 나는 감정만으로 행동할 수는 없습니다. 그리고 특히 다른 법정에서도 똑같은 판결이 내려졌을 때는 말입니다."

지사는 맥밀란 목사를 똑바로 쳐다보았으나, 이번에는 맥밀란 목사가 창백한 얼굴로 입을 꽉 다문 채 지사를 보았다. 왜냐하면 지금 이 자리에서 뭐라고 대답할 것인가? 자기의 양 어깨에 클라이드가 유죄냐 무죄냐를 결정하는 무거운 짐을 지고 있다고 생각되었기 때문이었다. 그러나 그렇게 할 수 있을까? 자기는 클라이드의 고백을 듣고 충분히 생각한 끝에 하나님과 법 앞에 유죄라는 판단을 내리지 않았던가? 그런데도 지금 —— 딱한 생각이 들어서 —— 속 마음 깊숙이 했던 결의에도 불구하고 그 결의한 보고를 이제 와서 변경해도 좋은 것인가? 과연 그것은 진실일까? 주님 앞에서 결백하고 가치있는 것일까?

그래서 곧 클라이드의 정신적인 조언자인 자기는 클라이드가 의지하려는 정신적인 신뢰를 배반해서는 안 된다고 생각했다. 너희는 지상의 소금이니 소금이 효력을 잃다면 어찌 이것을 소금이라 하랴? 그래서 그는 곧 입을 열었다.

"나는 정신적인 조언자로서, 정신적인 문제에 대해서만 말하고 있는 것이지 법률적인 문제에 대해서 말하는 것이 아닙니다."

그러자 월섬은 곧 맥밀란의 태도에 있는 무언가에서 다른 사람이나 마찬가지로 클라이드가 유죄라는 데는 이의가 없는 것이라고 판단했다. 그는 가까스로 용기를 내어 그리피스 부인에게 이렇게 말했다.

"내가 아직 모르는, 두 차례의 결정의 합법성에 영향을 미치는 그 어떤 명확한 증거를 갖고 오지 않는 이상 나로서는 판결에 씌어 있는 이외의 일은 할 수 없습니다. 아아, 뭐라고 말씀드릴 말도 없습니다. 그러나 만약 법률이 존중되지 않으면 안 되는 것인 이상, 그 자체가 법적인 의의를 충분히 갖춘 것이 아닌 이상 결과를 변경할 수는 없습니다. 할 수만 있는 일이라면 더 다른 결정이라도 하겠습니다. 나의 마음도, 나의 기도도 당신들과 함께 하기를."

지사는 버튼을 눌렀다. 비서가 들어왔다. 면회가 끝난 것은 분명했다. 클라이드의 어머니는 지사가 아들의 유죄에 대해서 매우 중요하고 직접적인 질문을 한 결정적인 순간에 맥밀란 목사가 기묘한 침묵을 지키고 도피하려는 듯한 태도를 보인 것에 완전히 동요해서 의기소침해지고 더 이상 입을 열 수가 없었다. 그러나 이번에는 무엇을 하면? 어떠한 방법으로? 누구에게? 하나님께, 하나님밖에는 없다. 어머니와 클라이드는 이 세상에서의 패배와 하나님에 대한 위로를 창조주한테서 찾아낼 수밖에 없었다. 클라이드의 어머니가 시름에 잠겨서 울고 있자 맥밀란 목사는 살며시 그녀를 데리고 방에서 나갔다.

어머니가 방에서 나가자 지사는 비서에게로 고개를 돌렸다.

"이런 고통스런 임무를 맡기는 난생 처음이었다."

지사는 눈을 돌려 눈 내리는 이월의 경치를 지그시 바라보고 있었다.

그 후 클라이드의 생명은 앞으로 두 주밖에는 남아 있지 않게 되었다. 최종 결정은 최초로 맥밀란 목사에게 전해주기로 되었는데 아직 맥밀란 목사가 아무 말도 하지 않았는데도 클라이드는 동행했던 모친의 표정을 살피더니 모든 사정을 알아차리고 구세주인 하나님의 비호와 평화에 대해서 들으면서도 독방 안을 왔다갔다 하면서 잠시도 쉬려 하지 않았다. 머지않아 죽을 텐데도, 지금까지는 결정적이고 전혀 의심할 여지가 없는 설득력을 가진 감각 때문에, 지금도 자기의 불행한 생애를 돌이켜볼 필요가 있다고 느꼈다. 캔자스 시, 시카고, 라이카거스, 로버타와 손드라. 그러한 것들이나 거기에 관련된 모든 것을 지금 돌이켜보면 얼마나 어처구니 없게 흘러갔던가. 반짝할 정도로 짧고 눈부신 강렬한 순간들. 라이카거스에서 손드라를 만난 이래의 강렬한 욕망, 보다 많은 것을 구하기 위하여 솜덩이처럼 불어난 그의 욕망. 그결과 지금은 이 꼴이다! 이 생활도 끝나려 하고 있다. 이 —— 이 —— 아아, 나는 아직 살았다고는 말할 수 없다. 더욱이 최근의 이 년 동안은 벽틈에 끼여서 허덕여왔다. 그리고 이곳에서의 생활도 14일, 13일, 12일, 11일, 10일, 9일, 8일로 물이 잦아들 듯이 지나가고 이제는 열병 같은 나날이 남아 있을 뿐이었다. 날은 흘러간다 —— 흘러간다. 하지만 생명 —— 생명 —— 생명없이 인간은 어떻게 해야 할까? 나날이 아름답지 않으면 —— 태양이나 비의 —— 일이나 사랑이나 활력이나 욕망이 있는 나날. 아아, 나는 정말 죽고 싶지 않다. 죽고 싶지 않았다. 어찌하여 어머니나 맥밀란 목사처럼 걱정거리를 모두 하나님의 자비에 맡기고 오직 하나님만 생각하라 하시는 것일까? 현재가, 현재가 전부라고 하는데. 그런데도 맥밀란 목사는 그리스도와 미래에만 참다운 평화가 있다고 주장한다. 음, 그렇다. 그러나 그렇다 하더라도 지사 앞에서 말해주었으면 좋았을 것이다. 클라이드는 유죄가 아니다. 전적으로는 유죄가 아니었다고. 만약 그렇게 생각했다면 —— 그때 그렇게 했더라면 —— 그렇게 말했더라면 지사도 그의 판결을 종신형으로 감형시켜주었을지도 모른다. 그렇지 않을까? 왜냐하면 그는 어머니에게 맥밀란 목사는 지사에게 뭐라고 말했느냐고 물었고 —— 그러나 그는 맥밀란 목사에게 일체를 고백했다고는 말하지 않았다 —— 어머니는 목사님이 클라이드는 주님 앞에 진심으로 겸허해졌다고 말했으나 죄가 없다고는 말하지 않았다고 가르쳐주었기 때문이다. 그리고 클라이드는 맥밀란 목사가 자기를 위하여 더 이상의 말을 하지 않았다는 것이 이상하다고 생각했다. 얼마나 슬픈 일인가. 아무도 이해하여 주지 않는다 —— 인간적인, 너무나 인간적이고 그 때문에 잘못된 굶주림을 느끼고 있는 그를 믿어줄 사람은 없다. 그 굶주림 때문 —— 자기나 마찬가지로 괴로워하는 사람이 잔뜩 있는데.

그런데 클라이드의 어머니는 맥밀란 목사가 말한 것 때문에 또는 월섬 지사의 최종적인 질문에 잘못 대답한 탓으로 —— 나중에 다시 물어도 맥밀란 목사는 똑같은 대답을 되풀이하겠지만 —— 그녀가 처음에 염려했듯이 클라이드가 유죄일 것이라고 생각하자 아연해졌다. 그래서 어머니는 아들에게 물었다.

"클라이드, 아직 고백하지 않은 것이 있다면 떠나기 전에 말해야 한다."

"저는 하나님과 맥밀란 목사에게 모든 것을 고백했습니다. 그것으로 충분하지 않을까요?"

"그렇지 않다, 클라이드. 너는 세상을 향하여 자기는 무죄라고 말했다. 만약 무죄가 아니라면 그렇게 말해야 한다."

"하지만 만약 저의 양심이 옳은 이상 그것으로 충분하지 않을까요?"

"아니다, 클라이드. 만약 하나님의 말씀이 다르다면 그것은 좋지 않다."

클라이드의 어머니는 불안한 듯이 내심으로 큰 고통을 느끼면서 그렇게 대답했다. 그러나 그때 클라이드는 더 이상 아무 말도 하려 하지 않았다. 고백 중에서도 또 나중에 맥밀란 목사와 얘기할 때도 해결할 수 없었던 이상한 그늘에 대해서, 어찌하여 세간이나 어머니와 이야기할 수 있겠는가. 그것은 불가능한 일이다. 할 수 있는 일이 아니다.

아들이 고백하지 않자 어머니는 정신적으로만이 아니라 한 사람의 어머니로서 고심했다. 자기의 아들인데도 이처럼 죽음을 앞두고 있으면서, 맥밀란 목사에게는 이미 말한 것을 자기에게는 말해주지 않는다. 하나님은 또 나에게 시련을 주려 하시는가? 그러나 맥밀란 목사가 이미 말한 덕분에 클라이드는 과거의 죄가 어떠한 것이든 주님 앞에 회개하여 깨끗해졌으며 창조주를 만날 준비가 되어 있는 청년이라고 말한 탓으로 마음이 편안해졌다! 주님은 위대하시다! 자비로우시다. 하나님의 품안에는 평화가 있다. 죽음이란 무엇일까, 생이란 무엇일까, 감정도 정신도 하나님과 화해한 자에게 있어서. 몇 년 안에(머지않아) 자기도, 아서도 또 그 뒤에는 형제나 자매들도 이 아이와 함께 될 것이 틀림없다. 그리고 이 아이도 여기서의 비참함을 다 잊게 될 것이다. 그러나 하나님에게 평안을 찾지 못했다면, 하나님의 존재를, 사랑, 동정을 구석구석까지 깨닫지 않고 있다면……. 지금 그녀는 정신적인 흥분에 빠졌다. 클라이드를 보고 느낀 점이지만. 그러나 또 그의 정신적인 평안에 대한 그녀의 기도나 불안을 보더라도 자기의 기분이나 열망하고 있는 것을 어머니는 거의 실제로는 이해하여 주지 않는다는 것을 클라이드는 알았다. 저 캔자스 시티에서 그는 많은 것을 추구했으면서도 거의 얻지는 못했다. 물질이 다만 물질만이 매우 중요한 것처럼 생각되었다. 실제로 그러했지만. 그처럼 길거리로 끌려나가는 것은 화나는 일이었다. 소년이나 소녀들 앞에 나갔으나, 많은 사람들은 내가 갈망하던 것을 갖고 있었으며 다른 장소라면 기꺼이 나갔을 텐데 하필이면 그런 장소로, 가두로 끌려나가다니! 그러한 전도 생활은 어머니에게는 뜻있는 일이었겠지만 나로서는 견디기 어려운 것이었다! 이렇게 느끼는 것은 잘못된 것일까? 지금 주님은 화를 내고 계신 것일까? 또 자기에 대한 어머니의 생각은 올바른 것일까? 만약 어머니의 충고에 따랐더라면 좀더 나은 생활을 하고 있을지도 모른다. 그런데 자기의 어머니에게 고백하지 못한다는 것은 얼마나 이상한 일인가? 자기의 생애가 끝나가려는 지금 무엇보다도 동정이 필요한 때인데. 그러나 동정보다도 진실의 깊은 이해가 필요하다. 지금도. 그리고 어머니는 그처럼 자기를 사랑하고 자기의 처지를 동정해주었으며 엄격한, 자기 희생적인 방법으로 힘이 미치는 한 원조하려고 했다. 그래도 클라이드는 어머니에게, 자기 자신의 어머니에게 지금까지 일어난 모든 것을 말할 기분이 들지 않았다. 두 사람 사이에는 이해 부족 탓으로 쌓인 넘기 어려운 벽이나 장벽이 있는 것 같았다. 어머니는 안락이나 사치나 아름다움이나 사랑을 추구하는 클라이드의 갈망을 이해할 리가 없었다. 특히 그가 동경하고 있던 호화, 쾌락, 재산, 사회적 지위를 수반할 연애에 대한 변치 않는 동경이나 욕망을 알 까닭이 없었다. 이런 것은 전혀 이해할 수 없었다. 어머니는 그런 모든 것을 죄라고 볼 것이다. 그것은 악이며 방종이란 식으로. 로버타나 손드라를 에워싸고 저질러진 치명적인 행위만 하더라도 간음이며 불순한 것이며, 살인인 것이다. 어머니는 클라이드가 진심으로 후회할 것을 기대할 것이며 또 실제로 기대하고 있었으나 맥밀란 목사나 어머니와 그토록 많은 이야기를 나누었으면서도 지금도 그럴 기분은 되지 않았다 —— 전면적으로 그렇다고는 생각하지 않는다 —— 하나님의 비호를 갈구해야겠다는 마음은 있었으나 그보다도 만약 가능하다면 어머니의 동정 속에 안기고 싶었다. 물론 가능하다면 말이지만.

주여, 모든 것이 두렵습니다! 도망치듯이 사라져갈 약간의 시간밖에는 남아 있지 않다. 하루하루가 너무나 빨리 흘러간다. 현재도 클라이드는 고독했으며, 어머니와 맥밀란 목사가 함께 있어 주었으나 아무도 클라이드를 이해하지 못한다.

그러나 그러한 것과는 별도로, 더욱 좋지 않았던 것은 자기가 여기에 갇혀 있으며 풀려나가지 못한다는 것이다. 어떤 방식 —— 아마도 틀에 박힌 방식—— 으로 계속 그럴 것이라고 생각하고 있었다. 그것은 쇠였다. 그것은 인간의 조력이나 감정이 없더라도 기계처럼 그 자체로 움직였다. 이곳 간수들! 편지를 나눠주고, 이것저것 묻고 상쾌하고 그러면서도 실제로는 공허한 말을 지껄이고 사소한 행위 때문에 걸어다니고 죄수들을 안뜰이나 욕실로 데려가거나 데려오거나 하는 그들도 역시 쇠였다. 단순한 기계, 로봇, 밀고 당기는 인간. 벽 안에서 살고 반항하는 사람이 있다면 호의라도 보이려는 듯이 아무렇지도 않게 사람을 죽여버릴지도 모른다. 그러나 밀어붙이고 밀어붙이고 —— 끊임없이 저쪽 문으로 밀어붙이고, 거기서는 더 이상 도망칠 길이 없다 —— 도망칠 길이 없다. 오직 앞으로 나갈 뿐이다. 나에게는 억지로 문을 열게 하여 들어가게 하고는 돌아올 수가 없다!

이러한 정경을 생각할 때마다 그는 일어나서 서성거렸다. 그 뒤에는 언제나 퍼즐처럼 뒤엉킨 자기의 죄에 대해서 다시 생각했다. 로버타의 일을, 로버타에 대해서 자기가 저지른 악에 대해서 생각하고, 성경도 읽으려 했다. 철제 간이 침대에 엎드려서 몇 번이고 되풀이해서 말했다.

"주여, 저에게 평안을 주소서. 주여, 저에게 빛을 주소서. 주여, 저에게 사악과 맞설 힘을 주소서. 저는 제가 결백하지 않다는 것을 알고 있습니다. 네, 그렇습니다. 제가 사악한 마음을 가졌던 것을 알고 있습니다. 그렇습니다. 저는 그것을 알고 있습니다. 저는 고백합니다. 하지만 정말로 저는 죽어야 할까요? 살 수 있는 방법은 없을까요? 주여, 저를 도와주실 수 없을까요? 저의 어머니가 말씀하시듯이 그 힘을 저를 위하여 주실 수 없는지요? 최후의 순간에도 지사에게 말하여 저의 판결을 종신형으로 바꾸어놓을 수는 없을 까요? 맥밀란 목사의 생각을 바꿔놓아 어머니와 함께 지사를 찾아가게 할 수는 없을까요? 저는 모든 죄 깊은 생각을 버립니다. 저는 완전히 다른 사람이 되겠습니다. 만약 당신께서 용서해주신다면, 저는 그렇게 되겠습니다. 저를 지금 죽게 하지 말아주십시오. 이렇게 빨리 죽게 하지 말아주십시오. 기도 하겠습니다. 네, 그렇습니다. 이해하고 믿고 기도하는 힘을 주소서. 부탁입 니다."

어머니와 맥밀란 목사가 지사와의 마지막 회견을 마친 후, 최후의 순간이 오기까지의 짧고 무서운 며칠 사이에 클라이드는 그런 식으로 생각하거나 또 기도하거나 했다. 내세의 의의에 대한 불안, 죽음의 확실함, 거기에 어 머니의 신앙과 격정 또 거의 매일처럼 방문하여 하나님에 대한 자기의 해석, 완전한 신앙과 거기에 대한 의존을 권고하는 맥밀란 목사. 그런 것들에 의해서 어떤 종류의 심리적 공포에 빠져서 클라이드 자신도 신앙의 필요를 느꼈을 뿐만 아니라 실제로 자기는 신앙을 가졌다고 믿게까지 되었다. 그리고 완 전하고 확실한 평화를. 그런 심경이 되었을 때 맥밀란 목사와 어머니의 권유로 이 세상에, 특히 자기와 같은 나이 또래의 청년들에게 주는 편지를 썼다. 맥밀란 목사가 도와주고 클라이드 앞에서 동의를 얻어 문장은 약간 고친 것인데 그것은 다음과 같은 것이었다.

죽음의 골짜기를 헤매고 있는 나의 소원이라면 나의 구세주이며 변치 않는 친구인 예수 그리스도를 찾아냈다는 점에 대해서 일체의 의문을 제거하는 것뿐입니다. 현재 내가 후회하고 있는 것은 주님을 위하여 일할 기회를 얻은 그 생애를 주님을 으뜸으로 하는 삶을 살아오지 않았다는 점입니다.

젊은 사람들이 주님께 가까이 할 수 있도록 무언가를 만약 제가 말할 수만 있다면 그것을 나는 나에게 주어진 최대의 특권이라 생각할 것입니다. 그러나 지금 내가 할 수 있는 말은 다음과 같은 말밖에는 없습니다.

나는 내가 믿어온 분이 어떤 분이신지 잘 알고 있으며 또 그분이 내가 맡은 것은 그날까지 지켜주실 수 있다는 것을 확실합니다.(이것은 맥밀란 목사가 언제나 클라이드에게 인용한 말이었다.)

만약 이 나라의 젊은이들이 그리스도교도로서의 생활의 기쁨을 알기만 한다면 그 사람들은 열렬하고 활동적인 그리스도교도로서의 힘을 다하여 그리스도가 바랐던 대로 살기 위하여 노력할 것이 틀림없습니다.

내가 하나님 앞에 서는 것을 방해하는 것은 하나도 남아 있지 않으면 하나님이 나의 죄를 용서해주신다는 것을 알고 있습니다. 왜냐하면 나는 나의 정신적인 조언자와 자유롭게 있는 그대로 말해왔고 하나님도 나의 그런 입장을 이해하여 주시기 때문입니다.

나의 임무는 끝났고 승리는 쟁취했습니다.

클라이드 그리피스

이것을 다 쓰자 그 자신도 —— 이제까지 보여왔던 반항적인 기분과는 판이하게 바뀌자 —— 그 변화에 적지않은 감명을 받았으며 그 편지를 맥밀란 목사에게 넘겨주자, 맥밀란 목사는 이 승리에 용기를 얻어 이렇게 소리쳤다. "승리를 쟁취했다, 클라이드. '이날, 너는 우리와 함께 천국에 있도다.' 자네는 하나님의 말씀을 손에 넣었다. 자네의 영혼도 육체도 하나님의 것이다. 하나님의 이름이 영원히 찬양되기를." 하고 말하고는 승리에 완전히 흥분하여 두 손으로 클라이드의 손을 잡고 그 손에 입을 맞추고 클라이드를 끌어안았다. "아들아, 아들아, 나는 기쁘다. 하나님은 자네 안에 진실을 보이신 것이다. 사람을 구하는 하나님의 힘. 나는 그것을 본다. 나는 그것을 느낀다. 자네가 이 세상 사람들에게 한 말은, 신은 하나님의 세계로 통하는 말이다."

그는 클라이드가 쓴 편지를 주머니에 넣고 클라이드의 생전이 아니라 사후에 발표하기로 했다. 하지만 클라이드는 편지를 쓴 다음에도 아직 이따금 의문이 남아 있었다. 나는 정말로 구제될 것인가? 왜 이렇게 시간이 빨리 흘러갈까? 나는 조금 전에 현재의 자기는 그렇다고 선언했지만 절대적인 안정을 가지고 신에게 의존하고 있는가? 어떨까? 인생이란 참으로 이상한 것 같다. 그리고 미래는 알 수 없다. 사후의 생활은 있는 것일까? 맥밀란 목사나 자기의 어머니가 주장하듯이 나를 기꺼이 맞아줄 하나님은 과연 있는 것일까? 정말로?

이러는 가운데 죽음을 이틀 앞두고, 어머니는 공포가 최후의 폭발을 보였을 때 데이비드 월섬 지사에게 전보를 쳤다.

"당신은 하나님 앞에 클라이드가 유죄라고 단정할 수 있습니까? 회답을 기다리겠습니다. 만약 대답하지 않을 때는 클라이드의 피가 당신의 머리 위에 퍼부어지기를. 어머니로부터."

그러자 지사의 비서 로버트 페슬러가 지사를 대신하여 전보로 답신을 보내왔다.

"월섬 지사는 공소원의 결정에 간섭할 수 있는 정당한 자격을 가졌다고는 생각하지 않습니다."

이어서 최후의 날에 —— 최후의 시간에 —— 클라이드는 구 사형수 감방의 독방으로 옮겨져, 거기에서 면도를 하고 목욕을 한 다음 검은색 바지, 나중에 목을 내밀 때 편리하도록 칼라가 없는 와이셔츠, 새로운 펠트 슬리퍼와 잿빛 양말을 받았다. 복장을 갖추자 다시 한 번 맥밀란 목사와 면화가 허락되었다. 맥밀란 목사는 죽기 전날 오후 여섯시부터 마지막 날 아침 네시까지 클라이드와 같이 있으면서 하나님의 사랑이나 자비에 대해서 말할 수 있도록 허락을 받았다. 그리하여 새벽 네시가 되자 소장이 모습을 나타내어 클라이드를 맥밀란 목사에게 맡긴 채 돌아가지 않으면 안 되겠다고 했다.(그는 법률의 강제라는 것이 있어서 괴로운 일이지만 어쩔 수 없다고 설명했다). 클라이드는 어머니와 최후의 작별을 했는데, 그 전에 침묵과 가슴을 조이면서 생각에 잠겨 있는 동안 가까스로 다음과 같이 말했다.

"어머니, 저는 모든 것을 단념하고 죽음을 감수해야겠다고 생각합니다. 괴로울 것은 없을 것입니다. 하나님께서는 저의 기도를 들어주셨습니다. 힘과 평안을 주셨습니다."

그러나 마음속으로는 '정말 그럴까?' 하고 중얼거려보았다.

그러자 어머니가 소리쳤다.

"아들아! 알고 있다, 알아. 나도 신앙을 갖고 있으니까. 구세주가 계신 한 구세주는 너의 것이라는 것을 나는 안다. 우리는 비록 죽더라도 우리는 살아 있다는 것을!" 하고 말하고는 어머니는 하늘을 우러르며 곁에 서 있었다. 그러더니 갑자기 클라이드에게로 돌아서서 오래오래 끌어안고 있었다. "나의 아들, 나의 아들." 하고 속삭였고 그 말은 꼬리를 끌듯이 희미해졌다.

그리고 온몸의 힘이 클라이드에게로 옮겨가는 것 같았으며, 지금 돌아가지 않으면 쓰러져버릴 것만 같았다. 그리고 오번에 살고 있는 맥밀란 목사의 친구의 집으로 데려가기 위하여 기다리고 있던 소장에게로 몸을 돌리자 비틀거리며 돌아갔다.

이윽고 한겨울 이른 아침의 어둠 속에서 —— 최후의 순간이 찾아오고 —— 간수가 오자 금속판을 부착할 수 있도록 오른쪽 바지 가랭이를 찢고 독방의 커튼을 내리러 갔다.

"시간이 된 것 같다. 나의 아들아, 용기를 내라."

그것은 맥밀란 목사의 목소리였다. 그때 마침 깁슨 목사가 곁에 와서 간수가 가까이 오자 무슨 말을 하고 있었다.

그러자 조금 전까지 맥밀란 목사와 간이 침대에 나란히 앉아서, '너희는 걱정하지 말라, 하나님을 믿고 또 나를 믿으라'로 시작되는 요한복음 제14장, 제15장, 제16장을 읽는 것을 듣고 있던 클라이드는 자리에서 일어났다. 그리고 맥밀란 목사를 오른쪽에, 깁슨 목사를 왼쪽에, 간수를 앞뒤에 세운 채 최후의 걸음을 옮겨놓았다. 그러나 맥밀란 목사는 기도에 사용하는 상투적인 말 대신 이렇게 말했다.

"하나님의 능력있는 손 아래 몸을 맡기라. 그러면 하나님은 너를 불러 높은 곳에 앉히리라. 또 모든 근심 걱정은 하나님께 맡기라. 하나님은 너를 위하여 염려해주실 것이다. 마음을 편히 가져라. 하나님의 길은 현명하고 정의로우시도다. 하나님은 예수 그리스도를 통해 그 영원한 곳으로 나를 부르시도다. 그러면 우리는 다시 걱정할 것 없도다. 나는 길이요, 진리요, 생명이니라. 나 외에는 너를 하나님 곁으로 인도할 자 없도다."

그러나 갖가지 목소리가 클라이드가 최초의 문을 지나 처형실로 향할 때 그의 귀에 들렸다. "잘 가게, 클라이드."라고. 그래서 클라이드는, "여러분,

안녕.” 하고 힘없는 소리로 대답했다. 그 목소리는 기묘할 정도로 약한 울림이어서 마치 자기뿐만 아니라 자기의 옆에서 걷고 있던 다른 사람들이 말하고 있듯이, 아주 먼 곳에서 울려오는 듯했다. 발은 분명히 스스로 옮겨놓고 있었지만 기계적으로 움직이는 듯한 기분이 들었다. 그리고 간수들이 클라이드를 그 문을 향하여 데리고 가는 귀에 익은 발자국 소리 —— 그 발자국 소리 —— 를 들었다. 이제 다 와버렸다. 문은 열려져 있다. 그것이 있다. 마침내 꿈 속에서 그처럼 몇 번이나 보고 겁내던 의자가. 지금 자신은 그 의자에 가야 한다. 클라이드는 지금 그쪽을 향해 가고 있다. 그 속으로 —— 앞으로 —— 앞으로 —— 지금은 열려 있는 그 문을 지나 —— 그러나 지금은 이제까지 그가 알고 있던 지상의 생활을 닫아버렸다.

15분 후 잿빛 얼굴을 하고 피로에 지쳐 쓸쓸하게, 어딘지 허전한 발걸음으로 형무소의 싸늘한 문을 지나 걸어나온 것은 맥밀란 목사였다. 햇살은 매우 희미하고 무척 약했고 또 잿빛이어서 겨울도 다 끝나가는 것 같았다. 마치 지금 이 시각의 그 자신의 마음을 반영해주는 것 같았다. 죽었다! 그 클라이드는 15분 전만 해도 쭈뼛거리며 그러나 조금은 자신있게 걸어가고 있었다. 그러나 지금은 이미 죽었다. 법률! 이런 형무소. 클라이드가 기도하고 있을 때 비웃고 있던 기골이 장대한 사악한 사나이들. 그 고백! 나는 잘못 판단한 것은 아니었을까? 하나님께 보여드린, 그 하나님의 예지를 가지고. 판단은 잘못된 것은 아니었을까? 클라이드의 눈! 나 자신은 그 모자가 머리에 씌워지고 그 전류를 통할 때는 바로 그 옆에 있었다. 지금이라도 정신이 어지러울 지경이었다. 그 방을 나올 때는 기분이 나빠지고 몸이 떨려서 부축을 받지 않고는 방을 나올 수가 없었다. 클라이드는 그토록 나를 의지하고 있었건만. 그리고 나는 하나님의 힘에 매달리려고 했다. 지금도 그것은 마찬가지지만.

맥밀란 목사는 조용한 거리를 걸어갔다. 걷다가 가로수에 몸을 기대야 했지만. 겨울 나무는 잎이 다 떨어져 있었다. 잎이 다 떨어져 앙상하고 쓸쓸했다. 클라이드의 눈! 그 무서운 의자에 느긋하게 몸을 앉혔을 때의 그 표정. 그 눈은 겁을 먹고 호소하듯이 취한 듯이 주위를 에워싸고 있는 사람들을 보고 있는 것 같았다.

나는 정당한 일을 했었나? 월섬 지사 앞에서의 판단은 과연 건전하고 공평한 아니면 자비로운 행위였을까? 지사에게 말하지 않으면 안 되었던가? 클라이드에게는 다른 여러 가지 영향이 있었다는 식으로……아마도 정신적인 평안을 두 번 다시 가질 수 없는 것은 아닐까?

"우리 구세주께서 그날이 오기까지 그를 지켜줄 것을 안다."

그러고 나서 몇 시간을 걸어다닐 마음의 준비를 갖춘 다음 클라이드의 어머니를 찾아갔다. 어머니는 오번의 구세군인 프란시스 골트 부처의 집에서 네시 반부터 계속 무릎을 꿇고, 지금은 창조주의 팔에 안겨 있는 아들을 마음속에 그리면서 그 영혼을 위해 기도했다. "저는 제가 믿고 있는 분이 어떤 분이신지 알고 있습니다."라고 하는 것이 그녀가 기도하는 말 중의 하나였다.

추　억

여름 밤의 황혼녘.

그리고 샌프란시스코 시 상업구의 중심지에 우뚝 선 높은 벽 —— 황혼의 그림자 속에 높게 잿빛으로 우뚝 서 있다.

마케트 가(街)의 남쪽에서 뻗어 있는 넓은 길을 —— 한낮의 소음 끝에 이제는 조용해진 길을 —— 다섯 사람의 키가 작은 무리들이 걸어가고 있었다. 그 중의 한 사나이는 나이가 예순 안팎으로 키가 작고 단단해 보였으나 얼굴은 시체처럼 창백하고 움푹 들어간 눈은 생기가 없어 보였고 낡고 둥근 펠트모 틈으로 흰 머리가 삐죽 튀어나온 흔히 볼 수 있는 피로한 표정을 한 인물로, 가두 설교자나 가수가 흔히 사용하는 휴대용 소형 오르간을 메고 있었다. 그리고 그 사나이와 나란히 걷고 있는, 다섯 살쯤은 젊어 보이는 여자는 키가 남자보다 크고 별로 뚱뚱하지는 않았으나 튼튼하고 활력이 넘쳤으며 눈처럼 흰 머리에 단조로운 검은 옷을 입고, 보닛과 구두를 신고 있었다. 얼굴은 남편보다 널찍하고 두드러진 특징을 보이고 있었으나 비참과 고난으로 생겨난 듯한 주름이 뚜렷하게 얼굴에 새겨져 있었다. 또 그 옆에는 한 권의 성경과 몇 권의 찬송가집을 든 일곱여덟 살쯤 된 소년이 —— 둥근 눈을 가졌으며 매우 민첩해 보였으며 동행한 어른들과는 무언가 마음이 통하는 점이라도 있어서인지 —— 발랄하고 힘찬 발걸음으로 그들 옆에 바짝 붙어 걸어가고 있었다. 복장은 별로 좋지 않았지만. 또 이 세 사람과 일행이기는 했지만 약간 뒤로 처져서 따로따로 걷고 있는 초라한 스물일곱 여덟 살의 여인과 쉰 살쯤 된 여자가 있었다. 생김새가 비슷한 것을 보면 어머니나 딸일 것이다.

날씨가 무덥고 이 일대는 태평양의 여름 특유의 달콤하고 나른함이 있었다. 마케트 가에 도착했다. 자동차나 시가 전차가 교통 순경의 신호를 기다리고 있었다.

"러셀, 떨어지면 안 된다……." 아내의 목소리였다. "내 손을 잡거라."

"이 일대의 교통은 날이 갈수록 혼잡해지는군."

약했지만 남편은 침착한 목소리로 그렇게 말했다.

전차가 종을 치고 자동차는 경적을 울리면서 매연을 토해냈다. 그러나 이들 일당은 큰길을 건너자 정해진 목표 외에는 거의 아무것도 의식하지 않는 것 같았다.

"가두 선교사야."라고 지나가던 은행원이 현금계의 여자친구에게 말했다.

"그래요. 거의 수요일마다 이 근처에서 볼 수 있군요."

"저 아이는 괴로울 거야. 길가로 끌려나오기에는 너무 어리지 않아, 에라 ? "

"그래요, 내 동생이 저런 식으로 끌려나오면 어떻겠는가 생각하면 저 아이가 불쌍해 보여요."

에라가 걸어가면서 말했다.

길을 건너서 저쪽에 있는 첫 번째 교차로에 이르자 목적지에 다 온듯 주변을 두리번거렸다. 사나이는 오르간을 내려놓고 뚜껑을 열었다. 그리고 작은 보면대를 세웠다. 한편 아내는 손자가 들고 있던 찬송가와 성경을 받아들자, 찬송가 한 권과 성경을 남편에게 주고 찬송가 한 권은 오르간 위에 올려놓고 나머지는 한 권씩 배치해놓고 자기도 한 권 들었다. 사나이는 멍청하게 주위를 돌아보았다. 그래도 눈을 크게 뜨고 확신에 찬 목소리로 입을 열었다.

"오늘 밤에는 275장을 먼저 부르겠습니다. 스쿠프 양, 부탁합니다."

그 소리에 두 사람 중 깡마르고 야윈 젊은 여자는 —— 인생의 모든 것을 거절당한 듯한 그 여자는 —— 노란 접는 의자에 걸터앉아 음을 조절한 후 찬송가를 연주했고 모두 그 소리에 목소리를 맞추었다.

432

그 무렵이 되자 잡다한 직업에 종사하며 여러 가지 생각을 하며 귀로를 재촉하던 사람들이 시내 번화가의 한 구석에 있는 이 무리들을 보자 잠시 걸음을 멈추고 무엇을 하는지 확인하려는 듯이 기웃거리고 있었다. 무리들이 찬송가를 부르자 이렇다 할 특징도 없는 무관심한 통행인들은 초라한 무리들이 인생의 광대한 회의주의나 무관심에 반항의 목소리를 지르고 있는데 놀라 눈을 둥그렇게 떴다. 낡아빠진 청색 옷을 입은 잿빛 얼굴에 활기없고 무능해 보이는 노인, 그 옆에는 혈색은 좋지만 생활에 찌들린 듯한 백발의 여자가 있다. 신선하고 때묻지 않는 천진스런 사내아이. 이 무리들은, 그 아이는 무엇을 하고 있는 것일까? 그리고 저 아무도 거들떠볼 것 같지도 않은 깡마른 독신녀와 역시 야위고 멍청한 얼굴의 어머니. 이 무리들 중에서는 아내만이 맹목적이고 잘못되었거나 실생활에서는 성공하지 못했더라도 자기 보존의 힘과 결단을 갖춘 존재로서 통행인의 시선을 끌었다. 무식하기는 했지만 다른 누구보다도 결의가 담긴 위엄있는 태도로 서 있었다. 이따금 발길을 멈춘 사람 중 몇 사람은 찬송가를 겨드랑이에 끼고 똑바로 앞을 쳐다보고 있는 그녀를 보면 모두 걸어가면서 이렇게 말했다.

"그래, 비록 다소 결점은 있지만 자기가 믿고 있는 것을 할 수 있는 데까지는 해낼 여자야."

자기 자신이 공언하고 있듯 자기 자신을 지배하고 지켜주는 자비로운 예지와 자비에 대한 엄격하고 도전적인 신앙이 그녀의 얼굴이나 동작에 베어 있는 것 같았다.

찬송가에 이어서 아내의 긴 기도가 있었다. 남편의 설교, 다른 사람들의 증언 —— 하느님이 사람들을 위하여 어떤 일을 해주셨나와 같은. 이윽고 다시 찬송가를 다시 모으고 오르간을 접어서 어깨에 메고 전도소로 향했다. 무리들이 걸어갈 때 남편은 말했다.

"좋은 밤이었어. 모두 전보다 열심히 들어주는 것 같더군."

"그랬어요."라고 오르간을 연주했던 젊은 여자가 말했다. "팜플렛을 집어간 사람이 열한 사람이나 되었으니까요. 그리고 한 노신사는 전도소가 어디에 있으며 언제 예배를 보느냐고 물었어요."

"주를 찬양하라."라고 사나이는 말했다.

이윽고 전도소에 도착했다. '희망의 별. 베셀 인디펜던트 전도소. 집회 매주 수요일과 토요일 밤 9시부터 10시. 일요일 11시, 3시, 8시. 누구든지 자유로이 참가하여 주십시오.' 어느 창에도 그 글귀 아래, '하나님은 사랑이다.'라고 씌어 있었다. 다시 그 밑에는 작은 활자로, '어머니께 소식 전하지 못한 지 며칠인가?'라고 씌어 있다.

"할머니, 십 센트짜리 동전 하나 주시지 않겠어요. 저기 길모퉁이에 가서 아이스크림 콘을 사먹고 싶어요."라고 말한 것은 아까의 그 소년이었다.

"그래라, 러셀. 하지만 곧 돌아와야 한다."

"네, 할머니. 빨리 올게요."

소년은 할머니가 드레스 안주머니에서 꺼내준 동전을 받아들자 아이스크림 매점으로 달려갔다.

할머니가 귀여워하는 소년. 할머니의 늘그막에 위안을 준 광경과 색채. 그 아이에게는 다정하게 대해줘야지. 마음껏 기를 펴게 해줘야지. 내가 그 아이에게 했듯이 너무 기를 못 펴게 하지는 말자. 할머니는 사랑스러운 듯 그러나 어딘지 쓸쓸한 눈으로 소년이 달려가는 것을 지켜보았다.

"그 아이를 위해서도."

러셀이 빠진 작은 일단은 허름한 노란 문을 열고 모습을 감추었다.

▨ 감상과 해설

클라이드의 문장은 흔히 악문이란 말을 듣는다. 중첩된 형용사, 빈번한 대쉬의 사용으로 어구를 계속 이어가는 등 독특한 스타일을 견지하고 있다.

그런 만큼 우리 말로 옮겼을 경우 원문의 뉘앙스를 충분히 살리기란 여간 어려운 일이 아니다.

불우한 환경에서 자라났으며 사회의 밑바닥을 살아온 드라이저의 인생 체험, 신문 기자, 잡지 기자, 편집자, 자유 기고가, 노동 운동가로서 보아온 근대 미국 사회의 단면은 그런 문체가 아니고서는 표현이 불가능했을지도 모른다.

1925년 12월에 출판된《아메리카의 비극》은 굉장한 호평을 받았으며 '현대 최고의 미국 소설'이란 평을 듣기도 했다. 발매 후 1년만에 5만부가 팔렸으며 극화되어 더욱 성공을 굳혔으며 영화화도 결정되었다. 최초 에이젠슈타인이 시나리오를 썼으나 '클라이드에게 죄가 없다는 것은 미국 사회에 대한 중대한 도전'이라고 하여 제작사인 파라마운트사로부터 거부되자 다른 작가에 의해서 성(性)과 살인을 내세운 통속 영화로 개작되었다. 그러나 그 시나리오를 읽은 드라이저는 격노하여 '원작에 대한 모욕'이라고 고소를 제기했으나 패소했다. 1951년에는《젊은이의 양지》라는 제목으로 영화화되었는데 이것도 손드라와 클라이드의 사랑에 중점을 둔 달콤한 멜로드라마로 되어 있다.

그 후 드라이저의 생애에서 유의하고 싶은 것은《아메리카의 비극》에서는 아직 발견되지 않았던 이상 사회의 모습이 1927년 11월부터 이듬해 1월에 걸친 소련 방문이나 1929년 10월의 주가 대폭락으로 시작되는 불황 시대의 사회적 활동을 통하여 점차 틀이 이루어지고 있었던 것이다. 소련에는 비밀 경찰의 암약이나 예술을 압박하는 등 비난해야 할 점도 있었으나, 물질주 의적인 미국과는 달리 상업주의나 부정이득이 없고 모두를 위한 노동이라는 이상이 추구되고 있다는 데 큰 감명을 받았다. 불황 시대가 되자 1930년 봄부터 여름 동안 미국 국내를 여행하고 정치나 사회 활동 쪽에 강한 관심을 보였었다. 이듬해인 7월, 피츠버그의 탄광 파업 현장을 시찰하고 노동자의 비참한 생활에 동정하는 성명을 발표, 11월에는 켄터키 주의 탄광 파업의 조사 때는 '드라이저 위원회'의 의장 자격으로 조사에 임했다. 여기서는 노동자와 관헌이 충돌하여 쌍방간에 사상자까지 냈으나 위원회는 노동자와 직접 만나 생활 상태나 압박의 실태를 조사했다.

1932년 1월에 출판된 《아메리카의 비극》은 이와 같은 미국의 사회 탐구 속에서 드라이저가 이끌어낸 현상 분석과 개혁의 시안이라 할 수 있을 것이다. 대기업이 막대한 이익을 거두고 있는 반면, 노동자나 시민이 자유를 억압당하고 저임금으로 고통받고 있는 미국의 현상을 고발하면서 드라이저는 현재의 자본주의 체제를 대체할 수 있는 것으로서 사유재산의 폐지와 산업 국유화를 기초로 한 사회주의적 인민 정부를 제안하기도 했다. 그러나 그가 꿈꾸고 있는 것은 정신적 가치를 기초로 하고 개인의 자유와 행복을 존중하는 이상적인 사회였으며 약하고 가난한 사람들에 대한 동정이 항상 그 저류를 이루고 있다. 대통령 선거 때 공산당을 지지한 것이나 스페인 인민 정부의 지원, 죽기 5개월 전 공산당에 입당한 것도 이러한 자세의 연장선상에 있는 것이라고 보아도 좋다. 1945년 죽기 전에 완성한 《성채》와 《금욕의 사람》('욕망 3부작' 제3부)의 두 장편에서도 정신적 가치를 존중하는 경향이 강하게 나타나고 있다.

그 중에서도 《성채》는 종전의 작품과는 성질이 다른 소설로 드라이저 특유의 세부 묘사는 찾아볼 수 없으며 오히려 담담한 필치로 씌어져 있다. 이것은 경건하고 정직한 퀘이커 교도인 솔론이 자기가 근무하는 은행의 경영자들에게 이용되어 아이들로부터는 기피당하면서도 결국은 은행의 부정을 고발하고, 반역하여 집을 나선 딸 에타도 집으로 돌아와서 마침내 자기의 선의를 관철해가면서 죽음을 맞이한다는 이야기인데 인간 개인의 정신적인 아름다움, '내면의 빛'의 존엄함이 일관되게 강조되고 있다. 그러나 이 정신적인 아름다움은 결코 비사회적인 것은 아니다. 우주 만물은 서로의 사랑과 선의에 바탕을 두고 성립되어 있으며, 개인 정신의 아름다움은 사회 전체를 밝게 하는 것이며 자기 혼자만의 물질적 이익 추구는 배척된다. 개인적인 동시에 이러한 사회적인 선의나 인간애야말로 드라이저가 죽음을 앞에 두고 도달한 경지가 아닐까. 이것이 19세기 중반의 에머슨이나 솔로의 초절주의적(超絶主義的) 사상과 일맥 상통한다는 것은 미국에 있어서의 자연관의 전통을 살펴보는 데 있어 매우 홍미 깊은 일이다.

현재 드라이저가 태어난 인디애나 주 텔레 호트 거리에는 동시를 소개할 목적으로 '상업회의소'가 만든 '주가(州歌)《워바슈 강가에》의 작자 폴 드레서의 고향…….'이란 간판이 서 있다. 폴 드레서란 드라이저의 큰형으로 유행가 작가인 폴이다. 그보다도 훨씬 위대한 동생 드라이저는 무시되고 있는 것이다. 더욱이 《워바슈 강가에》의 가사 중 적어도 1절과 후렴구는 폴의 부탁으로 드라이저가 즉흥적으로 쓴 것이었다. 폴은 제2절 이하도 써달라고 부탁했으나 드라이저는 1절도 마음에 들지 않았던 터라 그 부탁을 거절했던 것이다.

그러나 다시 생각해볼 때, 드라이저가 이 노래의 작사자임은 물론이며, 《씨스터 케리》나 《아메리카의 비극》의 작자로서도 출생지의 자본가들로부터 무시되고 있는 것은 그로서는 다시없는 명예일지도 모른다. 갖가지 자기 모순에 고민하면서도 기본적으로는 미국 사회의 저속하고 냉혹한 성격에 대해서 비판을 계속한 드라이저는 같은 텔레 호트에서 그보다 16년 먼저 태어난 노동 운동의 뛰어난 지도자 유진 데부스나 마찬가지로 이 사회 체제의 신봉자들로서는 눈의 가시 같은 존재였을 것이다.

드라이저가 미국 자연주의 문학의 대표적인 작가이며 크레인이나 노리스로 시작되는 흐름을 완성시켰을 뿐만 아니라 파렐이나 스타인벡, 나아가서는 솔 벨로 등 그 후의 작가들에게도 영향을 미친 큰 존재라는 것은 일반적으로 인정되고 있는 점이다. 아마도 그는 20세기의 미국 작가 중에서도 포크너 등과 아울러 최고의 지위를 차지할 것이다.

《아메리카의 비극(An American Tragedy)》에 대하여

캔자스 시의 가난한 전도사의 집에서 태어난 클라이드 그리피스는 화려한 도시 환경과 본능적인 충동에 의해서 금전과 여성에 대한 욕망에 사로잡혀 집을 나가 호텔 보이가 되었다. 그 후 뉴욕 주의 한 중소 도시에서 부유한

백부가 경영하는 공장에 근무한다. 그러나 백부와는 신분이 달라서 출세하지 못하고 고독하게 지내던 차, 아름다운 여공 로버타에게 마음이 끌려 깊은 관계에 빠진다. 그러던 중 어떤 계기로 사교계의 미녀 손드라의 눈에 들어 클라이드의 마음은 급속하게 손드라에게로 기우는 한편 로버타에 대한 애정은 식어간다. 게다가 임신한 로버타는 아기를 유산시키려 했으나 완고한 의사가 이를 거절하자 클라이드에게 필사적으로 자기와 결혼해줄 것을 요구한다. 클라이드는 손드라와 결혼하는 것이 유일한 출세길이었기 때문에 두 여성의 틈바구니에서 고민하던 중 신문에 난 살인 기사에서 힌트를 얻어 호수로 로버타를 유인하여 보트를 전복시킨 후 그녀를 익사시키려 한다. 그러나 결정적인 순간에 클라이드의 의지는 마비되고 보트는 우연히 전복되어 로버타는 익사하고 만다. 클라이드는 체포되고, 재판 결과 사형 선고를 받게 되며 자기의 죄에 대해서 깊은 회의를 안은 채 사형에 처해진다. 이 작품은 1906년의 킬레트 브라운 사건을 모델로 하여, 환경과 본능에 지배되는 인간의 비극성을 바라보면서 물질적 성공에 대한 꿈을 무책임하게 부채질하는 미국 사회를 비판한 자연주의 소설의 대표적인 작품이다.

드라이저 연보

1871　8월 27일, 인디애나 주 텔레 호트에서 13형제 중 열두 번째 아들로
　　　태어남. 아버지 존 폴 드라이저는 1844년 23세 때 독일에서 이주한 직물
　　　기술자로 성공을 꿈꾸면서 미국 각지를 전전한다. 1867년, 모직물 공장을
　　　세웠으나 2년 후 화재로 좌절과 빈곤 속에서 지냈다.

1876(5세) 그 무렵 빈곤으로 철도 주변에서 형과 함께 석탄을 주웠다.

1877(6세) 카톨릭 교회 부속 국민학교에 입학.

1884(13세) 어머니의 고향 와소로 이주하여 처음으로 공립학교에 입학하여
　　　해방감을 맛보게 된다. 젊고 아름다운 여선생 칼버트 선생이 도서관을
　　　이용하는 길을 터주어 호손의 《일곱 박공의 집》이나 킹즐리의 《물의
　　　아들》 등 문학 작품을 탐독하고 이성에 눈뜨기 시작했다.

1886(15세) 고등학교에 입학. 30대 독신 여성 필딩의 지도로 격려받는다.

1889(18세) 필딩 선생의 학비 전액 부담으로 인디애너 대학에 입학. 문학,
　　　지리, 역사 등 교양을 높여주는 공부를 시작. 빈곤과 사교성의 부족으로
　　　친구나 여학생과 잘 어울리지 못했다.

1890(19세) 원조를 계속하겠다는 필딩 선생의 제의를 거절하고 대학을 중퇴.
　　　11월에는 어머니가 갑자기 세상을 떠남.

1892(21세) 〈데일리 글로브〉 지의 신문기자가 됨. 11월에 세인트루이즈의
　　　일류지인 〈글로브 데모크라트〉 지로 옮김.

1898(27세) 12월 28일 서리 화이트와 결혼.

1899(28세) 창작에 몰두하여 최초의 단편 《개미가 된 사나이》, 《흑인 제프》
　　　등 4편의 단편을 씀. 장편 《시스터 캐리》의 집필 착수.

1900(29세) 《시스터 캐리》 탈고. 크리스마스 날 아버지 별세(75세)

1901(30세) 《제니 게르하르트》 착수. 매주 15달러의 전도금조로 1년에 탈

고하는 조건으로 테일러 출판사와 계약.

1907(36세) 5월,《시스터 케리》를 B. W. 돗지사에서 재판. 9월까지 5천 부가 팔리고 이듬해 말까지 다시 5천 부가 팔림.

1919(48세) 3월, 인물 스케치《12인의 사나이》를 보니 리브라트사에서 출판. 9월 중순 당시 25세의 육촌 누이 헬렌 리차드슨을 만나 뜨거운 사랑을 함. 10월 초순 뉴올리언스를 경유하여 로스앤젤레스로 감.

1920(49세) 2월경 자사전의 제 2 부《자기를 말한다》거의 완성. 헬렌, 할리우드에서 단역 배우로 영화에 출연.

1921(50세) 헬렌의 운전으로 샌타바버라, 요세미티, 멕시코 등지로 자동차 여행. 봄이나 여름에 완성할 예정이던《아메리카의 비극》은 예정대로 진척되지 못했다.

1923(52세)《아메리카의 비극》을 집필하는 과정에서 질레트브라운 사건의 무대가 된 지역을 답사하기 위해 헬렌의 운전으로 뉴욕 주 북부를 방문. 코틀랜드(소설에서는 라이카거스)의 주택가나 공장을 살피고 빅 무스 호(소설에서는 빅 비턴 호)를 찾아갔다.

1924(53세) 헬렌은 드라이저에게 재삼 청혼했으나 서리가 이혼해주지 않는다는 이유로 거절. 헬렌은 화가 나서 혼자 할리우드로 갔으나 10월 말 드라이저가 감기가 걸린 것을 기회로 다시 찾아옴.

1925(54세) 12월 10일 보니 리브라이트사에서《아메리카의 비극》을 2권 1질 5달러로 출간.

1926(55세) 이 소설은 '현대 최고의 미국 소설'이란 호평과 더불어 발매 2주만에 1천 4백 부, 1년 사이에 7판, 5만 부 이상이 팔렸다. 이후 영화와 연극으로도 상연되어 호평을 얻었다.

1930(59세) 11월, 미국 최초의 노벨 문학상을 싱클레어 루이스와 겨루다 패함.

1932(61세)《제니 게르하르트》의 영화화를 2만5천 달러에 계약.

1934(63세) 사이몬 샤스터사와 전작품 출판 계약 체결.

1942(71세) 10월 1일, 형식상의 아내 서리 세인트루이스에서 사망(73세).

1944(73세) 6월 13일, 헬렌과 재혼.

1945(74세) 12월 28일 심장 발작으로 별세.

아메리카의 비극 Ⅱ

- 저 자 / 드 라 이 저
- 역 자 / 반 광 식
- 발행자 / 남 용
- 발행소 / 一信書籍出版社

주 소 : 121-110
　　　　서울 마포구 신수동 177-3
등 록 : 1969. 9. 12. (No. 10-70)
전 화 : 703-3001~6
FAX : 703-3009
CHILSIN PUBLISHING Co. 1995.

ISBN 89-366-0352-3

값 12,000원